OEUVRES

COMPLETES

DE

VOLTAIRE.

Il ôte aux Nations le bandeau de l'erreur.

Henriade Ch. 10.

Dessiné d'après Houdon, par J. M. Moreau le J.ne et Gravé par P. Alex.e Tardieu 1784.

OEUVRES

COMPLETES

DE

VOLTAIRE.

TOME TRENTE-DEUXIEME.

DE L'IMPRIMERIE DE LA SOCIÉTÉ LITTÉRAIRE-
TYPOGRAPHIQUE.

1 7 8 5.

PHILOSOPHIE

GENERALE:

METAPHYSIQUE,

MORALE,

ET THEOLOGIE.

AVERTISSEMENT

DES EDITEURS.

Nous avons raſſemblé dans une ſeule partie les ouvrages de M. de *Voltaire* qui ont pour objet la métaphyſique, la morale, & la religion.

Le premier, intitulé *Traité de métaphyſique*, n'a jamais été imprimé ; il avait été compoſé pour Mme la marquiſe du *Châtelet*, à qui M. de *Voltaire* l'offrit avec cet envoi :

L'auteur de la métaphyſique
Que l'on apporte à vos genoux,
Mérita d'être cuit dans la place publique,
Mais il ne brûla que pour vous.

Cet ouvrage eſt d'autant plus précieux, que n'ayant point été deſtiné à l'impreſſion, l'auteur a pu dire ſa penſée toute entière. Il renferme ſes véritables opinions, & non pas ſeulement celles de ſes opinions qu'il croyait pouvoir développer ſans ſe compromettre.

On y voit qu'il était fortement perſuadé de l'exiſtence d'un être ſuprême, & même de l'immortalité de l'ame ; mais ſans ſe diſſimuler les difficultés qui s'élèvent contre ces deux

A 2

opinions, & qu'aucun philofophe n'a encore complètement réfolues.

La métaphyfique eft la feule partie de la philofophie qui ait été cultivée en Europe dans les fiècles d'ignorance, parce que fa liaifon avec les études théologiques, ne permit pas de la négliger; & l'on doit aux fcolaftiques la juftice d'avouer que nous avons appris d'eux à employer dans la philofophie des défini- tions précifes, à fuivre une marche régulière, à claffer nos idées, & même à en faire l'analyfe, quoique leur méthode pour cette analyfe ait été défectueufe. Le fage *Locke* nous enfeigna la véritable méthode; mais à peine fon ouvrage fut-il connu, que frappés des vérités utiles qu'il renferme, convaincus par lui des bornes étroites où la nature nous a refferrés, dégoûtés enfin pour jamais de tous les vains fyftèmes dont il leur avait montré le vide ou l'extra- vagance, la plupart des philofophes crurent que *Locke* avait dit tout ce qu'on pouvait favoir; qu'il n'y avait rien de plus à trouver en méta- phyfique; & qu'il fallait fe borner à l'entendre & à l'éclaircir.

Cette opinion devenue prefque générale nous paraît peu fondée. La métaphyfique n'eft que l'application du raifonnement aux faits

que l'obſervation nous fait découvrir en réflé-
chiſſant ſur nos ſenſations, nos idées, nos
ſentimens ; & perſonne ne peut ſuppoſer que
tous ces faits aient été obſervés, analyſés,
comparés entre eux. Il ferait même peu philoſo-
phique de regarder comme invariables les
bornes que *Locke* a données à l'eſprit humain.
Il en eſt de la métaphyſique comme des autres
ſciences, dont elle ne diffère que par ſon objet,
& non par ſa certitude ou par ſa méthode.
On peut dire de chacune : voilà ce à quoi,
dans l'état actuel des lumières, l'eſprit humain
peut eſpérer de parvenir ; s'il creuſe plus avant,
il court riſque de ſe perdre. Mais il ferait
téméraire de fixer la limite de ce qui ſera
poſſible un jour.

La manière dont nos paſſions naiſſent, ſe
développent, ſe changent en véritables habi-
tudes, ſont exaltées par l'enthouſiaſme, abandonnent leur objet pour s'attacher à ce qui ne
peut être conſidéré que comme un moyen ; les
effets de cette erreur qui n'eſt point ſeulement
perſonnelle, mais qui embraſſe quelquefois
des ſiècles & des nations entières ;

La nature de l'évidence, de la probabilité,
& les moyens d'en évaluer les différens degrés
dans les différens genres de nos connaiſſances ;

A 3

La véritable origine de nos idées morales ;
le degré de précifion dont elles font fufceptibles ;
les vérités générales & indépendantes de l'opinion qui en réfultent ; la méthode de tirer de
ces vérités des conféquences qui embraffent
toute l'étendue de la légiflation & de l'admi-
niftration politique, fans prefque rien laiffer
d'arbitraire à décider par des vues d'utilité
particulière ou d'intérêt local & paffager ;

Les phénomènes de la mémoire & de la
liaifon des idées, fur lefquels il nous refte
encore tant de chofes à découvrir ;

La différence qui fépare par des nuances
infiniment petites, l'état de veille, celui de
fommeil, le fommeil plus profond des rêves,
la méditation même de l'état de veille ordinaire
où l'ame eft ouverte aux impreffions des objets
extérieurs ; les phénomènes que préfentent
ces différens états qu'il faut comparer avec
ceux d'évanouiffement, d'apoplexie, de mort
apparente ;

La manière de concilier la fimplicité de l'ame,
qui paraît prouvée par le fentiment du *moi*,
avec cette foule de phénomènes qui femblent
annoncer qu'elle eft en quelque forte une
efpèce de réfultat de l'organifation, & furtout
avec ces expériences fur les animaux, qui

montrent qu'un être coupé en deux, en trois, forme autant d'êtres vivans féparés, à chacun defquels appartient, dès cet inftant, un *moi* diftinct du *moi* général, qui femblait appartenir à la réunion de toutes ces parties ;

Les queftions relatives à la liberté, à la nature de nos opérations, queftions qu'une analyfe plus exacte de nos idées peut réfoudre, en nous apprenant, non à tout expliquer, mais à bien nous entendre, & à diftinguer ce qu'il nous refte à chercher ou ce qu'il faut fe réfoudre à ignorer ;

L'examen de la queftion fi importante de la perfectibilité indéfinie de l'efprit humain, envifagée non-feulement comme la fuite de la perfection des méthodes, de l'étendue toujours croiffante de la maffe des vérités connues, mais comme une perfectibilité vraiment phyfique ;

Les queftions enfin qu'on peut fe propofer fur la permanence des ames, fur la fin qu'on croit apercevoir dans l'univers ; l'examen de l'efpèce de probabilité qu'on peut acquérir fur ces queftions dont la folution directe nous échappe, & des moyens de parvenir à ce degré de probabilité ou d'en approcher ;

Tous ces objets & bien d'autres encore offrent aux métaphyficiens de grandes recherches à

A 4

faire ; recherches qui feraient utiles , puifqu'elles conduiraient toutes à mieux connaître
l'efprit ou le cœur humain , & les moyens
de mieux diriger l'éducation , d'en étendre
l'influence & les effets , de perfectionner &
d'améliorer l'efpèce humaine. Nous fommes
donc bien éloignés de l'opinion fi commune
qui fait regarder la métaphyfique comme une
fcience inutile, vaine, prefque dangereufe pour
les progrès de l'efprit humain.

Aux écrits de M. de *Voltaire* fur la métaphyfique, fuccèdent les nombreux ouvrages dans
lefquels il combat la religion chrétienne. Nous
ne nous fommes permis aucune réflexion fur
ce dernier objet.

Nous nous bornerons à obferver que , s'il y
a quelque vérité bien prouvée en morale, c'eft
qu'aucune erreur générale & durable ne peut
être utile à l'efpèce humaine ; & que, fi une
erreur particulière ou paffagère peut l'être à
quelques individus, ce n'eft point l'ordre naturel
des chofes , mais les anciennes erreurs des
hommes qu'il en faut accufer.

Cette vérité, & l'opinion qui fait regarder
l'efpèce humaine comme fufceptible d'être
perfectionnée , font la bafe néceffaire de
toute philofophie. Si en effet les hommes font

deſtinés à des alternatives éternelles de lumières
& de ténèbres, de paix & de brigandage,
de bon ſens & de folie ; dès-lors l'homme
de bien eſt réduit à s'abandonner à cet ordre
néceſſaire, & ſes devoirs ſe borneront à reſter
dans le point où il ſe trouve placé, en y feſant
le moins de mal qu'il lui eſt poſſible. Si l'erreur
eſt néceſſaire aux hommes, s'il faut les tromper
pour qu'ils ne dégénèrent point en bêtes féroces,
alors l'homme éclairé, qui a un eſprit juſte & un
cœur droit, ſe mêlera-t-il à la troupe des
impoſteurs ? Non, ſans doute ; il gémira d'être
réduit à ne vivre que pour lui-même. Une
vie tranquille, inactive, deviendra donc le
partage de tous ceux à qui la nature aura
donné des talens & des vertus, & elle-même
aura rendu inutiles les plus beaux de ſes
dons.

Mais ſi l'erreur ne peut être d'une utilité
générale, tout homme a le droit, tout homme
eſt même ſtrictement obligé de combattre ce qu'il
regarde comme des erreurs. Ceux qui croient
qu'un auteur ſe trompe en s'élevant contre les
opinions générales, doivent le réfuter, mais en
reſpectant ſes intentions & ſa perſonne ; toute
démarche pour empêcher certains ouvrages
d'être lus & de ſe répandre, devient & un
crime contre les droits de la raiſon humaine,

& un aveu fecret du peu de confiance qu'on a dans les preuves des opinions qu'on profeffe.

On trouvera dans les différens écrits théologiques de M. de *Voltaire* beaucoup de répétitions, & quelques contradictions apparentes.

Ces contradictions n'ont d'autre caufe que la liberté plus ou moins grande avec laquelle il a cru devoir fe permettre d'établir fes opinions. Toutes les fois qu'un écrivain ne peut dire fous fon nom tout ce qu'il croit être la vérité, fans s'expofer à une perfécution injufte, les ouvrages qu'il publie doivent être lus & jugés comme des ouvrages dramatiques. Ce n'eft point l'auteur qui parle, mais le perfonnage fous lequel il a voulu fe cacher. L'obligation de dire la vérité aux hommes, de ne jamais les tromper, eft toujours la même; mais chaque forme d'ouvrage eft fufceptible d'une vérité différente. On peut être de bonne ou mauvaife foi dans un roman comme dans une hiftoire, dans une tragédie comme dans un livre de morale; mais ce n'eft point de la même manière.

Quant aux répétitions, tous ces ouvrages ont été publiés à part & fucceffivement; ils fe répandaient difficilement & avec lenteur dans la capitale, dans les provinces, dans plufieurs

Etats de l'Europe, où les opinions nouvelles étaient faifies aux portes des villes comme des marchandifes prohibées, & où des hommes chargés de ce qu'ils appelaient *la police des livres*, s'étaient arrogé le droit de penfer pour le refte de leurs concitoyens. Souvent ceux entre les mains de qui tombait par hafard un de ces ouvrages, n'avaient pu connaître les autres : il n'était donc point inutile d'y répéter les mêmes chofes.

Quand il s'agit de combattre des opinions reçues, la vérité qu'on y oppofe, fi elles font fauffes, ne diffipe point l'erreur à l'inftant où cette vérité fe montre; il faut la préfenter fouvent, & fous des faces différentes, fi l'on veut l'établir ou la répandre. Un feul ouvrage fuffit à la réputation d'un auteur, mais il en faut plufieurs pour confommer la révolution qu'on veut opérer dans les efprits. Or ce ne peut jamais être la vanité d'auteur, de philofophe, qui engage à combattre les croyances religieufes; elles font par leur nature ou divines ou abfurdes; il eft impoffible par conféquent à un homme fenfé de mettre quelque amour-propre à ne les pas croire.

Le dernier des écrits contenus dans cette collection eft intitulé, *Hiftoire véritable de l'établiffement du chriſtianiſme* : il n'a jamais été publié ; une partie ſeulement était imprimée à la mort de l'auteur ; le reſte s'eſt trouvé dans ſes papiers écrits de ſa main. L'on peut regarder cette hiſtoire comme ſon dernier ouvrage , & les maximes qui le terminent , comme ſes derniers ſentimens & ſes derniers vœux pour le bonheur de l'humanité.

TRAITÉ

DE

METAPHYSIQUE.

INTRODUCTION.

Doutes sur l'homme.

Peu de gens s'avisent d'avoir une notion bien entendue de ce que c'est que l'homme. Les payfans d'une partie de l'Europe n'ont guère d'autre idée de notre efpèce que celle d'un animal à deux pieds, ayant une peau bife, articulant quelques paroles, cultivant la terre, payant, fans favoir pourquoi, certains tributs à un autre animal qu'ils appellent *roi*, vendant leurs denrées le plus cher qu'ils peuvent, & s'affemblant certains jours de l'année pour chanter des prières dans une langue qu'ils n'entendent point.

Un roi regarde affez toute l'efpèce humaine comme des êtres faits pour obéir à lui & à fes femblables. Une jeune parifienne, qui entre dans le monde, n'y voit que ce qui peut fervir à fa vanité; & l'idée confufe qu'elle a du bonheur, & le fracas de tout ce qui l'entoure, empêchent fon ame d'entendre la voix de

tout le refte de la nature. Un jeune turc, dans le filence
du férail, regarde les hommes comme des êtres fupé-
rieurs, obligés par une certaine loi à coucher tous
les vendredis avec leurs efclaves; & fon imagination
ne va pas beaucoup au - delà. Un prêtre diftingue
l'univers entier en eccléfiaftiques & en laïques ; & il
regarde fans difficulté la portion eccléfiaftique comme
la plus noble, & faite pour conduire l'autre &c. &c.

Si on croyait que les philofophes euffent des idées
plus complètes de la nature humaine, on fe tromperait
beaucoup : car fi vous en exceptez *Hobbes*, *Locke*,
Defcartes, *Bayle*, & un très-petit nombre d'efprits fages,
tous les autres fe font une opinion particulière fur
l'homme, auffi refferrée que celle du vulgaire, &
feulement plus confufe. Demandez au P. *Mallebranche*
ce que c'eft que l'homme ; il vous répondra que c'eft
une fubftance faite à l'image de DIEU, fort gâtée
depuis le péché originel, cependant plus unie à DIEU
qu'à fon corps, voyant tout en DIEU, penfant,
fentant, tout en DIEU.

Pafcal regarde le monde entier comme un affemblage de méchans & de malheureux, créés pour être
damnés, parmi lefquels cependant DIEU a choifi de
toute éternité quelques ames, c'eft-à-dire une fur
cinq ou fix millions pour être fauvée.

L'un dit : l'homme eft une ame unie à un corps ;
& quand le corps eft mort, l'ame vit toute feule pour
jamais.

L'autre affure que l'homme eft un corps qui penfe
néceffairement; & ni l'un ni l'autre ne prouvent ce
qu'ils avancent. Je voudrais dans la recherche de

l'homme me conduire comme je fais dans l'étude de l'aftronomie : ma penfée fe tranfporte quelquefois hors du globe de la terre, de deffus laquelle tous les mouvemens céleftes paraîtraient irréguliers & confus. Et après avoir obfervé le mouvement des planètes comme fi j'étais dans le foleil, je compare les mouvemens apparens que je vois fur la terre avec les mouvemens véritables que je verrais fi j'étais dans le foleil. De même je vais tâcher, en étudiant l'homme, de me mettre d'abord hors de fa fphère & hors d'intérêt, & de me défaire de tous les préjugés d'éducation, de patrie, & furtout des préjugés de philofophe.

Je fuppofe, par exemple, que, né avec la faculté de penfer & de fentir que j'ai préfentement, & n'ayant point la forme humaine, je defcends du globe de Mars ou de Jupiter. Je peux porter une vue rapide fur tous les fiècles, tous les pays, & par conféquent fur toutes les fottifes de ce petit globe.

Cette fuppofition eft auffi aifée à faire pour le moins, que celle que je fais quand je m'imagine être dans le foleil pour confidérer de là les feize planètes qui roulent régulièrement dans l'efpace autour de cet aftre.

CHAPITRE PREMIER.

Des différentes espèces d'hommes.

DESCENDU fur ce petit amas de boue, & n'ayant pas plus de notion de l'homme que l'homme en a des habitans de Mars ou de Jupiter, je débarque vers les côtes de l'Océan, dans le pays de la Cafrerie, & d'abord je me mets à chercher un *homme*. Je vois des finges, des éléphans, des nègres, qui femblent tous avoir quelque lueur d'une raifon imparfaite. Les uns & les autres ont un langage que je n'entends point, & toutes leurs actions paraiffent fe rapporter également à une certaine fin. Si je jugeais des chofes par le premier effet qu'elles font fur moi, j'aurais du penchant à croire d'abord que de tous ces êtres, c'eft l'éléphant qui eft l'animal raifonnable ; mais pour ne rien décider trop légèrement, je prends des petits de ces différentes bêtes ; j'examine un enfant nègre de fix mois, un petit éléphant, un petit finge, un petit lion, un petit chien ; je vois, à ne pouvoir douter, que ces jeunes animaux ont incomparablement plus de force & d'adreffe, qu'ils ont plus d'idées, plus de paffions, plus de mémoire que le petit nègre, qu'ils expriment bien plus fenfiblement tous leurs défirs ; mais au bout de quelque temps le petit nègre a tout autant d'idées qu'eux tous. Je m'aperçois même que ces animaux nègres ont entre eux un langage bien mieux articulé encore, & bien plus variable que celui des autres bêtes. J'ai eu le temps d'apprendre ce langage ; & enfin, à
force

force de confidérer le petit degré de fupériorité qu'ils ont à la longue fur les finges & fur les éléphans, j'ai hafardé de juger, qu'en effet c'eft-là *l'homme* ; & je me fuis fait à moi-même cette définition :

L'homme eft un animal noir qui a de la laine fur la tête, marchant fur deux pattes, prefque auffi adroit qu'un finge, moins fort que les autres animaux de fa taille, ayant un peu plus d'idées qu'eux, & plus de facilité pour les exprimer ; fujet d'ailleurs à toutes les mêmes néceffités, naiffant, vivant, & mourant tout comme eux.

Après avoir paffé quelque temps parmi cette efpèce, je paffe dans les régions maritimes des Indes orientales. Je fuis furpris de ce que je vois : les éléphans, les lions, les finges, les perroquets, n'y font pas tout-à-fait les mêmes que dans la Cafrerie, mais l'homme y paraît abfolument différent : ils font d'un beau jaune, n'ont point de laine, leur tête eft couverte de grands crins noirs. Ils paraiffent avoir fur toutes les chofes des idées contraires à celles des nègres. Je fuis donc forcé de changer ma définition & de ranger la nature humaine fous deux efpèces : la jaune avec des crins, & la noire avec de la laine.

Mais à Batavia, Goa, & Suratte, qui font les rendez-vous de toutes les nations, je vois une grande multitude d'européens qui font blancs & qui n'ont ni crins ni laine, mais des cheveux blonds fort déliés avec de la barbe au menton. On m'y montre auffi beaucoup d'américains qui n'ont point de barbe ; voilà ma définition & mes efpèces d'hommes bien augmentées.

Philofophie &c. Tome I.   B

Je rencontre à Goa une espèce encore plus singu-lière que toutes celles-ci ; c'est un homme vêtu d'une longue soutane noire, & qui se dit fait pour instruire les autres. Tous ces différens hommes, me dit-il, que vous voyez sont tous nés d'un même père ; & de-là il me conte une longue histoire. Mais ce que me dit cet animal, me paraît fort suspect. Je m'informe si un nègre & une négresse, à la laine noire & au nez épaté, font quelquefois des enfans blancs, portant cheveux blonds, & ayant un nez aquilin & des yeux bleus ; si des nations sans barbe sont sorties des peuples barbus, & si les blancs & les blanches n'ont jamais produit des peuples jaunes. On me répond que non, que les nègres transplantés, par exemple, en Allemagne ne font que des nègres, à moins que les Allemands ne se chargent de changer l'espèce, & ainsi du reste. On m'ajoute que jamais homme un peu instruit n'a avancé que les espèces non-mélangées dégénérassent, & qu'il n'y a guère que l'abbé *Dubos* qui ait dit cette sottise dans un livre intitulé : *Réflexions sur la peinture & sur la poësie &c.*

Il me semble alors que je suis assez bien fondé à croire qu'il en est des hommes comme des arbres ; que les poiriers, les sapins, les chênes, & les abricotiers, ne viennent point d'un même arbre, & que les blancs barbus, les nègres portant laine, les jaunes portant crins, & les hommes sans barbe, ne viennent pas du même homme. (1)

(1) Toutes ces différentes races d'hommes produisent ensemble des individus capables de perpétuer, ce qu'on ne peut pas dire des arbres d'espèce différente ; mais y a-t-il eu un temps où il n'existait qu'un ou deux individus de chaque espèce ? c'est ce que nous ignorons complètement.

CHAPITRE II.

S'il y a un Dieu.

Nous avons à examiner ce que c'eft que la faculté de penfer dans ces efpèces d'homme différentes ; comment lui viennent fes idées, s'il a une ame diftinéte du corps, fi cette ame eft éternelle, fi elle eft libre, fi elle a des vertus & des vices &c. : mais la plupart de ces idées ont une dépendance de l'exiftence ou de la non-exiftence d'un Dieu. Il faut, je crois, commencer par fonder l'abyme de ce grand principe. Dépouillons-nous ici plus que jamais de toute paffion & de tout préjugé, & voyons de bonne foi ce que notre raifon peut nous apprendre fur cette queftion : *Y a-t-il un Dieu : n'y en a-t-il pas ?*

Je remarque d'abord qu'il y a des peuples qui n'ont aucune connaiffance d'un Dieu créateur ; ces peuples à la vérité font barbares, & en très-petit nombre : mais enfin ce font des hommes ; & fi la connaiffance d'un Dieu était néceffaire à la nature humaine, les fauvages hottentots auraient une idée auffi fublime que nous d'un être fuprême. Bien plus, il n'y a aucun enfant chez les peuples policés qui ait dans fa tête la moindre idée d'un Dieu. On la leur imprime avec peine ; ils prononcent le mot de *Dieu* fouvent toute leur vie fans y attacher aucune notion fixe ; vous voyez d'ailleurs que les idées de Dieu diffèrent autant chez les hommes que leurs religions & leurs lois, fur quoi je ne puis m'empêcher de faire cette réflexion : eft-il poffible que la connaiffance

B 2

d'un Dieu notre créateur, notre confervateur, notre tout, foit moins néceffaire à l'homme qu'un nez & cinq doigts? tous les hommes naiffent avec un nez & cinq doigts, & aucun ne naît avec la connaiffance de Dieu: que cela foit déplorable ou non, telle eft certainement la condition humaine.

Voyons fi nous acquérons avec le temps la connaiffance d'un Dieu, de même que nous parvenons aux notions mathématiques & à quelques idées métaphyfiques. Que pouvons-nous mieux faire, dans une recherche fi importante, que de pefer ce qu'on peut dire pour & contre, de nous décider pour ce qui nous paraîtra plus conforme à notre raifon?

Sommaire des raifons en faveur de l'exiftence de Dieu.

IL y a deux manières de parvenir à la notion d'un être qui préfide à l'univers. La plus naturelle & la plus parfaite pour les capacités communes, eft de confidérer non-feulement l'ordre qui eft dans l'univers, mais la fin à laquelle chaque chofe paraît fe rapporter. On a compofé fur cette feule idée beaucoup de gros livres, & tous ces gros livres enfemble ne contiennent rien de plus que cet argument-ci : Quand je vois une montre dont l'aiguille marque les heures, je conclus qu'un être intelligent a arrangé les refforts de cette machine, afin que l'aiguille marquât les heures. Ainfi, quand je vois les refforts du corps humain, je conclus qu'un être intelligent a arrangé ces organes pour être reçus & nourris neuf mois dans la matrice; que les yeux font donnés pour voir, les mains pour prendre &c. Mais de ce feul argument

je ne peux conclure autre chofe, finon qu'il eft probable qu'un être intelligent & fupérieur a préparé &
façonné la matière avec habileté ; mais je ne peux
conclure de cela feul, que cet être ait fait la matière
avec rien, & qu'il foit infini en tout fens. J'ai beau
chercher dans mon efprit la connexion de ces idées :
Il eft probable que je fuis l'ouvrage d'un être plus puiffant
que moi, donc cet être exifte de toute éternité, donc il a
créé tout, donc il eft infini &c. je ne vois pas la chaîne
qui mène droit à cette conclufion ; je vois feulement
qu'il y a quelque chofe de plus puiffant que moi, &
rien de plus.

Le fecond argument eft plus métaphyfique, moins
fait pour être faifi par les efprits groffiers, & conduit à
des connaiffances bien plus vaftes : en voici le précis.

J'exifte, donc quelque chofe exifte. Si quelque
chofe exifte, quelque chofe a donc exifté de toute
éternité ; car ce qui eft, ou eft par lui-même, ou a
reçu fon être d'un autre. S'il eft par lui-même, il
eft néceffairement, il a toujours été néceffairement,
& c'eft Dieu ; s'il a reçu fon être d'un autre, & ce
fecond d'un troifième, celui dont ce dernier a reçu
fon *être*, doit néceffairement être Dieu. Car vous ne
pouvez concevoir qu'un être donne l'être à un autre,
s'il n'a le pouvoir de créer ; de plus fi vous dites
qu'une chofe reçoit, je ne dis pas la forme, mais
fon exiftence d'une autre chofe, & celle-là d'une
troifième, cette troifième d'une autre encore, & ainfi
en remontant jnfqu'à l'infini, vous dites une abfurdité. Car tous ces êtres alors n'auront aucune caufe
de leur exiftence. Pris tous enfemble, ils n'ont aucune
caufe externe de leur exiftence ; pris chacun en

particulier, ils n'en ont aucune interne : c'eſt-à-dire, pris tous enſemble, ils ne doivent leur exiſtence à rien; pris chacun en particulier, aucun n'exiſte par ſoi-même : donc aucun ne peut exiſter néceſſairement.

Je ſuis donc réduit à avouer qu'il y a un être qui exiſte néceſſairement par lui-même de toute éternité, & qui eſt l'origine de tous les autres êtres. Delà il ſuit eſſentiellement que cet être eſt infini en durée, en immenſité, en puiſſance; car qui peut le borner? Mais, me direz-vous, le monde matériel eſt préci-ſément cet être que nous cherchons. Examinons de bonne foi ſi la choſe eſt probable.

Si ce monde matériel eſt exiſtant par lui-même d'une néceſſité abſolue, c'eſt une contradiction dans les termes que de ſuppoſer que la moindre partie de cet univers puiſſe être autrement qu'elle eſt, car ſi elle eſt en ce moment d'une néceſſité abſolue, ce mot ſeul exclut toute autre manière d'être : or, certaine-ment cette table ſur laquelle j'écris, cette plume dont je me ſers n'ont pas toujours été ce qu'elles ſont; ces penſées que je trace ſur le papier n'exiſtaient pas même il y a un moment, donc elles n'exiſtent pas néceſſairement. Or ſi chaque partie n'exiſte pas d'une néceſſité abſolue, il eſt donc impoſſible que le tout exiſte par lui-même. Je produis du mouvement, donc le mouvement n'exiſtait pas auparavant; donc le mouvement n'eſt pas eſſentiel à la matière; donc la matière le reçoit d'ailleurs, donc il y a un Dieu qui le lui donne. De même l'intelligence n'eſt pas eſſen-tielle à la matière; car un rocher ou du froment ne penſent point. De qui donc les parties de la matière qui penſent & qui ſentent auront-elles reçu la

fenfation & la penfée? ce ne peut être d'elles-mêmes,
puifqu'elles fentent malgré elles ; ce ne peut être de
la matière en général, puifque la penfée & la fenfation
ne font point de l'effence de la matière ; elles ont donc
reçu ces dons de la main d'un être fuprême, intelligent, infini, & la caufe originaire de tous les êtres.

Voilà en peu de mots les preuves de l'exiftence d'un
Dieu, & le précis de plufieurs volumes ; précis que
chaque lecteur peut étendre à fon gré.

Voici avec autant de briéveté les objections qu'on
peut faire à ce fyftème.

Difficultés fur l'exiftence de DIEU.

1°. SI DIEU n'eft pas ce monde matériel, il l'a
créé, (ou bien, fi vous voulez, il a donné à quelque
autre être le pouvoir de le créer, ce qui revient au
même ;) mais en fefant ce monde, ou il l'a tiré du
néant, ou il l'a tiré de fon propre être divin. Il ne
peut l'avoir tiré du néant qui n'eft rien ; il ne peut
l'avoir tiré de foi, puifque ce monde en ce cas ferait
effentiellement partie de l'effence divine : donc je ne
puis avoir d'idée de la création, donc je ne dois
point admettre la création.

2°. DIEU aurait fait ce monde ou néceffairement
ou librement ; s'il l'a fait par néceffité, il a dû toujours
l'avoir fait ; car cette néceffité eft éternelle ; donc en
ce cas le monde ferait éternel & créé, ce qui implique
contradiction. Si DIEU l'a fait librement par pur choix,
fans aucune raifon antécédente, c'eft encore une
contradiction ; car c'eft fe contredire que de fuppofer
l'être infiniment fage fefant tout fans aucune raifon
qui le détermine, & l'être infiniment puiffant ayant

B 4

paffé une éternité fans faire le moindre ufage de fa puiffance.

3°. S'il paraît à la plupart des hommes qu'un être intelligent a imprimé le fceau de la fageffe fur toute la nature, & que chaque chofe femble être faite pour une certaine fin, il eft encore plus vrai aux yeux des philofophes que tout fe fait dans la nature par les lois éternelles, indépendantes, & immuables, des mathématiques; la conftruction & la durée du corps humain font une fuite de l'équilibre des liqueurs & de la force des léviers. Plus on fait de découvertes dans la ftructure de l'univers, plus on le trouve arrangé depuis les étoiles jufqu'au ciron, felon les lois mathématiques. Il eft donc permis de croire que ces lois ayant opéré par leur nature, il en réfulte des effets néceffaires que l'on prend pour les déterminations arbitraires d'un pouvoir intelligent. Par exemple, un champ produit de l'herbe, parce que telle eft la nature de fon terrain arrofé par la pluie, & non pas parce qu'il y a des chevaux qui ont befoin de foin & d'avoine : ainfi du refte.

4°. Si l'arrangement des parties de ce monde, & tout ce qui fe paffe parmi les êtres qui ont la vie fentante & penfante, prouvait un créateur & un maître, il prouverait encore mieux un être barbare : car fi l'on admet des caufes finales, on fera obligé de dire que DIEU infiniment fage & infiniment bon a donné la vie à toutes les créatures pour être dévorées les unes par les autres. En effet, fi l'on confidère tous les animaux, on verra que chaque efpèce a un inftinct irréfiftible qui le force à détruire une autre efpèce. A l'égard des mifères de l'homme, il y a de quoi faire des reproches à la divinité pendant toute notre vie. On a beau nous dire que la sagesse & la bonté de DIEU ne sont point faites comme la nôtre ; cet argument ne sera d'aucune force sur l'esprit de bien des gens, qui répondront qu'ils ne peuvent juger de la justice que par l'idée même qu'on suppose que DIEU leur en a donnée, que l'on ne peut mesurer qu'avec la mesure que l'on a, & qu'il est aussi impossible que nous ne croyons pas très-barbare un être qui se conduirait comme un homme barbare, qu'il est impossible que nous ne pensions pas qu'un être quelconque a six pieds, quand nous l'avons mesuré avec une toise, & qu'il nous paraît avoir cette grandeur.

Si on nous réplique, ajouteront-ils, que notre mesure est fautive, on nous dira une chose qui semble impliquer contradiction ; car c'est DIEU lui-même qui nous aura donné cette fausse idée : donc DIEU ne nous aura faits que pour nous tromper. Or, c'est dire qu'un être qui ne peut avoir que des perfections, jette ses créatures dans l'erreur, qui est à proprement parler, la seule imperfection : c'est visiblement se contredire. Enfin les matérialistes finiront par dire : Nous avons moins d'absurdités à dévorer dans le système de l'athéisme que dans celui du déisme ; car d'un côté il faut à la vérité que nous concevions éternel & infini ce monde que nous voyons ; mais de l'autre il faut que nous imaginions un autre être infini & éternel, & que nous y ajoutions la création dont nous ne pouvons avoir d'idée. Il nous est donc plus facile, concluront-ils, de ne pas croire un DIEU que de le croire.

Réponse à ces objeĉtions.

Les argumens contre la création se réduisent à montrer qu'il nous est impossible de la concevoir, c'est-à-dire d'en concevoir la manière, mais non pas qu'elle soit impossible en soi ; car pour que la création fût impossible, il faudrait d'abord prouver qu'il est impossible qu'il y ait un Dieu ; mais bien loin de prouver cette impossibilité, on est obligé de reconnaître qu'il est impossible qn'il n'existe pas. Cet argument qu'il faut qu'il y ait hors de nous un être infini, éternel, immense, tout-puissant, libre, intelligent, & les ténèbres qui accompagnent cette lumière, ne servent qu'à montrer que cette lumière existe ; car de cela même qu'un être infini nous est démontré, il nous est démontré aussi qu'il doit être impossible à un être fini de le comprendre.

Il me semble qu'on ne peut faire que des sophismes & dire des absurdités quand on veut s'efforcer de nier la nécessité d'un être existant par lui-même, ou lorsqu'on veut soutenir que la matière est cet être. Mais lorsqu'il s'agit d'établir & de discuter les attributs de cet être dont l'existence est démontrée, c'est tout autre chose.

Les maîtres dans l'art de raisonner, les *Lockes*, les *Clarkes*, nous disent : *Cet être est un être intelligent, car celui qui a tout produit doit avoir toutes les perfeĉtions qu'il a mises dans ce qu'il a produit, sans quoi l'effet serait plus parfait que la cause :* ou bien d'une autre manière : *Il y aurait dans l'effet une perfeĉtion qui n'aurait été produite par rien, ce qui est visiblement absurde :* Clarke 39, Locke.

Donc puifqu'il y a des êtres intelligens, & que la matière n'a pu fe donner la faculté de penfer, il faut que l'être exiftant par lui-même, que DIEU *foit un être intelligent.* Mais ne pourrait-on pas rétorquer cet argument & dire : *Il faut que* DIEU *foit matière,* puifqu'il y a des êtres matériels ; car fans cela la matière n'aura été produite par rien, & une caufe aura produit un effet dont le principe n'était pas en elle. On a cru éluder cet argument en gliffant le mot de perfection; M. *Clarke* femble l'avoir prévenu, mais il n'a pas ofé le mettre dans tout fon jour; il fe fait feulement cette objection : *On dira que* DIEU *a bien communiqué la divifibilité & la figure à la matière, quoiqu'il ne foit ni figuré ni divifible:* Et il fait à cette objection une réponfe très-folide & très-aifée, c'eft que la divifibilité, la figure, font des qualités négatives & des limitations ; & que quoiqu'une caufe ne puiffe communiquer à fon effet aucune perfection qu'elle n'a pas, l'effet peut cependant avoir, & doit néceffairement avoir des limitations, des imperfections que la caufe n'a pas. Mais qu'eût répondu M. *Clarke* à celui qui lui aurait dit : *La matière n'eft point un être négatif, une limitation, une imperfection, c'eft un être réel pofitif, qui a fes attributs tout comme l'efprit ; or, comment* DIEU *aura-t-il pu produire un être matériel, s'il n'eft pas matériel?* Il faut donc ou que vous avouiez que la caufe peut communiquer quelque chofe de pofitif qu'elle n'a pas, ou que la matière n'a point de caufe de fon exiftence; ou enfin que vous fouteniez que la matière eft une pure négation & une limitation ; ou bien fi ces trois partis font abfurdes, il faut que vous avouiez que l'exiftence des êtres intelligens ne prouve pas plus que l'être exiftant par lui-même eft

un être intelligent, que l'exiſtence des êtres matériels
ne prouve que l'être par lui-même eſt matière; car la
choſe eſt abſolument ſemblable : on dira la même
choſe du mouvement. A l'égard du mot de *perfeĉtion*,
on en abuſe ici viſiblement; car qui oſera dire que la
matière eſt une imperfeĉtion & la penſée une perfeĉtion?
Je ne crois pas que perſonne oſe décider ainſi de
l'eſſence des choſes. Et puis, que veut dire *perfeĉtion*?
eſt-ce perfeĉtion par rapport à Dieu, ou par rapport
à nous?

Je ſais que l'on peut dire que cette opinion rame-
nerait au ſpinoſiſme ; à cela je pourrais répondre que
je n'y puis que faire, & que mon raiſonnement, s'il
eſt bon, ne peut devenir mauvais par les conſéquences qu'on en peut tirer. Mais de plus, rien ne
ferait plus faux que cette conſéquence ; car cela prouverait ſeulement que notre intelligence ne reſſemble
pas plus à l'intelligence de Dieu, que notre manière
d'être étendu ne reſſemble à la manière dont Dieu
remplit l'eſpace. Dieu n'eſt point dans le cas des
cauſes que nous connaiſſons; il a pu créer l'eſprit
& la matière, ſans être ni matière ni eſprit, ni l'un
ni l'autre ne dérivent de lui, mais ſont créés par lui.
Je ne connais pas le *quomodo*, il eſt vrai : j'aime
mieux m'arrêter que de m'égarer; ſon exiſtence m'eſt
démontrée; mais pour ſes attributs & ſon eſſence,
il m'eſt, je crois, démontré que je ne ſuis pas fait pour
les comprendre.

Dire que Dieu n'a pu faire ce monde ni néceſſairement ni librement, n'eſt qu'un ſophiſme qui tombe
de lui-même dès qu'on a prouvé qu'il y a un Dieu,
& que le monde n'eſt pas Dieu ; & cette objeĉtion

fe réduit feulement à ceci : Je ne puis comprendre que
DIEU ait créé l'univers plutôt dans un temps que
dans un autre ; donc il ne l'a pu créer. C'eft comme
fi l'on difait : Je ne puis comprendre pourquoi un tel
homme ou un tel cheval n'a pas exifté mille ans auparavant, donc leur exiftence eft impoffible. De plus,
la volonté libre de DIEU eft une raifon fuffifante du
temps dans lequel il a voulu créer le monde. Si DIEU
exifte, il eft libre ; & il ne le ferait pas s'il était toujours déterminé par une raifon fuffifante, & fi fa
volonté ne lui en fervait pas. D'ailleurs cette raifon
fuffifante ferait-elle dans lui ou hors de lui ? Si elle
eft hors de lui, il ne fe détermine donc pas librement ;
fi elle eft en lui, qu'eft-ce autre chofe que fa volonté ?

Les lois mathématiques font immuables, il eft vrai :
mais il n'était pas néceffaire que telles lois fuffent
préférées à d'autres. Il n'était pas néceffaire que la
terre fût placée où elle eft ; aucune loi mathématique
ne peut agir par elle-même, aucune n'agit fans mouvement, le mouvement n'exifte point par lui-même,
donc il faut recourir à un premier moteur. J'avoue
que les planètes, placées à telle diftance du foleil,
doivent parcourir leurs orbites felon les lois qu'elles
obfervent, que même leur diftance peut être réglée par
la quantité de matière qu'elles renferment. Mais pourra-
t-on dire qu'il était néceffaire qu'il y eût telle quantité de matière dans chaque planète, qu'il y eût un
certain nombre d'étoiles, que ce nombre ne peut être
augmenté ni diminué, que fur la terre il eft d'une
néceffité abfolue & inhérente dans la nature des chofes
qu'il y eût un certain nombre d'êtres ? non, fans doute,
puifque ce nombre change tous les jours : donc toute

la nature, depuis l'étoile la plus éloignée jufqu'à un brin d'herbe, doit être foumife à un premier moteur.

Quant à ce qu'on objecte qu'un pré n'eft pas effentiellement fait pour des chevaux &c.; on ne peut conclure de-là qu'il n'y ait point de caufe finale, mais feulement que nous ne connaiffons pas toutes les caufes finales. Il faut ici furtout raifonner de bonne foi & ne point chercher à fe tromper foi-même; quand on voit une chofe qui a toujours le même effet, qui n'a uniquement que cet effet, qui eft compofée d'une infinité d'organes, dans lefquels il y a une infinité de mouvemens qui tous concourent à la même produc-tion; il me femble qu'on ne peut, fans une fecrète répugnance, nier une caufe finale. Le germe de tous les végétaux, de tous les animaux eft dans ce cas: ne faut-il pas être un peu hardi pour dire que tout cela ne fe rapporte à aucune fin?

Je conviens qu'il n'y a point de démonftration proprement dite qui prouve que l'eftomac eft fait pour digérer, comme il n'y a point de démonftration qu'il fait jour, mais les matérialiftes font bien loin de pouvoir démontrer auffi que l'eftomac n'eft pas fait pour digérer; qu'on juge feulement avec équité, comme on juge des chofes dans le cours ordinaire, quelle eft l'opinion la plus probable.

A l'égard des reproches d'injuftice & de cruauté qu'on fait à Dieu, je réponds d'abord que fuppofé qu'il y ait un mal moral, (ce qui me paraît une chimère) ce mal moral eft tout auffi impoffible à expliquer dans le fyftème de la matière que dans celui d'un Dieu. Je réponds enfuite que nous n'avons d'aut-tres idées de la juftice que celles que nous nous fommes formées de toute action utile à la fociété, & conformes aux lois établies par nous, pour le bien commun; or cette idée n'étant qu'une idée de relation d'homme à homme, elle ne peut avoir aucune analogie avec DIEU. Il eft tout auffi abfurde de dire de DIEU, en ce fens, que DIEU eft jufte ou injufte, que de dire DIEU eft bleu ou quarré.

Il eft donc infenfé de reprocher à DIEU que les mouches foient mangées par les araignées, & que les hommes ne vivent que quatre-vingts ans, qu'ils abufent de leur liberté pour fe détruire les uns les autres, qu'ils aient des maladies, des paffions cruelles &c.: car nous n'avons certainement aucune idée que les hommes & les mouches duffent être éternels. Pour bien affurer qu'une chofe eft mal, il faut voir en même temps qu'on pourrait mieux faire. Nous ne pouvons certainement juger qu'une machine eft imparfaite que par l'idée de la perfection qui lui manque: nous ne pouvons, par exemple, juger que les trois côtés d'un triangle font inégaux, fi nous n'avons l'idée d'un triangle équilatéral: nous ne pouvons dire qu'une montre eft mauvaife fi nous n'avons une idée diftincte d'un certain nombre d'efpaces égaux, que l'aiguille de cette montre doit également parcourir. Mais qui aura une idée felon laquelle ce monde-ci déroge à la fageffe divine?

Dans l'opinion qu'il y a un Dieu, il fe trouve des difficultés; mais dans l'opinion contraire il y a des abfurdités: & c'eft ce qu'il faut examiner avec application, en fefant un petit précis de ce qu'un matérialifte eft obligé de croire.

Conséquences nécessaires de l'opinion des matérialistes.

Il faut qu'ils disent que le monde existe nécessairement & par lui-même, de sorte qu'il y aurait de la
contradiction dans les termes, à dire qu'une partie
de la matière pourrait n'exister pas, ou pourrait
exister autrement qu'elle est : il faut qu'ils disent que
le monde matériel a en soi essentiellement la pensée
& le sentiment ; car il ne peut les acquérir, puisqu'en
ce cas ils lui viendraient de rien ; il ne peut les avoir
d'ailleurs, puisqu'il est supposé être tout ce qui est.
Il faut donc que cette pensée & ce sentiment lui soient
inhérens comme l'étendue, la divisibilité, la capacité
du mouvement, sont inhérentes à la matière ; & il faut
avec cela confesser qu'il n'y a qu'un petit nombre de
parties qui aient ce sentiment & cette pensée essentielle
au total du monde ; que ces sentimens & ces pensées,
quoiqu'inhérens dans la matière, périssent cependant
à chaque instant ; ou bien il faudra avancer qu'il y a
une ame du monde qui se répand dans les corps orga-
nisés ; & alors il faudra que cette ame soit autre chose
que le monde. Ainsi de quelque côté qu'on se tourne,
on ne trouve que des chimères qui se détruisent.

Les matérialistes doivent encore soutenir que le
mouvement est essentiel à la matière. Ils sont par-là
réduits à dire que le mouvement n'a jamais pu ni
ne pourra jamais augmenter ni diminuer : ils seront
forcés d'avancer que cent mille hommes qui marchent
à la fois, & cent coups de canon que l'on tire, ne
produisent aucun mouvement nouveau dans la nature.
Il faudra encore qu'ils assurent qu'il n'y a aucune

liberté,

liberté, & par-là qu'ils détruisent tous les liens de la
société, & qu'ils croient une fatalité tout aussi difficile
à comprendre que la liberté, mais qu'eux - mêmes
démentent dans la pratique. Qu'un lecteur équitable,
ayant mûrement pesé le pour & le contre de l'existence
d'un Dieu créateur, voie à présent de quel côté est la
vraisemblance.

Après nous être ainsi traînés de doute en doute, &
de conclusion en conclusion, jusqu'à pouvoir regarder
cette proposition *y a-t-il un Dieu* comme la chose la
plus vraisemblable que les hommes puissent penser,
& après avoir vu que la proposition contraire est une
des plus absurdes, il semble naturel de rechercher
quelle relation il y a entre DIEU & nous, de voir si
DIEU a établi des lois pour les êtres pensans, comme
il y a des lois mécaniques pour les êtres matériels ;
d'examiner s'il y a une morale, & ce qu'elle peut
être ; s'il y a une religion établie par DIEU même.
Ces questions font sans doute d'une importance à qui
tout cède, & les recherches dans lesquelles nous
amusons notre vie, sont bien frivoles en comparaison :
mais ces questions feront plus à leur place quand
nous considérerons l'homme comme un animal
sociable.

Examinons d'abord comment lui viennent ses idées,
& comme il pense, avant de voir quel usage il fait,
ou doit faire de ses pensées.

CHAPITRE III.

Que toutes les idées viennent par les sens.

QUICONQUE se rendra un compte fidelle de tout ce qui s'est passé dans son entendement, avouera sans peine que ses sens lui ont fourni toutes ses idées : mais des philosophes, qui ont abusé de leur raison, ont prétendu que nous avions des idées innées ; & ils ne l'ont assuré que sur le même fondement qu'ils ont dit, que DIEU avait pris des cubes de matière, & les avait froissés l'un contre l'autre pour former ce monde visible. Ils ont forgé des systèmes avec lesquels ils se flattaient de pouvoir hasarder quelque explication apparente des phénomènes de la nature. Cette manière de philosopher est encore plus dangereuse que le jargon méprisable de l'école. Car ce jargon étant absolument vide de sens, il ne faut qu'un peu d'attention à un esprit droit pour en apercevoir tout d'un coup le ridicule, & pour chercher ailleurs la vérité : mais une hypothèse ingénieuse & hardie, qui a d'abord quelque lueur de vraisemblance, intéresse l'orgueil humain à la croire ; l'esprit s'applaudit de ces principes subtils, & se sert de toute sa sagacité pour les défendre. Il est clair qu'il ne faut jamais faire d'hypothèse ; il ne faut point dire : Commençons par inventer des principes avec lesquels nous tâcherons de tout expliquer. Mais il faut dire : Fesons exactement l'analyse des choses, &

enfuite nous tâcherons de voir avec beaucoup de défiance fi elles fe rapportent avec quelques principes. Ceux qui ont fait le roman des idées innées, fe font flattés qu'ils rendraient raifon des idées de l'infini, de l'immenfité de DIEU, & de certaines notions méta-phyfiques qu'ils fuppofaient être communes à tous les hommes. Mais fi, avant de s'engager dans ce fyftème, ils avaient bien voulu faire réflexion que beaucoup d'hommes n'ont de leur vie la moindre teinture de ces notions, qu'aucun enfant ne les a que quand on les lui donne; & que, lorfqu'enfin on les a acquifes, on n'a que des perceptions très-imparfaites, des idées purement négatives, ils auraient eu honte eux-mêmes de leur opinion. S'il y a quelque chofe de démontré hors des mathématiques, c'eft qu'il n'y a point d'idées innées dans l'homme; s'il y en avait, tous les hommes en naiffant auraient l'idée d'un Dieu, & auraient tous la même idée; ils auraient tous les mêmes notions métaphyfiques : ajoutez à cela l'abfurdité ridicule où l'on fe jette quand on foutient que DIEU nous donne dans le ventre de la mère des nctions qu'il faut entiè-rement nous enfeigner dans notre jeuneffe.

Il eft donc indubitable que nos premières idées font nos fenfations. Petit-à-petit nous recevons des idées compofées de ce qui frappe nos organes, notre mémoire retient ces perceptions; nous les rangeons enfuite fous des idées générales; & de cette feule faculté que nous avons de compofer & d'arranger ainfi nos idées, réfultent toutes les vaftes connaif-fances de l'homme.

Ceux qui objectent que les notions de l'infini en durée, en étendue, en nombre, ne peuvent venir

C 2

de nos fens, n'ont qu'à rentrer un inftant en eux-
mêmes : premièrement, ils verront qu'ils n'ont aucune
idée complète, & même feulement pofitive de l'infini ;
mais que ce n'eft qu'en ajoutant les chofes matérielles
les unes aux autres, qu'ils font parvenus à connaître
qu'ils ne verront jamais la fin de leur compte ; & cette
impuiffance, ils l'ont appelée *infini* ; ce qui eft bien
plutôt un aveu de l'ignorance humaine qu'une idée
au-deffus de nos fens. Que fi l'on objecte qu'il y a un
infini réel en géométrie, je réponds que non : on
prouve feulement que la matière fera toujours divifible ; on prouve que tous les cercles poffibles pafferont
entre deux lignes ; on prouve qu'une infinité de furfaces n'a rien de commun avec une infinité de cubes :
mais cela ne donne pas plus l'idée de l'infini, que cette
propofition *il y a un Dieu* ne nous donne une idée de
ce que c'eft que DIEU.

Mais ce n'eft pas affez de nous être convaincus que
nos idées nous viennent toutes par les fens ; notre
curiofité nous porte jufqu'à vouloir connaître comment elles nous viennent. C'eft ici que tous les philofophes ont fait de beaux romans ; il était aifé de fe
les épargner en confidérant avec bonne foi les bornes
de la nature humaine. Quand nous ne pouvons nous
aider du compas des mathématiques, ni du flambeau
de l'expérience & de la phyfique, il eft certain que
nous ne pouvons faire un feul pas. Jufqu'à ce que
nous ayons les yeux affez fins pour diftinguer les parties
conftituantes de l'or d'avec les parties conftituantes
d'un grain de moutarde, il eft bien fûr que nous ne
pourrons raifonner fur leurs effences : & jufqu'à ce
que l'homme foit d'une autre nature, & qu'il ait des

organes pour apercevoir fa propre fubftance & l'effence de fes idées, comme il a des organes pour fentir, il eft indubitable qu'il lui fera impoffible de les connaître. Demander comment nous penfons & comment nous fentons, comment nos mouvemens obéiffent à notre volonté, c'eft demander le fecret du Créateur; nos fens ne nous fourniffent pas plus de voies pour arriver à cette connaiffance, qu'ils ne nous fourniffent des ailes quand nous défirons avoir la faculté de voler; & c'eft ce qui prouve bien, à mon avis, que toutes nos idées nous viennent par les fens; puifque, lorfque les fens nous manquent, les idées nous manquent; auffi, nous eft-il impoffible de favoir comment nous penfons, par la même raifon qu'il nous eft impoffible d'avoir l'idée d'un fixième fens; c'eft parce qu'il nous manque des organes qui enfeignent ces idées. Voilà pourquoi ceux qui ont eu la hardieffe d'imaginer un fyftème fur la nature de l'ame & de nos conceptions, ont été obligés de fuppofer l'opinion abfurde des idées innées, fe flattant que, parmi les prétendues idées métaphyfiques defcendues du ciel dans notre efprit, il s'en trouverait quelques-unes qui découvriraient ce fecret impénétrable.

De tous les raifonneurs hardis qui fe font perdus dans la profondeur de ces recherches, le P. *Mallebranche* eft celui qui a paru s'égarer de la façon la plus fublime.

Voici à quoi fe réduit fon fyftème qui a fait tant de bruit :

Nos perceptions qui nous viennent à l'occafion des objets, ne peuvent être caufées par ces objets mêmes, qui certainement n'ont pas en eux la puiffance de

C 3

donner un fentiment ; elles ne viennent pas de nous-mêmes, car nous fommes à cet égard auffi impuiffans que ces objets ; il faut donc que ce foit DIEU qui nous les donne. *Or* DIEU *eft le lien des efprits, & les efprits fubfiftent en lui ;* donc c'eft en lui que nous avons nos idées, & que nous voyons toutes chofes.

Or, je demande à tout homme qui n'a point d'enthoufiafme dans la tête, quelle notion claire ce dernier raifonnement nous donne ?

Je demande ce que veux dire, DIEU *eft le lien des efprits* ? & quand même ces mots, *fentir & voir tout en* DIEU, formeraient en nous une idée diftincte, je demande ce que nous y gagnerions, & en quoi nous ferions plus favans qu'auparavant ?

Certainement, pour réduire le fyftème du père *Mallebranche* à quelque chofe d'intelligible, on eft obligé de recourir au fpinofifme, d'imaginer que le total de l'univers eft DIEU, que ce DIEU agit dans tous les êtres, fent dans les bêtes, penfe dans les hommes, végète dans les arbres, eft penfée & caillou, a toutes les parties de lui-même détruites à tout moment, & enfin toutes les abfurdités qui découlent néceffairement de ce principe.

Les égaremens de tous ceux qui ont voulu approfondir ce qui eft impénétrable pour nous, doivent nous apprendre à ne vouloir pas franchir les limites de notre nature. La vraie philofophie eft de favoir s'arrêter où il faut, & de ne jamais marcher qu'avec un guide fûr.

Il refte affez de terrain à parcourir fans voyager dans les efpaces imaginaires. Contentons-nous donc de favoir par l'expérience appuyée du raifonnement, feule fource de nos connaiffances, que nos fens font les portes par lefquelles toutes les idées entrent dans notre entendement ; & reffouvenons-nous bien qu'il nous eft abfolument impoffible de connaître le fecret de cette mécanique, parce que nous n'avons point d'inftrumens proportionnés à fes refforts.

CHAPITRE IV.

Qu'il y a en effet des objets extérieurs.

ON n'aurait point fongé à traiter cette queftion fi les philofophes n'avaient cherché à douter des chofes les plus claires, comme ils fe font flattés de connaître les plus douteufes.

Nos fens nous font avoir des idées, difent-ils ; mais peut-être que notre entendement reçoit ces perceptions fans qu'il y ait aucun objet au dehors. Nous favons que pendant le fommeil nous voyons & nous fentons des chofes qui n'exiftent pas, peut-être notre vie eft-elle un fonge continuel, & la mort fera le moment de notre réveil, ou la fin d'un fonge auquel nul réveil ne fuccédera.

Nos fens nous trompent dans la veille même, la moindre altération dans nos organes nous fait voir quelquefois des objets & entendre des fons dont la caufe n'eft que dans le dérangement de notre corps : il eft donc très-poffible qu'il nous arrive toujours ce qui nous arrive quelquefois.

C 4

Ils ajoutent que quand nous voyons un objet, nous apercevons une couleur, une figure, nous entendons des fons, & il nous a plu de nommer tout cela *les modes de cet objet* : mais la fubftance de cet objet quelle eft-elle? c'eft-là en effet que l'objet échappe à notre imagination ; ce que nous nommons fi hardiment *la fubftance* n'eft en effet que l'affemblage de ces modes. Dépouillez cet arbre de cette couleur, de cette configuration qui vous donnait l'idée d'un arbre, que lui reftera-t-il? Or, ce que j'ai appelé *modes*, ce n'eft autre chofe que mes perceptions ; je puis bien dire, *j'ai idée de la couleur verte, & d'un corps tellement configuré*; mais je n'ai aucune preuve que ce corps & cette couleur exiftent : voilà ce que dit *Sextus Empiricus*, & à quoi il ne peut trouver de réponfe.

Accordons pour un moment à ces meffieurs encore plus qu'ils ne demandent; ils prétendent qu'on ne peut leur prouver qu'il y a des corps; paffons-leur qu'ils prouvent eux-mêmes qu'il n'y a point de corps. Que s'enfuivra-t-il de-là ? nous conduirons-nous autrement dans notre vie? aurons-nous des idées différentes fur rien? il faudra feulement changer un mot dans fes difcours. Lorfque, par exemple, on aura donné quelques batailles, il faudra dire que dix mille hommes ont paru être tués, qu'un tel officier femble avoir la jambe caffée, & qu'un chirurgien paraîtra la lui couper. De même quand nous aurons faim, nous demanderons l'apparence d'un morceau de pain pour faire femblant de digérer.

Mais voici ce que l'on pourrait leur répondre plus férieufement:

1°. Vous ne pouvez pas en rigueur comparer la vie à l'état des fonges, parce que vous ne fongez jamais en dormant qu'aux chofes dont vous avez eu l'idée étant éveillés; vous êtes furs que vos fonges ne font autre chofe qu'une faible réminifcence. Au contraire, pendant la veille, lorfque nous avons une fenfation, nous ne pouvons jamais conclure que ce foit par réminifcence. Si, par exemple, une pierre en tombant nous caffe l'épaule, il paraît affez difficile que cela fe faffe par un effort de mémoire.

2°. Il eft très-vrai que nos fens font fouvent trompés; mais qu'entend-on par-là? Nous n'avons qu'un fens, à proprement parler, qui eft celui du toucher; la vue, le fon, l'odorat, ne font que le tact des corps intermédiaires qui partent d'un corps éloigné. Je n'ai idée des étoiles que par l'attouchement; & comme cet attouchement de la lumière qui vient frapper mon œil de mille millions de lieues, n'eft point palpable, comme l'attouchement de mes mains, & qu'il dépend du milieu que ces corps ont traverfé, cet attouchement eft ce qu'on nomme improprement *trompeur*, il ne me fait point voir les objets à leur véritable place; il ne me donne point d'idée de leur groffeur; aucun même de ces attouchemens qui ne font point palpables, ne me donne l'idée pofitive des corps. La première fois que je fens une odeur fans voir l'objet dont elle vient, mon efprit ne trouve aucune relation entre un corps & cette odeur; mais l'attouchement, proprement dit, l'approche de mon corps à un autre, indépendamment de mes autres fens, me donne l'idée de la matière; car lorfque je touche un rocher, je fens bien que je ne puis me mettre à fa place, &

que par conséquent il y a là quelque chose d'étendu
& d'impénétrable. Ainsi supposé (car que ne suppose-
t-on pas) qu'un homme eût tous les sens, hors celui
du toucher proprement dit, cet homme pourrait fort
bien douter de l'exiſtence des objets extérieurs, &
peut-être même ſerait-il long-temps ſans en avoir
d'idée; mais celui qui ſerait ſourd & aveugle, & qui
aurait le toucher, ne pourrait douter de l'exiſtence des
choſes qui lui feraient éprouver de la dureté; & cela
parce qu'il n'eſt point de l'eſſence de la matière qu'un
corps ſoit coloré ou ſonore, mais qu'il ſoit étendu &
impénétrable. Mais que répondront les ſceptiques
outrés à ces deux queſtions-ci :

1°. S'il n'y a point d'objets extérieurs, & ſi mon
imagination fait tout, pourquoi ſuis-je brûlé en touchant du feu, & ne ſuis-je point brûlé quand, dans
un rêve, je crois toucher du feu?

2°. Quand j'écris mes idées ſur ce papier, & qu'un
autre homme vient me lire ce que j'écris, comment
puis-je entendre les propres paroles que j'ai écrites &
penſées, ſi cet autre homme ne me les lit pas effectivement? comment puis-je même les retrouver ſi elles
n'y ſont pas? Enfin quelque effort que je faſſe pour
douter, je ſuis plus convaincu de l'exiſtence des corps
que je ne le ſuis de pluſieurs vérités géométriques.
Ceci paraîtra étonnant, mais je n'y puis que faire;
j'ai beau manquer de démonſtrations géométriques
pour prouver que j'ai un père & une mère, & j'ai
beau m'avoir démontré, c'eſt-à-dire n'avoir pu
répondre à l'argument qui me prouve qu'une infinité
de lignes courbes peuvent paſſer entre un cercle & ſa
tangente, je ſens bien que, ſi un être tout-puiſſant

me venait dire de ces deux propofitions, *il y a des corps, & une infinité de courbes paſſent entre le cercle & ſa tangente*, il y a une propofition qui eſt fauſſe, devinez laquelle ? Je devinerais que c'eſt la dernière ; car ſachant bien que j'ai ignoré long-temps cette propo-fition, que j'ai eu beſoin d'une attention fuivie pour en entendre la démonſtration, que j'ai cru y trouver des difficultés, qu'enfin les vérités géométriques n'ont de réalité que dans mon eſprit, je pourrais foupçonner que mon eſprit s'eſt trompé.

Quoi qu'il en foit, comme mon principal but eſt ici d'examiner l'homme fociable, & que je ne puis être fociable s'il n'y a une fociété, & par conféquent des objets hors de nous, les pyrrhoniens me permet-tront de commencer par croire fermement qu'il y a des corps, fans quoi il faudrait que je refufaſſe l'exif-tence à ces meſſieurs. (*)

CHAPITRE V.

Si l'homme a une ame, & ce que ce peut être.

Nous fommes certains que nous fommes matière, que nous fentons & que nous penfons ; nous fommes perfuadés de l'exiſtence d'un DIEU duquel nous fommes l'ouvrage, par des raifons contre lefquelles notre efprit ne peut fe révolter. Nous nous fommes

(*) Voyez l'article *Exiſtence* dans l'Encyclopédie : c'eſt le feul ouvrage où cette queſtion de l'exiſtence des corps ait été jufqu'ici bien traitée, & elle y eſt complètement réfolue.

prouvé à nous-mêmes que ce DIEU a créé ce qui exifte. Nous nous fommes convaincus qu'il nous eft impoffible, & qu'il doit nous être impoffible de favoir comment il nous a donné l'être. Mais pouvons-nous favoir ce qui penfe en nous? quelle eft cette faculté que DIEU nous a donnée? eft-ce la matière qui fent & qui penfe? eft-ce une fubftance immatérielle? en un mot, qu'eft-ce qu'une ame? C'eft ici où il eft néceffaire plus que jamais de me remettre dans l'état d'un être penfant, defcendu d'un autre globe, n'ayant aucun des préjugés de celui-ci, & poffédant la même capacité que moi, n'étant point ce qu'on appelle homme, & jugeant de l'homme d'une manière défintéreffée.

Si j'étais un être fupérieur à qui le Créateur eût révélé fes fecrets, je dirais bientôt en voyant l'homme ce que c'eft que cet animal; je définirais fon ame & toutes fes facultés en connaiffance de caufe avec autant de hardieffe que l'ont défini tant de philofophes qui n'en favaient rien; mais avouant mon ignorance & effayant ma faible raifon, je ne puis faire autre chofe que de me fervir de la voie de l'analyfe, qui eft le bâton que la nature a donné aux aveugles: j'examine tout partie à partie, & je vois enfuite fi je puis juger du total. Je me fuppofe donc arrivé en Afrique, & entouré de nègres, de hottentots, & d'autres animaux. Je remarque d'abord que les organes de la vie font les mêmes chez eux tous, les opérations de leurs corps partent tous des mêmes principes de vie; ils ont tous à mes yeux mêmes défirs, mêmes paffions, mêmes befoins; ils les expriment tous chacun dans leurs langues. La langue que j'entends la première eft celle des animaux, cela ne peut être autrement ; les fons par lefquels ils s'expriment, ne femblent point arbitraires, ce font des caractères vivans de leurs paffions ; ces fignes portent l'empreinte de ce qu'ils expriment : le cri d'un chien qui demande à manger , joint à toutes fes attitudes, a une relation fenfible à fon objet ; je le diftingue incontinent des cris & des mouvemens par lefquels il flatte un autre animal, de ceux avec lefquels il chaffe, & de ceux par lefquels il fe plaint ; je difcerne encore fi fa plainte exprime l'anxiété de la folitude, ou la douleur d'une bleffure , ou les impatiences de l'amour. Ainfi avec un peu d'attention j'entends le langage de tous les animaux ; ils n'ont aucun fentiment qu'ils n'expriment ; peut-être n'en eft-il pas de même de leurs idées : mais comme il paraît que la nature ne leur a donné que peu d'idées , il me femble auffi qu'il était naturel qu'ils euffent un langage borné , proportionné à leurs perceptions.

Que rencontré-je de différent dans les animaux nègres ? que puis-je y voir, finon quelques idées & quelques combinaifons de plus dans la tête, exprimées par un langage différemment articulé ? Plus j'examine tous ces êtres, plus je dois foupçonner que ce font des efpèces différentes d'un même genre ; cette admirable faculté de retenir des idées leur eft commune à tous ; ils ont tous des fonges & des images faibles pendant le fommeil des idées qu'ils ont reçues en veillant ; leur faculté fentante & penfante croît avec leurs organes, s'affaiblit avec eux, périt avec eux ; que l'on verfe le fang d'un finge & d'un nègre, il y aura bientôt dans l'un & dans l'autre un degré d'épuifement qui les mettra hors d'état de me reconnaître ; bientôt après , leurs fens extérieurs n'agiffent plus , & enfin ils meurent.

Je demande alors ce qui leur donnait la vie, la fen-fation , la penfée; ce n'était pas leur propre ouvrage, ce n'était pas celui de la matière , comme je me le fuis déjà prouvé: c'eft donc DIEU qui avait donné à tous ces corps la puiffance de fentir & d'avoir des idées dans des degrés différens , proportionnés à leurs organes : voilà affurément ce que je foupçonnerai d'abord.

Enfin je vois des hommes qui me paraiffent fupé-rieurs à ces nègres , comme ces nègres le font aux finges , & comme les finges le font aux huîtres & aux autres animaux de cette efpèce.

Des philofophes me difent : Ne vous y trompez pas , l'homme eft entièrement différent des autres animaux; il a une ame fpirituelle & immortelle : car (remarquez bien ceci) fi la penfée eft un compofé de la matière , elle doit être néceffairement cela même dont elle eft compofée, elle doit être divifible , capable de mouvement &c.; or la penfée ne peut point fe divifer, donc elle n'eft point un compofé de la matière ; elle n'a point de parties , elle eft fimple , elle eft immortelle , elle eft l'ouvrage & l'image d'un DIEU. J'écoute ces maîtres , & je leur réponds toujours avec défiance de moi-même , mais non avec confiance en eux : Si l'homme a une ame telle que vous l'affurez , je dois croire que ce chien & cette taupe en ont une toute pareille. Ils me jurent tous que non. Je leur demande quelle différence il y a donc entre ce chien & eux. Les uns me répondent, ce chien eft une forme fubftantielle; les autres me difent, n'en croyez rien, les formes fubftantielles font des chimères; mais ce chien eft une machine comme un tourne - broche, & rien de plus. Je demande encore aux inventeurs des formes fubftantielles ce qu'ils entendent par ce mot, & comme ils ne me répondent que du galimatias, je me retourne vers les inventeurs des tourne-broches, & je leur dis : Si ces bêtes font de pures machines, vous n'êtes certainement auprès d'elles que ce qu'une montre à répétition eft en comparaifon du tourne-broche dont vous parlez; où fi vous avez l'honneur de poffeder une ame fpirituelle, les animaux en ont une auffi, car ils font tous ce que vous êtes, ils ont les mêmes organes avec lefquels vous avez des fenfations; & fi ces organes ne leur fervent pas pour la même fin, DIEU en leur donnant ces organes aura fait un ouvrage inutile; & DIEU, felon vous-mêmes, ne fait rien en vain. Choififfez donc, ou d'attribuer une ame fpiri-tuelle à une puce, à un ver, à un ciron, ou d'être automate comme eux. Tout ce que ces meffieurs peuvent me répondre, c'eft qu'ils conjecturent que les refforts des animaux, qui paraiffent les organes de leurs fentimens, font néceffaires à leur vie, & ne font chez eux que les refforts de la vie; mais cette réponfe n'eft qu'une fuppofition déraifonnable.

Il eft certain que pour vivre on n'a befoin ni de nez, ni d'oreilles, ni d'yeux. Il y a des animaux qui n'ont point de ces fens, & qui vivent; donc ces organes de fentiment ne font donnés que pour le fentiment; donc les animaux fentent comme nous; donc ce ne peut être que par un excès de vanité ridicule que les hommes s'attribuent une ame d'une efpèce différente de celle qui anime les brutes. Il eft donc clair jufqu'à préfent que ni les philofophes, ni moi, ne favons ce que c'eft que cette ame : il m'eft feulement prouvé que c'eft quelque chofe de commun entre l'animal appelé *homme*, & celui qu'on nomme *bête*. Voyons fi cette faculté commune à tous ces animaux eft matière ou non.

Il eft impoffible, me dit-on, que la matière penfe. Je ne vois pas cette impoffibilité. Si la penfée était un compofé de la matière, comme ils me le difent, j'avouerais que la penfée devrait être étendue & divifible ; mais fi la penfée eft un attribut de D I E U, donné à la matière, je ne vois pas qu'il foit nécef-faire que cet attribut foit étendu & divifible ; car je vois que D I E U a communiqué d'autres propriétés à la matière lefquelles n'ont ni étendue, ni divifibilité ; le mouvement, la gravitation, par exemple, qui agit fans corps intermédiaires, & qui agit en raifon directe de la maffe & non des furfaces, & en raifon doublée inverfe des diftances, eft une qualité réelle démontrée, & dont la caufe eft auffi cachée que celle de la penfée.

En un mot, je ne puis juger que d'après ce que je vois, & felon ce qui me paraît le plus probable ; je vois que dans toute la nature les mêmes effets fup-pofent une même caufe. Ainfi je juge que la même caufe agit dans les bêtes & dans les hommes à pro-portion de leurs organes ; & je crois que ce principe commun aux hommes & aux bêtes eft un attribut donné par D I E U à la matière. Car fi ce qu'on appelle *ame* était un être à part, de quelque nature que fût cet être, je devrais croire que la penfée eft fon effence, ou bien je n'aurais aucune idée de cette fubftance.

Auffi

Auffi tous ceux qui ont admis une ame immatérielle, ont été obligés de dire que cette ame penfe toujours ; mais j'en appelle à la confcience de tous les hommes : penfent-ils fans ceffe ? penfent-ils quand ils dorment d'un fommeil plein & profond ? les bêtes ont-elles à tous momens des idées ? quelqu'un qui eft évanoui a-t-il beaucoup d'idées dans cet état, qui eft réellement une mort paffagère ? Si l'ame ne penfe pas toujours, il eft donc abfurde de reconnaître en l'homme une fubftance dont l'effence eft de penfer. Que pourrions-nous en conclure, finon que DIEU a organifé les corps pour penfer comme pour manger & pour digérer ? En m'informant de l'hiftoire du genre humain, j'apprends que les hommes ont eu long-temps la même opinion que moi fur cet article. Je lis le plus ancien livre qui foit au monde, confervé par un peuple qui fe prétend le plus ancien peuple ; ce livre me dit même que DIEU femble penfer comme moi ; il m'apprend que DIEU a autrefois donné aux Juifs les lois les plus détaillées que jamais nation ait reçues ; il daigne leur prefcrire jufqu'à la manière dont ils doivent aller à la garde-robe, & il ne leur dit pas un mot de leur ame ; il ne leur parle que des peines & des récompenfes temporelles : cela prouve au moins que l'auteur de ce livre ne vivait pas dans une nation qui crût la fpiritualité & l'immortalité de l'ame.

On me dit bien que deux mille ans après, DIEU eft venu apprendre aux hommes que leur ame eft immortelle ; mais moi qui fuis d'une autre fphère, je ne puis m'empêcher d'être étonné de cette difparate que l'on met fur le compte de DIEU. Il femble étrange à ma raifon que DIEU ait fait croire aux hommes le

Philofophie &c. Tome I. D

pour & le contre; mais fi c'eft un point de révélation
où ma raifon ne voit goutte, je me tais & j'adore en
filence. Ce n'eft pas à moi d'examiner ce qui a été
révélé; je remarque feulement que ces livres révélés
ne difent point que l'ame foit fpirituelle; ils nous
difent feulement qu'elle eft immortelle. Je n'ai aucune
peine à le croire; car il paraît auffi poffible à DIEU de
l'avoir formée (de quelque nature qu'elle foit) pour
la conferver que pour la détruire. Ce DIEU qui peut
comme il lui plaît conferver ou anéantir le mouvement
d'un corps, peut affurément faire durer à jamais la
faculté de penfer dans une partie de ce corps; s'il
nous a dit en effet que cette partie eft immortelle, il
faut en être perfuadé.

Mais de quoi cette ame eft-elle faite? c'eft ce que
l'être fuprême n'a pas jugé à propos d'apprendre aux
hommes. N'ayant donc pour me conduire dans ces
recherches, que mes propres lumières, l'envie de connaître quelque chofe, & la fincérité de mon cœur, je
cherche avec fincérité ce que ma raifon me peut
découvrir par elle-même; j'effaie fes forces, non pour
la croire capable de porter tous ces poids immenfes,
mais pour la fortifier par cet exercice, & pour m'apprendre jufqu'où va fon pouvoir. Ainfi, toujours prêt
à céder dès que la révélation me préfentera fes
barrières, je continue mes réflexions & mes conjectures uniquement comme philofophe, jufqu'à ce que
ma raifon ne puiffe plus avancer.

CHAPITRE VI.

Si ce qu'on appelle ame est immortelle.

CE n'est pas ici le lieu d'examiner si en effet DIEU a révélé l'immortalité de l'ame. Je me suppose toujours un philosophe d'un autre monde que celui-ci, & qui ne juge que par ma raison. Cette raison m'a appris que toutes les idées des hommes & des animaux leur viennent par les sens; & j'avoue que je ne peux m'empêcher de rire, lorsqu'on me dit que les hommes auront encore des idées quand ils n'auront plus de sens. Lorsqu'un homme a perdu son nez, ce nez perdu n'est non plus une partie de lui-même que l'étoile polaire. Qu'il perde toutes ses parties & qu'il ne soit plus un homme, n'est-il pas un peu étrange alors de dire qu'il lui reste le résultat de tout ce qui a péri : j'aimerais autant dire qu'il boit & mange après sa mort, que de dire qu'il lui reste des idées après sa mort ; l'un n'est pas plus inconséquent que l'autre, & certainement il a fallu bien des siècles avant qu'on ait osé faire une si étonnante supposition. Je sais bien, encore une fois, que DIEU ayant attaché à une partie du cerveau la faculté d'avoir des idées, il peut conserver cette petite partie du cerveau avec sa faculté ; car de conserver cette faculté sans la partie, cela est aussi impossible que de conserver le rire d'un homme ou le chant d'un oiseau après la mort de l'oiseau & de l'homme. DIEU

D 2

peut auffi avoir donné aux hommes & aux animaux
une ame fimple, immatérielle, & la conferver indépendamment de leur corps. Cela lui eft auffi poffible
que de créer un million de mondes de plus qu'il n'en
a créé, de donner aux hommes deux nez & quatre
mains, des ailes & des griffes; mais pour croire qu'il
a fait en effet toutes ces chofes poffibles, il me femble
qu'il faut les voir.

Ne voyant donc point que l'entendement, la fenfation de l'homme, foit une chofe immortelle; qui me
prouvera qu'elle l'eft? Quoi, moi qui ne fais point
quelle eft la nature de cette chofe, j'affirmerai qu'elle
eft éternelle! moi qui fais que l'homme n'était pas
hier, j'affirmerai qu'il y a dans cet homme une partie
éternelle par fa nature! & tandis que je refuferai
l'immortalité à ce qui anime ce chien, ce perroquet,
cette grive, je l'accorderai à l'homme par la raifon
que l'homme le défire!

Il ferait bien doux en effét de furvivre à foi-même,
de conferver éternellement la plus excellente partie
de fon être dans la deftruction de l'autre, de vivre à
jamais avec fes amis &c. Cette chimère (à l'envifager
en ce feul fens) ferait confolante dans des miféres réelles.
Voilà peut-être pourquoi on inventa autrefois le fyftème de la métempfycofe; mais ce fyftème a-t-il plus de
vraifemblance que les *Mille & une nuits?* & n'eft-il pas
un fruit de l'imagination vive & abfurde de la plupart
des philofophes orientaux? Mais je fuppofe, malgré
toutes les vraifemblances, que DIEU conferve après la
mort de l'homme ce qu'on appelle fon *ame*, & qu'il
abandonne l'ame de la brute au train de la deftruction
ordinaire de toutes chofes: je demande ce que l'homme

y gagnera; je demande ce que l'efprit de *Jacques* a de commun avec *Jacques* quand il eft mort?

Ce qui conftitue la perfonne de *Jacques*, ce qui fait que *Jacques* eft foi-même, & le même qu'il était hier à fes propres yeux, c'eft qu'il fe reffouvient des idées qu'il avait hier, & que dans fon entendement il unit fon exiftence d'hier à celle d'aujourd'hui; car s'il avait entièrement perdu la mémoire, fon exiftence paffée lui ferait auffi étrangère que celle d'un autre homme; il ne ferait pas plus le *Jacques* d'hier, la même perfonne, qu'il ne ferait *Socrate* ou *Céfar*. Or je fuppofe que *Jacques* dans fa dernière maladie a perdu abfolument la mémoire, & meurt par conféquent fans être ce même *Jacques* qui a vécu: DIEU rendra-t-il à fon ame cette mémoire qu'il a perdue? créera-t-il de nouveau ces idées qui n'exiftent plus? en ce cas, ne fera-ce pas un homme tout nouveau, auffi différent du premier qu'un Indien l'eft d'un Européen?

Mais on peut dire auffi que *Jacques* ayant entièrement perdu la mémoire avant de mourir, fon ame pourra la recouvrer de même qu'on la recouvre après l'évanouiffement ou après un tranfport au cerveau; car un homme qui a entièrement perdu la mémoire dans une grande maladie, ne ceffe pas d'être le même homme lorfqu'il a recouvré la mémoire: donc l'ame de *Jacques*, s'il en a une, & qu'elle foit immortelle par la volonté du Créateur, comme on le fuppofe, pourra recouvrer la mémoire après fa mort, tout comme elle la recouvre après l'évanouiffement pendant la vie; donc *Jacques* fera le même homme.

Ces difficultés valent bien la peine d'être propofées, & celui qui trouvera une manière fure de réfoudre

D 3

l'équation de cette inconnue, fera je penfe un habile homme.

Je n'avance pas davantage dans ces ténèbres; je m'arrête où la lumière de mon flambeau me manque: c'eft affez pour moi que je voie jufqu'où je peux aller. Je n'affure point que j'aie des démonftrations contre la fpiritualité & l'immortalité de l'ame; mais toutes les vraifemblances font contr'elles; & il eft également injufte & déraïfonnable de vouloir une démonftration dans une recherche qui n'eft fufceptible que de conjectures.

Seulement il faut prévenir l'efprit de ceux qui croiraient la mortalité de l'ame contraire au bien de la fociété, & les faire fouvenir que les anciens Juifs, dont ils admirent les lois, croyaient l'ame matérielle & mortelle; fans compter de grandes fectes de philofophes qui valaient bien les Juifs & qui étaient de fort honnêtes gens.

CHAPITRE VII.

Si l'homme eft libre.

PEUT-ETRE n'y a-t-il pas de queftion plus fimple que celle de la liberté; mais il n'y en a point que les hommes aient plus embrouillée. Les difficultés dont les philofophes ont hériffé cette matière, & la témérité qu'on a toujours eue de vouloir arracher de DIEU fon fecret & de concilier fa préfcience avec le libre arbitre, font caufe que l'idée de la liberté s'eft obfcurcie

à force de prétendre l'éclaircir. On s'eft fi bien accoutumé à ne plus prononcer ce mot *liberté*, fans fe
reffouvenir de toutes les difficultés qui marchent à fa
fuite, qu'on ne s'entend prefque plus à préfent
quand on demande fi l'homme eft libre.

Ce n'eft plus ici le lieu de feindre un être doué
de raifon, lequel n'eft point homme, & qui examine
avec indifférence ce que c'eft que l'homme; c'eft ici
au contraire qu'il faut que chaque homme rentre
dans foi-même, & qu'il fe rende témoignage de fon
propre fentiment.

Dépouillons d'abord la queftion de toutes les chimères dont on a coutume de l'embarraffer, & définiffons
ce que nous entendons par ce mot *liberté*. La liberté
eft uniquement le pouvoir d'agir. Si une pierre fe
mouvait par fon choix, elle ferait libre; les animaux
& les hommes ont ce pouvoir; donc ils font libres.
Je puis à toute force contefter cette faculté aux animaux; je puis me figurer, fi je veux abufer de ma
raifon, que les bêtes qui me reffemblent en tout le
refte, diffèrent de moi en ce feul point. Je puis les
concevoir comme des machines qui n'ont ni fenfations, ni défirs, ni volonté, quoiqu'elles en aient
toutes les apparences. Je forgerai des fyftèmes, c'eft-à-
dire des erreurs, pour expliquer leur nature; mais
enfin, quand il s'agira de m'interroger moi-même, il
faudra bien que j'avoue que j'ai une volonté, & que
j'ai en moi le pouvoir d'agir, de remuer mon corps,
d'appliquer ma penfée à telle ou telle confidération
&c. Si quelqu'un vient me dire : Vous croyez avoir
cette volonté, mais vous ne l'avez pas; vous avez un
fentiment qui vous trompe, comme vous croyez voir

D 4

le foleil large de deux pieds, quoiqu'il foit en groffeur,
par rapport à la terre, à-peu-près comme un million
à l'unité.

Je répondrai à ce quelqu'un: Le cas eſt différent:
DIEU ne m'a point trompé en me fefant voir ce qui eſt
éloigné de moi d'une groffeur proportionnée à ſa diſtance; telles ſont les lois mathématiques de l'optique,
que je ne puis & ne dois apercevoir les objets qu'en
raiſon directe de leur groffeur & de leur éloignement;
& telle eſt la nature de mes organes que ſi ma vue
pouvait apercevoir la grandeur réelle d'une étoile, je
ne pourrais voir aucun objet ſur la terre. Il en eſt de
même du ſens de l'ouïe & de celui de l'odorat. Je n'ai
les ſenſations plus ou moins fortes, toutes choſes
égales, que ſelon que les corps ſonores & odoriférans
ſont plus ou moins loin de moi. Il n'y a en cela aucune
erreur: mais ſi je n'avais point de volonté, croyant en
avoir une, DIEU m'aurait créé exprès pour me tromper;
de même que s'il me fefait croire qu'il y a des corps hors
de moi, quoiqu'il n'y en eût pas; & il ne réſulterait rien
de cette tromperie, ſinon une abſurdité dans la manière
d'agir d'un être ſuprême infiniment ſage.

Et qu'on ne diſe pas qu'il eſt indigne d'un philoſophe de recourir ici à DIEU. Car premièrement ce
DIEU étant prouvé, il eſt démontré que c'eſt lui qui
eſt la cauſe de ma liberté en cas que je ſois libre; &
qu'il eſt l'auteur abſurde de mon erreur, ſi m'ayant
fait un être purement patient ſans volonté, il me fait
accroire que je ſuis agent & que je ſuis libre.

Secondement s'il n'y avait point de Dieu, qui eſt-ce
qui m'aurait jeté dans l'erreur? qui m'aurait donné ce
ſentiment de liberté en me mettant dans l'eſclavage?

ferait-ce une matière qui d'elle-même ne peut avoir l'intelligence ? Je ne puis être inftruit ni trompé par la matière, ni recevoir d'elle la faculté de vouloir ; je ne puis avoir reçu de DIEU le fentiment de ma volonté fans en avoir une ; donc j'ai réellement une volonté, donc je fuis un agent.

Vouloir & agir c'eft précifément la même chofe qu'être libre. DIEU lui-même ne peut être libre que dans ce fens. Il a voulu & il a agi felon fa volonté. Si on fuppofait fa volonté déterminée néceffairement ; fi on difait : Il a été néceffité à vouloir ce qu'il a fait ; on tomberait dans une auffi grande abfurdité que fi on difait : Il y a un Dieu, & il n'y a point de Dieu; car fi DIEU était néceffité, il ne ferait plus agent, il ferait patient, & il ne ferait plus Dieu.

Il ne faut jamais perdre de vue ces vérités fondamentales enchaînées les unes aux autres. Il y a quelque chofe qui exifte, donc quelque être eft de toute éternité, donc cet être exifte par lui-même d'une néceffité abfolue, donc il eft infini, donc tous les autres êtres viennent de lui fans qu'on fache comment, donc il a pu leur communiquer la liberté comme il leur a communiqué le mouvement & la vie, donc il nous a donné cette liberté que nous fentons en nous, comme il nous a donné la vie que nous fentons en nous.

La liberté dans DIEU eft le pouvoir de penfer toujours tout ce qu'il veut, & d'opérer toujours tout ce qu'il veut.

La liberté donnée de DIEU à l'homme eft le pouvoir faible, limité, & paffager, de s'appliquer à quelques penfées, & d'opérer certains mouvemens.

La liberté des enfans qui ne réfléchissent point encore, & des espèces d'animaux qui ne réfléchissent jamais, consiste à vouloir & à opérer des mouvemens seulement. Sur quel fondement a-t-on pu imaginer qu'il n'y a point de liberté? Voici les causes de cette erreur: on a d'abord remarqué que nous avons souvent des passions violentes qui nous entraînent malgré nous. Un homme voudrait ne pas aimer une maîtresse infidelle, & ses désirs plus forts que la raison le ramènent vers elle; on s'emporte à des actions violentes dans des mouvemens de colère qu'on ne peut maîtriser; on souhaite de mener une vie tranquille, & l'ambition nous rejette dans le tumulte des affaires.

Tant de chaînes visibles dont nous sommes accablés presque toute notre vie, ont fait croire que nous sommes liés de même dans tout le reste; & on a dit: L'homme est tantôt emporté avec une rapidité & des secousses violentes dont il sent l'agitation; tantôt il est mené par un mouvement paisible dont il n'est pas plus le maître; c'est un esclave qui ne sent pas toujours le poids & la flétrissure de ses fers, mais il est toujours esclave.

Ce raisonnement, qui n'est que la logique de la faiblesse humaine, est tout semblable à celui-ci: Les hommes sont malades quelquefois, donc il n'ont jamais de santé.

Or qui ne voit l'impertinence de cette conclusion? qui ne voit au contraire que de sentir sa maladie est une preuve indubitable qu'on a eu de la santé, & que sentir son esclavage & son impuissance, prouve invinciblement qu'on a eu de la puissance & de la liberté.?

Lorfque vous aviez cette paffion furieufe, votre volonté n'était plus obéie par vos fens : alors vous n'étiez pas plus libre que lorfqu'une paralyfie vous empêche de mouvoir ce bras que vous voulez remuer. Si un homme était toute fa vie dominé par des paffions violentes, ou par des images qui occupaffent fans ceffe fon cerveau, il lui manquerait cette partie de l'humanité qui confifte à pouvoir penfer quelquefois ce qu'on veut ; & c'eft le cas où font plufieurs fous qu'on renferme, & même bien d'autres qu'on n'enferme pas.

Il eft bien certain qu'il y a des hommes plus libres les uns que les autres, par la même raifon que nous ne fommes pas tous également éclairés, également robuftes &c. La liberté eft la fanté de l'ame; peu de gens ont cette fanté entière & inaltérable. Notre liberté eft faible & bornée, comme toutes nos autres facultés. Nous la fortifions en nous accoutumant à faire des réflexions, & cet exercice de l'ame la rend un peu plus vigoureufe. Mais quelques efforts que nous faffions, nous ne pourrons jamais parvenir à rendre notre raifon fouveraine de tous nos défirs ; il y aura toujours dans notre ame comme dans notre corps des mouvemens involontaires. Nous ne fommes ni libres, ni fages, ni forts, ni fains, ni fpirituels, que dans un très-petit degré. Si nous étions toujours libres, nous ferions ce que Dieu eft. Contentons-nous d'un partage convenable au rang que nous tenons dans la nature. Mais ne nous figurons pas que nous manquons des chofes mêmes dont nous fentons la jouiffance, & parce que nous n'avons pas ces attributs d'un Dieu, ne renonçons pas aux facultés d'un homme.

Au milieu d'un bal ou d'une converfation vive, ou dans les douleurs d'une maladie qui appéfantira ma tête, j'aurai beau vouloir chercher combien fait la trente-cinquième partie de quatre-vingt-quinze, tiers & demi, multipliés par vingt-cinq dix-neuvièmes & trois quarts ; je n'aurai pas la liberté de faire une combinaifon pareille. Mais un peu de recueillement me rendra cette puiffance que j'avais perdue dans le tumulte. Les ennemis les plus déterminés de la liberté font donc forcés d'avouer que nous avons une volonté qui eft obéie quelquefois par nos fens. ,, Mais cette ,, volonté, difent-ils, eft néceffairement déterminée ,, comme une balance toujours emportée par le plus ,, grand poids ; l'homme ne veut que ce qu'il juge le ,, meilleur ; fon entendement n'eft pas le maître de ne ,, pas juger bon ce qui lui paraît bon. L'entendement ,, agit néceffairement : la volonté eft déterminée par ,, l'entendement ; donc la volonté eft déterminée par ,, une volonté abfolue, donc l'homme n'eft pas libre. ,,

Cet argument qui eft très-éblouiffant, mais qui dans le fond n'eft qu'un fophifme, a féduit beaucoup de monde, parce que les hommes ne font prefque jamais qu'entrevoir ce qu'ils examinent.

Voici en quoi confifte le défaut de ce raifonnement. L'homme ne peut certainement vouloir que les chofes dont l'idée lui eft préfente. Il ne pourrait avoir envie d'aller à l'opéra, s'il n'avait l'idée de l'opéra ; & il ne fouhaiterait point d'y aller & ne fe déterminerait point à y aller, fi fon entendement ne lui repréfèntait point ce fpectacle comme une chofe agréable. Or c'eft en cela même que confifte fa liberté ; c'eft dans le pouvoir de fe déterminer foi-même à faire ce qui lui paraît bon : vouloir ce qui ne lui ferait pas plaifir, eft une contradiction formelle & une impoffibilité. L'homme fe détermine à ce qui lui femble le meilleur, & cela eft inconteftable ; mais le point de la queftion eft de favoir s'il a en foi cette force mouvante, ce pouvoir primitif de fe déterminer ou non. Ceux qui difent : *L'affentiment de l'efprit eft néceffaire & détermine néceffairement la volonté*, fuppofent que l'efprit agit phyfiquement fur la volonté. Ils difent une abfurdité vifible ; car ils fuppofent qu'une penfée eft un petit être réel qui agit réellement fur un autre être nommé la volonté ; & ils ne font pas réflexion que ces mots *la volonté*, *l'entendement*, &c. ne font que des idées abftraites, inventées pour mettre de la clarté & de l'ordre dans nos difcours & qui ne fignifient autre chofe finon l'homme *penfant* & l'homme *voulant*. *L'entendement* & la *volonté* n'exiftent donc pas réellement comme des êtres différens, & il eft impertinent de dire que l'un agit fur l'autre.

S'ils ne fuppofent pas que l'efprit agiffe phyfiquement fur la volonté, il faut qu'ils difent, ou que l'homme eft libre, ou que DIEU agit pour l'homme, détermine l'homme, & eft éternellement occupé à tromper l'homme ; auquel cas ils avouent au moins que DIEU eft libre. Si DIEU eft libre, la liberté eft donc poffible, l'homme peut donc l'avoir. Ils n'ont donc aucune raifon pour dire que l'homme ne l'eft pas.

Ils ont beau dire, l'homme eft déterminé par le plaifir ; c'eft confeffer, fans qu'ils y penfent, la liberté ; puifque faire ce qui fait plaifir c'eft être libre.

DIEU, encore une fois, ne peut être libre que de cette façon. Il ne peut opérer que felon fon plaifir.

Tous les fophifmes contre la liberté de l'homme attaquent également la liberté de DIEU.

Le dernier refuge des ennemis de la liberté eſt cet argument-ci :

,, DIEU ſait certainement qu'une choſe arrivera ; il ,, n'eſt donc pas au pouvoir de l'homme de ne la pas ,, faire. ,,

Premièrement remarquez que cet argument atta-querait encore cette liberté qu'on eſt obligé de recon-naître dans DIEU. On peut dire : DIEU ſait ce qui arrivera ; il n'eſt pas en ſon pouvoir de ne pas faire ce qui arrivera. Que prouve donc ce raiſonnement tant rebattu ? rien autre choſe ſinon que nous ne ſavons & ne pouvons ſavoir ce que c'eſt que la préſcience de DIEU , & que tous ſes attributs ſont pour nous des abymes impénétrables.

Nous ſavons démonſtrativement que ſi DIEU exiſte, DIEU eſt libre ; nous ſavons en même temps qu'il ſait tout , mais cette préſcience & cette omniſcience ſont auſſi incomprehenſibles pour nous que ſon immenſité, ſa durée infinie déjà paſſée , ſa durée infinie à venir , la création , la conſervation de l'univers , & tant d'autres choſes que nous ne pouvons ni nier , ni connaître.

Cette diſpute ſur la préſcience de DIEU n'a cauſé tant de querelles que parce qu'on eſt ignorant & pré-ſomptueux. Que coûtait-il de dire : Je ne ſais point ce que ſont les attributs de DIEU , & je ne ſuis point fait pour embraſſer ſon eſſence ? mais c'eſt ce qu'un bachelier ou licencié ſe gardera bien d'avouer : c'eſt ce qui les a rendus les plus abſurdes des hommes & fait d'une ſcience ſacrée un miſérable charlataniſme.

CHAPITRE VIII.

De l'homme considéré comme un être sociable.

LE grand deffein de l'auteur de la nature femble
être de conferver chaque individu un certain temps,
& de perpétuer fon efpèce. Tout animal eft toujours
entraîné par un inftinct invincible à tout ce qui peut
tendre à fa confervation ; & il y a des momens où il
eft emporté par un inftinct prefque auffi fort à l'accouplement & à la propagation, fans que nous puiffions
jamais dire comment tout cela fe fait.

Les animaux les plus fauvages & les plus folitaires
fortent de leurs tanières quand l'amour les appelle, &
fe fentent liés pour quelques mois par des chaînes
invifibles à des femelles & à des petits qui en naiffent ;
après quoi ils oublient cette famille paffagère &
retournent à la férocité de leur folitude, jufqu'à ce que
l'aiguillon de l'amour les force de nouveau à en fortir.
D'autres efpèces font formées par la nature pour vivre
toujours enfemble, les unes dans une fociété réellement
policée, comme les abeilles, les fourmis, les caftors,
& quelques efpèces d'oifeaux ; les autres font feulement raffemblées par un inftinct plus aveugle qui les
unit fans objet & fans deffein apparent, comme les
troupeaux fur la terre & les harengs dans la mer.

L'homme n'eft pas certainement pouffé par fon
inftinct à former une fociété policée telle que les
fourmis & les abeilles ; mais à confidérer fes befoins,

fes paffions, & fa raifon, on voit bien qu'il n'a pas dû
refter long-temps dans un état entièrement fauvage.

Il fuffit pour que l'univers foit ce qu'il eft aujour-
d'hui, qu'un homme ait été amoureux d'une femme.
Le foin mutuel qu'ils auront eu l'un de l'autre, & leur
amour naturel pour leurs enfans aura bientôt éveillé
leur induftrie, & donné naiffance au commencement
groffier des arts. Deux familles auront eu befoin l'une
de l'autre fitôt qu'elles auront été formées, & de ces
befoins feront nées de nouvelles commodités.

L'homme n'eft pas comme les autres animaux qui
n'ont que l'inftinct de l'amour-propre & celui de
l'accouplement; non-feulement il a cet amour-propre
néceffaire pour fa confervation, mais il a auffi pour
fon efpèce une bienveillance naturelle qui ne fe
remarque point dans les bêtes.

Qu'une chienne voie en paffant un chien de la
même mère déchiré en mille pièces & tout fanglant,
elle en prendra un morceau fans concevoir la moindre
pitié, & continuera fon chemin; & cependant cette
même chienne défendra fon petit & mourra en com-
battant, plutôt que de fouffrir qu'on le lui enlève.

Au contraire, que l'homme le plus fauvage voie
un joli enfant près d'être dévoré par quelque animal,
il fentira malgré lui une inquiétude, une anxiëté que
la pitié fait naître, & un défir d'aller à fon fecours.
Il eft vrai que ce fentiment de pitié & de bienveillance
eft fouvent étouffé par la fureur de l'amour-propre:
auffi la nature fage ne devait pas nous donner plus
d'amour pour les autres que pour nous-mêmes; c'eft
déjà beaucoup que nous ayons cette bienveillance
qui nous difpofe à l'union avec les hommes.

Mais

Mais cette bienveillance ferait encore un faible fecours pour nous faire vivre en fociété : elle n'aurait jamais pu fervir à fonder de grands empires & des villes floriffantes, fi nous n'avions pas eu de grandes paffions.

Ces paffions dont l'abus fait à la vérité tant de mal, font en effet la principale caufe de l'ordre que nous voyons aujourd'hui fur la terre. L'orgueil eft furtout le principal inftrument avec lequel on a bâti ce bel édifice de la fociété. A peine les befoins eurent raffemblé quelques hommes, que les plus adroits d'entre eux s'aperçurent que tous ces hommes étaient nés avec un orgueil indomptable auffi-bien qu'avec un penchant invincible pour le bien-être.

Il ne fut pas difficile de leur perfuader que, s'ils fefaient pour le bien commun de la fociété quelque chofe qui leur coûtait un peu de leur bien-être, leur orgueil en ferait amplement dédommagé.

On diftingua donc de bonne heure les hommes en deux claffes ; la première, des hommes divins qui facrifient leur amour-propre au bien public ; la feconde, des miférables qui n'aiment qu'eux-mêmes : tout le monde voulut & veut être encore de la première claffe, quoique tout le monde foit dans le fond du cœur de la feconde ; & les hommes les plus lâches & les plus abandonnés à leurs propres défirs crièrent plus haut que les autres, qu'il fallait tout immoler au bien public. L'envie de commander qui eft une des branches de l'orgueil, & qui fe remarque auffi vifiblement dans un pédant de collége & dans un bailli de village que dans un pape & dans un empereur, excita encore puiffamment l'induftrie humaine pour amener les hommes à

Philofophie &c. Tome I.   E

obéir à d'autres hommes; il fallut leur faire connaître clairement qu'on en favait plus qu'eux, & qu'on leur ferait utile.

Il fallut furtout fe fervir de leur avarice pour acheter leur obéiffance. On ne pouvait leur donner beaucoup fans avoir beaucoup, & cette fureur d'acquérir les biens de la terre ajoutait tous les jours de nouveaux progrès à tous les arts.

Cette machine n'eût pas encore été loin fans le fecours de l'envie, paffion très-naturelle que les hommes déguifent toujours fous le nom d'émulation. Cette envie réveilla la pareffe & aiguifa le génie de quiconque vit fon voifin puiffant & heureux. Ainfi, de proche en proche, les paffions feules réunirent les hommes & tirèrent du fein de la terre tous les arts & tous les plaifirs. C'eft avec ce reffort que DIEU appelé par *Platon*, l'éternel géomètre, & que j'appelle ici l'éternel machinifte, a animé & embelli la nature : les paffions font les roues qui font aller toutes ces machines.

Les raifonneurs de nos jours qui veulent établir la chimère que l'homme était né fans paffions, & qu'il n'en a eu que pour avoir défobéi à DIEU, auraient auffi bien fait de dire que l'homme était d'abord une belle ftatue que DIEU avait formée, & que cette ftatue fut depuis animée par le diable.

L'amour-propre & toutes fes branches font auffi néceffaires à l'homme que le fang qui coule dans fes veines; & ceux qui veulent lui ôter fes paffions parce qu'elles font dangereufes, reffemblent à celui qui voudrait ôter à un homme tout fon fang, parce qu'il peut tomber en apoplexie.

Que dirions-nous de celui qui prétendrait que les vents font une invention du diable, parce qu'ils fub-mergent quelques vaiffeaux, & qui ne fongerait pas que c'eft un bienfait de DIEU par lequel le commerce réunit tous les endroits de la terre que des mers immenfes divifent? Il eft donc très-clair que c'eft à nos paffions & à nos befoins que nous devons cet ordre & ces inventions utiles dont nous avons enrichi l'univers; & il eft très-vraifemblable que DIEU ne nous a donné ces befoins, ces paffions, qu'afin que notre induftrie les tournât à notre avantage. Que fi beaucoup d'hommes en ont abufé, ce n'eft pas à nous à nous plaindre d'un bienfait dont on a fait un mauvais ufage. DIEU a daigné mettre fur la terre mille nourritures délicieufes pour l'homme : la gourmandife de ceux qui ont tourné cette nourriture en poifon mortel pour eux, ne peut fervir de reproche contre la Providence.

CHAPITRE IX.

De la vertu & du vice.

POUR qu'une fociété fubfiftât, il fallait des lois, comme il faut des règles à chaque jeu. La plupart de ces lois femblent arbitraires; elles dépendent des inté-rêts, des paffions, & des opinions, de ceux qui les ont inventées, & de la nature du climat où les hommes fe font affemblés en fociété. Dans un pays chaud où le vin rendrait furieux, on a jugé à propos de faire un crime d'en boire; en d'autres climats plus froids il y a de l'honneur à s'enivrer. Ici un homme doit fe contenter d'une femme, là il lui eft permis d'en avoir autant qu'il peut en nourrir. Dans un autre pays les pères & les mères fupplient les étrangers de vouloir bien coucher avec leurs filles; par-tout ailleurs une fille qui s'eft livrée à un homme eft déshonorée. A Sparte on encourageait l'adultère, à Athènes il était puni de mort. Chez les Romains, les pères eurent droit de vie & de mort fur leurs enfans. En Normandie, un père ne peut pas ôter feulement une obole de fon bien au fils le plus défobéiffant. Le nom de roi eft facré chez beaucoup de nations, & en abomination dans d'autres.

Mais tous ces peuples qui fe conduifent fi différem-ment, fe réuniffent tous en ce point, qu'ils appellent *vertueux* ce qui eft conforme aux lois qu'ils ont établies, & *criminel* ce qui leur eft contraire. Ainfi un homme qui s'oppofera en Hollande au pouvoir arbitraire, fera un homme très-vertueux; & celui qui voudra établir en France un gouvernement républicain, fera condamné au dernier fupplice. Le même juif qui à Metz ferait envoyé aux galères s'il avait deux femmes, en aura quatre à Conftantinople, & en fera plus eftimé des mufulmans.

La plupart des lois fe contrarient fi vifiblement qu'il importe affez peu par quelles lois un Etat fe gouverne; mais ce qui importe beaucoup c'eft que les lois une fois établies foient exécutées. Ainfi il n'eft d'aucune conféquence qu'il y ait telles ou telles règles pour les jeux de dés & de cartes; mais on ne pourra jouer un feul moment fi l'on ne fuit pas à la rigueur ces règles arbitraires dont on fera convenu. (2)

(2) Nous croyons au contraire qu'il ne doit y avoir prefque rien d'arbi-traire dans les lois. 1°. La raifon fuffit pour nous faire connaître les droits des hommes, droits qui dérivent tous de cette maxime fimple, qu'entre

La vertu & le vice, le bien & le mal moral, eft donc en tout pays ce qui eft utile ou nuifible à la fociété; & dans tous les lieux & dans tous les temps celui qui facrifie le plus au public eft celui qu'on appellera le plus vertueux. Il paraît donc que les bonnes actions ne font autre chofe que les actions dont nous retirons de l'avantage, & les crimes les actions qui nous font contraires. La vertu eft l'habitude de faire de ces chofes qui plaifent aux hommes, & le vice l'habitude de faire des chofes qui leur déplaifent.

Quoique ce qu'on appelle vertu dans un climat foit précifément ce qu'on appelle vice dans un autre, & que la plupart des règles du bien & du mal différent comme les langages & les habillemens,

deux êtres fenfibles, égaux par la nature, il eft contre l'ordre que l'un faffe fon bonheur aux dépens de l'autre. 2°. La raifon montre également qu'il eft utile en général au bien des fociétés que les droits de chacun foient ref- pectés, & que c'eft en affurant ces droits d'une manière inviolable qu'on peut parvenir, foit à procurer à l'efpèce humaine tout le bonheur dont elle eft fufceptible, foit à le partager entre les individus avec la plus grande égalité poffible. Qu'on examine enfuite les différentes lois, on verra que les unes tendent à maintenir ces droits, que les autres y donnent atteinte; que les unes font conformes à l'intérêt général, que les autres y font contraires. Elles font donc ou juftes ou injuftes par elles-mêmes. Il ne fuffit donc pas que la fociété foit réglée par des lois, il faut que ces lois foient juftes. Il ne fuffit pas que les individus fe conforment aux lois établies, il faut que ces lois elles-mêmes fe conforment à ce qu'exige le maintien du droit de chacun.

Dire qu'il eft arbitraire de faire cette loi ou une loi contraire, ou de n'en pas faire du tout, c'eft feulement avouer qu'on ignore fi cette loi eft conforme ou contraire à la juftice. Un médecin peut dire : Il eft indifférent de donner à ce malade de l'émétique ou de l'ipécacuanha; mais cela fignifie, il faut lui donner un vomitif, & j'ignore lequel des deux remèdes convient le mieux à fon état. Dans la légiflation, comme dans la médecine, comme dans les travaux des arts phyfiques, il n'y a de l'arbitraire que parce que nous ignorons les conféquences des deux moyens qui dès-lors nous paraiffent indifférens. L'arbitraire naît de notre ignorance & non de la nature des chofes.

E 3

cependant il me paraît certain qu'il y a des lois naturelles dont les hommes font obligés de convenir par tout l'univers malgré qu'ils en aient. DIEU n'a pas dit à la vérité aux hommes, voici des lois que je vous donne de ma bouche, par lefquelles je veux que vous vous gouverniez; mais il a fait dans l'homme ce qu'il a fait dans beaucoup d'autres animaux. Il a donné aux abeilles un inftinct puiffant par lequel elles travaillent & fe nourriffent enfemble, & il a donné à l'homme certains fentimens dont il ne peut jamais fe défaire, & qui font les liens éternels & les premières lois de la fociété dans laquelle il a prévu que les hommes vivraient. La bienveillance pour notre efpèce eft née, par exemple, avec nous, & agit toujours en nous, à moins qu'elle ne foit combattue par l'amour-propre qui doit toujours l'emporter fur elle. Ainfi un homme eft toujours porté à affifter un autre homme quand il ne lui en coûte rien. Le fauvage le plus bar-bare revenant du carnage, & dégouttant du fang des ennemis qu'il a mangés, s'attendrira à la vue des fouffrances de fon camarade, & lui donnera tous les fecours qui dépendront de lui.

L'adultère & l'amour des garçons feront permis chez beaucoup de nations : mais vous n'en trouverez aucune dans laquelle il foit permis de manquer à fa parole; parce que la fociété peut bien fubfifter entre des adultères & des garçons qui s'aiment, mais non pas entre des gens qui fe feraient gloire de fe tromper les uns les autres.

Le larcin était en honneur à Sparte parce que tous les biens étaient communs; mais dès que vous avez établi le *tien* & le *mien*, il vous fera alors impoffible de ne pas regarder le vol comme contraire à la fociété, & par conféquent comme injufte.

Il eft fi vrai que le bien de la fociété eft la feule mefure du bien & du mal moral, que nous fommes forcés de changer, felon le befoin, toutes les idées que nous nous fommes formées du jufte & de l'injufte.

Nous avons de l'horreur pour un père qui couche avec fa fille, & nous flétriffons auffi du nom d'inceftueux le frère qui abufe de fa fœur; mais dans une colonie naiffante où il ne reftera qu'un père avec un fils & deux filles, nous regarderons comme une trèsbonne action le foin que prendra cette famille de ne pas laiffer périr l'efpèce.

Un frère qui tue fon frère eft un monftre; mais un frère qui n'aurait eu d'autres moyens dé fauver fa patrie que de facrifier fon frère, ferait un homme divin.

Nous aimons tous la vérité, & nous en fefons une vertu, parce qu'il eft de notre intérêt de n'être pas trompés. Nous avons attaché d'autant plus d'infamie au menfonge, que de toutes les mauvaifes actions, c'eft la plus facile à cacher, & celle qui coûte le moins à commettre; mais dans combien d'occafions le menfonge ne devient-il pas une action héroïque? Quand il s'agit, par exemple, de fauver un ami, celui qui en ce cas dirait la vérité, ferait couvert d'opprobre: & nous ne mettons guère de différence entre un homme qui calomnierait un innocent, & un frère qui, pouvant conferver la vie à fon frère par un menfonge, aimerait mieux l'abandonner en difant vrai. La mémoire de M. de *Thou*, qui eut le coup coupé pour n'avoir pas révélé la confpiration de *Cinq-Mars*, eft en bénédiction

E 4

chez les Français; s'il n'avait point menti, elle aurait été en horreur.

Mais, me dira-t-on, ce ne fera donc que par rapport à nous qu'il y aura du crime & de la vertu, du bien & du mal moral; il n'y aura donc point de bien en foi & indépendant de l'homme? Je demanderai à ceux qui font cette queftion, s'il y a du froid & du chaud, du doux & de l'amer, de la bonne & de la mauvaife odeur, autrement que par rapport à nous? N'eft-il pas vrai qu'un homme qui prétendrait que la chaleur exifte toute feule, ferait un raifonneur très-ridicule? Pourquoi donc celui qui prétend que le bien moral exifte indépendamment de nous, raifonnerait-il mieux? Notre bien & notre mal phyfique n'ont d'exiftence que par rapport à nous; pourquoi notre bien & notre mal moral feraient-ils dans un autre cas?

Les vues du Créateur, qui voulait que l'homme vécût en fociété, ne font-elles pas fuffifamment remplies? S'il y avait quelque loi tombée du ciel, qui eût enfeigné aux humains la volonté de D I E U bien clairement, alors le bien moral ne ferait autre chofe que la conformité à cette loi. Quand D I E U aura dit aux hommes : " Je veux qu'il y ait tant de royaumes fur " la terre, & pas une république. Je veux que les cadets " aient tout le bien des pères, & qu'on puniffe de mort " quiconque mangera des dindons ou du cochon ; " alors ces lois deviendront certainement la règle immuable du bien & du mal. Mais comme D I E U n'a pas daigné, que je fache, fe mêler ainfi de notre conduite, il faut nous en tenir aux préfens qu'il nous a faits. Ces préfens font la raifon, l'amour-propre, la bienveillance pour notre efpèce, les befoins, les paffions, tous moyens par lefquels nous avons établi la fociété.

Bien des gens font prêts ici à me dire : **Si je trouve mon bien-être à déranger votre fociété, à tuer, à voler, à calomnier, je ne ferai donc retenu par rien, & je pourrai m'abandonner fans fcrupule à toutes mes paffions?** Je n'ai autre chofe à dire à ces gens-là, finon que probablement ils feront pendus, ainfi que je ferai tuer les loups qui voudront enlever mes moutons ; c'eft précifément pour eux que les lois font faites, comme les tuiles ont été inventées contre la grêle & contre la pluie.

A l'égard des princes qui ont la force en main, & qui en abufent pour défoler le monde, qui envoient à la mort une partie des hommes, & réduifent l'autre à la mifère, c'eft la faute des hommes s'ils fouffrent ces ravages abominables, que fouvent même ils honorent du nom de vertu ; ils n'ont à s'en prendre qu'à eux-mêmes, aux mauvaifes lois qu'ils ont faites, ou au peu de courage qui les empêche de faire exécuter de bonnes lois.

Tous ces princes qui ont fait tant de mal aux hommes, font les premiers à crier que D I E U a donné des règles du bien & du mal. Il n'y a aucun de ces fléaux de la terre qui ne faffe des actes folemnels de religion ; & je ne vois pas qu'on gagne beaucoup à avoir de pareilles règles. C'eft un malheur attaché à l'humanité que, malgré toute l'envie que nous avons de nous conferver, nous nous détruifons mutuellement avec fureur & avec folie. Prefque tous les animaux fe mangent les uns les autres, & dans l'efpèce humaine

les mâles s'exterminent par la guerre. Il femble encore
que DIEU ait prévu cette calamité en fefant naître
parmi nous plus de mâles que de femelles : en effet
les peuples qui femblent avoir fongé de plus près aux
intérêts de l'humanité, & qui tiennent des regiftres
exacts des naiffances & des morts, fe font aperçus
que, l'un portant l'autre, il naît tous les ans un
douzième de mâles plus que de femelles.

De tout ceci il fera aifé de voir qu'il eft très-vraifemblable que tous ces meurtres & ces brigandages
font funeftes à la fociété, fans intéreffer en rien la
Divinité. DIEU a mis les hommes & les animaux fur
la terre, c'eft à eux de s'y conduire de leur mieux.
Malheur aux mouches qui tombent dans les filets de
l'araignée ; malheur au taureau qui fera attaqué par
un lion, & aux moutons qui feront rencontrés par
les loups. Mais fi un mouton allait dire à un loup :
Tu manques au bien moral, & DIEU te punira ; le
loup lui répondrait : Je fais mon bien phyfique, & il
y a apparence que DIEU ne fe foucie pas trop que
je te mange ou non. Tout ce que le mouton avait de
mieux à faire, c'était de ne pas s'écarter du berger
& du chien qui pouvait le défendre.

Plût au ciel qu'en effet un être fuprême nous eût
donné des lois, & nous eût propofé des peines & des
récompenfes ! qu'il nous eût dit : Ceci eft vice en foi,
ceci eft vertu en foi. Mais nous fommes fi loin d'avoir
des règles du bien & du mal, que de tous ceux qui
ont ofé donner des lois aux hommes de la part de
DIEU, il n'y en a pas un qui ait donné la dix-millième
partie des règles dont nous avons befoin dans la
conduite de la vie.

Si quelqu'un infère de tout ceci qu'il n'y a plus qu'à s'abandonner fans réferve à toutes les fureurs de fes défirs effrénés, & que, n'ayant en foi ni vertu ni vice, il peut tout faire impunément, il faut d'abord que cet homme voie s'il a une armée de cent mille foldats bien affectionnés à fon fervice ; encore rifquera-t-il beaucoup en fe déclarant ainfi l'ennemi du genre-humain. Mais fi cet homme n'eft qu'un fimple particulier, pour peu qu'il ait de raifon, il verra qu'il a choifi un très-mauvais parti, & qu'il fera puni infailliblement, foit par les châtimens fi fagement inventés par les hommes contre les ennemis de la fociété, foit par la feule crainte du châtiment, laquelle eft un fupplice affez cruel par elle-même. Il verra que la vie de ceux qui bravent les lois, eft d'ordinaire la plus miférable. Il eft moralement impoffible qu'un méchant homme ne foit pas reconnu ; & dès qu'il eft feulement foupçonné, il doit s'appercevoir qu'il eft l'objet du mépris & de l'horreur. Or, DIEU nous a fagement doués d'un orgueil qui ne peut jamais fouffrir que les autres hommes nous haïffent & nous méprifent ; être méprifé de ceux avec qui l'on vit eft une chofe que perfonne n'a jamais pu & ne pourra jamais fupporter. C'eft peut-être le plus grand frein que la nature ait mis aux injuftices des hommes ; c'eft par cette crainte mutuelle que DIEU a jugé à propos de les lier. Ainfi tout homme raifonnable conclura qu'il eft vifiblement de fon intérêt d'être honnête homme. La connaiffance qu'il aura du cœur humain, & la perfuafion où il fera qu'il n'y a en foi ni vertu ni vice, ne l'empêchera jamais d'être bon citoyen, & de remplir tous les devoirs de la vie. Auffi remarque-t-on que les philofophes

(qu'on baptife du nom d'incrédules & de libertins)
ont été dans tous les temps les plus honnêtes gens du
monde. Sans faire ici une lifte de tous les grands-
hommes de l'antiquité, on fait que *la Mothe le Vayer*
précepteur du frère de *Louis XIII*, *Bayle*, *Locke*,
Spinofa, milord *Shaftesbury*, *Collins*, &c., étaient des
hommes d'une vertu rigide; & ce n'eft pas feulement
la crainte du mépris des hommes qui a fait leurs
vertus, c'était le goût de la vertu même. Un efprit
droit eft honnête homme par la même raifon que celui
qui n'a pas le goût dépravé préfère d'excellent vin de
Nuitz à du vin de Brie, & des perdrix du Mans à de
la chair de cheval. Une faine éducation perpétue ces
fentimens chez tous les hommes, & de-là eft venu
ce fentiment univerfel qu'on appelle *honneur*, dont les
plus corrompus ne peuvent fe défaire, & qui eft le
pivot de la fociété. Ceux qui auraient befoin du
fecours de la religion pour être honnêtes gens, feraient
bien à plaindre; & il faudrait que ce fuffent des
monftres de la fociété, s'ils ne trouvaient pas en
eux-mêmes les fentimens néceffaires à cette fociété,
& s'ils étaient obligés d'emprunter d'ailleurs ce qui
doit fe trouver dans notre nature.

L E

PHILOSOPHE

IGNORANT.

LE PHILOSOPHE

IGNORANT.

PREMIERE QUESTION.

Qui es-tu ? d'où viens-tu ? que fais-tu ? que deviendras-tu ? c'eſt une queſtion qu'on doit faire à tous les êtres de l'univers, mais à laquelle nul ne nous répond. Je demande aux plantes quelle vertu les fait croître, & comment le même terrain produit des fruits ſi divers ? ces êtres inſenſibles & muets, quoiqu'enrichis d'une faculté divine, me laiſſent à mon ignorance & à mes vaines conjectures.

J'interroge cette foule d'animaux différens, qui tous ont le mouvement, & le communiquent; qui jouiſſent des mêmes ſenſations que moi; qui ont une meſure d'idées & de mémoire avec toutes les paſſions. Ils ſavent encore moins que moi ce qu'ils font, pourquoi ils font, & ce qu'ils deviennent.

Je ſoupçonne, j'ai même lieu de croire que les planètes, les ſoleils innombrables qui rempliſſent l'eſpace, ſont peuplés d'êtres ſenſibles & penſans; mais une barrière éternelle nous ſépare, & aucun de ces habitans des autres globes ne s'eſt communiqué à nous.

M. le prieur, dans le *Spectacle de la nature*, a dit à M. le chevalier, que les aſtres étaient faits pour la terre, & la terre, ainſi que les animaux, pour l'homme. Mais comme le petit globe de la terre roule avec les

autres planètes autour du foleil; comme les mouvemens réguliers & proportionnels des aftres peuvent
éternellement fubfifter fans qu'il y ait des hommes;
comme il y a fur notre petite planète infiniment plus
d'animaux que de mes femblables , j'ai penfé que
M. le prieur avait un peu trop d'amour-propre en fe
flattant que tout avait été fait pour lui. J'ai vu que
l'homme pendant fa vie eft dévoré par tous les animaux, s'il eft fans défenfe; & que tous le dévorent
encore après fa mort. Ainfi j'ai eu de la peine à concevoir que M. le prieur & M. le chevalier fuffent les
rois de la nature. Efclave de tout ce qui m'environne,
au lieu d'être roi, refferré dans un point, & entouré
de l'immenfité , je commence par me chercher moi-
même.

I I.

Notre faibleffe.

JE fuis un faible animal; je n'ai en naiffant ni
force, ni connaiffance, ni inftinct; je ne peux même
me traîner à la mamelle de ma mère, comme font
tous les quadrupèdes; je n'acquiers quelques idées
que comme j'acquiers un peu de force quand mes
organes commencent à fe développer. Cette force
augmente en moi jufqu'au temps où , ne pouvant plus
s'accroître , elle diminue chaque jour. Ce pouvoir
de concevoir des idées s'augmente de même jufqu'à
fon terme, & enfuite s'évanouit infenfiblement par
degrés.

Quelle eft cette mécanique qui accroît de moment
en moment les forces de mes membres jufqu'à la borne
prefcrite ?

prefcrite ? Je l'ignore ; & ceux qui ont paffé leur vie à chercher cette caufe n'en favent pas plus que moi.

Quel eft cet autre pouvoir qui fait entrer des images dans mon cerveau, qui les conferve dans ma mémoire? Ceux qui font payés pour le favoir l'ont inutilement cherché ; nous fommes tous dans la même ignorance des premiers principes où nous étions dans notre berceau.

I I I.

Comment puis-je penfer ?

LES livres faits depuis deux mille ans m'ont-ils appris quelque chofe? Il nous vient quelquefois des envies de favoir comment nous penfons, quoiqu'il nous prenne rarement l'envie de favoir comment nous digérons, comment nous marchons. J'ai interrogé ma raifon ; je lui ai demandé ce qu'elle eft : cette queftion l'a toujours confondue.

J'ai effayé de découvrir par elle fi les mêmes refforts qui me font digérer, qui me font marcher, font ceux par lefquels j'ai des idées. Je n'ai jamais pu concevoir comment & pourquoi ces idées s'enfuyaient quand la faim fefait languir mon corps, & comment elles renaiffaient quand j'avais mangé.

J'ai vu une fi grande différence entre des penfées & la nourriture, fans laquelle je ne penferais point, que j'ai cru qu'il y avait en moi une fubftance qui raifonnait, & une autre fubftance qui digérait. Cependant, en cherchant toujours à me prouver que nous fommes deux, j'ai fenti groffièrement que je fuis

un feul ; & cette contradiction m'a toujours fait
une extrême peine.

J'ai demandé à quelques-uns de mes femblables,
qui cultivent la terre notre mère commune, avec
beaucoup d'induftrie, s'ils fentaient qu'ils étaient
deux, s'ils avaient découvert par leur philofophie
qu'ils poffédaient en eux une fubftance immortelle,
& cependant formée de rien, exiftante fans étendue,
agiffant fur leurs nerfs fans y toucher, envoyée
expreffément dans le ventre de leur mère fix femaines
après leur conception ; ils ont cru que je voulais
rire, & ont continué à labourer leurs champs fans
me répondre.

I V.

M'eft-il néceffaire de favoir ?

VOYANT donc qu'un nombre prodigieux d'hommes
n'avait pas feulement la moindre idée des difficultés
qui m'inquiètent, & ne fe doutait pas de ce qu'on dit
dans les écoles, de l'être en général, de la matière,
de l'efprit, &c., voyant même qu'ils fe moquaient
fouvent de ce que je voulais le favoir, j'ai foupçonné
qu'il n'était point du tout néceffaire que nous le
fuffions. J'ai penfé que la nature a donné à chaque
être la portion qui lui convient ; & j'ai cru que les
chofes auxquelles nous ne pouvions atteindre ne font
pas notre partage. Mais malgré ce défefpoir, je ne
laiffe pas de défirer d'être inftruit, & ma curiofité
trompée eft toujours infatiable.

V.

Ariſtote , Deſcartes, & Gaſſendi.

ARISTOTE commence par dire que l'incrédulité eſt la ſource de la ſageſſe ; *Deſcartes* a délayé cette penſée, & tous deux m'ont appris à ne rien croire de ce qu'ils me diſent. Ce *Deſcartes* ſurtout , après avoir fait ſemblant de douter, parle d'un ton ſi affirmatif de ce qu'il n'entend point ; il eſt ſi ſûr de ſon fait quand il ſe trompe groſſièrement en phyſique ; il a bâti un monde ſi imaginaire ; ſes tourbillons & ſes trois élémens font d'un ſi prodigieux ridicule , que je dois me défier de tout ce qu'il me dit ſur l'ame , après qu'il m'a tant trompé ſur les corps. Qu'on faſſe ſon éloge , à la bonne heure , pourvu qu'on ne faſſe pas celui de ſes romans philoſophiques , mépriſés aujourd'hui pour jamais dans toute l'Europe.

Il croit, ou il feint de croire que nous naiſſons avec des penſées métaphyſiques. J'aimerais autant dire qu'*Homère* naquit avec l'Iliade dans la tête. Il eſt bien vrai qu'*Homère* en naiſſant avait un cerveau tellement conſtruit, qu'ayant enſuite acquis des idées poëtiques, tantôt belles, tantôt incohérentes, tantôt exagérées, il en compoſa enfin l'Iliade. Nous apportons en naiſſant le germe de tout ce qui ſe développe en nous ; mais nous n'avons pas réellement plus d'idées innées que *Raphaël* & *Michel-Ange* n'apportèrent en naiſſant de pinceaux & de couleurs.

Deſcartes, pour tâcher d'accorder les parties éparſes de ſes chimères, ſuppoſa que l'homme penſe toujours;

j'aimerais autant imaginer que les oifeaux ne ceffent jamais de voler, ni les chiens de courir, parce que ceux-ci ont la faculté de courir, & ceux-là de voler.

Pour peu que l'on confulte fon expérience & celle du genre-humain, on eft bien convaincu du contraire. Il n'y a perfonne d'affez fou pour croire fermement qu'il ait penfé toute fa vie, le jour & la nuit fans interruption, depuis qu'il était fœtus jufqu'à fa dernière maladie. La reffource de ceux qui ont voulu défendre ce roman a été de dire qu'on penfait toujours, mais qu'on ne s'en apercevait pas. Il vaudrait autant dire qu'on boit, qu'on mange, & qu'on court à cheval, fans le favoir. Si vous ne vous apercevez pas que vous avez des idées, comment pouvez-vous affirmer que vous en avez? *Gaffendi* fe moqua comme il le devait de ce fyftème extravagant. Savez-vous ce qui en arriva? on prit *Gaffendi* & *Defcartes* pour des athées, parce qu'ils raifonnaient.

V I.

Les bêtes.

DE ce que les hommes étaient fuppofés avoir continuellement des idées, des perceptions, des conceptions, il fuivait naturellement que les bêtes en avaient toujours auffi; car il eft inconteftable qu'un chien de chaffe a l'idée de fon maître auquel il obéit, & du gibier qu'il lui rapporte. Il eft évident qu'il a de la mémoire, & qu'il combine quelques idées. Ainfi donc, fi la penfée de l'homme était auffi l'effence de fon ame, la penfée du chien était auffi l'effence de la fienne, & fi l'homme avait toujours des idées, il fallait bien que les animaux en euffent toujours. Pour trancher cette difficulté, le fabricateur des tourbillons & de la matière cannelée ofa dire que les bêtes étaient de pures machines qui cherchaient à manger fans avoir appétit, qui avaient toujours les organes du fentiment pour n'éprouver jamais la moindre fenfation, qui criaient fans douleur, qui témoignaient leur plaifir fans joie, qui poffédaient un cerveau pour n'y pas recevoir l'idée la plus légère, & qui étaient ainfi une contradiction perpétuelle de la nature.

Ce fyftème était auffi ridicule que l'autre ; mais au lieu d'en faire voir l'extravagance on le traita d'impie ; on prétendit que ce fyftème répugnait à l'écriture fainte, qui dit dans la Genèfe, *que* D I E U *a fait un pacte avec les animaux, & qu'il leur redemandera le fang des hommes qu'ils auront mordus & mangés;* ce qui fuppofe manifeftement dans les bêtes l'intelligence, la connaiffance du bien & du mal.

V I I.

L'expérience.

NE mêlons jamais l'écriture fainte dans nos difputes philofophiques : ce font des chofes trop hétérogènes, & qui n'ont aucun rapport. Il ne s'agit ici que d'examiner ce que nous pouvons favoir par nous-mêmes, & cela fe réduit à bien peu de chofe. Il faut avoir renoncé au fens commun pour ne pas convenir que nous ne favons rien au monde que par l'expérience;

& certainement fi nous ne parvenons que par l'expérience, & par une fuite de tâtonnemens & de longues
réflexions, à nous donner quelques idées faibles &
légères du corps, de l'efpace, du temps, de l'infini,
de D I E U même, ce n'eſt pas la peine que l'auteur de
la nature mette ces idées dans la cervelle de tous les
fœtus, afin qu'il n'y ait enfuite qu'un très-petit
nombre d'hommes qui en faſſent uſage.

Nous fommes tous fur les objets de notre fcience,
comme les amans ignorans *Daphnis* & *Chloé*, dont
Longus nous a dépeint les amours & les vaines tenta-
tives. Il leur fallut beaucoup de temps pour deviner
comment ils pouvaient fatisfaire leurs défirs, parce
que l'expérience leur manquait. La même chofe
arriva à l'empereur *Léopold* & au fils de *Louis XIV*,
il fallut les inftruire. S'ils avaient eu des idées innées,
il eſt à croire que la nature ne leur eût pas refufé la
principale & la feule néceſſaire à la conſervation de
l'efpèce humaine.

V I I I.

Subſtance.

N E pouvant avoir aucune notion que par expérience, il eſt impoſſible que nous puiſſions jamais
favoir ce que c'eſt que la matière. Nous touchons,
nous voyons les propriétés de cette fubſtance ; mais
ce mot même *fubſtance, ce qui eſt deſſous*, nous avertit
affez que ce deſſous nous fera inconnu à jamais :
quelque chofe que nous découvrions de fes apparences, il reſtera toujours ce deſſous à découvrir.

Par la même raifon nous ne faurons jamais par
nous-mêmes ce que c'eft qu'efprit. C'eft un mot qui
originairement fignifie *fouffle*, & dont nous nous fommes
fervis pour tâcher d'exprimer vaguement & groffièrement ce qui nous donne des penfées. Mais quand
même, par un prodige qui n'eft pas à fuppofer, nous
aurions quelque légère idée de la fubftance de cet
efprit, nous ne ferions pas plus avancés ; nous ne
pourrions jamais deviner comment cette fubftance
reçoit des fentimens & des penfées. Nous favons bien
que nous avons un peu d'intelligence, mais comment
l'avons-nous? c'eft le fecret de la nature, elle ne l'a
dit à nul mortel.

I X.

Bornes étroites.

NOTRE intelligence eft très-bornée, ainfi que la
force de notre corps. Il y a des hommes beaucoup
plus robuftes que les autres ; il y a auffi des *Hercules*
en fait de penfées : mais au fond cette fupériorité eft
fort peu de chofe. L'un foulevera dix fois plus de
matière que moi, l'autre pourra faire de tête & fans
papier une divifion de quinze chiffres, tandis que je
ne pourrai en divifer que trois ou quatre avec une
extrême peine ; c'eft à quoi fe réduira cette force tant
vantée : mais elle trouvera bien vîte fa borne ; &
c'eft pourquoi dans les jeux de combinaifon, nul
homme, après s'y être formé par toute fon application
& par un long ufage, ne parvient jamais, quelque effort
qu'il faffe, au-delà du degré qu'il a pu atteindre ;

il a frappé à la borne de fon intelligence. Il faut même abfolument que cela foit ainfi ; fans quoi nous irions de degré en degré jufqu'à l'infini.

X.

Découvertes impoſſibles.

DANS ce cercle étroit où nous fommes renfermés, voyons donc ce que nous fommes condamnés à ignorer, & ce que nous pouvons un peu connaître. Nous avons déjà vu qu'aucun premier reffort, aucun premier principe ne peut être faifi par nous.

Pourquoi mon bras obéit-il à ma volonté? nous fommes fi accoutumés à ce phénomène incompréhenfible, que très-peu y font attention ; & quand nous voulons rechercher la caufe d'un effet fi commun, nous trouvons qu'il y a réellement l'infini entre notre volonté & l'obéiffance de notre membre, c'eft-à-dire qu'il n'y a nulle proportion de l'une à l'autre, nulle raifon, nulle apparence de caufe ; & nous fentons que nous y penferions une éternité fans pouvoir imaginer la moindre lueur de vraifemblance.

X I.

Déſeſpoir fondé.

AINSI arrêtés dès le premier pas, & nous repliant vainement fur nous-mêmes, nous fommes effrayés de nous chercher toujours, & de ne nous trouver jamais. Nul de nos fens n'eft explicable.

Nous favons bien à-peu-près, avec le fecours des triangles , qu'il y a environ trente millions de' nos grandes lieues géométriques de la terre au foleil ; mais qu'eft-ce que le foleil? & pourquoi tourne-t-il fur fon axe? & pourquoi en un fens plutôt qu'en un autre? & pourquoi Saturne & nous tournons-nous autour de cet aftre plutôt d'occident en orient que d'orient en occident? non-feulement nous ne fatisferons jamais à cette queftion , mais nous n'entreverrons jamais la moindre poffibilité d'en imaginer feulement une caufe phyfique. Pourquoi? c'eft que le nœud de cette difficulté eft dans le premier principe des chofes.

Il en eft de ce qui agit au-dedans de nous, comme de ce qui agit dans les efpaces immenfes de la nature. Il y a dans l'arrangement des aftres , & dans la conformation d'un ciron & de l'homme , un premier principe dont l'accès doit néceffairement nous être interdit. Car fi nous pouvions connaître notre premier reffort , nous en ferions les maîtres , nous ferions des dieux. Eclairciffons cette idée , & voyons fi elle eft vraie.

Suppofons que nous trouvions en effet la caufe de nos fenfations, de nos penfées, de nos mouvemens ; comme nous avons feulement découvert dans les aftres la raifon des éclipfes & des différentes phafes de la lune & de Vénus, il eft clair que nous prédirions alors nos fenfations, nos penfées & nos défirs réfultans de ces fenfations , comme nous prédifons les phafes & les éclipfes. Connaiffant donc ce qui devrait fe paffer demain dans notre intérieur , nous verrions clairement, par le jeu de cette machine, de quelle manière ou agréable ou funefte nous devrions être affectés. Nous avons une volonté qui dirige, ainsi qu'on en convient, nos mouvemens intérieurs en plusieurs circonstances. Par exemple, je me sens disposé à la colère, ma réflexion & ma volonté en répriment les accès naissans. Je verrais, si je connaissais mes premiers principes, toutes les affections auxquelles je suis disposé pour demain, toute la suite des idées qui m'attendent; je pourrais avoir sur cette suite d'idées & de sentimens la même puissance que j'exerce quelquefois sur les sentimens & sur les pensées actuelles, que je détourne & que je réprime. Je me trouverais précisément dans le cas de tout homme qui peut retarder & accélérer à son gré le mouvement d'une horloge, celui d'un vaisseau, celui de toute machine connue.

Dans cette supposition, étant le maître des idées qui me sont destinées demain, je le ferais pour le jour suivant, je le ferais pour le reste de ma vie; je pourrais donc être toujours tout-puissant sur moi-même, je ferais le dieu de moi-même. (1) Je sens assez que cet état est incompatible avec ma nature; il est donc

---

(1) Ce raisonnement nous paraît sujet à plusieurs difficultés. 1°. Ce pouvoir, si l'homme venait à l'acquérir, changerait en quelque sorte sa nature; mais ce n'est pas une raison pour être sûr qu'il ne peut l'acquérir. 2°. On pourrait connaître la cause de toutes nos sensations, de tous nos sentimens, & cependant n'avoir point le pouvoir, soit de détourner les impressions des objets extérieurs, soit d'empêcher les effets qui peuvent résulter d'une distraction, d'un mauvais calcul. 3°. Il y a un grand nombre de degrés entre notre ignorance actuelle & cette connaissance parfaite de notre nature; l'esprit humain pourrait parcourir les différens degrés de cette échelle sans jamais parvenir au dernier; mais chaque degré ajouterait à nos connaissances réelles, & ces connaissances pourraient être utiles. Il en serait de la métaphysique comme des mathématiques, dont jamais nous n'épuiserons aucune partie, même en y fesant dans chaque siècle un grand nombre de découvertes utiles.

impoffible que je puiffe rien connaître du premier
principe qui me fait penfer & agir.

X I I.

Faibleffe des hommes.

Ce qui eft impoffible à ma nature fi faible, fi bornée,
& qui eft d'une durée fi courte, eft-il impoffible
dans d'autres globes, dans d'autres efpèces d'êtres?
Y a-t-il des intelligences fupérieures, maîtreffes de
toutes leurs idées, qui penfent & qui fentent tout ce
qu'elles veulent? Je n'en fais rien ; je ne connais que
ma faibleffe, je n'ai aucune notion de la force des
autres.

X I I I.

Suis-je libre ?

Ne fortons point encore du cercle de notre exiftence ; continuons à nous examiner nous-mêmes
autant que nous le pouvons. Je me fouviens qu'un
jour, avant que j'euffe fait toutes les queftions précé-
dentes, un raifonneur voulut me faire raifonner. Il me
demanda fi j'étais libre ; je lui répondis que je n'étais
point en prifon, que j'avais la clef de ma chambre,
que j'étais parfaitement libre. Ce n'eft pas cela que je
vous demande, me répondit-il; croyez-vous que votre
volonté ait la liberté de vouloir ou de ne vouloir pas
vous jeter par la fenêtre? penfez-vous avec l'ange de
l'école que le libre arbitre foit une puiffance appétitive,
& que le libre arbitre fe perde par le péché? Je regardai

mon homme fixement, pour tâcher de lire dans ſes yeux s'il n'avait pas l'eſprit égaré ; & je lui répondis que je n'entendais rien à ſon galimatias.

Cependant cette queſtion ſur la liberté de l'homme m'intéreſſa vivement ; je lus des ſcolaſtiques, je fus comme eux dans les ténèbres ; je lus *Locke*, & j'aperçus des traits de lumière ; je lus le traité de *Collins* qui me parut *Locke* perfectionné ; & je n'ai jamais rien lu depuis qui m'ait donné un nouveau degré de connaiſſance. Voici ce que ma faible raiſon a conçu, aidée de ces deux grands-hommes, les ſeuls, à mon avis, qui ſe ſoient entendus eux-mêmes en écrivant ſur cette matière, & les ſeuls qui ſe ſoient fait entendre aux autres.

Il n'y a rien ſans cauſe. Un effet ſans cauſe n'eſt qu'une parole abſurde. Toutes les fois que je veux, ce ne peut être qu'en vertu de mon jugement bon ou mauvais ; ce jugement eſt néceſſaire, donc ma volonté l'eſt auſſi. En effet, il ſerait bien ſingulier que toute la nature, tous les aſtres obéiſſent à des lois éternelles, & qu'il y eût un petit animal haut de cinq pieds, qui, au mépris de ces lois, pût agir toujours comme il lui plairait au ſeul gré de ſon caprice. Il agirait au haſard ; & on ſait que le haſard n'eſt rien. Nous avons inventé ce mot pour exprimer l'effet connu de toute cauſe inconnue.

Mes idées entrent néceſſairement dans mon cerveau ; comment ma volonté, qui en dépend, ſerait-elle à la fois néceſſitée, & abſolument libre ? Je ſens en mille occaſions que cette volonté ne peut rien ; ainſi quand la maladie m'accable, quand la paſſion me tranſporte, quand mon jugement ne peut atteindre aux objets qu'on me préfente &c. je dois donc penfer que les lois de la nature étant toujours les mêmes, ma volonté n'eft pas plus libre dans les chofes qui me paraiffent les plus indifférentes, que dans celles où je me fens foumis à une force invincible.

Etre véritablement libre, c'eft pouvoir. Quand je peux faire ce que je veux, voilà ma liberté; mais je veux néceffairement ce que je veux; autrement je voudrais fans raifon, fans caufe; ce qui eft impoffible. Ma liberté confifte à marcher quand je veux marcher & que je n'ai point la goutte.

Ma liberté confifte à ne point faire une mauvaife action quand mon efprit fe la repréfente néceffairement mauvaife; à fubjuguer une paffion quand mon efprit m'en fait fentir le danger, & que l'horreur de cette action combat puiffamment mon défir. Nous pouvons réprimer nos paffions, comme je l'ai déjà annoncé nombre IV, mais alors nous ne fommes pas plus libres en réprimant nos défirs qu'en nous laiffant entraîner à nos penchans; car dans l'un & l'autre cas, nous fuivons irréfiftiblement notre dernière idée; & cette dernière idée eft néceffaire; donc je fais néceffairement ce qu'elle me dicte. Il eft étrange que les hommes ne foient pas contens de cette mefure de liberté, c'eft-à-dire du pouvoir qu'ils ont reçu de la nature de faire en plufieurs cas ce qu'ils veulent; les aftres ne l'ont pas; nous la poffédons, & notre orgueil nous fait croire quelquefois que nous en poffédons encore plus. Nous nous figurons que nous avons le don incompréhenfible & abfurde de vouloir fans autre raifon, fans autre motif que celui de vouloir. Voyez le nombre XXIX.

Non, je ne puis pardonner au docteur *Clarke* d'avoir combattu avec mauvaife foi ces vérités dont il fentait la force, & qui femblaient s'accommoder mal avec fes fyftèmes. Non, il n'eft pas permis à un philofophe tel que lui d'avoir attaqué *Collins* en fophifte, & d'avoir détourné l'état de la queftion en reprochant à *Collins* d'appeler l'homme *un agent néceffaire*. Agent ou patient, qu'importe? agent quand il fe meut volontairement, patient quand il reçoit des idées. Qu'eft-ce que le nom fait à la chofe? L'homme eft en tout un être dépendant, comme la nature entière eft dépendante, & il ne peut être excepté des autres êtres.

Le prédicateur, dans *Samuel Clarke*, a étouffé le philofophe; il diftingue la néceffité phyfique & la néceffité morale. Et qu'eft-ce qu'une néceffité morale? Il vous paraît vraifemblable qu'une reine d'Angleterre qu'on couronne, & que l'on facre dans une églife, ne fe dépouillera pas de fes habits royaux pour s'étendre toute nue fur l'autel, quoiqu'on raconte une pareille aventure d'une reine de Congo. Vous appelez cela *une néceffité morale* dans une reine de nos climats; mais c'eft au fond une néceffité phyfique, éternelle, liée à la conftitution des chofes. Il eft auffi fûr que cette reine ne fera pas cette folie, qu'il eft fûr qu'elle mourra un jour. La néceffité morale n'eft qu'un mot; tout ce qui fe fait eft abfolument néceffaire. Il n'y a point de milieu entre la néceffité & le hafard; & vous favez qu'il n'y a point de hafard; donc tout ce qui arrive eft néceffaire.

Pour embarraffer la chofe davantage, on a imaginé de diftinguer encore entre néceffité & contrainte; mais au fond la contrainte eft-elle autre chofe qu'une néceffité dont on s'aperçoit? & la néceffité n'eft-elle pas une contrainte dont on ne s'aperçoit point ? *Archiméde* eft également néceffité à refter dans fa chambre, quand on l'y enferme, & quand il eft fi fortement occupé d'un problème qu'il ne reçoit pas l'idée de fortir.

Ducunt volentem fata, nolentem trahunt.

L'ignorant qui penfe ainfi n'a pas toujours penfé de même, mais enfin il eft contraint de fe rendre.

X I V.

Tout eft-il éternel ?

ASSERVI à des lois éternelles comme tous les globes qui rempliffent l'efpace, comme les élémens, les animaux, les plantes, je jette des regards étonnés fur tout ce qui m'environne, je cherche quel eft mon auteur, & celui de cette machine immenfe dont je fuis à peine une roue imperceptible.

Je ne fuis pas venu de rien : car la fubftance de mon père, & de ma mère qui m'a porté neuf mois dans fa matrice, eft quelque chofe. Il m'eft évident que le germe qui m'a produit n'a pu être produit de rien ; car comment le néant produirait-il l'exiftence ? je me fens fubjugué par cette maxime de toute l'antiquité : *Rien ne vient du néant, rien ne peut retourner au néant.* Cet axiome porte en lui une force fi terrible qu'il enchaîne tout mon entendement fans que je puiffe me débattre contre lui. Aucun philofophe ne s'en eft écarté, aucun légiflateur, quel qu'il foit, ne l'a contefté.

Le *Cahut* des Phéniciens, le *Chaos* des Grecs, le *Tohu bohu* des Chaldéens & des Hébreux, tout nous atteste qu'on a toujours cru l'éternité de la matière. Ma raison, trompée par cette idée si ancienne & si générale, me dit : Il faut bien que la matière soit éternelle, puisqu'elle existe ; si elle était hier, elle était auparavant. Je n'aperçois aucune vraisemblance qu'elle ait commencé à être, aucune cause pour laquelle elle n'ait pas été, aucune cause pour laquelle elle ait reçu l'existence dans un temps plutôt que dans un autre. Je cède donc à cette conviction, soit fondée, soit erronée, & je me range du parti du monde entier, jusqu'à ce qu'ayant avancé dans mes recherches je trouve une lumière supérieure au jugement de tous les hommes, qui me force à me rétracter malgré moi.

Mais si, comme tant de philosophes de l'antiquité l'ont pensé, l'être éternel a toujours agi, que deviendront le *Cahut* & l'*Ereb* des Phéniciens, le *Tohu bohu* des Chaldéens, le *Chaos d'Hésiode*? il restera dans les fables. Le *Chaos* est impossible aux yeux de la raison ; car il est impossible que l'intelligence étant éternelle, il y ait jamais eu quelque chose d'opposé aux lois de l'intelligence ; or le *Chaos* est précisément l'opposé de toutes les lois de la nature. Entrez dans la caverne la plus horrible des Alpes, sous ces débris de rochers, de glace, de sable, d'eaux, de cristaux, de minéraux informes, tout y obéit à la gravitation & aux lois de l'hydrostatique. Le *Chaos* n'a jamais été que dans nos têtes, & n'a servi qu'à faire composer de beaux vers à *Hésiode* & à *Ovide*.

Si notre sainte écriture a dit que le *Chaos* existait, si le *Tohu bohu* a été adopté par elle, nous le croyons
sans

fans doute, & avec la foi la plus vive. Nous ne parlons ici que fuivant les lueurs trompeufes de notre
raifon. Nous nous fommes bornés, comme nous
l'avons dit, à voir ce que nous pouvons foupçonner
par nous-mêmes. Nous fommes des enfans qui
effayons de faire quelques pas fans lifières : nous
marchons, nous tombons, & la foi nous relève.

X V.

Intelligence.

MAIS en apercevant l'ordre, l'artifice prodigieux,
les lois mécaniques & géométriques qui règnent dans
l'univers ; les moyens, les fins innombrables de toutes
chofes ; je fuis faifi d'admiration & de refpect. Je juge
incontinent que fi les ouvrages des hommes, les miens
même me forcent à reconnaître en nous une intelligence, je dois en reconnaître une bien fupérieurement
agiffante dans la multitude de tant d'ouvrages. J'admets
cette intelligence fuprême fans craindre que jamais on
puiffe me faire changer d'opinion. Rien n'ébranle en
moi cet axiome : *Tout ouvrage démontre un ouvrier.* (2)

(2) La preuve de l'exiftence de DIEU, tirée de l'obfervation des phénomènes de l'univers, dont l'ordre & les lois conftantes femblent indiquer une
unité de deffein, & par conféquent une caufe unique & intelligente, eft la
feule à laquelle M. de *Voltaire* fe foit arrêté, & la feule qui puiffe être
admife par un philofophe libre des préjugés & du galimatias des écoles.
L'ouvrage intitulé, *Du principe d'action*, contient une expofition de cette
preuve à la fois plus frappante & plus fimple que celles qui ont été données
par des philofophes qu'on a crus profonds, parce qu'ils étaient obfcurs
& éloquens, parce qu'ils étaient exagérateurs. On pourrait demander maintenant quelle eft pour nous, par l'état actuel de nos connaiffances fur les
lois de l'univers, la probabilité que ces lois forment un fyftème un & régulier ;
& enfuite la probabilité que ce fyftème régulier eft l'effet d'une volonté intelligente ? Cette queftion eft plus difficile qu'elle ne paraît au premier coup-d'œil.

X V I.

Eternité.

CETTE intelligence eſt-elle éternelle? ſans doute ; car ſoit que j'aie admis ou rejeté l'éternité de la matière, je ne peux rejeter l'exiſtence éternelle de ſon artiſan ſuprême ; & il eſt évident que s'il exiſte aujourd'hui, il a exiſté toujours.

X V I I.

Incompréhenſibilité.

JE n'ai fait encore que deux ou trois pas dans cette vaſte carrière; je veux ſavoir ſi cette intelligence divine eſt quelque choſe d'abſolument diſtinct de l'univers, à-peu-près comme le ſculpteur eſt diſtingué de la ſtatue ; ou ſi cette ame du monde eſt unie au monde, & le pénètre, à-peu-près encore, comme ce que j'appelle *mon ame* eſt unie à moi, & ſelon cette idée de l'antiquité ſi bien exprimée dans *Virgile* :

Mens agitat molem & magno ſe corpore miſcet.

Et dans *Lucain* :

Jupiter eſt quodcumque vides, quocumque moveris.

Je me vois arrêté tout-à-coup dans ma vaine curioſité. Miſérable mortel, ſi je ne puis ſonder ma propre intelligence, ſi je ne puis ſavoir ce qui m'anime, comment connaîtrai-je l'intelligence ineffable qui préſide viſiblement à la matière entière ? Il y en a une, tout me le démontre ; mais où eſt la bouſſole qui me conduira vers ſa demeure éternelle & ignorée ?

X V I I I.

Infini.

CETTE intelligence eft-elle infinie en puiffance &
en immenfité, comme elle eft inconteftablement infinie
en durée? je n'en puis rien favoir par moi-même.
Elle exifte, donc elle a toujours exifté, cela eft clair.
Mais quelle idée puis-je avoir d'une puiffance infinie?
Comment puis-je concevoir un infini actuellement
exiftant? Comment puis-je imaginer que l'intelligence
fuprême eft dans le vide? Il n'en eft pas de l'infini
en étendue comme de l'infini en durée. Une durée
infinie s'eft écoulée au moment que je parle, cela eft
fûr; je ne peux rien ajouter à cette durée paffée, mais
je peux toujours ajouter à l'efpace que je conçois;
comme je peux ajouter aux nombres que je conçois.
L'infini en nombre & en étendue eft hors de la fphère
de mon entendement. Quelque chofe qu'on me dife,
rien ne m'éclaire dans cet abyme. Je fens heureufement
que mes difficultés & mon ignorance ne peuvent pré-
judicier à la morale; on aura beau ne pas concevoir
ni l'immenfité de l'efpace remplie, ni la puiffance
infinie qui a tout fait, & qui cependant peut encore
faire; cela ne fervira qu'à prouver de plus en plus la
faibleffe de notre entendement; & cette faibleffe ne
nous rendra que plus foumis à l'être éternel dont nous
fommes l'ouvrage.

XIX.

Ma dépendance.

Nous sommes son ouvrage. Voilà une vérité intéressante pour nous : car de savoir par la philosophie en quel temps il fit l'homme, ce qu'il fesait auparavant ; s'il est dans la matière, s'il est dans le vide, s'il est dans un point ; s'il agit toujours ou non, s'il agit par-tout, s'il agit hors de lui ou dans lui ; ce sont des recherches qui redoublent en moi le sentiment de mon ignorance profonde.

Je vois même qu'à peine il y a eu une douzaine d'hommes en Europe qui aient écrit sur ces choses abstraites avec un peu de méthode ; & quand je supposerais qu'ils ont parlé d'une manière intelligible, qu'en résulterait-il ? Nous avons déjà reconnu, *quest. IV*, que les choses que si peu de personnes peuvent se flatter d'entendre, sont inutiles au reste du genre-humain. (3) Nous sommes certainement l'ouvrage

(3) Cette opinion est-elle bien certaine ? l'expérience n'a-t-elle point prouvé que des vérités très-difficiles à entendre peuvent être utiles ? Les tables de la lune, celles des satellites de Jupiter guident nos vaisseaux sur les mers, sauvent la vie des matelots, & elles sont formées d'après des théories qui ne sont connues que d'un petit nombre de savans. D'ailleurs dans les sciences qui tiennent à la morale, à la politique, les mêmes connaissances, qui d'abord sont le partage de quelques philosophes, ne peuvent-elles point être mises à la portée de tous les hommes qui ont reçu quelque éducation, qui ont cultivé leur esprit, & devenir par-là d'une utilité générale, puisque ce sont ces mêmes hommes qui gouvernent le peuple & qui influent sur les opinions ? Cette maxime est une de ces opinions où nous entraîne l'idée très-naturelle, mais peut-être très-fausse, que notre bien-être a été un des motifs de l'ordre qui règne dans le système général des êtres. Il ne faut pas confondre ces causes finales dont nous nous fesons l'objet, avec les causes finales plus étendues, que l'observation des phénomènes peut nous faire soupçonner & nous indiquer avec plus ou moins de probabilité. Les premières appartiennent à la rhétorique, les autres à la philosophie. M. de *Voltaire* a souvent combattu cette même manière de raisonner.

de DIEU, c'eft-là ce qu'il m'eft utile de favoir ; auffi
la preuve en eft-elle palpable. Tout eft moyen & fin
dans mon corps, tout eft reffort, poulie, force mouvante, machine hydraulique, équilibre de liqueurs,
laboratoire de chimie. Il eft donc arrangé par une
intelligence, *queft. XV.* Ce n'eft pas l'intelligence de
mes parens à qui je dois cet arrangement, car affurément ils ne favaient ce qu'ils fefaient quand ils m'ont
mis au monde; ils n'étaient que les aveugles inftrumens
de cet éternel fabricateur qui anime le ver de terre,
& qui fait tourner le foleil fur fon axe.

X X.

Eternité encore.

NÉ d'un germe venu d'un autre germe, y a-t-il eu
une fucceffion continuelle, un développement fans fin
de ces germes, & toute la nature a-t-elle toujours
exifté par une fuite néceffaire de cet être fuprême qui
exiftait de lui-même ? Si je n'en croyais que mon
faible entendement, je dirais : Il me paraît que la
nature a toujours été animée. Je ne puis concevoir que
la caufe qui agit continuellement & vifiblement fur
elle, pouvant agir dans tous les temps, n'ait pas agi
toujours. Une éternité d'oifiveté dans l'être agiffant &
néceffaire, me femble incompatible. Je fuis porté à
croire que le monde eft toujours émané de cette caufe
primitive & néceffaire, comme la lumière émane du
foleil. Par quel enchaînement d'idées me vois-je toujours entraîné à croire éternelles les œuvres de l'être
éternel? Ma conception, toute pufillanime qu'elle eft,

G 3

a la force d'atteindre à l'être néceſſaire exiſtant par
lui-même , & n'a pas la force de concevoir le néant.
L'exiſtence d'un ſeul atome me ſemble prouver l'éternité de l'exiſtence ; mais rien ne me prouve le néant.
Quoi ! il y aurait eu le *rien* dans l'eſpace où eſt aujour-
d'hui quelque choſe ? Cela me paraît incompréhenſible. Je ne puis admettre ce *rien* , à moins que la
révélation ne vienne fixer mes idées qui s'emportent
au-delà des temps.

Je ſais bien qu'une ſucceſſion infinie d'êtres qui
n'auraient point d'origine , eſt auſſi abſurde ; *Samuel
Clarke* le démontre aſſez ; (4) mais il n'entreprend
pas ſeulement d'affirmer que D I E U n'ait pas tenu
cette chaîne de toute éternité ; il n'oſe pas dire qu'il
ait été ſi long-temps impoſſible à l'être éternellement
actif de déployer ſon action. Il eſt évident qu'il l'a pu ;
& s'il l'a pu , qui ſera aſſez hardi pour me dire qu'il ne
l'a pas fait ? La révélation ſeule , encore une fois , peut
m'apprendre le contraire : mais nous n'en ſommes
pas encore à cette révélation qui écraſe toute philoſophie , à cette lumière devant qui toute lumière
s'évanouit.

----

(4) Il ne peut être queſtion ici que d'une impoſſibilité métaphyſique.
Or , pourquoi cette ſuite de phénomènes qui ſe ſuccèdent indéfiniment
ſuivant une certaine loi , & qui , à partir de chaque inſtant , forment une
chaîne indéfinie dans le paſſé comme dans l'avenir , ſerait-elle impoſſible à
concevoir ? N'avons-nous pas l'idée claire d'un corps ſe mouvant dans une
courbe infinie , d'une ſérie de termes , s'étendant indéfiniment dans les
deux ſens à quelque terme qu'on la prenne ? Cette ſucceſſion indéfinie de
phénomènes ne peut donc effrayer un homme familiariſé avec les idées
mathématiques.

X X I.

Ma dépendance encore.

CET être éternel , cette caufe univerfelle me donne mes idées ; car ce ne font pas les objets qui me les donnent. Une matière brute ne peut envoyer des penfées dans ma tête ; mes penfées ne viennent pas de moi , car elles arrivent malgré moi , & fouvent s'enfuient de même. On fait affez qu'il n'y a nulle reffemblance, nul rapport entre les objets, & nos idées & nos fenfations. Certes il y avait quelque chofe de fublime dans ce *Mallebranche*, qui ofait prétendre que nous voyons tout dans DIEU même : mais n'y avait-il rien de fublime dans les ftoïciens qui penfaient que c'eft DIEU qui agit en nous, & que nous poffédons un rayon de fa fubftance ? Entre le rêve de *Mallebranche* & le rêve des ftoïciens, où eft la réalité ? Je retombe , *queft. II* , dans l'ignorance , qui eft l'apanage de la nature humaine, & j'adore DIEU par qui je penfe , fans favoir comment je penfe.

X X I I.

Nouvelle queftion.

CONVAINCU par mon peu de raifon qu'il y a un être néceffaire , éternel , intelligent, de qui je reçois mes idées , fans pouvoir deviner ni le comment , ni le pourquoi; je demande ce que c'eft que cet être , s'il a la forme des efpèces intelligentes & agiffantes

G 4

fupérieures à la mienne dans d'autres globes? J'ai déjà dit que je n'en favais rien, *queſt. I.* Néanmoins je ne puis affirmer que cela foit impoſſible ; car j'aperçois des planètes très-fupérieures à la mienne en étendue, entourées de plus de fatellites que la terre. Il n'eſt point du tout contre la vraifemblance qu'elles foient peuplées d'intelligence très-fupérieures à moi , & de corps plus robuſtes , plus agiles , & plus durables. Mais leur exiſtence n'ayant nul rapport à la mienne , je laiſſe aux poëtes de l'antiquité le foin de faire defcendre *Vénus* de fon prétendu troifième ciel , & *Mars* du cinquième ; je ne dois rechercher que l'action de l'être néceſſaire fur moi-même.

X X I I I.

Un feul artifan fuprême.

UNE grande partie des hommes voyant le mal phyfique & le mal moral répandus fur ce globe , imagina deux êtres puiſſans , dont l'un produifait tout le bien , & l'autre tout le mal. S'ils exiſtaient, ils feraient néceſſaires; ils feraient éternels, indépendans, ils occuperaient tout l'efpace; ils exiſteraient donc dans le même lieu; ils fe pénétreraient donc l'un l'autre , cela eſt abſurde. L'idée de ces deux puiſſances ennemies ne peut tirer fon origine que des exemples qui nous frappent fur la terre ; nous y voyons des hommes doux & des hommes féroces , des animaux utiles & des animaux nuifibles, de bons maîtres & des tyrans. On imagina ainfi deux pouvoirs contraires qui préfi- daient à la nature ; ce n'eſt qu'un roman afiatique. Il

y a dans toute la nature une unité de deſſein manifeſte ;
les lois du mouvement & de la peſanteur ſont invariables ; il eſt impoſſible que deux artiſans ſuprêmes,
entièrement contraires l'un à l'autre , aient ſuivi les
mêmes lois. Cela ſeul , à mon avis , renverſe le
ſyſtème manichéen , & l'on n'a pas beſoin de gros
volumes pour le combattre.

Il eſt donc une puiſſance unique, éternelle, à qui
tout eſt lié , de qui tout dépend, mais dont la nature
m'eſt incompréhenſible. *St Thomas* nous dit *que* D I E U
eſt un pur acte , une forme, qui n'a ni genre ni prédicat ,
qu'il eſt la nature & le ſuppôt , qu'il exiſte eſſentiellement,
participativement , & nuncupativement. Lorſque les dominicains furent les maîtres de l'inquiſition , ils auraient
fait brûler un homme qui aurait nié ces belles choſes ;
je ne les aurais pas niées , mais je ne les aurais pas
entendues.

On me dit que D I E U eſt ſimple ; j'avoue humblement
que je n'entends pas davantage la valeur de ce mot.
Il eſt vrai que je ne lui attribuerai pas des parties
groſſières que je puiſſe ſéparer ; mais je ne puis concevoir que le principe & le maître de tout ce qui eſt dans
l'étendue ne ſoit pas dans l'étendue. La ſimplicité ,
rigoureuſement parlant, me paraît trop ſemblable au
non-être. L'extrême faibleſſe de mon intelligence n'a
point d'inſtrument aſſez fin pour ſaiſir cette ſimplicité.
Le point mathématique eſt ſimple , me dira-t-on ; mais
le point mathématique n'exiſte pas réellement.

On dit encore qu'une idée eſt ſimple , mais je n'entends pas cela davantage. Je vois un cheval , j'en ai
l'idée , mais je n'ai vu en lui qu'un aſſemblage de
choſes. Je vois une couleur, j'ai l'idée de couleur ;

mais cette couleur eft étendue. Je prononce les noms
abftraits de *couleur en général* , de *vice* , de *vertu* , de
vérité en général; mais c'eft que j'ai eu connaiffance de
chofes colorées , de chofes qui m'ont paru vertueufes
ou vicieufes, vraies ou fauffes : j'exprime tout cela par
un mot ; mais je n'ai point de connaiffance claire de
la fimplicité; je ne fais pas plus ce que c'eft , que je
ne fais ce que c'eft qu'un infini en nombres actuellement exiftant.

Déjà convaincu que, ne connaiffant pas ce que je
fuis , je ne puis connaître ce qu'eft mon auteur , mon
ignorance m'accable à chaque inftant , & je me confole
en réfléchiffant fans ceffe qu'il n'importe pas que je
fache fi mon maître eft ou non dans l'étendue, pourvu
que je ne faffe rien contre la confcience qu'il m'a
donnée. De tous les fyftèmes que les hommes ont
inventés fur la Divinité , quel fera donc celui que
j'embrafferai? aucun , finon celui de l'adorer.

XXIV.

Spinofa.

APRÈS m'être plongé avec *Thalès* dans l'eau dont il
fefait fon premier principe, après m'être rouffi auprès
du feu d'*Empédocle* , après avoir couru dans le vide en
ligne droite avec les atomes d'*Epicure* , fupputé des
nombres avec *Pythagore* , & avoir entendu fa mufique;
après avoir rendu mes devoirs aux androgynes de
Platon , & ayant paffé par toutes les régions de la
métaphyfique & de la folie; j'ai voulu enfin connaître
le fyftème de *Spinofa.*

Il n'eft pas abfolument nouveau ; il eft imité de quelques anciens philofophes grecs , & même de quelques Juifs ; mais *Spinofa* a fait ce qu'aucun philofophe grec, encore moins aucun Juif , n'a fait ; il a employé une méthode géométrique impofante , pour fe rendre un compte net de fes idées : voyons s'il ne s'eft pas égaré méthodiquement avec le fil qui le conduit.

Il établit d'abord une vérité inconteftable & lumineufe : Il y a quelque chofe , donc il exifte éternellement un être néceffaire. Ce principe eft fi vrai que le profond *Samuel Clarke* s'en eft fervi pour prouver l'exiftence de D I E U.

Cet être doit fe trouver par-tout où eft l'exiftence ; car qui le bornerait ?

Cet être néceffaire eft donc tout ce qui exifte ; il n'y a donc réellement qu'une feule fubftance dans l'univers.

Cette fubftance n'en peut créer une autre ; car puifqu'elle remplit tout , où mettre une fubftance nouvelle, & comment créer quelque chofe du néant ? comment créer l'étendue fans la placer dans l'étendue même , laquelle exifte néceffairement ?

Il y a dans le monde la penfée & la matière ; la fubftance néceffaire que nous appelons DIEU eft donc la penfée & la matière. Toute penfée & toute matière eft donc comprife dans l'immenfité de DIEU : il ne peut y avoir rien hors de lui ; il ne peut agir que dans lui ; il comprend tout , il eft tout.

Ainfi tout ce que nous appelons *fubftances différentes* n'eft en effet que l'univerfalité des différents attributs de l'Etre fuprême , qui penfe dans le cerveau des hommes, éclaire dans la lumière, se meut sur les vents, éclate dans le tonnerre, parcourt l'espace dans tous les astres, & vit dans toute la nature.

Il n'est point comme un vil roi de la terre, confiné dans son palais, séparé de ses sujets ; il est intimement uni à eux ; ils font des parties nécessaires de lui-même ; s'il en était distingué il ne serait plus l'être nécessaire, il ne serait plus universel, il ne remplirait point tous les lieux, il serait un être à part comme un autre.

Quoique toutes les modalités changeantes dans l'univers soient l'effet de ses attributs, cependant, selon *Spinosa*, il n'a point de parties ; car, dit-il, l'infini n'en a point de proprement dites ; s'il en avait, on pourrait en ajouter d'autres, & alors il ne serait plus infini. Enfin *Spinosa* prononce qu'il faut aimer ce Dieu nécessaire, infini, éternel ; & voici ses propres paroles, *page* 45 *de l'édition de* 1731 :

,, A l'égard de l'amour de DIEU, loin que cette
,, idée le puisse affaiblir, j'estime qu'aucune autre
,, n'est plus propre à l'augmenter ; puisqu'elle me fait
,, connaître que DIEU est intime à mon être, qu'il
,, me donne l'existence & toutes mes propriétés, mais
,, qu'il me les donne libéralement, sans reproche,
,, sans intérêt, sans m'assujettir à autre chose qu'à ma
,, propre nature. Elle bannit la crainte, l'inquiétude,
,, la défiance, & tous les défauts d'un amour vulgaire
,, ou intéressé. Elle me fait sentir que c'est un bien
,, que je ne puis perdre, & que je possède d'autant
,, mieux que je le connais & que je l'aime. ,,

Ces idées séduisirent beaucoup de lecteurs ; il y en eut même qui, ayant d'abord écrit contre lui, se rangèrent à son opinion.

On reprocha au favant *Bayle* d'avoir attaqué durement *Spinofa* fans l'entendre : durement, j'en conviens ;
injuftement , je ne le crois pas. Il ferait étrange que
Bayle ne l'eût pas entendu. Il découvrit aifément l'endroit faible de ce château enchanté ; il vit qu'en effet
Spinofa compofe fon Dieu de parties , quoiqu'il foit
réduit à s'en dédire , effrayé de fon propre fyftème.
Bayle vit combien il eft infenfé de faire D i e u aftre &
citrouille, penfée & fumier, battant & battu. Il vit que
cette fable eft fort au-deffous de celle de *Prothée.*
Peut-être *Bayle* devait-il s'en tenir au mot de *modalités*
& non pas de *parties*, puifque c'eft ce mot de *modalités*
que *Spinofa* emploie toujours. Mais il eft également
impertinent, fi je ne me trompe, que l'excrément d'un
animal foit une modalité ou une partie de l'Etre
fuprême.

Il ne combattit point, il eft vrai , les raifons par
lefquelles *Spinofa* foutient l'impoffibilité de la création :
mais c'eft que la création proprement dite eft un objet
de foi & non pas de philofophie ; c'eft que cette opinion n'eft nullement particulière à *Spinofa* ; c'eft que
toute l'antiquité avait penfé comme lui. Il n'attaque
que l'idée abfurde d'un Dieu fimple , compofé de
parties d'un Dieu qui fe mange & qui fe digère lui-
même , qui aime & qui hait la même chofe en même
temps &c. *Spinofa* fe fert toujours du mot Dieu, *Bayle*
le prend par fes propres paroles.

Mais au fond *Spinofa* ne reconnaît point de Dieu;
il n'a probablement employé cette expreffion , il n'a
dit qu'il faut fervir & aimer D i e u que pour ne point
effaroucher le genre-humain. Il paraît athée dans
toute la force de ce terme; il n'eft point athée comme

Epicure, qui reconnaiffait des dieux inutiles & oififs ;
il ne l'eft point comme la plupart des Grecs & des
Romains, qui fe moquaient des dieux du vulgaire ;
il l'eft parce qu'il ne reconnaît nulle providence, parce
qu'il n'admet que l'éternité, l'immenfité, & la néceffité
des chofes ; il l'eft comme *Straton*, comme *Diagoras* ;
il ne doute pas comme *Pyrrhon*, il affirme ; & qu'af-
firme-t-il ? qu'il n'y a qu'une feule fubftance, qu'il
ne peut y en avoir deux, que cette fubftance eft
étendue & penfante, & c'eft ce que n'ont jamais dit
les philofophes grecs & afiatiques qui ont admis une
ame univerfelle.

Il ne parle en aucun endroit de fon livre des deffeins
marqués qui fe manifeftent dans tous les êtres. Il
n'examine point fi les yeux font faits pour voir, les
oreilles pour entendre, les pieds pour marcher, les
ailes pour voler ; il ne confidère ni les lois du mouvement dans les animaux & dans les plantes, ni leur
ftructure adaptée à ces lois, ni la profonde mathématique qui gouverne le cours des aftres : il craint
d'apercevoir que tout ce qui exifte attefte une providence divine ; il ne remonte point des effets à leur
caufe, mais fe mettant tout d'un coup à la tête de
l'origine des chofes, il bâtit fon roman comme *Defcartes*
a conftruit le fien, fur une fuppofition. Il fuppofait
le plein avec *Defcartes*, quoiqu'il foit démontré en
rigueur que tout mouvement eft impoffible dans le
plein. C'eft-là principalement ce qui lui fit regarder
l'univers comme une feule fubftance. Il a été la dupe
de fon efprit géométrique. Coniment *Spinofa*, ne
pouvant douter que l'intelligence & la matière exiftent,
n'a-t-il pas examiné au moins fi la Providence n'a

pas tout arrangé ? comment n'a-t-il pas jeté un coup d'œil fur ces refforts , fur ces moyens dont chacun a fon but , & recherché s'ils prouvent un artifan fuprême? Il fallait qu'il fût ou un phyficien bien ignorant , ou un fophifte gonflé d'un orgueil bien ftupide, pour ne pas reconnaître une providence toutes les fois qu'il refpirait & qu'il fentait fon cœur battre ; car cette refpiration & ce mouvement du cœur font des effets d'une machine fi induftrieufement compliquée , arrangée avec un art fi puiffant , dépendante de tant de refforts concourant tous au même but, qu'il eft impoffible de l'imiter, & impoffible à un homme de bon fens de ne la pas admirer.

Les fpinofiftes modernes répondent : Ne vous effa-rouchez pas des conféquences que vous nous imputez ; nous trouvons comme vous une fuite d'effets admi-rables dans les corps organifés & dans toute la nature. La caufe éternelle eft dans l'intelligence éternelle que nous admettons, & qui avec la matière conftitue l'univerfalité des chofes qui eft Dieu. Il n'y a qu'une feule fubftance qui agit par la même modalité de fa penfée fur fa modalité de la matière, & qui conftitue ainfi l'univers qui ne fait qu'un tout inféparable.

On réplique à cette réponfe : Comment pouvez-vous nous prouver que la penfée qui fait mouvoir les aftres, qui anime l'homme , qui fait tout , foit une modalité , & que les déjeCtions d'un crapaud & d'un ver foient une autre modalité de ce même être fouverain ? Oferiez-vous dire qu'un fi étrange principe vous eft démontré ? ne couvrez-vous pas votre igno-rance par des mots que vous n'entendez point? *Bayle* a très-bien démêlé les fophifmes de votre maître

dans les détours & dans les obscurités du style prétendu
géométrique , & réellement très-confus de ce maître.
Je vous renvoie à lui ; des philosophes ne doivent pas
récufer *Bayle*.

Quoi qu'il en foit , je remarquerai de *Spinofa* qu'il
fe trompait de très-bonne foi. Il me femble qu'il
n'écartait de fon fyftème les idées qui pouvaient lui
nuire , que parce qu'il était trop plein des fiennes ;
il fuivait fa route fans regarder rien de ce qui pouvait
la traverfer , & c'eft ce qui nous arrive trop fouvent.
Il y a plus , il renverfait tous les principes de la
morale , en étant lui-même d'une vertu rigide ; fobre,
jufqu'à ne boire qu'une pinte de vin en un mois ;
défintéreffé jufqu'à remettre aux héritiers de l'infor-
tuné *Jean de With* une penfion de deux cents florins
que lui fefait ce grand-homme ; généreux , jufqu'à
donner fon bien ; toujours patient dans fes maux
& dans fa pauvreté , toujours uniforme dans fa
conduite.

Bayle qui l'a fi maltraité avait à-peu-près le même
caractère. L'un & l'autre ont recherché la vérité toute
leur vie par des routes différentes. *Spinofa* fait un
fyftème fpécieux en quelques points , & bien erroné
dans le fond. *Bayle* a combattu tous les fyftèmes :
qu'eft-il arrivé des écrits de l'un & de l'autre ? Ils ont
occupé l'oifiveté de quelques lecteurs ; c'eft à quoi tous
les écrits fe réduifent ; & depuis *Thalès* jufqu'aux
profeffeurs de nos univerfités , & jufqu'aux plus chimériques raifonneurs , & jufqu'à leurs plagiaires,
aucun philofophe n'a influé feulement fur les mœurs
de la rue où il demeurait. Pourquoi ? parce que les
hommes fe conduifent par la coutume & non par
la

la métaphyſique. Un ſeul homme éloquent , habile
& accrédité pourra beaucoup ſur les hommes; cent
philoſophes n'y pourront rien s'ils ne ſont que
philoſophes.

X X V.

Abſurdités.

VOILA bien des voyages dans des terres inconnues ;
ce n'eſt rien encore. Je me trouve comme un homme
qui , ayant erré ſur l'Océan , & apercevant les îles
Maldives dont la mer Indienne eſt ſemée, veut les
viſiter toutes. Mon grand voyage ne m'a rien valu ;
voyons ſi je ferai quelque gain dans l'obſervation de
ces petites îles, qui ne ſemblent ſervir qu'à embarraſſer
la route.

Il y a une centaine de cours de philoſophie où
l'on m'explique des choſes dont perſonne ne peut
avoir la moindre notion. Celui-ci veut me faire comprendre la Trinité par la phyſique ; il me dit qu'elle
reſſemble aux trois dimenſions de la matière. Je le
laiſſe dire , & je paſſe vîte. Celui-là prétend me faire
toucher au doigt la tranſſubſtantiation , en me montrant, par les lois du mouvement, comment un accident
peut exiſter ſans ſujet, & comment un même corps
peut être en deux endroits à la fois. Je me bouche
les oreilles , & je paſſe plus vîte encore.

Paſcal, Blaiſe Paſcal lui-même, l'auteur des *Lettres*
provinciales , profère ces paroles : *Croyez-vous qu'il ſoit*
impoſſible que DIEU *ſoit infini & ſans parties? Je veux*
donc vous faire voir une choſe inviſible & infinie; c'eſt un

Philoſophie &c. Tome I.   H

point, se mouvant par-tout d'une vîteſſe infinie, car il eſt en tous lieux, tout entier dans chaque endroit.

Un point mathématique qui ſe meut! juſte ciel! un point qui n'exiſte que dans la tête du géomètre, qui eſt par-tout en même temps, & qui a une vîteſſe infinie, comme ſi la vîteſſe infinie actuelle pouvait exiſter! Chaque mot eſt une folie, & c'eſt un grand-homme qui a dit ces folies!

Votre ame eſt ſimple, incorporelle, intangible, me dit cet autre; & comme aucun corps ne peut la toucher, je vais vous prouver par la phyſique d'*Albert le grand* qu'elle ſera brûlée phyſiquement ſi vous n'êtes pas de mon avis; & voici comme je vous le prouve *à priori*, en fortifiant *Albert* par les ſyllogiſmes d'*Abeli*. Je lui réponds que je n'entends pas ſon *à priori;* que je rouve ſon compliment très-dur; que la révélation, dont il ne s'agit pas entre nous, peut ſeule m'apprendre une choſe ſi incompréhenſible; que je lui permets de n'être pas de mon avis, ſans lui faire aucune menace; & je m'éloigne de lui, de peur qu'il ne me joue un mauvais tour; car cet homme me paraît bien méchant.

Une foule de ſophiſtes de tout pays & de toutes ſectes m'accable d'argumens inintelligibles ſur la nature des choſes, ſur la mienne, ſur mon état paſſé, préſent, & futur. Si on leur parle de manger & de boire, de vêtement, de logement, des denrées néceſſaires, de l'argent avec lequel on ſe les procure, tous s'entendent à merveille; s'il y a quelques piſtoles à gagner, chacun d'eux s'empreſſe, perſonne ne ſe trompe d'un denier; & quand il s'agit de tout notre être ils n'ont pas une idée nette; le ſens commun les abandonne. De-là je reviens à ma première conclufion (*queftion IV*,) que ce qui ne peut être d'un ufage univerfel , ce qui n'eft pas à la portée du commun des hommes, ce qui n'eft pas entendu par ceux qui ont le plus exercé leur faculté de penfer , n'eft pas néceffaire au genre-humain.

X X V I.

Du meilleur des mondes.

En courant de tous les côtés pour m'inftruire, je rencontrai des difciples de *Platon*. Venez avec nous , me dit l'un d'eux; vous êtes dans le meilleur des mondes; nous avons bien furpaffé notre maître. Il n'y avait de fon temps que cinq mondes poffibles , parce qu'il n'y a que cinq corps réguliers ; mais actuellement qu'il y a une infinité d'univers poffibles , DIEU a choifi le meilleur; venez, & vous vous en trouverez bien. Je leur répondis humblement : Les mondes que DIEU pouvait créer étaient ou meilleurs , ou parfaitement égaux, ou pires; il ne pouvait prendre le pire : ceux qui étaient égaux, fuppofé qu'il y en eût, ne valaient pas la préférence; ils étaient entièrement les mêmes : on n'a pu choifir entr'eux : prendre l'un c'eft prendre l'autre. Il était donc impoffible qu'il ne prît pas le meilleur. Mais comment les autres étaient-ils poffibles, quand il était impoffible qu'ils exiftaffent ?

Ils me firent de très-belles diftinctions, affurant toujours, fans s'entendre, que ce monde-ci eft le meilleur de tous les mondes réellement impoffibles. Mais me fentant alors tourmenté de la pierre, & fouffrant des

H 2

douleurs infupportables, les citoyens du meilleur des
mondes me conduifirent à l'hôpital voifin. Chemin
fefant, deux de ces bienheureux habitans furent enlevés
par des créatures, leurs femblables : on les chargea de
fers, l'un pour quelques dettes, l'autre fur un fimple
foupçon. Je ne fais pas fi je fus conduit dans le meilleur des hôpitaux poffibles ; mais je fus entaffé avec
deux ou trois mille miférables qui fouffraient comme
moi. Il y avait là plufieurs défenfeurs de la patrie,
qui m'apprirent qu'ils avaient été trépanés & difféqués
vivans, qu'on leur avait coupé des bras, des jambes,
& que plufieurs milliers de leurs généreux compatriotes avaient été maffacrés dans l'une des trente
batailles données dans la dernière guerre, qui eft
environ la cent-millième guerre depuis que nous
connaiffons des guerres. On voyait auffi dans cette
maifon environ-mille perfonnes des deux fexes, qui
reffemblaient à des fpectres hideux, & qu'on frottait
d'un certain métal, parce qu'ils avaient fuivi la loi
de la nature, & parce que la nature avait, je ne fais
comment, pris la précaution d'empoifonner en eux la
fource de la vie. Je remerciai mes deux conducteurs.

Quand on m'eût plongé un fer bien tranchant dans
la veffie, & qu'on eut tiré quelques pierres de cette
carrière ; quand je fus guéri, & qu'il ne me refta plus
que quelques incommodités douloureufes pour le refte
de mes jours, je fis mes repréfentations à mes guides ;
je pris la liberté de leur dire qu'il y avait du bon
dans ce monde, puifqu'on m'avait tiré quatre cailloux
du fein de mes entrailles déchirées ; mais que j'aurais
encore mieux aimé que les veffies euffent été des
lanternes, que non pas qu'elles fuffent des carrières.

Je leur parlai des calamités & des crimes innombrables qui couvrent cet excellent monde. Le plus
intrépide d'entr'eux, qui était un allemand , mon
compatriote , m'apprit que tout cela n'eſt qu'une
bagatelle.

Ce fut, dit-il, une grande faveur du ciel envers le
genre-humain, que *Tarquin* violât *Lucrèce*, & que
Lucrèce ſe poignardât ; parce qu'on chaſſa les tyrans,
& que le viol, le ſuicide & la guerre établirent une
république qui fit le bonheur des peuples conquis.
J'eus peine à convenir de ce bonheur. Je ne conçus
pas d'abord quelle était la félicité des Gaulois & des
Eſpagnols, dont on dit que *Céſar* fit périr trois millions. Les dévaſtations & les rapines me parurent
auſſi quelque choſe de déſagréable ; mais le défenſeur
de l'optimiſme n'en démordit point ; il me diſait
toujours comme le geolier de dom *Carlos : Paix , paix ,
c'eſt pour votre bien.* Enfin , étant pouſſé à bout , il me
dit qu'il ne fallait pas prendre garde à ce globule de
la terre , où tout va de travers ; mais que dans l'étoile
de Sirius , dans Orion , dans l'œil du Taureau , &
ailleurs, tout eſt parfait. Allons-y donc , lui dis-je.

Un petit théologien me tira alors par le bras ; il
me confia que ces gens là étaient des rêveurs , qu'il
n'était point du tout néceſſaire qu'il y eut du mal ſur
la terre ; qu'elle avait été formée exprès pour qu'il
n'y eût jamais que du bien : & pour vous le prouver,
ſachez , me dit-il , que les choſes ſe paſſèrent ainſi
autrefois pendant dix ou douze jours. Hélas ! lui
répondis-je, c'eſt bien dommage , mon révérend
père , que cela n'ait pas continué.

XXVII.

Des monades &c.

LE même allemand se ressaisit alors de moi; il m'endoctrina, m'apprit clairement ce que c'est que mon ame. Tout est composé de monades dans la nature; votre ame est une monade; & comme elle a des rapports avec toutes les autres monades du monde, elle a nécessairement des idées de tout ce qui s'y passe; ces idées sont confuses, ce qui est très-utile; & votre monade, ainsi que la mienne est un miroir concentré de cet univers.

Mais ne croyez pas que vous agissiez en conséquence de vos pensées. Il y a une harmonie préétablie entre la monade de votre ame & toutes les monades de votre corps, de façon que, quand votre ame a une idée, votre corps a une action, sans que l'une soit la suite de l'autre. Ce sont deux pendules qui vont ensemble; ou, si vous voulez, cela ressemble à un homme qui prêche tandis qu'un autre fait les gestes. Vous concevez aisément qu'il faut que cela soit ainsi dans le meilleur des mondes. Car.... (5)

_____

(5) Ce qu'on appelle le système des monades est à plusieurs égards la manière la plus simple de concevoir une grande partie des phénomènes que nous présente l'observation des êtres sensibles & intelligens. En supposant en effet à tous les êtres une égale capacité d'avoir des idées, en faisant dépendre toute la différence entr'eux de leurs rapports avec les autres objets, on conçoit très-bien comment il peut se produire à chaque instant un grand nombre d'êtres nouveaux, ayant la conscience distincte du _moi_; comment ce sentiment peut cesser d'exister sans que rien soit anéanti, se réveiller après avoir été suspendu pendant des intervalles plus ou moins longs, &c. &c.

XXVIII.

Des formes plaſtiques.

C O M M E je ne comprenais rien du tout à ces admirables idées, un anglais nommé *Cudworth* s'aperçut de mon ignorance, à mes yeux fixes, à mon embarras, à ma tête baiſſée. Ces idées, me dit-il, vous ſemblent profondes parce qu'elles ſont creuſes. Je vais vous apprendre nettement comment la nature agit. Premièrement, il y a la nature en général, enſuite il y a des natures plaſtiques qui forment tous les animaux & toutes les plantes, vous entendez bien? —Pas un mot, Monſieur. —Continuons donc.

Une nature plaſtique n'eſt pas une faculté du corps, c'eſt une ſubſtance immatérielle qui agit ſans ſavoir ce qu'elle fait, qui eſt entièrement aveugle, qui ne ſent ni ne raiſonne, ni ne végète; mais la tulipe a ſa forme plaſtique qui la fait végéter ; le chien a ſa forme plaſtique qui le fait aller à la chaſſe, & l'homme a la ſienne qui le fait raiſonner. Ces formes ſont les agens immédiats de la Divinité, il n'y a point de miniſtres plus fidelles au monde : car elles donnent tout, & ne retiennent rien pour elles. Vous voyez bien que ce ſont-là les vrais principes des choſes, & que les natures plaſtiques valent bien l'harmonie préétablie & les monades, qui ſont les miroirs concentrés de l'univers. Je lui avouai que l'un valait bien l'autre.

H 4

XXIX.

De Locke.

APRÈS tant de courses malheureuses, fatigué, harrassé, honteux d'avoir cherché tant de vérités, & d'avoir trouvé tant de chimères, je suis revenu à *Locke*, comme l'enfant prodigue qui retourne chez son père ; je me suis rejeté entre les bras d'un homme modeste, qui ne feint jamais de savoir ce qu'il ne fait pas ; qui, à la vérité, ne possède pas des richesses immenses, mais dont les fonds sont bien assurés ; & qui jouit du bien le plus solide sans aucune ostentation. Il me confirme dans l'opinion que j'ai toujours eue, que rien n'entre dans notre entendement que par nos sens.

Qu'il n'y a point de notions innées.

Que nous ne pouvons avoir l'idée ni d'un espace infini, ni d'un nombre infini.

Que je ne pense pas toujours, & que par conséquent la pensée n'est pas l'essence, mais l'action de mon entendement. (6)

Que je suis libre quand je peux faire ce que je veux.

Que cette liberté ne peut consister dans ma volonté,

---

(6) Il n'est pas prouvé que nous ne sentions rien dans le sommeil le plus profond ; il est même très-vraisemblable que nous avons alors des sensations trop faibles à la vérité pour exciter l'attention, ou rester dans la mémoire, trop mal ordonnées pour former un système suivi, ou qui puisse se raccorder à celui des idées que nous avons dans l'état de veille. Autrement il faudrait dire que l'attention nous fait sentir ou ne pas sentir les impressions que nous recevons des objets, ce qui serait peut-être encore plus difficile à concevoir.

puifque lorfque je demeure volontairement dans ma chambre , dont la porte eft fermée , & dont je n'ai pas la clef, je n'ai pas la liberté d'en fortir ; puifque je fouffre quand je veux ne pas fouffrir ; puifque très-fouvent je ne peux rappeler mes idées quand je veux les rappeler.

Qu'il eft donc abfurde au fond de dire, *la volonté eft libre*, puifqu'il eft abfurde de dire, *je veux vouloir cette chofe;* car c'eft précifément comme fi on difait , *je défire de la défirer, je crains de la craindre :* qu'enfin la volonté n'eft pas plus libre qu'elle n'eft bleue ou quarrée. (*Voyez la queft. XIII.*)

Que je ne puis vouloir qu'en conféquence des idées reçues dans mon cerveau ; que je fuis néceffité à me déterminer en conféquence de ces idées, puifque fans cela je me déterminerais fans raifon , & qu'il y aurait un effet fans caufe.

Que je ne puis avoir une idée pofitive de l'infini , puifque je fuis très-fini.

Que je ne puis connaître aucune fubftance, parce que je ne puis avoir d'idées que de leurs qualités , & que mille qualités d'une chofe ne peuvent me faire connaître la nature intime de cette chofe , qui peut avoir cent mille autres qualités ignorées.

Que je ne fuis la même perfonne qu'autant que j'ai de la mémoire, & le fentiment de ma mémoire ; car n'ayant pas la moindre partie du corps qui m'appartenait dans mon enfance , & n'ayant pas le moindre fouvenir des idées qui m'ont affecté à cet âge, il eft clair que je ne fuis pas plus ce même enfant que je ne fuis *Confucius* ou *Zoroaftre.* Je fuis réputé la même perfonne par ceux qui m'ont vu croître , & qui ont toujours demeuré avec moi; mais je n'ai en aucune façon la même exiſtence; je ne ſuis plus l'ancien moi-même; je ſuis une nouvelle identité : & de-là quelles ſingulières conſéquences!

Qu'enfin , conformément à la profonde ignorance dont je me ſuis convaincu ſur les principes des choſes, il eſt impoſſible que je puiſſe connaître quelles ſont les ſubſtances auxquelles Dieu daigne accorder le don de ſentir & de penſer. En effet ; y a-t-il des ſubſtances dont l'eſſence ſoit de penſer, qui penſent toujours, & qui penſent par elles-mêmes ? En ce cas, ces ſubſtances, quelles qu'elles ſoient, ſont des dieux ; car elles n'ont nul beſoin de l'être éternel & formateur , puiſqu'elles ont leurs eſſences ſans lui, puiſqu'elles penſent ſans lui.

Secondement , ſi l'être éternel a fait le don de ſentir & de penſer à des êtres , il leur a donné ce qui ne leur appartenait pas eſſentiellement ; il a donc pu donner cette faculté à tout être quel qu'il ſoit.

Troiſièmement , nous ne connaiſſons aucun être à fond ; donc il eſt impoſſible que nous ſachions ſi un être eſt incapable ou non de recevoir le ſentiment & la penſée. Les mots de *matière* & d'*eſprit* ne ſont que des mots; nous n'avons nulle notion conplète de ces deux choſes ; donc au fond il y a autant de témérité à dire qu'un corps organiſé par Dieu même ne peut recevoir la penſée de Dieu même , qu'il ſerait ridicule de dire que l'eſprit ne peut penſer.

Quatrièmement, je ſuppoſe qu'il y ait des ſubſtances purement ſpirituelles qui n'aient jamais eu l'idée de la matière & du mouvement, ſeront-elles bien reçues à nier que la matière & le mouvement puiſſent exiſter ?

Je fuppofe que la favante congrégation qui condamna *Galilée* comme impie & comme abfurde, pour avoir démontré le mouvement de la terre autour du du foleil, eût eu quelque connaiffance dés idées du chancelier *Bacon*, qui propofait d'examiner fi l'attraction eft donnée à la matière ; je fuppofe que le rapporteur de ce tribunal eût remontré à ces graves perfonnages ; qu'il y avait des gens affez fous en Angleterre pour foupçonner que D I E U pouvait donner à toute la matière, depuis Saturne jufqu'à notre petit tas de boue, une tendance vers un centre, une attraction, une gravitation, laquelle ferait abfolument indépendante de toute impulfion ; puifque l'impulfion donnée par un fluide en mouvement agit en raifon des furfaces, & que cette gravitation agit en raifon des folides. Ne voyez-vous pas ces juges de la raifon humaine, & de D I E U même, dicter auffitôt leurs arrêts, anathématifer cette gravitation que *Newton* a démontrée depuis ; prononcer que cela eft impoffible à D I E U, & déclarer que la gravitation vers un centre eft un blafphème ? Je fuis coupable, ce me femble, de la même témérité, quand j'ofe affurer que D I E U ne peut faire fentir & penfer un être organifé quelconque.

Cinquièmement, je ne puis douter que D I E U n'ait accordé des fenfations, de la mémoire, & par conféquent des idées, à la matière organifée dans les animaux. (7) Pourquoi donc nierai-je qu'il puiffe

---

(7) Les mêmes preuves qui établiraient l'immatérialité de l'ame humaine, ferviraient à prouver avec la même force l'immatérialité de l'ame des animaux. Auffi cette raifon ne peut être apportée que contre les philofophes qui croient que l'ame humaine & celle des animaux font d'une nature effentiellement différente. (Voyez ci-après l'ouvrage intitulé *Du principe d'action*, §. X.)

faire le même préfent à d'autres animaux ? On l'a déjà dit ; la difficulté confifte moins à favoir fi la matière organifée peut penfer, qu'à favoir comment un être, quel qu'il foit, penfe.

La penfée eft quelque chofe de divin ; oui fans doute ; & c'eft pour cela que je ne faurai jamais ce que c'eft que l'être penfant. Le principe du mouvement eft divin; & je ne faurai jamais la caufe de ce mouvement dont tous mes membres exécutent les lois.

L'enfant d'*Ariftote*, étant en nourrice, attirait dans fa bouche le teton qu'il fuçait, en formant précifément avec fa langue qu'il retirait, une machine pneumatique, en pompant l'air, en formant du vide; tandis que fon père ne favait rien de tout cela, & difait au hafard, que la nature abhorre le vide.

L'enfant d'*Hippocrate*, à l'âge de quatre ans, prouvait la circulation du fang en paffant fon doigt fur fa main; & *Hippocrate* ne favait pas que le fang circulât.

Nous fommes ces enfans, tous tant que nous fommes; nous opérons des chofes admirables, & aucun des philofophes ne fait comment elles s'opèrent.

Sixièmement, voilà les raifons ou plutôt les doutes que me fournit ma faculté intellectuelle fur l'affertion modefte de *Locke*. Je ne dis point, encore une fois, que c'eft la matière qui penfe en nous ; je dis avec lui, qu'il ne nous appartient pas de prononcer qu'il foit impoffible à Dieu de faire penfer la matière, qu'il eft abfurde de le prononcer, & que ce n'eft pas à des vers de terre à borner la puiffance de l'Etre fuprême.

Septièmement, j'ajoute que cette queftion eft abfolument étrangère à la morale; parce que, foit que la matière puiffe penfer ou non, quiconque penfe doit

être jufte ; parce que l'atome à qui Dieu aura donné
la penfée peut mériter ou démériter , être puni ou
récompenfé & durer éternellement ; auffi-bien que
l'être inconnu appelé autrefois *fouffle* & aujourd'hui
efprit, dont nous avons encore moins de notion que
d'un atome.

Je fais bien que ceux qui ont cru que l'être nommé
fouffle pouvait feul être fufceptible de fentir & de penfer,
ont perfécuté ceux qui ont pris le parti du fage *Locke* ,
& qui n'ont pas ofé borner la puiffance de Dieu à
n'animer que ce fouffle. Mais quand l'univers entier
croyait que l'ame était un corps léger , un fouffle ,
une fubftance de feu, aurait-on bien fait de perfécuter
ceux qui font venus nous apprendre que l'ame eft
immatérielle ? Tous les pères de l'Eglife qui ont cru
l'ame un corps délié , auraient-ils eu raifon de perfécuter les autres pères qui ont apporté aux hommes
l'idée de l'immatérialité parfaite? Non, fans doute ; car
le perfécuteur eft abominable. Donc ceux qui admettent
l'immatérialité parfaite fans la comprendre , ont dû
tolérer ceux qui la rejetaient parce qu'il ne la compre-
naient pas. Ceux qui ont refufé à Dieu le pouvoir
d'animer l'être inconnu appelé *matière*, ont dû tolérer
auffi ceux qui n'ont pas ofé dépouiller Dieu de ce
pouvoir; car il eft bien mal-honnête de fe haïr pour des
fyllogifmes.

X X X.

Qu'ai-je appris jufqu'à préfent ?

J'ai donc compté avec *Locke* & avec moi-même , & je me fuis trouvé poffeffeur de quatre ou cinq vérités, dégagé d'une centaine d'erreurs , & chargé d'une immenfe quantité de doutes. Je me fuis dit enfuite à moi-même: Ce peu de vérités que j'ai acquifes par ma raifon fera entre mes mains un bien ftérile fi je n'y puis trouver quelque principe de morale. Il eft beau à un auffi chétif animal que l'homme, de s'être élevé à la connaiffance du maître de la nature ; mais cela ne me fervira pas plus que la fcience de l'algèbre, fi je n'en tire quelque règle pour la conduite de ma vie.

X X X I.

Y a-t-il une morale ?

Plus j'ai vu des hommes différens par le climat , les mœurs , le langage , les lois , le culte , & par la mefure de leur intelligence , & plus j'ai remarqué qu'ils ont tous le même fonds de morale ; ils ont tous une notion groffière du jufte & de l'injufte, fans favoir un mot de théologie; ils ont tous acquis cette même notion dans l'âge où la raifon fe déploie , comme ils ont tous acquis naturellement l'art de foulever des fardeaux avec des bâtons, & de paffer un ruiffeau fur un morceau de bois fans avoir appris les mathématiques.

Il m'a donc paru que cette idée du jufte & de l'injufte leur était néceffaire, puifque tous s'accordaient
en ce point dès qu'il pouvaient agir & raifonner.
L'intelligence fuprême qui nous a formés, a donc voulu
qu'il y eût de la juftice fur la terre, pour que nous
puiffions y vivre un certain temps. Il me femble que
n'ayant ni inftinct pour nous nourrir comme les animaux, ni armes naturelles comme eux, & végétant
plufieurs années dans l'imbécillité d'une enfance expo-
fée à tous les dangers, le peu qui ferait refté d'hommes
échappés aux dents des bêtes féroces, à la faim, à la
mifère, fe feraient occupés à fe difputer quelque nourriture & quelques peaux de bêtes ; & qu'ils fe feraient
bientôt détruits comme les enfans du dragon de *Cadmus*,
fitôt qu'ils auraient pu fe fervir de quelque arme. Du
moins il n'y aurait eu aucune fociété, fi les hommes
n'avaient conçu l'idée de quelque juftice, qui eft le
lien de toute fociété.

Comment l'Egyptien qui élevait des pyramides &
des obélifques, & le Scythe errant qui ne connaiffait
pas même les cabanes, auraient-ils eu les mêmes
notions fondamentales du jufte & de l'injufte, fi DIEU
n'avait donné de tout temps à l'un & à l'autre cette
raifon qui, en fe développant, leur fait apercevoir
les mêmes principes néceffaires, ainfi qu'il leur a
donné des organes, qui, lorfqu'ils ont atteint le degré
de leur énergie, perpétuent néceffairement & de la
même façon la race du Scythe & de l'Egyptien ? Je
vois une horde barbare, ignorante, fuperftitieufe, un
peuple fanguinaire & ufurier, qui n'avait pas même
de terme dans fon jargon pour fignifier la géométrie
& l'aftronomie; cependant ce peuple a les mêmes lois

fondamentales que le sage Chaldéen qui a connu les
routes des astres, & que le phénicien plus savant
encore, qui s'est servi de la connaissance des astres,
pour aller fonder des colonies aux bornes de l'hémisphère où l'Océan se confond avec la Méditerranée.
Tous ces peuples assurent qu'il faut respecter son père
& sa mère, que le parjure, la calomnie, l'homicide
sont abominables. Ils tirent donc tous les mêmes conséquences du même principe de leur raison développée.

X X X I I.

Utilité réelle. Notion de la justice.

LA notion de quelque chose de juste me semble
si naturelle, si universellement acquise par tous les
hommes, qu'elle est indépendante de toute loi, de
tout pacte, de toute religion. Que je redemande à un
turc, à un guèbre, à un malabare, l'argent que je lui
ai prêté pour se nourrir & pour se vêtir, il ne lui tom-
bera jamais dans la tête de me répondre : Attendez
que je sache si *Mahomet*, *Zoroastre*, ou *Brama*, ordonnent
que je vous rende votre argent. Il conviendra qu'il
est juste qu'il me paye; & s'il n'en fait rien, c'est que
sa pauvreté ou son avarice l'emporteront sur la justice
qu'il reconnaît.

Je mets en fait qu'il n'y a aucun peuple chez lequel
il soit juste, beau, convenable, honnête, de refuser la
nourriture à son père & à sa mère quand on peut leur
en donner; que nulle peuplade n'a jamais pu regarder la
calomnie

calomnie comme une bonne action, non pas même une compagnie de bigots fanatiques.

L'idée de justice me paraît tellement une vérité du premier ordre, à laquelle tout l'univers donne son assentiment, que les plus grands crimes qui affligent la société humaine sont tous commis sous un faux prétexte de justice. Le plus grand des crimes, du moins le plus destructif, & par conséquent le plus opposé au but de la nature, est la guerre; mais il n'y a aucun aggresseur qui ne colore ce forfait du prétexte de la justice.

Les déprédateurs romains fesaient déclarer toutes leurs invasions justes par des prêtres nommés *Féciales*. Tout brigand qui se trouve à la tête d'une armée, commence ses fureurs par un manifeste, & implore le Dieu des armées.

Les petits voleurs eux-mêmes, quand ils sont associés, se gardent bien de dire : Allons voler, allons arracher à la veuve & à l'orphelin leur nourriture; ils disent : Soyons justes, allons reprendre notre bien des mains des riches qui s'en sont emparés. Ils ont entre eux un dictionnaire qu'on a même imprimé dès le seizième siècle; & dans ce vocabulaire qu'ils appellent *argot*, les mots de *vol*, *larcin*, *rapine*, ne se trouvent point ; ils se servent des termes qui répondent à *gagner*, *reprendre*.

Le mot d'injustice ne se prononce jamais dans un conseil d'Etat, où l'on propose le meurtre le plus injuste; les conspirateurs, même les plus sanguinaires, n'ont jamais dit : Commettons un crime. Ils ont tous dit : Vengeons la patrie des crimes du tyran; punissons ce qui nous paraît une injustice. En un mot, flatteurs

Philosophie &c. Tome I.   I

lâches, miniftres barbares, confpirateurs odieux, voleurs plongés dans l'iniquité, tous rendent hommage, malgré eux, à la vertu même qu'ils foulent aux pieds.

J'ai toujours été étonné que, chez les Français qui font éclairés & polis, on ait fouffert fur le théâtre ces maximes auffi affreufes que fauffes, qui fe trouvent dans la première fcène de Pompée, & qui font beaucoup plus outrées que celles de *Lucain* dont elles font imitées.

La juftice & le droit font de vaines idées.
Le droit des rois confifte à ne rien épargner.

Et on met ces abominables paroles dans la bouche de *Photin*, miniftre du jeune *Ptolomée*. Mais c'eft précifément parce qu'il eft miniftre qu'il devait dire tout le contraire; il devait repréfenter la mort de *Pompée* comme un malheur néceffaire & jufte.

Je crois donc que les idées du jufte & de l'injufte font auffi claires, auffi univerfelles, que les idées de fanté & de maladie, de vérité & de fauffeté, de convenance & de difconvenance. Les limites du jufte & de l'injufte font très-difficiles à pofer; comme l'état mitoyen entre la fanté & la maladie, entre ce qui eft convenance & la difconvenance des chofes, entre le faux & le vrai, eft difficile à marquer. Ce font des nuances qui fe mêlent, mais les couleurs tranchantes frappent tous les yeux. Par exemple, tous les hommes avouent qu'on doit rendre ce qu'on nous a prêté : mais fi je fais certainement que celui à qui je dois deux millions, s'en fervira pour afiervir ma patrie, dois-je lui rendre cette arme funefte? Voilà où les fentimens fe partagent: mais en général je dois obferver mon ferment quand il n'en réfulte aucun mal ; c'eſt de quoi perfonne n'a jamais douté. (8)

XXXIII.

Confentement univerfel eſt-il preuve de vérité?

ON peut m'objecter que le confentement des hommes de tous les temps & de tous les pays n'eſt pas une preuve de la vérité. Tous les peuples ònt cru à la magie, aux fortiléges, aux démoniaques, aux apparitions, aux influences des aſtres, à cent autres fottiſes pareilles : ne pourrait-il pas en être ainſi du juſte & de l'injuſté?

Il me femble que non. Premièrement, il eſt faux que tous les hommes aient cru à ces chimères. Elles étaient à la vérité l'aliment de l'imbécillité du vulgaire, & il y a le vulgaire des grands, & le vulgaire du peuple ;

(8) L'idée de la juſtice, du droit, fe forme néceſſairement de la même manièredans tous les êtres fenſibles, capables des combinaiſons néceſſaires pour acquérir ces idées. Elles font donc uniformes. Enfuite il peut arriver que certains êtres raiſonnent mal d'après ces idées, les altèrent en y mêlant des idées acceſſoires &c., comme ces mêmes êtres peuvent fe tromper fur d'autres objets ; mais puiſque tout être raiſonnant juſte fera couduit aux mêmes idées en morale comme en géométrie, il n'en eſt pas moins vrai que ces idées ne font point arbitraires, mais certaines & invariables. Elles font en effet la fuite néceſſaire des propriétés des êtres fenſibles & capables de raiſonner ; elles dérivent de leur nature ; en forte qu'il ſuffit de fuppoſer l'exiſtence de ces êtres pour que les propoſitions fondées fur ces notions foient vraies ; comme il ſuffit de fuppoſer l'exiſtence d'un cercle pour établir la vérité des propoſitions qui en développent les différentes propriétés. Ainſi la réalité des propoſitions morales, leur vérité, relativement à l'état des êtres réels, des hommes, dépend uniquement de cette vérité de fait ; Les hommes font des êtres fenſibles & intelligens.

mais une multitude de fages s'en eft toujours moquée ;
ce grand nombre de fages, au contraire, a toujours
admis le jufte & l'injufte, tout autant, & même encore
plus que le peuple.

La croyance aux forciers, aux démoniaques, &c.
eft bien éloignée d'être néceffaire au genre-humain ;
la croyance à la juftice eft d'une néceffité abfolue ;
donc elle eft un développement de la raifon donnée
de DIEU ; & l'idée des forciers & des poffédés &c. eft
au contraire un pervertiffement de cette même raifon.

XXXIV.

Contre Locke.

LOCKE qui m'inftruit, & qui m'apprend à me
défier de moi-même, ne fe trompe-t-il pas quelquefois comme moi-même ? Il veut prouver la fauffeté
des idées innées ; mais n'ajoute-t-il pas une bien
mauvaife raifon à de fort bonnes ? Il avoue qu'il n'eft
pas jufte de faire bouillir fon prochain dans une
chaudière, & de le manger. Il dit que cependant il
y a eu des nations d'anthropophages, & que ces
êtres penfans n'auraient pas mangé des hommes
s'ils avaient eu les idées du jufte & de l'injufte, que
je fuppofe néceffaires à l'efpèce humaine. (*Voyez la
queft. XXXVI.*)

Sans entrer ici dans la queftion s'il y a eu en effet
des nations d'anthropophages, (9) fans examiner les

(9) Voyez la note (2), *Effai fur les mœurs & l'efprit des nations*,
tome III, page 3ı8.

relations du voyageur *Dampierre*, qui a parcouru toute l'Amérique, & qu'il n'y en a jamais vu, mais qui au contraire a été reçu chez tous les fauvages avec la plus grande humanité : voici ce que je réponds :

Des vainqueurs ont mangé leurs efclaves pris à la guerre; ils ont cru faire une action très-jufte; ils ont cru avoir fur eux droit de vie & de mort ; & comme ils avaient peu de bons mets pour leur table, ils ont cru qu'il leur était permis de fe nourrir du fruit de leur victoire. Ils ont été en cela plus juftes que les triomphateurs romains , qui fefaient étrangler fans aucun fruit les princes efclaves qu'ils avaient enchaînés à leur char de triomphe. Les Romains & les fauvages avaient une très-fauffe idée de la juftice, je l'avoue; mais enfin les uns & les autres croyaient agir juftement; & cela eft fi vrai que les mêmes fauvages, quand ils avaient admis leurs captifs dans leur fociété les regardaient comme leurs enfans ; & que ces mêmes anciens Romains ont donné mille exemples de juftice admirables.

X X X V.

Contre Locke.

J E conviens avec le fage *Locke* qu'il n'y a point de notion innée, point de principe de pratique inné; c'eft une vérité fi conftante qu'il eft évident que les enfans auraient tous une notion claire de D I E U, s'ils étaient nés avec cette idée, & que tous les hommes s'accorderaient dans cette même notion, accord que l'on n'a jamais vu. Il n'eft pas moins évident que nous ne naiſſons point avec des principes développés de morale, puiſqu'on ne voit pas comment une nation entière pourrait rejeter un principe de morale qui ſerait gravé dans le cœur de chaque individu de cette nation.

Je ſuppoſe que nous ſoyons tous nés avec le principe moral bien développé, qu'il ne faut perſécuter perſonne pour ſa manière de penſer ; comment des peuples entiers auraient-ils été perſécuteurs ? Je ſuppoſe que chaque homme porte en ſoi la loi évidente qui ordonne qu'on ſoit fidelle à ſon ſerment ; comment tous ces hommes, réunis en corps, auront-ils ſtatué qu'il ne faut pas garder ſa parole à des hérétiques ? Je répète encore qu'au lieu de ces idées innées chimériques, DIEU nous a donné une raiſon qui ſe fortifie avec l'âge, & qui nous apprend à tous, quand nous ſommes attentifs, ſans paſſion, ſans préjugé, qu'il y a un Dieu, & qu'il faut être juſte ; mais je ne puis accorder à *Locke* les conſéquences qu'il en tire. Il ſemble trop approcher du ſyſtème de *Hobbes*, dont il eſt pourtant très-éloigné.

Voici ſes paroles, au premier livre de l'Entendement humain : *Conſidérez une ville priſe d'aſſaut, & voyez s'il paraît dans les cœurs des ſoldats animés au carnage & au butin quelque égard pour la vertu, quelque principe de morale, quelques remords de toutes les injuſtices qu'ils commettent.* Non, ils n'ont point de remords, & pourquoi ? c'eſt qu'ils croient agir juſtement. Aucun d'eux n'a ſuppoſé injuſte la cauſe du prince pour lequel il va combattre : ils haſardent leur vie pour cette cauſe : ils tiennent le marché qu'ils ont fait : ils pouvaient être tués à l'aſſaut, donc ils croient être en droit de tuer : ils pouvaient être dépouillés, donc ils penfent qu'ils peuvent dépouiller. Ajoutez qu'ils font dans l'enivrement de la fureur qui ne raifonne pas ; & pour vous prouver qu'ils n'ont point rejeté l'idée du jufte & de l'honnête, propofez à ces mêmes foldats beaucoup plus d'argent que le pillage de la ville ne peut leur en procurer, de plus belles filles que celles qu'ils ont violées, pourvu feulement qu'au lieu d'égorger dans leur fureur trois ou quatre mille ennemis qui font encore réfiftance, & qui peuvent les tuer, ils aillent égorger leur roi, fon chancelier, fes fecrétaires d'Etat, & fon grand-aumônier ; vous ne trouverez pas un de ces foldats qui ne rejette vos offres avec horreur. Vous ne leur propofez cependant que fix meurtres au lieu de quatre mille, & vous leur préfentez une récompenfe très-forte. Pourquoi vous refufent-ils ? c'eft qu'ils croient jufte de tuer quatre mille ennemis, & que le meurtre de leur fouverain, auquel ils ont fait ferment, leur paraît abominable.

Locke continue ; & pour mieux prouver qu'aucune règle de pratique n'eft innée, il parle des Mingréliens, qui fe font un jeu, dit-il, d'enterrer leurs enfans tout vifs ; & des Caraïbes qui châtrent les leurs pour les mieux engraiffer, afin de les manger.

On a déjà remarqué ailleurs que ce grand-homme a été trop crédule en rapportant ces fables : *Lambert*, qui feul impute aux Mingréliens d'enterrer leurs enfans tout vifs pour leur plaifir, n'eft pas un auteur affez accrédité.

Chardin, voyageur qui paffe pour fi véridique, & qui a été rançonné en Mingrélie, parlerait de cette horrible coutume fi elle exiftait ; & ce ne ferait pas

I 4

affez qu'il le dît pour qu'on le crût; il faudrait que vingt voyageurs de nations & de religions différentes s'accordaſſent à confirmer un fait ſi étrange, pour qu'on en eût une certitude hiſtorique.

Il en eſt de même des femmes des îles Antilles, qui châtraient leurs enfans pour les manger; cela n'eſt pas dans la nature d'une mère.

Le cœur humain n'eſt point ainſi fait; châtrer des enfans eſt une opération très-délicate, très-dangereuſe, qui, loin de les engraiſſer, les amaigrit au moins une année entière, & qui ſouvent les tue. Ce rafinement n'a jamais été en uſage que chez des grands qui, pervertis par l'excès du luxe & par la jalouſie, ont imaginé d'avoir des eunuques pour ſervir leurs femmes & leurs concubines. Il n'a été adopté en Italie, & à la chapelle du pape, que pour avoir des muſiciens dont la voix fût plus belle que celle des femmes. Mais dans les îles Antilles il n'eſt guère à préſumer que des ſauvages aient inventé le rafinement de châtrer les petits garçons pour en faire un bon plat; & puis qu'auraient-ils fait de leurs petites filles ?

Locke allègue encore des ſaints de la religion mahométane qui s'accouplent dévotement avec leurs âneſſes, pour n'être point tentés de commettre la moindre fornication avec les femmes du pays. Il faut mettre ces contes avec celui du perroquet qui eut une ſi belle converſation en langue braſilienne avec le prince *Maurice*, converſation que *Locke* a la ſimplicité de rapporter, ſans ſe douter que l'interprète du prince avait pu ſe moquer de lui. C'eſt ainſi que l'auteur de l'*Eſprit des lois* s'amuſe à citer de prétendues lois de Tunquin, de Bantam, de Bornéo, de Formoſe, ſur la foi de quelques voyageurs, ou menteurs, ou mal inſtruits. *Locke* & lui ſont deux grands-hommes en qui cette ſimplicité ne me ſemble pas excuſable.

X X X V I.

Nature par-tout la même.

EN abandonnant *Locke* en ce point, je dis avec le grand *Newton* : *Natura eſt ſemper ſibi conſona*, la nature eſt toujours ſemblable à elle-même. La loi de la gravitation qui agit ſur un aſtre, agit ſur tous les aſtres, ſur toute la matière ; ainſi la loi fondamentale de la morale agit également ſur toutes les nations bien connues. Il y a mille différences dans les interprétations de cette loi, en mille circonſtances ; mais le fond ſubſiſte toujours le même, & ce fond eſt l'idée du juſte & de l'injuſte. On commet prodigieuſement d'injuſtices dans les fureurs de ſes paſſions, comme on perd ſa raiſon dans l'ivreſſe : mais quand l'ivreſſe eſt paſſée, la raiſon revient ; & c'eſt, à mon avis, l'unique cauſe qui fait ſubſiſter la ſociété humaine, cauſe ſubordonnée au beſoin que nous avons les uns des autres.

Comment donc avons-nous acquis l'idée de la juſtice ? comme nous avons acquis celle de la prudence, de la vérité, de la convenance, par le ſentiment & par la raiſon. Il eſt impoſſible que nous ne trouvions pas très-imprudente l'action d'un homme qui ſe jeterait dans le feu pour ſe faire admirer, & qui eſpérerait d'en réchapper. Il eſt impoſſible que nous ne trouvions pas très-injuſte l'action d'un homme qui en tue un autre dans fa colère. La fociété n'eft fondée que fur ces notions qu'on n'arrachera jamais de notre cœur, & c'eft pourquoi toute fociété fubfifte, à quelque fuperftition bizarre & horrible qu'elle fe foit affervie.

Quel eft l'âge où nous connaiffons le jufte & l'injufte? l'âge où nous connaiffons que deux & deux font quatre.

XXXVII.

De Hobbes.

PROFOND & bizarre philofophe, bon citoyen, efprit hardi, ennemi de *Defcartes*, toi qui t'es trompé comme lui, toi dont les erreurs en phyfique font grandes & pardonnables parce que tu étais venu avant *Newton*, toi qui as dit des vérités qui ne compenfent pas tes erreurs, toi qui le premier fis voir quelle eft la chimère des idées innées, toi qui fus le précurfeur de *Locke* en plufieurs chofes, mais qui le fus auffi de *Spinofa;* c'eft en vain que tu étonnes tes lecteurs en réuffiffant prefque à leur prouver qu'il n'y a aucunes lois dans le monde que des lois de convention ; qu'il n'y a de jufte & d'injufte que ce qu'on eft convenu d'appeler tel dans un pays. Si tu t'étais trouvé feul avec *Cromwell* dans une île déferte, & que *Cromwell* eût voulu te tuer pour avoir pris le parti de ton roi dans l'île d'Angleterre, cet attentat ne t'aurait-il pas paru auffi injufte dans ta nouvelle île, qu'il te l'aurait paru dans ta patrie?

Tu dis que dans la loi de nature, *tous ayant droit à tout, chacun a droit fur la vie de fon femblable.* Ne confonds-tu pas la puiffance avec le droit? Penfes-tu qu'en effet le pouvoir donne le droit, & qu'un fils robufte n'ait rien à fe reprocher pour avoir affaffiné fon père languiffant & décrépit? Quiconque étudie la morale doit commencer à réfuter ton livre dans fon cœur, mais ton propre cœur te réfutait encore davantage; car tu fus vertueux ainfi que *Spinofa*, & il ne te manqua, comme à lui, que d'enfeigner les vrais principes de la vertu que tu pratiquais, & que tu recommandais aux autres.

X X X V I I I.

Morale univerfelle.

La morale me paraît tellement univerfelle, tellement calculée par l'être univerfel qui nous a formés, tellement deftinée à fervir de contre-poids à nos paffions funeftes, & à foulager les peines inévitables de cette courte vie, que depuis *Zoroaftre* jufqu'au lord *Shaftesbury*, je vois tous les philofophes enfeigner la même morale, quoiqu'ils aient tous des idées différentes fur les principes des chofes. Nous avons vu que *Hobbes*, *Spinofa*, & *Bayle* lui-même, qui ont ou nié les premiers principes, ou qui en ont douté, ont cependant recommandé fortement la juftice & toutes les vertus.

Chaque nation eut des rites religieux particuliers, & très-fouvent d'abfurdes & de révoltantes opinions en métaphyfique, en théologie : mais s'agit-il de favoir s'il faut être jufte? tout l'univers eft d'accord, comme nous l'avons dit à la *queftion XXXVI*, & comme on ne peut trop le répéter.

X X X I X.

De Zoroaſtre.

JE n'examine point en quel temps vivait *Zoroaſtre*, à qui les Perſes donnèrent neuf mille ans d'antiquité, ainſi que *Platon* aux anciens Athéniens. Je vois ſeulement que ſes préceptes de morale ſe ſont conſervés juſqu'à nos jours : ils ſont traduits de l'ancienne langue des mages dans la langue vulgaire des Guèbres, & il paraît bien aux allégories puériles, aux obſervances ridicules, aux idées fantaſtiques dont ce recueil eſt rempli, que la religion de *Zoroaſtre* eſt de l'antiquité la plus haute. C'eſt là qu'on trouve le nom de *jardin* pour exprimer la récompenſe des juſtes : on y voit le mauvais principe ſous le nom de *Satan* que les Juifs adoptèrent auſſi. On y trouve le monde formé en ſix faiſons ou en ſix temps. Il eſt ordonné de réciter un *Abunavar* & un *Ashim vuhu* pour ceux qui éternuent.

Mais enfin, dans ce recueil de cent portes ou préceptes tirés du livre du Zend, & où l'on rapporte même les propres paroles de l'ancien *Zoroaſtre*, quels devoirs moraux ſont preſcrits ?

Celui d'aimer, de ſecourir ſon père & ſa mère ; de faire l'aumône aux pauvres, de ne jamais manquer à ſa parole, de s'abſtenir, quand on eſt dans le doute ſi l'action qu'on va faire eſt juſte ou non. (*porte* 3o.)

Je m'arrête à ce précepte, parce que nul légiſlateur n'a jamais pu aller au-delà ; & je me confirme dans l'idée que plus *Zoroaſtre* établit de ſuperſtitions ridicules en fait de culte, plus la pureté de ſa morale fait voir

qu'il n'était pas en lui de la corrompre; que plus il
s'abandonnait à l'erreur dans fes dogmes, plus il lui
était impoffible d'errer en enfeignant la vertu.

X L.

Des brachmanes.

I L eft vraifemblable que les brames ou brachmanes
exiftaient long-temps avant que les Chinois euffent
leurs cinq kings : & ce qui fonde cette extrême probabilité, c'eft qu'à la Chine les antiquités les plus
recherchées font indiennes, & que dans l'Inde il n'y
a point d'antiquités chinoifes.

Ces anciens brames étaient fans doute d'auffi mauvais métaphyficiens, d'auffi ridicules théologiens que
les Chaldéens & les Perfes, & toutes les nations qui
font à l'occident de la Chine. Mais quelle fublimité
dans la morale! Selon eux la vie n'était qu'une mort
de quelques années, après laquelle on vivrait avec la
Divinité. Ils ne fe bornaient pas à être juftes envers
les autres, mais ils étaient rigoureux envers eux-
mêmes; le filence, l'abftinence, la contemplation, le
renoncement à tous les plaifirs, étaient leurs principaux devoirs. Auffi tous les fages des autres nations
allaient chez eux apprendre ce qu'on appelait *la
fageffe.*

X L I.

De Confucius.

L ES Chinois n'eurent aucune fuperftition, aucun
charlatanifme à fe reprocher comme les autres peuples.

Le gouvernement chinois montrait aux hommes, il y a fort au-delà de quatre mille ans, & leur montre encore qu'on peut les régir fans les tromper ; que ce n'eft pas par le menfonge qu'on fert le D I E U de vérité; que la fuperftition eft non-feulement inutile, mais nuifible à la religion. Jamais l'adoration de D I E U ne fut fi pure & fi fainte qu'à la Chine, (*à la révélation près.*) Je ne parle pas des fectes du peuple, je parle de la religion du prince, de celle de tous les tribunaux & de tout ce qui n'eft pas populace. Quelle eft la religion de tous les honnêtes gens à la Chine, depuis tant de fiècles ? la voici : *Adorez le ciel, & foyez juftes.* Aucun empereur n'en a eu d'autre.

On place fouvent le grand *Confutzée,* que nous nommons *Confucius,* parmi les anciens légiflateurs, parmi les fondateurs de religions, c'eft une grande inadvertance. *Confutzée* eft très-moderne ; il ne vivait que fix cents cinquante ans avant notre ère. Jamais il n'inftitua aucun culte, aucun rite ; jamais il ne fe dit ni infpiré ni prophète ; il ne fait que raffembler en un corps les anciennes lois de la morale.

Il invite les hommes à pardonner les injures, & à ne fe fouvenir que des bienfaits.

A veiller fans ceffe fur foi-même, à corriger aujourd'hui les fautes d'hier.

A réprimer fes paffions, & à cultiver l'amitié; à donner fans fafte, & à ne recevoir que l'extrême néceffaire fans baffeffe.

Il ne dit point qu'il ne faut pas faire à autrui ce que nous ne voulons pas qu'on faffe à nous-mêmes; ce n'eft que défendre le mal : il fait plus, il recommande le bien : *Traite autrui comme tu veux qu'on te traite.*

Il enseigne non-seulement la modestie, mais encore l'humilité : il recommande toutes les vertus.

X L I I.

Des philosophes grecs, & d'abord de Pythagore.

Tous les philosophes grecs ont dit des sottises en physique & en métaphysique. Tous font excellens dans la morale ; tous égalent *Zoroastre*, *Confutzée*, & les brachmanes. Lisez seulement les vers dorés de *Pythagore*, c'est le précis de sa doctrine ; il n'importe de quelle main ils soient. Dites-moi si une seule vertu y est oubliée.

X L I I I.

De Zaleucus.

Reunissez tous vos lieux-communs, prédicateurs grecs, italiens, espagnols, allemands, français, &c. ; qu'on distille toutes vos déclamations, en tirera-t-on un extrait qui soit plus pur que l'exorde des lois de *Zaleucus*?

Maîtrisez votre ame, purifiez-la, écartez toute pensée criminelle. Croyez que D I E U *ne peut être bien servi par les pervers ; croyez qu'il ne ressemble pas aux faibles mortels que les louanges & les présens séduisent : la vertu seule peut lui plaire.*

Voilà le précis de toute morale & de toute religion.

XLIV.

D'Epicure.

DES pédans de collége, des petits-maîtres de féminaire ont cru, fur quelques plaifanteries d'*Horace* & de *Pétrone*, qu'*Epicure* avait enfeigné la volupté par les préceptes & par l'exemple. *Epicure* fut toute fa vie un philofophe fage, tempérant, & jufte. Dès l'âge de douze à treize ans il fut fage; car lorfque le grammairien qui l'inftruifait lui récita ce vers d'*Héfiode* :

Le chaos fut produit le premier de tous les êtres :

Hé! qui le produifit, dit *Epicure*, puifqu'il était le premier? Je n'en fais rien, dit le grammairien; il n'y a que les philofophes qui le fachent. Je vais donc m'inftruire chez eux, répartit l'enfant; & depuis ce temps jufqu'à l'âge de foixante & douze ans il cultiva la philofophie. Son teftament, que *Diogène de Laërce* nous a confervé tout entier, découvre une ame tranquille & jufte; il affranchit les efclaves qu'il croit avoir mérité cette grâce : il recommande à fes exécuteurs teftamentaires de donner la liberté à ceux qui s'en rendront dignes. Point d'oftentation, point d'injufte préférence; c'eft la dernière volonté d'un homme qui n'en a jamais eu que de raifonnables. Seul de tous les philofophes, il eut pour amis tous fes difciples, & fa fecte fut la feule où l'on fût aimer, & qui ne fe partagea point en plufieurs autres.

Il paraît, après avoir examiné fa doctrine & ce qu'on a écrit pour & contre lui, que tout fe réduit à la

difpute

difpute entre *Mallebranche* & *Arnauld*. *Mallebranche* avouait que le plaifir rend heureux, *Arnauld* le niait ; c'était une difpute de mots, comme tant d'autres dif- putes où la philofophie & la théologie apportent leur incertitude, chacune de fon côté.

X L V.

Des ftoïciens.

S i les épicuriens rendirent la nature humaine aimable, les ftoïciens la rendirent prefque divine. Réfignation à l'être des êtres, ou plutôt élévation de l'ame jufqu'à cet être ; mépris du plaifir, mépris même de la douleur, mépris de la vie & de la mort, inflexi- bilité dans la juftice ; tel était le caractère des vrais ftoïciens ; & tout ce qu'on a pu dire contre eux, c'eft qu'ils décourageaient le refte des hommes.

Socrate, qui n'était pas de leur fecte, fit voir qu'on pouvait poußer la vertu auffi loin qu'eux, fans être d'aucun parti ; & la mort de ce martyr de la Divinité eft l'éternel opprobre d'Athènes, quoiqu'elle s'en foit repentie.

Le ftoïcien *Caton* eft, d'un autre côté, l'éternel honneur de Rome. *Epictete* dans l'efclavage eft peut- être fupérieur à *Caton*, en ce qu'il eft toujours content de fa mifère. Je fuis, dit-il, dans la place où la Providence a voulu que je fuße : m'en plaindre, c'eft l'offenfer.

Dirai-je que l'empereur *Antonin* eft encore au-deßus d'*Epictete*, parce qu'il triompha de plus de féductions,

Philofophie &c. Tome I. K

& qu'il était bien plus difficile à un empereur de ne se pas corrompre, qu'à un pauvre de ne pas murmurer? Lisez les pensées de l'un & de l'autre; l'empereur & l'esclave vous paraîtront également grands.

Oserai-je parler ici de l'empereur *Julien*? Il erra sur le dogme, mais certes il n'erra pas sur la morale. En un mot, nul philosophe dans l'antiquité qui n'ait voulu rendre les hommes meilleurs.

Il y a eu des gens parmi nous qui ont dit que toutes les vertus de ces grands-hommes n'étaient que des péchés illustres. Puisse la terre être couverte de tels coupables!

X L V I.

Philosophie est vertu.

Il y a eu des sophistes qui furent aux philosophes ce que les singes sont aux hommes. *Lucien* se moqua d'eux; on les méprisa : ils furent à-peu-près ce qu'ont été les moines mendians dans les universités. Mais n'oublions jamais que tous les philosophes ont donné de grands exemples de vertu, & que les sophistes, & même les moines, ont tous respecté la vertu dans leurs écrits.

X L V I I.

D'Esope.

J E placerai *Esope* parmi ces grands-hommes, &
même à la tête de ces grands-hommes, soit qu'il ait
été le premier *Pilpay* des Indiens, ou l'ancien précur-
seur de *Pilpay*, ou le *Lokman* des Perses, ou le *Akkim*
des Arabes, ou le *Hacam* des Phéniciens, il n'importe;
je vois que ses fables ont été en vogue chez toutes les
nations orientales, & que l'origine s'en perd dans une
antiquité dont on ne peut fonder l'abyme. A quoi
tendent ces fables aussi profondes qu'ingénues, ces
apologues qui semblent visiblement écrits dans un
temps où l'on ne doutait pas que les bêtes n'eussent
un langage? Elles ont enseigné presque tout notre
hémisphère. Ce ne sont point des recueils de sentences
fastidieuses qui lassent plus qu'elles n'éclairent; c'est
la vérité elle-même avec le charme de la fable. Tout
ce qu'on a pu faire, c'est d'y ajouter des embellissemens
dans nos langues modernes. Cette ancienne sagesse
est simple & nue dans le premier auteur. Les grâces
naïves dont on l'a ornée en France, n'en ont point
caché le fond respectable. Que nous apprennent toutes
ces fables? qu'il faut être juste.

XLVIII.

De la paix née de la philosophie.

PUISQUE tous les philosophes avaient des dogmes différens, il est clair que le dogme & la vertu font d'une nature entièrement hétérogène. Qu'ils crussent ou non que *Thétis* était la déesse de la mer, qu'ils fussent persuadés ou non de la guerre des géans & de l'âge d'or, de la boîte de *Pandore*, & de la mort du serpent *Python* &c., ces doctrines n'avaient rien de commun avec la morale. C'est une chose admirable dans l'antiquité que la théogonie n'ait jamais troublé la paix des nations.

XLIX.

Autres questions.

AH! si nous pouvions imiter l'antiquité! si nous fésions enfin à l'égard des disputes théologiques ce que nous avons fait au bout de dix-sept siècles dans les belles-lettres!

Nous sommes revenus au goût de la saine antiquité, après avoir été plongés dans la barbarie de nos écoles. Jamais les Romains ne furent assez absurdes pour imaginer qu'on pût persécuter un homme parce qu'il croyait le vide ou le plein, parce qu'il prétendait que les accidens ne peuvent pas subsister sans sujet, parce qu'il expliquait en un sens un passage d'un auteur, qu'un autre entendait dans un sens contraire.

Nous avons recours tous les jours à la jurifprudence des Romains; & quand nous manquons de lois, (ce qui nous arrive fi fouvent) nous allons confulter le code & le digefte. Pourquoi ne pas imiter nos maîtres dans leur fage tolérance ?

Qu'importe à l'Etat qu'on foit du fentiment des réaux ou des nominaux, qu'on tienne pour *Scot* ou pour *Thomas*, pour *Œcolampade* ou pour *Mélanſthon*, qu'on foit du parti d'un évêque d'Ypres qu'on n'a point lu, ou d'un moine efpagnol qu'on a moins lu encore ? N'eft-il pas clair que tout cela doit être auffi indifférent au véritable intérêt d'une nation, que de traduire bien ou mal un paffage de *Lycophron* ou d'*Héfiode* ?

L.

Autres queſtions.

JE fais que les hommes font quelquefois malades du cerveau. Nous avons eu un muficien qui eft mort fou, parce que fa mufique n'avait pas paru affez bonne. Des gens ont cru avoir un nez de verre; mais s'il y en avait d'affez attaqués pour penfer, par exemple, qu'ils ont toujours raifon, y aurait-il affez d'ellébore pour une fi étrange maladie ?

Et fi ces malades, pour foutenir qu'ils ont toujours raifon, menaçaient du dernier fupplice quiconque penfe qu'ils peuvent avoir tort, s'ils établiffaient des efpions pour découvrir les réfractaires, s'ils décidaient qu'un père fur le témoignage de fon fils, une mère fur celui de fa fille, doit périr dans les flammes &c., ne faudrait-il pas lier ces gens-là, & les traiter comme ceux qui font attaqués de la rage ?

K 3

L I.

Ignorance.

VOUS me demandez à quoi bon tout ce fermon fi l'homme n'eft pas libre? D'abord je ne vous ai point dit que l'homme n'eft pas libre; je vous ai dit que fa liberté confifte dans fon pouvoir d'agir, & non pas dans le pouvoir chimérique de *vouloir vouloir*. Enfuite je vous dirai que tout étant lié dans la nature, la Providence éternelle me prédeftinait à écrire ces rêveries, & prédeftinait cinq ou fix lecteurs à en faire leur profit, & cinq à fix autres à les dédaigner, & à les laiffer dans la foule immenfe des écrits inutiles.

Si vous me dites que je ne vous ai rien appris, fouvenez-vous que je me fuis annoncé comme un ignorant.

L I I.

Autres ignorances.

JE fuis fi ignorant que je ne fais pas même les faits anciens dont on me berce; je crains toujours de me tromper de fept à huit cents années au moins, quand je cherche en quel temps ont vécu ces antiques héros qu'on dit avoir exercé les premiers le vol & le brigandage dans une grande étendue de pays; & ces premiers fages qui adorèrent des étoiles, ou des poiffons, ou des ferpens, ou des morts, ou des êtres fantaftiques.

Quel eft celui qui le premier imagina les fix *Gahambars*, & le pont de *Tshinavar*, & le *Dardaroth*, & le lac de *Karon*? en quel temps vivaient le premier *Bacchus*, le premier *Hercule*, le premier *Orphée*?

Toute l'antiquité eft fi ténébreufe jufqu'à *Thucydide* & *Xénophon*, que je fuis réduit à ne favoir prefque pas un mot de ce qui s'eft paffé fur le globe que j'habite, avant le court efpace d'environ trente fiècles; & dans ces trente fiècles encore, que d'obfcurités! que d'incertitudes! que de fables!

L I I I.

Plus grande ignorance.

MON ignorance me pèfe bien davantage, quand je vois que ni moi, ni mes compatriotes, nous ne favons abfolument rien de notre patrie. Ma mère m'a dit que j'étais né fur les bords du Rhin, je le veux croire. J'ai demandé à mon ami le favant *Apédeutès*, natif de Courlande, s'il avait connaiffance des anciens peuples du Nord fes voifins, & de fon malheureux petit pays? Il m'a répondu qu'il n'en avait pas plus de notion que les poiffons de la mer Baltique.

Pour moi, tout ce que je fais de mon pays, c'eft que *Céfar* dit, il y a environ dix-huit cents ans, que nous étions des brigands, qui étions dans l'ufage de facrifier des hommes à je ne fais quels dieux pour obtenir d'eux quelque bonne proie, & que nous n'allions jamais en courfe qu'accompagnés de vieilles forcières qui fefaient ces beaux facrifices.

Tacite, un siècle après, dit quelques mots de nous, sans nous avoir jamais vus : il nous regarde comme les plus honnêtes gens du monde en comparaison des Romains; car il assure que quand nous n'avions personne à voler, nous passions les jours & les nuits à nous enivrer de mauvaise bière dans nos cabanes.

Depuis ce temps de notre âge d'or, c'est un vide immense jusqu'à l'histoire de *Charlemagne*. Quand je suis arrivé à ces temps connus, je vois dans Goldstad une charte de *Charlemagne* datée d'Aix-la-Chapelle, dans laquelle ce savant empereur parle ainsi :

Vous savez que chaffant un jour auprès de cette ville, je trouvai les thermes & le palais que Granus, frère de Néron & d'Agrippa, avait autrefois bâtis.

Ce *Granus* & cet *Agrippa*, frère de *Néron*, me font voir que *Charlemagne* était aussi ignorant que moi; & cela soulage.

L I V.

Ignorance ridicule.

L'HISTOIRE de l'Eglise de mon pays ressemble à celle de *Granus* frère de *Néron* & d'*Agrippa*, & est bien plus merveilleuse. Ce sont de petits garçons ressuscités, des dragons pris avec une étole comme des lapins avec un lacet; des hosties qui saignent d'un coup de couteau qu'un juif leur donne; des saints qui courent après leurs têtes quand on les leur a coupées. Une des légendes des plus avérées dans notre histoire ecclésiastique d'Allemagne, est celle du bienheureux *Pierre de Luxembourg* qui, dans les deux années 1388 & 89,

après fa mort, fit deux mille quatre cents miracles ;
& les années fuivantes, trois mille de compte fait,
parmi lefquels on ne nomme pourtant que quarante-
deux morts reffufcités.

Je m'informe fi les autres Etats de l'Europe ont des
hiftoires eccléfiaftiques auffi merveilleufes & auffi
authentiques? Je trouve par-tout la même fageffe &
la même certitude.

L V.

Pis qu'ignorance.

J'AI vu enfuite pour quelles fottifes inintelligibles
les hommes s'étaient chargés les uns les autres d'impré-
cations, s'étaient déteftés, perfécutés, égorgés, pendus,
roués, & brûlés; & j'ai dit : S'il y avait eu un fage dans
ces abominables temps, il aurait donc fallu que ce
fage vécût & mourût dans les déferts.

L V I.

Commencement de la raifon.

JE vois qu'aujourd'hui, dans ce fiècle qui eft l'aurore
de la raifon, quelques têtes de cette hydre du fanatifme
renaiffent encore. Il paraît que leur poifon eft moins
mortel, & leurs gueules moins dévorantes. Le fang
n'a point coulé pour la grâce verfatile, comme il coula
fi long-temps pour les indulgences plénières qu'on
vendait au marché; mais le monftre fubfifte encore;
quiconque recherchera la vérité rifquera d'être perfécuté. Faut-il refter oifif dans les ténèbres ? ou faut-il

allumer un flambeau auquel l'envie & la calomnie rallumeront leurs torches? Pour moi, je crois que la vérité ne doit pas plus fe cacher devant ces monftres, que l'on ne doit s'abftenir de prendre de la nourriture dans la crainte d'être empoifonné.

Fin du philofophe ignorant.

IL FAUT PRENDRE UN PARTI,

O U

LE PRINCIPE D'ACTION.

D I A T R I B E.

CE n'eſt pas entre la Ruſſie & la Turquie qu'il s'agit de prendre un parti ; car ces deux Etats feront la paix tôt ou tard ſans que je m'en mêle.

Il ne s'agit pas de ſe déclarer pour une faction anglaiſe contre une autre faction ; car bientôt elles auront diſparu pour faire place à d'autres.

Je ne cherche point à faire un choix entre les chrétiens grecs, les arméniens, les eutichiens, les jacobites, les chrétiens appelés papiſtes, les luthériens, les calviniſtes, les anglicans, les primitifs appelés quakers, les anabaptiſtes, les janféniſtes, les moliniſtes, les foniciens, les piétiſtes, & tant d'autres *iſles.* Je veux vivre honnêtement avec tous ces meſſieurs quand j'en rencontrerai, ſans jamais diſputer avec eux ; parce qu'il n'y en aura pas un ſeul qui, lorſqu'il aura un écu à partager avec moi, ne ſache parfaitement ſon compte, & qui conſente à perdre une obole pour le ſalut de mon ame ou de la ſienne.

Je ne prendrai point parti entre les anciens parlemens de France & les nouveaux, parce que dans peu d'années il n'en ſera plus queſtion.

Ni entre les anciens & les modernes, parce que ce procès est interminable.

Ni entre les janséniftes & les moliniftes, parce qu'ils ne font plus, & que voilà, DIEU merci, cinq ou fix mille volumes devenus auffi inutiles que les œuvres de S*t* *Ephrem*.

Ni entre les opéra bouffons français & les italiens, parce que c'eft une affaire de fantaifie.

Il ne s'agit ici que d'une petite bagatelle, de favoir s'il y a un Dieu; & c'eft ce que je vais examiner très-férieufement & de très bonne foi, car cela m'intéreffe, & vous auffi.

I.

Du principe d'action.

TOUT eft en mouvement, tout agit, & tout réagit dans la nature.

Notre foleil tourne fur lui-même avec une rapidité qui nous étonne ; & les autres foleils tournent de même, tandis qu'une foule innombrable de planètes roule autour d'eux dans leurs orbites, que le fang circule plus de vingt fois par heure dans les plus vils de nos animaux.

Une paille que le vent emporte tend par fa nature vers le centre de la terre, comme la terre gravite vers le foleil, & le foleil vers elle. La mer doit aux mêmes lois fon flux & fon reflux éternel. C'eft par ces mêmes lois que des vapeurs qui forment notre atmofphère, s'échappent continuellement de la terre, & retombent en rofée, en pluie, en grêle, en neige, en tonnerres.

Tout eſt action, la mort même eſt agiſſante. Les cadavres ſe décompoſent, ſe métamorphoſent en végétaux, nourriſſent les vivans qui à leur tour en nourriſſent d'autres. Quel eſt le principe de cette action univerſelle?

Il faut que le principe ſoit unique. Une uniformité conſtante dans les lois qui dirigent la marche des corps céleſtes, dans les mouvemens de notre globe, dans chaque eſpèce, dans chaque genre d'animal, de végétal, de minéral, indique un ſeul moteur. S'il y en avait deux, ils ſeraient ou divers, ou contraires, ou ſemblables. Si divers, rien ne ſe correſpondrait; ſi contraires, tout ſe détruirait; ſi ſemblables, c'eſt comme s'il n'y en avait qu'un; c'eſt un double emploi.

Je me confirme dans cette idée qu'il ne peut exiſter qu'un ſeul principe, un ſeul moteur, dès que je fais attention aux lois conſtantes & uniformes de la nature entière.

La même gravitation pénètre dans tous les globes, & les fait tendre les uns vers les autres en raiſon directe, non de leurs ſurfaces, ce qui pourrait être l'effet de l'impulſion d'un fluide, mais en raiſon de leurs maſſes.

Le quarré de la révolution de toute planète eſt comme le cube de ſa diſtance au ſoleil; (& cela prouve en paſſant ce que *Platon* avait deviné, je ne ſais comment, que le monde eſt l'ouvrage de l'éternel géomètre.)

Les rayons de lumière ont leurs réflexions & leurs réfractions dans toute l'étendue de l'univers. Toutes les véritables mathématiques doivent être les mêmes dans l'étoile Sirius & dans notre petite loge.

Si je porte ma vue ici-bas fur le règne animal, tous les quadrupèdes, & les bipèdes qui n'ont point d'ailes, perpétuent leur efpèce par la même copulation, toutes les femelles font vivipares.

Tous les oifeaux femelles pondent des œufs.

Dans toute efpèce, chaque genre peuple & fe nourrit uniformément.

Chaque genre de végétal a le même fond de propriétés.

Certes le chêne & le noifetier ne fe font pas entendu pour naître & croître de la même façon, de même que Mars & Saturne n'ont pas été d'intelligence pour obferver les mêmes lois. Il y a donc une intelligence unique, univerfelle, & puiffante, qui agit toujours par des lois invariables.

Perfonne ne doute qu'une fphère armillaire, des payfages, des animaux deffinés, des anatomies en cire colorée, ne foient des ouvrages d'habiles artiftes. Se pourrait-il que les copiftes fuffent d'une intelligence, & que les originaux n'en fuffent pas? Cette feule idée me paraît la plus forte démonftration ; & je ne conçois pas comment on peut la combattre.

I I.

Du principe d'action néceffaire & éternel.

CE moteur unique eft très-puiffant, puifqu'il dirige une machine fi vafte & fi compliquée. Il eft très-intelligent, puifque le moindre des refforts de cette machine ne peut être égalé par nous qui fommes intelligens.

Il eft un être néceffaire, puifque fans lui la machine n'exifterait pas.

Il eft éternel, car il ne peut être produit du néant, qui n'étant rien ne peut rien produire; & dès qu'il exifte quelque chofe, il eft démontré que quelque chofe eft de toute éternité. Cette vérité fublime eft devenue triviale. Tel a été de nos jours l'élancement de l'efprit humain, malgré les efforts que nos maîtres d'ignorance ont faits pendant tant de fiècles pour nous abrutir.

I I I.

Quel eft ce principe?

Je ne puis me démontrer l'exiftence du principe d'action, du premier moteur, de l'Etre fuprême, par la fynthèfe, comme le docteur *Clarke*. Si cette méthode pouvait appartenir à l'homme, *Clarke* était digne peut-être de l'employer; mais l'analyfe me paraît plus faite pour nos faibles conceptions. Ce n'eft qu'en remontant le fleuve de l'éternité, que je puis effayer de parvenir à fa fource.

Ayant donc connu par le mouvement qu'il y a un moteur; m'étant prouvé par l'action qu'il y a un principe d'action, je cherche ce que c'eft que ce principe univerfel; & la première chofe que j'entrevois avec une fecrète douleur, mais avec une réfignation entière, c'eft qu'étant une partie imperceptible du grand tout, étant, comme dit *Timée*, un point entre deux éternités, il me fera impoffible de comprendre ce grand tout & fon maître, qui m'engloutiffent de toutes parts.

Cependant, je me raffure un peu en voyant qu'il m'a été donné de mefurer la diftance des aftres, de connaître le cours & les lois qui les retiennent dans leurs orbites. Je me dis : Peut-être parviendrai-je, en me fervant de bonne foi de ma raifon, jufqu'à trouver quelque lueur de vraifemblance qui m'éclairera dans la profonde nuit de la nature. Et fi ce petit crépufcule que je cherche ne peut m'apparaître, je me confolerai en fentant que mon ignorance eft invincible, que des connaiffances qui me font interdites, me font très-furement inutiles, & que le grand Etre ne me punira pas d'avoir voulu le connaître, & de n'avoir pu y parvenir.

I V.

Où eft le premier principe? Eft-il infini?

JE ne vois point le premier principe moteur & intelligent d'un animal appelé homme, lorfqu'il me démontre une propofition de géométrie, ou lorfqu'il foulève un fardeau. Cependant, je juge invinciblement qu'il y en a un dans lui, tout fubalterne qu'il eft. Je ne puis découvrir fi ce premier principe eft dans fon cœur, ou dans fa tête, ou dans fon fang, ou dans tout fon corps. De même, j'ai deviné un premier principe de la nature, j'ai vu qu'il eft impoffible qu'il ne foit pas éternel. Mais où eft-il?

S'il

S'il anime toute exiſtence , il eſt donc dans toute exiſtence : cela me paraît indubitable. Il eſt dans tout ce qui eſt , comme le mouvement eſt dans tout le corps d'un animal, ſi on peut ſe ſervir de cette miſérable comparaiſon.

Mais , s'il eſt dans ce qui exiſte , peut-il être dans ce qui n'exiſte pas? L'univers eſt-il infini ? on me le dit , mais qui me le prouvera ? Je le conçois éternel , parce qu'il ne peut avoir été formé du néant , parce que ce grand principe, *rien ne vient de rien*, eſt auſſi vrai que deux & deux font quatre ; parce qu'il y a , comme nous avons vu ailleurs , une contradiction abſurde à dire , l'être agiſſant a paſſé une éternité ſans agir ; l'être formateur a été éternel ſans rien former ; l'être néceſſaire a été pendant une éternité l'être inutile.

Mais je ne vois aucune raiſon pourquoi cet être néceſſaire ferait infini. Sa nature me paraît d'être partout où il y a exiſtence ; mais pourquoi , & comment une exiſtence infinie ? *Newton* a démontré le vide qu'on n'avait fait que ſuppoſer juſqu'à lui. S'il y a du vide dans la nature , le vide peut donc être hors de la nature. Quelle néceſſité que les êtres s'étendent à l'infini? que ferait-ce que l'infini en étendue ? il ne peut exiſter non plus qu'en nombre. Point de nombre , point d'extenſion à laquelle je ne puiſſe ajouter. Il me ſemble qu'en cela le ſentiment de *Cudworth* doit l'emporter ſur celui de *Clarke*.

DIEU eſt préſent par-tout , dit *Clarke*. Oui , ſans doute ; mais par-tout où il y a quelque choſe , & non pas où il n'y a rien. Etre préſent à rien me paraît une contradiction dans les termes, une abſurdité. Je ſuis

Philoſophie &c. Tome I.   L forcé d'admettre une éternité, mais je ne suis pas forcé d'admettre un infini actuel.

Enfin, que m'importe que l'espace soit un être réel ou une simple appréhension de mon entendement ? Que m'importe que l'être nécessaire, intelligent, puissant, éternel, formateur de tout être, soit dans cet espace imaginaire ou n'y soit pas ? en suis-je moins son ouvrage ? en suis-je moins dépendant de lui ? en est-il moins mon maître ? Je vois ce maître du monde par les yeux de mon intelligence ; mais je ne le vois point au-delà du monde.

On dispute encore si l'espace infini est un être réel ou non. Je ne veux point asseoir mon jugement sur un fondement aussi équivoque, sur une querelle digne des scolastiques ; je ne veux point établir le trône de Dieu dans les espaces imaginaires.

S'il est permis, encore une fois, de comparer les petites choses qui nous paraissent grandes, à ce qui est si grand en effet, imaginons un alguazil de Madrid qui veut persuader à un castillan son voisin que le roi d'Espagne est le maître de la mer qui est au nord de la Californie, & que quiconque en doute est criminel de lèse-majesté. Le castillan lui répond : Je ne sais pas seulement s'il y a une mer au-delà de la Californie. Peu m'importe qu'il y en ait une, pourvu que j'aie de quoi vivre à Madrid. Je n'ai pas besoin qu'on découvre cette mer pour être fidelle au roi mon maître sur les bords du Manfanarès. Qu'il y ait, ou non des vaisseaux au-delà de la baie d'Hudson, il n'en a pas moins le pouvoir de me commander ici ; je sens ma dépendance de lui dans Madrid, parce que je sais qu'il est le maître de Madrid.

Ainfi notre dépendance du grand être ne vient point de ce qu'il eft préfent hors du monde , mais de ce qu'il eft préfent dans le monde. Je demande feulement pardon au maître de la nature de l'avoir comparé à un chétif homme pour me mieux faire entendre.

V.

Que tous les ouvrages de l'être éternel font éternels.

LE principe de la nature étant néceffaire & éternel, & fon effence étant d'agir , il a donc agi toujours. Car , encore une fois , s'il n'avait pas été toujours le Dieu agiffant , il aurait été toujours le Dieu indolent, le Dieu d'*Epicure* , le Dieu qui n'eft bon à rien. Cette vérité me paraît démontrée en toute rigueur.

Le monde fon ouvrage , fous quelque forme qu'il paraiffe, eft donc éternel comme lui , de même que la lumière eft auffi ancienne que le foleil, le mouvement auffi ancien que la matière , les alimens auffi anciens que les animaux; fans quoi le foleil , la matière , les animaux auraient été non - feulement des êtres inutiles, mais des êtres de contradiction, des chimères.

Que pourrait-on imaginer en effet de plus contradictoire qu'un être effentiellement agiffant qui n'aurait pas agi pendant une éternité ; un être formateur qui n'aurait rien formé, & qui n'aurait formé quelques globes que depuis très-peu d'années , fans qu'il parût la moindre raifon de les avoir formés plutôt en un temps qu'en un autre? Le principe intelligent ne peut rien faire fans raifon; rien ne peut exifter fans une

raifon antécédente & néceffaire. Cette raifon antécédente & néceffaire a été éternellement; donc l'univers
eft éternel.

Nous ne parlons ici que philofophiquement; il ne
nous appartient pas feulement de regarder en face
ceux qui parlent par révélation.

V I.

Que l'être éternel, premier principe, a tout arrangé
volontairement.

I L eft clair que cette fuprême intelligence néceffaire,
agiffante, a une volonté, & qu'elle a tout arrangé
parce qu'elle l'a voulu. Car comment agir & former
tout fans vouloir le former ? ce ferait être une pure
machine, & cette machine fuppoferait un autre premier
principe, un autre moteur. Il en faudrait toujours
revenir à un premier être intelligent, quel qu'il foit.
Nous voulons, nous agiffons, nous formons des
machines quand nous le voulons; donc le grand
Demiourgos très-puiffant a tout fait parce qu'il l'a
voulu.

Spinofa lui-même reconnaît dans la nature une
puiffance intelligente néceffaire. Mais une intelligence
deftituée de volonté ferait une chofe abfurde, parce que
cette intelligence ne fervirait à rien; elle n'opérerait
rien, puifqu'elle ne voudrait rien opérer. Le grand
être néceffaire a donc voulu tout ce qu'il a opéré.

J'ai dit tout-à-l'heure qu'il a tout fait néceffairement parce que fi fes ouvrages n'étaient pas néceffaires,

ils feraient inutiles. Mais cette néceſſité lui ôterait-elle
ſa volonté? non, ſans doute; je veux néceſſairement
être heureux ; je n'en veux pas moins ce bonheur ; au
contraire je le veux avec d'autant plus de force que
je le veux invinciblement.

Cette néceſſité lui ôte-t-elle ſa liberté? point du
tout. La liberté ne peut être que le pouvoir d'agir.
L'être ſuprême étant très-puiſſant eſt donc le plus
libre des êtres.

Voilà donc le grand artiſan des choſes reconnu
néceſſaire, éternel, intelligent, puiſſant, voulant,
& libre.]

V I I.

Que tous les êtres, ſans aucune exception, ſont
ſoumis aux lois éternelles.

QUELS ſont les effets de ce pouvoir éternel réſidant
eſſentiellement dans la nature? Je n'en vois que de deux
eſpèces. les inſenſibles & les ſenſibles.

Cette terre, ces mers, ces planètes, ces ſoleils
paraiſſent des êtres admirables, mais brutes, deſtitués
de toute ſenſibilité. Un colimaçon qui veut, qui a
quelques perceptions & qui fait l'amour, paraît en cela
jouir d'un avantage ſupérieur à tout l'éclat des ſoleils
qui illuminent l'eſpace.

Mais tous ces êtres ſont également ſoumis aux lois
éternelles invariables.

Ni le ſoleil, ni le colimaçon, ni l'huître, ni le
chien, ni le ſinge, ni l'homme, n'ont pu ſe donner

L 3

rien de ce qu'ils poffedent, il eft évident qu'ils ont tout reçu.

L'homme & le chien font nés malgré eux d'une mère qui les a mis au monde malgré elle. Tous deux tettent leur mère fans favoir ce qu'ils font, & cela par un mécanifme très-délicat, très-compliqué, dont même très-peu d'hommes acquièrent la connaiffance.

Tous deux au bout de quelques temps ont des idées, de la mémoire, une volonté, le chien beaucoup plus tôt, l'homme plus tard.

Si les animaux n'étaient que des pures machines, ce ne ferait qu'une raifon de plus pour ceux qui penfent que l'homme n'eft qu'une machine auffi ; mais il n'y a plus perfonne aujourd'hui qui n'avoue que les animaux ont des idées, de la mémoire, une mefure d'intelligence, qu'ils perfectionnent leurs connaiffances; qu'un chien de chaffe apprend fon métier, qu'un vieux renard eft plus habile qu'un jeune &c.

De qui tiennent-ils toutes ces facultés, finon de la caufe primordiale éternelle, du principe d'action, du grand être qui anime toute la nature ?

L'homme a les facultés des animaux beaucoup plus tard qu'eux, mais dans un degré beaucoup plus éminent ; peut-il les tenir d'une autre caufe ?

Il n'a rien que ce que le grand être lui donne. Ce ferait une étrange contradiction, une fingulière abfurdité que tous les aftres, tous les élémens, tous les végétaux, tous les animaux obéiffent fans relâche irréfiftiblement aux lois du grand être, & que l'homme feul pût fe conduire par lui-même.

V I I I.

Que l'homme est essentiellement soumis en tout aux lois éternelles du premier principe.

Voyons donc cet animal homme avec les yeux de la raison que le grand être nous a donnée.

Qu'est-ce que la première perception qu'il reçoit ? celle de la douleur ; ensuite le plaisir de la nourriture. C'est-là toute notre vie, douleur & plaisir. D'où nous viennent ces deux ressorts qui nous font mouvoir jusqu'au dernier moment, sinon de ce premier principe d'action, de ce grand *Demiourgos* ? Certe, ce n'est pas nous qui nous donnons de la douleur ; & comment pourrions-nous être la cause du petit nombre de nos plaisirs ? Nous avons dit ailleurs qu'il nous est impossible d'inventer une nouvelle sorte de plaisir, c'est-à-dire un nouveau sens. Disons ici qu'il nous est également impossible d'inventer une nouvelle sorte de douleur. Les plus abominables tyrans ne le peuvent pas. Les Juifs, dont le bénédictin *Calmet* a fait graver les supplices dans son dictionnaire, n'ont pu que couper, déchirer, mutiler, tirer, brûler, étouffer, écraser : tous les tourmens se réduisent là. Nous ne pouvons donc rien par nous-mêmes, ni en bien ni en mal ; nous ne sommes que les instrumens aveugles de la nature.

Mais je veux penser & je pense, dit au hasard la foule des hommes. Arrêtons-nous ici. Quelle a été notre première idée après le sentiment de la douleur ? celui de la mammelle que nous avons sucée ; puis le visage de notre nourrice ; puis quelques autres faibles objets & quelques besoins ont fait des impressions.

L 4

Jufque-là oferait-on dire qu'on n'a pas été un automate fentant, un malheureux animal abandonné, fans connaiffance & fans pouvoir, un rebut de la nature? Ofera-t-on dire que dans cet état on eft un être penfant, qu'on fe donne fes idées, qu'on a une ame? Qu'eft-ce que le fils d'un roi au fortir de la matrice? il dégoûterait fon père, s'il n'était pas fon père. Une fleur des champs qu'on foule aux pieds eft un objet infiniment fupérieur.

I X.

Du principe d'action des êtres fenfibles.

VIENT enfin le temps où un nombre plus ou moins grand de perceptions, reçu dans notre machine, femble fe préfenter à notre volonté. Nous croyons faire des idées. C'eft comme fi, en ouvrant le robinet d'une fontaine, nous penfions former l'eau qui en coule. Nous, créer des idées! pauvres gens que nous fommes! Quoi! il eft évident que nous n'avons eu nulle part aux premières, & nous ferions les créateurs des fecondes! Pefons bien cette vanité de faire des idées, & nous verrons qu'elle eft infolente & abfurde.

Souvenons-nous qu'il n'y a rien dans les objets extérieurs qui ait la moindre analogie, le moindre rapport, avec un fentiment, une idée, une penfée; faites fabriquer un œil, une oreille par le meilleur ouvrier en marqueterie, cet œil ne verra rien, cette oreille n'entendra rien. Il en eft ainfi de notre corps vivant. Le principe univerfel d'action fait tout en nous. Il ne nous a point exceptés du reste de la nature.

Deux expériences continuellement réitérées dans tout le cours de notre vie , & dont j'ai parlé ailleurs , convaincront tout homme qui réfléchit, que nos idées, nos volontés , nos actions , ne nous appartiennent pas.

La première, c'est que personne ne fait ni ne peut savoir quelle idée lui viendra dans une minute , quelle volonté il aura, quel mot il proférera , quel mouvement son corps fera.

La seconde , que , pendant le sommeil il est bien clair que tout se fait dans nos songes sans que nous y ayons la moindre part. Nous avouons que nous sommes alors des purs automates , sur lesquels un pouvoir invisible agit avec une force aussi réelle, aussi puissante qu'incompréhensible. Ce pouvoir remplit notre tête d'idées, nous inspire des désirs, des passions , des volontés, des réflexions. Il met en mouvement tous les membres de notre corps. Il est arrivé quelque fois qu'une mere a étouffé effectivement dans un vain songe son enfant nouveau-né qui dormait à côté d'elle ; qu'un ami a tué son ami. D'autres jouissent réellement d'une femme qu'ils ne connaissent pas. Combien de musiciens ont fait de la musique en dormant! combien de jeunes prédicateurs ont composé des sermons , ou éprouvé des pollutions !

Si notre vie était partagée exactement entre la veille & le sommeil, au lieu que nous ne consumons d'ordinaire à dormir que le tiers de notre chétive durée, & si nous rêvions toujours dans ce sommeil, il ferait bien démontré alors que la moitié de notre existence ne dépend point de nous. Mais, supposé

que de vingt-quatre heures nous en paffions huit dans
les fonges, il eft évident que voilà le tiers de nos
jours qui ne nous appartient en aucune manière.
Ajoutez-y l'enfance, ajoutez-y tout le temps employé
aux fonctions purement animales, & voyez ce qui
refte. Vous ferez étonné d'avouer que la moitié de
votre vie au moins ne vous appartient point du tout.
Concevez à préfent de quelle inconféquence il ferait
qu'une moitié dépendît de vous, & que l'autre n'en
dépendît pas.

Concluez donc que le principe univerfel d'action
fait tout en vous.

Un janfénifte m'arrête là, & me dit : Vous êtes
un plagiaire ; vous avez pris votre doctrine dans le
fameux livre *de l'action de* DIEU *fur les créatures*, autrement *de la prémotion phyfique*, par notre grand patriarche
Bourfier, dont nous avons dit (*) *qu'il avait trempé fa
plume dans l'encrier de la Divinité*. Non, mon ami; je
n'ai jamais pris chez les janféniftes ni chez les moliniftes qu'une forte averfion pour les cabales, & un
peu d'indifférence pour leurs opinions. *Bourfier*, en
prenant DIEU pour fon cornet, fait précifément de
quelle nature était le fommeil d'*Adam*, quand DIEU
lui arracha une côte pour en former fa femme; de
quelle efpèce était fa *concupifcence*, fa grâce habituelle,
fa grâce actuelle. Il fait avec St *Auguftin* qu'on aurait
fait des enfans fans volupté dans le paradis terreftre,
comme on fème fon champ, fans goûter en cela le

(*) *Dictionnaire des grands-hommes*, à l'article *Bourfier*.

N. B. Que parmi ces *grands-hommes* il n'y a guère que des janféniftes,
comme parmi les *grands-hommes* de l'abbé *Ladvocat*, on ne trouve guère
que des partifans des jéfuites.

plaisir de la chair. Il est convaincu qu'*Adam* n'a péché dans le paradis terrestre que par distraction. Moi, je ne fais rien de tout cela , & je me contente d'admirer ceux qui ont une si belle & si profonde science.

X.

Du principe d'action appelé ame.

M A I S on a imaginé, après bien des siècles, que nous avions une ame qui agissait par elle-même ; & on s'est tellement accoutumé à cette idée qu'on l'a prise pour une chose réelle.

On a crié par-tout l'*ame* , l'*ame*! sans avoir la plus légère notion de ce qu'on prononçait.

Tantôt par ame on voulait dire la vie; tantôt c'était un petit simulacre léger qui nous ressemblait , & qui allait après notre mort boire des eaux de l'Achéron ; c'était une harmonie , une omémorie, une entéléchie. Enfin on en a fait un petit être qui n'est point corps , un souffle qui n'est point air; & de ce mot souffle , qui veut dire esprit en plus d'une langue, on a fait un je ne sais quoi qui n'est rien du tout.

Mais qui ne voit qu'on prononçait ce mot d'*ame* vaguement & sans s'entendre, comme on le prononce encore aujourd'hui, & comme on profère les mots de mouvement , d'entendement , d'imagination , de mémoire, de désir, de volonté? Il n'y a point d'être réel appelé volonté , désir , mémoire, imagination, entendement, mouvement. Mais l'être réel appelé homme comprend, imagine , se souvient, désire , veut , fe meut. Ce font des termes abftraits, inventés pour faciliter le difcours. Je cours , je dors, je m'éveille; mais il n'y a point d'être phyfique qui foit courfe , ou fommeil , ou éveil. Ni la vue , ni l'ouïe , ni le tact, ni l'odorat , ni le goût ne font des êtres. J'entends , je vois, je flaire , je goûte , je touche. Et comment fais-je tout cela finon parce que le grand être a ainfi difpofé toutes les chofes , parce que le principe d'action, la caufe univerfelle , en un mot , DIEU nous donne ces facultés ?

Prenons-y bien garde , il y aurait tout autant de raifon à fuppofer dans un limaçon un être fecret appelé *ame libre* que dans l'homme. Car ce limaçon a une volonté, des défirs, des goûts, des fenfations , des idées , de la mémoire. Il veut marcher à l'objet de fa nourriture, à celui de fon amour. Il s'en reffou-vient , il en a l'idée , il y va auffi vîte qu'il peut aller ; il connaît le plaifir & la douleur. Cependant vous n'êtes pas effarouché, quand on vous dit que cet animal n'a point une ame fpirituelle , que DIEU lui a fait ces dons pour un peu de temps, & que celui qui fait mouvoir les aftres fait mouvoir les infectes. Mais quand il s'agit d'un homme , vous changez d'avis. Ce pauvre animal vous paraît fi digne de vos refpects , c'eft-à-dire vous êtes fi orgueilleux, que vous ofez placer dans fon corps chétif quelque chofe qui femble tenir de la nature de DIEU même , & qui cependant , par la perverfité de fes penfées , vous paraît fouvent à vous-même diabolique, quelque chofe de fage & de fou, de bon & d'exécrable, de célefte & d'infernal , d'invifible , d'immortel , d'incompréhenfible, & vous vous êtes accoutumé à cette idée comme vous avez pris l'habitude de dire *mouvement*, quoiqu'il n'y ait point d'être qui foit mouvement; comme vous préférez tous les mots abftraits, quoiqu'il n'y ait point d'êtres abftraits.

X I.

Examen du principe d'action appelé ame.

IL y a pourtant un principe d'action dans l'homme. Oui ; & il y en a par-tout. Mais ce principe peut-il être autre chofe qu'un reffort, un premier mobile fecret qui fe développe par la volonté toujours agiffante du premier principe auffi puiffant que fecret, auffi démontré qu'invifible, lequel nous avons reconnu être la caufe effentielle de toute la nature?

Si vous créez le mouvement, fi vous créez des idées, parce que vous le voulez ; vous êtes Dieu pour ce moment-là ; car vous avez tous les attributs de DIEU; volonté, puiffance, création. Or figurez-vous l'abfurdité où vous tombez en vous fefant Dieu.

Il faut que vous choififfiez entre ces deux partis, ou d'être Dieu quand il vous plaît, ou de dépendre continuellement de DIEU. Le premier eft extravagant, le fecond feul eft raifonnable.

S'il y avait dans notre corps un petit dieu nommé *ame libre*, qui devient fi fouvent un petit diable, il faudrait, ou que ce petit dieu fût créé de toute éternité, ou qu'il fût créé au moment de votre conception, ou qu'il le fût pendant que vous êtes embryon, ou quand vous naiffez, ou quand vous commencez à fentir. Tous ces partis font également ridicules.

Un petit Dieu fubalterne , inutilement exiftant pendant une éternité paffée, pour defcendre dans un corps qui meurt fouvent en naiffant ; c'eft le comble de la contradiction & de l'impertinence.

Si ce petit *dieu-ame* eft créé au moment que votre père darde je ne fais quoi dans la matrice de votre mère , voilà le maître de la nature , l'être des êtres occupé continuellement à épier tous les rendez-vous, toujours attentif au moment où un homme prend du plaifir avec une femme , & faififfant ce moment pour envoyer vîte une ame fentante , penfante , dans un cachot , entre un boyau rectum & une veffie. Voilà un petit dieu plaifamment logé ! Quand madame accouche d'un enfant mort , que devient ce *dieu-ame* qui s'était enfermé entre des excrémens infects & de l'urine? Où s'en retourne-t-il ?

Les mêmes difficultés , les mêmes inconféquences, les mêmes abfurdités ridicules & révoltantes fubfiftent dans tous les autres cas. L'idée d'une ame telle que le vulgaire la conçoit ordinairement fans réfléchir; eft donc ce qu'on a jamais imaginé de plus fot & de plus fou.

Combien plus raifonnable, plus décent ,. plus ref-pectueux pour l'être fuprême , plus convenable à notre nature , & par conféquent combien plus vrai n'eft-il pas de dire?

,, Nous fommes des machines produites de tout ,, temps les unes après les autres par l'éternel géo-,, mètre ; machines faites ainfi que tous les autres ,, animaux , ayant les mêmes organes , les mêmes

» befoins , les mêmes plaifirs , les mêmes douleurs;
» très-fupérieurs à eux tous en beaucoup de chofes ,
» inférieurs en quelques autres ; ayant reçu du
» grand être un principe d'action que nous ne pou-
» vons connaître ; recevant tout, ne nous donnant
» rien; & mille millions de fois plus foumis à lui
» que l'argille ne l'eft au potier qui la façonne. »

Encore une fois , ou l'homme eft un dieu , ou il eft
exactement tout ce que je viens de prononcer. (1)

X I I.

Si le principe d'action dans les animaux eft libre.

IL y a dans l'homme & dans tout animal un principe d'action comme dans toute machine ; & ce premier
moteur , ce premier reffort eft néceffairement , éternellement difpofé par le maître , fans quoi tout ferait
chaos , fans quoi il n'y aurait point de monde.

Tout animal , ainfi que toute machine , obéit
néceffairement, irrévocablement à l'impulfion qui la
dirige; cela eft évident, cela eft affez connu. Tout

(1) Le pouvoir d'agir dans un être intelligent eft uniquement la connaiffance acquife par l'expérience que le défir qu'il forme que tel effet exifte , eft
conftamment fuivi de l'exiftence de cet effet. Nous ne pouvons avoir d'autre
idée de l'action. Ainfi le raifonnement de M. de *Voltaire* fe réduit à ceci :
Ce que je défire, ce que je veux a lieu d'une manière conftante , mais pour
un bien petit nombre de cas ; & même cet ordre eft fouvent interrompu fans
que je fache comment. Je dois donc fuppofer qu'il exifte un être dont la
volonté eft toujours fuivie de l'effet ; c'eft la feule idée que je puis avoir
d'un agent tout-puiffant , & fi je crois quelquefois être un agent borné ,
c'eft feulement lorfque ma volonté eft d'accord avec celle de cet être
fuprême.

animal eſt doué d'une volonté, & il faut être fou pour croire qu'un chien qui ſuit ſon maître n'ait pas la volonté de le ſuivre. Il marche après lui irréſiſtible-ment, oui, ſans doute; mais il marche volontairement. Marche-t-il librement ? oui, ſi rien ne l'empêche ; c'eſt-à-dire, il peut marcher, il veut marcher, & il marche ; ce n'eſt pas dans ſa volonté qu'eſt ſa liberté de marcher, mais dans la faculté de marcher à lui donnée. Un roſſignol veut faire ſon nid, & le conſtruit quand il a trouvé de la mouſſe. Il a eu la liberté d'arranger ce berceau ainſi qu'il a eu la liberté de chanter quand il en a eu envie, & qu'il n'a pas été enrhumé. Mais a-t-il eu la liberté d'avoir cette envie, a-t-il voulu vouloir faire ſon nid ? A-t-il eu cette abſurde liberté d'indifférence que des théologiens ont fait conſiſter à dire : *Je veux ni ne veux pas faire mon nid, cela m'eſt abſolument indifférent ; mais je vais vouloir faire mon nid uniquement pour le vouloir, & ſans y être déterminé par rien, & ſeulement pour vous prouver que je ſuis libre.* Telle eſt l'abſurdité qui a régné dans les écoles. Si le roſſignol pouvait parler il dirait à ces docteurs : *Je ſuis invinciblement déterminé à nicher, je veux nicher, j'en ai le pouvoir & je niche ; vous êtes invinci-blement déterminés à raiſonner mal, vous rempliſſez votre deſtinée comme moi la mienne.*

Nous allons voir ſi l'homme peut être libre dans un autre ſens.

XIII.

XIII.

De la liberté de l'homme, & du deftin.

UNE boule qui en poulfe une autre, un chien de chaffe qui court néceffairement & volontairement après un cerf, ce cerf qui franchit un foffé immenfe avec non moins de néceffité & de volonté; cette biche qui produit une autre biche, laquelle en mettra une autre au monde, tout cela n'eft pas plus invinciblement déterminé que nous ne le fommes à tout ce que nous fefons; car fongeons toujours combien il ferait inconféquent, ridicule, abfurde, qu'une partie des chofes fût arrangée, & que l'autre ne le fût pas.

Tout événement préfent eft né du paffé, & eft père du futur, fans quoi cet univers ferait abfolument un autre univers, comme le dit très-bien *Leibnitz*, qui a deviné plus jufte en cela que dans fon harmonie préétablie. La chaîne éternelle ne peut être ni rompue, ni mêlée. Le grand être qui la tient néceffairement ne peut la laiffer flotter incertaine, ni la changer : car alors il ne ferait plus l'être néceffaire, l'être immuable, l'être des êtres; il ferait faible, inconftant, capricieux; il démentirait fa nature, il ne ferait plus.

Un deftin inévitable eft donc la loi de toute la nature; & c'eft ce qui a été fenti par toute l'antiquité. La crainte d'ôter à l'homme je ne fais quelle fauffe liberté, de dépouiller la vertu de fon mérite, & le crime de fon horreur, a quelquefois effrayé des ames tendres; mais dès qu'elles ont été éclairées, elles font bientôt revenues à cette grande vérité, que tout eft enchaîné, & que tout eft néceffaire.

L'homme eft libre, encore une fois, quand il peut ce qu'il veut, mais il n'eft pas libre de vouloir; il eft impoffible qu'il veuille fans caufe. Si cette caufe n'a pas fon effet infaillible, elle n'eft plus caufe. Le nuage qui dirait au vent, je ne veux pas que tu me pouffes, ne ferait pas plus abfurde. Cette vérité ne peut jamais nuire à la morale. Le vice eft toujours vice, comme la maladie eft toujours maladie. Il faudra toujours réprimer les méchans; car, s'ils font déterminés au mal, on leur répondra qu'ils font prédeftinés au châtiment.

Eclairciffons toutes ces vérités.

X I V.

Ridicule de la prétendue liberté, nommée liberté d'indifférence.

QUEL admirable fpectacle que celui des deftinées éternelles de tous les êtres enchaînés au trône du fabricateur de tous les mondes! Je fuppofe un moment que cela ne foit pas, & que cette liberté chimérique rende tout événement incertain. Je fuppofe qu'une de ces fubftances intermédiaires entre nous & le grand être (car il peut y en avoir des milliars) vienne confulter cet être éternel fur la deftinée de quelques-uns de ces globes énormes, placés à une fi prodigieufe diftance de nous. Le fouverain de la nature ferait alors réduit à lui répondre : *Je ne suis pas souverain, je ne suis pas le grand être nécessaire ; chaque petit embryon est le maître de faire des destinées. Tout le monde est libre de vouloir sans autre cause que sa volonté. L'avenir est incertain, tout dépend du caprice ; je ne puis rien prévoir : ce grand tout, que vous avez cru si régulier, n'est qu'une vaste anarchie où tout se fait sans cause & sans raison. Je me donnerai bien de garde de vous dire, telle chose arrivera ; car alors les gens malins, dont les globes sont remplis, feraient tout le contraire de ce que j'aurais prévu, ne fût-ce que pour me faire des malices. On ose toujours être jaloux de son maître, lorsqu'il n'a pas un pouvoir absolu qui vous ôte jusqu'à la jalousie : on est bien aise de le faire tomber dans le piége. Je ne suis qu'un faible ignorant. Adressez-vous à quelqu'un de plus puissant & de plus habile que moi.*

Cet apologue est peut-être plus capable qu'aucun autre argument de faire rentrer en eux-mêmes les partisans de cette vaine liberté d'indifférence, s'il en est encore, & ceux qui s'occupent sur les bancs à concilier la préscience avec cette liberté, & ceux qui parlent encore dans l'université de Salamanque ou à Bedlam de la grâce médicinale & de la grâce concomitante.

X V.

Du mal &, en premier lieu, de la destruction
des bêtes.

Nous n'avons jamais pu avoir l'idée du bien & du mal que par rapport à nous. Les souffrances d'un

animal nous femblent des maux, parce qu'étant animaux comme eux, nous jugeons que nous ferions fort
à plaindre fi on nous en fefait autant. Nous aurions la
même pitié d'un arbre, fi on nous difait qu'il éprouve
des tourmens quand on le coupe, & d'une pierre, fi
nous apprenions qu'elle fouffre quand on la taille.
Mais nous plaindrions l'arbre & la pierre beaucoup
moins que l'animal, parce qu'ils nous reffemblent
moins. Nous ceffons même bientôt d'être touchés de
l'affreufe deftinée des bêtes deftinées pour notre table.
Les enfans, qui pleurent la mort du premier poulet
qu'ils voient égorger, en rient au fecond.

Enfin, il n'eft que trop certain que ce carnage
dégoûtant, étalé fans ceffe dans nos boucheries & dans
nos cuifines, ne nous paraît pas un mal; au contraire,
nous regardons cette horreur, fouvent peftilentielle,
comme une bénédiction du Seigneur; & nous avons
encore des prières dans lefquelles on le remercie de ces
meurtres. Qu'y a-t-il pourtant de plus abominable
que de fe nourrir continuellement de cadavres?

Non-feulement nous paffons notre vie à tuer & à
dévorer ce que nous avons tué, mais tous les animaux
s'égorgent les uns les autres; ils y font portés par un
attrait invincible. Depuis les plus petits infectes jufqu'au rhinocéros & à l'éléphant, la terre n'eft qu'un
vafte champ de guerres, d'embûches, de carnage, de
deftruction; il n'eft point d'animal qui n'ait fa proie,
& qui, pour la faifir, n'emploie l'équivalent de la rufe
& de la rage avec laquelle l'exécrable araignée attire
& dévore la mouche innocente. Un troupeau de
moutons dévore en une heure plus d'infectes, en
broutant l'herbe, qu'il n'y a d'hommes fur la terre.

Et ce qui eſt encore de plus cruel, c'eſt que dans cette horrible ſcène de meurtres toujours renouvelés, on voit évidemment un deſſein formé dé perpétuer toutes les eſpèces par les cadavres ſanglans de leurs ennemis mutuels. Ces victimes n'expirent qu'après que la nature a ſoigneuſement pourvu à en fournir de nouvelles. Tout renaît pour le meurtre.

Cependant je ne vois aucun moraliſte parmi nous, aucun de nos loquaces prédicateurs, aucun même de nos tartuffes, qui ait fait la moindre réflexion ſur cette habitude affreuſe, devenue chez nous nature. Il faut remonter juſqu'au pieux *Porphyre*, & aux compatiſſans pythagoriens, pour trouver quelqu'un qui nous faſſe honte de notre ſanglante gloutonnerie; ou bien il faut voyager chez les brames : car pour nos moines que le caprice de leurs fondateurs a fait renoncer à la chair, ils ſont meurtriers de ſoles & de turbots, s'ils ne le ſont pas de perdrix & de cailles; (2) & ni parmi les moines, ni dans le concile de Trente, ni dans nos aſſemblées du clergé, ni dans nos académies, on ne s'eſt encore aviſé de donner le nom de mal à cette boucherie univerſelle. On n'y a pas plus ſongé dans les conciles que dans les cabarets.

Le grand être eſt donc juſtifié chez nous de cette boucherie; ou bien il nous a pour complices.

(2) Les moines de la Trappe ne dévorent aucun être vivant; mais ce n'eſt, ni par un ſentiment de compaſſion, ni pour avoir une ame plus douce, plus éloignée de la violence, ni pour s'accoutumer à la tempérance ſi néceſſaire à l'homme qui aſpire à ſe rendre indépendant des événemens, ni pour ſe conſerver plus ſain un entendement dont ils ont juré de ne jamais faire uſage. Tels étaient les motifs des philoſophes diſciples de *Pythagore*. Nos pauvres trappiſtes ne font mauvaiſe chère que pour ſe faire une niche ; ce qu'ils croient très-propre à divertir l'être des êtres.

M 3

X V I.

Du mal dans l'animal appelé homme.

VOILA pour les bêtes; venons à l'homme. Si ce n'eft pas un mal que le feul être fur la terre qui connaiffe DIEU par fes penfées, foit malheureux par fes penfées; fi ce n'eft pas un mal que cet adorateur de la Divinité foit prefque toujours injufte & fouffrant, qu'il voie la vertu, & qu'il commette le crime, qu'il foit fi fouvent trompeur & trompé, victime & bourreau de fes femblables &c. &c. ; fi tout cela n'eft pas un mal affreux, je ne fais pas où le mal fe trouvera.

Les bêtes & les hommes fouffrent prefque fans relâche, & les hommes encore davantage, parce que non-feulement leur don de penfer eft très-fouvent un tourment, mais parce que cette faculté de penfer leur fait toujours craindre la mort que les bêtes ne prévoient point. L'homme eft un être très-miférable qui a quelques heures de relâche, quelques minutes de fatisfaction, & une longue fuite de jours de douleurs dans fa courte vie. Tout le monde l'avoue, tout le monde le dit, & on a raifon.

Ceux qui ont crié que tout eft bien, font des charlatans. *Shaftesbury*, qui mit ce conte à la mode, était un homme très-malheureux. J'ai vu *Bolingbroke* rongé de chagrins & de rage; & *Pope*, qu'il engagea à mettre en vers cette mauvaife plaifanterie, était un des hommes les plus à plaindre que j'aie jamais connus, contrefait dans fon corps, inégal dans fon humeur, toujours malade, toujours à charge à lui-même, harcelé par cent ennemis jusqu'à son dernier moment. Qu'on me donne du moins des heureux qui me difent tout eft bien.

Si on entend par ce *tout eft bien*, que la tête de l'homme eft bien placée au-deffus de fes deux épaules; que fes yeux font mieux à côté de la racine de fon nez que derrière fes oreilles; que fon inteftin rectum eft mieux placé vers fon derrière qu'auprès de fa bouche; à la bonne heure. Tout eft bien dans ce fens-là. Les lois phyfiques & mathématiques font très-bien obfervées dans fa ftructure. Qui aurait vu la belle *Anne de Boulen*, & *Marie Stuart* plus belle encore, dans leur jeuneffe, aurait dit, voilà qui eft bien : mais l'aurait-il dit en les voyant mourir par la main d'un bourreau ? l'aurait-il dit en voyant périr le petit-fils de la belle *Marie Stuart* par le même fupplice au milieu de fa capitale? l'aurait-il dit en voyant l'arrière-petit-fils plus malheureux encore, puifqu'il vécut plus long-temps? &c. &c. &c.

Jetez un coup d'œil fur le genre-humain, feulement depuis les profcriptions de *Sylla* jufqu'aux maffacres d'Irlande.

Voyez ces champs de bataille, où des imbécilles ont étendu fur la terre d'autres imbécilles par le moyen d'une expérience de phyfique que fit autrefois un moine. Regardez ces bras, ces jambes, ces cer-velles fanglantes, & tous ces membres épars; c'eft le fruit d'une querelle entre deux miniftres ignorans, dont ni l'un ni l'autre n'auraient pu dire un mot devant *Newton*, devant *Locke*, devant *Halley*; ou bien c'eft la fuite d'une querelle ridicule entre deux femmes

M 4

très - impertinentes. Entrez dans l'hôpital voifin où l'on vient d'entaffer ceux qui ne font pas encore morts; on leur arrache la vie par de nouveaux tourmens, & des entrepreneurs font ce qu'on appelle une fortune, en tenant un regiftre de ces malheureux qu'on diffèque de leur vivant, à tant par jour, fous prétexte de les guérir.

Voyez d'autres gens vêtus en comédiens gagner quelque argent à chanter, dans une langue étrangère, une chanfon très-obfcure & très-plate, pour remercier le père de la nature de cet exécrable outrage fait à la nature; & puis, dites tranquillement tout eft bien. Proférez ce mot, fi vous l'ofez, entre *Alexandre VI* & *Jules II;* proférez-le fur les ruines de cent villes englouties par des tremblemens de terre, & au milieu de douze millions d'Américains qu'on affaffine en douze millions de manières, pour les punir de n'avoir pu entendre en latin une bulle du pape que des moines leur ont lue. Proférez-le aujourd'hui 24 augufte, ou 24 août 1772; jour où ma plume tremble dans ma main, jour de l'anniverfaire centenaire de la St Barthelemi. Paffez de ces théatres innombrables de carnage, à ces innombrables réceptacles de douleurs qui couvrent la terre, à cette foule de maladies qui dévorent lentement tant de malheureux pendant toute leur vie; contemplez enfin cette bévue affreufe de la nature qui empoifonne le genre - humain dans fa fource, & qui attache le plus abominable des fléaux au plaifir le plus néceffaire. Voyez ce roi fi méprifé, *Henri III,* & ce chef de parti fi médiocre, le duc de *Mayenne,* attaqués tous deux de la vérole en fefant la guerre civile; & cet infolent defcendant d'un marchand de Florence, ce *Gondi*, ce *Retz*, ce prêtre, cet archevêque de Paris, prêchant un poignard à la main avec la chaude-p.... Pour achever ce tableau fi vrai & fi funefte, placez-vous entre ces inondations & ces volcans qui ont tant de fois bouleverfé tant de parties dans ce globe; placez-vous entre la lèpre & la pefte qui l'ont dévafté. Vous enfin qui lifez ceci, reffouvenez-vous de toutes vos peines, avouez que le mal exifte, & n'ajoutez pas à tant de mifères & d'horreurs la fureur abfurde de les nier.

X V I I.

Des romans inventés pour deviner l'origine du mal.

DE cent peuples qui ont recherché la caufe du mal phyfique & moral, les Indiens font les premiers dont nous connaiffons les imaginations romanefques. Elles font fublimes, fi le mot fublime veut dire *haut;* car le mal, felon les anciens brachmanes, vient d'une querelle arrivée autrefois dans le plus haut des cieux, entre les anges fidelles & les anges jaloux. Les rebelles furent précipités du ciel dans l'Ondéra pour des milliars de fiècles. Mais le grand être leur fit grâce au bout de quelques mille ans : on les fit hommes, & ils apportèrent fur la terre le *mal* qu'ils avaient fait naître dans l'empirée. Nous avons rapporté ailleurs avec étendue cette antique fable, la fource de toutes les fables.

Elle fut imitée avec efprit chez les nations ingénieufes, & avec groffièreté chez les barbares. Rien n'eſt plus ſpirituel & plus agréable, en effet, que le conte de *Pandore* & de ſa boîte. Si *Héſiode* a eu le mérite d'inventer cette allégorie, je le tiens auſſi ſupérieur à *Homère*, qu'*Homère* l'eſt à *Lycophron*.

Cette boîte de *Pandore*, en contenant tous les maux qui en ſont ſortis, ſemble auſſi renfermer tous les charmes des alluſions les plus frappantes à la fois & les plus délicates. Rien n'eſt plus enchanteur que cette origine de nos ſouffrances. Mais il y a quelque choſe de bien plus eſtimable encore dans l'hiſtoire de cette *Pandore*. Il y a un mérite extrême dont il me ſemble qu'on n'a point parlé, c'eſt qu'il ne fut jamais ordonné d'y croire.

X V I I I.

De ces mêmes romans, imités de quelques nations barbares.

VERS la Chaldée & vers la Syrie, les barbares eurent auſſi leurs fables ſur l'origine du mal. Chez une de ces nations voiſines de l'Euphrate, un ſerpent ayant rencontré un âne chargé, & preſſé par la ſoif, lui demanda ce qu'il portait. C'eſt la recette de l'immortalité, répondit l'âne; DIEU en fait préſent à l'homme qui en a chargé mon dos; il vient après moi, & il eſt encore loin, parce qu'il n'a que deux jambes; je meurs de ſoif, enſeignez-moi de grâce un ruiſſeau. Le ſerpent mena boire l'âne, & pendant qu'il buvait, il lui déroba la recette. De-là vint que le ſerpent fut immortel, & que l'homme fut ſujet à la mort, & à toutes les douleurs qui la précèdent.

Vous remarquerez que le ferpent paffait pour immortel chez tous les peuples, parce que fa peau muait. Or, s'il changeait de peau, c'était fans doute pour rajeunir. J'ai déjà parlé ailleurs de cette théologie de couleuvres; mais il eft bon de la remettre fous les yeux du lecteur pour lui faire voir ce que c'était que cette vénérable antiquité chez laquelle les ferpens & les ânes jouaient de fi grands rôles.

En Syrie, on prenait plus d'effor; on contait que l'homme & la femme ayant été créés dans le ciel, ils avaient eu un jour envie de manger une galette; qu'après ce déjeûner il fallut aller à la garde-robe, qu'ils prièrent un ange de leur enfeigner où étaient les privés. L'ange leur montra la terre. Ils y allèrent; & DIEU, pour les punir de leur gourmandife, les y laiffa. Laiffons-les-y auffi eux, & leur déjeûner, & leur âne, & leur ferpent. Ces ramas d'inconcevables fadaifes venues de Syrie ne méritent pas qu'on s'y arrête un moment. Les déteftables fables d'un peuple obfcur doivent être bannies d'un fujet férieux.

Revenons de ces inepties honteufes à ce grand mot d'*Epicure*, qui alarme depuis fi long-temps la terre entière, & auquel on ne peut répondre qu'en gémiffant. *Ou DIEU a voulu empêcher le mal, & il ne l'a pas pu; ou il l'a pu, & ne l'a pas voulu &c.*

Mille bacheliers, mille licenciés ont jeté les flèches de l'école contre ce rocher inébranlable; & c'eft fous cét abri terrible que fe font réfugiés tous les athées; c'eft-là qu'il vient des bacheliers & des licenciés. Mais il faut enfin que les athées conviennent qu'il y a dans la nature un principe agiffant, intelligent, néceffaire, éternel; & que c'eft de ce principe que

vient ce que nous appelons le bien & le mal. Examinons la chofe avec les athées.

X I X.

Difcours d'un athée fur tout cela.

UN athée me dit : Il m'eft démontré, je l'avoue,
qu'un principe éternel & néceffaire exifte. Mais de
ce qu'il eft néceffaire, je conclus que tout ce qui en
dérive eft néceffaire auffi ; vous avez été forcé d'en
convenir vous-même. Puifque tout eft néceffaire, le
mal eft inévitable comme le bien. La grande roue de
la machine qui tourne fans ceffe, écrafe tout ce qu'elle
rencontre. Je n'ai pas befoin d'un être intelligent qui
ne peut rien par lui-même, & qui eft efclave de fa
deftinée, comme moi de la mienne. S'il exiftait,
j'aurais trop de reproches à lui faire. Je ferais forcé de
l'appeler *faible* ou *méchant*. J'aime mieux nier fon
exiftence que de lui dire des injures. Achevons,
comme nous pourrons, cette vie miférable, fans
recourir à un être fantaftique que jamais perfonne
n'a vu, & auquel il importerait très-peu, s'il exiftait,
que nous le cruffions ou non. Ce que je penfe de
lui ne peut pas plus l'affeéter, fuppofé qu'il foit,
que ce qu'il penfe de moi, & que j'ignore, ne
m'affeéte. Nul rapport entre lui & moi, nulle liaifon,
nul intérêt. Ou cet être n'eft pas, ou il m'eft abfolument étranger. Fefons comme font neuf cents
quatre-vingt-dix-neuf mortels fur mille : ils fèment,
ils plantent, ils travaillent, ils engendrent, ils

mangent., boivent, dorment, fouffrent, & meurent, fans parler de métaphyfique, fans favoir s'il y en a une.

X X.

Difcours d'un manichéen.

U n manichéen, ayant entendu cet athée, lui dit : Vous vous trompez. Non-feulement il exifte un DIEU, mais il y en a néceffairement deux. On nous a très-bien démontré que tout étant arrangé avec intelli-gence, il exifte dans la nature un pouvoir intelligent ; mais il eft impoffible que ce pouvoir intelligent, qui a fait le bien, ait fait auffi le mal. Il faut que le mal ait auffi fon Dieu. Le premier *Zoroaftre* annonça cette grande vérité, il y a environ douze mille ans ; & deux autres *Zoroaftres* font venus la confirmer dans la fuite. Les Parfis ont toujours fuivi cette admirable doctrine, & la fuivent encore. Je ne fais quel mifé-rable peuple, appelé juif, étant autrefois efclave chez nous, y apprit un peu de cette fcience avec le nom de *Satan*, & de *Knatbul*. Il reconnut enfin DIEU & le diable : & le diable même fut fi puiffant chez ce pauvre petit peuple, qu'un jour DIEU étant def-cendu dans fon pays, le diable l'emporta fur une montagne. Reconnaiffez donc deux dieux : le monde eft affez grand pour les contenir, & pour leur donner de l'exercice.

XXI.

Difcours d'un païen.

Un païen fe leva alors, & dit : S'il faut reconnaître deux dieux, je ne vois pas ce qui nous empêchera d'en adorer mille. Les Grecs & les Romains, qui valaient mieux que vous, étaient polythéiftes. Il faudra bien qu'on revienne un jour à cette doctrine admirable qui peuple l'univers de génies & de divinités. c'eft indubitablement le feul fyftème qui rende raifon de tout; le feul dans lequel il n'y a point de contradiction. Si votre femme vous trahit, c'eft *Vénus* qui en eft la caufe. Si vous êtes volé, vous vous en prenez à *Mercure*. Si vous perdez un bras ou une jambe dans une bataille, c'eft *Mars* qui l'a ordonné ainfi. Voilà pour le mal. Mais à l'égard du bien, non-feulement *Apollon, Cérès, Pomone, Bacchus,* & *Flore,* vous comblent de préfens; mais dans l'occafion ce même *Mars* peut vous défaire de vos ennemis : cette même *Vénus* peut vous fournir des maîtreffes : ce même *Mercure* peut verfer dans votre coffre tout l'or de votre voifin, pourvu que votre main aide fon caducée.

Il était bien plus aifé à tous ces dieux de s'entendre enfemble pour gouverner l'univers, qu'il ne paraît facile à ce manichéen qu'*Oromafe* le bienfefant & *Arimane* le malfefant, tous deux ennemis mortels, fe concilient pour faire fubfifter enfemble la lumière & les ténèbres. Plufieurs yeux voient mieux qu'un feul. Auffi tous les anciens poëtes raffemblent fans ceffe le conseil des dieux. Comment voulez-vous qu'un seul dieu suffise à la fois à tous les détails de ce qui se passe dans Saturne, & à toutes les affaires de l'étoile de la chèvre? Quoi! dans notre petit globe tout sera réglé par des conseils, excepté chez le roi de Prusse & chez le pape *Ganganelli*; & il n'y aurait point de conseil dans le ciel! Rien n'est plus sage sans doute que de décider de tout à la pluralité des voix. La Divinité se conduit toujours par les voies les plus sages. Je compare un déiste, vis-à-vis un païen, à un soldat prussien qui va dans le territoire de Venise : il y est charmé de la bonté du gouvernement. Il faut, dit-il, que le roi de ce pays-ci travaille du soir jusqu'au matin. Je le plains beaucoup. — Il n'y a point de roi, lui répond-on; c'est un conseil qui gouverne.

Voici donc les vrais principes de notre antique religion.

Le grand être appelé *Jéovah* ou *Hiao* chez les Phéniciens; le *Jov* des autres nations asiatiques, le *Jupiter* des Romains, le *Zeus* des Grecs, est le souverain des dieux & des hommes.

Deûm fator atque hominum rex.

Le maître de toute la nature, & dont rien n'approche dans toute l'étendue des êtres.

Cui nihil fimile, nec fecundum.

L'esprit vivifiant qui anime l'univers.

Jovis omnia plena.

Toutes les notions qu'on peut avoir de DIEU font renfermées dans ce beau vers de l'ancien *Orphée*, cité dans toute l'antiquité, & répété dans tous les myſtères.

Eis es autogènes enos ikdona panta tetuktai.

Il naquit de lui-même, & tout eſt né de lui.

Mais il confie à tous les dieux ſubalternes le ſoin des aſtres, des élémens, des mers, & des entrailles de la terre. Sa femme, qui repréſente l'étendue de l'eſpace qu'il remplit, eſt *Junon*. Sa fille, qui eſt la ſageſſe éternelle, ſa parole, ſon verbe, eſt *Minerve*. Son autre fille *Vénus* eſt l'amante de la génération *Philometai*. Elle eſt la mère de l'amour qui enflamme tous les êtres ſenſibles, qui les unit, qui répare leurs pertes conti-nuelles, qui reproduit par le ſeul attrait de la volupté tout ce que la néceſſité dévoue à la mort. Tous les Dieux ont fait des préſens aux mortels. *Cérès* leur a donné les blés, *Bacchus* la vigne, *Pomone* les fruits, *Apollon* & *Mercure* leur ont appris les arts.

Le grand *Zeus*, le grand *Demiourgos* avait formé les planètes & la terre. Il avait fait naître ſur notre globe les hommes & les animaux. Le premier homme, au rapport de *Béroſe*, fut *Alore* père de *Sarès*, aïeul d'*Alaſpare*, lequel engendra *Amenon*, dont naquit *Métalare*, qui fut père de *Daon*, père d'*Evérodac*, père d'*Amphis*, père d'*Oſarte*, père de ce célébre *Sixutros*, ou *Xixuter*, ou *Xixutrus* roi de Chaldée, ſous lequel arriva cette inondation (*a*) ſi connue, que les

(*a*) Pluſieurs ſavans croient que ce déluge de *Sixuter*, *Sixutrus*, ou *Xixutre*, eſt probablement celui qui forma la Méditerranée. D'autres penſent que c'eſt celui qui jeta une partie du Pont-Euxin dans la mer Egée. *Béroſe* raconte que *Saturne* apparut à *Sixuter* ; qu'il l'avertit que la terre allait être inondée, & qu'il devait bâtir au plus vîte, pour ſe ſauver lui & les

Grecs

Grecs ont appelée déluge d'*Ogygès* : inondation dont on n'a point aujourd'hui d'époque certaine, non plus que de l'autre grande inondation qui engloutit l'île Atlantide & une partie de la Grèce, environ six mille ans auparavant.

Nous avons une autre théogonie suivant *Sancho-niathon*, mais on n'y trouve point de déluge. Celles des Indiens, des Chinois, des Egyptiens, sont encore fort différentes.

Tous les événemens de l'antiquité sont enveloppés dans une nuit obscure; mais l'existence & les bienfaits de *Jupiter* sont plus clairs que la lumière du soleil. Les héros qui, à son exemple, firent du bien aux hommes, étaient appelés du saint nom de *Dionysios*, fils de DIEU. *Bacchus, Hercule, Persée, Romulus*, reçurent ce surnom sacré. On alla même jusqu'à dire que la vertu divine s'était communiquée à leurs mères. Les Grecs & les Romains, quoique un peu débauchés, comme le font aujourd'hui tous les chrétiens de bonne compagnie; quoiqu'un peu ivrognes comme des chanoines d'Allemagne; quoique un peu sodomites, comme le roi de France *Henri III* & son *Nogaret ;* étaient très-religieux. Ils sacrifiaient, ils offraient de l'encens, ils fesaient des processions, ils jeûnaient, *stolatæ ibant nudis pedibus, passis capillis, manibus puris, & Jovem aquam exorabant ; & statim urceatim pluebat.*

fiens, un vaisseau large de mille deux cents pieds, & long de six mille deux cents.

Sixuter construisit son vaisseau. Lorsque les eaux furent retirées, il lâcha des oiseaux, qui n'étant point revenus, lui firent connaître que la terre était habitable. Il laissa son vaisseau sur une montagne d'Arménie. C'est de-là que vient, selon les doctes, la tradition que notre arche s'arrêta sur le mont Ararat.

Philosophie &c. Tome I.   N

Mais tout fe corrompt. La religion s'altéra. Ce beau nom de fils de DIEU, c'eft-à-dire, de jufte & de bien-fefant, fut donné dans la fuite aux hommes les plus injuftes & les plus cruels, parce qu'ils étaient puiffans. L'antique piété, qui était humaine, fut chaffée par la fuperftition qui eft toujours cruelle. La vertu avait habité fur la terre tant que les pères de famille furent les feuls prêtres, & offrirent à *Jupiter* & aux dieux immortels les prémices des fruits & des fleurs : mais tout fut perverti quand les prêtres répandirent le fang, & voulurent partager avec les dieux. Ils partagèrent en effet, en prenant pour eux les offrandes, & laiffant aux dieux la fumée. On fait comment nos ennemis réuffirent à nous écrafer, en adoptant nos premières mœurs, en rejetant nos facrifices fanglans, en rappe-lant les hommes à l'égalité, à la fimplicité, en fe fefant un parti parmi les pauvres, jufqu'à ce qu'ils euffent fubjugué les riches. Ils fe font mis à notre place. Nous fommes anéantis, ils triomphent ; mais corrompus enfin comme nous, ils ont befoin d'une grande réforme que je leur fouhaite de tout mon cœur.

X X I I.

Difcours d'un juif.

LAISSONS-LA cet idolâtre qui fait de DIEU un ftathouder, & qui nous préfente des dieux fubalternes comme des députés des Provinces-Unies.

Ma religion étant au-deffus de la nature ne peut avoir rien qui reffemble aux autres.

La première différence entre elles & nous, c'eft que notre fource fut cachée très-long-temps au refte de la terre. Les dogmes de nos pères furent enfevelis, ainfi que nous, dans un petit pays d'environ cinquante lieues de long fur vingt de large. C'eft dans ce puits qu'habita la vérité inconnue à tout le globe, jufqu'à ce que des rebelles, fortis du milieu de nous, lui ôtaffent fon nom de vérité, fous les règnes de *Tibère*, de *Caligula*, de *Claude*, de *Neron ;* & que peu-à-peu ils fe vantaffent d'établir une vérité toute nouvelle.

Les Chaldéens avaient pour père *Alore*, comme vous favez. Les Phéniciens defcendaient d'un autre homme qui fe nommait *Origine*, felon *Sanchoniathon*. Les Grecs eurent leur *Prométhée ;* les Atlantides eurent leur *Ouran*, nommé en grec *Ouranos*. Je ne parle ici ni des Chinois, ni des Indiens, ni des Scythes. Pour nous, nous eûmes notre *Adam*, de qui perfonne n'entendit jamais parler, excepté notre feule nation, & encore très-tard. Ce ne fut point l'*Ephaïflos* des Grecs, appelé *Vulcanus* par les Latins, qui inventa l'art d'employer les métaux, ce fut *Tubalkaïn*. Tout l'Occident fut étonné d'apprendre fous *Conftantin* que ce n'était plus à *Bacchus* que les nations devaient l'ufage du vin, mais à un *Noé* de qui perfonne n'avait jamais entendu prononcer le nom dans l'empire romain, non plus que ceux de fes ancêtres, inconnus de la terre entière. On ne fut cette anecdote que par notre Bible traduite en grec qui ne commença que vers cette époque à être un peu répandue. Le foleil alors ne fut plus la fource de la lumière ; mais la lumière fut créée avant le foleil & féparée des ténèbres, comme les eaux furent féparées des eaux. La femme fut pétrie d'une

N 2

côte que DIEU lui-même arracha d'un homme endormi fans le réveiller, & fans que fes defcendans aient jamais eu une côte de moins.

Le Tygre, l'Araxe, l'Euphrate, & le Nil, ont eu tous quatre leurs fources dans le même jardin. Nous n'avons jamais fu où était ce jardin ; mais il eft prouvé qu'il exiftait, car la porte en a été gardée par un chérub.

Les bêtes parlent. L'éloquence d'un ferpent perd tout le genre-humain. Un prophète chaldéen s'entretient avec fon âne.

DIEU, le créateur de tous les hommes, n'eft plus le père de tous les hommes, mais de notre feule famille. Cette famille toujours errante abandonna le fertile pays de la Chaldée, pour aller errer quelque temps vers Sodome ; & c'eft de ce voyage qu'elle acquit des droits inconteftables fur la ville de Jérufalem, laquelle n'exiftait pas encore.

Notre famille pullulé tellement que foixante & dix hommes, au bout de deux cents quinze ans, en produifent fix cents trente mille portant les armes; ce qui compofe, en comptant les femmes, les vieillards, & les enfans, environ trois millions. Ces trois millions habitent un petit canton de l'Egypte qui ne peut pas nourrir vingt mille perfonnes. DIEU égorge en leur faveur pendant la nuit tous les premiers-nés égyptiens; & DIEU, après ce maffacre, au lieu de donner l'Egypte à fon peuple, fe met à fa tête pour s'enfuir avec lui à pied fec au milieu de la mer, & pour faire mourir toute la génération juive dans un défert.

Nous sommes sept fois esclaves malgré les miracles épouvantables que DIEU fait chaque jour pour nous, jusqu'à faire arrêter la lune en plein midi & même le soleil. Dix de nos tribus sur douze périssent à jamais. Les deux autres sont dispersées & rognent les espèces. Cependant nous avons toujours des prophètes. DIEU descend toujours chez notre seul peuple, & ne se mêle que de nous. Il apparaît continuellement à ces prophètes, ses seuls confidens, ses seuls favoris.

Il va visiter *Addo*, ou *Iddo*, ou *Jeddo*, & lui ordonne de voyager sans manger. Le prophète croit que DIEU lui a ordonné de manger pour mieux marcher, il mange, & aussitôt il est mangé par un lion. (Troisième des Rois, chapitre XIII.)

DIEU commande à *Isaïe* de marcher tout nu, & expressément de montrer ses fesses ; *discoopertis natibus*. (*Isaïe*, chapitre XX.)

DIEU ordonne à *Jérémie* de se mettre un joug sur le cou & un bât sur le dos. (chapitre XXVII, selon l'hébreu.)

Il ordonne à *Ezéchiel* de se faire lier, & de manger un livre de parchemin, de se coucher deux cents quatre-vingt-dix jours sur le côté droit, & quarante jours sur le côté gauche, puis de manger de la m... sur son pain. (*b*)

(*b*) C'est ainsi que le convulsionnaire *Carré Montgeron*, conseiller du parlement de Paris, dans son recueil de miracles, présenté au roi, certifie qu'une fille remplie de la grâce efficace, ne but pendant vingt & un jours que de l'urine, & ne mangea que de la m..., ce qui lui donna tant de lait, qu'elle le rendait par la bouche. Il faut supposer que c'était son amant qui la nourrissait. On voit par-là que les mêmes farces se font jouées chez les Juifs & chez les Velches. Mais ajoutez-y toutes les autres nations ; elles se ressemblent, au déjeûner près du prophète *Ezéchiel* & de la petite convulsionnaire.

Il commande à *Ofée* de prendre une fille de joie & de lui faire trois enfans ; puis il lui commande de payer une femme adultère, & de lui faire auffi des enfans, &c. &c. &c. &c.

Joignez à tous ces prodiges une férie non interrompue de maffacres ; & vous verrez que tout eft divin chez nous, puifque rien n'y eft fuivant les lois appelées honnêtes chez les hommes.

Mais malheureufement nous ne fûmes bien connus des autres nations que lorfque nous fûmes prefque anéantis. Ce furent nos ennemis les chrétiens qui nous firent connaître en s'emparant de nos dépouilles. Ils conftruifirent leur édifice des matériaux de notre Bible bien mal traduite en grec. Ils nous infultent, ils nous oppriment encore aujourd'hui ; mais patience, nous aurons notre tour ; & l'on fait quel fera notre triomphe à la fin du monde, quand il n'y aura plus perfonne fur la terre.

X X I I I.

Difcours d'un turc.

QUAND le juif eut fini, un turc, qui avait fumé pendant toute la féance, fe lava la bouche, récita la formule *Allah Illah*, & s'adreffant à moi me dit :

J'ai écouté tous ces rêveurs, j'ai entrevu que tu es un chien de chrétien, mais tu m'agrées parce que tu me parais indulgent, & que tu es pour la prédeftination gratuite. Je te crois homme de bon fens, attendu que tu fembles être de mon avis.

La plupart de tes chiens de chrétiens n'ont jamais dit que des fottifes fur notre *Mahomet*. Un baron du *Tott*, homme de beaucoup d'efprit & de fort bonne compagnie, qui nous a rendu de grands fervices dans la dernière guerre, me fit lire il n'y a pas long-temps un livre d'un de vos plus grands favans nommé *Grotius*, intitulé, *De la vérité de la religion chrétienne*. Ce *Grotius* accufe notre grand *Mahomet* d'avoir fait accroire qu'un pigeon lui parlait à l'oreille, qu'un chameau avait avec lui des converfations pendant la nuit, & qu'il avait mis la moitié de la lune dans fa manche. Si les plus favans de vos chrifticoles ont dit de telles âneries, que dois-je penfer des autres?

Non, *Mahomet* ne fit point de ces miracles opérés dans un village, & dont on ne parle que cent ans après l'événement prétendu. Il ne fit point de ces miracles que M. du *Tott* m'a lus dans la légende dorée écrite à Gènes. Il ne fit point de ces miracles à la St Médard, dont on s'eft tant moqué dans l'Europe, & dont un ambaffadeur de France a tant ri avec nous. Les miracles de *Mahomet* ont été des victoires. Et DIEU, en lui foumettant la moitié de notre hémif-phère, a montré qu'il était fon favori. Il n'a point été ignoré pendant deux fiècles entiers. Dès qu'on l'a perfécuté il a été triomphant.

Sa religion eft fage, févère, chafte, & humaine. Sage, puifqu'elle ne tombe pas dans la démence de donner à DIEU des affociés, & qu'elle n'a point de myftères; févère, puifqu'elle défend les jeux de hafard, le vin & les liqueurs fortes, & qu'elle ordonne la prière cinq fois par jour; chafte, puifqu'elle réduit à quatre femmes ce nombre prodigieux d'époufes qui

N 4

partageaient le lit de tous les princes de l'Orient ; humaine, puisqu'elle nous ordonne l'aumône bien plus rigoureusement que le voyage de la Mecque.

Ajoutez à tous ces caractères de vérité la tolérance. Songez que nous avons dans la seule ville de Stamboul plus de cent mille chrétiens de toutes sectes, qui étalent en paix toutes les cérémonies de leurs cultes différens, & qui vivent si heureux sous la protection de nos lois, qu'ils ne daignent jamais venir chez vous, tandis que vous accourez en foule à notre porte impériale.

X X I V.

Discours d'un théiste.

Un théiste alors demanda la permission de parler, & s'exprima ainsi :

Chacun a son avis bon ou mauvais. Je serais fâché de contrister un honnête homme. Je demande d'abord pardon à monsieur l'athée ; mais il me semble qu'étant forcé de reconnaître un dessein admirable dans l'ordre de cet univers, il doit admettre une intelligence qui a conçu & exécuté ce dessein. C'est assez, ce me semble, que quand monsieur l'athée fait allumer une bougie, il convienne que c'est pour l'éclairer. Il me paraît qu'il doit convenir aussi que le soleil est fait pour éclairer notre portion d'univers. Il ne faut pas disputer sur des choses si vraisemblables.

Monsieur doit se rendre de bonne grâce, d'autant plus qu'étant honnête homme, il n'a rien à craindre

d'un maître qui n'a nul intérêt de lui faire du mal.
Il peut reconnaître un Dieu en toute sureté, il n'en
paiera pas un denier d'impôt de plus , & n'en fera
pas moins bonne chère.

Pour vous, monfieur le païen , je vous avoue que
vous venez un peu tard pour rétablir le polythéifme.
Il eût fallu que *Maxence* eût remporté la victoire fur
Conflantin, ou que *Julien* eût vécu trente ans de plus.

Je confeffe que je ne vois nulle impoffibilité dans
l'exiftence de plufieurs êtres prodigieufement fupé-
rieurs à nous, lefquels auraient chacun l'intendance
d'un globe célefte. J'aurais même affez volontiers
quelque plaifir à préférer les Naïades, les Dryades,
les Sylvains, les Grâces, les Amours, à *S*^t *Fiacre*, à
St *Pancrace*, à *S*^{ts} *Crépin* & *Crépinien* , à *S*^t *Vitt*, à
Ste *Cunégonde* , à *S*^{te} *Marjolaine*. Mais enfin, il ne faut
pas multiplier les êtres fans néceffité : & puifqu'une
feule intelligence fuffit pour l'arrangement de ce
monde, je m'en tiendrai-là , jufqu'à ce que d'autres
puiffances m'apprennent qu'elles partagent l'empire.

Quant à vous, monfieur le manichéen , vous me
paraiffez un duellifte qui aimez à combattre. Je fuis
pacifique ; je n'aime pas à me trouver entre deux
concurrens qui font éternellement aux prifes. Il me
fuffit de votre *Oromafe* , reprenez votre *Arimane*.

Je demeurerai toujours un peu embarraffé fur
l'origine du mal , mais je fuppoferai que le bon
Oromafe qui a tout fait n'a pu faire mieux. Il eft
impoffible que je l'offenfe quand je lui dis : Vous avez
fait tout ce qu'un être puiffant , fage & bon pouvait
faire. Ce n'eft pas votre faute fi vos ouvrages ne

peuvent être aussi bons, aussi parfaits, que vous-même.
Une différence essentielle entre vous & vos créatures
c'est l'imperfection. Vous ne pouviez faire des dieux;
il a fallu que les hommes, ayant de la raison, eussent
aussi de la folie, comme il a fallu des frottemens dans
toutes les machines. Chaque homme a essentiellement
sa dose d'imperfection & de démence, par cela même
que vous êtes parfait & sage. Il ne doit pas être
toujours heureux, par cela même que vous êtes
toujours heureux. Il me paraît qu'un assemblage de
muscles, de nerfs, & de veines, ne peut durer que
quatre-vingts ou cent ans tout au plus, & que vous
devez durer toujours. Il me paraît impossible qu'un
animal, composé nécessairement de désirs & de volontés, n'ait pas trop souvent la volonté de se faire du
bien en fesant du mal à son prochain. Il n'y a que
vous qui ne fassiez jamais de mal. Enfin, il y a
nécessairement une si grande distance entre vous &
vos ouvrages, que le bien est dans vous, le mal doit
être dans eux.

Pour moi, tout imparfait que je suis, je vous
remercie encore de m'avoir donné l'être pour un
peu de temps, & surtout de ne m'avoir pas fait
professeur de théologie.

Ce n'est point là du tout un mauvais compliment.
Dieu ne saurait être fâché contre moi, quand je ne
veux pas lui déplaire. Enfin, je pense qu'en ne fesant
jamais de tort à mes frères, & en respectant mon
maître, je n'aurai rien à craindre ni d'*Arimane*, ni
de *Satan*, ni de *Knatbul*, ni de *Cerbére* & des furies,
ni de St *Fiacre* & St *Crépin*, ni même de ce monsieur
Cogé régent de seconde, qui a pris *magis* pour *minus;*

& que j'acheverai mes jours en paix *in iſtâ quæ vocatur hodie philoſophia.* (*)

Je viens à vous, M. *Acoſta*, M. *Abrabanel*, M. *Benjamin*, vous me paraiſſez les plus fous de la bande. Les Caffres, les Hottentots, les nègres de Guinée, ſont des êtres beaucoup plus raiſonnables & plus honnêtes que les Juifs vos ancêtres. Vous l'avez emporté ſur toutes les nations en fables impertinentes, en mauvaiſe conduite, & en barbarie; vous en portez la peine, tel eſt votre deſtin. L'empire romain eſt tombé; les Parſis vos anciens maîtres ſont diſperſés; les Banians le ſont auſſi. Les Arméniens vont vendre des haillons, & ſont courtiers dans toute l'Aſie. Il n'y a plus de trace des anciens Egyptiens. Pourquoi feriez-vous une puiſſance?

Pour vous, monſieur le turc, je vous conſeille de faire la paix au plus vîte avec l'impératrice de Ruſſie, ſi vous voulez conſerver ce que vous avez uſurpé en Europe. Je veux croire que les victoires de *Mahomet* fils d'*Abdala*, ſont des miracles; mais *Catherine II* fait des miracles auſſi; prenez garde qu'elle ne faſſe un jour celui de vous renvoyer dans les déferts dont vous êtes venus. Continuez ſurtout à être tolérans; c'eſt le vrai moyen de plaire à l'être des êtres, qui eſt également le père des Turcs & des Ruſſes, des Chinois & des Japonais, des nègres & des jaunes, & de la nature entière.

(*) Voyez dans ce volume le difcours de M. *Belleguier* avocat.

X X V.

Difcours d'un citoyen.

QUAND le théifte eut parlé, il fe leva un homme qui dit : Je fuis citoyen, & par conféquent l'ami de tous ces meffieurs. Je ne difputerai avec aucun d'eux ; je fouhaite feulement qu'ils foient tous unis dans le deffein de s'aider mutuellement, de s'aimer, & de fe rendre heureux les uns les autres, autant que des hommes d'opinions fi diverfes peuvent s'aimer, & autant qu'ils peuvent contribuer à leur bonheur, ce qui eft auffi difficile que néceffaire.

Pour cet effet, je leur confeille d'abord de jeter dans le feu tous les livres de controverfe qu'ils pourront rencontrer, & furtout ceux du jéfuite *Garaffe*, du jéfuite *Guignard*, du jéfuite *Malagrida*, du jéfuite *Patouillet*, du jéfuite *Nonotte*, & du jéfuite *Paulian* le plus impertinent de tous ; comme auffi la gazette eccléfiaftique, & tous autres libelles qui ne font que l'aliment de la guerre civile des fots.

Enfuite chacun de nos frères, foit théifte, foit turc, foit païen, foit chrétien grec, ou chrétien latin, ou anglican, ou fcandinave, foit juif, foit athée, lira attentivement quelques pages des offices de *Cicéron,* ou de *Montagne*, & quelques fables de *la Fontaine.*

Cette lecture difpofe infenfiblement les hommes à la concorde que tous les théologiens ont eue jufqu'ici en horreur. Les efprits étant ainfi préparés, toutes les fois qu'un chrétien & un mufulman rencontreront un athée, ils lui diront : Notre cher frère, le ciel vous illumine ! & l'athée répondra : Dès que je ferai converti je viendrai vous en remercier.

Le théifte donnera deux baifers à la femme manichéenne à l'honneur des deux principes. La grecque & la romaine en donneront trois à chacun des autres fectaires, foit quakers, foit janféniftes. Elles ne feront tenues que d'embraffer une feule fois les fociniens, attendu que ceux-là ne croient qu'une feule perfonne en DIEU ; mais cet embraffement en vaudra trois, quand il fera fait de bonne foi.

Nous favons qu'un athée peut vivre très-cordialement avec un juif, furtout fi celui-ci ne lui prête de l'argent qu'à huit pour cent : mais nous défefpérons de voir jamais une amitié bien vive entre un calvinifte & un luthérien. Tout ce que nous exigeons du calvinifte, c'eft qu'il rende le falut au luthérien avec quelque affection, & qu'il n'imite plus les quakers qui ne font la révérence à perfonne, mais dont les calviniftes n'ont pas la candeur.

Nous exhortons les primitifs nommés quakers à marier leurs fils aux filles des théiftes nommés fociniens, attendu que ces demoifelles étant prefque toutes filles de prêtres, font très-pauvres. Nonfeulement ce fera une fort bonne action devant DIEU & devant les hommes, mais ces mariages produiront une nouvelle race qui, repréfentant les premiers temps de l'Eglife chrétienne, fera très-utile au genréhumain.

Ces préliminaires étant accordés, s'il arrive quelque querelle entre deux fectaires, ils ne prendront jamais un théologien pour arbitre ; car celui-ci mangerait infailliblement l'huître, & leur laifferait les écailles.

Pour entretenir la paix établie, on ne mettra rien en vente, foit de grec à turc, ou de turc à juif, ou de romain à romain, que ce qui fert à la nourriture, au vêtement, au logement, ou au plaifir de l'homme. On ne vendra ni circoncifion, ni baptême, ni fépulture, ni la permiffion de courir dans le caaba autour de la pierre noire, ni l'agrément de s'endurcir les genoux devant la Notre-Dame de Lorette qui eft plus noire encore.

Dans toutes les difputes qui furviendront, il eft défendu expreffément de fe traiter de chien, quelque colère qu'on foit; à moins qu'on ne traite d'hommes les chiens, quand ils nous emporteront notre dîner & qu'ils nous mordront, &c. &c. &c.

TOUT EN DIEU,

COMMENTAIRE

SUR

MALLEBRANCHE.

Par l'abbé de TILLADET.

TOUT

TOUT EN DIEU.

In Deo vivimus, movemur, & sumus.

Tout se meut, tout respire, & tout existe en DIEU.

A*RATUS*, cité & approuvé par *St Paul*, fit cette confession de foi chez les Grecs.

Le vertueux *Caton* dit la même chose dans *Lucain :*

Jupiter est quodcumque vides, quocumque moveris.

Mallebranche est le commentateur d'*Aratus*, de *St Paul*, & de *Caton*. Il a réussi en montrant les erreurs des sens & de l'imagination ; mais quand il a voulu développer cette grande vérité, que *Tout est en* DIEU, tous les lecteurs ont dit que le commentaire est plus obscur que le texte.

Avouons avec *Mallebranche* que nous ne pouvons nous donner nos idées.

Avouons que les objets ne peuvent par eux-mêmes nous en donner ; car comment se peut-il qu'un morceau de matière ait en soi la vertu de produire dans moi une pensée ?

Donc l'être éternel, producteur de tout, produit les idées, de quelque manière que ce puisse être.

Mais qu'est-ce qu'une idée ? qu'est-ce qu'une sensation, une volonté, &c. ? C'est moi apercevant, moi sentant, moi voulant.

On sait enfin qu'il n'y a pas plus d'être réel appelé *idée*, que d'être réel nommé *mouvement ;* mais il y a des corps mus.

Philosophie &c. Tome I.   O

De même, il n'y a point d'être réel particulier nommée *mémoire*, *imagination*, *jugement*; mais nous nous fouvenons, nous imaginons, nous jugeons.

Tout cela eft d'une vérité inconteftable.

Lois de la nature.

MAINTENANT, comment l'être éternel & formateur produit-il tous ces modes dans des corps organifés ?

A-t-il mis deux êtres dans un grain de froment dont l'un fera germer l'autre ? A-t-il mis deux êtres dans un cerf dont l'un fera courir l'autre ? non, fans doute; mais le grain eft doué de la faculté de végéter, & le cerf, de celle de courir.

Qu'eft-ce que la végétation ? c'eft du mouvement dans la matière. Quelle eft cette faculté de courir ? c'eft l'arrangement des mufcles qui, attachés à des os, conduifent en avant d'autres os attachés à d'autres mufcles.

C'eft évidemment une mathématique générale qui dirige toute la nature, & qui opère toutes les productions. Le vol des oifeaux, le nagement des poiffons, la courfe des quadrupèdes, font des effets démontrés des règles du mouvement connues.

La formation, la nutrition, l'accroiffement, le dépériffement, des animaux, font de même des effets démontrés de lois mathématiques plus compliquées.

Les fenfations, les idées, de ces animaux peuvent-elles être autre chofe que des effets plus admirables de lois mathématiques plus utiles ?

Mécanique des fens.

Vous expliquez par ces lois comment un animal fe meut pour aller chercher fa nourriture ; vous devez donc conjecturer qu'il y a une autre loi par laquelle il a l'idée de fa nourriture, fans quoi il n'irait pas la chercher.

Dieu a fait dépendre de la mécanique toutes les actions de l'animal ; donc Dieu a fait dépendre de la mécanique les fenfations qui caufent fes actions.

Il y a dans l'organe de l'ouïe un artifice bien fenfible ; c'eft un hélice à tours anfractueux qui détermine les ondulations de l'air vers une coquille formée en entonnoir ; l'air preffé dans cet entonnoir entre dans l'os pierreux, dans le labyrinthe, dans le veftibule, dans la petite conque nommée Colimaçon ; il va frapper le tambour légèrement appuyé fur le marteau, l'enclume & l'étrier, qui jouent légèrement en tirant ou en relâchant les fibres du tambour.

Cet artifice de tant d'organes, & de bien d'autres encore, porte les fons dans le cervelet ; il y fait entrer les accords de la mufique fans les confondre ; il y introduit les mots qui font les courriers des penfées, dont il refte quelquefois un fouvenir qui dure autant que la vie.

Une induftrie non moins merveilleufe lance dans vos yeux, fans les bleffer, les traits de lumière réfléchis des objets ; traits fi déliés & fi fins, qu'il femble qu'il n'y ait rien entre eux & le néant ; traits fi rapides qu'un clin d'œil n'approche pas de leur vîteffe. Ils peignent

O 2

dans la rétine les tableaux dont ils apportent les contours. Ils y tracent l'image nette du quart du ciel.

Voilà des inſtrumens qui produiſent évidemment des effets déterminés & très-différens, en agiſſant ſur le principe des nerfs, de ſorte qu'il eſt impoſſible d'entendre par l'organe de la vue, & de voir par celui de l'òuïe.

L'auteur de la nature aura-t-il diſpoſé avec un art ſi divin ces inſtrumens merveilleux, aura-t-il mis des rapports ſi étonnans entre les yeux & la lumière, entre l'air & les oreilles, pour qu'il ait encore beſoin d'accomplir ſon ouvrage par un autre ſecours? La nature agit toujours par les voies les plus courtes : la longueur du procédé eſt une impuiſſance; la multi-plicité des ſecours eſt une faibleſſe.

Voilà tout préparé pour la vue & pour l'ouïe; tout l'eſt pour les autres ſens avec un art auſſi induſtrieux. D I E U fera-t-il un ſi mauvais artiſan que l'animal formé par lui pour voir & pour entendre, ne puiſſe cependant ni entendre ni voir, ſi on ne met dans lui un troiſième perſonnage interne qui faſſe ſeul ces fonctions? D I E U ne peut-il nous donner tout d'un coup les ſenſations, après nous avoir donné les inſ-trumens admirables de la ſenſation?

Il l'a fait, on en convient, dans tous les animaux; perſonne n'eſt aſſez fou pour imaginer qu'il y ait dans un lapin, dans un lévrier, un être caché qui voie, qui entende, qui flaire, qui agiſſe pour eux.

La foule innombrable des animaux jouit de ſes ſens par des lois univerſelles; ces lois ſont communes à eux & à nous. Je rencontre un ours dans une forêt; il a entendu ma voix comme j'ai entendu ſon hurlement;

il m'a vu avec ſes yeux comme je l'ai vu avec les miens ;
il a l'inſtinĉt de me manger comme j'ai l'inſtinĉt de
me défendre ou de fuir. Ira-t-on me dire, attendez,
il n'a beſoin que de ſes organes pour tout cela ; mais
pour vous, c'eſt autre choſe : ce ne ſont point vos yeux
qui l'ont vu, ce ne ſont point vos oreilles qui l'ont
entendu, ce n'eſt pas le jeu de vos organes qui vous
diſpoſe à l'éviter ou à le combattre ; il faut conſulter
une petite perſonne qui eſt dans votre cervelet, ſans
laquelle vous ne pouvez ni voir ni entendre cet ours,
ni l'éviter, ni vous défendre ?

Mécanique de nos idées.

CERTES ſi les organes donnés par la Providence
univerſelle aux animaux leur ſuffiſent, il n'y a nulle
raiſon pour oſer croire que les nôtres ne nous ſuffiſent pas ; & qu'outre l'artiſan éternel & nous, il faut
encore un tiers pour opérer.

S'il y a évidemment des cas où ce tiers vous eſt
inutile, n'eſt-il pas abſurde au fond de l'admettre
dans d'autres cas ? On avoue que nous feſons une
infinité de mouvemens ſans le ſecours de ce tiers.
Nos yeux qui ſe ferment rapidement au ſubit éclat
d'une lumière imprévue, nos bras & nos jambes
qui s'arrangent en équilibre par la crainte d'une
chute, mille autres opérations démontrent au moins
qu'un tiers ne préſide pas toujours à l'action de nos
organes.

Examinons tous les automates dont la ſtruĉture
interne eſt à-peu-près ſemblable à la nôtre ; il n'y

O 3

a guère chez eux & chez nous que les nerfs de la troifième paire, & quelques-uns des autres paires qui s'infèrent dans des mufcles obéiffans aux défirs de l'animal; tous les autres mufcles qui fervent aux fens, & qui travaillent au laboratoire chimique des vifcères, agiffent indépendamment de fa volonté. C'eft une chofe admirable, fans doute, qu'il foit donné à tous les animaux d'imprimer le mouvement à tous les mufcles qui fervent à les faire marcher, à ref-ferrer, à étendre, à remuer les pattes ou les bras, les griffes ou les doigts, à manger, &c., & qu'aucun animal ne foit le maître de la moindre action du cœur, du foie, des inteftins, de la route du fang qui circule tout entier environ vingt-cinq fois par heure dans l'homme.

Mais s'eft-on bien entendu quand on a dit qu'il y a dans l'homme un petit être qui commande à des pieds & à des mains, & qui ne peut commander au cœur, à l'eftomac, au foie, & au pancréas? & ce petit être n'exifte ni dans l'éléphant ni dans le finge, qui font ufage de leurs membres extérieurs tout comme nous, & qui font efclaves de leurs vifcères tout comme nous?

On a été encore plus loin; on a dit : Il n'y a nul rapport entre les corps & une idée, nul entre les corps & une fenfation; ce font chofes effentiellement différentes; donc, ce ferait en vain que D I E U aurait ordonné à la lumière de pénétrer dāns nos yeux, & aux particules élaftiques de l'air d'entrer dans nos oreilles pour nous faire voir & entendre, fi D I E U n'avait mis dans notre cerveau un être capable de recevoir ces perceptions. Cet être, a-t-on dit, doit être fimple;

il eft pur, intangible ; il eft en un lieu fans occuper d'efpace ; il ne peut être touché, & il reçoit des impreffions, il n'a rien abfolument de la matière, & il eft continuellement affecté par la matière.

Enfuite on a dit : ce petit perfonnage qui ne peut avoir aucune place, étant placé dans notre cerveau, ne peut à la vérité avoir par lui-même aucune fenfation, aucune idée par les objets mêmes. DIEU a donc rompu cette barrière qui le fépare de la matière, & a voulu qu'il eût des fenfations & des idées à l'occafion de la matière. DIEU a voulu qu'il vît quand notre rétine ferait peinte, & qu'il entendît quand notre tympan ferait frappé. Il eft vrai que tous les animaux reçoivent leurs fenfations fans les fecours de ce petit être ; mais il faut en donner un à l'homme : cela eft plus noble ; l'homme combine plus d'idées que les autres animaux, il faut donc qu'il ait fes idées & fes fenfations autrement qu'eux.

Si cela eft, Meffieurs, à quoi bon l'auteur de la nature a-t-il pris tant de peine ? Si ce petit être que vous logez dans le cervelet, ne peut par fa nature ni voir ni entendre, s'il n'y a nulle proportion entre les objets & lui, il ne fallait ni œil ni oreille. Le tambour, le marteau, l'enclume, la cornée, l'uvée, l'humeur vitrée, la rétine, étaient abfolument inutiles.

Dès que ce petit perfonnage n'a aucune connexion, aucune analogie, aucune proportion, avec aucun arrangement de matière, cet arrangement était entièrement fuperflu. DIEU n'avait qu'à dire : Tu auras le fentiment de la vifion, de l'ouïe, du goût, de l'odorat, du tact, fans qu'il y ait aucun inftrument, aucun organe.

O 4

L'opinion qu'il y a dans le cerveau humain un être, un perſonnage étranger, qui n'eſt point dans les autres cerveaux, eſt donc au moins ſujette à beaucoup de difficultés; elle contredit toute analogie, elle multiplie les êtres ſans néceſſité, elle rend tout l'artifice du corps humain un ouvrage vain & trompeur.

DIEU *fait tout.*

IL eſt ſûr que nous ne pouvons nous donner aucune ſenſation; nous ne pouvons même en imaginer au-delà de celles que nous avons éprouvées. Que toutes les académies de l'Europe propoſent un prix pour celui qui imaginera un nouveau ſens, jamais on ne gagnera ce prix. Nous ne pouvons donc rien purement par nous-mêmes, ſoit qu'il y ait un être inviſible & intangible dans notre cervelet, ſoit qu'il n'y en ait pas. Et il faut convenir que, dans tous les ſyſtèmes, l'auteur de la nature nous a donné tout ce que nous avons, organes, ſenſations, idées qui en ſont la ſuite.

Puiſque nous ſommes ainſi ſous ſa main, *Mallebranche*, malgré toutes ſes erreurs, a donc raiſon de dire philoſophiquement que nous ſommes dans DIEU, & que nous voyons tout dans DIEU, comme *St Paul* le dit dans le langage de la théologie, & *Aratus* & *Caton*, dans celui de la morale.

Que pouvons-nous donc entendre par ces mots, *voir tout en* DIEU?

Ou ce ſont des paroles vides de ſens, ou elles ſignifient que DIEU nous donne toutes nos idées.

Que veut dire, recevoir une idée? Ce n'eſt pas nous qui la créons quand nous la recevons; donc c'eſt

DIEU qui la crée; de même que ce n'eſt pas nous qui
créons le mouvement, c'eſt DIEU qui le fait. Tout
eſt donc une action de DIEU ſur les créatures.

Comment tout eſt-il action de DIEU.

IL n'y a dans la nature qu'un principe univerſel,
éternel, & agiſſant; il ne peut en exiſter deux, car ils
feraient ſemblables ou différens. S'ils ſont différens,
ils ſe détruiſent l'un l'autre; s'ils ſont ſemblables, c'eſt
comme s'il n'y en avait qu'un. L'unité de deſſein dans
le grand tout, infiniment varié, annonce un ſeul principe; ce principe doit agir ſur tout être, ou il n'eſt
plus principe univerſel.

S'il agit ſur tout être, il agit ſur tous les modes de
tout être : il n'y a donc pas un ſeul mouvement, un
ſeul mode, une ſeule idée, qui ne ſoit l'effet immédiat
d'une cauſe univerſelle toujours préſente.

Cette cauſe univerſelle a produit le ſoleil & les
aſtres immédiatement. Il ferait bien étrange qu'elle ne
produiſît pas en nous immédiatement la perception
du ſoleil & des aſtres.

Si tout eſt toujours effet de cette cauſe, comme on
n'en peut douter, quand ces effets ont-ils commencé?
quand la cauſe a commencé d'agir. Cette cauſe univerſelle eſt néceſſairement agiſſante puiſqu'elle agit,
puiſque l'action eſt ſon attribut, puiſque tous ſes
attributs ſont néceſſaires; car s'ils n'étaient pas néceſſaires, elle ne les aurait pas.

Elle a donc agi toujours. Il eſt auſſi impoſſible de
concevoir que l'être éternel, eſſentiellement agiſſant
par ſa nature, eût été oiſif une éternité entière,

qu'il eft impoffible de concevoir l'être lumineux fans lumière.

Une caufe fans effet eft une chimère, une abfur-dité, auffi-bien qu'un effet fans caufe. Il y a donc eu éternellement, & il y aura toujours des effets de cette caufe univerfelle.

Ces effets ne peuvent venir de rien, ils font donc des émanations éternelles de cette caufe éternelle.

La matière de l'univers appartient donc à DIEU tout autant que les idées, & les idées tout autant que la matière.

Dire que quelque chofe eft hors de lui, ce ferait dire qu'il y a quelque chofe hors de l'infini.

DIEU étant le principe univerfel de toutes les chofes, toutes exiftent donc en lui & par lui.

DIEU *inféparable de toute la nature.*

IL ne faut pas inférer de-là qu'il touche fans ceffe à fes ouvrages par des volontés & des actions parti-culières. Nous fefons toujours DIEU à notre image. Tantôt nous le repréfentons comme un defpote dans fon palais, ordonnant à des domeftiques; tantôt comme un ouvrier occupé des roues de fa machine. Mais un homme qui fait ufage de fa raifon, peut-il concevoir DIEU autrement que comme principe toujours agiffant? S'il a été principe une fois, il l'eft donc à tout moment; car il ne peut changer de nature. La comparaifon du foleil & de fa lumière avec DIEU & fes productions, eft fans doute imparfaite; mais enfin, elle nous donne une idée, quoique très-faible & fautive, d'une caufe toujours fubfiftante, & de fes effets toujours fubfiftans.

Enfin, je ne prononce le nom de DIEU que comme un perroquet, ou comme un imbécille, fi je n'ai pas l'idée d'une caufe néceffaire, immenfe, agiffante, préfente à tous fes effets, en tout lieu, en tout temps.

On ne peut m'oppofer les objections faites à *Spinofa*. On lui dit qu'il fefait un Dieu intelligent & brute, efprit & citrouille, loup & agneau, volant & volé, maffacrant & maffacré; que fon Dieu n'était qu'une contradiction perpétuelle. Mais ici on ne fait point DIEU l'univerfalité des chofes; nous difons que l'univerfalité des chofes émane de lui. Et pour nous fervir encore de l'indigne comparaifon du foleil & de fes rayons, nous difons qu'un trait de lumière lancé du globe du foleil, & abforbé dans le plus infect des cloaques, ne peut laiffer aucune fouillure dans cet aftre. Ce cloaque n'empêche pas que le foleil ne vivifie toute la nature dans notre globe.

On peut nous objecter encore que ce rayon eft tiré de la fubftance même du foleil, qu'il en eft une émanation, & que, fi les productions de DIEU font des émanations de lui-même, elles font des parties de lui-même. Ainfi, nous retomberions dans la crainte de donner une fauffe idée de DIEU, de le compofer de parties, & même de parties défunies, de parties qui fe combattent. Nous répondrons ce que nous avons déjà dit, que notre comparaifon eft très-imparfaite, & qu'elle ne fert qu'à former une faible image d'une chofe qui ne peut être repréfentée par des images. Nous pourrions dire encore qu'un trait de lumière, pénétrant dans la fange, ne fe mêle point avec elle, & qu'elle y conferve fon effence invifible : mais il vaut mieux avouer que la lumière la plus pure ne peut repréfenter DIEU. La lumière émane du foleil, & tout émane de DIEU. Nous ne favons pas comment : mais nous ne pouvons, encore une fois, concevoir DIEU que comme l'être néceffaire de qui tout émane. Le vulgaire le regarde comme un defpote qui a des huiffiers dans fon antichambre.

Nous croyons que toutes les images fous lefquelles on a repréfenté ce principe univerfel, néceffairement exiftant par lui-même, néceffairement agiffant dans l'étendue immenfe, font encore plus erronées que la comparaifon tirée du foleil & de fes rayons. On l'a peint affis fur les vents, porté dans les nuages, entouré des éclairs & des tonnerres, parlant aux élémens, foulevant les mers : tout cela n'eft que l'expreffion de notre petiteffe. Il eft au fond très-ridicule de placer dans un brouillard, à une demi-lieue de notre petit globe, le principe éternel de tous les millions de globes qui roulent dans l'immenfité. Nos éclairs & nos tonnerres qui font vus & entendus quatre ou cinq lieues à la ronde, tout au plus, font de petits effets phyfiques, perdus dans le grand tout, & c'eft ce grand tout qu'il faut confidérer quand c'eft DIEU dont on parle.

Ce ne peut être que la même vertu qui pénètre de notre fyftème planétaire aux autres fyftèmes planétaires qui font plus éloignés mille & mille fois de nous, que notre globe ne l'eft de Saturne. Les mêmes lois éternelles régiffent tous les aftres ; car fi les forces centripètes & centrifuges dominent dans notre monde, elles dominent dans le monde voifin, & ainfi dans tous les univers. La lumière de notre foleil & de Sirius doit être la même ; elle doit avoir la même ténuité, la même rapidité, la même force, s'échapper également en ligne droite de tous les côtés, agir également en raison directe du quarré de la diftance.

Puifque la lumière des étoiles, qui font autant de foleils, vient à nous dans un temps donné, la lumière de notre foleil parvient à elles réciproquement dans un temps donné. Puifque ces traits, ces rayons de notre foleil fe réfractent, il eft inconteftable que les rayons des autres foleils, dardés de même dans leurs planètes, s'y réfractent précifément de la même façon s'ils y rencontrent les mêmes milieux. (1)

Puifque cette réfraction eft néceffaire à la vue, il faut bien qu'il y ait dans ces planètes des êtres qui aient la faculté de voir. Il n'eft pas vraifemblable que ce bel ufage de la lumière foit perdu pour les autres globes. Puifque l'inftrument y eft, l'ufage de l'inftrument doit y être auffi. Partons toujours de ces deux principes, que rien n'eft inutile, & que les grandes lois de la nature font par-tout les mêmes; donc ces foleils innombrables, allumés dans l'efpace, éclairent des planètes innombrables; donc leurs rayons y opèrent comme fur notre petit globe; donc des animaux en jouiffent.

La lumière eft de tous les êtres ou de tous les modes du grand être, celui qui nous donne l'idée la plus étendue de la Divinité, tout loin qu'elle eft de la repréfenter.

En effet, après avoir vu les refforts de la vie des animaux de notre globe, nous ne favons pas fi les

(1) Cette conjecture de M. de *Voltaire*, que la lumière des étoiles eft de la même nature que celle du foleil, a été rigoureufement vérifiée par les expériences de M. l'abbé *Rochon*, qui eft parvenu à la décompofer.

habitans des autres globes ont de tels organes. Après avoir connu la pefanteur, l'élaſticité, les uſages, de notre atmoſphère, nous ignorons ſi les globes qui tournent autour de Sirius ou d'Aldebaran, font entourés d'un air femblable au nôtre. Notre mer falée ne nous démontre pas qu'il y ait des mers dans ces autres planètes; mais la lumière fe préfente par-tout. Nos nuits font éclairées d'une foule de foleils. C'eſt la lumière qui, d'un coin de cette petite ſphère fur laquelle l'homme rampe, entretient une correſpondance continuelle entre tous ces univers & nous. Saturne nous voit, & nous voyons Saturne. Sirius aperçu par nos yeux découvre notre foleil, quoiqu'il y ait entre l'un & l'autre une diſtance qu'un boulet de canon, qui parcourt fix cents toifes par feconde, ne pourrait franchir en cent quatre milliars d'années.

> La lumière eſt réellement un meſſager rapide qui court dans le grand tout de mondes en mondes. Elle a quelques propriétés de la matière, & des propriétés fupérieures; & ſi quelque chofe peut fournir une faible idée commencée, une notion imparfaite de DIEU, c'eſt la lumière; elle eſt par-tout comme lui, elle agit par-tout comme lui.

Réſultat.

IL réfulte, ce me femble, de toutes ces idées qu'il y a un être fuprême, éternel, intelligent, d'où découlent en tout temps tous les êtres, & toutes les manières d'être dans l'étendue.

Si tout eſt émanation de cet être fuprême, la vérité, la vertu, en font donc auſſi des émanations.

Qu'eſt-ce que la vérité émanée de l'être ſuprême ? La vérité eſt un mot général, abſtrait, qui ſignifie les choſes vraies. Qu'eſt-ce qu'une choſe vraie ? une choſe exiſtante ou qui a exiſté, & rapportée comme telle. Or, quand je cite cette choſe, je dis vrai : mon intelligence agit conformément à l'intelligence ſuprême.

Qu'eſt-ce que la vertu ? un acte de ma volonté qui fait du bien à quelqu'un de mes ſemblables. Cette volonté eſt de D I E U , elle eſt conforme alors à ſon principe.

Mais le mal phyſique & le mal moral viennent donc auſſi de ce grand être, de cette cauſe univerſelle de tout effet ?

Pour le mal phyſique, il n'y a pas un ſeul ſyſtème, pas une ſeule religion qui n'en faſſe D I E U auteur. Que le mal vienne immédiatement ou médiatement de la première cauſe, cela eſt parfaitement égal. Il n'y a que l'abſurdité du manichéiſme qui ſauve D I E U de l'imputation du mal ; mais une abſurdité ne prouve rien. La cauſe univerſelle produit les poiſons comme les alimens, la douleur comme le plaiſir. On ne peut en douter.

Il était donc néceſſaire qu'il y eût du mal ? Oui, puiſqu'il y en a. Tout ce qui exiſte eſt néceſſaire : car quelle raiſon y aurait-il de ſon exiſtence ?

Mais le mal moral, les crimes ! *Néron, Alexandre VI !* Hé bien, la terre eſt couverte de crimes comme elle l'eſt d'aconit, de ciguë, d'arſenic ; cela empêche-t-il qu'il y ait une cauſe univerſelle ? cette exiſtence d'un principe dont tout émane eſt démontrée, je ſuis fâché des conſéquences. Tout le monde dit : Comment ſous un Dieu bon y a-t-il tant de ſouffrances ? Et là-deſſus

chacun bâtit un roman métaphyfique ; mais aucun
de ces romans ne peut nous éclairer fur l'origne des
maux, & aucun ne peut ébranler cette grande vérité,
que tout émane d'un principe univerfel.

Mais fi notre raifon eft une portion de la raifon
univerfelle, fi notre intelligence eft une émanation de
l'être fuprême, pourquoi cette raifon ne nous éclairé - t - elle pas fur ce qui nous intéreffe de fi près?
pourquoi ceux qui ont découvert toutes les lois du
mouvement , & la marche des lunes de Saturne,
reftent-ils dans une fi profonde ignorance de la caufe
de nos maux ? C'eft précifément parce que notre
raifon n'eft qu'une très-petite portion de l'intelligence
du grand être.

On peut dire hardiment, & fans blafphème, qu'il
y a de petites vérités que nous favons auffi - bien que
lui ; par exemple, que trois eft la moitié de fix, &
même que la diagonale d'un quarré partage ce quarré
en deux triangles égaux &c. L'être fouverainement
intelligent ne peut favoir ces petites vérités ni plus
lumineufement, ni plus certainement que nous ; mais
il y a une fuite infinie de vérités , & l'être infini peut
feul comprendre cette fuite.

Nous ne pouvons être admis à tous fes fecrets , de
même que nous ne pouvons foulever qu'une quantité
déterminée de matière.

Demander pourquoi il y a du mal fur la terre, c'eft
demander pourquoi nous ne vivons pas autant que
les chênes.

Notre portion d'intelligence invente des lois de
fociété bonnes ou mauvaifes , elle fe fait des préjugés
ou utiles ou funeftes ; nous n'allons guère au-delà. Le

grand

grand être est fort, mais les émanations sont nécessairement faibles. Servons-nous encore de la comparaison du soleil. Ses rayons réunis fondent les métaux ; mais quand vous réunissez ceux qu'il a dardés sur le disque de la lune , ils n'excitent pas la plus légère chaleur.

Nous sommes aussi nécessairement bornés que le grand être est nécessairement immense.

Voilà tout ce que me montre ce faible rayon de lumière émané dans moi du soleil des esprits. Mais sachant combien ce rayon est peu de chose, je soumets incontinent cette faible lueur aux clartés supérieures de ceux qui doivent éclairer mes pas dans les ténèbres de ce monde.

Fin du Commentaire sur Mallebranche.

DE L'AME.

Par Soranus médecin de Trajan.

I.

POUR découvrir , ou plutôt pour chercher quelque faible notion fur ce qu'on eft convenu d'appeler *ame* , il faut d'abord connaître , autant qu'il eft poffible , notre corps qui paffe pour être l'enveloppe de cette ame , & pour être dirigé par elle. C'eft à la médecine qu'il appartient de connaître le corps humain , puifqu'elle travaille continuellement fur lui.

Si la médecine pouvait être une fcience auffi certaine que la géométrie, elle nous ferait voir tous les refforts de notre être ; elle nous dévoilerait notre premier principe auffi clairement qu'elle nous a fait connaître la place & le jeu de nos vifcères.

Mais le plus habile anatomifte , quand il ne peut plus rien difcerner, eft obligé d'arrêter fa main & fa penfée. Il ne peut deviner où commence le mouvement dans le corps humain ; il fuit un nerf jufque dans le cervelet où eft fon origine. Mais cette origine fe perd dans ce cervelet ; & c'eft dans cette fource même où tout aboutit , que tout échappe à nos regards. Nous avons épié l'œuvre de la nature jufqu'au dernier point où il eft permis à l'homme de pénétrer ; mais nous n'avons pu favoir le fecret de DIEU.

Il n'y a point aujourd'hui de médecin à Rome & à Athènes qui ne fache plus d'anatomie qu'*Hippocrate*; mais il n'y en a pas un feul qui ait jamais pu approcher vers ce premier principe dont nous tenons la vie, le fentiment , & la penfée.

Si nous y étions arrivés, nous ferions des Dieux, & nous ne fommes que des aveugles qui marchons à tâtons, pour enfeigner le chemin enfuite à d'autres aveugles.

Notre fcience n'eft donc autre chofe que la fcience des probabilités ; & c'eft ce qui fait que de plufieurs médecins appelés auprès d'un malade, celui qui fait le pronoftic le plus avéré par l'événement, eft toujours réputé avec juftice le plus favant de fon art.

La plus grande des probabilités, & la plus reffemblante à une certitude, eft qu'il exifte un être fuprême & puiffant, invifible pour nous, un régulateur de la grande machine, qui a formé l'homme & tous les autres êtres.

Il faut bien que cet être formateur & inconnu exifte, puifque ni l'homme, ni aucun animal, ni aucun végétal, n'a pu fe faire foi-même.

Il faut que cette puiffance formatrice foit unique; car s'il y en avait deux, ou elles agiraient de concert, ou elles fe contrarieraient. Si elles étaient conformes, c'eft comme s'il n'en exiftait qu'une feule; fi elles étaient oppofées, rien ne ferait uniforme dans la nature : or tout eft uniforme. C'eft la même loi du mouvement qui s'exécute dans l'homme, dans tous les animaux, dans tous les êtres : par-tout les leviers agiffent fuivant la règle qui veut que les poids à foulever foient en raifon inverfe de la diftance du pouvoir mouvant; & fuivant cette autre loi, que ce qu'on gagne en force, on le perd en temps; & ce qu'on gagne en temps, on le perd en force.

Toute action a fes lois. La lumière eft dardée du foleil & de toute étoile fixe avec la même célérité;

elle arrive dans les yeux de tout animal avec les mêmes combinaisons. Il est donc de la plus grande probabilité que le même grand être préside à la nature entière.

Par quelle fatalité connaissons-nous toutes les lois du mouvement, toutes les routes de la lumière ordonnées par le grand être dans l'espace immense, toutes les vérités mathématiques proposées à notre entendement, & n'avons-nous pu parvenir encore à nous connaître nous-mêmes ? L'homme a deviné l'attraction (*a*) dans le siècle de *Trajan* ; est-il impossible de deviner l'ame ? il est bien sûr que nous n'en saurons jamais rien si nous n'essayons pas. Osons donc essayer.

I I.

L'ame est-elle une faculté ?

Il faut commencer par avouer que toutes les qualités que le grand être nous a données, à nous & aux autres animaux, font des qualités occultes.

Comment tout animal fait-il obéir ses membres à ses volontés ?

Comment les idées des choses se forment-elles dans l'animal par le moyen de ses sens ?

En quoi consiste la mémoire ?

(*a*) On a dit en effet qu'on trouve dans *Plutarque* quelques expressions ambiguës dont on pourrait inférer en les tordant, & en les expliquant très-mal, que les lois de *Kepler* & de *Newton* étaient alors connues ; mais ce font des chimères de demi-savans qui ne font pas des demi-jaloux & des demi-impertinens. Ces gens-là font capables de trouver l'invention de l'imprimerie & de la poudre à canon dans *Pline* & dans *Athénée*.

D'où viennent ces fympathies & ces antipathies prodigieufes d'animal à animal ? d'où viennent ces propriétés fi différentes dans chaque efpèce ?

Quel charme invincible attache une hirondelle, une fauvette à fes petits, la force à verfer dans leur gofier la pâture dont elle fe nourrit elle-même ? & quelle indifférence, quel oubli fuccèdent tout d'un coup à un amour fi tendre, auffitôt que fes enfans n'ont plus befoin d'elle ? tout cela eft qualité occulte pour nous. Toute génération eft, du moins jufqu'à préfent, un myftère très-occulte. Nous ne prétendons pas donner ce mot pour une raifon ; nous n'expliquons rien, nous difons ce que font les chofes.

Ayant avoué que nous ne favons rien de la manière dont le grand être nous gouverne, & que nous ne pouvons voir le fil avec lequel il dirige tout ce qui fe fait dans nous & hors de nous, que faut-il faire dans l'excès de notre ignorance & de notre curiofité ? Nous en tenir à l'expérience bien avérée de tous les hommes & de tous les temps. Cette expérience eft que nous marchons par nos pieds & que nous fentons partout notre corps, que nous voyons par nos yeux, que nous entendons par nos oreilles, & que nous penfons par notre tête. Ainfi l'a voulu l'éternel fabricateur de toutes chofes.

Qui le premier imagina dans nous un autre être, lequel s'y tient caché, & fait toutes nos opérations fans que nous puiffions jamais nous en apercevoir ? Qui fut affez hardi, affez fupérieur au vulgaire pour inventer ce fyftème fublime par lequel nous nous élevons au-deffus de nos fens, au-deffus de nous-mêmes ?

P 3

Il est très-vraisemblable que cette idée, telle qu'on la conçoit aujourd'hui, ne tomba d'abord tout d'un coup dans la tête de personne. Les hommes furent occupés pendant trop de siècles de leurs besoins & de leurs maux, pour être de grands métaphysiciens.

I I I.

Brachmanes, immortalité des ames.

Si quelque nation antique put prétendre à l'honneur d'avoir inventé ce que nous appelons chez nous une *ame*, il est à croire que ce fut la caste des brachmanes sur les bords du Gange; car elle imagina la métempsycose; & cette métempsycose ne peut s'exécuter que par une ame qui change de corps. Le mot même de métempsycose qui est grec, & qui ne peut être qu'une traduction d'après une langue orientale, signifie expressément la migration de l'ame.

Les brachmanes croyaient donc l'existence des ames de temps immémorial.

Leur climat est si doux, les fruits délicieux dont on s'y nourrit sont si abondans, les besoins qui occupent ailleurs toute la triste vie des hommes, y sont si rares, que tout y invite au repos, & ce repos à la méditation. Il en est encore ainsi chez tous les brames descendans des anciens brachmanes, qui n'ont point corrompu leurs mœurs par la fréquentation des brigands d'Europe que l'avarice a transplantés vers le Gange.

Ce repos & cette méditation, qui furent toujours le partage des brachmanes, leur fit d'abord connaître l'aftronomie. Ils font les premiers qui calculèrent pour la poftérité les pofitions des planètes vifibles. On leur doit les premiers éphémérides , & ils les compofent encore aujourd'hui avec une facilité prompte qui étonne nos mathématiciens.

C'eft-là ce que ne favent ni nos marchands qui font allés dans l'Inde par le port de Bérénice, ni certains prêtres de *Cybèle* qui les ont accompagnés. Ces prêtres fe nourriffaient de la chair & du fang des animaux ; & ayant apporté leurs liqueurs enivrantes, par conféquent étant en horreur aux brames , ignorant leur langue, ne pouvant jamais bien l'apprendre, ne pouvant parler avec eux , ne furent pas plus inftruits de la fcience des brames & des anciens brachmanes que les mouffes de leurs vaiffeaux ; ils fe bornèrent à mander en Europe que les brames adoraient les furies.

Ce n'était point ainfi que les premiers fages, foit les *Zoroaftres*, foit les *Pythagores* , voyagèrent dans l'Inde. *Pythagore* en rapporta le dogme de l'exiftence de l'ame & la fable de fes métempfycofes. D'autres philofophes y puifèrent des dogmes plus cachés ; & quelques marchands même y apprirent un peu de géométrie , ce qui exigeait néceffairement un long féjour dans l'Inde.

N'entrons point ici dans la difcuffion épineufe des premiers livres des anciens brachmanes , écrits dans leur langue facrée. Nous devons cette connaiffance à deux favans qui ont demeuré trente ans fur les bords du Gange , & qui ont appris cette langue nommée le *hanfcrit*. Ils nous ont donné la traduction des paffages

les plus singuliers, les plus sublimes, & les plus inté-
ressans, de la première théologie des brachmanes,
écrite depuis près de quatre mille ans. Ce livre, intitulé le *Shasta*, est antérieur au Veidam de quinze
cents années. Voici le commencement étonnant de
ce Shasta.

*L'Eternel, absorbé dans la contemplation de son essence,
résolut de communiquer quelques rayons de sa félicité à des
êtres capables de sentir & de jouir. Ils n'existaient pas
encore; DIEU voulut, & ils furent.*

Il est bien étrange qu'un monument aussi ancien
& aussi respectable soit à peine connu, qu'on l'ait déterré
si tard, & qu'on y ait fait si peu d'attention.

DIEU créa donc des substances douées du sentiment;
& c'est ce que nous appelons aujourd'hui des *ames.*
Il les créa par sa volonté, sans employer, sans
emprunter la parole. Ces substances sentantes, pen-
santes, agissantes, ces ames favorites de DIEU, sont
les *Debta* dont les Persans, voisins de l'Inde, firent
depuis leurs *Gin*, leurs *Peris* ou leurs *Feris*. Ces *Gin*,
ces *Feris*, ces ames, ces substances célestes, se révoltent
ensuite contre leur créateur. DIEU pour les punir les
précipite dans l'Ondéra, espèce d'enfer, pour des millions de siècles. C'est l'origine de la guerre des géans
contre le grand Dieu *Zeus*, tant chantée chez les Grecs.
C'est l'origine de ce livre apocryphe qui se répandit du
temps de l'empereur *Tibère* en Syrie, en Palestine, sous
le nom d'*Hénoc;* seul livre où il soit parlé de la chute
des demi-dieux; livre cité, dit - on, dans un livre
nouveau écrit chez les Phéniciens.

Dans la suite des siècles DIEU pardonne à ces Debta;
il les change en vaches & en hommes dans notre globe.

C'eſt de-là , diſaient les brachmanes, que les vaches ſont ſacrées dans l'Inde.

Ainſi nous voyons que toute l'ancienne théologie , différemment déguiſée en Aſie & en Europe , nous vient inconteſtablement des brachmanes. Nous pourrions le prouver par beaucoup d'autres exemples , mais nous ne devons point nous écarter de notre ſujet. C'eſt bien aſſez d'avoir pénétré juſqu'à la ſource de cette idée adoptée par toutes les nations civiliſées , que tous les animaux ont dans leurs corps une ſubſtance impalpable, inconnue , diſtincte de leurs corps, qui dirige tous leurs appétits & toutes leurs actions. Ce ſyſtème , joint à celui des Debta, eſt inviſiblement le nôtre. Notre religion était cachée au fond de l'Inde, & nous ne l'apprenons que d'aujourd'hui. Qui l'eût cru, que la chute de l'homme & la chute des demi-dieux fût une allégorie indienne ?

I V.

Ame corporelle.

L'AUTEUR le plus ancien que nous connaiſſions dans notre Europe eſt *Homère ;* il paraît que de ſon temps la croyance d'une ame immortelle était généralement répandue. Cette ame était une petite figure aérienne, légère, impalpable, parfaitement reſſemblante au corps qu'elle ſeſait mouvoir. Elle ſortait de ce corps au moment où il expirait. On l'appelait alors des noms qui répondent à ceux d'ombres , de manes, d'eſprit ou vent, de fantôme, de ſpectre, & même celui d'ame senfitive, *Pfyché*. C'eft pourquoi l'ame de *Tyréfias*, qui apparaît à *Ulyffe* fur le rivage des Cimmériens, boit du fang des victimes qu'*Ulyffe* vient d'immoler. (*b*) L'ame d'*Agamemnon* boit du même fang. La mère d'*Ulyffe*, après lui avoir dit comment *Pénélope* fe comporte dans Ithaque, fe dérobe à fes embraffemens. *Ulyffe* lui demande pourquoi elle ne veut pas l'embraffer, & fa mère lui répond que fon ame n'eft qu'un corps délié & fubtil qui n'a point de confiftance & qui s'envole comme un fonge.

Ces ames, ces ombres étaient fi réellement corporelles, qu'*Ulyffe* étant arrivé dans le royaume de *Pluton*, y vit tous les tourmens de ces célébres criminels, *Tantale*, *Titye*, *Sifyphe*.

Lorfqu'*Ulyffe* a tué tous les amans de *Pénélope*, *Mercure* conduit chez *Pluton* leurs ames qui reffemblent à des chauve-fouris.

Telle était la philofophie d'*Homére*, parce que c'était celle des Grecs, & que tous les poëtes font les échos de leur fiécle.

Bientôt après, ceux qui fe difaient penfeurs, enfeigneurs, crurent que l'ame humaine était non-feulement un fouffle d'air, une figure compofée d'air qui fervait au mouvement & qu'ils appelaient *pneuma*, le fouffle, mais qu'elle formait auffi les appétits, les défirs, les paffions du corps, & cela s'appela *pfyché*; qu'enfin elle difputait & pouffait des argumens, & ils l'appelèrent *nous*, intelligence. Ainfi l'ame toujours corporelle eut trois parties; le fouffle qui fait la vie était l'ame

(*b*) *Odyffée*, XXIV.

végétative, *pſyché* était l'ame fenſitive, & *nous* était l'ame actuelle.

Voilà comme on paſſa par degrés de la profonde ignorance où les hommes croupirent ſi long-temps., à cet excès de vaine ſubtilité dans laquelle ils ſe perdirent.

Perſonne ne s'aviſa de recourir à DIEU & de lui dire : Toi ſeul nous a fait naître, toi ſeul nous fais vivre un peu de temps, toi ſeul nous donnes la faculté d'apercevoir, de penſer, de nous reſſouvenir, de combiner des idées : toi ſeul fais tout , les hommes ſont dans tes mains.

Tandis que tous les philoſophes raiſonnaient ſur l'ame, les épicuriens vinrent , & dirent : L'ame n'eſt qu'une matière imperceptible qui naît avec nous , s'accroît avec nous , & meurt avec nous.

Les honnêtes gens de l'empire romain ſe partagèrent entre deux ſectes grecques, celle des épicuriens, qui ne regardaient l'ame que comme une matière légère & périſſable, & celle des ſtoïciens qui la regardaient comme une portion de la Divinité , ſe replongeant après la mort dans le grand tout dont elle était émanée.

La ſecte d'*Epicure* prévalut chez les Romains au point que *Cicéron*, dans ſa harangue pour *Cluentius*, prononça devant le peuple romain ces éloquentes & terribles paroles :

Quid tantùm illi mali mors abſtulit , niſi forte ineptiis ac fabulis ducimur ut exiſtimemus illum apud inferos impiorum ſupplicia perferre. Quæ ſi falſa ſunt , id quod omnes intelligunt , quid ei tandem aliud mors eripuit præter ſenſum doloris.

„ Quel mal lui a fait la mort, à moins que nous ne
foyons affez imbécilles pour adopter des fables ineptes,
& pour croire qu'il eft condamné au fupplice des
impies? Mais fi ce font-là de pures chimères, comme
tout le monde en eft convaincu, de quoi la mort
l'a-t-elle privé finon du fentiment de la douleur? „

Céfar parla de même en plein fénat dans le procès
de *Catilina*. Enfin, fur le théâtre de Rome le chœur
chanta dans la tragédie de la Troade :

> *Poft mortem nihil eft , ipfaque mors nihil.*
> Rien n'eft après la mort, la mort même n'eft rien.

Le chœur continue dans le même efprit :

> *Spem ponant avidi , folliciti metum.*
> *Quæris quo jaceant poft obitum loco ?*
> *Quo non nata jacent.*
> Sois fans crainte & fans efpérance ,
> Que ton fort ne te trouble pas.
> Que devient-on dans le trépas ?
> Ce qu'on fut avant fa naiffance.

On eft aujourd'hui affez partagé entre l'immortalité
& la mort de l'ame : mais tout le monde convient
qu'elle eft matérielle. Et fi elle l'eft, on doit croire
qu'elle eft périffable.

Nous pafferions tout notre temps à citer, fi nous
voulions rapporter tous les témoignages de ceux qui
ont cru avec l'antiquité que tous les animaux,
hommes & brutes, ayant une ame, l'ont néceffairement corporelle.

Les Grecs fe font avifés de divifer cette ame en
trois parties, la végétative, la fenfitive, & l'intelligente.

Enfin c'eſt une énigme dont chacun a cherché le mot depuis *Pythagore*.

Puiſque tous les philoſophes ont cherché, cherchons donc auſſi. Il y a un tréſor enterré dans un champ. Cent avares ont fouillé ce champ ; il reſte un petit coin où l'on n'a pas encore touché, peut-être y trouverons-nous quelque choſe.

Je n'examine point comment & dans quel temps l'ame entre dans notre corps, ſi elle eſt ſimple ou compoſée, aérienne ou ignée, ſi elle loge dans le ventre ou dans le cœur, ou dans la cervelle ; j'examine ſi nous avons une ame.

Quand des prêtres orientaux, & à leur exemple des prêtres grecs, imaginèrent que chaque planète était un dieu, ou que du moins il y avait un dieu dans elle, cette idée religieuſe & magnifique en impoſa au genre-humain. Une idée plus grande & plus divine commence à détruire aujourd'hui ces prétendus dieux moteurs des planètes. Les vrais ſages n'admettent qu'une nature ſuprême, intelligente, & puiſſante ; un grand être fabricateur de tous les globes, conduiſant leurs marches ſuivant des règles éternelles de mathématique, & étant en un mot leur ame univerſelle.

Si le grand être eſt leur ame, pourquoi ne ſerait-il pas la nôtre ?

Il a donné à la matière toutes ſes propriétés, il a donné à l'aimant l'attraction vers le fer, aux planètes le mouvement orbiculaire d'Occident en Orient, ſans qu'on puiſſe jamais en découvrir ni la raiſon ni le moyen. Ne nous a-t-il pas de même accordé le ſentiment & la penſée ?

V.

Action de DIEU *sur l'homme.*

DES gens qui ont fait des syftèmes fur la communication de DIEU avec l'homme , ont dit que DIEU
agit immédiatement, phyfiquement, fur l'homme , en
certains cas feulement , lorfque DIEU accorde certains
dons particuliers ; & ils ont appelé cette action
prémotion phyfique. Dioclès & Erophile , ces deux grands
enthoufiaftes , foutiennent cette opinion & ont des
partifans.

Or , nous reconnaiffons un Dieu tout auffi-bien
que ces gens-là , parce que nous n'avons pu comprendre
qu'aucun des êtres qui nous environnent ait pu fe produire de foi-même ; parce que de cela feul que quelque
chofe exifte , il faut que l'être néceffaire exifte de toute
éternité ; parce que l'être néceffaire éternel eft néceffairement la caufe de tout. Nous admettons avec ces
raifonneurs la poffibilité que DIEU fe faffe entendre à
quelques favoris ; mais nous fefons plus, nous croyons
qu'il fe fait entendre à tous les hommes, en tous lieux
& en tous temps, puifqu'il donne à tous la vie , le
mouvement, la digeftion , la penfée, l'inftinct.

Y a-t-il dans le plus vil des animaux & dans le
philofophe le plus fublime un être qui foit volonté,
mouvement, digeftion , défir , amour , inftinct, penfée?
non ; mais nous voulons, nous agiffons, nous aimons,
nous avons des inftincts ; comme , par exemple, une
pente invincible vers certains objets , une averfion
infupportable pour d'autres une promptitude à

exécuter des mouvemens néceffaires à notre confervation comme ceux de teter le mamelon de fa nourrice,
de nager quand on a la force & la poitrine affez large,
de mordre fon pain, de boire, de fe baiffer pour
éviter le coup d'un mobile, de fe donner une fecouffe
pour franchir un foffé, d'accomplir mille actions
pareilles fans y penfer, quoiqu'elles tiennent toutes à
une mathématique profonde. Enfin, nous fentons &
nous penfons fans favoir comment.

De bonne foi, eft-il plus difficile à Dieu d'opérer
tout cela en nous, par des moyens qui nous font
inconnus, que de nous remuer intérieurement quelquefois par une faveur efficace de *Jupiter*, dont ces
meffieurs nous parlent fans ceffe ?

Quel eft l'homme qui, dès qu'il rentre en lui-même,
ne fente qu'il eft une marionette de la Providence ?
je penfe, mais puis-je me donner une penfée ? hélas !
fi je penfais par moi-même je faurais quelle idée
j'aurais dans un moment. Perfonne ne le fait.

J'acquiers une connaiffance, mais je n'ai pu me la
donner. Mon intelligence n'a pu en être la caufe, car
il faut que la caufe contienne l'effet. Or, ma première
connaiffance acquife n'était pas dans mon intelligence,
n'était pas dans moi ; puifqu'elle a été la première,
elle m'a été donnée par celui qui m'a formé, & qui
donne tout, quel qu'il puiffe être.

Je tombe anéanti quand on me fait voir que ma
première connaiffance ne peut par elle-même m'en
donner une feconde, car il faudrait qu'elle la contînt
dans elle.

La preuve que nous ne nous donnons aucune
idée, c'eft que nous en recevons dans nos rêves, &

certainement ce n'eft ni notre volonté ni notre attention
qui nous fait penfer en fonge. Il y a des poëtes qui
font des vers en dormant, des géomètres qui mefurent
des triangles. Tout nous prouve qu'il y a une puiffance
qui agit en nous fans nous confulter.

Tous nos fentimens ne font-ils pas involontaires?
l'ouie, le goût, la vue, ne font rien par eux-mêmes.
On fent malgré foi ; on ne fait rien, on n'eft rien, fans
une puiffance fuprême qui fait tout.

Les plus fuperftitieux conviennent de ces vérités,
mais ils ne les appliquent qu'aux gens de leur parti.
Ils affirment que DIEU agit réellement phyfiquement
fur certains perfonnages privilégiés. Nous fommes
plus religieux qu'eux, nous croyons que le grand être
agit fur tous les vivans comme fur toute la matière.
Lui eft-il donc plus difficile de remuer tous les hommes
que d'en remuer quelques-uns ? D I E U ne fera-t-il
DIEU que pour votre petite fecte ? il l'eft pour moi
qui ne fuis pas des vôtres.

Un philofophe nouveau eft allé bien plus loin que
vous ; il lui femblait qu'il n'y eût que DIEU qui exiftât.
Il prétend que nous voyons tout en lui ; & nous difons
que c'eft DIEU qui voit, qui agit dans tout ce qui a
vie : *Jupiter eft quodcumque vides, quocumque moveris.*

Allons plus avant. Votre prémotion phyfique introduit DIEU agiffant en vous. Quel befoin avez-vous
donc d'une ame ? à quoi bon ce petit être inconnu
& incompréhenfible ? donnez-vous une ame au foleil
qui vivifie tant de globes ? & fi cet aftre fi grand, fi
étonnant, & fi néceffaire, n'a point d'ame, pourquoi
l'homme en aurait-il une ? DIEU qui nous a faits ne
nous fuffit-il pas ? qu'eft donc devenu ce grand axiome:

Ne

Ne fefons point par plufieurs ce que nous pouvons faire par un feul ?

Cette ame que vous avez imaginée être une fubftance, n'eft donc en effet qu'une faculté accordée par le grand être, & non une perfonne. Elle eft une propriété donnée à nos organes, & non une fubftance. L'homme par fa raifon non encore corrompue par la métaphyfique, a-t-il jamais pu s'imaginer qu'il était double, qu'il était un compofé de deux êtres, l'un vifible, palpable, & mortel, l'autre invifible, impalpable, & immortel ? & n'a-t-il pas fallu des fiècles de difputes pour venir enfin jufqu'à cet excès de joindre enfemble deux fubftances fi diffemblables, la tangible & l'intangible, la fimple & la compofée, l'invulnérable & la fouffrante, l'éternelle & la paffagère ?

Les hommes n'ont fuppofé une ame que par la même erreur qui leur fit fuppofer dans nous un être nommé *mémoire*, lequel être ils divinifèrent enfuite. Ils firent de cette Mémoire la mère des Mufes. Ils érigèrent les talens divers de la nature humaine en autant de déeffes filles de Mémoire. Autant eût-il valu faire un dieu du pouvoir fecret par lequel la nature forme du fang dans les animaux, & l'appeler le dieu de la fanguification. Et en effet, le peuple romain eut des dieux pareils pour les facultés de boire & de manger, pour l'acte de mariage, pour l'acte de vider les excrémens. C'étaient autant d'ames particulières qui produifaient en nous toutes ces actions. C'était la métaphyfique de la populace. Cette fuperftition ridicule & honteufe venait évidemment de celle qui avait imaginé dans l'homme une petite fubftance divine, autre que l'homme même.

Philofophie &c. Tome I.   Q

Cette fubftance eft admife encore aujourd'hui dans toutes les écoles, & par condefcendance on accorde au grand être, au fabricateur éternel, à Dieu, la permiffion de joindre fon concours à l'ame. Ainfi on fuppofe que pour vouloir & pour agir il faut notre ame & Dieu.

Mais concourir fignifie aider, participer. Dieu alors n'eft qu'en fecond avec nous. C'eft le dégrader, c'eft le faire marcher à notre fuite, c'eft lui faire jouer le dernier rôle. Ne lui ôtez pas fon rang & fa prééminence; ne faites pas du fouverain de la nature le valet de l'efpèce humaine.

Deux efpèces de raifonneurs très-accrédités dans le monde, les athées & les théologiens, pourront s'élever contre nos doutes.

Les athées diront qu'en admettant la raifon dans l'homme & l'inftinct dans les brutes, comme des propriétés, il eft très-inutile d'admettre un dieu dans ce fyftème; que Dieu eft encore plus incompréhenfible qu'une ame; qu'il eft indigne du fage de croire ce qu'on ne conçoit pas. Ils décocheront contre nous tous les argumens des *Stratons* & des *Lucrèces.* Nous ne leur répondrons qu'un mot: Vous exiftez, donc il y a un Dieu.

Les théologiens nous feront plus de peine. Ils nous diront d'abord : Nous convenons avec vous que Dieu eft la première caufe de tout, mais il n'eft pas la feule. Un grand-prêtre de *Minerve* dit expréffement : *Le fecond agent opère dans la vertu du premier; ce premier pouffe le fecond; ce fecond en pouffe un troifième; tous font agiffant en vertu de* Dieu; *& il eft la caufe de toutes les actions agiffantes.*

Nous répondrons avec tout le refpect que nous devons à ce grand-prêtre: Il n'eft & il ne peut exifter qu'une feule caufe véritable. Toutes les autres qui font fubféquentes ne font que des inftrumens. Je tiens un reffort, je m'en fers pour faire mouvoir une machine. J'ai fait le reffort & la machine, je fuis la feule caufe, cela eft indubitable.

Le grand-prêtre me répondra: Vous ôtez aux hommes la liberté. Je lui répliquerai: Non, la liberté confifte dans la faculté de vouloir, & dans la faculté de faire ce que vous voulez, quand rien ne vous en empêche. Dieu a fait l'homme à ces conditions, il faut s'en contenter.

Mon prêtre infiftera; il dira que nous fefons Dieu auteur du péché. Alors nous lui répondrons: J'en fuis fâché; mais Dieu eft fait auteur du péché dans tous les fyftèmes, excepté dans celui des athées. Car s'il concourt aux actions des hommes pervers comme à celles des juftes, il eft évident qu'y concourir c'eft le faire, quand le concourant eft le créateur de tout.

Si Dieu permet feulement le péché, c'eft lui qui le commet, puifque permettre & faire c'eft la même chofe pour le maître abfolu de tout. S'il a prévu que les hommes feraient le mal, il ne devait pas former les hommes. On n'a jamais éludé la force de ces anciens argumens, on ne les affaiblira jamais. Qui a tout produit, a certainement produit le bien & le mal. Le fyftème de la prédeftination abfolue, le fyftème du concours, nous plongent également dans ce labyrinthe dont rien ne peut nous tirer.

Tout ce qu'on peut dire, c'eft que le mal eft pour nous, & non pas pour Dieu. *Néron* affaffine fon

précepteur & fa mère ; un autre affaffine fes parens &
fes voifins ; un grand-prêtre empoifonne, étrangle,
égorge, vingt feigneurs romains en fortant du lit de
fa propre fille. Cela n'eft pas plus important pour
l'être univerfel ; ame du monde, que des moutons
mangés par des loups ou par nous, & des mouches
dévorées par des araignées. Il n'y a point de mal
pour le grand être ; il n'y a pour lui que le jeu de
la grande machine qui fe meut fans ceffe par des lois
éternelles. Si les pervers deviennent (foit pendant
leur vie, foit autrement) plus malheureux que ceux
qu'ils ont immolés à leurs paffions, s'ils fouffrent
comme ils ont fait fouffrir, c'eft encore une fuite
inévitable de ces lois immuables par lefquelles le
grand être agit néceffairement. Nous ne connaiffons
qu'une très-petite partie de ces lois, nous n'avons
qu'une très-faible portion d'entendement, nous ne
devons que nous réfigner. De tous les fyftèmes, celui
qui nous fait connaître notre néant, n'eft-il pas le
plus raifonnable ?

Les hommes, comme tous les philofophes de l'antiquité l'ont dit, firent DIEU à leur image. C'eft pourquoi le premier *Anaxagore*, auffi ancien qu'*Orphée*
s'exprime ainfi dans fes vers : *Si les oifeaux fe figuraient*
un dieu, il aurait des ailes ; celui des chevaux courrait
avec quatre jambes.

Le vulgaire imagine DIEU comme un roi qui tient
fon lit de juftice dans fa cour. Les cœurs tendres fe le
repréfentent comme un père qui a foin de fes enfans.
Le fage ne lui attribue aucune affection humaine. Il
reconnaît une puiffance néceffaire, éternelle, qui
anime toute la nature ; & il fe réfigne.

LETTRES

DE

MEMMIUS

A

CICERON.

PREFACE.

Nul homme de lettres n'ignore que *Titus Lucretius Carus*, nommé parmi nous *Lucrèce*, fit son beau poëme pour former, comme on dit, *l'esprit & le cœur* de *Caius Memmius Gemellus*, jeune homme d'une grande espérance, & d'une des plus anciennes maisons de Rome.

Ce *Memmius* devint meilleur philosophe que son maître, comme on le verra par ses lettres à *Cicéron*.

L'amiral russe *Sheremetof*, les ayant lues en manuscrit à Rome dans la bibliothèque du vatican, s'amusa à les traduire dans sa langue pour former *l'esprit & le cœur* d'un de ses neveux. Nous les avons traduites de russe en français, n'ayant pas eu, comme monsieur l'amiral, la faculté de consulter la bibliothèque du vatican. Mais nous pouvons assurer que les deux traductions sont de la première fidélité. On y verra l'esprit de Rome tel qu'il était alors; (car il a bien changé depuis.) La philosophie de *Memmius* est quelquefois un peu hardie : on peut faire même reproche à celle

Q 4

de *Cicéron* & de tous les grands-hommes de l'antiquité. Ils avaient tous le malheur de n'avoir pu lire la Somme de S*ᵗ Thomas d'Aquin.* Cependant on trouve dans eux certains traits de lumière naturelle qui ne laiſſent pas de faire grand plaiſir.

LETTRES

DE

MEMMIUS A CICERON.

LETTRE PREMIERE.

J'APPRENDS avec douleur, mon cher *Tullius*, mais non pas avec furprife, la mort de mon ami *Lucrèce*. Il eft affranchi des douleurs d'une vie qu'il ne pouvait plus fupporter; fes maux étaient incurables; c'eft-là le cas de mourir. Je trouve qu'il a beaucoup plus de raifon que *Caton*; car fi vous & moi & *Brutus* nous avons furvécu à la république, *Caton* pouvait bien lui furvivre auffi. Se flattait-il d'aimer mieux la liberté que nous tous? ne pouvait-il pas comme nous accepter l'amitié de *Céfar*? croyait-il qu'il était de fon devoir de fe tuer parce qu'il avait perdu la bataille de Tapfa? Si cela était, *Céfar* lui-même aurait dû fe donner un coup de poignard après fa défaite à Dirrachium; mais il fut fe réferver pour des deftins meilleurs. Notre ami *Lucrèce* avait un ennemi plus implacable que *Pompée*, c'eft la nature. Elle ne pardonne point quand elle a porté fon arrêt; *Lucrèce* n'a fait que le prévenir de quelques mois; il aurait fouffert, & il ne fouffre plus. Il s'eft fervi du droit de fortir de fa maifon quand elle eft prête à tomber. Vis tant que tu as une jufte efpérance; l'as-tu perdue? meurs; c'était-là fa règle, c'eft la mienne. J'approuve *Lucrèce*, & je le regrette.

Sa mort m'a fait relire son poëme, par lequel il vivra éternellement. Il le fit autrefois pour moi; mais le disciple s'est bien écarté du maître : nous ne sommes ni vous ni moi de sa secte; nous sommes académiciens. C'est au fond n'être d'aucune secte.

Je vous envoie ce que je viens d'écrire sur les principes de mon ami, je vous prie de le corriger. Les sénateurs aujourd'hui n'ont plus rien à faire qu'à philosopher; c'est à *César* de gouverner la terre, mais c'est à *Cicéron* de l'instruire. Adieu.

LETTRE SECONDE.

Vous avez raison, grand-homme, *Lucrèce* est admirable dans ses exordes, dans ses descriptions, dans sa morale, dans tout ce qu'il dit contre la superstition. Ce beau vers,

Tantum relligio potuit suadere malorum,

durera autant que le monde. S'il n'était pas un physicien aussi ridicule que tous les autres, il serait un homme divin. Ses tableaux de la superstition m'affectèrent surtout bien vivement dans mon dernier voyage d'Egypte & de Syrie. Nos poulets sacrés & nos augures, dont vous vous moquez avec tant de grâce dans votre traité de la *Divination*, sont des choses sensées en comparaison des horribles absurdités dont je fus témoin. Personne ne les a plus en horreur que la reine *Cléopâtre* & sa cour. C'est une femme qui a autant d'esprit que de beauté. Vous la verrez bientôt à Rome;

elle eſt bien digne de vous entendre. Mais toute ſou-
veraine qu'elle eſt en Egypte, toute philoſophe qu'elle
eſt, elle ne peut guérir ſa nation. Les prêtres l'aſſaſſi-
neraient; le ſot peuple prendrait leur parti, & crierait
que les ſaints prêtres ont vengé *Sérapis* & les chats.

C'eſt bien pis en Syrie; il y a cinquante religions,
& c'eſt à qui ſurpaſſera les autres en extravagances.
Je n'ai pas encore approfondi celle des juifs, mais
j'ai connu leurs mœurs : *Craſſus* & *Pompée* ne les ont
point aſſez châtiés. Vous ne les connaiſſez point à
Rome. Ils s'y bornent à vendre des philtres, à faire
le métier de courtiers, à rogner les eſpèces. Mais chez
eux ils ſont les plus inſolens de tous les hommes,
déteſtés de tous leurs voiſins, & les déteſtant tous;
toujours ou voleurs ou volés, ou brigands ou eſclaves,
aſſaſſins & aſſaſſinés tour-à-tour.

Les Perſes, les Scythes, ſont mille fois plus raiſonnables; les brachmanes en comparaiſon d'eux ſont des
dieux bienfeſans.

Je fais bien bon gré à *Pompée* d'avoir daigné, le
premier des Romains, entrer par la brèche dans ce
temple de Jéruſalem qui était une citadelle aſſez forte;
& je fais encore plus de gré au dernier des *Scipions*
d'avoir fait pendre leur roitelet, qui avait oſé prendre
le nom d'*Alexandre*.

Vous avez gouverné la Cilicie, dont les frontières
touchent preſque à la Paleſtine; vous avez été témoin
des barbaries & des ſuperſtitions de ce peuple; vous
l'avez bien caractériſé dans votre belle oraiſon pour
Flaccus. Tous les autres peuples ont commis des crimes,
les Juifs ſont les ſeuls qui s'en ſoient vantés. Ils ſont
tous nés avec la rage du fanatiſme dans le cœur,

comme les Bretons & les Germains naissent avec des cheveux blonds. Je ne serais point étonné que cette nation ne fût un jour funeste au genre-humain.

Louez donc avec moi notre *Lucrèce* d'avoir porté tant de coups mortels à la superstition. S'il s'en était tenu là, toutes les nations devraient venir aux portes de Rome couronner de fleurs son tombeau.

LETTRE TROISIEME.

J'ENTRE en matière tout d'un coup cette fois-ci, & je dis, malgré *Lucrèce* & *Epicure*, non pas qu'il y a des dieux, mais qu'il existe un DIEU. Bien des philosophes me siffleront, ils m'appelleront *esprit faible;* mais comme je leur pardonne leur témérité, je les supplie de me pardonner ma faiblesse.

Je suis du sentiment de *Balbus* dans votre excellent ouvrage de la *Nature des dieux.* La terre, les astres, les végétaux, les animaux, tout m'annonce une intelligence productrice.

Je dis avec *Platon* : (sans adopter ses autres principes:) Tu crois que j'ai de l'intelligence parce que tu vois de l'ordre dans mes actions, des rapports, & une fin; il y en a mille fois plus dans l'arrangement de ce monde : juge donc que ce monde est arrangé par une intelligence suprême.

On n'a jamais répondu à cet argument que par des suppositions puériles; personne n'a jamais été assez absurde pour nier que la sphère d'*Archimède*, & celle de *Possidonius*, soient des ouvrages de grands mathématiciens : elles ne sont cependant que des images très-faibles, très-imparfaites de cette immense sphère du monde, que *Platon* appelle avec tant de raison l'*ouvrage de l'éternel géomètre*. Comment donc oser supposer que l'original est l'effet du hasard, quand on avoue que la copie est de la main d'un grand génie?

Le hasard n'est rien; il n'est point de hasard. Nous avons nommé ainsi l'effet que nous voyons d'une cause que nous ne voyons pas. Point d'effet sans cause; point d'existence sans raison d'exister : c'est-là le premier principe de tous les vrais philosophes.

Comment *Epicure*, & ensuite *Lucrèce*, ont-ils le front de nous dire que des atomes s'étant fortuitement accrochés, ont produit d'abord des animaux, les uns sans bouche, les autres sans viscères, ceux-ci privés de pieds, ceux-là de têtes; & qu'enfin le même hasard a fait naître des animaux accomplis?

C'est ainsi, disent-ils, qu'on voit encore en Egypte des rats, dont une moitié est formée, & dont l'autre n'est encore que de la fange. Ils se sont bien trompés; ces sottises pouvaient être imaginées par des grecs ignorans qui n'avaient jamais été en Egypte. Le fait est faux; le fait est impossible. Il n'y eut, il n'y aura jamais ni d'animal, ni de végétal sans germe. Quiconque dit que la corruption produit la génération, est un rustre, & non pas un philosophe; c'est un ignorant qui n'a jamais fait d'expérience.

J'ai trouvé de ces vils charlatans qui me disaient : Il faut que le blé pourrisse & germe dans la terre pour ressusciter, se former, & nous alimenter. Je leur dis : Misérables, servez-vous de vos yeux avant de vous servir de votre langue; suivez les progrès de ce grain que je confie à la terre; voyez comme il s'attendrit,

comme il s'enfle, comme il fe relève, & avec quelle
vertu incompréhenfible il étend fes racines & fes enve-
loppes. Quoi! vous avez l'impudence d'enfeigner les
hommes, & vous ne favez pas feulement d'où vient le
pain que vous mangez !

Mais qui a fait ces aftres, cette terre, ces animaux,
ces végétaux, ces germes, dans lefquels un art fi merveilleux éclate? il faut bien que ce foit un fublime
artifte; il faut bien que ce foit une intelligence prodigieufement au-deffus de la nôtre, puifqu'elle a fait
ce que nous pouvons à peine comprendre; & cette
intelligence, cette puiffance, c'eft ce que j'appelle
DIEU.

Je m'arrête à ce mot. La foule & la fuite de mes
idées produiraient un volume au lieu d'une lettre.
Je vous envoie ce petit volume, puifque vous le per-
mettez; mais ne le montrez qu'à des hommes qui
vous reffemblent, à des hommes fans impiété & fans
fuperftition, dégagés des préjugés de l'école & de ceux
du monde, qui aiment la vérité & non la difpute; qui
ne font certains que de ce qui eft démontré, & qui fe
défient encore de ce qui eft le plus vraifemblable.

Ici fuit le traité de Memmius.

I.

*Qu'il n'y a qu'un Dieu, contre Épicure, Lucrèce,
& autres philosophes.*

JE ne dois admettre que ce qui m'est prouvé; & il m'est prouvé qu'il y a dans la nature une puissance intelligente. (*a*)

Cette puissance intelligente est-elle séparée du grand tout ? y est-elle unie ? y est-elle identifiée ? en est-elle le principe ? y a-t-il plusieurs puissances intelligentes pareilles ?

J'ai été effrayé de ces questions que je me suis faites à moi-même. C'est un poids immense que je ne puis porter; pourrai-je au moins le soulever ?

Les arbres, les plantes, tout ce qui jouit de la vie, & surtout l'homme, la terre, la mer, le soleil, & tous les astres, m'ayant appris qu'il est une intelligence active, c'est-à-dire un DIEU, je leur ai demandé à tous ce que c'est que DIEU, où il habite, s'il a des associés ? J'ai contemplé le divin ouvrage, & je n'ai point vu l'ouvrier; j'ai interrogé la nature, elle est demeurée muette.

Mais, sans me dire son secret, elle s'est montrée, & c'est comme si elle m'avait parlé; je crois l'entendre. Elle me dit : Mon soleil fait éclore & mûrir mes fruits sur ce petit globe qu'il éclaire & qu'il échauffe ainsi que les autres globes. L'astre de la nuit donne sa lumière

_____

(*a*) Il l'a prouvé dans sa troisième lettre.

réfléchie à la terre qui lui envoie la fienne; tout eſt lié, tout eſt aſſujetti à des lois qui jamais ne ſe démentent; donc tout a été combiné par une ſeule intelligence.

Ceux qui en ſuppoſeraient pluſieurs doivent abſolument les ſuppoſer ou contraires, ou d'accord enſemble; ou différentes, ou ſemblables. Si elles ſont différentes & contraires, elles n'ont pu faire rien d'uniforme. Si elles ſont ſemblables, c'eſt comme s'il n'y en avait qu'une. Tous les philoſophes conviennent qu'il ne faut pas multiplier les êtres ſans néceſſité; ils conviennent donc tous malgré eux qu'il n'y a qu'un Dieu.

La nature a continué, & m'a dit : Tu me demandes où eſt ce Dieu? il ne peut être que dans moi, car s'il n'eſt pas dans la nature, où ſerait-il? dans les eſpaces imaginaires? il ne peut être une ſubſtance à part; il m'anime, il eſt ma vie. Ta ſenſation eſt dans tout ton corps, DIEU eſt dans tout le mien. A cette voix de la nature, j'ai conclu qu'il m'eſt impoſſible de nier l'exiſtence de ce DIEU, & impoſſible de le connaître.

Ce qui penſe en moi, ce que j'appelle *mon ame*, ne ſe voit pas; comment pourrais-je voir ce qui eſt l'ame de l'univers entier?

I I.

Suite des probabilités de l'unité de DIEU.

PLATON, *Ariſtote*, *Cicéron*, & moi, nous ſommes des animaux, c'eſt-à-dire nous ſommes animés. Il ſe peut que dans d'autres globes il ſoit des animaux d'une autre eſpèce, mille millions de fois plus éclairés & plus

puiſſans

puiffans que nous ; comme il fe peut qu'il y ait des montagnes d'or , & des rivières de neftar. On appellera ces animaux *dieux* improprement ; mais il fe peut auffi qu'il n'y en ait pas ; nous ne devons donc pas les admettre. La nature peut exifter fans eux ; mais ce que nous connaiffons de la nature ne pouvait exifter fans un deffein, fans un plan : & ce deffein, ce plan ne pouvait être conçu & exécuté fans une intelligence puiffante ; donc je dois reconnaître cette intelligence, ce Dieu, & rejeter tous ces prétendus dieux, habitans des planètes & de l'Olympe ; & tous ces prétendus fils de D I E U, les *Bacchus*, les *Hercules*, les *Perfées*, les *Romulus*, &c. &c. Ce font des fables miléfiennes, des contes de forciers. Un Dieu fe joindre à la nature humaine ! j'aimerais autant dire que des éléphans ont fait l'amour à des puces , & en ont eu de la race ; cela ferait bien moins impertinent.

Tenons-nous-en donc à ce que nous voyons évidemment, que dans le grand tout il eft une grande intelligence. Fixons-nous à ce point jufqu'à ce que nous puiffions faire encore quelques pas dans ce vafte abyme.

I I I.

Contre les athées.

Il était bien hardi ce *Straton* qui , accordant l'intelligence aux opérations de fon chien de chaffe, la niait aux œuvres merveilleufes de toute la nature. Il avait le pouvoir de penfer, & il ne voulait pas qu'il y eût dans la fabrique du monde un pouvoir qui penfât.

Il difait que la nature feule, par fes combinaifons, produit des animaux penfans. Je l'arrête là, & je lui demande quelle preuve il en a ? il me répond que c'eft fon fyftème, fon hypothèfe, que cette idée en vaut bien une autre.

Mais moi je lui dis : Je ne veux point d'hypothèfe, je veux des preuves. Quand *Poffidonius* me dit qu'il peut quarrer des lunules du cercle, & qu'il ne peut quarrer le cercle, je ne le crois qu'après en avoir vu la démonftration.

Je ne fais pas fi, dans la fuite des temps, il fe trouvera quelqu'un d'affez fou pour affurer que la matière, fans penfer, produit d'elle-même des milliars d'êtres qui penfent. Je lui foutiendrai que, fuivant ce beau fyftème, la matière pourrait produire un Dieu fage, puiffant, & bon.

Car fi la matière feule a produit *Archimède* & vous, pourquoi ne produirait-elle pas un être qui ferait incomparablement au-deffus d'*Archimède* & de vous par le génie, au-deffus de tous les hommes enfemble par la force & par la puiffance, qui difpoferait des élémens beaucoup mieux que le potier ne rend un peu d'argile fouple à fes volontés ; en un mot, un Dieu ? Je n'y vois aucune difficulté : cette folie fuit évidemment de fon fyftème.

I V.

Suite de la réfutation de l'athéifme.

D'AUTRES, comme *Architas*, fupputent que l'univers eft le produit des nombres. Oh ! que les chances ont de pouvoir! Un coup de dés doit néceffairement amener rafle de mondes; car le feul mouvement de trois dés dans un cornet vous amenera rafle de fix, le point de *Vénus*, très-aifément en un quart-d'heure. La matière toujours en mouvement dans toute l'éternité doit donc amener toutes les combinaifons poffibles. Ce monde eft une de ces combinaifons; donc elle avait autant de droit à l'exiftence que toutes les autres; donc elle devait arriver; donc il était impoffible qu'elle n'arrivât pas, toutes les autres combinaifons ayant été épuifées; donc à chaque coup de dés il y avait l'unité à parier contre l'infini, que cet univers ferait formé tel qu'il eft.

Je laiffe *Architas* jouer un jeu auffi défavantageux; & puifqu'il y a toujours l'infini contre un à parier contre lui, je le fais interdire par le préteur, de peur qu'il ne fe ruine. Mais avant de lui ôter la jouiffance de fon bien, je lui demande comment, à chaque inftant, le mouvement de fon cornet qui roule toujours, ne détruit pas ce monde fi ancien, & n'en forme pas un nouveau? (1)

Vous riez de toutes ces folies, fage *Cicéron*, & vous en riez avec indulgence. Vous laiffez tous ces enfans fouffler en l'air fur leurs bouteilles de favon; leurs vains

(1) Cet argument perd toute fa force fi l'on fuppofe que les lois du mouvement font néceffaires. Dans cette opinion, un coup de dés une fois fuppofé, tous les autres en font la fuite; & il s'agit de favoir fi entre tous les premiers coups de dés poffibles, ceux qui donnent une combi- naifon d'où réfulte un ordre apparent, ne font pas en plus grand nombre que les autres, fi cet ordre apparent n'eft pas même une conféquence infaillible de l'exiftence des lois néceffaires. On croit inutile d'avertir que, par premier coup de dés, on entend la combinaifon qui exifte à un inftant donné, & par laquelle les deux fuites infinies de combinaifons dans le paffé & dans l'avenir, font également déterminées.

amuſemens ne feront jamais dangereux. Un an des guerres civiles de *Céſar* & de *Pompée* a fait plus de mal à la terre, que n'en pourraient faire tous les athées enfemble pendant toute l'éternité.

V.

Raiſon des athées.

QUELLE eſt la raiſon qui fait tant d'athées? c'eſt la contemplation de nos malheurs & de nos crimes. *Lucrèce* était plus excuſable que perſonne; il n'a vu autour de lui & n'a éprouvé que des calamités. Rome, depuis *Sylla*, doit exciter la pitié de la terre dont elle a été le fléau. Nous avons nagé dans notre fang. Je juge par tout ce que je vois, par tout ce que j'entends, que *Céſar* fera bientôt aſſaſſiné. Vous le penſez de même; mais après lui je prévois des guerres civiles plus affreuſes que celles dans leſquelles j'ai été enveloppé. *Céſar* lui-même dans tout le cours de ſa vie, qu'a-t-il vu, qu'a-t-il fait? des malheureux. Il a exterminé de pauvres gaulois qui s'exterminaient eux-mêmes dans leurs continuelles factions. Ces barbares étaient gouvernés par des druides qui ſacrifiaient les filles des citoyens après avoir abuſé d'elles. De vieilles ſorcières ſanguinaires étaient à la tête des hordes germaniques qui ravageaient la Gaule, & qui, n'ayant pas de maiſon, allaient piller ceux qui en avaient. *Arioviſte* était à la tête de ces ſauvages, & leurs magiciennes avaient un pouvoir abſolu ſur *Arioviſte*. Elles lui défendirent de livrer bataille avant la nouvelle lune. Ces furies allaient ſacrifier à leurs dieux *Procilius* & *Titius* , deux ambaſſadeurs envoyés par *Céſar* à ce perfide *Arioviſte*, lorſque nous arrivâmes & que nous délivrâmes ces deux citoyens que nous trouvâmes chargés de chaînes. La nature humaine, dans ces cantons , était celle des bêtes féroces , & en vérité nous ne valions guère mieux.

Jetez les yeux ſur toutes les autres nations connues , vous ne voyez que des tyrans & des eſclaves , des dévaſtations , des conſpirations & des ſupplices.

Les animaux ſont encore plus miſérables que nous : aſſujettis aux mêmes maladies , ils ſont ſans aucun ſecours ; nés tous ſenſibles , ils ſont dévorés les uns par les autres. Point d'eſpèce qui n'ait ſon bourreau. La terre d'un pôle à l'autre eſt un champ de carnage , & la nature ſanglante eſt aſſiſe entre la naiſſance & la mort.

Quelques poëtes , pour remédier à tant d'horreurs, ont imaginé les enfers. Etrange conſolation! étrange chimère! les enfers ſont chez nous. Le chien à trois têtes, & les trois parques , & les trois furies ſont des agneaux en comparaiſon de nos *Sylla* & de nos *Marius*.

Comment un Dieu aurait-il pu former ce cloaque épouvantable de miſères & de forfaits? On ſuppoſe un Dieu puiſſant, ſage , juſte & bon ; & nous voyons de tous côtés folie , injuſtice & méchanceté. On aime mieux alors nier DIEU que le blaſphémer. Auſſi avons-nous cent épicuriens contre un platonicien. Voilà les vraies raiſons de l'athéiſme , le reſte eſt diſpute d'école.

V I.

Réponse aux plaintes des athées.

A ces plaintes du genre-humain, à ces cris éternels de la nature toujours souffrante, que répondrai-je?

J'ai vu évidemment des fins & des moyens. Ceux qui disent que ni l'œil n'est fait pour voir, ni l'oreille pour entendre, ni l'estomac pour digérer, m'ont paru des fous ridicules : mais ceux qui dans leurs tourmens me baignent de leurs larmes, qui cherchent un DIEU consolateur & qui ne le trouvent pas, ceux-là m'attendrissent ; je gémis avec eux, & j'oublie de les condamner.

Mortels qui souffrez & qui pensez, compagnons de mes supplices, cherchons ensemble quelque consolation, & quelques argumens. Je vous ai dit qu'il est dans la nature une intelligence, un DIEU ; mais vous ai-je dit qu'il pouvait faire mieux? le fais-je? dois-je le présumer? suis-je de ses conseils? Je le crois très-sage ; son soleil & ses étoiles me l'apprennent. Je le crois très-juste & très-bon ; car d'où lui viendraient l'injustice & la malice? Il y a du bon, donc DIEU l'est ; il y a du mal, donc ce mal ne vient point de lui. Comment enfin dois-je envisager DIEU? comme un père qui n'a pu faire le bien de tous ses enfans.

VII.

Si DIEU *eſt infini, & s'il a pu empêcher le mal.*

QUELQUES philoſophes me crient : DIEU eſt éternel, infini, tout-puiſſant; il pouvait donc défendre au mal d'entrer dans ſon édifice admirable.

Prenez garde, mes amis, s'il l'a pu, & s'il ne l'a pas fait, vous le déclarez méchant; vous en faites notre perſécuteur, notre bourreau, & non pas notre DIEU.

Il eſt éternel ſans doute. Dès qu'il exiſte quelque être, il exiſte un être de toute éternité; ſans quoi le néant donnerait l'exiſtence. La nature eſt éternelle, l'intelligence qui l'anime eſt éternelle. Mais d'où ſavons-nous qu'elle eſt infinie? La nature eſt-elle infinie? Qu'eſt-ce que l'infini actuel? Nous ne connaiſſons que des bornes; il eſt vraiſemblable que la nature a les ſiennes; le vide en eſt une preuve. Si la nature eſt limitée, pourquoi l'intelligence ſuprême ne le ſerait-elle pas? pourquoi ce DIEU, qui ne peut être que dans la nature, s'étendrait-il plus loin qu'elle? Sa puiſſance eſt très-grande : mais qui nous a dit qu'elle eſt infinie, quand ſes ouvrages nous montrent le contraire? quand la ſeule reſſource qui nous reſte pour le diſculper, eſt d'avouer que ſon pouvoir n'a pu triompher du mal phyſique & moral? Certes j'aime mieux l'adorer borné que méchant.

Peut-être dans la vaſte machine de la nature, le bien l'a-t-il emporté néceſſairement ſur le mal, & l'éternel artiſan a été forcé dans ſes moyens en feſant

R 4

encore (malgré tant de maux) ce qu'il y avait de mieux.

Peut-être la matière a été rebelle à l'intelligence qui en difpofait les refforts.

Qui fait enfin fi le mal qui règne depuis tant de fiècles, ne produira pas un grand bien dans des temps encore plus longs ?

Hélas! faibles & malheureux humains, vous portez les mêmes chaînes que moi; vos maux font réels; & je ne vous confole que par des peut-être.

V I I I.

Si DIEU *arrangea le monde de toute éternité.*

RIEN ne fe fait de rien. Toute l'antiquité, tous les philofophes fans exception conviennent de ce principe. Et en effet, le contraire paraît abfurde. C'eft même une preuve de l'éternité de DIEU. C'eft bien plus, c'eft fa juftification. Pour moi, j'admire comment cette augufte intelligence a pu conftruire cet immenfe édifice avec de la fimple matière. On s'étonnait autrefois que les peintres avec quatre couleurs puffent varier tant de nuances. Quels hommages ne doit-on pas au grand *Demiourgos* qui a tout fait avec quatre faibles élémens.

Nous venons de voir que, fi la matière exiftait, DIEU exiftait auffi.

Quand l'a-t-il fait obéir à fa main puiffante? quand l'a-t-il arrangée?

Si la matière exiftait dans l'éternité, comme tout le monde l'avoue, ce n'eft pas d'hier que la fuprême intelligence l'a mife en œuvre. Quoi ! D I E U eft néceffairement aΣif, & il aurait paffé une éternité fans agir ! Il eft le grand être néceffaire : comment aurait-il été pendant des fiècles éternels le grand être inutile ?

Le chaos eft une imagination poétique ; ou la matière avait par elle-même de l'énergie, ou cette énergie était dans D I E U. Dans le premier cas, tout fe ferait donné de lui-même, & fans deffein, le mouvement, l'ordre, & la vie ; ce qui nous femble abfurde.

Dans le fecond cas, D I E U aura tout fait, mais il aura toujours tout fait ; il aura toujours tout difpofé néceffairement de la manière la plus prompte & la plus convenable au fujet fur lequel il travaillait.

Si l'on peut comparer D I E U au foleil fon éternel ouvrage, il était comme cet aftre, dont les rayons émanent dès qu'il exifte. D I E U, en formant le foleil lumineux, ne pouvait lui ôter fes taches. D I E U, en formant l'homme avec des paffions néceffaires, ne pouvait peut-être prévenir ni fes vices, ni fes défaftres. Toujours des peut-être ; mais je n'ai point d'autre moyen de juftifier la Divinité.

Cher *Cicéron*, je ne demande point que vous penfiez comme moi, mais que vous m'aidiez à penfer.

I X.

Des deux principes, & de quelques autres fables.

LES Perfes, pour expliquer l'origine du mal, imaginèrent, il y a quelques neuf mille ans, que DIEU, qu'ils appellent *Oromafe* ou *Orofmad*, s'était complu à former un être puiffant & méchant, qu'ils nomment, je crois, *Arimane*, pour lui fervir d'antagonifte; & que le bon *Oromafe*, qui nous protége, combat fans ceffe *Arimane* le malin qui nous perfécute. C'eft ainfi que j'ai vu un de mes centurions qui fe battait tous les matins contre fon finge pour fe tenir en haleine.

D'autres Perfes, & c'eft, dit-on, le plus grand nombre, croient le tyran *Arimane* auffi ancien que le bon prince *Orofmad*. Ils difent qu'il caffe les œufs que le favorable *Orofmad* pond fans ceffe, & qu'il y fait entrer le mal; qu'il répand les ténèbres par-tout où l'autre envoie la lumière; les maladies, quand l'autre donne la fanté; qu'il fait toujours marcher la mort à la fuite de la vie. Il me femble que je vois deux charlatans en plein marché, dont l'un diftribue des poifons, & l'autre des antidotes.

Des mages s'efforceront, s'ils veulent, de trouver de la raifon dans cette fable. Pour moi, je n'y aperçois que du ridicule; je n'aime point à voir DIEU, qui eft la raifon même, toujours occupé comme un gladiateur à combattre une bête féroce.

Les Indiens ont une fable plus ancienne; trois dieux réunis dans la même volonté, *Birma* ou *Brama*,

la puiſſance & la gloire; *Vilſnou* ou *Bitſnou*, la ten-
dreſſe & la bienſeſance; *Sub* ou *Sib*, la terreur & la
deſtruction, créèrent d'un commun accord des demi-
dieux, des *debta* dans le ciel. Ces demi-dieux ſe révol-
tèrent, ils furent précipités dans l'abyme par les trois
dieux, ou plutôt par le grand Dieu qui préſidait à
ces trois. Après des ſiècles de punition, ils obtinrent
de devenir hommes; & ils apportèrent le mal ſur la
terre : ce qui obligea D I E U ou les trois dieux de
donner ſa nouvelle loi du Veidam.

Mais ces coupables, avant de porter le mal ſur la
terre, l'avaient déjà porté dans le ciel. Et comment
D I E U avait-il créé des êtres qui devaient ſe révolter
contre lui ? comment D I E U aurait-il donné une
ſeconde loi dans ſon Veidam? ſa première était donc
mauvaiſe?

Le conte oriental ne prouve rien, n'explique rien;
il a été adopté par quelques nations aſiatiques; &
enfin il a ſervi de modèle à la guerre des Titans.

Les Egyptiens ont eu leur *Oſiris* & leur *Typhon*.

Le *Jupiter* d'*Homère* avec ſes deux tonneaux me
fait lever les épaules. Je n'aime point *Jupiter* cabaretier
donnant, comme tous les autres cabaratiers, plus de
mauvais que de bon. Il ne tenait qu'à lui de faire
toujours du falerne.

Le plus beau, le plus agréable de tous les contes
inventés pour juſtifier ou pour accuſer la Providence,
ou pour s'amuſer d'elle, eſt la boîte de *Pandore*. Ainſi,
on n'a jamais débité que des fables comiques ſur la
plus triſte des vérités.

X.

Si le mal est nécessaire.

Tous les hommes ayant épuisé en vain leur génie à deviner comment le mal peut exister sous un Dieu bon, quel téméraire osera se flatter de trouver ce que *Cicéron* cherche encore en vain? Il faut bien que le mal n'ait point d'origine, puisque *Cicéron* ne l'a pas découverte.

Ce mal nous crible & nous pénètre de tous côtés, comme le feu s'incorpore à tout ce qui le nourrit, comme la matière éthérée court dans tous les pores: le bien fait à-peu-près le même effet. Deux amans jouissans goûtent le bonheur dans tout leur être; cela est ainsi de tout temps. Que puis-je en penser? sinon que cela fut nécessaire de tout temps.

Je suis donc ramené malgré moi à cette ancienne idée que je vois être la base de tous les systèmes, dans laquelle tous les philosophes retombent après mille détours, & qui m'est démontrée par toutes les actions des hommes, par les miennes, par tous les événe-mens que j'ai lus, que j'ai vus, & auxquels j'ai eu part; c'est le fatalisme, c'est la nécessité dont je vous ai déjà parlé.

Si je descends dans moi-même, qu'y vois-je que le fatalisme? ne fallait-il pas que je naquisse quand les mouvemens des entrailles de ma mère ouvrirent sa matrice, & me jetèrent nécessairement dans le monde? pouvait-elle l'empêcher? pouvais-je m'y opposer? me fuis-je donné quelque chofe? toutes mes idées ne font-elles pas entrées fucceffivement dans ma tête, fans que j'en aie appelé aucune? ces idées n'ont-elles pas déterminé invinciblement ma volonté, fans quoi ma volonté n'aurait point eu de caufe? Tout ce que j'ai fait n'a-t-il pas été la fuite néceffaire de toutes ces prémiffes néceffaires? n'en eft-il pas ainfi dans toute la nature?

Ou ce qui exifte eft néceffaire, ou il ne l'eft pas. S'il ne l'eft pas, il eft démontré inutile. L'univers en ce cas ferait inutile; donc il exifte d'une néceffité abfolue. DIEU fon moteur, fon fabricateur, fon ame, ferait inutile; donc DIEU exifte d'une néceffité abfolue, comme nous l'avons dit. Je ne puis fortir de ce cercle dans lequel je me fens renfermé par une force invincible.

Je vois une chaîne immenfe dont tout eft chaînon; elle embraffe, elle ferre aujourd'hui la nature; elle l'embraffait hier; elle l'entourera demain: je ne puis ni voir ni concevoir un commencement des chofes. Ou rien n'exifte, ou tout eft éternel.

Je me fens irréfiftiblement déterminé à croire le mal néceffaire, puifqu'il eft. Je n'aperçois d'autre raifon de fon exiftence que cette exiftence même.

O *Cicéron!* détrompez-moi, je fuis dans l'erreur; mais en combien d'endroits êtes-vous de mon avis dans votre livre *de Fato*, fans prefque vous en apercevoir! tant la vérité a de force, tant la deftinée vous entraînait malgré vous, lors même que vous la combattiez.

X I.

Confirmation des preuves de la néceffité des chofes.

Il y a certainement des chofes que la fuprême intelligence ne peut empêcher : par exemple, que le paffé n'ait exifté, que le préfent ne foit dans un flux continuel, que l'avenir ne foit la fuite du préfent; que les vérités mathématiques ne foient vérités. Elle ne peut faire que le contenu foit plus grand que le contenant; qu'une femme accouche d'un éléphant par l'oreille; que la lune paffe par un trou d'aiguille.

La lifte de ces impoffibilités ferait très-longue : il eft donc, encore une fois, très-vraifemblable que Dieu n'a pu empêcher le mal.

Une intelligence fage, puiffante, & bonne, ne peut avoir fait délibérément des ouvrages de contradiction. Mille enfans naiffent avec les organes convenables à leur tête, mais ceux de la poitrine font viciés. La moitié des conformations eft manquée, & c'eft ce qui détruit la moitié des ouvrages de cette intelligence bonne. Oh fi du moins il n'y avait que la moitié de fes créatures qui fût méchante! mais que de crimes depuis la calomnie jufqu'au parricide! quoi! un agneau, une colombe, une tourterelle, un roffignol, ne me nuiront jamais; & Dieu me nuirait toujours! il ouvrirait des abymes fous mes pas, ou il engloutirait la ville où je fuis né, ou il me livrerait pendant toute ma vie à la fouffrance, & cela fans motif, fans raifon, fans qu'il en réfulte le moindre bien! non, mon DIEU, non, être fuprême, mais bienfefant, je ne puis le croire; je ne puis te faire cette horrible injure.

On me dira peut-être que j'ôte à DIEU fa liberté. Que fa puiffance fuprême m'en garde. Faire tout ce qu'on peut, c'eft exercer fa liberté pleinement. DIEU a fait tout ce qu'un Dieu pouvait faire. Il eft beau qu'un Dieu ne puiffe faire le mal.

X I I.

Réponfe à ceux qui objeĉteraient qu'on fait DIEU étendu, matériel, & qu'on l'incorpore avec la nature.

QUELQUES platoniciens me reprochent que j'ôte à DIEU fa fimplicité, que je le fuppofe étendu, que je ne le diftingue pas affez de la nature; que je fuis plutôt les dogmes de *Straton*, que ceux des autres philofophes.

Mon cher *Cicéron*, ni eux, ni vous, ni moi, ne favons ce que c'eft que DIEU. Bornons - nous à favoir qu'il en exifte un. Il n'eft donné à l'homme de connaître ni de quoi les aftres font formés, ni comment eft fait le maître des aftres.

Que DIEU foit appelé *être fimple*, j'y confens de tout mon cœur; fimple ou étendu, je l'adorerai éga-lement : mais je ne comprends pas ce que c'eft qu'un être fimple. Quelques rêveurs, pour me le faire entendre, difent qu'un point géométrique eft un être fimple. Mais un point géométrique eft une fuppofi-tion, une abftraĉtion de l'efprit, une chimère. DIEU ne peut être un point géométrique; je vois en lui avec *Platon* l'éternel géomètre.

Pourquoi D I E U ne ferait-il pas étendu, lui qui eft dans toute la nature? en quoi l'étendue répugne-t-elle à fon effence?

Si le grand être intelligent & néceffaire opère fur l'étendue, comment agit-il où il n'eft pas? & s'il eft en tous les lieux où il agit, comment n'eft-il pas étendu?

Un être dont je pourrais nier l'exiftence dans chaque particule du monde, l'une après l'autre, n'exifterait nulle part.

Un être fimple eft incompréhenfible; c'eft un mot vide de fens, qui ne rend D I E U ni plus refpectable, ni plus aimable, ni plus puiffant, ni plus raifonnable. C'eft plutôt le nier que le définir.

On pourra me répondre que notre ame eft un exemple, une preuve de la fimplicité du grand être; que nous ne voyons ni ne fentons notre ame, qu'elle n'a point de parties, qu'elle eft fimple, que cependant elle exifte en un lieu, & qu'elle peut ainfi rendre raifon du grand être fimple. C'eft ce que nous allons examiner. Mais avant de me plonger dans ce vide, je vous réitère qu'en quelque endroit qu'on pofe l'être fuprême, le mît-on en tout lieu fans qu'il remplît de place, le reléguât-on hors de tout lieu fans qu'il ceffât d'être, raffemblât-on en lui toutes les contradictions des écoles; je l'adorerai tant que je vivrai, fans croire aucune école, & fans porter mon vol dans des régions où nul mortel ne peut atteindre.

XIII.

X I I I.

Si la nature de l'âme peut nous faire connaître la nature de DIEU.

J'AI conclu déjà que puisqu'une intelligence préfide à mon faible corps, une intelligence suprême préfide au grand tout. Où me conduira ce premier pas de tortue? pourrai-je jamais favoir ce qui fent & ce qui penfe en moi? eft-ce un être invifible, intangible, incorporel, qui eft dans mon corps? nul homme n'a encore ofé le dire. *Platon* lui-même n'a pas eu cette hardieffe. Un être incorporel qui meut un corps! un être intangible qui touche tous mes organes dans lef- quels eft la fenfation! un être fimple & qui augmente avec l'âge! un être incorruptible & qui dépérit par degrés! quelles contradictions, quel chaos d'idées incompréhenfibles! quoi, je ne puis rien connaître que par mes fens, & j'admettrai dans moi un être entièrement oppofé à mes fens! Tous les animaux ont du fentiment comme moi, tous ont des idées que leurs fens leur fourniffent: auront-ils tous une ame comme moi? nouveau fujet, nouvelle raifon, d'être non-feulement dans l'incertitude fur la nature de l'ame, mais dans l'étonnement continuel & dans l'ignorance.

Ce que je puis encore moins comprendre, c'eft la dédaigneufe & fotte indifférence dans laquelle crou- piffent prefque tous les hommes, fur l'objet qui les intéreffe le plus, fur la caufe de leurs penfées, fur tout leur être. Je ne crois pas qu'il y ait dans Rome deux cents perfonnes qui s'en foient réellement occupées. Prefque tous les Romains difent, que m'importe ? & après avoir ainfi parlé, ils vont compter leur argent, courent aux fpectacles ou chez leurs maîtreffes. C'eft la vie des défoccupés. Pour celle des factieux, elle eft horrible. Aucun de ces gens-là ne s'embarraffe de fon ame. Pour le petit nombre qui peut y penfer, s'il eft de bonne foi, il avouera qu'il n'eft fatisfait d'aucun fyftème.

Je fuis près de me mettre en colère quand je vois *Lucrèce* affirmer que la partie de l'ame, qu'on appelle efprit, intelligence, *animus*, loge au milieu de la poitrine; (*b*) & que l'autre partie de l'ame, qui fait la fenfation, eft répandue dans le refte du corps : de tous les autres fyftèmes aucun ne m'éclaire.

Autant de fectes, autant d'imaginations, autant de chimères. Dans ce conflit de fuppofitions, fur quoi pofer le pied pour monter vers DIEU ? Puis-je m'élever de cette ame que je ne connais point à la contemplation de l'effence fuprême que je voudrais connaître ? Ma nature que j'ignore, ne me prête aucun inftrument pour fonder la nature du principe univerfel, entre lequel & moi eft un fi vafte & fi profond abyme.

(*b*) *Confilium quod nos animum mentemque vocamus ,*
Idque fitum mediâ regione in corporis hæret.

XIV.

*Courte revue des systèmes sur l'ame, pour parvenir,
si l'on peut, à quelque notion de l'intelligence
suprême.*

Si pourtant il est permis à un aveugle de chercher
son chemin à tâtons, souffrez, *Cicéron*, que je fasse
encore quelques pas dans ce chaos, en m'appuyant
sur vous. Donnons-nous d'abord le plaisir de jeter
un coup d'œil sur tous les systèmes.

Je suis corps, & il n'y a point d'esprits.

Je suis esprit, & il n'y a point de corps.

Je possède dans mon corps une ame spirituelle.

Je suis une ame spirituelle qui possède mon corps.

Mon ame est le résultat de mes cinq sens.

Mon ame est un sixième sens.

Mon ame est une substance inconnue, dont l'essence
est de penser & de sentir.

Mon ame est une portion de l'ame universelle.

Il n'y a point d'ame.

Quand je m'éveille après avoir fait tous ces songes,
voici ce que me dit la voix de ma faible raison, qui
me parle sans que je sache d'où vient cette voix.

Je suis corps, il n'y a point d'esprits. Cela me paraît
bien grossier. J'ai bien de la peine de penser fermement
que votre oraison *pro lege Maniliâ* ne soit qu'un résultat
de la déclinaison des atomes.

Quand j'obéis aux commandemens de mon général,
& qu'on obéit aux miens, les volontés de mon général

& les miennes ne font point des corps qui en font mouvoir d'autres par les lois du mouvement. Un raifonnement n'eft point le fon d'une trompette. On me commande par intelligence, j'obéis par intelligence. Cette volonté fignifiée, cette volonté que j'accomplis n'eft ni un cube, ni un globe, n'a aucune figure, n'a rien de la matière. Je puis donc la croire immatérielle. Je puis donc croire qu'il y a quelque chofe qui n'eft pas matière.

Il n'y a que des efprits & point de corps. Cela eft bien délié & bien fin; la matière ne ferait qu'un phénomène! il fuffit de manger & de boire, & de s'être bleffé d'un coup de pierre au bout du doigt, pour croire à la matière.

Je poffède dans mon corps une ame fpirituelle. Qui, moi, je ferais la boîte dans laquelle ferait un être qui ne tient point de place! moi étendu je ferais l'étui d'un être non étendu! je poffèderais quelque chofe qu'on ne voit jamais, qu'on ne touche jamais, dont on ne peut avoir la moindre image, la moindre idée? il faut être bien hardi pour fe vanter de poffèder un tel tréfor. Comment le poffèderais-je, puifque toutes mes idées me viennent fi fouvent malgré moi, pendant ma veille & pendant mon fommeil? c'eft un plaifant maître de fes idées qu'un être qui eft toujours maîtrifé par elles.

Une ame fpirituelle poffède mon corps. Cela eft bien plus hardi à elle; car elle aura beau ordonner à ce corps d'arrêter le cours rapide de fon fang, de rectifier tous fes mouvemens internes, il n'obéira jamais. Elle poffède un animal bien indocile.

Mon ame eft le réfultat de tous mes fens. C'eft une

affaire difficile à concevoir , & par conféquent à expliquer.

Le fon d'une lyre , le toucher , l'odeur , la vue , le goût d'une pomme d'Afrique ou de Perfe , femblent avoir peu de rapport avec une démonftration d'*Archimède* ; & je ne vois pas bien nettement comment un principe agiffant ferait dans moi la conféquence de cinq autres principes. J'y rêve , & je n'y entends rien du tout.

Je puis penfer fans nez : je puis penfer fans goût , fans jouir de la vue , & même ayant perdu le fentiment du tact. Ma penfée n'eft donc pas le réfultat des chofes qui peuvent m'être enlevées tour à tour. J'avoue que je ne me flatterais pas d'avoir des idées fi je n'avais jamais aucun de mes cinq fens ; mais on ne me perfuadera pas que ma faculté de penfer foit l'effet de cinq puiffances réunies , quand je penfe encore après les avoir perdues l'une après l'autre.

L'ame eft un fixième fens. Ce fyftème a d'abord quelque chofe d'éblouiffant. Mais que veulent dire ces paroles ? prétend-on que le nez eft un être flairant par lui-même ? mais les philofophes les plus accrédités ont dit que l'ame flaire par le nez , voit par les yeux , & qu'elle eft dans les cinq fens. En ce cas , elle ferait auffi dans ce fixième fens , s'il y en avait un ; & cet être inconnu , nommé *ame* , ferait dans fix fens au lieu d'être dans cinq. Que fignifierait , *l'ame eft un fens ?* on ne peut rien entendre par ces mots , finon l'ame eft une faculté de fentir & de penfer ; & c'eft ce que nous examinerons.

Mon ame eft une fubftance inconnue , dont l'effence eft de penfer & de fentir. Cela revient à-peu-près à cette

S 3

idée que l'ame eft un fixième fens : mais dans cette
fuppofition , elle eft plutôt mode , accident , faculté ,
que fubftance.

Inconnue , j'en conviens ; mais fubftance , je le nie.
Si elle était fubftance , fon effence ferait de fentir &
de penfer ; comme celle de la matière eft l'étendue
& la folidité. Alors l'ame fentirait toujours & penferait
toujours , comme la matière eft toujours folide &
étendue.

Cependant il eft très-certain que nous ne fentons
ni ne penfons toujours. Il faut être d'une opiniâtreté
ridicule pour foutenir que dans un profond fommeil ,
quand on ne rêve point , on a du fentiment & des
idées. C'eft donc un être de raifon , une chimère ,
qu'une prétendue fubftance qui perdrait fon effence
pendant la moitié de fa vie.

Mon ame eft une portion de l'ame univerfelle. Cela eft
plus fublime. Cette idée flatte notre orgueil ; elle nous
fait des dieux. Une portion de la Divinité ferait divinité elle-même , comme une partie de l'air eft de l'air,
& une goutte d'eau de l'Océan eft de la même nature
que l'Océan. Mais voilà une plaifante divinité qui naît
entre la veffie & le rectum , qui paffe neuf mois dans
un néant abfolu , qui vient au monde fans rien connaître , fans rien faire , qui demeure plufieurs mois dans
cet état , qui fouvent n'en fort que pour s'évanouir à
jamais , & qui ne vit d'ordinaire que pour faire toutes
les impertinences poffibles.

Je ne me fens point du tout affez infolent pour me
croire une partie de la Divinité. *Alexandre* fe fit dieu ;
Céfar fe fera dieu s'il veut , à la bonne heure ; *Antoine*
& *Nicomède* feront fes grands-prêtres ; *Cléopâtre* fera

fa grande-prêtreffe. Je ne prétends point à un tel honneur.

Il n'y a point d'ame. Ce fyftème, le plus hardi, le plus étonnant de tous , eft au fond le plus fimple. Une tulipe, une rofe, ces chefs-d'œuvre de la nature dans les jardins, font produites par une mécanique incompréhenfible, & n'ont point d'ame. Le mouvement qui fait tout n'eft point une ame, un être penfant. Les infectes qui ont la vie ne nous paraiffent point doués de cet être penfant qu'on appelle *ame*. On admet volontiers dans les animaux un inftinct qu'on ne comprend point, & nous leur refufons une ame que l'on comprend encore moins. Encore un pas, & l'homme fera fans ame.

Que mettrons-nous donc à la place? du mouvement, des fenfations, des idées, des volontés, &c. dans chacun de nos individus. Et d'où viendront ces fenfations, ces idées, ces volontés, dans un corps organifé? elles viendront de fes organes; elles feront dues à l'intelligence fuprême qui anime toute la nature : cette intelligence aura donné à tous les animaux bien organifés des facultés qu'on aura nommé *ame;* & nous aurons la puiffance de penfer fans être ame, comme nous avons la puiffance d'opérer des mouvemens fans que nous foyons mouvement.

Qui fait fi ce fyftème n'eft pas plus refpectueux pour la Divinité qu'aucun autre? il femble qu'il n'en eft point qui nous mette plus fous la main de DIEU. J'ai peur, je l'avoue, que ce fyftème ne faffe de l'homme une pure machine. Examinons cette dernière hypothèfe , & défions-nous d'elle comme de toutes les autres.

X V.

Examen fi ce qu'on appelle ame n'eft pas une faculté
qu'on a prife pour une fubftance.

J'AI le don de la parole & de l'intonation, de
forte que j'articule & que je chante ; mais je n'ai
point d'être en moi qui foit articulation & chant.
N'eft-il pas bien probable qu'ayant des fenfations &
des penfées, je n'ai point en moi un être caché qui
foit à la fois fenfation & penfée, ou penfée fentante
nommée *ame* ?

Nous marchons par les pieds, nous prenons par les
mains ; nous penfons, nous voulons par la tête. Je
fuis entièrement ici pour *Epicure* & pour *Lucrèce*, &
je regarde fon troifième livre comme le chef-d'œuvre
de la fagacité éloquente. Je doute qu'on puiffe jamais
dire rien d'auffi beau ni d'auffi vraifemblable.

Toutes les parties du corps font fufceptibles de
fenfation ; à quoi bon chercher une autre fubftance
dans mon corps, laquelle fente pour lui ? pourquoi
recourir à une chimère quand j'ai la réalité ?

Mais, me dira-t-on, l'étendue ne fuffit pas pour
avoir des fenfations & des idées. Ce caillou eft étendu,
il ne fent ni ne penfe. Non ; mais cet autre morceau
de matière organifée poffède la fenfation & le don de
penfer. Je ne conçois point du tout par quel artifice
le mouvement, les fentimens, les idées, la mémoire,
le raifonnement, fe logent dans ce morceau de matière organifée ; mais je le vois, & j'en fuis la preuve
à moi-même.

Je conçois encore moins comment ce mouvement, ce
fentiment, ces idées, cette mémoire, ce raifonnement,

fe formeraient dans un être inétendu, dans un être fimple, qui me paraît équivaloir au néant. Je n'en ai jamais vu de ces êtres fimples; perfonne n'en a vu; il eft impoffible de s'en former la plus légère idée; ils ne font point néceffaires; ce font les fruits d'une imagination exaltée. Il eft donc, encore une fois, très-inutile de les admettre.

Je fuis corps, & cet arrangement de mon corps, cette puiffance de me mouvoir & de mouvoir d'autres corps, cette puiffance de fentir & de raifonner, je les tiens donc de la puiffance intelligente & néceffaire qui anime la nature. Voilà en quoi je diffère de *Lucrèce*. C'eft à vous de nous juger tous deux. Dites-moi lequel vaut le mieux de croire un être invifible, incompréhenfible, qui naît & meurt avec nous, ou de croire que nous avons feulement des facultés données par le grand être néceffaire? (2)

(2) Dans cet ouvrage, & dans les deux précédens, M. de *Voltaire* femble regarder l'ame humaine plutôt comme une faculté que comme un être à part. Cependant il me femble que l'idée de l'exiftence n'eft réellement pour nous que celle de permanence; que le *moi* eft la feule chofe dont la permanence nous foit prouvée, par notre fentiment même & d'une manière évidente; que la permanence de tout autre être, & fon exiftence par conféquent, ne l'eft qu'en vertu d'une forte d'analogie & avec une probabilité plus ou moins grande: il en eft de même de ma propre exiftence pour les inftans de fa durée dont je n'ai pas actuellement la confcience; & c'eft-là, fans doute, ce que *Locke* a voulu dire dans fon chapitre de l'identité. Voyez ci-devant, page 122. *Mon ame* ou *moi* font donc la même chofe. On ne devrait pas dire, à la vérité, *j'ai une ame*, c'eft une expreffion vide de fens; mais *je fuis une ame*, c'eft-à-dire, un être fentant, penfant, &c.

Quant au corps, il me paraît qu'il n'y en a aucune partie, confidérée comme fubftance, qui foit identique avec moi. Je dis comme fubftance, parce qu'à la vérité je ne puis nier que, fi je fuis privé de mon cœur, de mon cerveau, je ne tombe dans un état dont je ne peux me former d'idée; mais je conçois très-bien que chaque particule de mon

X V I.

Des facultés des animaux.

LES animaux ont les mêmes facultés que nous. Organifés comme nous, ils reçoivent comme nous la vie, ils la donnent de même. Ils commencent comme nous le mouvement, & le communiquent. Ils ont des fens & des fenfations, des idées, de la mémoire. Quel eft l'homme affez fou pour penfer que le principe de toutes ces chofes eft un efprit inétendu? nul mortel n'a jamais ofé proférer cette abfurdité. Pourquoi donc ferions-nous affez infenfés pour imaginer cet efprit en faveur de l'homme?

Les animaux n'ont que des facultés, & nous n'avons que des facultés.

Ce ferait en vérité une chofe bien comique que quand un lézard avale une mouche, & quand un crocodile avale un homme, chacun d'eux avalât une ame.

Que ferait donc l'ame de cette mouche? un être immortel defcendu du plus haut des cieux pour entrer dans ce corps, une portion détachée de la Divinité? ne vaut-il pas mieux la croire une fimple faculté de cet animal à lui donnée avec la vie? Et fi cet infecte

corps peut être changée contre une autre fucceffivement, qu'il peut en réfulter pour moi un autre ordre d'idées & de fenfations, fans que l'identité du fentiment du *moi* en foit detruite.

Le *moi* fubfifte dans les animaux comme dans l'homme, & pour chacun l'exiftence, la permanence, de fon *moi*, eft la feule vérité de fait fur laquelle il puiffe avoir de la certitude.

a reçu ce don, nous en dirons autant du finge & de l'éléphant; nous en dirons autant de l'homme, & nous ne lui ferons point de tort.

J'ai lu dans un philofophe que l'homme le plus groffier eft au-deffus du plus ingénieux animal. Je n'en conviens point. On acheterait beaucoup plus cher un éléphant qu'une foule d'imbécilles ; mais quand même cela ferait, qu'en pourrait-on conclure? que l'homme a reçu plus de talens du grand être, & rien de plus.

XVII.

De l'immortalité.

QUE le grand être veuille perfévérer à nous conti-nuer les mêmes dons après notre mort ; qu'il puiffe attacher la faculté de penfer à quelque partie de nous-mêmes qui fubfiftera encore, à la bonne heure : je ne veux ni l'affirmer, ni le nier : je n'ai de preuve ni pour ni contre. Mais c'eft à celui qui affirme une chofe fi étrange à la prouver clairement; & comme jufqu'ici perfonne ne l'a fait, on me permettra de douter.

Quand nous ne fommes plus que cendre, de quoi nous fervirait-il qu'un atome de cette cendre paffât dans quelque créature, revêtu des mêmes facultés dont il aurait joui pendant fa vie? cette perfonne nouvelle ne fera pas plus ma perfonne, cet étranger ne fera pas plus moi que je ne ferai ce chou & ce melon qui fe feront formés de la terre où j'aurai été inhumé.

Pour que je fuffe véritablement immortel, il faudrait que je confervaffe mes organes, ma mémoire, toutes mes facultés. Ouvrez tous les tombeaux , raffemblez tous les offemens , vous n'y trouverez rien qui vous donne la moindre lueur de cette efpérance.

XVIII

De la métempfycofe.

POUR que la métempfycofe pût être admife , il faudrait que quelqu'un de bonne foi fe reffouvînt bien pofitivement qu'il a été autrefois un autre homme. Je ne croirai pas plus que *Pythagore* a été coq , que je ne crois qu'il a eu une cuiffe d'or.

Quand je vous dis que j'ai des facultés , je ne dis rien que de vrai ; quand j'avoue que je ne me fuis point fait ces préfens , cela eft encore d'une vérité évidente ; quand je juge qu'une caufe intelligente peut feule m'avoir donné l'entendement , je ne dis rien encore que de très-plaufible , rien qui puiffe effaroucher la raifon : mais fi un charbonnier me dit qu'il a été *Cyrus* & *Hercule* , cela m'étonne , & je le prie de m'en donner des preuves convaincantes.

XIX.

Des devoirs de l'homme , quelque fecte qu'on embraffe.

TOUTES les fectes font différentes , mais la morale eft par-tout la même ; c'eft de quoi nous fommes convenus fouvent dans nos entretiens avec *Cotta* & *Balbus*. Le fentiment de la vertu a été mis par la nature dans le cœur de l'homme, comme un antidote contre tous les poifons dont il devait être dévoré. Vous favez que *Céfar* eut un remords quand il fut au bord du Rubicon. Cette voix fecrète qui parle à tous les hommes lui dit qu'il était un mauvais citoyen. Si *Céfar*, *Catilina*, *Marius*, *Sylla*, *Cinna*, ont repouffé cette voix, *Caton*, *Atticus*, *Marcellus*, *Cotta*, *Balbus*, & vous, vous lui avez été dociles.

La connaiffance de la vertu reftera toujours fur la terre, foit pour nous confoler quand nous l'embrafferons, foit pour nous accufer quand nous violerons fes lois.

Je vous ai dit fouvent, à *Cotta* & à vous, que ce qui me frappait le plus d'admiration dans toute l'antiquité était la maxime de *Zoroaftre* : *Dans le doute fi une action eft jufte ou injufte, abftiens-toi.*

Voilà la règle de tous les gens de bien ; voilà le principe de toute la morale. Ce principe eft l'ame de votre excellent livre des *Offices.* On n'écrira jamais rien de plus fage, de plus vrai, de plus utile. Déformais ceux qui auront l'ambition d'inftruire les hommes, & de leur donner des préceptes, feront des charlatans s'ils veulent s'élever au-deffus de vous, ou feront tous vos imitateurs.

X X.

Que malgré tous nos crimes, les principes de la vertu font dans le cœur de l'homme.

CES préceptes de la vertu que vous avez enfeignés avec tant d'éloquence, grand *Cicéron*, font tellement gravés dans le cœur humain par les mains de la nature, que les prêtres même d'Egypte, de Syrie, de Chaldée, de Phrygie, & les nôtres, n'ont pu les effacer. En vain ceux d'Egypte ont confacré des crocodiles, des boucs, & des chats, & ont facrifié à leur ignorance, à leur ambition & à leur avarice; en vain les Chaldéens ont eu l'abfurde infolence de lire l'avenir dans les étoiles; en vain tous les Syriens ont abruti la nature humaine par leurs déteftables fuperftitions: les principes de la morale font reftés inébranlables au milieu de tant d'horreurs & de démences. Les prêtres grecs eurent beau facrifier *Iphigénie* pour avoir du vent; les prêtres de toutes les nations connues ont eu beau immoler des hommes; & c'eft en vain que nous-mêmes, nous Romains qui nous réputions fages, nous avons facrifié depuis peu deux grecs & deux gaulois, pour expier le crime prétendu d'une veftale : malgré les efforts de tant de prêtres pour changer tous les hommes en brutes féroces, les lois portées par l'intelligence fouveraine de la nature, partout violées, n'ont été abrogées nulle part. La voix qui dit à tous les hommes, ne fais point ce que tu ne voudrais pas qu'on te fît, fera toujours entendue d'un bout de l'univers à l'autre.

Tous les prêtres de toutes les religions font forcés eux-mêmes d'admettre cette maxime ; & l'infame *Calcas*, en affaffinant la fille de fon roi fur l'autel, difait : C'eft pour un plus grand bien que je commets ce parricide.

Toute la terre reconnaît donc la néceffité de la vertu. D'où vient cette unanimité, finon de l'intelligence fuprême, finon du grand *Demiourgos* qui, ne pouvant empêcher le mal, y a porté ce remède éternel & univerfel ?

X X I.

Si l'on doit espérer que les Romains deviendront plus vertueux.

NOUS sommes trop riches, trop puissans, trop ambitieux, pour que la république romaine puisse renaître. Je suis persuadé qu'après *César* il y aura des temps encore plus funestes. Les Romains, après avoir été les tyrans des nations, auront toujours des tyrans ; mais quand le pouvoir monarchique sera affermi, il faudra bien parmi ces tyrans qu'il se trouve quelques bons maîtres. Si le peuple est façonné à l'obéissance, ils n'auront point d'intérêt d'être méchans ; & s'ils lisent vos ouvrages, ils seront vertueux. Je me console par cette espérance de tous les maux que j'ai vus, & de tous ceux que je prévois.

X X I I.

Si la religion des Romains subsistera.

IL y a tant de sectes, tant de religions, dans l'empire romain, qu'il est probable qu'une d'elles l'emportera un jour sur toutes les autres. Quoique nous ayons un *Jupiter* maître des dieux & des hommes, que nous appelons le *très-puissant* & le *très-bon*, cependant *Homère* & d'autres poëtes lui ont attribué tant de sottises, & le peuple a tant de dieux ridicules, que ceux qui proposeront un seul Dieu pourront bien à la longue chasser tous les nôtres. Qu'on me donne un platonicien enthousiaste, & qui soit épris de la gloire d'être chef de parti, je ne désespère pas qu'il réussisse.

J'ai vu dans le voisinage d'Alexandrie, au dessous du lac Mœris, une secte qui prend le nom de *Thérapeutes*; ils se prétendent tous inspirés, ils ont des visions, ils jeûnent, ils prient. Leur enthousiasme va jusqu'à mépriser les tourmens & la mort. Si jamais cet enthousiasme est appuyé des dogmes de *Platon*, qui commencent à prévaloir dans Alexandrie, ils pourront à la fin détruire la religion de l'empire; mais aussi une telle révolution ne pourrait s'opérer sans beaucoup de sang répandu : & si jamais on commençait des guerres de religion, je crois qu'elles dureraient des siècles, tant les hommes sont superstitieux, fous, & méchans.

Il y aura toujours sur la terre un très-grand nombre de sectes. Ce qui est à souhaiter, c'est qu'aucune ne se fasse jamais un barbare devoir de persécuter les autres. Nous ne sommes point tombés jusqu'à présent dans cet excès. Nous n'avons voulu contraindre ni Egyptiens, ni Syriens, ni Phrygiens, ni Juifs. Prions le grand *Demiourgos*, (si pourtant on peut éviter sa destinée,) prions-le que la manie de persécuter les hommes ne se répande jamais sur la terre; elle deviendrait un séjour plus affreux que les poëtes ne nous ont peint le Tartare. Nous gémissons sous assez de fléaux, sans y joindre encore cette peste nouvelle.

Fin des lettres de Memmius à Cicéron.

REMARQUES

REMARQUES

SUR LES PENSÉES

DE M. PASCAL.

1738.

AVERTISSEMENT

DES EDITEURS.

Lorsque ces *remarques* parurent, tous les hommes médiocres qui exiſtaient alors dans la littérature furent indignés de l'audace d'un grand poëte qui, après avoir fait Alzire & la Henriade, oſait examiner les opinions d'un des ſavans les plus illuſtres d'un ſiècle dont les grands-hommes, morts depuis long-temps, n'excitaient plus la jalouſie de perſonne : & comme M. de *Voltaire* avait de plus le tort d'avoir raiſon preſque toujours, bien des gens ne lui ont point encore pardonné.

Paſcal eſt dans ſes *penſées*, comme dans ſes *Lettres provinciales*, un écrivain du premier ordre ; mais il ne fut un homme de génie que dans ſes ouvrages de mathématiques & de phyſique, dont il avait la bonté de faire peu de cas par ſoumiſſion pour les janſéniſtes qui n'étaient pas en état de les entendre. On regrettera toujours qu'après avoir montré dans ces

T 2

ouvrages un des génies les plus profonds qui
aient exifté dans les fciences, il ait fait auffi
peu pour leurs progrès. Oferions-nous dire
que dans fes autres livres il ne peut guère être
confidéré comme un philofophe? Le philofophe
cherche la vérité, & *Pafcal* n'a écrit que des
plaidoyers. Dans les Provinciales il attaque la
morale des jéfuites, mais on y chercherait en
vain des détails fur l'origine de cette morale
relâchée ; il lui aurait fallu dire que toutes les
fois que la morale eft dépendante d'un fyftème
religieux, & que des prêtres s'en font rendus
les interprètes & les juges, elle devient néceffairement exagérée & relâchée, fauffe & corrompue.

Ses *penfées* font un plaidoyer contre l'efpèce
humaine ; ce n'eft point, comme *la Rochefoucauld*,
un obfervateur qui peint les hommes corrompus, parce qu'il les a vus tels à la cour, dans
la guerre civile, dans une fociété occupée de
galanterie & de vanité ; c'eft un prédicateur
éloquent qui veut effrayer fon auditoire pour
le difpofer à recevoir, avec plus de docilité, le

remède qu'il doit lui préfenter comme le feul qui puiffe guérir un mal incurable. *Pafcal* ne cherchait pas à connaître l'homme : voulant prouver qu'il eft une énigme inexplicable , il femble craindre de trouver le mot de cette énigme. Toutes ces contrariétés obfervées dans l'homme doivent néceffairement exifter dans tout être fenfible, capable de réflexion & de raifonnement ; & il femble qu'il ferait bien téméraire de demander enfuite pourquoi il exifte des êtres fenfibles & raifonnables. Il faudrait du moins s'affurer fi nous avons , fi nous pouvons avoir jamais quelques données pour réfoudre cette queftion.

Pafcal avance que la raifon ne nous conduit ni à prouver l'exiftence de DIEU, ni à la certitude de l'immortalité de l'ame , ni à la connaiffance des principes certains de la morale. *Bayle* a dit à-peu-près la même chofe . tous deux ont ajouté que la foi était le feul remède à ces incertitudes ; tous deux eurent une probité irréprochable , & ne vécurent que pour l'étude & pour la vertu ; tous deux

T 3

écrivirent avec gaieté & avec éloquence contre les gens qui voulaient dominer fur les opinions par la force, & violer la liberté des confciences. Mais *Pafcal* joignit aux vertus d'un homme les petiteffes d'un moine, & fut le difciple foumis des théologiens de fa fecte; *Bayle* fe moqua des vertus monaftiques, & combattit les théo-logiens de fon parti : l'un ne défendait contre les jéfuites que des prêtres & des religieufes ; l'autre défendait contre les prêtres la caufe du genre-humain : l'un était devenu pyrrhonien par l'excès de l'enthoufiafme religieux ; l'autre, pour établir plus librement un pyrrhonifme plus modéré , était obligé de mettre la foi comme un bouclier entre lui & fes ennemis : l'un a prefque paffé pour un père de l'Eglife ; & l'autre eft regardé comme un chef de libres penfeurs.

Nous croyons que tous deux ont trop exa-géré l'incertitude de nos connaiffances & la faibleffe de notre efprit. La certitude abfolue n'exifte, ne peut exifter à la vérité, que pour les propofitions évidentes en elles-mêmes, ou liées entre elles par une démonstration dont nous ayons la confcience dans un même inftant ; & elle n'exifte même que pour ce feul moment. Les autres vérités font des vérités d'expérience fur lefquelles on ne peut avoir par conféquent que des probabilités plus ou moins grandes : mais ces probabilités ont fur nous une force irréfiftible, elles fuffifent pour la conduite de la vie ; & une expérience conftante nous montre que fur plufieurs points elles n'ont jamais été démenties.

Les réflexions que M. de *Voltaire* oppofe à *Pafcal*, font d'une philofophie douce, modérée, fondée fur l'expérience ; elle plaît moins aux hommes d'une imagination vive que la philofophie exagérée de *Pafcal*. Il y a bien peu d'hommes , même parmi les philofophes , qui foient capables d'attendre, dans une tranquille incertitude, les preuves de ce qu'ils ne peuvent connaître ; qui fachent ne douter que de ce qui eft réellement douteux ; qui n'admettent point de théories incertaines parce qu'elles expliquent d'une manière féduifante les phénomènes qui

T 4

embarraffent, mais qui ne rejettent point des
vérités prouvées, parce qu'on leur oppofe des
objeclions embarraffantes ; qui appliquent en
un mot à chaque vérité particulière le degré de
probabilité qui lui convient, à chaque ordre
de vérités l'efpèce de certitude dont par fa
nature il eft fufceptible ; & qui fachent enfin fe
contenter de la vérité telle qu'elle eft, quand
même l'erreur oppofée ferait ou plus flatteufe
pour l'amour-propre, ou plus agréable pour
l'imagination, & qu'elle conduirait à des réful-
tats plus généraux & plus frappans.

REMARQUES

SUR LES PENSÉES

DE M. PASCAL.

Voici des remarques critiques que j'ai faites depuis long-temps fur les penfées de M. *Pafcal*. Ne me comparez point ici, je vous prie, à *Ezéchias*, qui voulut faire brûler tous les livres de *Salomon*. Je refpecte le génie & l'éloquence de M. *Pafcal;* mais plus je les refpecte, plus je fuis perfuadé qu'il aurait lui-même corrigé beaucoup de ces penfées, qu'il avait jetées au hafard fur le papier pour les examiner enfuite; & c'eft en admirant fon génie que je combats quelques-unes de fes idées.

Il me paraît qu'en général l'efprit dans lequel M. *Pafcal* écrivit ces penfées, était de montrer l'homme dans un jour odieux; il s'acharne à nous peindre tous méchans & malheureux; il écrit contre la nature humaine à-peu-près comme il écrivait contre les jéfuites. Il impute à l'effence de notre nature ce qui n'appartient qu'à certains hommes : il dit éloquemment des injures au genre-humain.

J'ofe prendre le parti de l'humanité contre ce mifanthrope fublime; j'ofe affurer que nous ne fommes ni fi méchans ni fi malheureux qu'il le dit. Je fuis de plus très-perfuadé que s'il avait fuivi, dans le livre qu'il méditait, le deffein qui paraît dans fes penfées, il aurait fait un livre plein de paralogifmes éloquens, & de fauffetés admirablement déduites. On dit même que tous les livres qu'on a faits depuis peu pour prouver la religion chrétienne, font plus capables de fcandalifer que d'édifier. Ces auteurs prétendent-ils en favoir plus que JESUS-CHRIST & fes apôtres ? C'eft vouloir foutenir un chêne en l'entourant de rofeaux ; on peut écarter ces rofeaux inutiles fans craindre de faire tort à l'arbre.

J'ai choifi avec difcrétion quelques penfées de *Pafcal :* j'ai mis les réponfes au bas. Au refte on ne peut trop répéter ici combien il ferait abfurde & cruel de faire une affaire de parti de cet examen des penfées de *Pafcal :* je n'ai de parti que la vérité : je penfe qu'il eft très-vrai que ce n'eft pas à la méta-phyfique de prouver la religion chrétienne, & que la raifon eft autant au-deffous de la foi, que le fini eft au-deffous de l'infini. Il ne s'agit ici que de raifon ; & c'eft fi peu de chofe chez les hommes que cela ne vaut pas la peine de fe fâcher.

PREMIERE PENSÉE DE PASCAL.

Les grandeurs & les mifères de l'homme font tellement vifibles, qu'il faut néceffairement que la véritable
religion nous enfeigne qu'il y a en lui quelque grand
principe de grandeur, & en même temps quelque grand
principe de mifère : car il faut que la véritable religion
connaiffe à fond notre nature ; c'eft-à-dire qu'elle connaiffe
tout ce qu'elle a de grand & tout ce qu'elle a de miférable, & la raifon de l'un & de l'autre ; il faut encore
qu'elle nous rende raifon des étonnantes contrariétés qui
s'y rencontrent.

Cette manière de raifonner paraît fauffe & dangereufe : car la fable de *Prométhée* & de *Pandore*, les
androgynes de *Platon*, les dogmes des anciens
Egyptiens, & ceux de *Zoroaftre*, rendraient auffi-bien
raifon de ces contrariétés apparentes. La religion
chrétienne n'en demeurera pas moins vraie, quand
même on n'en tirerait pas ces conclufions ingénieufes
qui ne peuvent fervir qu'à faire briller l'efprit. Il eft
néceffaire, pour qu'une religion foit vraie, qu'elle
foit révélée, & point du tout qu'elle rende raifon de
ces contrariétés prétendues ; elle n'eft pas plus faite
pour vous enfeigner la métaphyfique que l'aftronomie.

I I.

Qu'on examine fur cela toutes les religions du monde,
& qu'on voie s'il y en a une autre que la chrétienne qui
y fatisfaffe. Sera-ce celle qu'enfeignaient les philofophes
qui nous propofent pour tout bien, un bien qui eft en
nous ? eft-ce là le vrai bien ?

Les philofophes n'ont point enfeigné de religion ;
ce n'eft pas leur philofophie qu'il s'agit de combattre.

Jamais philofophe ne s'eft dit infpiré de DIEU, car dès-lors il eût ceffé d'être philofophe, & il eût fait le prophète. Il ne s'agit pas de favoir fi JESUS-CHRIST doit l'emporter fur *Ariftote;* il s'agit de prouver que la religion de JESUS-CHRIST eft la véritable, & que celles de *Mahomet*, de *Zoroaftre*, de *Confucius*, d'*Hermès*, & toutes les autres font fauffes. Il n'eft pas bien vrai que les philofophes nous aient propofé pour tout bien, un bien qui eft en nous. Lifez *Platon*, *Marc-Aurèle*, *Epiclète;* ils veulent qu'on afpire à mériter d'être rejoint à la Divinité dont nous fommes émanés.

I I I.

ET cependant fans ce myftère, le plus incompréhenfible de tous, nous fommes incompréhenfibles à nous-mêmes. Le nœud de notre condition prend fes retours & fes plis dans l'abyme du péché originel; de forte que l'homme eft plus inconcevable fans ce myftère, que ce myftère n'eft inconcevable à l'homme.

QUELLE étrange explication ! *L'homme eft inconcevable, fans un myftère inconcevable.* C'eft bien affez de ne rien entendre à notre origine, fans l'expliquer par une chofe qu'on n'entend pas. Nous ignorons comment l'homme naît, comment il croît, comment il digère, comment il penfe, comment fes membres obéiffent à fa volonté : ferai-je bien reçu à expliquer ces obfcurités par un fyftème inintelligible ? Ne vaut-il pas mieux dire, *je ne fais rien.* Un myftère ne fut jamais une explication ; c'eft une chofe divine & inexplicable.

Qu'aurait répondu M. *Pascal* à un homme qui lui aurait dit : Je fais que le myftère du péché originel eft l'objet de ma foi & non de ma raifon ; je connais fort bien fans myftère ce que c'eft que l'homme ; je vois qu'il vient au monde comme les autres animaux ; que l'accouchement des mères eft plus douloureux à mefure qu'elles font plus délicates ; que quelquefois des femmes & des animaux femelles meurent dans l'enfantement ; qu'il y a quelquefois des enfans mal organifés, qui vivent privés d'un ou de deux fens, & de la faculté du raifonnement ; que ceux qui font le mieux organifés, font ceux qui ont les paffions les plus vives ; que l'amour de foi-même eft égal chez tous les hommes, & qu'il leur eft auffi néceffaire que les cinq fens ; que cet amour-propre nous eft donné de Dieu pour la confervation de notre être, & qu'il nous a donné la religion pour régler cet amour-propre ; que nos idées font juftes ou inconféquentes, obfcures ou lumineufes, felon que nos organes font plus ou moins folides, plus ou moins déliés, & felon que nous fommes plus ou moins paffionnés ; que nous dépendons en tout de l'air qui nous environne, des alimens que nous prenons, & que dans tout cela il n'y a rien de contradictoire.

L'homme à cet égard n'eft point une énigme, comme vous vous le figurez, pour avoir le plaifir de la deviner ; l'homme paraît être à fa place dans la nature ; fupérieur aux animaux, auxquels il eft femblable par les organes ; inférieur à d'autres êtres, auxquels il reffemble probablement par la penfée. Il eft, comme tout ce que nous voyons, mêlé de mal & de bien, de plaifir & de peine ; il eft pourvu

de paſſions pour agir, & de raiſon pour gouverner
ſes actions. Si l'homme était parfait il ſerait DIEU ;
& ces prétendues contrariétés, que vous appelez
contradictions, ſont les ingrédiens néceſſaires qui
entrent dans le compoſé de l'homme, qui eſt, comme
le reſte de la nature, ce qu'il doit être.

Voilà ce que la raiſon peut dire. Ce n'eſt donc
point la raiſon qui apprend aux hommes la chute de
la nature humaine ; c'eſt la foi ſeule à laquelle il faut
avoir recours.

I V.

SUIVONS nos mouvemens, obſervons - nous nous-
mêmes, & voyons ſi nous n'y trouverons pas les caractères
vivans de ces deux natures.

Tant de contradictions ſe trouveraient - elles dans un
ſujet ſimple ?

Cette duplicité de l'homme eſt ſi viſible, qu'il y en a qui
ont penſé que nous avions deux ames : un ſujet ſimple
leur paraiſſant incapable de telles & ſi ſoudaines variétés,
d'une préſomption démeſurée à un horrible abattement
de cœur.

CETTE penſée eſt priſe entièrement de *Montagne*,
ainſi que beaucoup d'autres ; elle ſe trouve au chapitre
de l'inconſtance de nos actions. Mais le ſage *Montagne*
s'explique en homme qui doute.

Nos diverſes volontés ne ſont point des contradictions de la nature, & l'homme n'eſt point un ſujet
ſimple. Il eſt compoſé d'un nombre innombrable
d'organes ; ſi un ſeul de ces organes eſt un peu altéré,
il eſt néceſſaire qu'il change toutes les impreſſions du
cerveau, & que l'animal ait de nouvelles penſées &

de nouvelles volontés. Il est très-vrai que tantôt nous sommes abattus de tristesse , tantôt enflés de présomption; & cela doit être quand nous nous trouvons dans des situations opposées. Un animal que son maître caresse & nourrit, & un autre qu'on égorge lentement & avec adresse pour en faire une dissection , éprouvent des sensations bien contraires : ainsi fesons-nous; & les différences qui font en nous sont si peu contradictoires , qu'il serait contradictoire qu'elles n'existassent pas. Les fous qui ont dit que nous avions deux ames pouvaient, par la même raison, nous en donner trente ou quarante ; car un homme dans une grande passion a souvent trente ou quarante idées différentes de la même chose, & doit nécessairement les avoir selon que cet objet lui paraît sous différentes faces.

Cette prétendue duplicité de l'homme est une idée aussi absurde que métaphysique : j'aimerais autant dire que le chien, qui mort & qui caresse, est double; que la poule, qui a tant de soin de ses petits & qui ensuite les abandonne jusqu'à les méconnaître, est double ; que la glace , qui représente à la fois des objets différens, est double ; que l'arbre qui est tantôt chargé , tantôt dépouillé de feuilles, est double. J'avoue que l'homme est inconcevable en un sens ; mais tout le reste de la nature l'est aussi, & il n'y a pas plus de contradictions apparentes dans l'homme que dans tout le reste.

V.

Ne point parier que DIEU eft, c'eft parier qu'il n'eft pas. Lequel prendrez-vous donc ? pefons le gain & la perte, en prenant le parti de croire que DIEU eft : fi vous gagnez, vous gagnez tout ; fi vous perdez, vous ne perdez rien. Pariez donc qu'il eft, fans héfiter. Oui, il faut gager ; mais je gage peut-être trop. Voyons : puifqu'il y a pareil hafard de gain & de perte, quand vous n'auriez que deux vies à gager pour une, vous pourriez encore gagner. (1)

IL eft évidemment faux de dire : ne point parier que DIEU eft, c'eft parier qu'il n'eft pas ; car celui qui doute & demande à s'éclaircir, ne parie affurément ni pour ni contre. D'ailleurs cet article paraît

(1) *Pafcal* eft un des inventeurs du calcul des probabilités ; mais il abufe ici des principes de ce calcul. Si vous propofez de parier pour croix ou pour pile, en me promettant un écu fi je gagne en pariant pour pile, & cent mille écus fi je gagne en pariant pour croix, je parierai pour croix, mais je ne croirai point pour cela que croix foit plus probable que pile.

Si l'on fe bornait à dire : « Conduifez-vous fuivant les règles de la « morale, que votre raifon & votre confcience vous prefcrivent ; il y a « beaucoup à parier que vous en ferez plus heureux ; & fi vous y perdez « quelques plaifirs, fongez aux rifques auxquels vous vous expoferiez « fi ceux qui croient qu'il exifte un Dieu vengeur du crime avaient « raifon ; » ce difcours ferait très-philofophique & très-raifonnable ; mais il fuppofe que la croyance n'eft pas néceffaire pour être à l'abri de la punition. Tout homme qui profeffe une religion où la foi eft néceffaire, ne peut fe fervir de l'argument de *Pafcal*.

Cet argument a encore un autre vice, quand on veut l'appliquer aux religions qui prefcrivent d'autres devoirs que ceux de la morale naturelle. Il reffemble alors au raifonnement d'*Arnoud*. « Il n'eft pas prouvé que mes « fachets ne guériffent point quelquefois de l'apoplexie, il faut donc en « porter pour prendre le parti le plus fûr. »

Enfin cet argument s'appliquant à toutes les religions dont la fauffeté ne ferait pas démontrée, conduirait à un réfultat abfurde. Il faudrait les pratiquer toutes à la fois.

un peu indécent & puéril; cette idée de jeu, de perte,
de gain, ne convient point à la gravité du fujet; de
plus, l'intérêt que j'ai à croire une chofe, n'eft pas
une preuve de l'exiftence de cette chofe. Vous me
promettez l'empire du monde, fi je crois que vous
avez raifon : je fouhaite alors de tout mon cœur que
vous ayez raifon; mais jufqu'à ce que vous me l'ayez
prouvé, je ne puis vous croire. Commencez, pourrait-on dire à M. *Pafcal*, par convaincre ma raifon.
J'ai intérêt fans doute qu'il y ait un Dieu ; mais fi
dans votre fyftème D I E U n'eft venu que pour fi peu
de perfonnes ; fi le petit nombre des élus eft fi
effrayant ; fi je ne puis rien du tout par moi-même ;
dites-moi, je vous prie, quel intérêt j'ai à vous
croire ? n'ai-je pas un intérêt vifible à être perfuadé
du contraire ? de quel front ofez-vous me montrer
un bonheur infini, auquel d'un million d'hommes
un feul à peine a droit d'afpirer ? Si vous voulez me
convaincre, prenez - vous - y d'une autre façon, &
n'allez pas tantôt me parler de jeu de hafard, de
pari, de croix & de pile, & tantôt m'effrayer par les
épines que vous femez fur le chemin que je veux &
que je dois fuivre. Votre raifonnement ne ferviraît
qu'à faire des athées, fi la voix de toute la nature
ne nous criait qu'il y a un D I E U, avec autant de force
que ces fubtilités ont de faibleffe.

V I.

En voyant l'aveuglement & les misères de l'homme, & ces contrariétés étonnantes qui se découvrent dans sa nature; & regardant tout l'univers muet, & l'homme sans lumière, abandonné à lui - même, & comme égaré dans ce recoin de l'univers, sans savoir qui l'y a mis, ce qu'il y est venu faire, ce qu'il deviendra en mourant; j'entre en effroi, comme un homme qu'on aurait emporté endormi dans une île déserte & effroyable, & qui se réveillerait sans connaître où il est, & sans avoir aucun moyen d'en sortir; & sur cela j'admire comment on n'entre pas en désespoir d'un si misérable état.

En lisant cette réflexion je reçois une lettre d'un de mes amis (a) qui demeure dans un pays fort éloigné.

Voici ses paroles:

,, Je suis ici comme vous m'y avez laissé ; ni plus
,, gai, ni plus triste, ni plus pauvre; jouissant d'une
,, santé parfaite, ayant tout ce qui rend la vie agréable;
,, sans amour, sans avarice, sans ambition, & sans
,, envie: tant que cela durera, je m'appellerai hardi-
,, ment un homme très-heureux ,,.

Il y a beaucoup d'hommes aussi heureux que lui. Il en est des hommes comme des animaux ; tel chien couche & mange avec sa maîtresse ; tel autre tourne la broche, & est tout aussi content; tel autre devient enragé, & on le tue.

(a) Il a depuis été ambassadeur, & est devenu un homme très-considérable. Sa lettre est de 1738; elle existe en original.

Pour moi, quand je regarde Paris ou Londres, je ne vois aucune raifon pour entrer dans ce défefpoir dont parle M. *Pafcal :* je vois une ville qui ne reffemble en rien à une île déferte ; mais peuplée, opulente, policée, & où les hommes font heureux autant que la nature humaine le comporte. Quel eft l'homme fage qui fera plein de défefpoir parce qu'il ne fait pas la nature de fa penfée, parce qu'il ne connaît que quelques attributs de la matière, parce que Dieu ne lui a pas révélé fes fecrets ? Il faudrait autant fe défefpérer de n'avoir pas quatre pieds & deux ailes. Pourquoi nous faire horreur de notre être ? notre exiftence n'eft point fi malheureufe qu'on veut nous le faire accroire. Regarder l'univers comme un cachot, & tous les hommes comme des criminels qu'on va exécuter, eft l'idée d'un fanatique. Croire que le monde eft un lieu de délices où l'on ne doit avoir que du plaifir, c'eft la rêverie d'un fybarite. Penfer que la terre, les hommes, & les animaux, font ce qu'ils doivent être dans l'ordre de la Providence, eft, je crois, d'un homme fage.

V I I.

Les Juifs penfent que Dieu ne laiffera pas éternellement les autres peuples dans ces ténèbres ; qu'il viendra un libérateur pour tous ; qu'ils font au monde pour l'annoncer ; qu'ils font formés exprès pour être les hérauts de ce grand avénement, & pour appeler tous les peuple à s'unir à eux dans l'attente de ce libérateur.

Les Juifs ont toujours attendu un libérateur ; mais leur libérateur eft pour eux & non pour nous. Ils attendent un meſſie qui rendra les Juifs maîtres des chrétiens ; & nous eſpérons que le meſſie réunira un jour les Juifs aux chrétiens : ils penſent préciſément ſur cela le contraire de ce que nous penſons.

V I I I.

La loi par laquelle ce peuple eſt gouverné , eſt tout enſemble la plus ancienne loi du monde, la plus parfaite, & la ſeule qui ait été gardée ſans interruption dans un Etat. C'eſt ce que *Philon* , juif, montre en divers lieux, & *Joſephe* admirablement contre *Appion* , où il fait voir qu'elle eſt ſi ancienne que le nom même de *loi* n'a été connu des plus anciens, que plus de mille ans après : en ſorte qu'*Homère*, qui a parlé de tant de peuples , ne s'en eſt jamais ſervi. Et il eſt aiſé de juger de la perfection de cette loi par ſa ſimple lecture , où l'on voit qu'on y a pourvu à toutes choſes avec tant de ſageſſe, tant d'équité , tant de jugement, que les plus anciens légiſlateurs grecs & romains en ayant quelque lumière , en ont emprunté leurs principales lois ; ce qui paraît par celles qu'ils appellent des douze tables , & par les autres preuves que *Joſephe* en donne.

Il eſt très-faux que la loi des Juifs ſoit la plus ancienne , puiſqu'avant *Moïſe* leur légiſlateur ils demeuraient en Egypte , le pays de la terre le plus renommé par ſes ſages lois , ſelon leſquelles les rois étaient jugés après la mort. Il eſt très-faux que le nom de *loi* n'ait été connu qu'après *Homère*. Il parle des lois de *Minos* dans l'Odyſſée. Le mot de *loi* eſt dans *Héſiode* ; & quand le nom de *loi* ne ſe trouverait ni dans *Héſiode* ni dans *Homère* , cela ne prouverait rien. Il y avait d'anciens royaumes , des rois , & des juges;

donc il y avait des lois. Celles des Chinois font bien antérieures à *Moïfe*.

Il eft encore très-faux que les Grecs & les Romains aient pris des lois des Juifs : ce ne peut être dans les commencémens de leur république , car alors ils ne pouvaient connaître les Juifs : ce ne peut être dans le temps de leur grandeur , car alors ils avaient pour ces barbares un mépris connu de toute la terre. Voyez comme *Cicéron* les traite en parlant de la prife de Jérufalem par *Pompée*. *Philon* avoue qu'avant la traduction des Septante aucune nation ne connut leurs livres.

I X.

Ce peuple eft encore admirable dans fa fincérité. Ils gardent , avec amour & fidélité , le livre où *Moïfe* déclare qu'ils ont toujours été ingrats envers DIEU , & qu'il fait qu'ils le feront encore plus après fa mort ; mais qu'il appelle le ciel & la terre à témoin contre eux , qu'il le leur a affez dit ; qu'enfin DIEU s'irritant contre eux les difperfera par tous les peuples de la terre ; que comme ils l'ont irrité en adorant des dieux qui n'étaient point leurs dieux, il les irritera en appelant un peuple qui n'était pas fon peuple. Cependant ce livre qui les déshonore en tant de façons , ils le confervent aux dépens de leur vie : c'eft une fincérité qui n'a point d'exemple dans le monde , ni fa racine dans la nature.

Cette fincérité a par-tout des exemples , & n'a fa racine que dans la nature. L'orgueil de chaque juif eft intéreffé à croire que ce n'eft point fa deteftable politique, fon ignorance des arts, fa groffièreté, qui l'a perdu ; mais que c'eft la colère de DIEU qui le

V 3

punit. Il pense avec satisfaction qu'il a fallu des miracles pour l'abattre, & que sa nation est toujours la bien-aimée de DIEU qui la châtie. Qu'un prédicateur monte en chaire, & dise aux Français : *Vous êtes des misérables qui n'avez ni cœur ni conduite ; vous avez été battus à Hochstet & à Ramillies, parce que vous n'avez pas su vous défendre ;* il se fera lapider. Mais s'il dit : *vous êtes des catholiques chéris de* DIEU *; vos péchés infames avaient irrité l'Eternel qui vous livra aux hérétiques à Hochstet & à Ramillies ; mais quand vous êtes revenus au Seigneur, alors il a béni votre courage à Denain :* ces paroles le feront aimer de l'auditoire.

X.

S'IL y a un Dieu, il ne faut aimer que lui, & non les créatures.

IL faut aimer, & très-tendrement, les créatures : il faut aimer sa patrie, sa femme, son père, ses enfans : il faut si bien les aimer que DIEU nous les fait aimer malgré nous.

Les principes contraires sont propres à faire des raisonneurs inhumains ; & cela est si vrai que *Pascal* abusant de ce principe, traitait sa sœur avec dureté, & rebutait ses services, de peur de paraître aimer une créature : c'est ce qui est écrit dans sa vie. (2) S'il fallait en user ainsi, quelle serait la société humaine !

(2) Cette même sœur de *Pascal* en est l'auteur.

XI.

Nous naiſſons injuſtes, car chacun tend à foi : cela eſt contre tout ordre. Il faut tendre au général, & la pente vers foi eſt le commencement de tout déſordre en guerre, en police, én économie &c.

Cela eſt felon tout ordre. Il eſt auſſi impoſſible qu'une ſociété puiſſe ſe former & ſubſiſter ſans amour-propre, qu'il ferait impoſſible de faire des enfans ſans concupiſcence, de ſonger à ſe nourrir ſans appétit. C'eſt l'amour de nous-mêmes qui aſſiſte l'amour des autres ; c'eſt par nos befoins mutuels que nous ſommes utiles au genre-humain ; c'eſt le fondement de tout commerce ; c'eſt l'éternel lien des hommes. Sans lui il n'y aurait pas eu un art inventé, ni une ſociété de dix perſonnes formée. C'eſt cet amour-propre que chaque animal a reçu de la nature, qui nous avertit de reſpeéter celui des autres. La loi dirige cet amour-propre, & la religion le perfeétionne. Il eſt bien vrai que Dieu aurait pu faire des créatures uniquement attentives au bien d'autrui. Dans ce cas les marchands auraient été aux Indes par charité, le maçon eût ſcié de la pierre pour faire plaiſir à ſon prochain &c. Mais Dieu a établi les choſes autrement: n'accuſons point l'inſtinét qu'il nous donne, & feſons-en l'uſage qu'il commande.

V 4

XII.

LE sens caché des prophéties ne pouvait induire en erreur, & il n'y avait qu'un peuple aussi charnel que celui-là qui pût s'y méprendre. Car quand les biens sont promis en abondance, qui les empêchait d'entendre les véritables biens, sinon leur cupidité qui déterminait ce sens aux biens de la terre ?

EN bonne foi le peuple le plus spirituel de la terre l'aurait-il entendu autrement ? Ils étaient esclaves des Romains ; ils attendaient un libérateur qui les rendrait victorieux , & qui ferait respecter Jérusalem dans tout le monde : comment avec les lumieres de leur raison pouvaient - ils voir ce vainqueur , ce monarque , dans un de leurs concitoyens né dans l'obscurité , dans la pauvreté , & condamné au supplice des esclaves ? comment pouvaient-ils entendre, par le nom de leur capitale , une Jérusalem céleste , eux à qui le Décalogue n'avait pas seulement parlé de l'immortalité de l'ame ? comment un peuple si attaché à la loi pouvait-il , sans une lumière supérieure , reconnaître dans les prophéties , qui n'étaient pas sa loi , un Dieu caché sous la figure d'un juif circoncis , qui par sa religion nouvelle a détruit & rendu abominables la circoncision & le sabbat , fondemens sacrés de la loi judaïque ? Adorons DIEU sans vouloir percer ses mystères.

X I I I.

Le temps du premier avénement de Jesus-Christ eft prédit : le temps du fecond ne l'eft point, parce que le premier devait être caché , au lieu que le fecond doit être éclatant & tellement manifefte que fes ennemis même le reconnaîtront.

Le temps du fecond avénement de Jesus-Christ a été prédit encore plus clairement que le premier. *Pafcal* avait apparemment oublié que Jesus-Christ, dans le chapitre XXIᵉ de *Sᵗ Luc* , dit expreffément : *Lorfque vous verrez une armée environner Jérufalem , fachez que la défolation eft proche. Jérufalem fera foulée aux pieds , & il y aura des fignes dans le foleil & dans la lune & dans les étoiles ; les flots de la mer feront un très-grand bruit ; les vertus des cieux feront ébranlées ; & alors ils verront le fils de l'homme qui viendra fur une nuée avec une grande puiffance & une grande majefté. Cette génération ne paffera pas que ces chofes ne foient accomplies.*

Cependant la génération paffa , & ces chofes ne s'accomplirent point. En quelque temps que *Sᵗ Luc* ait écrit , il eft certain que *Titus* prit Jérufalem , & qu'on ne vit ni de fignes dans les étoiles , ni *le fils de l'homme* dans les nuées. Mais enfin fi ce fecond avénement n'eft point arrivé , fi cette prédiction ne s'eft point accomplie , c'eft à nous de nous taire , de ne point interroger la Providence , & de croire tout ce que l'Eglife enfeigne.

X I V.

LE meffie, felon les juifs charnels, doit être un grand prince temporel ; felon les chrétiens charnels, il eft venu nous difpenfer *d'aimer Dieu*, & nous donner les facremens qui *opèrent tout* fans nous : ni l'un ni l'autre n'eft la religion chrétienne ni juive.

CET article eft bien plutôt un trait de fatire qu'une réflexion chrétienne. On voit que c'eft aux jéfuites qu'on en veut ici ; mais en vérité aucun jéfuite a-t-il jamais dit que JESUS-CHRIST *eft venu nous difpenfer d'aimer* DIEU ? La difpute fur l'amour de DIEU eft une pure difpute de mots, comme la plupart des autres querelles fcientifiques qui ont caufé des haines fi vives & des malheurs fi affreux.

Il paraît encore un autre défaut dans cet article ; c'eft qu'on y fuppofe que l'attente d'un meffie était un point de religion chez les Juifs : c'était feulement une idée confolante répandue parmi cette nation. Les Juifs efpéraient un libérateur, mais il ne leur était pas ordonné d'y croire comme un article de foi. Toute leur religion était renfermée dans les livres de la loi. Les prophètes n'ont jamais été regardés par les Juifs comme légiflateurs.

X V.

POUR examiner les prophéties, il faut les entendre ; car fi l'on croit qu'elles n'ont qu'un fens, il eft fûr que le meffie ne fera point venu ; mais fi elles ont deux fens, il eft fûr qu'il fera venu en JESUS-CHRIST.

LA religion chrétienne, fondée fur la vérité même, n'a pas befoin de preuves douteufes. Or, fi quelque

chofe pouvait ébranler les fondemens de cette fainte
& raifonnable religion, c'eft le fentiment de M. *Pafcal*.
Il veut que tout ait deux fens dans l'Ecriture ; mais
un homme qui aurait le malheur d'être incrédule
pourrait lui dire : Celui qui donne deux fens à fes
paroles veut tromper les hommes , & cette duplicité
eft toujours punie par les lois ; comment donc
pouvez-vous, fans rougir , admettre dans DIEU ce
qu'on détefte dans les hommes ? Que dis-je ? avec
quel mépris & avec quelle indignation ne traitez-vous
pas les oracles des païens , parce qu'ils avaient deux
fens ? qu'une prophétie foit accomplie à la lettre ,
oferez-vous foutenir que cette prophétie eft fauffe ,
parce qu'elle ne fera vraie qu'à la lettre , parce qu'elle
ne répondra pas à un fens myftique qu'on lui donnera ?
Non , fans doute; cela ferait abfurde. Comment donc
une prophétie qui n'aura pas été réellement accomplie , deviendra-t-elle vraie dans un fens myftique ?
Quoi ! de vraie vous ne pouvez la rendre fauffe ,
& de fauffe vous pourriez la rendre vraie ? voilà
une étrange difficulté. Il faut s'en tenir à la foi feule
dans ces matières ; c'eft le feul moyen de finir toute
difpute.

X V I.

LA diftance infinie des corps aux efprits , figure la
diftance infiniment plus infinie des efprits à la charité ;
car elle eft furnaturelle.

Il eft à croire que M. *Pafcal* n'aurait pas employé
ce galimatias dans fon ouvrage , s'il avait eu le temps
de le revoir.

X V I I.

Les faibleſſes les plus apparentes ſont des forces à ceux qui prennent bien les choſes. Par exemple: les deux généalogies de St Matthieu & de St Luc. Il eſt viſible que cela n'a pas été fait de concert.

Les éditeurs des *Penſées de Paſcal* auraient-ils dû imprimer cette penſée dont l'expoſition ſeule eſt peut-être capable de faire tort à la religion ? A quoi bon dire que ces généalogies, ces points fondamentaux de la religion chrétienne, ſe contrarient entièrement ſans dire en quoi elles peuvent s'accorder ? Il fallait préſenter l'antidote avec le poiſon. Que penſerait-on d'un avocat qui dirait : Ma partie ſe contredit, mais cette faibleſſe eſt une force pour ceux qui ſavent bien prendre les choſes. Que dirait-on à deux témoins qui ſe contrediraient ? On leur dirait: Vous n'êtes pas d'accord, & certainement l'un de vous deux ſe trompe.

X V I I I.

Qu'on ne nous reproche donc plus le manque de clarté, puiſque nous en feſons profeſſion ; mais que l'on reconnaiſſe la vérité de la religion dans le peu de lumière que nous en avons, & dans l'indifférence que nous avons de la connaître.

Voila d'étranges marques de vérité qu'apporte *Paſcal*. Quelles autres marques a donc le menſonge ? Quoi ! il ſuffirait pour être cru, de dire : *Je ſuis obſcur, je ſuis inintelligible.* Il ferait bien plus ſenſé de ne préfenter aux yeux que les lumières de la foi, au lieu de ces ténèbres d'érudition.

XIX.

S'il n'y avait qu'une religion, DIEU ferait trop manifefte.

QUOI! vous dites que s'il n'y avait qu'une religion, DIEU ferait trop manifefte! Hé, oubliez-vous que vous dites fouvent qu'un jour il n'y aura qu'une religion? felon vous, DIEU fera donc trop manifefte.

XX.

JE dis que la religion juive ne confiftait en aucune de ces chofes, mais feulement en l'amour de DIEU, & que DIEU réprouvait toutes les autres chofes.

QUOI! DIEU réprouvait tout ce qu'il ordonnait lui-même avec tant de foin aux Juifs, & dans un détail fi prodigieux! N'eft-il pas plus vrai de dire que la loi de *Moïfe* confiftait & dans l'amour & dans le culte? Ramener tout à l'amour de DIEU, fent peut-être moins l'amour de DIEU que la haine que tout janfénifte a pour fon prochain molinifte.

XXI.

LA chofe la plus importante à la vie, c'eft le choix d'un métier; le hafard en difpofe. La coutume fait les maçons, les foldats, les couvreurs.

QUI peut donc déterminer les foldats, les maçons, & tous les ouvriers mécaniques, finon ce qu'on appelle *hafard* & la *coutume* ? Il n'y a que les arts de génie auxquels on fe détermine de foi-même. Mais pour les métiers que tout le monde peut faire , il eft très-naturel & très-raifonnable que la coutume en difpofe.

X X I I.

QUE chacun examine fa penfée , il la trouvera toujours occupée au paffé & à l'avenir. Nous ne penfons prefque point au préfent ; & fi nous y penfons , ce n'eft que pour en prendre la lumière pour difpofer l'avenir. Le préfent n'eft jamais notre but ; le paffé & le préfent font nos moyens ; le feul avenir eft notre objet.

IL eft faux que nous ne penfions point au préfent; nous y penfons en étudiant la nature , & en fefant toutes les fonctions de la vie ; nous penfons auffi beaucoup au futur. Remercions l'auteur de la nature de ce qu'il nous donne cet inftinct qui nous emporte fans ceffe vers l'avenir. Le tréfor le plus précieux de l'homme eft cette efpérance qui nous adoucit nos chagrins & qui nous peint des plaifirs futurs dans la poffeffion des plaifirs préfens. Si les hommes étaient affez malheureux pour ne s'occuper jamais que du préfent, on ne femerait point , on ne bâtirait point , on ne planterait point , on ne pourvoirait à rien , on manquerait de tout au milieu de cette fauffe jouiffance.

Un efprit comme M. *Pafcal* pouvait-il donner dans un lieu-commun auffi faux que celui-là ? La nature a établi que chaque homme jouirait du préfent en fe nourriffant , en fefant des enfans , en écoutant des fons agréables, en occupant fa faculté de penfer & de fentir; & qu'en fortant de ces états, fouvent au milieu de ces états même, il penferait au lendemain, fans quoi il périrait de mifère aujourd'hui. Il n'y a que les enfans & les imbécilles qui ne penfent qu'au préfent. Faudra-t-il leur reffembler?

XXIII.

MAIS quand j'y ai regardé de plus près, j'ai trouvé que cet éloignement que les hommes ont du repos & de demeurer avec eux-mêmes, vient d'une caufe bien effective, c'eft-à-dire du malheur naturel de notre condition faible & mortelle, & fi miférable que rien ne nous peut confoler lorfque rien ne nous empêche d'y penfer, & que nous ne voyons que nous.

CE mot *ne voir que nous* ne forme aucun fens. Qu'eft-ce qu'un homme qui n'agirait point, & qui eft fuppofé fe contempler? Non-feulement je dis que cet homme ferait un imbécille inutile à la fociété, mais je dis que cet homme ne peut exifter: car cet homme, que contemplerait-il? fon corps, fes pieds, fes mains, fes cinq fens? ou il ferait un idiot, ou bien il ferait ufage de tout cela. Refterait-il à contempler fa faculté de penfer? Mais il ne peut contempler cette faculté qu'en l'exerçant. Ou il ne penfera à rien, ou bien il penfera aux idées qui lui font déjà venues, ou il en compofera de nouvelles : or il ne peut avoir d'idées que du dehors. Le voilà donc néceffairement occupé ou de fes fens ou de fes idées; le voilà donc hors de foi ou imbécille. Encore une fois, il eft impoffible à la nature humaine de refter dans cet engourdiffement imaginaire ; il eſt abſurde de le penſer, il eſt inſenſé d'y prétendre. L'homme eſt né pour l'action, comme le feu tend en haut & la pierre en bas. N'être point occupé & n'exiſter pas, eſt la même choſe pour l'homme. Toute la différence conſiſte dans les occupations douces ou tumultueuſes, dangereuſes ou utiles.

XXIV.

Les hommes ont un inſtinct ſecret qui les porte à chercher le divertiſſement & l'occupation au-dehors, qui vient du reſſentiment de leur miſère continuelle; & ils ont un autre inſtinct qui reſte de la grandeur de leur première nature, qui leur fait connaître que le bonheur n'eſt en effet que dans le repos. (3)

CET inſtinct ſecret étant le premier principe & le fondement néceſſaire de la ſociété, il vient plutôt de la bonté de DIEU, & il eſt plutôt l'inſtrument de notre bonheur qu'il n'eſt le reſſentiment de notre miſère. Je ne ſais pas ce que nos premiers pères feſaient dans le paradis terreſtre, mais ſi chacun d'eux n'avait penſé qu'à ſoi, l'exiſtence du genre-humain était bien haſardée. N'eſt-il pas abſurde de penſer qu'ils avaient des ſens parfaits, c'eſt-à-dire des inſtrumens d'action parfaits, uniquement pour la contemplation ? & n'eſt-il

(3) Il y a perpétuellement ici des équivoques. Quelques perſonnes pourſuivent le plaiſir dans les divertiſſemens, dans le travail même, pour ſe dérober à l'ennui ou a des ſentimens douloureux, mais ce n'eſt point le plus grand nombre, ce n'eſt point là l'état naturel de l'homme. *je m'ennuierais ſi je paſſais ma vie à ne rien faire*, ou *je travaille pour ne pas m'ennuyer*, ne ſont point deux phraſes ſynonymes. Le bonheur n'eſt ni dans l'action ni dans le repos, mais dans une ſuite de ſentimens ou de ſenſations agréables que ſuivant la conſtitution particulière d'un homme, ou les circonſtances de ſa vie, l'action ou le repos peuvent lui procurer.

pas.

pas plaifant que des têtes penfantes puiffent imaginer que la pareffe eft un titre de grandeur, & l'action un rabaiffement de notre nature?

X X V.

C'EST pourquoi lorfque *Cynéas* difait à *Pyrrhus* qui fe propofait de jouir du repos avec fes amis, après avoir conquis une grande partie du monde, qu'il ferait mieux d'avancer lui-même fon bonheur en jouiffant dès-lors de ce repos fans l'aller chercher par tant de fatigues; il lui donnait un confeil qui recevait de grandes difficultés, & qui n'était guère plus raifonnable que le deffein de ce jeune ambitieux. L'un & l'autre fuppofait que l'homme fe pût contenter de foi-même & de fes biens préfens, fans remplir le vide de fon cœur d'efpérances imaginaires : ce qui eft faux. *Pyrrhus* ne pouvait être heureux ni avant ni après avoir conquis le monde.

L'EXEMPLE de *Cynéas* eft bon dans les fatires de *Defpréaux*, mais non dans un livre philofophique. Un roi fage peut être heureux chez lui; & de ce qu'on nous donne *Pyrrhus* pour un fou, cela ne conclut rien pour le refte des hommes.

X X V I.

ON doit donc reconnaître que l'homme eft fi malheureux qu'il s'ennuierait même, fans aucune caufe étrangère d'ennui, par le propre état de fa condition. (4)

NE ferait-il pas auffi vrai de dire que l'homme eft fi heureux en ce point, & que nous avons tant

(4) L'ennui n'eft qu'un dégoût de l'état où l'on fe trouve, caufé par le fouvenir vague de plaifirs plus vifs qu'on ne peut fe procurer. Les hommes qui n'ont guère connu de fentimens agréables que ceux qu'on éprouve en fatisfefant aux befoins de la nature, connaiffent peu l'ennui.

Philofophie &c. Tome I.   X

d'obligations à l'auteur de la nature, qu'il a attaché l'ennui à l'inaction, afin de nous forcer par-là à être utiles au prochain & à nous-mêmes ?

X X V I I.

D'où vient que cet homme qui a perdu depuis peu son fils unique, & qui, accablé de procès & de querelles, était ce matin si troublé, n'y pense plus maintenant ? Ne vous en étonnez pas : il est tout occupé à voir par où passera un cerf que ses chiens poursuivent avec ardeur depuis six heures. Il n'en faut pas davantage pour l'homme : quelque plein de tristesse qu'il soit, si l'on peut gagner sur lui de le faire entrer en quelque divertissement, le voilà heureux pendant ce temps-là.

CET homme fait à merveille : la dissipation est un remède plus sûr contre la douleur, que le quinquina contre la fièvre. Ne blâmons point en cela la nature qui est toujours prête à nous secourir. *Louis XIV* allait à la chasse le jour qu'il avait perdu quelqu'un de ses enfans ; & il fesait fort sagement. (5)

X X V I I I.

Qu'ON s'imagine un nombre d'hommes dans les chaînes, & tous condamnés à la mort, dont les uns étant chaque jour égorgés à la vue des autres, ceux qui restent voient leur propre condition dans celle de leurs semblables, & se regardant les uns les autres avec douleur & sans espérance, attendent leur tour : c'est l'image de la condition des hommes.

CETTE comparaison assurément n'est pas juste. Des malheureux enchaînés, qu'on égorge l'un après

---

(5) Il est vraisemblable qu'un homme à qui les divertissemens font oublier ses douleurs, n'en aurait pas été long-temps tourmenté ; ce n'est un remède que pour les petits maux.

l'autre, font malheureux non-feulement parce qu'ils
fouffrent, mais encore parce qu'ils éprouvent ce que
les autres hommes ne fouffrent pas. Le fort naturel
d'un homme n'eft ni d'être enchaîné ni d'être égorgé;
mais tous les hommes font faits comme les animaux,
les plantes, pour croître, pour vivre un certain temps,
pour produire leurs femblables, & pour mourir. On
peut dans une fatire montrer l'homme tant qu'on
voudra du mauvais côté; mais pour peu qu'on fe ferve
de fa raifon, on avouera que de tous les animaux
l'homme eft le plus parfait, le plus heureux, & celui
qui vit le plus long-temps; car ce qu'on dit des cerfs
& des corbeaux n'eft qu'une fable. Au lieu donc de
nous étonner & de nous plaindre du malheur & de
la briéveté de la vie, nous devons nous étonner &
nous feliciter de notre bonheur & de fa durée. A ne
raifonner qu'en philofophe, j'ofe dire qu'il y a bien
de l'orgueil & de la témérité à prétendre que par notre
nature nous devons être mieux que nous ne fommes.

X X I X.

CAR enfin, fi l'homme n'avait pas été corrompu, il jouirait de la vérité & de la félicité avec affurance &c. tant il
eft manifefte que nous avons été dans un degré de perfection dont nous fommes tombés.

IL eft fûr, par la foi & par notre révélation fi
au-deffus des lumières des hommes, que nous fommes
tombés; mais rien n'eft moins manifefte par la raifon.
Car je voudrais bien favoir fi DIEU ne pouvait pas,
fans déroger à fa juftice, créer l'homme tel qu'il eft
aujourd'hui; & ne l'a-t-il pas même créé pour devenir
ce qu'il eft? L'état préfent de l'homme n'eft-il pas un

bienfait du Créateur ? Qui vous a dit que DIEU vous
en devait davantage ? qui vous a dit que votre être
exigeait plus de connaiſſances & plus de bonheur ?
qui vous a dit qu'il en comporte davantage ? Vous
vous étonnez que DIEU ait fait l'homme ſi borné,
ſi ignorant, ſi peu heureux ; que ne vous étonnez-
vous qu'il ne l'ait pas fait plus borné, plus ignorant,
plus malheureux ? Vous vous plaignez d'une vie ſi
courte & ſi infortunée ; remerciez DIEU de ce qu'elle
n'eſt pas plus courte & plus malheureuſe. Quoi donc !
ſelon vous, pour raiſonner conſéquemment, il faudrait
que tous les hommes accuſaſſent la Providence,
hors les métaphyſiciens qui raiſonnent ſur le péché
originel ?

X X X.

LE péché originel eſt une folie devant les hommes ; mais
on le donne pour tel.

PAR quelle contradiction trop palpable dites-vous
donc que ce péché originel eſt *manifeſte* ? Pourquoi
dites-vous que tout nous en avertit ? Comment peut-
il en même temps être folie, & être démontré par la
raiſon ?

X X X I.

LES ſages parmi les païens, qui ont dit qu'il n'y a qu'un
DIEU, ont été perſécutés, les juifs haïs, les chrétiens encore
plus.

ILS ont été quelquefois perſécutés, de même que
le ferait aujourd'hui un homme qui viendrait enſeigner
l'adoration d'un Dieu, indépendante du culte reçu.
Socrate n'a pas été condamné pour avoir dit : *Il n'y a*

qu'un Dieu ; mais pour s'être élevé contre le culte extérieur du pays, & pour s'être fait des ennemis puiſſans fort mal-à-propos. A l'égard des Juifs, ils étaient haïs, non parce qu'ils ne croyaient qu'un Dieu, mais parce qu'ils haïſſent ridiculement les autres nations ; parce que c'étaient des barbares qui maſſacraient fans pitié leurs ennemis vaincus ; parce que ce vil peuple, fuperſtitieux, ignorant, privé des arts, privé du commerce, mépriſait les peuples les plus policés. Quant aux chrétiens, ils étaient haïs des païens parce qu'ils tendaient à abattre la religion de l'empire, dont ils vinrent enfin à bout, comme les proteſtans fe font rendus les maîtres dans les mêmes pays où ils furent long-temps haïs, perſécutés, & maſſacrés.

X X X I I.

COMBIEN les lunettes nous ont-elles découvert d'aſtres qui n'étaient point pour nos philoſophes d'auparavant ? on attaquait hardiment l'Ecriture fur ce qu'on y trouve, en tant d'endroits, du grand nombre des étoiles : il n'y en a que mille vingt deux, diſait-on, nous le favons.

IL eſt certain que la ſainte écriture en matière de phyſique, s'eſt toujours proportionnée aux idées reçues : ainſi elle ſuppoſe que la terre eſt immobile, que le foleil marche, &c. &c. Ce n'eſt point du tout par un rafinement d'aſtronomie qu'elle dit que les étoiles font innombrables, mais pour s'abaiſſer aux idées vulgaires. En effet, quoique nos yeux ne découvrent qu'environ mille vingt-deux étoiles, & encore avec bien de la peine, cependant quand on regarde le ciel fixément, la vue eft éblouie & égarée ; on croit alors en voir une infinité. L'Ecriture parle donc felon ce préjugé vulgaire ; car elle ne nous a pas été donnée pour faire de nous des phyficiens ; & il y a grande apparence que Dieu ne révéla ni à *Habacuc*, ni à *Baruch*, ni à *Michée*, qu'un jour un anglais nommé *Flamftead* mettrait dans fon catalogue près de trois mille étoiles aperçues avec le télefcope. Voyez, je vous prie, quelle conféquence on tirerait du fentiment de *Pafcal*. Si les auteurs de la Bible ont parlé du grand nombre des étoiles en connaiffance de caufe, ils étaient donc infpirés fur la phyfique. Et comment de fi grands phyficiens ont-ils pu dire que la lune s'eft arrêtée à midi fur Aïalon, & le foleil fur Gabaon dans la Paleftine ; qu'il faut que le blé pourriffe pour germer & produire ; & cent autres chofes femblables ? Concluons donc que ce n'eft pas la phyfique, mais la morale, qu'il faut chercher dans la Bible ; qu'elle doit faire des chrétiens, & non des philofophes.

X X X I I I.

Est-ce courage à un homme mourant d'aller, dans la faibleffe & dans l'agonie, affronter un Dieu tout-puiffant & éternel ?

Cela n'eft jamais arrivé ; & ce ne peut être que dans un violent tranfport au cerveau qu'un homme dife : Je crois un Dieu, & je le brave.

XXXIV.

Je crois volontiers les hiſtoires dont les témoins ſe font égorger.

La difficulté n'eſt pas ſeulement de ſavoir ſi on croira des témoins qui meurent pour ſoutenir leur dépoſition, comme ont fait tant de fanatiques, mais encore ſi ces témoins font effectivement morts pour cela ; ſi on a conſervé leurs dépoſitions ; s'ils ont habité les pays où l'on dit qu'ils ſont morts.

Pourquoi *Joſephe*, né dans le temps de la mort du CHRIST, *Joſephe* ennemi d'*Hérode*, *Joſephe* peu attaché au judaïſme, n'a-t-il pas dit un mot de tout cela ? Voilà ce que M. *Paſcal* eût débrouillé avec ſuccès.

XXXV.

Les ſciences ont deux extrémités qui ſe touchent : la première eſt la pure ignorance naturelle où ſe donnent tous les hommes en naiſſant : l'autre extrémité eſt celle où arrivent les grandes ames qui ayant parcouru tout ce que les hommes peuvent ſavoir, trouvent qu'ils ne ſavent rien, & ſe rencontrent dans cette même ignorance d'où ils étaient partis.

Cette penſée paraît un ſophiſme ; & la fauſſeté conſiſte dans ce mot d'*ignorance* qu'on prend en deux ſens différens. Celui qui ne ſait ni lire ni écrire, eſt un ignorant ; mais un mathématicien, pour ignorer les principes cachés de la nature, n'eſt pas au point d'ignorance d'où il était parti quand il commença d'apprendre à lire. M. *Newton* ne favait pas pourquoi l'homme remue fon bras quand il le veut ; mais il n'en était pas moins favant fur le refte. Celui qui ne fait point l'hébreu, & qui fait le latin, eft favant par comparaifon avec celui qui ne fait que le français.

X X X V I.

CE n'eft point être heureux que de pouvoir être réjoui par le divertiffement, car il vient d'ailleurs & de dehors : ainfi il eft dépendant, & par conféquent fujet à être troublé par mille accidens qui font les afflictions inévitables.

C'EST comme fi on difait : *C'eft n'être pas malheureux que de pouvoir être accablé de douleur, car elle vient d'ailleurs.* Celui-là eft actuellement heureux qui a du plaifir, & ce plaifir ne peut venir que de dehors ; nous ne pouvons guère avoir de fenfations ni d'idées que par les objets extérieurs, comme nous ne pouvons nourrir notre corps qu'en y fefant entrer ces fubftances étrangères qui fe changent en la nôtre.

X X X V I I.

L'EXTREME efprit eft accufé de folie comme l'extrême défaut : rien ne paffe pour bon que la médiocrité.

CE n'eft point l'extrême efprit, c'eft l'extrême vivacité & volubilité de l'efprit qu'on accufe de folie. L'extrême efprit eft l'extrême jeuneffe, l'extrême fineffe, l'extrême étendue, oppofée diamétralement à la folie. L'extrême *défaut d'efprit* eft un manque de conception, un vide d'idées ; ce n'eft point la folie, c'eſt la ſtupidité. La folie eſt un dérangement dans les organes, qui fait voir pluſieurs objets trop vite, ou qui arrête l'imagination ſur un ſeul avec trop d'application & de violence. Ce n'eſt point non plus la médiocrité qui paſſe pour bonne, c'eſt l'éloignement des deux vices oppoſés ; c'eſt ce qu'on appelle *juſte milieu*, & non *médiocrité*.

On ne fait cette remarque, & quelques autres dans ce goût, que pour donner des idées préciſes. C'eſt plutôt pour éclaircir que pour contredire.

X X X V I I I.

S i notre condition était véritablement heureuſe, il ne faudrait pas nous divertir d'y penſer.

Notre condition eſt préciſément de penſer aux objets extérieurs avec leſquels nous avons un rapport néceſſaire. Il eſt faux qu'on puiſſe détourner un homme de penſer à la condition humaine ; car à quelque choſe qu'il applique ſon eſprit, il l'applique à quelque choſe de lié à la condition humaine ; &, encore une fois, penſer à ſoi, avec abſtraction des choſes naturelles, c'eſt ne penſer à rien ; je dis à rien du tout : qu'on y prenne bien garde. Loin d'empêcher un homme de penſer à ſa condition, on ne l'entretient jamais que des agrémens de ſa condition. On parle à un ſavant, de réputation & de ſcience ; à un prince de ce qui a rapport à ſa grandeur : à tout homme on parle de plaiſir.

X X X I X.

L E S grands & les petits ont mêmes accidens, mêmes fâcheries, & mêmes paffions : mais les uns font en haut de la roue, & les autres près du centre ; & ainfi moins agités par les mêmes mouvemens.

I L eft faux que les petits foient moins agités que les grands ; au contraire, leurs défefpoirs font plus vifs, parce qu'ils ont moins de reffources. De cent perfonnes qui fe tuent à Londres & ailleurs, il y en a quatre-vingt-dix-neuf du bas peuple, & à peine une d'une condition relevée. La comparaifon de la roue eft ingénieufe & fauffe.

X L.

O N n'apprend pas aux hommes à être honnêtes gens, & on leur apprend tout le refte. Et cependant ils ne fe piquent de favoir que la feule chofe qu'ils n'apprennent point.

O N apprend aux hommes à être honnêtes gens, & fans cela peu parviendraient à l'être. Laiffez votre fils dans fon enfance prendre tout ce qu'il trouvera fous fa main, à quinze ans il volera fur le grand chemin ; louez-le d'avoir dit un menfonge, il deviendra faux témoin ; flattez fa concupifcence, il fera furement débauché. On apprend tout aux hommes, la vertu, la religion.

X L I.

LE fot projet qu'a eu *Montagne* de fe peindre ! & cela,
non pas en paffant & contre fes maximes, comme il arrive
à tout le monde de faillir; mais par fes propres maximes
& par un deffein premier & principal. Car de dire des
fottifes par hafard & par faibleffe, c'eft un mal ordinaire;
mais d'en dire à deffein, c'eft ce qui n'eft pas fupportable,
& d'en dire de telles que celles-là.

LE charmant projet que *Montagne* a eu de fe
peindre naïvement, comme il a fait ! car il a peint
la nature humaine. Si *Nicole* & *Mallebranche* avaient
toujours parlé d'eux-mêmes, ils n'auraient pas réuffi.
Mais un gentilhomme campagnard du temps de
Henri III, qui eft favant dans un fiècle d'ignorance,
philofophe parmi les fanatiques, & qui peint fous
fon nom nos faibleffes & nos folies, eft un homme
qui fera toujours aimé.

X L I I.

LORSQUE j'ai confidéré d'où vient qu'on ajoute tant
de foi à tant d'impofteurs qui difent qu'ils ont des remèdes,
jufqu'à mettre fouvent fa vie entre leurs mains, il m'a
paru que la véritable caufe eft qu'il y a de vrais remèdes;
car il ne ferait pas poffible qu'il y en eût tant de faux &
qu'on y donnât tant de créance, s'il n'y en avait de véritables. Si jamais il n'y en avait eu, & que tous les maux
euffent été incurables, il eft impoffible que les hommes
fe fuffent imaginé qu'ils en pourraient donner; & encore
plus, que tant d'autres euffent donné créance à ceux qui
fe fuffent vantés d'en avoir: de même que fi un homme
fe vantait d'empêcher de mourir, perfonne ne le croirait,
parce qu'il n'y a aucun exemple de cela. Mais comme il

y a eu quantité de remèdes qui se sont trouvés véritables
par la connaissance même des plus grands hommes, la
créance des hommes s'est pliée par-là ; parce que la chose
ne pouvant être niée en général, (puisqu'il y a des effets
particuliers qui sont véritables,) le peuple, qui ne peut
pas discerner lesquels d'entre ces effets particuliers sont
les véritables, les croit tous. De même, ce qui fait qu'on
croit tant de faux effets de la lune, c'est qu'il y en a de
vrais, comme le flux de la mer.

Ainsi il me paraît aussi évident qu'il n'y a tant de faux
miracles, de fausses révélations, de sortiléges, que parce
qu'il y en a de vrais.

LA solution de ce problème est bien aisée. On vit
des effets physiques extraordinaires ; des fripons les
firent passer pour des miracles. On vit des maladies
augmenter dans la pleine lune, & des sots crurent
que la fièvre était plus forte parce que la lune était
pleine. Un malade qui devait guérir, se trouva mieux
le lendemain qu'il eut mangé des écrévisses, & on
conclut que les écrévisses purifiaient le sang parce
qu'elles sont rouges étant cuites.

Il me semble que la nature humaine n'a pas besoin
du vrai pour tomber dans le faux. On a imputé mille
fausses influences à la lune, avant qu'on imaginât le
moindre rapport véritable avec le flux de la mer. Le
premier homme qui a été malade a cru sans peine le
premier charlatan. Personne n'a vu de loups-garoux
ni de sorciers, & beaucoup y ont cru ; personne n'a
vu de transmutation de métaux, & plusieurs ont été
ruinés par la créance de la pierre philosophale. Les
Romains, les Grecs, les païens, ne croyaient-ils donc
aux faux miracles dont ils étaient inondés, que
parce qu'ils en avaient vu de véritables ?

XLIII.

LE port règle ceux qui font dans un vaiſſeau ; mais où trouverons-nous ce point dans la morale ?

DANS cette ſeule maxime reçue de toutes les nations : *Ne faites pas à autrui ce que vous ne voudriez pas qu'on vous fît.*

XLIV.

ILS aiment mieux la mort que la paix, les autres aiment mieux la mort que la guerre. Toute opinion peut être préférée à la vie dont l'amour paraît ſi fort & ſi naturel.

C'EST des Catalans que *Tacite* a dit, en exagérant : *Ferox gens nullam eſſe vitam ſine armis putat ;* ce peuple féroce croit que ne pas combattre c'eſt ne pas vivre. Mais il n'y a point de nation dont on ait dit, & dont on puiſſe dire : *Elle aime mieux la mort que la guerre.*

XLV.

A meſure qu'on a plus d'eſprit, on trouve qu'il y a plus d'hommes originaux. Les gens du commun ne trouvent pas de différence entre les hommes.

IL y a très-peu d'hommes vraiment originaux ; preſque tous ſe gouvernent, penſent, & ſentent, par l'influence de la coutume & de l'éducation. Rien n'eſt ſi rare qu'un eſprit qui marche dans une route nouvelle. Mais parmi cette foule d'hommes qui vont de compagnie, chacun a de petites différences dans la démarche, que les vues fines aperçoivent.

X L V I.

La mort eſt plus aiſée à ſupporter ſans y penſer, que la penſée de la mort ſans péril.

On ne peut pas dire qu'un homme ſupporte la mort aiſément ou mal aiſément, quand il n'y penſe point du tout. Qui ne ſent rien ne ſupporte rien. (6)

X L V I I.

Tout nôtre raiſonnement ſe réduit à céder au ſentiment.

Notre raiſonnement ſe réduit à céder au ſentiment en fait de goût, non en fait de ſcience.

X L V I I I.

Ceux qui jugent d'un ouvrage par règle, ſont à l'égard des autres comme ceux qui ont une montre à l'égard de ceux qui n'en ont point. L'un dit : Il y a deux heures que nous ſommes ici ; l'autre dit : Il n'y a que trois quarts d'heure. Je regarde ma montre ; je dis à l'un : Vous vous ennuyez ; & à l'autre : Le temps ne vous dure guère.

En ouvrage de goût, en muſique, en poëſie, en peinture, c'eſt le goût qui tient lieu de montre ; & celui qui n'en juge que par règle, en juge mal.

(6) *Paſcal* entend apparemment les douleurs qu'on éprouve à l'inſtant de la mort, & dans ce ſens ſa penſée eſt vraie. Sans les idées religieuſes, les terreurs de la mort ſeraient bien peu de choſe ; on ſerait fâché de mourir ſi on ſe trouvait heureux dans le monde, comme on l'eſt d'aller ſe coucher au lieu d'aller au bal, même avec la certitude de bien dormir ; on ſerait affligé de mourir lorſque le bonheur des perſonnes qu'on aime, leur ſort, leur bien-être, dépendraient de notre exiſtence.

XLIX.

CÉSAR était trop vieux, ce me semble, pour s'aller amufer à conquérir le monde : cet amufement était bon à *Alexandre*; c'était un jeune homme qu'il était difficile d'arrêter, mais *Céfar* devait être plus mûr.

L'ON s'imagine d'ordinaire qu'*Alexandre* & *Céfar* font fortis de chez eux dans le deffein de conquérir la terre : ce n'eft point cela. *Alexandre* fuccéda à *Philippe* dans le généralat de la Grèce, & fut chargé de la jufte entreprife de venger les Grecs des injures du roi de Perfe. Il battit l'ennemi commun, & continua fes conquêtes jufqu'à l'Inde, parce que le royaume de *Darius* s'étendait jufqu'à l'Inde, de même que le duc de *Marlborough* ferait venu jufqu'à Lyon fans le maréchal de *Villars*. A l'égard de *Céfar*, il était un des premiers de la république; il fe brouilla avec *Pompée*, comme les janféniftes avec les moliniftes; & alors ce fut à qui s'exterminerait. Une feule bataille, où il n'y eut pas dix mille hommes de tués, décida de tout. Au refte la penfée de M. *Pafcal* eft peut-être fauffe en un fens : il fallait la maturité de *Céfar* pour fe démêler de tant d'intrigues; & il eft peut-être étonnant qu'*Alexandre*, à fon âge, ait renoncé au plaifir pour faire une guerre fi pénible.

L.

C'est une plaisante chose à considérer, de ce qu'il y a des gens dans le monde, qui ayant renoncé à toutes les lois de Dieu & de la nature, s'en font fait eux-mêmes auxquelles ils obéissent exactement : comme, par exemple, les voleurs, &c.

Cela est encore plus utile que plaisant à considérer ; car cela prouve que nulle société d'hommes ne peut subsister un seul jour sans lois. Il en est de toute société comme du jeu, il n'y en a point sans règle.

L I.

L'homme n'est ni ange ni bête : & le malheur veut que qui veut faire l'ange, fait la bête.

Qui veut détruire les passions, au lieu de les régler, veut faire l'ange.

L I I.

Un cheval ne cherche point à se faire admirer de son compagnon : on voit bien entr'eux quelque sorte d'émulation à la course, mais c'est sans conséquence ; car étant à l'étable, le plus pesant & le plus mal étrillé ne cède pas pour cela son avoine à l'autre. Il n'en est pas de même parmi les hommes ; leur vertu ne se satisfait point d'elle-même, & ils ne sont point contens s'ils n'en tirent avantage contre les autres.

L'homme le plus mal taillé ne cède pas non plus son pain à l'autre, mais le plus fort l'enlève au plus faible ;

faible; & chez les animaux & chez les hommes, les gros
mangent les pétits. M. *Pascal* a très-grande raifon de
dire que ce qui diftingue l'homme des animaux ,
c'eft qu'il recherche l'approbation de fes femblables ;
& c'eft cette paffion qui eft la mère des talens & des
vertus.

L I I I.

Sɪ l'homme commençait par s'étudier lui-même , on
verrait combien il eft incapable de paffer outre. Comment
fe pourrait-il faire qu'une partie connût le tout ? il afpirera
peut-être à connaître au moins les parties avec lefquelles
il a de la proportion ; mais les parties du monde ont toutes
un tel rapport & un tel enchaînement l'une avec l'autre ,
que je crois impoffible de connaître l'une fans l'autre, &
fans le tout.

Iʟ ne faudrait point détourner l'homme de chercher ce qui lui eft utile , par cette confidération qu'il
ne peut tout connaître.

> *Non poffis oculis quantùm contendere Lynceus ;*
> *Non tamen idcircò contemnas lippus inungi.*

Nous connaiffons beaucoup de vérités : nous avons
trouvé beaucoup d'inventions utiles : confolons-nous
de ne pas favoir les rapports qui peuvent être entre
une araignée & l'anneau de Saturne, & continuons
d'examiner ce qui eft à notre portée.

L I V.

Sɪ la foudre tombait fur les lieux bas , les poëtes & ceux qui ne favent raifonner que fur les chofes de cette nature , manqueraient de preuves.

Une comparaifon n'eft preuve ni en poëfie ni en profe : elle fert en poëfie d'embelliffement , & en profe elle fert à éclaircir & à rendre les chofes plus fenfibles. Les poëtes qui ont comparé les malheurs des grands à la foudre qui frappe les montagnes , feraient des comparaifons contraires , fi le contraire arrivait.

L V.

C'ᴇsᴛ la compofition d'efprit & de corps qui a fait que prefque tous les philofophes ont confondu les idées des chofes , & attribué aux corps ce qui n'appartient qu'aux efprits , & aux efprits ce qui ne peut convenir qu'aux corps.

Sɪ nous favions ce que c'eft qu'*efprit* , nous pourrions nous plaindre de ce que les philofophes lui ont attribué ce qui ne lui appartient pas ; mais nous ne connaiffons ni l'efprit ni le corps. Nous n'avons aucune idée de l'un , & nous n'avons que des idées très-imparfaites de l'autre : donc nous ne pouvons favoir quelles font leurs limites.

L V I.

COMME on dit : beauté poëtique , on devrait dire : beauté géométrique, & beauté médicinale ; cependant on ne le dit point ; & la raifon en eft qu'on fait bien quel eft l'objet de la géométrie , & quel eft l'objet de la médecine, mais on ne fait pas en quoi confifte l'agrément qui eft l'objet de la poëfie ; on ne fait ce que c'eft que ce modèle naturel qu'il faut imiter ; & faute de cette connaiffance, on a inventé de certains termes bizarres : fiècle d'or, merveille de nos jours , fatal laurier, bel aftre &c. ; & on appelle ce jargon , beauté poëtique. Mais qui s'imaginera une femme vêtue fur ce modèle, verra une jolie demoifelle toute couverte de miroirs & de chaînes de laiton.

CELA eft très-faux : on ne doit pas dire *beauté géométrique* , ni *beauté médicinale* , parce qu'un théorème & une purgation n'affectent point les fens agréablement , & qu'on ne donne le nom de *beauté* qu'aux chofes qui charment les fens , comme la mufique, la peinture , la poëfie , l'architecture régulière &c. La raifon qu'apporte M. *Pafcal* eft tout auffi fauffe : on fait très-bien en quoi confifte l'objet de la poëfie ; il confifte à peindre avec force , netteté, délicateffe , & harmonie ; la poëfie eft l'éloquence harmonieufe. Il fallait que M. *Pafcal* eût bien peu de goût pour dire que *fatal laurier* , *bel aftre* , & autres fottifes, font des beautés poëtiques ; & il fallait que les éditeurs de ces *Penfées* fuffent des perfonnes bien peu verfées dans les belles-lettres, pour imprimer une réflexion fi indigne de fon illuftre auteur.

L V I I.

On ne paffe point dans le monde pour fe connaître en vers, fi l'on n'a mis l'enfeigne de poëte ; ni pour être habile en mathématiques, fi l'on n'a mis celle de mathématicien : mais les vrais honnêtes gens ne veulent point d'enfeigne.(7)

A ce compte il ferait donc mal d'avoir une pro-feffion , un talent marqué , & d'y exceller ? *Virgile*, *Homère* , *Corneille* , *Newton* , le marquis de *l'Hôpital* , mettaient une enfeigne. Heureux celui qui réuffit dans un art, & qui fe connaît aux autres !

L V I I I.

Le peuple a des opinions très-faines : par exemple , d'avoir choifi le divertiffement & la chaffe plutôt que la poëfie &c.

Il femble que l'on ait propofé au peuple de jouer à la boule , ou de faire des vers. Non : mais ceux qui ont des organes groffiers, cherchent des plaifirs où l'ame n'entre pour rien ; & ceux qui ont un fentiment plus délicat, veulent des plaifirs plus fins ; il faut que tout le monde vive.

L I X.

Quand l'univers écraferait l'homme , il ferait encore plus noble que ce qui le tue , parce qu'il fait qu'il meurt : & l'avantage que l'univers a fur lui , l'univers n'en fait rien.

Que veut dire ce mot *noble* ? Il eft bien vrai que ma penfée eft autre chofe , par exemple , que le globe

(7) Cette penfée eft curieufe ; elle prouve que les talens mêmes diftingués aviliffaient alors dans l'opinion , lorfqu'on s'y livrait hautement & fans myftère. Le préfident *de Ris* craignait *que le nom d'auteur ne fût une tache dans fa famille* ; & *Pafcal* eft prefque de l'avis du préfident *de Ris*; il ne mettait pas fon nom à fes livres parce qu'il trouvait cela trop bourgeois.

du foleil ; mais eft-il bien prouvé qu'un animal , parce
qu'il a quelques penfées , eft plus *noble* que le foleil
qui anime tout ce que nous connaiffons de la nature ?
Eft-ce à l'homme à en décider ? il eft juge & partie.
On dit qu'un ouvrage eft fupérieur à un autre, quand
il a coûté plus de peine à l'ouvrier , & qu'il eft d'un
ufage plus utile ; mais en a-t-il moins coûté au Créateur
de faire le foleil que de pétrir un petit animal haut
d'environ cinq pieds , qui raifonne bien ou mal?
Qui des deux eft le plus utile au monde , ou de cet
animal ou de l'aftre qui éclaire tant de globes ? & en
quoi quelques idées reçues dans un cerveau font-elles
préférables à l'univers matériel ?

L X.

Qu'on choififfe telle condition qu'on voudra, & qu'on
y affemble tous les biens & fatisfactions qui femblent
pouvoir contenter un homme ; fi celui qu'on aura mis en
cet état, eft fans occupation & fans divertiffement , & qu'on
le laiffe faire réflexion fur ce qu'il eft , cette félicité lan-
guiffante ne le foutiendra pas.

COMMENT peut-on affembler tous les biens & toutes
les fatisfactions autour d'un homme , & le laiffer en
même temps fans occupation & fans divertiffement ?
n'eft-ce pas là une contradiction bien fenfib.e ?

L X I.

Qu'on laiffe un roi tout feul, fans aucune fatisfaction
des fens, fans aucun foin dans l'efprit, fans compagnie ,
penfer à foi tout à loifir ; & l'on verra qu'un roi qui fe
voit , eft un homme plein de miféres, & qu'il les reffent
comme les autres.

Toujours le même sophisme. Un roi qui se recueille pour penser, est alors très-occupé; mais s'il n'arrêtait sa pensée que sur soi, en disant à soi-même, je règne, & rien de plus, ce serait un idiot.

LXII.

Toute religion qui ne reconnaît point Jesus-Christ, est notoirement fausse, & les miracles ne lui peuvent de rien servir.

Qu'est-ce qu'un miracle? Quelque idée qu'on s'en puisse former, c'est une chose que Dieu seul peut faire. Or, on suppose ici que Dieu peut faire des miracles pour le soutien d'une fausse religion: ceci mérite bien d'être approfondi; chacune de ces questions peut fournir un volume.

LXIII.

Il est dit: croyez à l'Eglise; mais il n'est pas dit: croyez aux miracles; à cause que le dernier est naturel, & non pas le premier. L'un avait besoin de précepte, & non pas l'autre.

Voici, je pense, une contradiction. D'un côté les miracles en certaines occasions ne doivent servir de rien, & de l'autre on doit croire nécessairement aux miracles; c'est une preuve si convaincante, qu'il n'a pas même fallu recommander cette preuve. C'est assurément dire le pour & le contre, & d'une manière bien dangereuse.

LXIV.

Je ne vois pas qu'il y ait plus de difficulté de croire à la réfurrection des corps & à l'enfantement de la Vierge, qu'à la création. Eſt-il plus difficile de reproduire un homme, que de le produire ?

On peut trouver, par le ſeul raiſonnement, des preuves de la création ; car en voyant que la matière n'exiſte pas par elle-même & n'a pas le mouvement par elle-même &c., on parvient à connaître qu'elle doit être néceſſairement créée. Mais on ne parvient point, par le raiſonnement, à voir qu'un corps toujours changeant doit être reſſuſcité un jour, tel qu'il était dans le temps même qu'il changeait. Le raiſonnement ne conduit point non plus à voir qu'un homme doit naître ſans germe. La création eſt donc un objet de la raiſon ; mais les deux autres miracles ſont un objet de la foi.

ADDITION

Aux remarques sur les pensées de M. Pascal.

10 mai 1743.

J'AI lu depuis peu des *Pensées de Pascal* qui n'avaient point encore paru. Le P. *des Molets* les a eues écrites de la main de cet illustre auteur, & on les a fait imprimer : elles me paraissent confirmer ce que j'ai dit ; que ce grand génie avait jeté au hasard toutes les idées pour en réformer une partie & employer l'autre &c.

Parmi ces dernières pensées, que les éditeurs des *Œuvres de Pascal* avaient rejetées du recueil, il me paraît qu'il y en a beaucoup qui méritent d'être conservées. En voici quelques-unes que ce grand-homme eût dû, ce me semble, corriger.

I.

TOUTES les fois qu'une proposition est inconcevable, il ne la faut pas nier à cette marque, mais examiner le contraire : & si on le trouve manifestement faux, on peut affirmer le contraire, tout incompréhensible qu'il est. (8)

IL me semble qu'il est évident que les deux contraires peuvent être faux. Un bœuf vole au sud

(8) Comment une proposition est-elle inconcevable, tandis que la proposition contradictoire (c'est le sens de *Pascal*, ou sa pensée n'en a aucun) est manifestement fausse ; ou comment sait-on qu'une proposition est fausse, quand on ne l'entend point ? Il est impossible de croire véritablement ce qu'on ne conçoit pas : mais on peut ignorer les liaisons, les causes d'un fait observé ; on peut ne pas entendre parfaitement certaines conséquences d'une vérité prouvée.

avec des ailes , un bœuf vole au nord fans ailes ;
vingt mille anges ont tué hier vingt mille hommes ,
vingt mille hommes ont tué hier vingt mille anges ;
ces propofitions font évidemment fauffes.

I I.

QUELLE vanité que la peinture qui attire l'admiration
par la reffemblance des chofes dont on n'admire pas les
originaux !

CE n'eft pas dans la bonté du caractère d'un
homme que confifte affurément le mérite de fon
portrait, c'eft dans la reffemblance. On admire *Céfar*
en un fens, & fa ftatue ou image fur toile en un autre
fens.

I I I.

SI les médecins n'avaient des foutanes & des mules, fi
les docteurs n'avaient des bonnets quarrés & des robes
très-amples , ils n'auraient jamais eu la confidération qu'ils
ont dans le monde.

CEPENDANT les médecins n'ont ceffé d'être
ridicules , n'ont acquis une vraie confidération que
depuis qu'ils ont quitté ces livrées de la pédanterie ;
les docteurs ne font reçus dans le monde , parmi les
honnêtes gens, que quand ils font fans bonnet quarré
& fans argumens : il y a même des pays où la magiftrature fe fait refpecter fans pompe. Il y a des rois
chrétiens très-bien obéis , qui négligent la cérémonie
du facre & du couronnement. A mefure que les hommes

acquièrent plus de lumières, l'appareil devient plus inutile ; ce n'eſt guère que pour le bas peuple qu'il eſt encore quelquefois néceſſaire ; *ad populum phaleras.*

I V.

SELON les lumières naturelles, s'il y a un DIEU, il eſt infiniment incompréhenſible ; puiſque n'ayant ni parties, ni bornes, il n'a aucun rapport à nous : nous ſommes donc incapables de connaître ni ce qu'il eſt, ni s'il eſt.

IL eſt étrange que *Paſcal* ait cru qu'on pouvait deviner le péché originel par la raiſon, & qu'il diſe qu'on ne peut connaître par la raiſon ſi D I E U eſt. C'eſt apparemment la lecture de cette penſée qui engagea le P. *Hardouin* à mettre *Paſcal* dans ſa liſte ridicule des athées ; *Paſcql* eût manifeſtement rejeté cette idée, puiſqu'il la combat en d'autres endroits. En effet nous ſommes obligés d'admettre des choſes que nous ne concevons pas : *J'exiſte, donc quelque choſe exiſte de toute éternité*, eſt une propoſition évidente. Cependant comprenons-nous l'éternité ?

V.

CROYEZ-VOUS qu'il ſoit impoſſible que DIEU ſoit infini, ſans parties ? Oui. Je veux donc vous faire voir une choſe infinie & indiviſible : c'eſt un point ſe mouvant partout d'une vîteſſe infinie ; car il eſt en tous lieux & tout entier dans chaque endroit.

IL y a là quatre fauſſetés palpables :

1°. Qu'un point mathématique exiſte ſeul.

2°. Qu'il fe meuve à droite & à gauche en même temps.

3°. Qu'il fe meuve d'une vîteffe infinie; car il n'y a vîteffe fi grande qui ne puiffe être augmentée.

4°. Qu'il foit tout entier par-tout.

V I.

Homère a fait un roman qu'il donne pour tel : perfonne ne doutait que Troye & *Agamemnon* n'avaient non plus été que la pomme d'or.

JAMAIS aucun écrivain n'a révoqué en doute la guerre de Troye. La fiction de la pomme d'or ne détruit pas la vérité du fond du fujet. L'ampoule apportée par une colombe , & l'oriflamme par un ange, n'empêchent pas que *Clovis* n'ait en effet régné en France.

V I I.

JE n'entreprendrai pas de prouver ici par des raifons naturelles , ou l'exiftence de DIEU , ou la Trinité , ou l'immortalité de l'ame, parce que je ne me fentirais pas affez fort pour trouver dans la nature de quoi convaincre des athées endurcis.

ENCORE une fois , eft-il poffible que ce foit *Pafcal* qui ne fe fente pas affez fort pour prouver l'exiftence de DIEU?

V I I I.

LES opinions relâchées plaisent tant aux hommes naturellement, qu'il est étrange qu'elles leur déplaisent.

L'EXPÉRIENCE ne prouve-t-elle pas au contraire qu'on n'a de crédit sur l'esprit des peuples qu'en leur proposant le difficile, l'impossible même à faire & à croire. Les stoïciens furent respectés parce qu'ils écrasaient la nature humaine. Ne proposez que des choses raisonnables, tout le monde répond : nous en savions autant. Ce n'est pas la peine d'être inspiré pour être commun. Mais commandez des choses dures, impraticables ; peignez la Divinité toujours armée de foudres ; faites couler le sang devant les autels ; vous ferez écouté de la multitude, & chacun dira de vous : Il faut bien qu'il ait raison, puisqu'il débite si hardiment des choses si étranges.

Je ne vous envoie point mes autres remarques sur les *Pensées de M. Pascal*, qui entraîneraient des discussions trop longues. On a voulu donner pour des lois, des pensées que *Pascal* avait probablement jetées sur le papier comme des doutes. Il ne fallait pas croire démontré ce qu'il aurait réfuté lui-même.

Fin des remarques sur les pensées de M. Pascal.

PROFESSION DE FOI

DES THÉISTES,

TRADUITE DE L'ALLEMAND.

O vous qui avez fu porter fur le trône la philofophie & la tolérance, qui avez foulé à vos pieds les préjugés, qui avez enfeigné les arts de la paix comme ceux de la guerre ! joignez votre voix à la nôtre, & que la vérité puiffe triompher comme vos armes.

Nous fommes plus d'un million d'hommes dans l'Europe qu'on peut appeler *théiftes ;* nous ofons en attefter le D I E U unique que nous fervons. Si l'on pouvait raffembler tous ceux qui fans examen fe laiffent entraîner aux divers dogmes des fectes où ils font nés, s'ils fondaient leur propre cœur, s'ils écoutaient leur fimple raifon, la terre ferait couverte de nos femblables.

Il n'y a qu'un fourbe ou un homme abfolument étranger au monde qui ofe nous démentir, quand nous dirons que nous avons des frères à la tête de toutes les armées, fiégeans dans tous les tribunaux, docteurs dans toutes les églifes, répandus dans toutes les profeffions, revêtus enfin de la puiffance fuprême.

Notre religion eft fans doute divine, puifqu'elle a été gravée dans nos cœurs par DIEU même, par ce maître de la raifon univerfelle qui a dit au Chinois, à l'Indien, au Tartare, & à nous : Adore-moi, & fois jufte.

Notre religion eſt auſſi ancienne que le monde, puiſque les premiers hommes n'en pouvaient avoir d'autre, ſoit que ces premiers hommes ſe ſoient appelés *Adimo* & *Procriti* dans une partie de l'Inde, & *Brama* dans l'autre, ou *Prométhée* & *Pandore* chez les Grecs, ou *Oshireth* & *Isheth* chez les Egyptiens, ou qu'ils aient eu en Phénicie des noms que les Grecs ont traduits par celui d'*Eon*; ſoit qu'enfin on veuille admettre les noms d'*Adam* & d'*Eve* donnés à ces premières créatures dans la ſuite des temps par le petit peuple juif. Toutes les nations s'accordent en ce point, qu'elles ont anciennement reconnu un ſeul DIEU auquel elles ont rendu un culte ſimple & ſans mélange, qui ne put être infecté d'abord de dogmes ſuperſtitieux.

Notre religion, ô grand homme! eſt donc la ſeule qui ſoit univerſelle, comme elle eſt la plus antique & la ſeule divine. Nations égarées dans le labyrinthe de mille ſectes différentes, le théiſme eſt la baſe de vos édifices fantaſtiques; c'eſt ſur notre vérité que vous avez fondé vos abſurdités. Enfans ingrats, nous ſommes vos pères, & vous nous reconnaiſſez tous pour vos pères quand vous prononcez le nom de DIEU.

Nous adorons depuis le commencement des choſes la Divinité unique, éternelle, rémunératrice de la vertu, & vengereſſe du crime; juſque-là tous les hommes ſont d'accord, tous répètent après nous cette confeſſion de foi.

Le centre où tous les hommes ſe réuniſſent dans tous les temps & dans tous les lieux eſt donc la vérité, & les écarts de ce centre ſont donc le menſonge.

Que DIEU *eſt le père de tous les hommes.*

SI DIEU a fait les hommes, tous lui ſont également
chers, comme tous ſont égaux devant lui ; il eſt donc
abſurde & impie de dire que le père commun a choiſi
un petit nombre de ſes enfans pour exterminer les
autres en ſon nom.

Or, les auteurs des livres juifs ont pouſſé leur
extravagante fureur juſqu'à oſer dire que dans des
temps très-récens par rapport aux ſiècles antérieurs,
le DIEU de l'univers choiſit un petit peuple barbare
eſclave chez les Egyptiens, non pas pour le faire
régner ſur la fertile Egypte, non pas pour qu'il obtînt
les terres de leurs injuſtes maîtres, mais pour qu'il
allât à deux cents cinquante milles de Memphis égorger, exterminer, de petites peuplades voiſines de Tyr,
dont il ne pouvait entendre le langage, qui n'avaient
rien de commun avec lui, & ſur leſquelles il n'avait
pas plus de droit que ſur l'Allemagne. Ils ont écrit
cette horreur ; donc ils ont écrit des livres abſurdes
& impies.

Dans ces livres, remplis à chaque page de fables
contradiƈtoires ; dans ces livres écrits plus de ſept cents
ans après la date qu'on leur donne ; dans ces livres
plus mépriſables que les contes arabes & perſans, il
eſt rapporté que le DIEU de l'univers deſcendit dans
un buiſſon pour dire à un pâtre âgé de quatre-vingts
ans : *Otez vos ſouliers. . . . que chaque femme de votre
horde demande à ſa voiſine, à ſon hôteſſe, des vaſes d'or &
d'argent, des robes, & vous volerez les Egyptiens.* (*a*)

(*a*) Exode, chap. III.

Et je vous prendrai pour mon peuple, & je ferai votre DIEU. (*b*)

Et j'endurcirai le cœur du pharaon, du roi. (*c*)

Si vous obfervez mon paƈte, vous ferez mon peuple particulier fur tous les autres peuples. (*d*)

Jofué parle ainfi expreffément à la horde hébraïque: *S'il vous paraît mal de fervir Adonaï, l'option vous eft donnée, choififfez aujourd'hui ce qu'il vous plaira; voyez qui vous devez fervir, ou les dieux que vos pères ont adorés dans la Méfopotamie, ou bien les dieux des Amorrhéens chez qui vous habitez.* (*e*)

Il eft bien évident par ces paffages, & par tous ceux qui les précèdent, que les Hébreux reconnaiffaient plufieurs dieux ; que chaque peuplade avait le fien ; que chaque dieu était un dieu local, un dieu particulier.

Il eft même dit dans *Ezéchiel*, dans *Amos*, dans le difcours de *St Etienne*, que les Hébreux n'adorèrent point le dieu *Adonaï* dans le défert, mais *Remphan* & *Kium*.

Le même *Jofué* continue & leur dit : *Adonaï eft fort & jaloux.*

N'eft-il donc pas prouvé par tous ces témoignages que les Hébreux reconnurent dans leur *Adonaï* une efpèce de roi vifible aux chefs du peuple, invifible au peuple, jaloux des rois voifins, & tantôt vainqueur, tantôt vaincu?

Qu'on remarque furtout ce paffage des Juges : *Adonaï marcha avec Juda & fe rendit maître des montagnes,*

(*b*) Exode, chap. VI.   (*d*) *Ibid.* chap. XIX.

(*c*) *Ibid.* chap. VII.   (*e*) *Ibid.* chap. XXIV.

mais

mais il ne put exterminer les habitans des vallées, parce qu'ils abondaient en chariots armés de faux. (ƒ)

Nous n'infifterons pas ici fur le prodigieux ridicule de dire qu'auprès de Jérufalem les peuples avaient, comme à Babylone, des chars de guerre dans un malheureux pays où il n'y avait que des ânes; nous nous bornons à démontrer que le dieu des Juifs était un dieu local, qui pouvait quelque chofe fur les montagnes & rien fur les vallées; idée prife de l'ancienne mythologie, laquelle admit des dieux pour les forêts, les monts, les vallées, & les fleuves.

Et fi on nous objecte que dans le premier chapitre de la Genèfe, DIEU a fait le ciel & la terre, nous répondons que ce chapitre n'eft qu'une imitation de l'ancienne cofmogonie des Phéniciens très-antérieurs à l'établiffement des Juifs en Syrie; que ce premier chapitre même fut regardé par les Juifs comme un ouvrage dangereux qu'il n'était permis de lire qu'à vingt-cinq ans. Il faut furtout bien remarquer que l'aventure d'*Adam* & d'*Eve* n'eft rappelée dans aucun des livres hébreux, & que le nom d'*Eve* ne fe trouve que dans *Tobie* qui eft regardé comme apocryphe par toutes les communions proteftantes, & par les favans catholiques.

Si l'on voulait encore une plus forte preuve que le dieu juif n'était qu'un dieu local, la voici. Un brigand nommé *Jephté*, qui eft à la tête des Juifs, dit aux députés des Ammonites: *Ce que poffède Chamos votre dieu, ne vous appartient-il pas de droit? laiffez-nous donc poffèder ce qu'Adonaï notre dieu a obtenu par fes victoires.* (g)

(ƒ) Juges, chap. I.   (g) Ibid. chap. II.

Voilà nettement deux dieux reconnus, deux dieux ennemis l'un de l'autre ; c'eft bien en vain que le trop fimple *Calmet* veut après des commentateurs de mauvaife foi éluder une vérité fi claire. Il en réfulte qu'alors le petit peuple juif, ainfi que tant de grandes nations, avaient leurs dieux particuliers ; c'eft ainfi que *Mars* combattit pour les Troyens, & *Minerve* pour les Grecs ; c'eft ainfi que parmi nous S*t* *Denis* eft le protecteur de la France, & que S*t* *George* l'a été de l'Angleterre. C'eft ainfi que par-tout on a déshonoré la Divinité.

Des fuperftitions.

QUE la terre entière s'élève contre nous, fi elle l'ofe ; nous l'appelons à témoin de la pureté de notre fainte religion. Avons-nous jamais fouillé notre culte par aucune des fuperftitions que les nations fe reprochent les unes aux autres ? On voit les Perfes, plus excufables que leurs voifins, vénérer dans le foleil l'image imparfaite de la divinité qui anime la nature ; les Sabéens adorent les étoiles ; les Phéniciens facrifient aux vents ; la Grèce & Rome font inondées de dieux & de fables ; les Syriens adorent un poiffon. Les Juifs dans le défert fe profternent devant un ferpent d'airain : ils adorèrent réellement un coffre que nous appelons *arche*, imitant en cela plufieurs nations qui promenaient leurs petits marmoufets facrés dans des coffres ; témoin les Egyptiens, les Syriens ; témoin le coffre dont il eft parlé dans l'âne d'or d'*Apulée;* (*h*) témoin le coffre ou l'arche de

(*h*) *Apul.* liv. IX & XI.

Troye qui fut pris par les Grecs, & qui tomba en partage à *Euripide*. (i)

Les Juifs prétendaient que la verge d'*Aaron*, & un boiffeau de manne étaient confervés dans leur faint coffre ; deux bœufs le traînaient dans une charrette ; le peuple tombait devant lui la face contre terre, & n'ofait le regarder. *Adonaï* fit un jour mourir de mort fubite cinquante mille foixante & dix juifs, pour avoir porté la vue fur fon coffre ; & fe contenta de donner des hémorrhoïdes aux Philiftins qui avaient pris fon coffre ; & d'envoyer des rats dans leurs champs, (k) jufqu'à ce que ces Philiftins lui euffent préfenté cinq figures de rats d'or, & cinq figures de trou du cul d'or, en lui rendant fon coffre. O terre ! ô nations ! ô vérité fainte ! eft-il poffible que l'efprit humain ait été affez abruti pour imaginer des fuperftitions fi infames & des fables fi ridicules !

Ces mêmes Juifs qui prétendent avoir eu les figures en horreur par l'ordre de leur Dieu même, confervaient pourtant dans leur fanctuaire, dans leur faint des faints, deux chérubins qui avaient des faces d'hommes & des muffles de bœuf avec des ailes.

A l'égard de leurs cérémonies, y a-t-il rien de plus dégoûtant, de plus révoltant, & en même temps de plus puéril ? n'eft-il pas bien agréable à l'être des êtres de brûler fur une pierre des boyaux & des pieds d'animaux ? (l) qu'en peut-il réfulter, qu'une puanteur infupportable ? Eft-il bien divin de tordre le cou à un oifeau, de lui caffer une aile, de tremper un doigt dans le fang, & d'en arrofer fept fois l'affemblée ? (m)

(i) *Paufanias*, liv. VII.
(k) Premier livre des Rois ou de Samuel , chap. V. & VI.

(l) Lévit. chap. I.
(m) *Ibid.* chap. VI.

Z 2

Où eſt le mérite de mettre du ſang ſur l'orteil de
ſon pied droit, & au bout de ſon oreille droite, & ſur
le pouce de la main droite? (n)

Mais ce qui n'eſt pas ſi puéril, c'eſt ce qui eſt
raconté dans une très-ancienne vie de *Moïſe* écrite
en hébreu, & traduite en latin. C'eſt l'origine de la
querelle entre *Aaron* & *Coré*.

,, Une pauvre veuve n'avait qu'une brebis, elle la
,, tondit pour la première fois ; auſſitôt *Aaron* arrive,
,, & emporte la toiſon, en diſant : les prémices de la
,, laine appartiennent à DIEU. La veuve en pleurs
,, vient implorer la protection de *Coré*, qui ne pou-
,, vant obtenir d'*Aaron* la reſtitution de la laine, en
,, paye le prix à la veuve. Quelque temps après, ſa
,, brebis fait un agneau. *Aaron* ne manque pas de
,, s'en emparer. Il eſt écrit, dit-il, que tout premier
,, né appartient à DIEU. La bonne femme va ſe
,, plaindre à *Coré*, & *Coré* ne peut obtenir juſtice
,, pour elle. La veuve outrée tue ſa brebis. *Aaron*
,, revient ſur le champ, prend le ventre, l'épaule, &
,, la tête, ſelon l'ordre de DIEU. La veuve au déſeſ-
,, poir dit anathème à ſa brebis. *Aaron* dans l'inſtant
,, revient l'emporter toute entière : (o) tout ce qui eſt
,, anathème, dit-il, appartient au pontife. ,, Voilà
en peu de mots l'hiſtoire de beaucoup de prêtres :
nous entendons les prêtres de l'antiquité ; car pour
ceux d'aujourd'hui nous avouons qu'il en eſt de ſages
& de charitables pour qui nous ſommes pénétrés
d'eſtime.

Ne nous appeſantiſſons pas ſur les ſuperſtitions
odieuſes de tant d'autres nations ; toutes en ont été

(n) Levit. chap. VIII.   (o) Page 165.

infectées, excepté les lettrés chinois, qui font les plus anciens théiftes de la terre. Regardez ces malheureux Egyptiens, que leurs pyramides, leur labyrinthe, leurs palais, & leurs temples, ont rendus fi célèbres; c'eft aux pieds de ces monumens prefque éternels qu'ils adoraient des chats & des crocodiles. S'il eft aujourd'hui une religion qui ait furpaffé ces excès monftrueux, c'eft ce que nous laiffons à examiner à tout homme raifonnable.

Se mettre à la place de DIEU qui a créé l'homme, créer DIEU a fon tour, faire ce Dieu avec de la farine & quelques paroles, divifer ce Dieu en mille dieux, anéantir la farine avec laquelle on a fait ces mille dieux qui ne font qu'un Dieu en chair & en os; créer fon fang avec du vin, quoique le fang foit, à ce qu'on prétend, déjà dans le corps du Dieu; anéantir ce vin, manger ce Dieu & boire fon fang; voilà ce que nous voyons dans quelques pays, où cependant les arts font mieux cultivés que chez les Egyptiens.

Si on nous racontait un pareil excès de bêtife & d'aliénation d'efprit de la horde la plus ftupide des Hottentots & des Cafres, nous dirions qu'on nous en impofe; nous renverrions une telle relation au pays des fables; c'eft cependant ce qui arrive journellement fous nos yeux dans les villes les plus policées de l'Europe, fous les yeux des princes qui le fouffrent & des fages qui fe taifent. Que fefons-nous à l'afpect de ces facriléges? nous prions l'être éternel pour ceux qui les commettent; fi pourtant nos prières peuvent quelque chofe auprès de fon immenfité, & entrent dans le plan de fa providence.

Z 3

Des sacrifices de sang humain.

AVONS-NOUS jamais été coupables de la folle
& horrible superstition de la magie qui a porté tant
de peuples à présenter aux prétendus dieux de l'air,
& aux prétendus dieux infernaux, les membres sanglans
de tant de jeunes gens & de tant de filles, comme des
offrandes précieuses à ces monstres imaginaires?
Aujourd'hui même encore, les habitans des rives du
Gange, de l'Indus, & des côtes de Coromandel,
mettent le comble de la sainteté à suivre en pompe
de jeunes femmes riches & belles qui vont se brûler
sur le bûcher de leurs maris, dans l'espérance d'être
réunies avec eux dans une vie nouvelle. Il y a trois
mille ans que dure cette épouvantable superstition,
auprès de laquelle le silence ridicule de nos anachorètes, leur ennuyeuse psalmodie, leur mauvaise chère,
leurs cilices, leurs petites macérations, ne peuvent pas
même être comptés pour des pénitences. Les brames
ayant, après des siècles de théisme pur & sans tache,
substitué la superstition à l'adoration simple de l'être
suprême, corrompirent leurs voies & encouragèrent
enfin ces sacrifices. Tant d'horreur ne pénétra point
à la Chine, dont le sage gouvernement est exempt
depuis près de cinq mille ans de toutes les démences
superstitieuses. Mais elle se répandit dans le reste de
notre hémisphère. Point de peuple qui n'ait immolé
des hommes à DIEU, & point de peuple qui n'ait été
séduit par l'illusion affreuse de la magie. Phéniciens,
Syriens, Scythes, Persans, Egyptiens, Africains,
Grecs, Romains, Celtes, Germains, tous ont voulu

être magiciens , & tous ont été religieufement homicides.

Les Juifs furent toujours infatués de fortiléges ; ils jetaient les forts, ils enchantaient les ferpens, ils prédifaient l'avenir par les fonges , ils avaient des voyans qui fefaient retrouver les chofes perdues , ils chaffèrent les diables & guérirent les poffédés avec la racine barath en prononçant le mot *Jaho*, quand ils eurent connu la doctrine des diables en Chaldée. Les pythoniffes évoquèrent des ombres. Et même l'auteur de l'Exode, quel qu'il foit, eft fi perfuadé de l'exiftence de la magie, qu'il repréfente les forciers attitrés de *Pharaon* opérant les mêmes prodiges que *Moïfe*. Ils changèrent leurs bâtons en ferpens comme *Moïfe*, ils changèrent les eaux en fang comme lui, ils couvrirent comme lui la terre de grenouilles, &c. Ce ne fut que fur l'article des poux qu'ils furent vaincus ; fur quoi on a très-bien dit *que les Juifs en favaient plus que les autres peuples en cette partie.*

Cette fureur de la magie, commune à toutes les nations, difpofa les hommes à une cruauté religieufe & infernale , avec laquelle ils ne font certainement pas nés, puifque de mille enfans vous n'en trouvez pas un feul qui aime à verfer le fang humain.

Nous ne pouvons mieux faire que de tranfcrire ici un paffage de l'auteur de la *Philofophie de l'hiftoire*, (*p*) quoiqu'il ne foit pas de notre avis en tout.

,, Si nous lifons l'hiftoire des Juifs écrite par un ,, auteur d'une autre nation, nous aurions peine à ,, croire qu'il y ait eu en effet un peuple fugitif ,, d'Egypte, qui foit venu par ordre exprès de DIEU

(*p*) Ou l'introduction à l'*Effai fur les mœurs &c.*

Z 4

„ immoler fept ou huit petites nations qu'il ne con-
„ naiffait pas, égorger fans miféricorde toutes les
„ femmes, les vieillards, & les enfans à la mamelle,
„ & ne réferver que les petites filles ; que ce peuple
„ faint ait été puni de fon Dieu quand il avait été
„ affez criminel pour épargner un feul homme dévoué
„ à l'anathème. Nous ne croirions pas qu'un peuple
„ fi abominable eût pu exifter fur la terre ; mais
„ comme cette nation elle-même nous rapporte tous
„ ces faits dans fes livres faints, il faut la croire.

„ Je ne traite point ici la queftion fi ces livres ont
„ été infpirés. Notre fainte Eglife, qui a les Juifs en
„ horreur, nous apprend que les livres juifs ont été
„ dictés par le DIEU créateur & père de tous les
„ hommes ; je ne puis en former aucun doute, ni me
„ permettre même le moindre raifonnement.

„ Il eft vrai que notre faible entendement ne peut
„ concevoir dans DIEU une autre fageffe, une autre
„ juftice, une autre bonté que celle dont nous avons
„ l'idée ; mais enfin, il a fait ce qu'il a voulu ; ce n'eft
„ pas à nous de le juger ; je m'en tiens toujours au
„ fimple hiftorique.

„ Les Juifs ont une loi par laquelle il leur eft
„ expreffément ordonné de n'épargner aucune chofe,
„ aucun homme dévoué au Seigneur ; *on ne pourra le*
„ *racheter, il faut qu'il meure*, dit la loi du Lévitique
„ chapitre XXVII. C'eft en vertu de cette loi qu'on
„ voit *Jephté* immoler fa propre fille, le prêtre *Samuel*
„ couper en morceaux le roi *Agag*. Le Pentateuque
„ nous dit que dans le petit pays de Madian, qui eft
„ environ de neuf lieues quarrées, les Ifraélites ayant
„ trouvé fix cents foixante-quinze mille brebis,

» foixante & douze mille bœufs, foixante & un mille
» ânes, & trente - deux mille filles vierges, *Moïfe*
» commanda qu'on maffacrât tous les hommes, toutes
» les femmes, & tous les enfans, mais qu'on gardât les
» filles, dont trente-deux feulement furent immolées.
» Ce qu'il y a de remarquable dans ce dévouement,
» c'eft que ce même *Moïfe* était gendre du grand-prêtre
» des Madianites, *Jethro*, qui lui avait rendu les
» plus fignalés fervices, & qui l'avait comblé de
» bienfaits.

» Le même livre nous dit que *Jofué*, fils de *Nun*,
» ayant paffé avec fa horde la rivière du Jourdain à
» pied fec, & ayant fait tomber au fon des trompettes
» les murs de Jéricho dévoué à l'anathème, il fit périr
» tous les habitans dans les flammes; qu'il conferva
» feulement *Rahab* la paillarde & fa famille qui avait
» caché les efpions du faint peuple; que le même
» *Jofué* dévoua à la mort douze mille habitans de la
» ville de Haï; qu'il immola au Seigneur trente &
» un rois du pays, tous foumis à l'anathème & qui
» furent pendus. Nous n'avons rien de comparable à
» ces affaffinats religieux dans nos derniers temps, fi
» ce n'eft peut-être la St Barthelemi & les maffacres
» d'Irlande.

» Ce qu'il y a de trifte, c'eft que plufieurs per-
» fonnes doutent que les Juifs aient trouvé fix cents
» foixante & quinze mille brebis, & trente-deux mille
» filles pucelles dans le village d'un défert au milieu
» des rochers; & que perfonne ne doute de la
» St Barthelemi. Mais ne ceffons de répéter combien les
» lumières de notre raifon font impuiffantes pour nous
» éclairer fur les étranges événemens de l'antiquité,

,, & fur les raifons que Dieu, maître de la vie & de
,, la mort, pouvait avoir de choifir le peuple juif pour
,, exterminer le peuple cananéen. ,,

Nos chrétiens, il le faut avouer, n'ont que trop
imité ces anathèmes barbares tant recommandés chez
les Juifs: c'eft de ce fanatifme que fortirent les croifades qui dépeuplèrent l'Europe pour aller immoler,
en Syrie des Arabes & des Turcs à Jesus-Christ;
c'eft ce fanatifme qui enfanta les croifades contre nos
frères innocens appelés *hérétiques* ; c'eft ce fanatifme
toujours teint de fang qui produifit la journée infernale
de la St Barthelemi, & remarquez que c'eft dans ce
temps affreux de la St Barthelemi que les hommes
étaient le plus abandonnés à la magie. Un prêtre
nommé *Séchelle*, brûlé pour avoir joint aux fortiléges
les empoifonnemens & les meurtres, avoua dans fon
interrogatoire que le nombre de ceux qui fe croyaient
magiciens paffait dix-huit mille; tant la démence de
la magie eft toujours compagne de la fureur religieufe,
comme certaines maladies épidémiques en amènent
d'autres, & comme la famine produit fouvent la
pefte.

Maintenant, qu'on ouvre toutes les annales du
monde, qu'on interroge tous les hommes, on ne
trouvera pas un feul théifte coupable de ces crimes.
Non, il n'y en a pas un qui ait jamais prétendu favoir
l'avenir au nom du diable, ni qui ait été meurtrier
au nom de Dieu.

On nous dira que les athées font dans les mêmes
termes, qu'ils n'ont jamais été ni des forciers ridicules, ni des fanatiques barbares. Hélas! que faudra-
t-il en conclure? que les athées, tout audacieux, tout

égarés qu'ils font, tout plongés dans une erreur monf-
trueufe, font encore meilleurs que les juifs, les païens,
& les chrétiens fanatiques.

Nous condamnons l'athéifme, nous déteftons la
fuperftition barbare, nous aimons DIEU & le genre-
humain; voilà nos dogmes.

Des perfécutions chrétiennes.

O N a tant prouvé que la fecte des chrétiens eft la
feule qui ait jamais voulu forcer les hommes, le fer
& la flamme dans les mains, à penfer comme elle,
que ce n'eft plus la peine de le redire. On nous objecte
en vain que les mahométans ont imité les chrétiens ;
cela n'eft pas vrai. *Mahomet* & fes Arabes ne violentèrent
que les Mecquois qui les avaient perfécutés ; ils n'im-
pofèrent aux étrangers vaincus qu'un tribut annuel
de douze dragmes par tête, tribut dont on pouvait fe
racheter en embraffant la religion mufulmane.

Quand ces Arabes eurent conquis l'Efpagne & la
province Narbonnaife, ils leur laiffèrent leur religion
& leurs lois. Ils laiffent encore vivre en paix tous les
chrétiens de leur vafte empire. Vous favez, grand
Prince, que le fultan des Turcs nomme lui-même le
patriarche des chrétiens grecs, & plufieurs évêques.
Vous favez que ces chrétiens portent leur Dieu en
proceffion librement dans les rues de Conftantinople,
tandis que chez les chrétiens il eft de vaftes pays où
l'on condamne à la potence ou à la roue tout pafteur
calvinifte qui prêche, & aux galères quiconque les
écoute. O nations! comparez & jugez.

Nous prions feulement les lecteurs attentifs de relire ce morceau d'un petit livre excellent qui a paru depuis peu, intitulé *Confeils raifonnables &c.* (*)

　　,, Vous parlez toujours de martyrs. Hé ! Monfieur,
,, ne fentez-vous pas combien cette miférable preuve
,, s'élève contre nous ? Infenfés & cruels que nous
,, fommes, quels barbares ont jamais fait plus de
,, martyrs que nos barbares ancêtres ? Ah, Monfieur,
,, vous n'avez donc pas voyagé ? vous n'avez pas vu à
,, Conftance la place où *Jérôme de Prague* dit à un des
,, bourreaux du concile, qui voulait allumer fon bûcher
,, par derrière ? *Allume par devant; fi j'avais craint les*
,, *flammes je ne ferais pas venu ici.* Vous n'avez pas été
,, à Londres, où parmi tant de victimes que fit
,, brûler l'infame *Marie* fille du tyran *Henri VIII*, une
,, femme accouchant au pied du bûcher, on y jeta
,, l'enfant avec la mère, par l'ordre d'un évêque.

　　,, Avez-vous jamais paffé dans Paris par la Grève
,, où le confeiller-clerc *Anne Dubourg*, neveu du
,, chancelier, chanta des cantiques avant fon fupplice?
,, Savez-vous qu'il fut exhorté à cette héroïque conf-
,, tance par une jeune femme de qualité nommée
,, madame de *la Caille*, qui fut brûlée quelques jours
,, après lui ? Elle était chargée de fers dans un cachot
,, voifin du fien, & ne recevait le jour que par une
,, petite grille pratiquée en haut dans le mur qui fépa-
,, rait ces deux cachots. Cette femme entendait le
,, confeiller qui difputait fa vie contre fes juges par les
,, formes des lois: *Laiffez-là*, lui cria-t-elle, *ces indignes*
,, *formes; craignez-vous de mourir pour votre* DIEU ?

(*) Voyez les *Confeils raifonnables à M. Bergier*, Philofophie &c. tome II.

„ Voilà ce qu'un indigne historien tel que le jésuite
„ *Daniel* n'a garde de rapporter, & ce que d'*Aubigné*
„ & les contemporains nous certifient.

„ Faut-il vous montrer ici la foule de ceux qui
„ furent exécutés à Lyon dans la place des Terreaux
„ depuis 1546? Faut-il vous faire voir Mlle de *Cagnon*
„ suivant dans une charrette cinq autres charrettes
„ chargées d'infortunés, condamnés aux flammes,
„ parce qu'ils avaient le malheur de ne pas croire
„ qu'un homme pût changer du pain en DIEU?
„ Cette fille, malheureusement persuadée que la reli-
„ gion réformée était la véritable, avait toujours
„ répandu des largesses parmi les pauvres de Lyon.
„ Ils entouraient, en pleurant, la charrette où elle
„ était traînée chargée de fers. *Hélas!* lui criaient-ils,
„ *nous ne recevrons plus d'aumônes de vous. Hé bien*, dit-elle,
„ *vous en recevrez encore*, & elle leur jeta ses mules de
„ velours que ses bourreaux lui avaient laissées.

„ Avez-vous vu la place de l'Estrapade à Paris, elle
„ fut couverte sous *François I* de corps réduits en
„ cendre. Savez-vous comme on les fesait mourir?
„ On les suspendait à de longues bascules qu'on élevait
„ & qu'on baissait tour-à-tour sur un vaste bûcher,
„ afin de leur faire sentir plus long-temps toutes les
„ horreurs de la mort la plus douloureuse. On ne
„ jetait ces corps sur les charbons ardens que lorsqu'ils
„ étaient presqu'entièrement rôtis, & que leurs
„ membres retirés, leur peau sanglante & consumée,
„ leurs yeux brûlés, leur visage défiguré, ne leur
„ laissaient plus l'apparence de la figure humaine.

„ Le jésuite *Daniel* suppose, sur la foi d'un infame
„ écrivain de ce temps-là, que *François I* dit

„ publiquement qu'il traiterait ainſi le dauphin ſon fils
„ s'il donnait dans les opinions des réformés. Perſonne
„ ne croira qu'un roi qui ne paſſait pas pour un *Néron*
„ ait jamais prononcé de ſi abominables paroles.
„ Mais la vérité eſt que tandis qu'on feſait à Paris
„ ces ſacrifices de ſauvages, qui ſurpaſſent tout ce que
„ l'inquiſition a jamais fait de plus horrible, *François I*
„ plaiſantait avec ſes courtiſans, & couchait avec ſa
„ maîtreſſe. Ce ne ſont pas là, Monſieur, des hiſtoires
„ de *Sᵗᵉ Potamienne*, de *Sᵗᵉ Urſule*, & des onze mille
„ vierges; c'eſt un récit fidelle de ce que l'hiſtoire a
„ de moins incertain.

„ Le nombre des martyrs réformés, ſoit vaudois
„ ou albigeois, ſoit évangéliques, eſt innombrable. Un
„ nommé *Pierre Bergier* fut brûlé à Lyon en 1552
„ avec *René Poyet* parent du chancelier *Poyet*. On jeta
„ dans le même bûcher *Jean Chambon*, *Louis Dimonet*,
„ *Louis de Marſac*, *Etienne de Gravot*, & cinq jeunes
„ écoliers. Je vous ferais trembler ſi je vous feſais
„ voir la liſte des martyrs que les proteſtans ont
„ conſervée.

„ *Pierre Bergier* chantait un pſeaume de *Marot* en
„ allant au ſupplice. Dites-nous en bonne foi ſi vous
„ chanteriez un pſeaume latin en pareil cas ? Dites-
„ nous ſi le ſupplice de la potence, de la roue, ou du
„ feu, eſt une preuve de la religion ? C'eſt une preuve
„ ſans doute de la barbarie humaine. C'eſt une preuve
„ que d'un côté il y a des bourreaux, & de l'autre
„ des perſuadés.

„ Non, ſi vous voulez rendre la religion chrétienne
„ aimable, ne parlez jamais de martyrs. Nous en
„ avons fait cent fois, mille fois, plus que tous les

,, païens. Nous ne voulons point répéter ici ce qu'on
,, a tant dit des maſſacres des Albigeois, des habitans
,, de Mérindol, de la St Barthelemi, de ſoixante ou
,, quatre-vingts mille irlandais proteſtans égorgés,
,, aſſommés, pendus, brûlés par les catholiques; de
,, ces millions d'indiens tués comme des lapins dans
,, des garennes, aux ordres de quelques moines. Nous
,, frémiſſons, nous gémiſſons; mais il faut le dire,
,, parler de martyrs à des chrétiens, c'eſt parler de
,, gibets & de roues à des bourreaux & à des
,, récors. ,,

Après tant de vérités, nous demandons au monde
entier ſi jamais un théiſte a voulu forcer un homme
d'une autre religion à embraſſer le théiſme, tout divin
qu'il eſt. Ah ! c'eſt parce qu'il eſt divin qu'il n'a jamais
violenté perſonne. Un théiſte a-t-il jamais tué ? Que
dis-je, a-t-il frappé un ſeul de ſes inſenſés adverſaires ?
Encore une fois, comparez & jugez.

Nous penſons enfin qu'il faut imiter le ſage gouvernement chinois, qui depuis plus de cinquante
ſiècles offre à DIEU des hommages purs, & qui l'adorant en eſprit & en vérité, laiſſe la vile populace ſe
vautrer dans la fange des étables des bonzes : il tolère
ces bonzes, & il les réprime; il les contient ſi bien
qu'ils n'ont pu exciter le moindre trouble ſous la
domination chinoiſe ni ſous la tartare. Nous allons
acheter dans cette terre antique de la porcelaine, du
laque, du thé, des paravents, des magots, des com-
modes, de la rhubarbe, de la poudre d'or : que
n'allons-nous y acheter de la ſageſſe !

Des mœurs.

LES mœurs des théistes sont nécessairement pures ; puisqu'ils ont toujours le DIEU de la justice & de la pureté devant les yeux, le DIEU qui ne descend point sur la terre pour ordonner qu'on vole les Egyptiens, pour commander à *Osée* de prendre une concubine à prix d'argent & de coucher avec une femme adultère. (*q*)

Aussi ne nous voit-on pas vendre nos femmes comme *Abraham*. Nous ne nous enivrons point comme *Noé*, & nos fils n'insultent pas au membre respectable qui les a fait naître. Nos filles ne couchent point avec leurs pères, comme les filles de *Loth* & comme la fille du pape *Alexandre VI*. Nous ne violons point nos sœurs, comme *Ammon* viola sa sœur *Thamar ;* nous n'avons point parmi nous de prêtres qui nous applaniffent la voie du crime en osant nous absoudre de la part de DIEU de toutes les iniquités que sa loi éternelle condamne. Plus nous méprisons les superstitions qui nous environnent, plus nous nous imposons la douce nécessité d'être justes & humains. Nous regardons tous les hommes avec des yeux fraternels ; nous les secourons indistinctement ; nous tendons des mains favorables aux superstitieux qui nous outragent.

Si quelqu'un parmi nous s'écarte de notre loi divine, s'il est injuste & perfide envers ses amis, ingrat envers ses bienfaiteurs ; si son orgueil inconstant & féroce contriste ses frères, nous le déclarons indigne du saint nom de *théiste ;* nous le rejetons de notre

(*q*) *Osée*, chap. I.

société;

fociété; mais fans lui vouloir de mal, & toujours prêts à lui faire du bien; perfuadés qu'il faut pardonner, & qu'il eft beau de faire des ingrats.

Si quelqu'un de nos frères voulait apporter le moindre trouble dans le gouvernement, il ne ferait plus notre frère. Ce ne furent certainement pas des théiftes qui excitèrent autrefois les révoltes de Naples, qui ont trempé récemment dans la confpiration de Madrid, qui allumèrent les guerres de la fronde & des *Guifes* en France, celle de trente ans dans notre Allemagne &c. &c. &c. Nous fommes fidelles à nos princes, nous payons tous les impôts fans murmures. Les rois doivent nous regarder comme les meilleurs citoyens & les meilleurs fujets. Séparés du vil peuple qui n'obéit qu'à la force & qui ne raifonne jamais, plus féparés encore des théologiens qui raifonnent fi mal, nous fommes les foutiens des trônes que les difputes eccléfiaftiques ont ébranlés pendant tant de fiècles.

Utiles à l'Etat, nous ne fommes point dangereux à l'Eglife; nous imitons JESUS qui allait au temple.

De la doctrine des théiftes.

ADORATEURS d'un Dieu, amis des hommes, compatiffans aux fuperftitions même que nous réprouvons, nous refpectons toute fociété, nous n'infultons aucune fecte; nous ne parlons jamais avec dérifion, avec mépris de JESUS qu'on appelle le CHRIST; au contraire nous le regardons comme un homme diftingué entre les hommes par fon zèle, par

Philofophie &c. Tome I.　　　　A a

fa vertu, par fon amour de l'égalité fraternelle; nous le plaignons comme un réformateur peut-être un peu inconsidéré, qui fut la victime des fanatiques persécuteurs.

Nous révérons en lui un théifte ifraélite, ainfi que nous louons *Socrate* qui fut un théifte athénien. *Socrate* adorait un Dieu & l'appelait du nom de *père*, comme le dit fon évangélifte *Platon*. JESUS appela toujours DIEU du nom de *père*, & la formule de prière qu'il enfeigna commence par ces mots fi communs dans *Platon*, *Notre père*. Ni *Socrate* ni JESUS n'écrivirent jamais rien; ni l'un ni l'autre n'inftitua une religion nouvelle. Certe, fi JESUS avait voulu faire une religion, il l'aurait écrite. S'il eft dit que JESUS envoya fes difciples pour baptifer, il fe conforma à l'ufage. Le baptême était d'une très-haute antiquité chez les Juifs; c'était une cérémonie facrée, empruntée des Egyptiens & des Indiens, ainfi que prefque tous les rites judaïques. On baptifait tous les profélytes chez les Hébreux. Les mâles recevaient le baptême après la circoncifion. Les femmes profélytes étaient baptifées; cette cérémonie ne pouvait fe faire qu'en préfence de trois anciens au moins; fans quoi la régénération était nulle. Ceux qui parmi les Ifraélites afpiraient à une plus haute perfection, fe fefaient baptifer dans le Jourdain. JESUS lui-même fe fit baptifer par *Jean*, quoiqu'aucun de fes apôtres ne fut jamais baptifé.

Si JESUS envoya fes difciples pour chaffer les diables, il y avait déjà très-long-temps que les Juifs croyaient guérir des poffédés & chaffer des diables. JESUS même l'avoue dans le livre qui porte le nom de *Matthieu*. (r) Il convient que les enfans même chaffaient les diables.

JESUS à la vérité obferva.toutes les inftitutions judaïques; mais par toutes fes invectives contre les prêtres de fon temps, par les injures atroces qu'il difait aux pharifiens, & qui lui attirèrent fon fupplice, il paraît qu'il fefait auffi peu de cas des fuperftitions judaïques que *Socrate* des fuperftitions athéniennes.

JESUS n'inftitua rien qui eût le moindre rapport aux dogmes chrétiens; il ne prononça jamais le mot de *chrétien* : quelques-uns de fes difciples ne prirent ce furnom que plus de trente ans après fa mort.

L'idée d'ofer faire d'un juif le créateur du ciel & de la terre, n'entra certainement jamais dans la tête de JESUS. Si l'on s'en rapporte aux évangiles, il était plus éloigné de cette étrange prétention que la terre ne l'eft du ciel. Il dit expreffément avant d'être fupplicié : *Je vais à mon père qui eft votre père, à mon* DIEU *qui eft votre* DIEU. (s)

Jamais *Paul*, tout ardent enthoufiafte qu'il était, n'a parlé de JESUS que comme d'un homme choifi par DIEU même pour ramener les hommes à la juftice.

Et JESUS, ni aucun de fes apôtres, n'a dit qu'il eût deux natures & une perfonne avec deux volontés; que fa mère fût mère de DIEU, que fon efprit fût la troifième perfonne de DIEU, & que cet efprit procédât du Père & du Fils. Si l'on trouve un feul de ces dogmes dans les quatre évangiles, qu'on nous le montre:

(r) *Matthieu*, chap. XII.   (s) *Jean*, chap. XX.

A a 2

qu'on ôte tout ce qui lui eft étranger, tout ce qu'on lui a attribué en divers temps au milieu des difputes les plus fcandaleufes, & des conciles qui s'anathéma-tifèrent les uns les autres avec tant de fureur, que refte-t-il en lui? un adorateur de DIEU qui a prêché la vertu, un ennemi des pharifiens, un jufte, un théifte; nous ofons dire que nous fommes les feuls qui foient de fa religion, laquelle embraffe tout l'uni-vers dans tous les temps, & qui par conféquent eft la feule véritable.

Que toutes les religions doivent refpecter le théifme.

APRÈS avoir jugé par la raifon entre là fainte & éternelle religion du théifme, & les autres religions fi nouvelles, fi inconftantes, fi variables dans leurs dogmes contradictoires, fi abandonnées aux fuperfti-tions; qu'on les juge par l'hiftoire & par les faits, on verra dans le feul chriftianifme plus de deux cents fectes différentes qui crient toutes : *Mortels, achetez chez moi, je fuis la feule qui vend la vérité, les autres n'étalent que l'impofture.*

Depuis *Conftantin*, on le fait affez, c'eft une guerre perpétuelle entre les chrétiens; tantôt bornée aux fophifmes, aux fourberies, aux cabales, à la haine; & tantôt fignalée par les carnages.

Le chriftianifme tel qu'il eft, & tel qu'il n'aurait pas dû être, fe fonda fur les plus honteufes fraudes; fur cinquante évangiles apocryphes; fur les confti-tutions apoftoliques reconnues pour fuppofées; fur des fauffes lettres de JESUS, de *Pilate*, de *Tibère* de *Sénèque*, de *Paul;* fur les ridicules récognitions de

Clément; fur l'impofteur qui a pris le nom d'*Hermas;* fur l'impofteur *Abdias,* l'impofteur *Marcel,* l'impofteur *Egéfippe;* fur la fuppofition de miférables vers attribués aux fibylles. Et après cette foule de menfonges vient une foule d'interminables difputes.

Le mahométifme plus raifonnable en apparence & moins impur, annoncé par un feul prophète prétendu, enfeignant un feul Dieu, configné dans un feul livre authentique; fe divife pourtant en deux fectes qui fe combattent avec le fer, & en plus de douze qui s'injurient avec la plume.

L'antique religion des brachmanes fouffre depuis long-temps un grand fchifme. Les uns tiennent pour le *Charthabhad*, les autres pour l'*Othorabhad.* Les uns croient la chute des animaux céleftes à la place defquels Dieu forma l'homme, fable qui paffa enfuite en Syrie & même chez les Juifs du temps d'*Hérode.* Les autres enfeignent une cofmogonie contraire.

Le judaïfme, le fabifme, la religion de *Zoroaftre* rampent dans la pouffière. Le culte de Tyr & de Carthage eft tombé avec ces puiffantes villes. La religion des *Miltiades* & des *Périclès*, celle des *Paul Emile* & des *Catons*, ne font plus; celle d'*Odin* eft anéantie; les myftères & les monftres d'Egypte ont difparu; la langue même d'*Ofiris*, devenue celle des *Ptolomées*, eft ignorée de leurs defcendans : le théifme feul eft refté debout parmi tant de viciffitudes, & dans le fracas de tant de ruines, immuable comme le Dieu qui en eft l'auteur & l'objet éternel.

Bénédiclions fur la tolérance.

SOYEZ béni à jamais, Sire. Vous avez établi chez vous la liberté de confcience. DIEU & les hommes vous en ont récompenfé. Vos peuples multiplient, vos richeffes augmentent, vos Etats profpèrent, vos voifins vous imitent ; cette grande partie du monde devient plus heureufe.

Puiffent tous les gouvernemens prendre pour modèle cette admirable loi de la Penfilvanie, diftée par le pacifique *Pen*, & fignée par le roi d'Angleterre *Charles II*, le 4 mars 1681 !

,, La liberté de confcience étant un droit que tous
,, les hommes ont reçu de la nature avec l'exiftence,
,, il eft fermement établi que perfonne ne fera jamais
,, forcé d'affifter à aucun exercice public de religion.
,, Au contraire, il eft donné plein pouvoir à chacun
,, de faire librement exercice public ou privé de fa
,, religion, fans qu'on le puiffe troubler en rien,
,, pourvu qu'il faffe profeffion de croire un Dieu
,, éternel, tout-puiffant, formateur & confervateur
,, de l'univers. ,,

Par cette loi, le théifme a été confacré comme le centre où toutes les lignes vont aboutir, comme le feul principe néceffaire. Auffi qu'eft-il arrivé? la colonie pour laquelle cette loi fut faite n'était alors compofée que de cinq cents têtes, elle eft aujourd'hui de trois cents mille. Nos fuabes, nos falsbourgeois, nos palatins, plufieurs autres colons de notre baffe Allemagne, des fuédois, des holfteinois, ont couru en foule à Philadelphie. Elle eft devenue une des plus belles &

des plus heureufes villes de la terre, & la métropole de dix villes confidérables. Plus de vingt religions font autorifées dans cette province floriffante fous la protection du théifme leur père, qui ne détourne point les yeux de fes enfans, tout oppofés qu'ils font entr'eux, pourvu qu'ils fe reconnaiffent pour frères. Tout y eft en paix, tout y vit dans une heureufe fimplicité; pendant que l'avarice, l'ambition, l'hypocrifie oppriment encore les confciences dans tant de provinces de notre Europe : tant il eft vrai que le théifme eft doux, & que la fuperftition eft barbare.

Que toute religion rend témoignage au théifme.

TOUTE religion rend malgré elle hommage au théifme, quand même elle le perfécute. Ce font des eaux corrompues partagées en canaux dans des terrains fangeux, mais la fource eft pure. Le mahométan dit: *Je ne fuis ni juif ni chrétien, je remonte à Abraham; il n'était point idolâtre, il adorait un feul Dieu.* Interrogez *Abraham*, il vous dira qu'il était de la religion de *Noé* qui adorait un feul Dieu. Que *Noé* parle, il confeffera qu'il était de la religion de *Seth*; & *Seth* ne pourra dire autre chofe finon qu'il était de la religion d'*Adam* qui adorait un feul Dieu.

Le juif & le chrétien font forcés, comme nous l'avons vu, de remonter à la même origine. Il faut qu'ils avouent que, fuivant leurs propres livres, le théifme a régné fur la terre jufqu'au déluge pendant 1656 ans felon la Vulgate; pendant 2262 ans felon les Septante; pendant 2309 ans felon les Samaritains; & qu'ainfi, à s'en tenir au plus faible nombre, le

théifme a été la feule religion divine pendant 2513
années, jufqu'au temps où les Juifs difent que D I E U
leur donna une loi particulière dans un défert.

Enfin, fi le calcul du père *Pétau* était vrai ; fi felon
cet étrange philofophe qui a fait, comme on l'a dit,
tant d'enfans à coup de plume, il y avait fix cents vingt-
trois milliars fix cents douze millions d'hommes fur
la terre, defcendans d'un feul fils de *Noé* ; fi les deux
autres frères en avaient produit chacun autant ; fi par
conféquent la terre fut peuplée de plus de dix-neuf
cents milliars de fidelles, en l'an 285 après le déluge,
& cela vers le temps de la naiffance d'*Abraham* felon
Pétau ; & fi les hommes en ce temps-là n'avaient pas
corrompu leurs voies ; il s'enfuit évidemment qu'il y
eut alors environ dix-neuf cents milliars de théiftes,
de plus qu'il n'y a aujourd'hui d'hommes fur la terre.

Remontrance à toutes les religions.

POURQUOI donc vous élevez-vous aujourd'hui
avec tant d'acharnement contre le théifme, Religions
nées de fon fein ; vous qui n'avez de refpeſtable que
l'empreinte de fes traits défigurés par vos fuperftitions
& par vos fables ; vous, filles parricides, qui voulez
détruire votre père ? quelle eft la caufe de vos conti-
nuelles fureurs ? Craignez-vous que les théiftes ne vous
traitent comme vous avez traité le paganifme, qu'ils
ne vous enlèvent vos temples, vos revenus, vos honneurs ? raffurez-vous, vos craintes font chimériques.
Les théiftes n'ont point de fanatifme, ils ne peuvent
donc faire de mal ; ils ne forment point un corps, ils

n'ont point de vues ambitieuſes ; répandus ſur la ſur-
face de la terre, ils ne l'ont jamais troublée ; l'antre le
plus infeƈt des moines les plus imbécilles peut cent fois
plus ſur la populace que tous les théiſtes du monde ;
ils ne s'aſſemblent point, ils ne prêchent point, ils ne
font point de cabales. Loin d'en vouloir aux revenus des
temples, ils ſouhaitent que les égliſes, les moſquées, les
pagodes de tant de villages, aient toutes une ſubſiſtance
honnête ; que les curés, les mollas, les brames, les
talapoins, les bonzes, les lamas de campagne ſoient
plus à leur aiſe, pour avoir plus de ſoin des enfans
nouveaux-nés, pour mieux ſecourir les malades, pour
porter plus décemment les morts à la terre ou au
bûcher ; ils gémiſſent que ceux qui travaillent le plus
ſoient le moins récompenſés.

Peut-être ſont-ils ſurpris de voir des hommes voués
par leurs fermens à l'humilité & à la pauvreté, revêtus
du titre de prince, nageans dans l'opulence, & entourés d'un faſte qui indigne les citoyens. Peut-être ont-ils
été révoltés en ſecret, lorſqu'un prêtre d'un certain
pays a impoſé des lois aux monarques, & des tributs
à leurs peuples. Ils déſireraient pour le bon ordre,
pour l'équité naturelle, que chaque Etat fût abſolument indépendant ; mais ils ſe bornent à des ſouhaits,
& ils n'ont jamais prétendu ramener la juſtice par la
violence.

Tels ſont les théiſtes ; ils ſont les frères aînés du genre-
humain, & ils chériſſent leurs frères. Ne les haïſſez
donc pas ; ſupportez ceux qui vous ſupportent ; ne
faites point de mal à ceux qui ne vous en ont jamais
fait ; ne violez point l'antique précepte de toutes les
religions du monde, qui eſt celui d'aimer DIEU &
les hommes.

Théologiens , qui vous combattez tous, ne combattez plus ceux dont vous tenez votre premier dogme.
Muphti de Conſtantinople , shérif de la Mecque,
grand-brame de Bénarès, daïaï-lama de Tartarie qui
êtes immortel, évêque de Rome qui êtes infaillible,
& vous leurs ſuppôts qui tendez vos mains & vos man-
teaux à l'argent comme les Juifs à la manne ; jouiſſez
tous en paix de vos biens & de vos honneurs, ſans
haïr, ſans inſulter, ſans perſécuter les innocens , les
pacifiques théiſtes qui , formés par DIEU même tant
de ſiècles avant vous , dureront auſſi plus que vous
dans la multitude des ſiècles.

Réſignation , & non gloire , à DIEU; *il eſt trop au-deſſus
de la gloire.*

SERMONS

ET

HOMELIES.

AVERTISSEMENT

DES EDITEURS.

Nous donnons ici le *Sermon des cinquante* tel qu'il a paru féparément, & enfuite dans plufieurs recueils. M. de *Voltaire* ne l'a point inféré dans les éditions de fes œuvres faites fous fes yeux. On en retrouve le fond dans les homélies qui font ici imprimées à la fuite.

Cet ouvrage eft précieux : c'eft le premier où M. de *Voltaire*, qui n'avait jufqu'alors porté à la religion chrétienne que des attaques indirectes, ofa l'attaquer de front. Il parut peu de temps après *la profeffion de foi du vicaire favoyard*. M. de *Voltaire* fut un peu jaloux du courage de *Rouffeau* ; & c'eft peut-être le feul fentiment de jaloufie qu'il ait jamais eu : mais il furpaffa bientôt *Rouffeau* en hardieffe, comme il le furpaffait en génie.

SERMON

DES CINQUANTE.

Cinquante perfonnes inftruites, pieufes, & raifonnables, s'affemblent depuis un an tous les dimanches dans une ville peuplée & commerçante: elles font des prières, après lefquelles un membre de la fociété prononce un difcours ; enfuite on dîne, & après le repas on fait une collecte pour les pauvres. Chacun préfide à fon tour ; c'eft au préfident à faire la prière & à prononcer le fermon. Voici une de ces prières & un de ces fermons.

Si les femences de ces paroles tombent dans une bonne terre, on ne doute pas qu'elles ne fructifient.

Prière.

Dieu de tous les globes & de tous les êtres, la feule prière qui puiffe vous convenir eft la feule foumiffion ; car que demander à celui qui a tout ordonné, tout enchaîné depuis l'origine des chofes? Si pourtant il eft permis de repréfenter fes befoins à un père, confervez dans nos cœurs cette foumiffion même, confervez-y votre religion pure ; écartez de nous toute fuperftition : fi l'on peut vous infulter par des facrifices indignes, aboliffez ces infames myftères ; fi l'on peut déshonorer la divinité par des fables abfurdes, périffent ces fables à jamais ; fi les jours du prince & du magiftrat ne font point comptés de toute éternité, prolongez la durée de

leurs jours; confervez la pureté de nos mœurs,
l'amitié que nos frères fe portent, la bienveillance
qu'ils ont pour tous les hommes, leur obéiffance
pour les lois, & leur fageffe dans la conduite privée;
qu'ils vivent & qu'ils meurent en n'adorant qu'un
feul Dieu, rémunérateur du bien, vengeur du mal,
un Dieu qui n'a pu naître ni mourir, ni avoir des
affociés, mais qui a dans ce monde trop d'enfans
rebelles.

Sermon.

MES frères, la religion eft la voix fecrète de DIEU
qui parle à tous les hommes; elle doit tous les
réunir, & non les divifer; donc toute religion qui
n'appartient qu'à un peuple eft fauffe. La nôtre eft
dans fon principe celle de l'univers entier; car nous
adorons un être fuprême comme toutes les nations
l'adorent, nous pratiquons la juftice que toutes les
nations enfeignent, & nous rejetons tous ces menfonges que les peuples fe reprochent les uns aux
autres; ainfi d'accord avec eux dans le principe qui
les concilie, nous différons d'eux dans les chofes
où ils fe combattent.

Il eft impoffible que le point dans lequel tous
les hommes de tous les temps fe réuniffent, ne foit
l'unique centre de la vérité, & que les points dans
lefquels ils diffèrent tous, ne foient les étendards
du menfonge. La religion doit être conforme à la
morale, & univerfelle comme elle; ainfi toute religion
dont les dogmes offenfent la morale, eft certainement
fauffe. C'eft fous ce double afpect de perverfité &
de fauffeté que nous examinerons dans ce difcours

les livres des Hébreux & de ceux qui leur ont fuc-
cédé. Voyons d'abord fi ces livres font conformes à
la morale, enfuite nous verrons s'ils peuvent avoir
quelque ombre de vraifemblance. Les deux premiers
points feront pour l'ancien teftament, & le troifième
pour le nouveau.

Premier point.

VOUS favez, mes frères, quelle horreur nous a
faifis lorfque nous avons lu enfemble les écrits des
Hébreux, en portant feulement notre attention fur
tous les traits contre la pureté, la charité, la bonne
foi, la juftice, & la raifon univerfelle, que non-feulement on trouve dans chaque chapitre; mais que,
pour comble de malheur, on y trouve confacrés.

Premièrement, fans parler de l'injuftice extravagante dont on ofe charger l'être fuprême, d'avoir
donné la parole à un ferpent pour féduire une
femme, & l'innocente poftérité de cette femme,
fuivons pied à pied toutes les horreurs hiftoriques
qui révoltent la nature & le bon fens. Un de ces
patriarches, *Loth*, neveu d'*Abraham*, reçoit chez lui
deux anges déguifés en pélerins; les habitans de
Sodome conçoivent des défirs impudiques pour les
deux anges; *Loth*, qui avait deux jeunes filles pro-
mifes en mariage, offre de les proftituer au peuple
à la place de ces deux étrangers. Il fallait que ces
filles fuffent étrangement accoutumées à être prof-
tituées, puifque la première chofe qu'elles font
après que leur ville a été confumée par une pluie de
feu, & que leur mère a été changée en une ftatue

de fel, c'eft d'enivrer leur père deux nuits de fuite pour coucher avec lui l'une après l'autre ; cela eft imité de l'ancienne fable arabique de *Cyniras* & de *Myrrha* ; mais dans cette fable bien plus honnête, *Myrrha* eft punie de fon crime, au lieu que les filles de *Loth* font récompenfées par la plus grande & la plus chère bénédiction felon l'efprit juif ; elles font mères d'une nombreufe poftérité.

Nous n'infifterons point fur le menfonge d'*Ifaac*, père des juftes, qui dit que fa femme eft fa fœur ; foit qu'il ait renouvelé ce menfonge d'*Abraham*, foit qu'*Abraham* fût coupable en effet d'avoir fait de fa fœur fa propre femme ; mais arrêtons-nous un moment au patriarche *Jacob*, qu'on nous donne comme le modèle des hommes. Il force fon frère qui meurt de faim, de lui céder fon droit d'aîneffe pour une affiette de lentilles ; enfuite il trompe fon vieux père au lit de la mort ; après avoir trompé fon père, il trompe & vole fon beau-père *Laban* : c'eft peu d'époufer deux fœurs, il couche avec toutes fes fervantes ; & DIEU bénit cette incontinence & ces fourberies. Quels font les enfans d'un tel père ? *Dina* fa fille plaît à un prince de Sichem, & il eft vraifemblable qu'elle aime ce prince, puifqu'elle couche avec lui ; le prince la demande en mariage, on la lui accorde à condition qu'il fe fera circoncire, lui & fon peuple. Ce prince accepte la propofition ; mais fitôt que lui & les fiens fe font fait cette opération douleureufe, qui pourtant leur devait laiffer affez de forces pour fe défendre, la famille de *Jacob* égorge tous les hommes de Sichem, & fait efclaves les femmes & les enfans.

Nous

Nous avons, dans notre enfance, entendu l'hiftoire de *Pélopée*; cette inceftueufe abomination eft
renouvelée dans *Juda*, le patriarche & le père de la
première tribu; il couche avec fa belle-fille, enfuite
il veut la faire mourir. Ce livre, après cela, fuppofe
que *Jofeph*, un enfant de cette famille errante, eft
vendu en Egypte, & que cet étranger y eft établi
premier miniftre pour avoir expliqué un fonge. Mais,
quel premier miniftre qu'un homme qui, dans un
temps de famine, oblige toute une nation de fe faire
efclave pour avoir du pain! quel magiftrat parmi
nous, dans un temps de famine, oferait propofer un
marché fi abominable, & quelle nation accepterait
cet infame marché? N'examinons point ici comment
foixante & dix perfonnes de la famille de *Jofeph*, qui
s'établirent en Egypte, purent en deux cents quinze
ans fe multiplier jufqu'à fix cents mille combattans
fans compter les femmes, les vieillards & les enfans,
ce qui devait compofer une multitude de près de
deux millions d'ames. Ne difcutons point comment
le texte porte quatre cents trente ans, lorfque le
même texte en a porté deux cents quinze. Le nombre
infini de contradictions qui font le fceau de l'impofture, n'eft pas ici l'objet qui doit nous arrêter. Ecartons
pareillement les prodiges ridicules de *Moïfe*, & des
enchanteurs de *Pharaon*, & tous ces miracles faits
pour donner au peuple juif un malheureux coin de
mauvaife terre, qu'ils achètent enfuite par le fang &
par le crime, au lieu de leur donner la fertile terre
d'Egypte où ils étaient. Tenons-nous-en à cette voie
affreufe d'iniquité, par laquelle on le fait marcher.
Leur Dieu avait fait de *Jacob* un voleur, & il fait des

voleurs de tout un peuple; il ordonne à fon peuple
de dérober & d'emporter tous les vafes d'or &
d'argent, & tous les uftenfiles des Egyptiens. Voilà
donc ces miférables au nombre de fix cents mille
combattans qui, au lieu de prendre les armes en
gens de cœur, s'enfuient en brigands conduits par
leur Dieu. Si ce Dieu leur avait voulu donner une
bonne terre, il pouvait leur donner l'Egypte; mais
non : il les conduit dans un défert. Ils pouvaient fe
fauver par le chemin le plus court, & ils fe détour-
nent de plus de trente milles pour paffer la mer
Rouge à pied fec. Après ce beau miracle, le propre
frère de *Moïfe* leur fait un autre dieu, & ce dieu
eft un veau. Pour punir fon frère, le même *Moïfe*
ordonne à des prêtres de tuer leurs fils, leurs frères,
leurs pères; & ces prêtres tuent vingt-trois mille juifs
qui fe laiffent égorger comme des bêtes.

Après cette boucherie, il n'eft pas étonnant que
ce peuple abominable facrifie des victimes humaines
à fon dieu, qu'il appelle *Adonaï* du nom d'*Adonis*
qu'il emprunte des Phéniciens. Le vingt-neuvième
verfet du chapitre XXVII du Lévitique défend
expreffément de racheter les hommes dévoués à l'anathème du facrifice, & c'eft fur cette loi de Cannibales
que *Jephté*, quelque temps après, immole fa propre
fille.

Ce n'était pas affez de vingt-trois mille hommes
égorgés pour un veau; on nous en compte encore
vingt-quatre mille autres, immolés pour avoir eu
commerce avec des filles idolâtres : digne prélude,
digne exemple, mes frères, des perfécutions en
matière de religion.

Ce peuple avance dans les déserts & dans les rochers de la Palestine. Voilà votre beau pays, leur dit DIEU : Egorgez tous les habitans, tuez tous les enfans mâles, faites mourir les femmes mariées, réservez pour vous toutes les petites filles. Tout cela est exécuté à la lettre selon les livres hébreux ; & nous frémirions d'horreur à ce récit, si le texte n'ajoutait pas que les Juifs trouvèrent dans le camp des Madianites 675000 brebis, 62000 bœufs, 61000 ânes, & 32000 pucelles. L'absurdité détruit heureusement ici la barbarie; mais, encore une fois, ce n'est pas ici que j'examine le ridicule & l'impossible ; je m'arrête à ce qui est exécrable. Après avoir passé le Jourdain à pied sec, comme la mer, voilà ce peuple dans la terre promise.

La première personne qui introduit, par une trahison, ce peuple saint, est une prostituée nommée *Raab*. DIEU se joint à cette prostituée ; il fait tomber les murs de Jéricho au bruit de la trompette ; le saint peuple entre dans cette ville, sur laquelle il n'avait, de son aveu, aucun droit, & il massacre les hommes, les femmes, & les enfans. Passons sous silence les autres carnages, les rois crucifiés, les prétendues guerres contre les géans de Gaza & d'Ascalon, & le meurtre de ceux qui ne pouvaient prononcer le mot *Shibolet*.

Ecoutons cette belle aventure.

Un lévite arrive sur son âne, avec sa femme, à Gabaa dans la tribu de *Benjamin* : quelques benjamites voulant absolument commettre le péché de Sodome avec le lévite, ils assouvissent leur brutalité sur la femme qui meurt de cet excès; il fallait punir les coupables : point du tout. Les onze tribus maf-facrèrent toute la tribu de *Benjamin;* il n'en échappe que fix cents hommes; mais les onze tribus font enfin fâchées de voir périr une des douze; & pour y remédier, ils exterminent les habitans d'une de leurs propres villes pour y prendre fix cents filles qu'ils donnent aux fix cents benjamites furvivans pour perpétuer cette belle race.

Que de crimes commis au nom du Seigneur! ne rapportons que celui de l'homme de DIEU (*Aod.*) Les Juifs, venus de fi loin pour conquérir, font foumis aux Philiftins; malgré le Seigneur, ils ont juré obéiffance au roi *Eglon :* un faint juif, c'eft *Aod*, demande à parler tête à tête avec le roi de la part de DIEU. Le roi ne manque pas d'accorder l'audience; *Aod* l'affaffine, & c'eft de cet exemple qu'on s'eft fervi tant de fois chez les chrétiens pour trahir, pour perdre, pour maffacrer tant de fouverains.

Enfin, la nation chérie, qui avait été ainfi gou-vernée par DIEU même, veut avoir un roi, de quoi le prêtre *Samuel* eft bien fâché. Le premier roi juif renouvelle la coutume d'immoler des hommes : *Saül* ordonna prudemment que perfonne ne mangeât de tout le jour pour combattre les Philiftins, & pour que les foldats euffent plus de vigueur; il jura au Seigneur de lui immoler celui qui aurait mangé : heureufement le peuple fut plus fage que lui; il ne permit pas que le fils du roi fût facrifié pour avoir mangé un peu de miel. Mais voici, mes frères, l'action la plus déteftable & la plus confacrée : il eft dit que *Saül* prend prifonnier un roi du pays, nommé *Agag;* il ne tua point fon prifonnier, il en agit

comme chez les nations humaines & polies. Qu'arriva-t-il? le Seigneur en eſt irrité; & voici *Samuel*,
prêtre du Seigneur, qui lui dit : ,, Vous êtes
,, réprouvé pour avoir épargné un roi qui s'eſt
,, rendu à vous; ,, & auſſitôt ce prêtre boucher
coupe *Agag* par morceaux. Que dirait-on , mes
frères, ſi, lorſque l'empereur *Charles-Quint* eut un
roi de France en ſes mains, ſon chapelain fût venu
lui dire : Vous êtes damné pour n'avoir pas tué
François I, & que ce chapelain eût égorgé ce roi de
France aux yeux de l'empereur, & en eût fait un
hachis ? Mais que direz-vous du ſaint roi *David*,
de celui qui eſt agréable devant le Dieu des Juifs, &
qui mérite que le Meſſie vienne de ſes reins ? Ce bon
roi *David* fait d'abord le métier de brigand, rançonne
& pille tout ce qu'il trouve; il pille entre autres un
homme riche, nommé *Nabal*, & il épouſe ſa femme,
& ſe réfugie chez le roi *Achis;* il va pendant la nuit
mettre à feu & à ſang les villages de ce roi *Achis* ſon
bienfaiteur : il égorge, dit le texte ſacré, hommes,
femmes, enfans, de peur qu'il ne reſte quelqu'un
pour en porter la nouvelle. Devenu roi, il ravit
la femme d'*Urie*, fait tuer le mari; & c'eſt de cet
adultère homicide que vient le meſſie de D I E U,
D I E U lui-même; ô blaſphême! Ce *David*, devenu
ainſi l'aïeul de D I E U pour récompenſe de ſon horrible
crime, eſt puni pour la ſeule bonne & ſage action
qu'il ait faite. Il n'y a pas de prince bon & prudent,
qui ne doive ſavoir le nombre de ſon peuple, comme
tout paſteur doit ſavoir le nombre de ſon troupeau.
David fait le dénombrement, ſans qu'on nous diſe
pourtant combien il avait de ſujets; & c'eſt pour

B b 3

avoir fait ce fage & utile dénombrement, qu'un prophète vient de la part de DIEU lui donner à choifir,
de la guerre, de la pefte, ou de la famine.

Ne nous appefantiffons pas, mes chers frères,
fur les barbaries fans nombre des rois de Juda &
d'Ifraël, fur ces meurtres, fur ces attentats, toujours
mêlés de contes ridicules ; ce ridicule pourtant eft
toujours fanguinaire, & il n'y a pas jufqu'au prophète *Elifée* qui ne foit barbare. Ce digne dévot
fait dévorer quarante enfans par des ours, parce
que ces petits innocens l'avaient appelé *tête chauve*.
Laiffons-là cette nation atroce dans fa captivité de
Babylone, & dans fon efclavage fous les Romains,
avec toutes les belles promeffes de leur dieu *Adonis*
ou *Adonaï*, qui avait fi fouvent affuré aux Juifs la
domination de toute la terre. Enfin, fous le gouvernement fage des Romains, il naît un roi aux
Hébreux; & ce roi, mes frères, ce shilo, ce meffie,
vous favez qui il eft : c'eft celui qui, ayant d'abord
été mis dans le grand nombre de ces prophètes fans
miffion, qui, n'ayant pas le facerdoce, fe fefaient
un métier d'être infpirés, a été, au bout de quelques
centuries, regardé comme un Dieu. N'allons pas
plus loin; voyons fur quels prétextes, fur quels faits,
fur quels miracles, fur quelles prédictions, enfin,
fur quel fondement eft bâtie cette dégoûtante &
abominable hiftoire.

Second point.

O mon DIEU! fi tu defcendais toi-même fur la
terre, fi tu me commandais de croire ce tiffu de

meurtres, de vols, d'affaffinats, d'inceftes, commis
par ton ordre & en ton nom, je te dirais : Non, ta
fainteté ne veut pas que j'acquiefce à ces chofes
horribles qui t'outragent; tu veux m'éprouver fans
doute.

Comment donc, vertueux & fages auditeurs,
pourrions-nous croire cette affreufe hiftoire fur les
témoignages miférables qui nous en reftent?

Parcourons d'une manière fommaire ces livres fi
fauffement imputés à *Moïfe :* je dis fauffement, car
il n'eft pas poffible que *Moïfe* ait parlé de chofes
arrivées long-temps après lui; & nul de nous ne
croirait que les mémoires de *Guillaume*, prince
d'Orange, fuffent de fa main, fi dans ces mémoires
il était parlé de faits arrivés après fa mort. Parcourons, dis-je, ce qu'on nous raconte fous le nom de
Moïfe. D'abord DIEU fait la lumière qu'il nomme
jour, puis les ténèbres qu'il nomme *nuit*, & ce fut le
premier jour. Ainfi il y eut des jours avant que le
foleil fût fait.

Puis le fixième jour, DIEU fait l'homme & la
femme; mais l'auteur, oubliant que la femme était
déjà faite, la tire enfuite d'une côte d'*Adam. Adam*
& *Eve* font mis dans un jardin d'où il fort quatre
fleuves; & parmi ces quatre fleuves il y en a deux,
l'Euphrate & le Nil, qui ont leur fource à mille
lieues l'un de l'autre. Le ferpent parlait alors comme
l'homme; il était le plus fin des animaux des champs,
il perfuade à la femme de manger une pomme, &
la fait ainfi chaffer du paradis. Le genre-humain
fe multiplie, & les enfans de DIEU deviennent
amoureux des filles des hommes. Il y avait des

géans sur la terre, & DIEU se repentit d'avoir fait l'homme ; il voulut donc l'exterminer par le déluge ; mais il voulut sauver Noé, & lui commanda de faire un vaisseau de trois cents coudées de bois de peuplier : dans ce seul vaisseau doivent entrer sept paires de tous les animaux mondes, & deux des immondes; il fallait donc les nourrir pendant dix mois que l'eau fut sur la terre. Or, vous voyez ce qu'il eût fallu pour nourrir quatorze éléphans, quatorze chameaux, quatorze bufles, autant de chevaux, d'ânes, d'élans, de cerfs, de daims, de serpens, d'autruches, enfin, plus de deux mille espèces. Vous me demanderez où l'on avait pris l'eau pour l'élever sur toute la terre, quinze coudées au-dessus des plus hautes montagnes? Le texte répond que cela fut pris dans les cataractes du ciel. DIEU sait où sont ces cataractes. DIEU fait, après le déluge, une alliance avec Noé, & avec tous les animaux ; & pour confirmer cette alliance, il institue l'arc-en-ciel.

Ceux qui écrivaient cela n'étaient pas, comme vous voyez, grands physiciens. Voilà donc Noé qui a une religion donnée de DIEU, & cette religion n'est ni juive ni chrétienne. La postérité de Noé veut bâtir une tour qui aille jusqu'au ciel ; belle entreprise! DIEU la craint; il fait parler plusieurs langues différentes en un moment aux ouvriers qui se disperfent. Tout est dans cet ancien goût oriental.

C'est une pluie de feu qui change des villes en lac; c'est la femme de Loth, changée en une statue de sel; c'est Jacob qui se bat toute une nuit contre un ange, & qui est blessé à la cuisse; c'est Joseph, vendu efclave en Egypte , qui devient premier miniftre pour avoir expliqué un rêve. Soixante & dix perfonnes de fa famille s'établiffent en Egypte, & en deux cents quinze ans fe multiplient, comme nous l'avons vu, jufqu'à deux millions. Ce font ces deux millions d'Hébreux qui s'enfuient d'Egypte, & qui prennent le plus long pour avoir le plaifir de paffer la mer à fec.

Mais ce miracle n'a rien d'étonnant; les magiciens de *Pharaon* en fefaient de fort beaux; ils changeaient comme lui une verge en ferpent : ce qui eft une chofe toute fimple.

Si *Moïfe* changeait les eaux en fang, ainfi fefaient les fages de *Pharaon*. Il fefait naître des grenouilles, & eux auffi. Mais ils furent vaincus fur l'article des poux; les Juifs, en cette partie, en favaient plus que les autres nations.

Enfin , *Adonaï* fait mourir chaque premier - né d'Egypte pour laiffer partir fon peuple à fon aife. La mer fe fépare pour ce peuple , c'était bien le moins qu'on pût faire en cette occafion ; tout le refte eft de la même force. Ces peuples crient dans le défert. Quelques maris fe plaignent de leurs femmes; auffitôt il fe trouve une eau qui fait enfler & crever une femme qui aura forfait à fon honneur. Ils n'ont ni pain ni pâte; on leur fait pleuvoir des cailles & de la manne. Leurs habits fe confervent quarante ans, & croiffent avec les enfans; il defcend apparemment des habits du ciel pour les enfans nouveaux-nés.

Un prophète du voifinage veut maudire ce peuple, mais fon âneffe s'y oppofe avec un ange, & l'âneffe

parle très-raisonnablement & assez long-temps au
prophète.

Ce peuple attaque-t-il une ville, les murailles
tombent au son des trompettes, comme *Amphion* en
bâtissait au son de sa flûte. Mais voici le plus beau :
cinq rois amorrhéens, c'eft-à-dire cinq chefs de
village, tâchent de s'opposer aux ravages de *Josué ;*
ce n'eft pas assez qu'ils soient vaincus, & qu'on en
fasse un grand carnage, le seigneur *Adonaï* fait pleuvoir sur les fuyards une grosse pluie de pierres. Ce
n'eft pas encore assez ; il échappe quelques fugitifs,
& pour donner à *Israël* tout le temps de les pour-
suivre, la nature suspend ses lois éternelles ; le soleil
s'arrête à Gabaon, & la lune à Aïalon. Nous ne
comprenons pas trop comment la lune était de la
partie, mais enfin les livres de *Josué* ne permettent
pas d'en douter, & il cite pour son garant le livre
du *Droiturier.* Vous remarquerez, en passant, que
ce livre du *Droiturier* eft cité dans les Paralipomènes ; c'eft comme si l'on vous donnait pour
authentique un livre de *Charles-Quint,* dans lequel
on citerait *Puffendorf.* Mais passons de miracles en
miracles, allons jusqu'à *Samson,* représenté comme
un fameux paillard, ami de DIEU ; celui-là, parce
qu'il n'était pas rasé, défait mille Philiftins avec une
mâchoire d'âne, & attache par la queue trois cents
renards qu'il trouve à point nommé.

Il n'y a presque pas une page qui ne présente de
pareils contes ; ici, c'eft l'ombre de *Samuel* qui paraît
à la voix d'une forcière ; là, c'eft l'ombre d'un
cadran, (supposé que ces misérables eussent des
cadrans,) qui recule de dix degrés à la prière

d'*Ezéchias* qui demande judicieufement ce figne. DIEU lui donne le choix de faire avancer ou reculer l'heure, & le docteur *Ezéchias* trouve qu'il n'eft pas difficile de faire avancer l'ombre, mais bien de la reculer.

C'eft *Elie* qui monte au ciel dans un char de feu; ce font des enfans qui chantent dans une fournaife ardente. Je n'aurais jamais fait fi je voulais entrer dans le détail de toutes les extravagances inouïes dont ce livre fourmille; jamais le fens commun ne fut attaqué avec tant d'indécence & de fureur.

Tel eft, d'un bout à l'autre, cet ancien Teftament, le père du nouveau, père qui défavoue fon fils, & qui le tient pour un enfant bâtard & rebelle; car les Juifs, fidelles à la loi de *Moïfe*, regardent avec exécration le chriftianifme élevé fur les débris de cette loi. Mais les chrétiens, à force de fubtilifer, ont voulu juftifier le nouveau Teftament par l'ancien même; ainfi, ces deux religions fe combattent avec les mêmes armes; elles appellent en témoignage les mêmes prophètes; elles atteftent les mêmes prédictions.

Les fiècles à venir qui auront vu paffer ces fiècles infenfés, & qui peut-être, hélas! en reverront d'autres non moins indignes de DIEU & des hommes, pourront-ils croire que le judaïfme & le chriftianifme fe foient appuyés fur de tels fondemens, fur ces prophéties? & quelles prophéties! Ecoutez: le prophète *Ifaïe* eft appelé par le roi *Achas*, roi de Juda, pour lui faire quelques prédictions, felon la coutume vaine & fuperftitieufe de tout l'Orient; car ces

prophètes étaient, comme vous favez, des gens qui
fe mêlaient de deviner pour gagner quelque chofe,
ainfi qu'il y en avait beaucoup en Europe dans le
fiècle paffé, & furtout parmi le petit peuple. Le roi
Achas, affiégé dans Jérufalem par *Salmanafar* qui avait
pris Samarie, demanda donc au devin une prophétie
& un figne; *Ifaïe* lui dit : Voici le figne.

,, Une fille fera engroffée, elle enfantera un fils qui
,, aura nom *Emmanuel*; il mangera du beurre & du
,, miel jufqu'à ce qu'il fache rejeter le mal, & choifir
,, le bien; & avant que cet enfant foit en état, la
,, terre que tu as en déteftation fera abandonnée par
,, fes deux rois : & l'Eternel foufflera aux mouches
,, qui font fur les bords des ruiffeaux d'Egypte &
,, d'Affur : & le Seigneur prendra un rafoir de
,, louage, & fera la barbe au roi d'Affur; il lui
,, rafera la tête & le poil des pieds. ,,

Après cette belle prédiction, rapportée dans *Ifaïe*,
& dont il n'eft pas dit un mot dans le livre des Rois,
le prophète lui commande d'abord d'écrire dans un
grand rouleau qu'on fe hâte de *butiner* : il hâte le
pillage, puis en préfence de témoins, il couche avec
une fille, & lui fait un enfant; mais, au lieu de
l'appeler *Emmanuel*, il lui donne le nom de *Maher
Salabas*. Voilà, mes frères, ce que les chrétiens ont
détourné en faveur de leur Chrift : voilà la prophétie
qui établit le chriftianifme. La fille à qui le prophète
fait un enfant, c'eft inconteftablement la *Vierge
Marie : Maher Salabas*, c'eft JESUS-CHRIST; pour
le beurre & le miel, je ne fais pas ce que c'eft. Chaque
devin prédit aux Juifs leur délivrance, quand ils font
captifs : & cette délivrance, c'eft, felon les chrétiens,

la Jérufalem célefte, & l'Eglife de nos jours. Tout
eft prédiction chez les Juifs; mais chez les chrétiens
tout eft miracle, & toutes ces prédictions font des
figures de JESUS-CHRIST.

Voici, mes frères, une de ces belles & éclatantes
prédictions : le grand prophète *Ezéchiel* voit un vent
d'Aquilon, & quatre animaux, & des roues de
chryfolite toutes pleines d'yeux; & l'Eternel lui dit :
Léve-toi, mange un livre, & puis va-t-en enfuite.

L'Eternel lui commande de dormir trois cents
quatre-vingt-dix jours fur le côté gauche, & enfuite
quarante fur le côté droit. L'Eternel le lie avec des
cordes ; ce prophète était affurément un homme à
lier : nous ne fommes pas au bout. Puis-je répéter
fans vomir ce que DIEU ordonne à *Ezéchiel?* il le
faut. DIEU lui ordonne de manger du pain d'orge
cuit avec de la merde. Croirait-on que le plus fale
faquin de nos jours pût imaginer de pareilles ordures?
oui, mes frères, le prophète mange fon pain d'orge
avec fes excrémens; il fe plaint que ce déjeûné lui
répugne un peu, & DIEU, par accommodement,
lui permet de ne plus mêler à fon pain que de la
fiente de vache. C'eft donc là un type, une figure
de l'Eglife de JESUS-CHRIST.

Après cet exemple, il eft inutile d'en rapporter
d'autres, & de perdre notre temps à combattre toutes
les rêveries degoûtantes & abominables qui font
le fujet des difputes entre les Juifs & les chrétiens:
contentons-nous de déplorer l'aveuglement le plus
à plaindre qui ait jamais offufqué la raifon humaine;
efpérons que cet aveuglement finira comme tant

d'autres ; & venons au nouveau Teſtament, digne
ſuite de ce que nous venons de dire.

Troiſième point.

C'EST en vain que les Juifs furent un peu plus
éclairés du temps d'*Auguſte* que dans les ſiècles barbares dont nous venons de parler : c'eſt en vain que
les Juifs commencèrent à connaître l'immortalité de
l'ame, dogme inconnu à *Moïſe;* & les récompenſes de
DIEU après la mort des juſtes, comme les punitions
(quelles qu'elles ſoient) pour les méchans, dogme
non moins ignoré de *Moïſe.* La raiſon n'en perça
pas davantage chez le miſérable peuple, dont eſt
ſortie cette religion chrétienne qui a été la ſource de
tant de diviſions, de guerres civiles, & de crimes;
qui a fait couler tant de ſang; & qui eſt partagée
en tant de ſectes dans les coins de la terre où elle
règne.

Il y eut toujours chez les Juifs des gens de la lie
du peuple, qui firent les prophètes pour ſe diſtinguer
de la populace ; voici celui qui a fait le plus de
bruit, & dont on a fait un dieu : voici le précis
de ſon hiſtoire, en peu de mots, telle qu'elle eſt
rapportée dans les livres qu'on nomme Évangiles.
Ne cherchons point dans quel temps ces livres ont
été écrits, quoiqu'il ſoit évident qu'ils l'ont été
après la ruine de Jéruſalem. Vous ſavez avec quelle
abſurdité les quatre auteurs ſe contredisent ; c'eſt une
preuve démonſtrative de menſonge : hélas ! nous
n'avons pas beſoin de tant de preuves pour ruiner ce
malheureux édifice ; contentons-nous d'un récit court
& fidelle.

D'abord on fait JESUS defcendant d'*Abraham* &
de *David* , & l'écrivain *Matthieu* compte quarante-
deux générations en deux mille ans ; mais dans fon
compte il ne s'en trouve que quarante & une ; &
dans cet arbre généalogique qu'il tire du livre des
Rois, il fe trompe encore lourdement en donnant
Jofias pour père à *Jéchonias*.

Luc donne auffi une généalogie, mais il met qua-
rante-neuf générations depuis *Abraham*, & ce font des
générations toutes différentes. Enfin , pour comble,
ces générations font celles de *Jofeph*, & les évangéliftes affurent que JESUS n'eft pas fils de *Jofeph*. En
vérité, ferait-on reçu dans un chapitre d'Allemagne
fur de telles preuves de nobleffe ? & c'eft du fils de
DIEU dont il s'agit ! & c'eft DIEU lui-même qui
eft l'auteur de ce livre !

Matthieu dit que , quand JESUS, roi des Juifs, fut
né dans une étable dans la ville de Bethléem , trois
mages ou trois rois virent fon étoile en Orient, qu'ils
fuivirent cette étoile, laquelle s'arrêta fur Bethléem,
& que le roi *Hérode* ayant entendu ces chofes, fit
maffacrer tous les petits enfans au-deffous de deux
ans : y a-t-il une horreur plus ridicule ? *Matthieu*
ajoute que le père & la mère menèrent le petit enfant
en Egypte, & y reftèrent jufqu'à la mort d'*Hérode*.
Luc dit formellement le contraire : il remarque que
Jofeph & *Marie* reftèrent paifiblement pendant fix
femaines à Bethléem ; qu'ils allèrent à Jérufalem,
de là à Nazareth, & que tous les ans ils allèrent à
Jérufalem.

Les évangéliftes fe contredifent fur le temps de
la vie de JESUS, fur les miracles, fur le jour de

la cène, fur celui de fa mort; en un mot, fur
prefque tous les faits. Il y avait quarante - neuf
évangiles faits par les chrétiens des premiers fiècles,
qui fe contredifaient tous encore davantage; enfin,
l'on choifit les quatre qui nous reftent : mais quand
même ils feraient tous d'accord, que d'inepties !
grands Dieux, que de mifères ! que de chofes puériles & odieufes !

La première aventure de JESUS, c'eft-à-dire du
fils de DIEU, c'eft d'être enlevé par le diable; car
le diable, qui n'a point paru dans le livre de *Moïfe*,
joue un grand rôle dans l'Evangile. Le diable donc
emporte DIEU fur une montagne dans le défert; il
lui montre de là tous les royaumes de la terre. Quelle
eft cette montagne d'où l'on découvre tant de pays?
nous n'en favons rien.

Jean rapporte que JESUS va à une noce, & qu'il
y change l'eau en vin; qu'il chaffe du parvis du
temple ceux qui vendaient des animaux pour les
facrifices ordonnés par la loi.

Toutes les maladies étaient alors des poffeffions
du diable; & en effet JESUS donne pour miffion à
fes apôtres de chaffer les diables. Il délivre donc en
paffant un poffédé qui avait une légion de démons,
& il fait entrer ces démons dans un troupeau de
cochons qui fe précipitent dans la mer de Thibé-
riade : on peut croire que les maîtres de ces cochons,
qui apparemment n'étaient pas juifs, ne furent pas
contents de cette farce. Il guérit un aveugle, & cet
aveugle voit des hommes comme fi c'étaient des
arbres. Il veut manger des figues en hiver, il en

cherche

cherche fur un figuier, & n'en trouvant point, il maudit l'arbre & le fait fécher ; & le texte ne manque pas d'ajouter prudemment : *Car ce n'était pas le temps des figues.*

Il fe transforme durant la nuit, il fait venir *Moïfe* & *Elie* . . . En vérité les contes de forciers approchent-ils de ces impertinences ? cet homme qui difait continuellement des injures aux pharifiens, qui les appelait *races de vipères, fépulcres blanchis*, eft enfin traduit par eux à la juftice & fupplicié avec deux voleurs ; & les hiftoriens ont le front de nous dire qu'à fa mort la terre a été couverte de ténèbres en plein midi, & en pleine lune ; comme fi tous les écrivains de ce temps-là n'auraient pas parlé d'un fi étrange miracle.

Après cela il ne coûte rien de fe dire reffufcité, & de prédire la fin du monde, qui n'eft pourtant pas arrivée.

La fecte de ce JESUS fubfifte cachée, le fanatifme l'augmente ; on n'ofe pas d'abord faire de cet homme un Dieu, mais bientôt on s'encourage ; je ne fais quelle métaphyfique de *Platon* s'amalgame avec la fecte nazaréenne ; on fait de JESUS le *logos*, le verbe-Dieu, puis confubftantiel à DIEU fon père. On imagine la Trinité ; & pour la faire croire, on falfifie les premiers évangiles.

On ajoute un paffage touchant cette vérité, de même qu'on falfifie l'hiftorien *Jofephe*, pour lui faire dire un mot de JESUS, quoique *Jofephe* foit un hiftorien trop grave pour avoir fait mention d'un tel homme. On va jufqu'à fuppofer des fibylles : en un mot, point d'artifices, de fraudes, d'impoftures, que les

nazaréens ne mettent en œuvre. Au bout de trois
cents ans, ils viennent à bout de faire reconnaître ce
JESUS pour un dieu; & non contens de ce blasphème,
ils poussent ensuite l'extravagance jusqu'à mettre ce
dieu dans un morceau de pâte ; & tandis que leur
dieu est mangé des souris, qu'on le digère, qu'on
le rend avec les excrémens, ils soutiennent qu'il
n'y a pas de pain dans leur hostie, que c'est DIEU
seul qui s'est mis à la place du pain, à la voix d'un
homme. Toutes les superstitions viennent en foule
inonder l'Eglise ; la rapine y préside; on vend les
indulgences ainsi que les bénéfices, & tout est à
l'enchère.

Cette secte se partage en une multitude de sectes:
dans tous les temps on se bat, on s'égorge, on
s'assassine. A chaque dispute, les rois, les princes, sont
massacrés.

Tel est le fruit, mes très-chers frères, de l'arbre
de la croix, de la potence qu'on a divinifée.

Voilà donc pourquoi on ose faire venir DIEU
sur la terre! pour livrer l'Europe pendant des siècles
au meurtre & au brigandage. Il est vrai que nos
pères ont secoué une partie de ce joug affreux ; qu'ils
se sont défaits de quelques erreurs, de quelques
superstitions; mais, bon Dieu, qu'ils ont laissé l'ouvrage imparfait! Tout nous dit qu'il est temps d'achever
& de détruire de fond en comble l'idole dont nous
avons à peine brisé quelques doigts. Déjà une foule
de théologiens embrasse le socinianisme, qui approche
beaucoup de l'adoration d'un seul Dieu, dégagée de
superstition. L'Angleterre, l'Allemagne, nos provinces,
sont pleines de docteurs sages qui ne demandent qu'à

éclater; il y en a auffi un grand nombre dans d'autres pays ; pourquoi s'obftiner à enfeigner ce qu'on ne croit pas , & fe rendre coupable envers DIEU de ce péché énorme?

On nous dit qu'il faut des myftères aux peuples, qu'il faut les tromper. Eh, mes frères , peut-on faire cet outrage au genre-humain ? nos pères n'ont-ils pas déjà ôté aux peuples la tranffubftantiation, la confeffion auriculaire , les indulgences, les exorcifmes, les faux miracles, & les images ridicules ? Ce peuple n'eft-il pas accoutumé à la privation de ces alimens de fuperfti- tion ? il faut avoir le courage de faire quelques pas ; le peuple n'eft pas fi imbécille qu'on le penfe; il recevra fans peine un culte fage & fimple d'un Dieu unique; tel qu'on nous dit qu'*Abraham* & *Noé* le profeffaient, tel que tous les fages de l'antiquité l'ont profeffé , tel qu'il eft reçu à la Chine par tous les lettrés. Nous ne prétendons pas dépouiller les prêtres de ce que la libéralité des peuples leur a donné; mais nous vou- drions que ces prêtres , qui fe raillent prefque tous fecrètement des menfonges qu'ils débitent , fe joignif- fent à nous pour prêcher la vérité. Qu'ils y prennent garde , ils offenfent, ils déshonorent la Divinité , & alors ils la glorifieraient. Que de biens ineftimables feraient produits par un fi heureux changement! les princes & les magiftrats en feraient mieux obéis, les peuples plus tranquilles , l'efprit de divifion & de haine diffipé. On offrirait à DIEU, en paix , les prémices de fes travaux ; il y aurait certainement plus de probité fur la terre ; car un grand nombre d'efprits faibles qui entendent tous les jours parler avec mépris de cette fuperftition chrétienne , qui favent qu'elle

eft tournée en ridicule par tant de prêtres même,
s'imaginent, fans réfléchir, qu'il n'y a aucune religion;
& fur ce principe ils s'abandonnent à des excès. Mais
lorfqu'ils connaîtront que la fecte chrétienne n'eft en
effet que le pervertiffement de la religion naturelle;
lorfque la raifon, libre de fes fers, apprendra au
peuple qu'il n'y a qu'un DIEU; que ce DIEU eft le
père commun de tous les hommes qui font frères;
que ces frères doivent être, les uns envers les autres,
bons & juftes; qu'ils doivent exercer toutes les vertus;
que DIEU étant bon & jufte, doit récompenfer les
vertus & punir les crimes; certe, mes frères, les
hommes feront plus gens de bien en étant moins
fuperftitieux.

Nous commençons par donner cet exemple en
fecret, & nous efpérons qu'il fera fuivi en public.

Puiffe le grand DIEU qui m'écoute, & qui affurément ne peut être né d'une fille, ni être mort à une
potence, ni être mangé dans un morceau de pâte, ni
avoir infpiré ce livre rempli de contradictions, de
démence, & d'horreur; puiffe ce DIEU créateur de
tous les mondes, avoir pitié de cette fecte de chrétiens qui le blafphèment! Puiffe-t-il les ramener à la
religion fainte & naturelle, & répandre fa bénédiction
fur les efforts que nous fefons pour le faire adorer!
Amen.

SERMON

DU RABBIN AKIB,

Prononcé à Smyrne le 20 novembre 1761.

TRADUIT DE L'HEBREU. (*)

MES CHERS FRERES,

Nous avons appris le facrifice de quarante-deux victimes humaines, que les fauvages de Lisbonne ont fait publiquement au mois d'*Etanim*, (*a*) l'an 1691 depuis la ruine de Jérufalem. Ces fauvages appellent de telles exécutions des *actes de foi*. Mes frères, ce ne font pas des actes de charité. Elevons nos cœurs à l'Eternel. (*b*)

Il y a eu dans cette épouvantable cérémonie trois hommes brûlés, de ceux que les Européens appellent *moines*, & que nous nommons *kalenders;* deux mufulmans & trente-fept de nos frères condamnés.

Nous n'avons encore d'autres relations authentiques que l'*Accordao dos inquifidores contra o padre Gabriel Malagrida jefuita.* Le refte ne nous eft connu que par les lettres lamentables de nos frères d'Efpagne.

(*) On le croit de la même main que la *Défenfe du lord Bolingbroke.*

(*a*) C'eft le mois d'Augufte des Hébreux, nommé *Août* chez les Francs.

(*b*) C'eft un refrein ufité dans les fermons des Rabbins.

Hélas ! voyez d'abord par cet *Accordao* , à quelle dépravation DIEU abandonne tant de peuples de l'Europe. On accufait *Malagrida jefuita* d'avoir été le complice de l'affaffinat du roi de Portugal. Le confeil de juftice fuprême, établi par le roi, avait déclaré ce kalender atteint & convaincu d'avoir exhorté, au nom de DIEU, les affaffins à fe venger, par le meurtre de ce prince, d'une entreprife contre leur honneur; d'avoir encouragé les coupables par le moyen de la confeffion, felon l'ufage trop ordinaire d'une partie de l'Europe, & de leur avoir dit expreffément qu'il n'y avait pas même un péché véniel à tuer leur fouverain.

Dans quel pays de la terre un homme accufé d'un tel crime n'eût-il pas été folemnellement jugé par la juftice ordinaire du prince, confronté avec fes complices, & exécuté à mort felon les lois ?

Qui le croirait, mes freres ? le roi de Portugal n'a pas le droit de faire condamner par fes juges un kalender accufé de parricide : il faut qu'il en demande la permiffion à un rabbin latin établi dans la ville de Rome ; & ce rabbin latin la lui a refufée. Ce roi a été obligé de remettre l'accufé à des kalenders portugais, qui ne jugent, difent-ils, que les crimes contre DIEU; comme fi DIEU leur avait donné des patentes pour connaître fouverainement de ce qui l'offenfe ; & comme s'il y avait un plus grand crime contre DIEU même que d'affaffiner un fouverain, que nous regardons comme fon image.

Sachez, mes frères, que les kalenders n'ont pas feulement interrogé *Malagrida* fur la complicité du parricide. C'eft une petite faute mondaine, difent-ils, laquelle eft abforbée dans l'immenfité des crimes contre la majefté divine.

Malagrida a donc été convaincu d'avoir dit *qu'une femme, nommée Annah, avait été autrefois fanctifiée dans le ventre de fa mère, que fa fille lui parla avant de venir au monde, que Marie reçut plufieurs vifions de l'ange-meffager Gabriel, qu'il y aura trois ante-chrifts, dont le dernier naîtra à Milan d'un kalender & d'une kalendreffe, & que pour lui Malagrida, il eft un Jean-B.....* (c)

Voilà pourquoi ce pauvre jéfuite, âgé de foixante-quinze ans, a été brûlé publiquement à Lisbonne. Elevons nos cœurs à l'Eternel.

S'il n'y avait eu que *Malagrida jefuita* de condamné aux flammes, nous ne vous en parlerions pas dans cette fainte fynagogue. Peu nous importe que des kalenders aient ars un kalender jéfuite. Nous favons affez que ces thérapeutes d'Europe ont fouvent mérité ce fupplice; c'eft un des malheurs attachés aux fectes de ces barbares; leurs hiftoires font remplies des crimes de leurs derviches; & nous favons affez combien leurs difputes fanatiques ont enfanglanté de trônes. Toutes les fois qu'on a vu des princes affaffinés en Europe, la fuperftition de ces peuples a toujours aiguifé le poignard. Le favant aumônier de monfieur le conful de France à Smyrne, compte quatre-vingt-quatorze rois, ou empereurs, ou princes, mis à mort par les querelles de ces malheureux, ou par les propres mains des faquirs, ou par celles de leurs pénitens. Pour le nombre de feigneurs & de citoyens que ces fuperfti-tions ont fait maffacrer, il eft immenfe; & de tant

---

(c) *Malagrida* s'eft dit *Jean - Baptifte*, comme plufieurs convulfion-naires à Paris, & plufieurs prophètes à Londres fe font dits *Elie.*

d'affaffinats horribles , il n'en eft aucun qui n'ait été médité, encouragé , fanctifié, dans le facrement qu'ils appellent de *Confeffion*.

Vous favez , mes frères , que les premiers chrétiens imitèrent d'abord notre louable coutume de nous accufer devant DIEU de nos fautes, de nous confeffer pécheurs dans notre temple. Six fiècles après la deftruction du faint temple , les archimandrites d'Europe imaginèrent d'obliger leurs faquirs à fe confeffer à eux fecrétement deux fois l'année. Quelques fiècles après , on obligea dés gens du monde à en faire autant. Figurez-vous quelle autorité dangereufe cette coutume donna à ceux qui voulurent en abufer. Les fecrets des familles furent entre leurs mains ; les femmes furent fouftraites au pouvoir de leurs maris, les enfans à celui de leurs pères; le feu de la difcorde fut allumé dans les guerres civiles par les confeffeurs qui étaient d'un parti , & qui refufaient l'abfolution à ceux du parti contraire.

Enfin , ils perfuadèrent à leurs pénitens que DIEU leur commandait d'aller tuer les princes qui mécontentaient leurs archimandrites. Hier, mes frères , l'aumônier de monfieur le conful nous montra dans l'hiftoire de la petite nation des Francs, qui vit dans un coin du monde, au bout de l'Occident , & qui n'eft pas fans mérite ; il nous montra , dis-je , un faquir nommé *Clément* , qui reçut de fon prieur , nommé *Bourgoin*, l'ordre exprès en confeffion d'aller affaffiner fon roi légitime, qui s'appelait, je crois , *Henri III*. En vérité , dans le peu que j'ai lu moi-même des nations voifines, j'ai cru lire celle des anthropophages. Elevons nos cœurs à l'Eternel.

Mes frères, outre le moine *Malagrida* que les sauvages ont brûlé, il y a encore eu deux autres moines
de brûlés, dont j'ignore le nom & les péchés. DIEU
veuille avoir leur ame !

Puis on a brûlé deux musulmans. La charité nous
ordonne de lever les épaules, d'être saisis d'horreur
& de prier pour eux. Vous savez que quand les musulmans eurent conquis toute l'Espagne par leurs cime-
terres, ils ne molestèrent personne, ne contraignirent
personne à changer de religion, & qu'ils traitèrent
les vaincus avec humanité, aussi-bien que nous
autres israélites. Vos yeux sont témoins avec quelle
bonté les Turcs en usent aujourd'hui avec les chrétiens
grecs, les chrétiens nestoriens, les chrétiens papistes,
les disciples de *Jean*, les anciens parsis ignicoles, &
nous humbles serviteurs de *Moïse*. Cet exemple d'humanité n'a pu attendrir les cœurs des sauvages qui
habitent cette petite langue de terre du Portugal.
Deux musulmans ont été livrés aux tourmens les plus
cruels, parce que leurs pères & leurs grands-pères
avaient un peu moins de prépuce que les Portugais ;
qu'ils se lavaient trois fois par jour, tandis que les
Portugais ne se lavent qu'une fois par semaine ; qu'ils
nomment *Allah* l'être éternel que les Portugais appellent *Dios*, & qu'ils mettent le pouce auprès de leurs
oreilles quand ils récitent leurs prières. Ah ! mes
frères, quelle raison pour brûler des hommes !

L'aumônier de monsieur le consul m'a fait voir une
pancarte d'un grand rabbin du pays des Francs, dont
le nom finit en *ick*, (*) & qui réside en un bourg ou ville

(*) *Berwick de Filtz-james,*

appelé *Soiſſons*. Ce bon rabbin dit dans ſa pancarte,
intitulée *mandement*, qu'on doit regarder tous les
hommes comme frères, & qu'un chrétien doit aimer
un turc. Vive ce bon rabbin!

Puiſſent tous les enfans d'*Adam*, blancs, rouges,
noirs, gris, baſanés, barbus ou ſans barbe, entiers
ou châtrés, penſer à jamais comme lui! & que les
fanatiques, les ſuperſtitieux, les perſécuteurs, deviennent hommes! Elevons nos cœurs à l'Eternel.

Mes frères, il eſt temps de répandre des larmes ſur
nos trente-ſept iſraélites qu'on a aſſaſſinés dans l'acte
de foi. Je ne dis pas qu'ils aient tous été brûlés à petit
feu. On nous mande qu'il y en a eu trois de fouettés
juſqu'à la mort, & deux de renvoyés en priſon. Reſte
à trente-deux conſumés par les flammes dans ce ſacri-
fice des ſauvages.

Quel était leur crime? point d'autre que celui d'être
nés. Leurs pères les engendrèrent dans la religion
que leurs aïeux ont profeſſée depuis quatre mille ans.
Ils ſont nés iſraélites, ils ont célébré le phaſé dans
leurs caves; & voilà l'unique raiſon pour laquelle les
Portugais les ont brûlés. Nous n'apprenons pas que
tous nos frères aient été mangés après avoir été jetés
dans le bûcher; mais nous devons le préſumer de
deux jeunes garçons de quatorze ans qui étaient fort
gras, & d'une fille de douze qui avait beaucoup
d'embonpoint & qui était très-appétiſſante.

Croiriez-vous que tandis que les flammes dévoraient
ces innocentes victimes, les inquiſiteurs & les autres
ſauvages chantaient nos propres prières? Le grand-
inquiſiteur entonna lui-même le makib de notre
bon roi *David*, qui commence par ces mots: *Ayez
pitié de moi, ô mon* DIEU, *ſelon votre grande miſéricorde!*

C'eſt ainſi que ces monſtres impitoyables invoquaient le DIEU de la clémence & de la bonté, le DIEU pardonneur, en commettant le crime le plus atroce & le plus barbare, exerçant une cruauté que les démons dans leur rage ne voudraient pas exercer contre les démons leurs confrères. C'eſt ainſi que par une contradiction auſſi abſurde que leur fureur eſt abominable, ils offrent à DIEU nos makibs (nos pſeaumes ;) ils empruntent notre religion même, en nous puniſſant d'être élevés dans notre religion. Elevons nos cœurs à l'Eternel.

Ce qui précède peut être regardé comme le premier point du ſermon prononcé par le rabbin Akib; ce qui ſuit, comme le ſecond.

O tigres dévots ! panthères fanatiques ! qui avez un ſi grand mépris pour votre ſecte, que vous penſez ne la pouvoir ſoutenir que par des bourreaux ; ſi vous étiez capables de raiſon je vous interrogerais, je vous demanderais pourquoi vous nous immolez, nous qui ſommes les pères de vos pères ?

Que pourriez-vous répondre, ſi je vous diſais : Votre Dieu était de notre religion ? Il naquit juif ; il fut circoncis comme tous les autres juifs ; il reçut de votre aveu le baptême du juif *Jean*, lequel était une antique cérémonie juive, une ablution en uſage, une cérémonie à laquelle nous ſoumettons nos néophytes ; il accomplit tous les devoirs de notre antique loi ; il vécut juif, il mourut juif ; & vous nous brûlez parce que nous ſommes juifs.

J'en atteſte vos livres mêmes : JESUS a-t-il dit dans un ſeul endroit que la loi de *Moïſe* était mauvaiſe ou fauſſe ? l'a-t-il abrogée ? ſes premiers diſciples ne furent-ils pas circoncis? *Pierre* ne s'abstenait-il pas des viandes défendues par notre loi, lorsqu'il mangeait avec les israélites? *Paul* étant apôtre ne circoncit-il pas lui-même quelques-uns de ses disciples? Ce *Paul* n'alla-t-il pas sacrifier dans notre temple, selon vos propres écrits? Qu'étiez-vous autre chose dans le commencement qu'une partie de nous-mêmes, qui s'en est séparée avec le temps?

Enfans dénaturés, nous sommes vos pères, nous sommes les pères des musulmans. Une mère respectable & malheureuse a eu deux filles, & ces deux filles l'ont chassée de la maison; & vous nous reprochez de ne plus habiter cette maison détruite! Vous nous faites un crime de notre infortune, vous nous en punissez. Mais ces Parsis, ces mages plus anciens que nous, ces premiers Persans qui furent autrefois nos vainqueurs & nos maîtres, & qui nous apprirent à lire & à écrire, ne sont-ils pas dispersés comme nous sur la terre? Les Banians, plus anciens que les Parsis, ne sont-ils pas épars sur les frontières des Indes, de la Perse, de la Tartarie, sans jamais se confondre avec aucune nation, sans épouser jamais de femmes étrangères? Que dis-je! vos chrétiens, gens vivant paisiblement sous le joug du grand padisha des Turcs, épousent-ils jamais des musulmanes ou des filles du rite latin? Quels avantages prétendez-vous donc tirer de ce que nous vivons parmi les nations sans nous incorporer à elles?

Votre démence va jusqu'à dire que nous ne sommes dispersés que parce que nos pères condamnèrent au supplice celui que vous adorez. Ignorans que vous êtes! pouvez-vous ne pas voir qu'il ne fut condamné que par les Romains ? nous n'avions point alors le droit du glaive ; nous étions gouvernés par *Quirinus* , par *Varus* , par *Pilatus* ; car , Dieu merci , nous avons presque toujours été esclaves. Le supplice de la croix était inusité chez nous. Vous ne trouverez pas dans nos histoires un seul exemple d'un homme crucifié, ni la moindre trace de ce châtiment. Cessez donc de persécuter une nation entière pour un événement dont elle ne peut être responsable.

Je ne veux que vos propres livres pour vous confondre. Vous avouez que JESUS appelait publiquement nos pharisiens & nos prêtres , *races de vipères* , *sépulcres blanchis*. Si quelqu'un parmi nous allait continuellement par les rues de Rome appeler le pape & les cardinaux *vipères & sépulcres* , le souffrirait-on ? Les pharisiens , il est vrai , dénoncèrent JESUS au gouverneur romain, qui le fit périr du supplice usité chez les Romains. Est-ce une raison pour brûler des négocians juifs & leurs filles dans Lisbonne ?

Je sais que les barbares, pour colorer leur cruauté , nous accusent d'avoir pu connaître la divinité de JESUS-CHRIST , & de ne l'avoir pas connue. J'en appelle aux savans de l'Europe, car il y en a quelques-uns : JESUS dans leur évangile s'appelle quelquefois *fils de* DIEU, *fils de l'homme* , mais jamais DIEU ; jamais *Paul* ne lui a donné ce titre.

Fils de l'homme est une expression très-ordinaire dans notre langue. Fils de DIEU signifie *homme juste* , comme *bélial* signifie *méchant*. Pendant trois cents ans JESUS fut bien reçu par les chrétiens comme médiateur envoyé de DIEU , comme la plus parfaite des créatures. Ce ne fut qu'au concile de Nicée que la majorité des évêques conſtata ſa divinité, malgré les oppoſitions des trois quarts de l'empire. Si donc les chrétiens eux-mêmes ont nié ſi long-temps ſa divinité; s'il y a même encore des ſociétés chrétiennes qui la nient, par quel étrange renverſement d'eſprit peut-on nous punir de la méconnaître ? Elevons nos cœurs à l'Eternel.

Nous ne récriminons point ici contre pluſieurs ſectes de chrétiens : nous laiſſons les reproches qu'elles ſe font les unes aux autres d'avoir falſifié tant de livres & de paſſages, d'avoir ſuppoſé des oracles de ſibylles, des lettres de JESUS, des lettres de *Pilate*, des lettres de *Sénèque* à *Paul*, & d'avoir forgé tant de miracles ; leurs ſectes ſe font ſur toutes ces prévarica-tions plus de reproches que nous ne pourrions leur en faire.

Je me borne à une ſeule queſtion que je leur ferai. Si quelqu'un ſortant d'un *auto-da-fé* me dit qu'il eſt chrétien, je lui demanderai en quoi il peut l'être ? JESUS n'a jamais pratiqué ni fait pratiquer la confeſ-ſion auriculaire : ſa pâque n'eſt certainement point celle d'un Portugais. Trouvera-t-on l'extrême-onction, l'ordre, &c. dans l'évangile ? Il n'inſtitua ni cardi-naux, ni pape, ni dominicains, ni promoteurs, ni inquiſiteurs ; il ne fit brûler perſonne ; il ne recom-manda que l'obſervation de la loi, l'amour de DIEU & du prochain, à l'exemple de nos prophètes. S'il reparaiſſait aujourd'hui au monde, ſe reconnaîtrait-il dans un ſeul de ceux qui ſe nomment *chrétiens* ?

Nos ennemis nous font aujourd'hui un crime d'avoir volé les Egyptiens, d'avoir égorgé pluſieurs

petites nations dans les bourgs dont nous nous empa-
râmes , d'avoir été d'infames ufuriers , d'avoir auffi
immolé des hommes, d'en avoir même mangé , comme
dit *Ezéchiel.* Nous avons été un peuple barbare ,
fuperftitieux , ignorant , abfurde , je l'avoue : mais
ferait-il jufte d'aller aujourd'hui brûler le pape &
tous les monfignori de Rome , parce que les premiers
Romains enlevèrent les Sabines & dépouillèrent les
Samnites ?

Que les prévaricateurs , qui dans leur propre loi
ont befoin de tant d'indulgence , ceffent donc de perfécuter , d'exterminer ceux qui comme hommes font
leurs frères, & qui comme juifs font leurs pères. Que
chacun ferve DIEU dans la religion où il eft né , fans
vouloir arracher le cœur à fon voifin pour des difputes
où perfonne ne s'entend. Que chacun ferve fon
prince & fa patrie , fans jamais employer le prétexte
d'obéir à DIEU pour défobéir aux lois. O *Adonaï !*
qui nous as créés tous , qui ne veux pas le malheur
de tes créatures ; DIEU, père commun , DIEU de
miféricorde, fais qu'il n'y ait plus fur ce petit globe,
fur ce moindre de tes mondes , ni fanatiques , ni
perfécuteurs. Elevons nos cœurs à l'Eternel. *Amen.*

HOMELIES

Prononcées à Londres en 1763, dans une assemblée particulière.

PREMIERE HOMELIE,

Sur l'athéisme.

MES FRERES,

Puissent mes paroles paſſer de mon cœur dans le vôtre ! Puiſſé-je écarter les vaines déclamations, & n'être point un comédien en chaire, qui cherche à faire applaudir ſa voix, ſes geſtes, & ſa fauſſe éloquence ! je n'ai pas l'inſolence de vous inſtruire ; j'examine avec vous la vérité. Ce n'eſt ni l'eſpérance des richeſſes & des honneurs, ni l'attrait de la conſidération, ni la paſſion effrénée de dominer ſur les eſprits, qui anime ma faible voix. Choiſi par vous pour m'éclairer avec vous, & non pour parler en maître, voyons enſemble, dans la ſincérité de nos cœurs, ce que la raiſon, de concert avec l'intérêt du genre-humain, nous ordonne de croire & de pratiquer. Nous devons commencer par l'exiſtence d'un Dieu. Ce ſujet a été traité chez toutes les nations, il eſt épuiſé ; c'eſt par cette raiſon-là même que je vous en parle, car vous préviendrez tout ce que je vous dirai ; nous nous affermirons enſemble dans la

connaiſſance

connaiffance de notre premier devoir; nous fommes ici des enfans affemblés pour nous entretenir de notre père.

C'eft une belle démarche de l'efprit humain, un élancement divin de notre raifon, fi j'ofe ainfi parler, que cet ancien argument : *J'exifte; donc quelque chofe exifte de toute éternité.* C'eft embraffer tous les temps du premier pas & du premier coup d'œil. Rien n'eft plus grand, mais rien n'eft plus fimple : cette vérité eft auffi démontrée que les propofitions les plus claires de l'arithmétique & de la géométrie; elle peut étonner un moment un efprit inattentif, mais elle le fubjugue invinciblement le moment d'après; enfin elle n'a été niée par perfonne; car à l'inftant qu'on réfléchit, on voit évidemment que fi rien n'exiftait de toute éternité, tout ferait produit par le néant; notre exiftence n'aurait nulle caufe; ce qui eft une contradiction abfurde.

Nous fommes intelligens, donc il y a une intelligence éternelle. L'univers ne nous attefte-t-il pas qu'il eft l'ouvrage de cette intelligence? Si une fimple maifon bâtie fur la terre, ou un vaiffeau qui fait fur les mers le tour de notre petit globe, prouve invinciblement l'exiftence d'un ouvrier, le cours des aftres & toute la nature démontrent l'exiftence de leur auteur.

Non, me répond un partifan de *Straton* ou de *Zénon*, le mouvement eft effentiel à la matière; toutes les combinaifons font poffibles avec le mouvement : donc dans un mouvement éternel il fallait abfolument que la combinaifon de l'univers actuel eût fa place. Jetez mille dés pendant l'éternité, il faudra

que la chance de mille furfaces femblables arrive, &
on affigne même ce qu'on doit parier pour & contre.

Ce fophifme a fouvent étonné des efprits fages &
confondu les fuperficiels. Mais voyons s'il n'eft pas
une illufion trompeufe.

Premièrement, il n'y a nulle preuve que le mouvement foit effentiel à la matière; au contraire, tous
les fages conviennent qu'elle eft indifférente au mouvement & au repos, & un feul atome ne remuant pas
de fa place, détruit l'opinion de ce mouvement
effentiel.

Secondement, quand même il ferait néceffaire que
la matière fût en motion, comme il eft néceffaire
qu'elle foit figurée, cela ne prouverait rien contre
l'intelligence qui dirige fon mouvement & qui modèle
fes diverfes figures.

Troifièmement, l'exemple de mille dés qui amènent
une chance eft bien plus étranger à la queftion qu'on
ne croit. Il ne s'agit pas de favoir fi le mouvement
rangera différemment des cubes, il eft fans doute
très-poffible que mille dés amènent mille *fix* ou mille
as; quoique cela foit très-difficile. Ce n'eft-là qu'un
arrangement de matière fans aucun deffein, fans organifation, fans utilité. Mais que le mouvement feul
produife des êtres pourvus d'organes, dont le jeu eft
incompréhenfible; que ces organes foient toujours
proportionnés les uns aux autres; que des efforts
innombrables produifent des effets innombrables dans
une régularité qui ne fe dément jamais; que tous
les êtres vivans produifent leurs femblables; que
le fentiment de la vue, qui au fond n'a rien de

commun avec les yeux, s'exerce toujours quand les yeux reçoivent les rayons qui partent des objets; que le fentiment de l'ouïe, qui eft totalement étranger à l'oreille, nous faffe à tous entendre les mêmes fons quand l'oreille eft frappée des vibrations de l'air; c'eft-là le véritable nœud de la queftion; c'eft-là ce que nulle combinaifon ne peut opérer fans un artifan. Il n'y a nul rapport des mouvemens de la matière au fentiment, encore moins à la penfée. Une éternité de tous les mouvemens poffibles ne donnera jamais ni une fenfation ni une idée; & qu'on me le pardonne, il faut avoir perdu le fens ou la bonne foi, pour dire que le feul mouvement de la matière fait des êtres fentans & penfans.

Auffi *Spinofa*, qui raifonnait méthodiquement, avouait-il qu'il y a dans le monde une intelligence univerfelle.

Cette intelligence, dit-il avec plufieurs philofophes, exifte néceffairement avec la matière; elle en eft l'ame; l'une ne peut être fans l'autre. L'intelligence univerfelle brille dans les aftres, nage dans les élémens, penfe dans les hommes, végète dans les plantes. *Mens agitat molem & magno fe corpore mifcet.*

Ils font donc forcés de reconnaître une intelligence fuprême; mais ils la font aveugle & purement mécanique; ils ne la reconnaiffent point comme un principe libre, indépendant, & puiffant.

Il n'y a, felon eux, qu'une feule fubftance; & une fubftance n'en peut produire une autre. Cette fubftance eft l'univerfalité des chofes, qui eft à la fois penfante, fentante, étendue, figurée.

Mais raifonnons de bonne foi : n'apercevons-
nous pas un choix dans tout ce qui exifte? pourquoi
y a-t-il un certain nombre d'efpèces? ne pourrait-il
pas évidemment en exifter moins? ne pourrait-il pas
en exifter davantage? pourquoi, dit le judicieux
Clarke, les planètes tournent-elles en un fens plutôt
qu'en un autre? j'avoue que parmi d'autres argumens
plus forts, celui-ci me frappe vivement : Il y a un
choix; donc il y a un maître qui agit par fa volonté.

Cet argument eft encore combattu par nos adverfaires ; vous les entendez dire tous les jours : Ce que
vous voyez eft néceffaire, puifqu'il exifte. Hé bien,
leur répondrai-je, tout ce qu'on pourra déduire de
votre fuppofition, c'eft que pour former le monde il
était néceffaire que l'intelligence fuprême fît un choix;
ce choix eft fait; nous fentons, nous penfons en vertu
des rapports que DIEU a mis entre nos perceptions
& nos organes. Examinez d'un côté des nerfs & des
fibres, de l'autre des penfées fublimes ; & avouez
qu'un être fuprême peut feul allier des chofes fi
diffemblables.

Quel eft cet être? exifte-t-il dans l'immenfité?
l'efpace eft-il un de fes attributs? eft-il dans un lieu,
ou en tous lieux, ou hors d'un lieu? Puiffe-t-il me
préferver à jamais d'entrer dans ces fubtilités métaphyfiques! J'abuferais trop de ma faible raifon, fi je
cherchais à comprendre pleinement l'être qui par fa
nature & par la mienne doit m'être incompréhenfible.
Je reffemblerais à un infenfé, qui fachant qu'une
maifon a été bâtie par un architecte, croirait que
cette feule notion fuffit pour connaître à fond fa
perfonne.

Bornons donc notre infatiable & inutile curiofité ; attachons-nous à notre véritable intérêt. L'artifan fuprême qui a fait le monde & nous , eft-il notre maître ? eft-il bienfefant ? lui devons-nous de la reconnaiffance?

Il eft notre maître fans doute : nous fentons à tous momens un pouvoir auffi invifible qu'irréfiftible. Il eft notre bienfaiteur, puifque nous vivons. Notre vie eft un bienfait, puifque nous aimons tous la vie , quelque miférable qu'elle puiffe devenir. Le foutien de cette vie nous a été donné par cet être fuprême & incompréhenfible , puifque nul de nous ne peut former la moindre des plantes , dont nous tirons la nourriture qu'il nous donne, & puifque même nul de nous ne fait comment ces végétaux fe forment.

L'ingrat peut dire qu'il fallait abfolument que DIEU nous fournît des alimens, s'il voulait que nous exiftaffions un certain temps. Il dira , nous fommes des machines qui fe fuccèdent les unes aux autres , & dont la plupart tombent brifées & fracaffées dès les premiers pas de leur carrière. Tous les élémens confpirent à nous détruire, & nous allons par les fouffrances à la mort. Tout cela n'eft que trop vrai. Mais auffi il faut convenir que s'il n'y avait qu'un feul homme qui eût reçu de la nature un corps fain & robufte, un fens droit, un cœur honnête, cet homme aurait de grandes grâces à rendre à fon auteur. Or certainement , il y a beaucoup d'hommes à qui la nature a fait ces dons : ceux-là du moins doivent regarder DIEU comme bienfefant.

A l'égard de ceux que le concours des lois éternelles, établies par l'être des êtres, a rendu miférables,

Dd 3

que pouvons-nous faire, finon les fecourir? Que pouvons-nous dire, finon que nous ne favons pas pourquoi ils font miférables?

Le mal inonde la terre. Qu'en inférerons-nous par nos faibles raifonnemens? Qu'il n'y a point de D I E U? mais il nous a été démontré qu'il exifte. Dirons-nous que ce D I E U eft méchant? mais cette idée eft abfurde, horrible, contradictoire. Soupçon-nerons-nous que D I E U eft impuiffant, & que celui qui a fi bien organifé tous les aftres, n'a pu bien organifer tous les hommes? cette fuppofition n'eft pas moins intolérable. Dirons-nous qu'il y a un mauvais principe qui altère les ouvrages d'un principe bienfe-fant, ou qui en produit d'exécrables? mais pourquoi ce mauvais principe ne dérange-t-il pas le cours du refte de la nature? pourquoi s'acharnerait-il à tour-menter quelques faibles animaux fur un globe fi chétif, pendant qu'il refpecterait les autres ouvrages de fon ennemi? comment n'attaquerait-il pas D I E U dans ces millions de mondes qui roulent régulière-ment dans l'efpace? comment deux dieux, ennemis l'un de l'autre, feraient-ils chacun également l'être néceffaire? comment fubfifteraient-ils enfemble?

Prendrons-nous le parti de l'optimifme? ce n'eft au fond que celui d'une fatalité défefpérante. Le lord *Schaftesbury*, l'un des plus hardis philofophes d'Angleterre, accrédita le premier ce trifte fyftème. *Les lois*, dit-il, *du pouvoir central & de la végétation, ne feront point changées pour l'amour d'un chétif, & faible animal, qui, tout protégé qu'il eft par ces mêmes lois, fera bientôt réduit par elles en pouffière.*

L'illuftre lord *Bolingbroke* eft allé beaucoup plus loin ; & le célébre *Pope* a ofé redire que le bien. général eft compofé de tous les maux particuliers.

Le feul expofé de ce paradoxe en démontre la fauffeté. Il ferait auffi raifonnable de dire que la vie eft le réfultat d'un nombre infini de morts , que le plaifir eft formé de toutes les douleurs, & que la vertu eft la fomme de tous les crimes.

Le mal phyfique & le mal moral font l'effet de la conftitution de ce monde, fans doute; & cela ne peut être autrement. Quand on dit que *tout eft bien*, cela ne veut dire autre chofe finon , que tout eft arrangé fuivant des lois phyfiques ; mais affurément tout n'eft pas bien pour la foule innombrable des êtres qui fouffrent, & de ceux qui font fouffrir les autres. Tous les moraliftes l'avouent dans leurs difcours ; tous les hommes le crient dans les maux dont ils font les victimes.

Quel exécrable foulagement prétendez-vous donner à des malheureux perfécutés & calomniés , expirans dans les tourmens , en leur difant : *Tout eft bien ; vous n'avez rien à efpérer de mieux?* Ce ferait un difcours à tenir à ces êtres qu'on fuppofe éternellement coupables , & qu'on dit néceffairement condamnés avant le temps à des fupplices éternels.

Le ftoïcien qu'on prétend avoir dit dans un violent accès de goutte : *Non, la goutte n'eft point un mal*, avait un orgueil moins abfurde que ces prétendus philofophes, qui dans la pauvreté , dans la perfécu-tion , dans le mépris , dans toutes les horreurs de la vie la plus miférable , ont encore la vanité de crier : *Tout eft bien.* Qu'ils aient de la réfignation , à la bonne

D d 4

heure, puisqu'ils feignent de ne vouloir pas de com-
passion ; mais qu'en souffrant, & en voyant presque
toute la terre souffrir, ils disent : *Tout est bien sans
aucune espérance de mieux;* c'est un délire déplorable.

Supposerons-nous enfin qu'un être suprême,
nécessairement bon, abandonne la terre à quelque
être subalterne qui la ravage, à un geolier qui nous
met à la torture ? Mais c'est faire de Dieu un tyran
lâche, & qui n'osant commettre le mal par lui-même,
le fait continuellement commettre par ses esclaves.

Quel parti nous reste-t-il donc à prendre ? n'est-ce
pas celui que tous les sages de l'antiquité embras-
sèrent dans les Indes, dans la Chaldée, dans l'Egypte,
dans la Grèce, dans Rome ? celui de croire que
Dieu nous fera passer de cette malheureuse vie à une
meilleure, qui sera le développement de notre nature ?
Car enfin il est clair que nous avons éprouvé déjà
différentes sortes d'existences. Nous étions avant
qu'un nouvel assemblage d'organes nous contînt dans
la matrice ; notre être pendant neuf mois fut très-
différent de ce qu'il était auparavant ; l'enfance ne
ressembla point à l'embryon ; l'âge mûr n'eut rien
de l'enfance : la mort peut nous donner une manière
différente d'exister.

Ce n'est-là qu'une espérance, me crient des infortunés qui sentent & qui raisonnent ; vous nous
renvoyez à la boîte de *Pandore;* le mal est réel, &
l'espérance peut n'être qu'une illusion : le malheur
& le crime assiégent la vie que nous avons, & vous
nous parlez d'une vie que nous n'avons pas, que
nous n'aurons peut-être pas, & dont nous n'avons
aucune idée. Il n'est aucun rapport de ce que nous

fommes aujourd'hui, avec ce que nous étions dans le fein de nos mères : quel rapport pourrions-nous avoir dans le fépulcre avec notre exiftence préfente ?

Les Juifs, que vous dites avoir été conduits par DIEU même, ne connurent jamais cette autre vie. Vous dites que DIEU leur donna des lois, & dans ces lois il ne fe trouve pas un feul mot qui annonce les peines & les récompenfes après la mort. Ceffez donc de préfenter une confolation chimérique à des calamités trop véritables.

Mes frères, ne répondons point encore en chrétiens à ces objections douloureufes ; il n'eft pas encore temps. Commençons à les réfuter avec les fages, avant de les confondre par le fecours de ceux qui font au-deffus des fages mêmes.

Nous ignorons ce qui penfe en nous, & par conféquent nous ne pouvons favoir fi cet être inconnu ne furvivra pas à notre corps : il fe peut phyfiquement qu'il y ait en nous une monade indeftructible, une flamme cachée, une particule du feu divin, qui fubfifte éternellement fous des apparences diverfes. Je ne dirai pas que cela foit démontré ; mais fans vouloir tromper les hommes, on peut dire que nous avons autant de raifon de croire que de nier l'immortalité de l'être qui penfe. Si les Juifs ne l'ont point connue autrefois, ils l'admettent aujourd'hui. Toutes les nations policées font d'accord fur ce point. Cette opinion fi ancienne & fi générale eft la feule peut-être qui puiffe juftifier la Providence. Il faut reconnaître un Dieu rémunérateur & vengeur, ou n'en point reconnaître du tout. Il ne paraît pas qu'il y ait de milieu : ou il n'y a point de Dieu, ou DIEU eft jufte. Nous avons une idée de la juftice, nous, dont l'intelligence eft fi bornée : comment cette juftice ne ferait-elle pas dans l'intelligence fuprême ? Nous fentons combien il ferait abfurde de dire que Dieu eft ignorant, qu'il eft faible, qu'il eft menteur : oferons-nous dire qu'il eft cruel ? Il vaudrait mieux s'en tenir à la néceffité fatale des chofes, il vaudrait mieux n'admettre qu'un deftin invincible, que d'admettre un Dieu qui aurait fait une feule créature pour la rendre malheureufe.

On me dit que la juftice de Dieu n'eft pas la nôtre. J'aimerais autant qu'on me dît que l'égalité de deux fois deux & quatre n'eft pas la même pour Dieu & pour moi. Ce qui eft vrai l'eft à mes yeux comme aux fiens. Toutes les propofitions mathématiques font démontrées pour l'être fini comme pour l'être infini. Il n'y a pas en cela deux différentes fortes de vrai. La feule différence eft probablement, que l'intelligence fuprême comprend toutes les vérités à la fois, & que nous nous traînons à pas lents vers quelques-unes. S'il n'y a pas deux fortes de vérité dans la même propofition, pourquoi y aurait-il deux fortes de juftice dans la même action ? Nous ne pouvons comprendre la juftice de Dieu que par l'idée que nous avons de la juftice. C'eft en qualité d'êtres penfans que nous connaiffons le jufte & l'injufte. Dieu infiniment penfant doit être infiniment jufte.

Voyons du moins, mes frères, combien cette croyance eft utile, combien nous fommes intéreffés à la graver dans tous les cœurs.

Nulle fociété ne peut fubfifter fans récompenfe & fans châtiment. Cette vérité eft fi fenfible & fi reconnue, que les anciens juifs admetttaient, au moins des peines temporelles. *Si vous prévariquez*, dit leur loi, *le Seigneur vous enverra la faim & la pauvreté, de la poussière au lieu de pluie.....des démangeaisons incurables au fondement.....des ulcères malins dans les genoux & dans les jambes.....Vous épouserez une femme, afin qu'un autre couche avec elle &c.*

Ces malédictions pouvaient contenir un peuple grossier dans le devoir. Mais il pouvait arriver aussi, qu'un homme coupable des plus grands crimes n'eût point d'ulcère dans les jambes, & ne languît point dans la pauvreté & dans la famine. *Salomon* devint idolâtre; & il n'est point dit qu'il fut puni par aucun de ces fléaux. On sait assez que la terre est couverte de scélérats heureux, & d'innocens opprimés. Il fallut donc nécessairement recourir à la théologie des nations plus nombreuses & plus policées, qui long-temps auparavant avaient posé pour fondement de leur religion des peines & des récompenses, dans le développement de la nature humaine, qui est probablement une vie nouvelle.

Il semble que cette doctrine soit un cri de la nature, que tous les anciens peuples avaient écouté, & qui ne fut étouffé qu'un temps chez les Juifs, pour retentir ensuite dans toute sa force.

Il y a chez tous les peuples qui font usage de leur raison, des opinions universelles, qui paraissent empreintes par le maître de nos cœurs. Telle est la persuasion de l'existence d'un DIEU, & de sa justice miséricordieuse : tels sont les premiers principes de morale, communs aux Chinois, aux Indiens, & aux

Romains, & qui n'ont jamais varié ; tandis que nôtre
globe a été bouleverfé mille fois.

Ces principes font néceffaires à la confervation de
l'efpèce humaine. Otez aux hommes l'opinion d'un
DIEU vengeur & rémunérateur, *Sylla* & *Marius* fe
baignent alors avec délices dans le fang de leurs
concitoyens ; *Augufte*, *Antoine*, & *Lépide*, furpaffent les
fureurs de *Sylla ; Néron* ordonne de fang-froid le
meurtre de fa mère. Il eft certain que la doctrine d'un
DIEU vengeur était éteinte alors chez les Romains :
l'athéïfme dominait ; & il ne ferait pas difficile de
prouver par l'hiftoire, que l'athéïfme peut caufer
quelquefois autant de mal que les fuperftitions les
plus barbares.

Penfez-vous en effet qu'*Alexandre VI* reconnût un
DIEU, quand pour agrandir un fils inceftueux il
employait tour à tour la trahifon, la force ouverte,
le ftilet, la corde, le poifon ; & qu'infultant encore
à la fuperftitieufe faibleffe de ceux qu'il affaffinait,
il leur donnait une abfolution & des indulgences au
milieu des convulfions de la mort ? Certes il infultait
la Divinité, dont il fe moquait, en même temps qu'il
exerçait fur les hommes ce_ épouvantables barbaries.
Avouons tous, quand nous lifons l'hiftoire de ce
monftre & de fon abominable fils, que nous fouhai-
tons qu'ils foient châtiés. L'idée d'un Dieu vengeur
eft donc néceffaire.

Il fe peut, comme il arrive trop fouvent, que la perfuafion de la juftice divine ne foit pas un frein à l'em-
portement d'une paffion. On eft alors dans l'ivreffe : les
remords ne viennent que quand la raifon a repris fes
droits, mais enfin ils tourmentent le coupable. L'athée

peut fentir, au lieu de remords, cette horreur fecrète & fombre qui accompagne les grands crimes. La fitua-tion de fon ame eft importune & cruelle ; un homme fouillé de fang n'eft plus fenfible aux douceurs de la fociété ; fon ame devenue atroce eft incapable de toutes les confolations de la vie ; il rugit en furieux, mais il ne fe répent pas. Il ne craint point qu'on lui demande compte des proies qu'il a déchirées ; il fera toujours méchant, il s'endurcira dans fes férocités. L'homme au contraire qui croit en DIEU, rentrera en lui-même. Le premier eft un monftre pour toute fa vie, le fecond n'aura été barbare qu'un moment. Pourquoi ? c'eft que l'un a un frein, & l'autre n'a rien qui l'arrête.

Nous ne lifons point que l'archevêque *Troll*, qui fit égorger fous fes yeux tous les magiftrats de Stockholm, ait jamais daigné feulement feindre d'expier fon crime par la moindre pénitence. L'athée fourbe, ingrat, calomniateur, brigand, fanguinaire, raifonne & agit conféquemment, s'il eft fûr de l'impunité de la part des hommes. Car s'il n'y a point de Dieu, ce monftre eft fon Dieu à lui-même ; il s'immole tout ce qu'il défire, ou tout ce qui lui fait obftacle : les prières les plus tendres, les meilleurs raifonnemens, ne peuvent pas plus fur lui que fur un loup affamé de carnage.

Lorfque le pape *Sixte IV* fefait affaffiner les deux *Médicis* dans l'églife de la Reparade, au moment où l'on élevait aux yeux du peuple le Dieu que ce peuple adorait, *Sixte IV* tranquille dans fon palais n'avait rien à craindre, foit que la conjuration réufsît, foit qu'elle échouât : il était fûr que les Florentins n'oferaient fe venger , qu'il les excommunierait en pleine liberté , & qu'ils lui demanderaient pardon à genoux d'avoir ofé fe plaindre.

Il eft très-vraifemblable que l'athéifme a été la philofophie de tous les hommes puiffans, qui ont paffé leur vie dans ce cercle de crimes que les imbécilles appellent *politique, coup d'état, art de gouverner*.

On ne me perfuadera jamais qu'un cardinal, miniftre célébre, crût agir en la préfence de DIEU, lorfqu'il fefait condamner à mort un des grands de l'Etat, par douze meurtriers en robe, efclaves à fes gages, dans fa propre maifon de campagne, & pendant qu'il fe plongeait dans la diffolution avec fes courtifannes, à côté de l'appartement où fes valets, décorés du nom de *juges*, menaçaient de la torture un maréchal de France dont il favourait déjà la mort.

Quelques-uns de vous, mes frères, m'ont demandé fi un prince juif avait une véritable notion de la Divinité, quand à l'article de la mort, au lieu de demander pardon à DIEU de fes adultères, de fes homicides, de fes cruautés fans nombre, il perfifte dans la foif du fang & dans la fureur atroce des vengeances; quand d'une bouche prête à fe fermer pour jamais, il recommande à fon fucceffeur de faire affaffiner le vieillard *Semei* fon miniftre, & fon général *Joab* ?

J'avoue avec vous que cette action dont *St Ambroife* voulut en vain faire l'apologie, eft la plus horrible peut-être qu'on puiffe lire dans les annales des nations. Le moment de la mort eft pour tous les hommes le moment du repentir & de la clémence : vouloir fe venger en mourant & ne l'ofer, charger un autre par

fes dernières paroles d'être un infame meurtrier ,
c'eft le comble de la lâcheté & de la fureur réunies.

Je n'examinerai point ici fi cette hiftoire révoltante
eft vraie, ni en quel temps elle fut écrite. Je ne difcu-
terai point avec vous s'il faut regarder les chroniques
des Juifs du même œil dont on lit les commandemens
de leur loi , fi on a eu tort dans des temps d'ignorance
& de fuperftition , de confondre ce qui était facré chez
les Juifs avec leurs livres profanes. Les lois de *Numa*
furent facrées chez les Romains , & leurs hiftoriens
ne le furent pas. Mais fi un juif a été barbare jufqu'à
fon dernier moment, que nous importe ? fommes-
nous juifs ? quel rapport les abfurdités & les horreurs
de ce petit peuple ont-elles avec nous? On a confacré
des crimes chez prefque tous les peuples du monde :
que devons-nous faire? les détefter & adorer le Dieu
qui les condamne.

Il eft reconnu que les Juifs crurent DIEU corporel.
Eft-ce une raifon pour que nous ayons cette idée de
l'être fuprême?

S'il eft avéré qu'ils crurent DIEU corporel, il n'eft
pas moins clair qu'ils reconnaiffaient un Dieu formateur de l'univers.

Long-temps avant qu'ils vinffent dans la Paleftine,
les Phéniciens avaient leur Dieu unique *Jaho* , nom
qui fut facré chez eux , & qui le fut enfuite chez les
Egyptiens & chez les Hébreux. Ils donnaient à l'être
fuprême un nom plus commun , *El*. Ce nom était
originairement chaldéen. C'eft de-là que la ville
appelée par nous *Babylone* fut nommée Babel, *la porte
de* DIEU. C'eft de-là que le peuple hébreu , quand il
vint dans la fuite des temps s'établir en Paleftine, prit

le furnom d'Ifraël, qui fignifie *voyant* DIEU ; comme nous l'apprend *Philon* dans fon Traité des récompenfes & des peines, & comme nous le dit l'hiftorien *Jofephe* dans fa réponfe à *Appion*.

Les Egyptiens reconnurent un Dieu fuprême malgré toutes leurs fuperftitions ; ils le nommaient *Knef* & ils le repréfentaient fous la forme d'un globe.

L'ancien *Zerduft* que nous nommons *Zoroaftre* n'enfeignait qu'un feul Dieu, auquel le mauvais principe était fubordonné. Les Indiens, qui fe vantent d'être la plus antique fociété de l'univers, ont encore leurs anciens livres, qu'ils prétendent avoir été écrits il y a quatre mille huit cents foixante & fix ans. L'ange *Brama* ou *Habrama*, difent-ils, l'envoyé de DIEU, le miniftre de l'être fuprême, dicta ce livre dans la langue du Hanfcrit. Ce livre faint fe nomme *Shaftabad*, & il eft beaucoup plus ancien que le Veidam même, qui eft depuis fi long-temps le livre facré fur les bords du Gange.

Ces deux volumes qui font la loi de toutes les fectes des brames, l'Ezour-Veidam qui eft le commentaire du Veidam, ne parlent jamais que d'un Dieu unique.

Le ciel a voulu qu'un de nos compatriotes qui a réfidé trente années à Bengale, & qui fait parfaitement la langue des anciens brames, nous ait donné un extrait de ce Shaftabad, écrit mille années avant le Veidam. Il eft divifé en cinq chapitres. Le premier traite de DIEU & de fes attributs, & il commence ainfi. ,, DIEU eft un ; il a formé tout ce qui eft ; ,, il eft femblable à une fphère parfaite fans fin ni ,, commencement. Il gouverne tout par une fageffe
,, générale.

» générale. Tu ne chercheras point son essence & sa
» nature ; cette entreprise serait vaine & criminelle.
» Qu'il te suffise d'admirer jour & nuit ses ouvrages,
» sa sagesse, sa puissance, sa bonté. Sois heureux en
» l'adorant. »

Le second chapitre traite de la création des intelligences célestes.

Le troisième, de la chute de ces dieux secondaires.

Le quatrième, de leur punition.

Le cinquième, de la clémence de DIEU.

Les Chinois, dont les histoires & les rites attestent une antiquité si reculée, mais moins ancienne que celle des Indiens, ont toujours adoré le *Tien*, le *Chang-ti*, la *Vertu céleste*. Tous leurs livres de morale, tous les édits des empereurs recommandent de se rendre agréable au *Tien*, au *Chang-ti*, & de mériter ses bienfaits.

Confucius n'a point établi de religion chez les Chinois, comme les ignorans le prétendent. Long-temps avant lui les empereurs allaient au temple quatre fois par année présenter au *Chang-ti* les fruits de la terre.

Ainsi vous voyez que tous les peuples policés, Indiens, Chinois, Egyptiens, Persans, Chaldéens, Phéniciens, reconnurent un Dieu suprême. Je ne nierai pas que chez ces nations si antiques il n'y ait eu des athées ; je sais qu'il y en a beaucoup à la Chine ; nous en voyons en Turquie ; il y en a dans notre patrie & chez toutes les nations de l'Europe. Mais pourquoi leur erreur ébranlerait-elle notre croyance ? les sentimens erronés de tous les philosophes sur la lumière, nous empêcheront-ils de croire

Philosophie &c. Tome I.   E e

fermement aux découvertes de *Newton* fur cet élément incompréhenfible? la mauvaife phyfique des Grecs, & leurs ridicules fophifmes détruiront-ils dans nous la fcience intuitive que nous donne la phyfique expérimentale?

Il y a eu des athées chez tous les peuples connus; mais je doute beaucoup que cet athéifme ait été une perfuafion pleine, une conviction lumineufe, dans laquelle l'efprit fe repofe fans aucun doute, comme dans une démonftration géométrique. N'était-ce pas plutôt une demi-perfuafion, fortifiée par la rage d'une paffion violente & par l'orgueil, qui tiennent lieu d'une conviction entière? Les *Phalaris*, les *Bufiris*, (& il y en a dans toutes les conditions) fe moquaient avec raifon des fables de *Cerbère* & des *Euménides* : ils voyaient bien qu'il était ridicule d'imaginer que *Théfée* fût éternellement affis fur une efcabelle, & qu'un vautour déchirât toujours le foie renaiffant de *Prométhée*. Ces extravagances, qui déshonoraient la Divinité, l'anéantiffaient à leurs yeux. Ils difaient confufément dans leur cœur : On ne nous a jamais dit que des inepties fur la Divinité ; cette Divinité n'eft donc qu'une chimère. Ils foulaient aux pieds une vérité confolante & terrible, parce qu'elle était entourée de menfonges.

O malheureux théologiens de l'école, que cet exemple vous apprenne à ne pas annoncer DIEU ridiculement! C'eft vous qui par vos platitudes répandez l'athéifme que vous combattez; c'eft vous qui faites les athées de cour, auxquels il fuffit d'un argument fpécieux pour juftifier toutes leurs horreurs. Mais fi le torrent des affaires, & celui de leurs paffions funeftes leur avaient laiffé le temps de rentrer en eux-mêmes, ils auraient dit: Les menfonges des prêtres d'*Ifis* & des prêtres de *Cybèle* ne doivent m'irriter que contre eux, & non pas contre la Divinité qu'ils outragent. Si le Phlégéton & le Cocyte n'exiftent point, cela n'empêche pas que DIEU exifte. Je veux méprifer les fables, & adorer la vérité. Si on m'a peint DIEU comme un tyran ridicule, je ne le croirai pas moins fage & moins jufte. Je ne dirai pas avec *Orphée*, que les ombres des hommes vertueux fe promènent dans les champs Elyfées; je n'admettrai point la métempfycofe des pharifiens, encore moins l'anéan- tiffement de l'ame avec les faducéens; je reconnaîtrai une providence éternelle, fans ofer deviner quels feront les moyens & les effets de fa miféricorde & de fa juftice. Je n'abuferai point de la raifon que DIEU m'a donnée; je croirai qu'il y a du vice & de la vertu, comme il y a de la fanté & de la maladie; & enfin, puifqu'un pouvoir invifible, dont je fens continuelle- ment l'influence, m'a fait un être penfant & agiffant, je conclurai que mes penfées & mes actions doivent être dignes de ce pouvoir qui m'a fait naître.

Ne nous diffimulons point ici qu'il y a eu des athées vertueux. La fecte d'*Epicure* a produit de très-honnêtes gens: *Epicure* était lui-même un homme de bien, je l'avoue. L'inftinct de la vertu, qui confifte dans un tempérament doux & éloigné de toute violence, peut très-bien fubfifter avec une philofophie erronée. Les épicuriens & les plus fameux athées de nos jours, occupés des agrémens de la fociété, de l'étude & du foin de pofféder leur ame en paix, ont fortifié cet inftinct qui les porte à ne jamais nuire, en renonçant

au tumulte des affaires qui bouleverfent l'ame, & à
l'ambition qui la pervertit. Il y a des lois dans la
fociété qui font plus rigoureufement obfervées que
celles de l'Etat & de la religion. Quiconque a payé les
fervices de fes amis par une noire ingratitude; quiconque a calomnié un honnête homme; quiconque
aura mis dans fa conduite une indécence révoltante,
ou qui fera connu par une avarice fordide & impitoyable, ne fera point puni par les lois, mais il le fera
par la fociété des honnêtes gens, qui porteront contre
lui un arrêt irrévocable de banniffement; il ne fera
jamais reçu parmi eux. Ainfi donc un athée de mœurs
douces & agréables, retenu d'ailleurs par le frein que
la fociété des hommes impofe, peut très-bien mener
une vie innocente, heureufe, honorée. On en a vu
des exemples de fiècle en fiècle, depuis le célébre
Atticus, également ami de *Céfar* & de *Cicéron*, jufqu'au
fameux magiftrat *Desbarreaux*, qui ayant fait attendre
trop long-temps un plaideur dont il rapportait le procès,
lui paya de fon argent la fomme dont il s'agiffait.

On me citera encore, fi l'on veut, le fophifte
géométrique *Spinofa*, dont la modération, le défin-
téreffement, & la générofité, ont été dignes d'*Epictète*.
On me dira que le célébre athée *la Métrie* était
un homme doux & aimable dans la fociété, honoré
pendant fa vie & après fa mort des bontés d'un grand
roi, qui, fans faire attention à fes fentimens philofophiques, a récompenfé en lui les vertus. Mais mettez
ces doux & tranquilles athées dans des grandes places;
jetez-les dans les factions; qu'ils aient à combattre
un *Céfar Borgia*, ou un *Cromwell*, ou même un cardinal
de *Retz*; penfez-vous qu'alors ils ne deviendront pas

aussi méchans que leurs adverfaires ? Voyez dans quelle alternative vous les jetez; ils feront des imbécilles s'ils ne font pas des pervers. Leurs ennemis les attaquent par des crimes; il faut bien qu'ils fe défendent avec les mêmes armes, ou qu'ils périssent. Certainement leurs principes ne s'oppoferont point aux assassinats, aux empoisonnemens, qui leur paraîtront nécessaires.

Il est donc démontré que l'athéisme peut tout au plus laisser subsister les vertus sociales, dans la tranquille apathie de la vie privée; mais qu'il doit porter à tous les crimes, dans les orages de la vie publique.

Une société particulière d'athées, qui ne se disputent rien, & qui perdent doucement leurs jours dans les amusemens de la volupté, peut durer quelque temps fans trouble; mais si le monde était gouverné par des athées, il vaudrait autant être fous l'empire immédiat de ces êtres infernaux qu'on nous peint acharnés contre leurs victimes. En un mot, des athées qui ont en main le pouvoir, feraient aussi funestes au genre-humain que des fuperstitieux. Entre ces deux monstres la raifon nous tend les bras : & ce fera l'objet de mon second discours.

SECONDE HOMELIE.

Sur la superstition.

M E S F R E R E S,

Vous savez assez que toutes les nations bien connues
ont établi un culte public. Si les hommes s'assem-
blèrent de tout temps pour traiter de leurs intérêts,
pour se communiquer leurs besoins, il était bien
naturel qu'ils commençassent ces assemblées par les
témoignages de respect & d'amour qu'ils doivent à
l'auteur de la vie. On a comparé ces hommages à
ceux que des enfans présentent à un père, & des
sujets à un souverain. Ce sont des images trop faibles
du culte de DIEU : les relations d'homme à homme
n'ont aucune proportion avec la relation de la créature
à l'être suprème : l'infini les separe. Ce serait même
un blasphême que de rendre hommage à DIEU sous
l'image d'un monarque. Un souverain de la terre
entière, s'il en pouvait exister un, si tous les hommes
étaient assez malheureux pour être subjugués par un
homme, ne serait au fond qu'un ver de terre, com-
mandant à d'autres vers de terre, & serait encore
infiniment moins devant la Divinité. Et puis dans les
républiques, qui sont incontestablement antérieures à
toute monarchie, comment aurait-on pu concevoir
DIEU sous l'image d'un roi? S'il fallait se faire de

DIEU une image fenfible, celle d'un père, toute défectueufe qu'elle eft, paraîtrait peut-être la plus convenable à notre faibleffe.

Mais les emblèmes de la Divinité furent une des premières fources de la fuperftition. Dès que nous eûmes fait DIEU à notre image, le culte divin fut perverti. Ayant ofé repréfenter DIEU fous la figure d'un homme, notre miférable imagination, qui ne s'arrête jamais, lui attribua tous les vices des hommes. Nous ne le regardâmes que comme un maître puif-fant, & nous le chargeâmes de tous les abus de la puiffance; nous le célébrâmes comme fier, jaloux, colère, vindicatif, bienfaiteur, capricieux, deftruc-teur impitoyable, dépouillant les uns pour enrichir les autres, fans autre raifon que fa volonté. Nous n'avons d'idée que de proche en proche; nous ne concevons prefque rien que par fimilitude : ainfi quand la terre fut couverte de tyrans, on fit DIEU le premier des tyrans. Ce fut bien pis quand la Divi-nité fut annoncée par des emblèmes tirés des animaux & des plantes. DIEU devint bœuf, ferpent, crocodile, finge, chat, & agneau, broutant, fifflant, bêlant, dévorant & dévoré.

La fuperftition a été fi horrible chez prefque toutes les nations, que s'il n'en exiftait pas encore des monumens, il ne ferait pas poffible de croire ce qu'on nous en raconte. L'hiftoire du monde eft celle du fanatifme.

Mais parmi les fuperftitions monftrueufes qui ont couvert la terre, y en a-t-il eu d'innocentes? ne pourrons-nous point diftinguer entre des poifons dont on a fu faire des remèdes, & des poifons qui ont

confervé leur nature meurtrière ? Cet examen mérite,
ſi je ne me trompe, toute l'attention des eſprits raiſonnables.

Un homme fait du bien aux hommes ſes frères ;
celui-là détruit des animaux carnaſſiers ; celui-ci
invente des arts par la force de ſon génie. On les croit
par conſéquent plus favoriſés de DIEU que le vulgaire ; on imagine qu'ils ſont enfans de DIEU ; on en
fait des demi-dieux après leur mort, des dieux ſecondaires. On les propoſe non-ſeulement pour modèle
au reſte des hommes, mais pour objet de leur culte.
Celui qui adore *Hercule* & *Perſée* s'excite à les imiter.
Des autels deviennent le prix du génie & du courage.
Je ne vois-là qu'une erreur dont il réſulte du bien. Les
hommes ne ſont trompés alors que pour leur avantage.
Si les anciens Romains n'avaient mis au rang des
dieux ſecondaires que des *Scipions*, des *Titus*, des
Trajans, des *Marc-Aurèles*, qu'aurions-nous à leur
reprocher ?

Il y a l'infini entre DIEU & un homme ; d'accord ;
mais ſi dans le ſyſtème des anciens on a regardé l'ame
humaine comme une portion finie de l'intelligence
infinie, qui ſe replonge dans le grand tout ſans l'augmenter ; ſi on ſuppoſe que DIEU habita dans l'ame
de *Marc-Aurèle*, ſi cette ame fut ſupérieure aux autres
par la vertu pendant ſa vie ; pourquoi ne pas ſuppoſer
qu'elle eſt encore ſupérieure quand elle eſt dégagée
de ſon corps mortel ?

Nos frères les catholiques romains, (car tous les
hommes ſont nos frères) ont peuplé le ciel de demi-
dieux, qu'ils appellent *ſaints*. S'ils avaient toujours
fait d'heureux choix, avouons ſans détour que leur

erreur eût été un fervice rendu à la nature humaine.
Nous leur prodiguons les injures & les mépris, quand
ils fêtent un *Ignace*, chevalier de la Vierge ; un *Dominique*, perfécuteur ; un *François*, fanatique en démence,
qui marche tout nu, qui parle aux bêtes, qui catéchife
un loup, qui fe fait une femme de neige. Nous ne
pardonnons pas à *Jérôme*, traducteur favant, mais
fautif, de livres juifs, d'avoir, dans fon hiftoire des
pères du défert ; exigé nos refpects pour un faint *Pacôme*,
qui allait faire fes vifites monté fur un crocodile.
Nous fommes furtout faifis d'indignation en voyant
qu'à Rome on a canonifé *Grégoire VII*, l'incendiaire
de l'Europe.

Mais il n'en eft pas ainfi du culte qu'on rend en
France au roi *Louis IX*, qui fut jufte & courageux.
Et fi c'eft trop que l'invoquer, ce n'eft pas trop de
le révérer : c'eft feulement dire aux autres princes :
Imitez fes vertus.

Je vais plus loin : je fuppofe qu'on ait placé dans
une bafilique la ftatue du roi *Henri IV*, qui conquit
fon royaume avec la valeur d'*Alexandre* & la clémence
de *Titus*, qui fut bon & compatiffant, qui fut choifir
les meilleurs miniftres, & fut fon premier miniftre lui-
même : je fuppofe que malgré fes faibleffes, on lui paye
des hommages au-deffus des refpects qu'on rend à la
mémoire des grands-hommes, quel mal pourra-t-il
en réfulter ? Il vaudrait certainement mieux fléchir
le genou devant lui, que devant cette multitude de
faints inconnus, dont les noms même font devenus
un fujet d'opprobre & de ridicule. Ce ferait une
fuperftition, j'en conviens ; mais une fuperftition qui
ne pourrait nuire, un enthoufiafme patriotique, & non

un fanatifme pernicieux. Si l'homme eft né pour
l'erreur, fouhaitons-lui des erreurs vertueufes.

La fuperftition qu'il faut bannir de la terre, eft
celle qui fefant de DIEU un tyran, invite les hommes
à être tyrans. Celui qui dit le premier qu'on doit
avoir les réprouvés en horreurs, mit le poignard à la
main de tous ceux qui oferent fe croire fidelles : celui
qui le premier défendit toute communication avec
ceux qui n'étaient pas de fon avis, fonna le tocfin des
guerres civiles dans toute la terre.

Je crois ce qui paraît impoffible à la raifon ; c'eft-à-
dire, je crois ce que je ne crois pas : donc je dois haïr
ceux qui fe vantent de croire une abfurdité contraire
à la mienne. Telle eft la logique des fuperftitieux, ou
plutôt telle eft leur exécrable démence. Adorer l'être
fuprême, l'aimer, le fervir, être utile aux hommes, ce
n'eft rien ; c'eft même, felon quelques-uns, une fauffe
vertu qu'ils appellent un *péché fplendide*. Ainfi depuis
qu'on fe fit un devoir facré de difputer fur ce qu'on
ne peut entendre ; depuis qu'on plaça la vertu dans
la prononciation de quelques paroles inexprimables
que chacun voulut expliquer, les pays chrétiens furent
un théâtre de difcorde & de carnage.

Vous me direz qu'on doit imputer cette pefte
univerfelle à la rage de l'ambition, plutôt qu'à celle
du fanatifme. Je vous répondrai qu'on en eft redeva-
ble à l'une & à l'autre. La foif de la domination s'eft
abreuvée du fang des imbécilles. Je n'afpire point à
guérir les hommes puiffans de cette paffion furieufe
d'affervir les efprits ; c'eft une maladie incurable. Tout
homme voudrait que les autres s'empreffaffent à le
fervir, & pour être fervi mieux, il leur fera croire,

s'il peut, que leur devoir & leur bonheur confiſtent
à être ſes eſclaves. Allez trouver un homme qui jouit
de quinze à ſeize millions de revenu, & qui a dans
l'Europe quatre ou cinq cents mille ſujets diſperſés,
leſquels ne lui coûtent rien, ſans compter ſes gardes
& ſa milice; remontrez-lui que le CHRIST, dont il ſe
dit le vicaire & l'imitateur, a vécu dans la pauvreté &
dans l'humilité: il vous répond que les temps ſont
changés; & pour vous le prouver, il vous condamne
à périr dans les flammes. Vous n'avez corrigé ni cet
homme, ni un *cardinal de Lorraine*, poſſeſſeur de ſept
évêchés à la fois. Que fait-on alors? on s'adreſſe aux
peuples, on leur parle, & tout abrutis qu'ils ſont, ils
écoutent, ils ouvrent à demi les yeux; ils ſecouent
une partie du joug le plus aviliſſant qu'on ait jamais
porté; ils ſe défont de quelques erreurs, ils reprennent
un peu de leur liberté, cet apanage ou plutôt cette
eſſence de l'homme, dont on les avait dépouillés. Si
on ne peut guérir les puiſſans de l'ambition, on peut
donc guérir les peuples de la ſuperſtition; on peut donc
en parlant, en écrivant, rendre les hommes plus
éclairés & meilleurs.

Il eſt bien aiſé de leur faire voir ce qu'ils ont ſouffert
pendant quinze cents années. Peu de perſonnes liſent,
mais toutes peuvent entendre. Ecoutez donc, mes
chers frères, & voyez les calamités qui accablèrent les
générations paſſées.

A peine les chrétiens, reſpirant en liberté ſous
Conſtantin, avaient trempé leurs mains dans le ſang de
la vertueuſe *Valerie*, fille, femme, & mère de céſars,
& dans le ſang du jeune *Candidien* ſon fils, l'eſpérance

de l'empire; à peine avaient-ils (a) égorgé le fils de
l'empereur *Maximin*, âgé de huit ans, & sa fille âgée
de sept; à peine ces hommes qu'on nous peint si
patiens pendant deux siècles, avaient-ils ainsi signalé
leurs fureurs au commencement du quatrième, que
la controverse fit naître des discordes civiles, qui se
succédant les unes aux autres sans aucun moment de
relâche, agitent encore l'Europe. Quels sont les sujets
de ces querelles sanguinaires ? des subtilités, mes frères,
dont on ne trouve pas le moindre mot dans l'Evangile.
On veut savoir si le Fils est engendré, ou fait; s'il est
engendré dans le temps, ou avant le temps; s'il est
consubstantiel, ou semblable au Père; si la *monade de*
DIEU, comme dit *Athanase*, est trine en trois hypos-
tases; si le St Esprit est engendré, ou procédant; ou
s'il procède du Père seul, ou du Père & du Fils; si
JESUS eut deux volontés ou une, ou deux natures,
une ou deux personnes.

Enfin, depuis la *consubstantialité* jusqu'à la *transsubstantiation*, termes aussi difficiles à prononcer qu'à
comprendre, tout a été sujet de dispute, & toute
dispute a fait couler des torrens de sang.

Vous savez combien en fit verser notre superstitieuse
Marie, fille du tyran *Henri VIII*, & digne épouse du
tyran espagnol *Philippe II*. Le trône de *Charles I* fut
changé en échafaud; & ce roi périt par le dernier
supplice, après que plus de deux cents mille hommes
eurent été égorgés pour une liturgie.

Vous connaissez les guerres civiles de France. Une
troupe de théologiens fanatiques, appelée *la sorbonne*,
déclare le roi *Henri III* déchu du trône, & soudain

(a) En 313.

un apprenti théologien l'affaffine. Elle déclare le grand *Henri IV*, notre allié, incapable de régner; & vingt meurtriers fe fuccèdent les uns aux autres, jufqu'à ce qu'enfin, fur la feule nouvelle que ce héros va protéger fes anciens alliés contre les adhérens du pape, un moine feuillant, un maître d'école, plonge le couteau dans le cœur du plus vaillant des rois & du meilleur des hommes, au milieu de fa capitale, aux yeux de fon peuple, & dans les bras de fes amis. Et par une contradiction inconcevable fa mémoire eft à jamais adorée, & la troupe de forbonne qui le prof-crivit, qui l'excommunia, qui excommunia fes fujets fidelles, & qui n'a droit d'excommunier perfonne, fubfifte encore à la honte de la France.

Ce ne font pas les peuples, mes frères, ce ne font pas les cultivateurs, les artifans ignorans & paifibles, qui ont élevé ces querelles ridicules & funeftes, fources de tant d'horreurs & de tant de parricides. Il n'en eft malheureufement aucune dont les théologiens n'aient été les auteurs. Des hommes nourris de vos travaux, dans une heureufe oifiveté, enrichis de vos fueurs & de votre mifère, combattirent à qui aurait le plus de partifans & le plus d'efclaves; ils vous infpirèrent un fanatifme deftructeur, pour être vos maîtres : ils vous rendirent fuperftitieux, non pas pour que vous craigniffiez DIEU davantage, mais afin que vous les craigniffiez.

L'Evangile n'a pas dit à *Jacques*, à *Pierre*, à *Barthelemi;* nagez dans l'opulence; pavanez-vous dans les honneurs; marchez entourés de gardes. Il ne leur a pas dit non plus; troublez le monde par vos queftions incompréhenfibles. JESUS, mes frères, n'agita aucune

de ces queftions. Voudrions-nous être plus théologiens
que celui que vous reconnaiffez pour votre unique
maître? Quoi! il vous a dit: Tout confifte à aimer
D I E U, & fon prochain; & vous rechercheriez autre
chofe?

Y a-t-il quelqu'un parmi vous? que dis-je? y a-t-il
quelqu'un fur la terre qui puiffe penfer que D I E U le
jugera fur des points de théologie, & non pas fur fes
actions?

Qu'eft-ce qu'une opinion théologique? c'eft une
idée qui peut être vraie ou fauffe, fans que la morale
y foit intéreffée. Il eft bien évident que vous devez être
vertueux, foit que le St Efprit procède du Père par
fpiration, ou qu'il procède du Père & du Fils. Il n'eft
pas moins évident que vous ne comprendrez jamais
aucune propofition de cette efpèce. Vous n'aurez
jamais la plus légère notion comment J E S U S avait
deux natures & deux volontés dans une perfonne. S'il
avait voulu que vous en fuffiez informés, il vous
l'aurait dit. Je choifis ces exemples entre cent autres,
& je paffe fous filence d'autres difputes, pour ne pas
rouvrir des plaies qui faignent encore.

D I E U vous a donné l'entendement; il ne peut
vouloir que vous le pervertiffiez. Comment une propofition dont vous ne pouvez jamais avoir d'idée,
pourrait-elle vous être néceffaire? Que D I E U, qui
donne tout, ait donné à un homme plus de lumière,
plus de talens qu'à un autre; cela fe voit tous les
jours. Qu'il ait choifi un homme pour s'unir de plus
près à lui qu'aux autres hommes; qu'il en ait fait le
modèle de la raifon & de la vertu; cela ne révolte
point notre bon fens. Perfonne ne doit nier qu'il foit

póffible à Dieu de verfer fes plus beaux dons fur un de fes ouvrages. On peut donc croire en Jesus qui a enfeigné la vertu & qui l'a pratiquée; mais craignons qu'en voulant aller trop au-delà, nous ne renvérfions tout l'édifice.

Le fuperftitieux verfe du poifon fur les alimens les plus falutaires, il eft fon propre ennemi & celui des hommes. Il fe croira l'objet des vengeances éternelles, s'il a mangé de la viande un certain jour; il penfe qu'une longue robe grife, avec un capuce pointu & une grande barbe, eft beaucoup plus agréable à Dieu qu'un vifage rafé & une tête qui porte fes cheveux; il s'imagine que fon falut eft attaché à des formules latines qu'il n'entend point; il a élevé fa fille dans ces principes; elle s'enterre dans un cachot dès qu'elle eft nubile; elle trahit la poftérité pour plaire à Dieu; plus coupable envers le genre-humain, que l'indienne qui fe précipite dans le bûcher de fon mari après lui avoir donné des enfans.

Anachorètes des parties méridionales de l'Europe, condamnés par vous-mêmes à une vie auffi abjecte qu'affreufe, ne vous comparez pas aux pénitens du bord du Gange; vos auftérités n'approchent pas de leurs fupplices volontaires. Mais ne penfez pas que Dieu approuve dans vous ce que vous avouez qu'il condamne dans eux.

Le fuperftitieux eft fon propre bourreau: il eft encore celui de quiconque ne penfe pas comme lui. La délation la plus infame, il l'appelle *correction fraternelle*; il accufe la naïve innocence qui n'eft pas fur fes gardes, & qui dans la fimplicité de fon cœur n'a pas mis le fceau fur fes lèvres. Il la dénonce à ces tyrans des ames, qui rient en même temps de l'accusé & de l'accusateur.

Enfin le superstitieux devient fanatique, & c'est alors que son zèle est capable de tous les crimes au nom du Seigneur.

Nous ne sommes plus, il est vrai, dans ces temps abominables où les parens & les amis s'égorgeaient, où cent batailles rangées couvraient la terre de cadavres pour quelques argumens de l'école ; mais des cendres de ce vaste incendie il renaît tous les jours quelques étincelles : les princes ne marchent plus aux combats à la voix d'un prêtre ou d'un moine ; mais les citoyens se persécutent encore dans le sein des villes, & la vie privée est souvent empoisonnée de la peste de la superstition. Que diriez-vous d'une famille qui serait toujours prête à se battre, pour deviner de quelle manière il faut saluer son père ? Eh ! mes enfans, il s'agit de l'aimer : vous le saluerez comme vous pourrez. N'êtes-vous frères que pour être divisés, & faudra-t-il que ce qui doit vous unir soit toujours ce qui vous sépare ?

Je ne connais pas une seule guerre civile entre les Turcs pour la religion. Que dis-je, une guerre civile ? l'histoire n'a marqué aucune sédition, aucun trouble, parmi eux, excité par la controverse. Est-ce parce qu'ils ont moins de prétextes de disputes ? Est-ce parce qu'ils sont nés moins inquiets & plus sages que nous ? Ils ne s'informent pas de quelle secte vous êtes, pourvu que vous payiez exactement un tribut léger. Chrétiens latins, chrétiens grecs, jacobites, mono-thélites, cophtes, protestans, réformés, tout est bien venu chez eux, tandis qu'il n'y a pas trois nations chez les chrétiens qui exercent cette humanité.

Enfin,

Enfin, mes frères, JESUS ne fut point fuperftitieux, il ne fût point intolérant ; il n'a pas proféré une feule parole contre le culte des Romains , dont fa patrie était environnée. Imitons fon indulgence, & méritons qu'on en ait pour nous.

Ne nous effrayons pas de cet argument barbare fi fouvent répété. Le voici je crois dans toute fa force :

,, Vous croyez qu'un homme de bien peut trouver ,, grâce devant l'Etre des êtres, devant le DIEU de ,, juftice & de miféricorde, dans quelque temps , dans ,, quelquelieu,dans quelque religion,qu'il ait confumé ,, fa courte vie; & nous au contraire nous affirmons ,, qu'on ne peut plaire à DIEU qu'en étant né parmi ,, nous, ou ayant été enfeigné par nous : il nous eft ,, démontré que nous fommes les feuls dans le monde ,, qui ayons raifon. Nous favons que DIEU étant ,, venu fur la terre & étant mort du dernier fupplice ,, pour tous les hommes, il ne veut pourtant avoir ,, pitié que de notre petite affemblée, & que même ,, dans cette affemblée il n'y a que fort peu de per- ,, fonnes qui pourront échapper à des peines éter- ,, nelles. Prenez donc le parti le plus fûr ; entrez ,, dans notre petite affemblée, & tâchez d'être élu ,, chez nous. ,,

Remercions nos frères qui tiennent ce langage ; félicitons-les d'être certains que tout l'univers eft damné, hors un petit nombre d'entr'eux, & croyons que notre fecte vaut mieux que la leur, par cela feul qu'elle eft plus raifonnable & plus compatiffante. Quiconque me dit , *Penfe comme moi* , *ou* DIEU *te damnera* , me dira bientôt, *Penfe comme moi* , *ou je t'affaffinerai*. Prions DIEU qu'il adouciffe ces cœurs

Philofophie &c. Tome I. F f

atroces, & qu'il infpire à tous fes enfans des fentimens
de frères. Nous voilà dans notre île où la fecte épif-
copale domine depuis Douvres jufqu'à la petite rivière
de Twede. De-là jufqu'à la dernière des Orcades
le presbytérianifme eft en crédit, & fous ces deux
religions régnantes il y en a dix ou douze autres
particulières. Allez en Italie, vous trouverez le defpo-
tifme papifte fur le trône. Ce n'eft plus la même chofe
en France; elle eft traitée à Rome de demi-hérétique.
Paffez en Suiffe, en Allemagne, vous couchez aujour-
d'hui dans une ville calvinifte, demain dans une
papifte, après demain dans une luthérienne. Allez
jufqu'en Ruffie, vous ne voyez plus rien de tout cela.
C'eft une fecte toute différente. La cour y eft éclairée,
à la vérité, par une impératrice philofophe. L'augufte
Catherine a mis la raifon fur le trône, comme elle y
a placé la magnificence & la générofité; mais le peuple
de fes provinces détefte encore également, & luthériens,
& calviniftes, & papiftes. Il ne voudrait ni manger
avec aucun d'eux, ni boire dans le même verre. Or
je vous demande, mes frères, ce qui arriverait fi dans
une affemblée de tous ces fectaires, chacun fe croyait
autorifé par l'efprit divin à faire triompher fon opinion? Ne voyez-vous pas les épées tirées, les potences
dreffées, les bûchers allumés, d'un bout de l'Europe
à l'autre? Quel eft donc celui qui a raifon dans ce chaos
de difputes? le tolérant, le bienfefant. Ne dites pas
qu'en prêchant la tolérance nous prêchons l'indifférence. Non, mes frères; celui qui adore D i e u, &
qui fait du bien aux hommes n'eft point indifférent.
Ce nom convient bien davantage au fuperftitieux qui
penfe que D i e u lui faura gré d'avoir proféré des

formules inintelligibles, tandis qu'il eſt en effet très-indifférent ſur le ſort de ſon frère qu'il laiſſe périr ſans ſecours, ou qu'il abandonne dans la diſgrace, ou qu'il flatte dans la proſpérité, ou qu'il perſécute s'il eſt d'une autre ſecte, s'il eſt ſans appui & ſans protection. Plus le ſuperſtitieux ſe concentre dans des pratiques & dans des croyances abſurdes, plus il a d'indifférence pour les vrais devoirs de l'humanité. Souvenons-nous à jamais d'un de nos charitables compatriotes. Il fondait un hôpital pour les vieillards dans ſa province; on lui demandait ſi c'était pour des papiſtes, des luthériens, des presbytériens, des quakers, des ſociniens, des anabaptiſtes, des méthodiſtes, des memnoniſtes? Il répondit: Pour des hommes.

O mon DIEU! écarte de nous l'erreur de l'athéiſme qui nie ton exiſtence, & délivre-nous de la ſuperſtition qui outrage ton exiſtence, & qui rend la nôtre affreuſe.

TROISIEME HOMELIE.

Sur l'interprétation de l'ancien teſtament.

MES FRERES.

LES livres gouvernent le monde, ou du moins toutes les nations qui ont l'uſage de l'écriture; les autres ne méritent pas qu'on les compte. Le Zenda-Veſta, attribué au premier *Zoroaſtre*, fut la loi des Perſans. Le Veidam & le Shaſtabad ſont encore celle

des brames. Les Egyptiens furent régis par les livres
de *Thot* qu'on appela *le premier Mercure*. L'Alcoran ou
le Koran gouverne aujourd'hui l'Afrique, l'Egypte,
l'Arabie, les Indes, une partie de la Tartarie, la Perse
entière, la Scythie dans la Cherfonèfe, l'Afie mineure,
la Syrie, la Thrace, la Theffalie, & toute la Grèce,
jufqu'au détroit qui fépare Naples de l'Empire. Le
Pentateuque gouverne les Juifs ; & par une fingulière
providence il eft aujourd'hui notre règle. Notre devoir
eft de lire enfemble cet ouvrage divin, qui eft le
fondement de notre foi.

Au commencement Dieu *créa les cieux & la terre. Et la
terre était fans forme & vide ; les ténèbres étaient fur la face
de l'abyme, & l'efprit de* Dieu *fe mouvait fur le deffus des
eaux. Et* Dieu *dit : Que la lumière foit ; & la lumière fut.
Et* Dieu *vit que la lumière était bonne, &* Dieu *fépara la
lumière d'avec les ténèbres. Et* Dieu *nomma la lumière* jour ;
& les ténèbres nuit. *Ainfi fut le foir, ainfi fut le matin ;
ce fut le premier jour. Puis* Dieu *dit : Qu'il y ait une
étendue entre les eaux, & qu'elle fépare les eaux d'avec les
eaux.* Dieu *donc fit l'étendue, & fépara les eaux qui font
au-deffous de l'étendue, d'avec celles qui font au-deffus de
l'étendue ; & il fut ainfi. Et* Dieu *nomma l'étendue* cieux.
*Ainfi fut le foir, ainfi fut le matin, ce fut le fecond jour.
Puis* Dieu *dit : Que les eaux qui font au-deffous des cieux
foient raffemblées en un lieu, & que le fec paraiffe ; & il
fut ainfi &c.*

Nous favons, mes frères, que Dieu en parlant
ainfi aux Juifs daigna fe proportionner à leur intelligence encore groffière. Perfonne n'ignore que notre
terre n'eft qu'un point, en comparaifon de l'efpace

que nous nommons improprement le *ciel*, dans lequel brille cette prodigieufe quantité de foleils, autour defquels roulent des planètes très-fupérieures à la nôtre. On fait que la lumière n'a pas été faite avant le jour, & que notre lumière vient du foleil. On fait que l'étendue folide entre les eaux fupérieures & les inférieures, étendue qui à la lettre fignifie *firmament*, eft une erreur de l'ancienne phyfique adoptée par les Grecs. Mais puifque DIEU parlait aux Juifs, il daignait s'abaiffer à parler leur langage. Perfonne ne l'aurait certainement entendu dans le défert d'Oreb, s'il avait dit : *J'ai mis le foleil au centre de votre monde ; le petit globe de la terre roule avec les autres planètes autour de ce grand aftre, par qui toutes les planètes font illuminées ; & la lune tourne en un mois autour de la terre. Ces autres aftres que vous voyez font autant de foleils qui préfident à d'autres mondes, &c.*

Si l'éternel géomètre s'était exprimé ainfi, il aurait parlé dignement, il eft vrai, en maître qui connaît fon ouvrage ; mais nul juif n'aurait compris un mot à ces fublimes vérités. Ce peuple était d'un col roide, & dur d'entendement. Il fallut donner des alimens groffiers à un peuple groffier, qui ne pouvait être nourri que par de tels alimens. Il femble que ce premier chapitre de la Genèfe fut une allégorie, propofée par l'Efprit faint, pour être expliquée un jour par ceux que DIEU daignerait remplir de fes lumières. C'eft du moins l'idée qu'en eurent les principaux juifs ; puifqu'il fut défendu de lire ce livre avant vingt-cinq ans, afin que l'efprit des jeunes gens, difpofé par les maîtres, pût lire l'ouvrage avec plus d'intelligence & de refpect.

Les docteurs prétendaient donc qu'à la lettre, le Nil, l'Euphrate, le Tigre, & l'Araxe, n'avaient pas en effet leurs sources dans le paradis terreftre; mais que ces quatre fleuves qui l'arrofaient, fignifiaient évidemment quatre vertus néceffaires à l'homme. Il était vifible, felon eux, que la femme formée de la côte de l'homme était l'allégorie la plus frappante de la concorde inaltérable qui doit régner dans le mariage; & que les ames des époux doivent être unies comme leurs corps. C'eft le fymbole de la paix & de la fidélité qui doivent régner dans leur fociété.

Le ferpent qui féduifit *Eve*, & qui était *le plus rufé de tous les animaux de la terre*, eft, fi nous en croyons *Philon* lui-même & plufieurs pères, une expreffion figurée qui peint fenfiblement nos défirs corrompus. L'ufage de la parole, que l'Ecriture lui prête, eft la voix de nos paffions qui parle à nos cœurs. DIEU emploie l'allégorie du ferpent, qui était très-commune dans tout l'Orient. Il paffait pour fubtil, parce qu'il fe dérobe avec vîteffe à ceux qui le pourfuivent, & qu'il s'élance avec adreffe fur ceux qui l'attaquent. Son changement de peau était le fymbole de l'immortalité. Les Egyptiens portaient un ferpent d'argent dans leurs proceffions. Les Phéniciens, voifins des déferts des Hébreux, avaient depuis long-temps la fable allégorique d'un ferpent qui avait fait la guerre à l'homme & à DIEU. Enfin, le ferpent qui tenta *Eve* a été reconnu pour le diable qui veut toujours nous tenter & nous perdre.

Il eft vrai que la doctrine du diable tombé du ciel, & devenu l'ennemi du genre-humain, ne fut connue des Juifs que dans la fuite des fiècles; mais le divin auteur, qui favait bien que cette doctrine ferait un jour répandue, daignait en jeter la femence dans les premiers chapitres de la Genèfe.

Nous ne connaiffons, à la vérité, l'hiftoire de la chute des mauvais anges, que par ce peu de mots de l'épître de *St Jude: Des étoiles errantes, à qui l'obfcurité des ténèbres eft réfervée éternellement, defquelles Enoch, feptième homme après Adam, a prophétifé.* On a cru que ces étoiles errantes étaient les anges transformés en démons malfefans, & on fupplée aux prophéties d'*Enoch*, feptième homme après *Adam*, lefquelles nous n'avons plus. Mais dans quelque labyrinthe que fe perdent les favans, pour expliquer ces chofes incompréhenfibles, il en réfulte toujours que nous devons entendre dans un fens édifiant tout ce qui ne peut être entendu à la lettre.

Les anciens brachmanes avaient, comme nous l'avons dit, cette théologie plufieurs fiècles avant que la nation juive exiftât. Les anciens Perfans avaient donné des noms aux diables long-temps avant les Juifs. Et vous favez que dans le Pentateuque on ne trouve le nom d'aucun bon ou mauvais ange. On ne connut ni *Gabriel*, ni *Raphaël*, ni *Satan*, ni *Afmodée*, dans les livres juifs, que très-long-temps après, & lorfque ce petit peuple eut appris ces noms dans fon efclavage à Babylone. Tout cela prouve au moins que la doctrine des êtres céleftes & des êtres infernaux a été commune à de grandes nations. Vous la retrouverez dans le livre de *Job*, précieux monument de l'antiquité. *Job* eft un perfonnage arabe; c'eft en arabe que cette allégorie fut écrite. Il refte encore dans la traduction hébraïque des phrafes entières arabes. Voilà donc

F f 4

les Indiens, les Perfans, les Arabes, & les Juifs, qui, les uns après les autres, admettent à-peu-près la même théologie. Elle eft donc digne d'une grande attention.

Mais ce qui en eft bien plus digne, c'eft la morale qui doit réfulter de toute cette théologie antique. Les hommes qui ne font point nés pour être meurtriers, puifque Dieu ne les a point armés comme les lions & les tigres; qui ne font point nés pour l'impofture, puifqu'ils aiment tous néceffairement la vérité; qui ne font point nés pour être des brigands raviffeurs, puifque Dieu leur a donné également à tous les fruits de la terre & les toifons des brebis; mais qui cependant font devenus raviffeurs, parjures, & homicides, font réellement les anges transformés en démons.

Cherchons toujours, mes frères, dans la fainte écriture ce qui nous enfeigne la morale & non la phyfique.

Que l'ingénieux *Calmet* emploie fa profonde fagacité & fa pénétrante dialectique à trouver la place du paradis terreftre; contentons-nous de mériter, fi nous pouvons, le paradis célefte, par la juftice, par la tolérance, par la bienfefance.

Et quant à l'arbre de la fcience du bien & du mal, tu n'en mangeras point; car le jour que tu en mangeras tu mourras de mort. (b)

Les interprètes avouent qu'on n'a jamais connu aucun arbre qui donnât de la fcience. *Adam* ne mourut point de mort le jour qu'il en mangea; il vécut encore neuf cents trente années, dit la fainte écriture. Hélas! que font neuf fiècles entre deux éternités! ce n'eft

(b) Gen. II, 17.

pas même une minute dans le temps, & nos jours paffent comme l'ombre. Mais cette allégorie ne nous dit-elle pas clairement que la fcience mal entendue eft capable de nous perdre? L'arbre de la fcience porte fans doute des fruits bien amers, puifque tant de favans théologiens ont été perfécuteurs ou perfécutés, & que plufieurs font morts d'une mort épouvantable. Ah! mes frères, l'Efprit faint a voulu nous faire voir combien une fauffe fcience eft dangereufe, combien elle enfle le cœur, & à quel point un docteur eft fouvent abfurde.

C'eft de ce paffage que *St Auguftin* conclut l'imputation faite à tous les hommes de la défobéiffance du premier. C'eft lui qui développa la doctrine du péché originel, foit que la fouillure de ce péché ait corrompu nos corps, foit que les ames qui entrent dans nos corps en foient abreuvées; myftère en tout point incompréhenfible, mais qui nous avertit du moins de ne point vivre dans le crime, fi nous fommes nés dans le crime.

Et l'Eternel mit une marque fur Caïn, afin que quiconque le trouverait ne le tuât point. (c) C'eft ici furtout, mes frères, que les pères font oppofés les uns aux autres. La famille d'*Adam* n'était pas encore nombreufe; l'Ecriture ne lui donne d'autres enfans qu'*Abel* & *Caïn*, dans le temps que ce premier fut affaffiné par fon frère. Comment DIEU eft-il obligé de donner une fauvegarde à *Caïn* contre tous ceux qui pourront le punir? Remarquons feulement que DIEU pardonne à *Caïn* un fratricide, après lui avoir donné fans doute des remords. Profitons de cette leçon; ne condamnons

(c) Gen. IV.

pas nos frères aux plus épouvantables supplices, pour des causes légères. Quand DIEU daigne avoir de l'indulgence pour un meurtre abominable, imitons le Dieu de miséricorde. On nous objecte que DIEU, en pardonnant à un cruel meurtrier, damne à jamais tous les hommes pour la transgression d'*Adam*, qui n'était coupable que d'avoir mangé du fruit défendu. Il semble à notre faible raison que DIEU soit injuste en flétrissant éternellement tous les enfans de ce coupable, non pas pour expier un fratricide, mais pour une désobéissance qui semble excusable. C'est, dit-on, une contradiction intolérable qu'on ne peut admettre dans l'être infiniment bon ; mais cette contradiction n'est qu'apparente. DIEU, en nous livrant, nous, nos pères, & nos enfans, aux flammes pour la désobéissance d'*Adam*, nous envoie, quatre mille ans après, JESUS-CHRIST pour nous délivrer, & il conserve la vie à *Caïn* pour peupler la terre ; ainsi il est par-tout le Dieu de justice & de miséricorde. St *Augustin* appelle la faute d'*Adam* une faute heureuse ; mais celle de *Caïn* fut plus heureuse encore, puisque DIEU prit soin de lui mettre lui-même un signe qui était une marque de sa protection.

Tu feras le comble de l'arche d'une coudée de hauteur &c. (*d*) Nous voici parvenus au plus grand des miracles, devant lequel il faut que la raison s'humilie, & que le cœur se brise. Nous savons assez avec quelle audace dédaigneuse les incrédules s'élèvent contre le prodige d'un déluge universel.

C'est en vain qu'ils objectent que dans les années les plus pluvieuses, il ne tombe pas trente pouces d'eau

(*d*) Gen. VI, 16 &c.

fur la terre pendant une année ; que même pendant cette année il y a autant de terrains qui n'ont point reçu la pluie, qu'il y en a d'inondés ; que la loi de la gravitation empêche l'Océan de franchir fes bornes ; que s'il couvrait la terre il laifferait fon lit à fec ; qu'en couvrant la terre il ne pourrait furpaffer le fommet des montagnes de quinze coudées ; que les animaux qui entraient dans l'arche ne pouvaient venir d'Amérique ni des terres auftrales ; que fept paires d'animaux purs, & deux paires d'animaux impurs pour chaque efpèce, n'auraient pu être contenues feulement dans vingt arches ; que ces vingt arches n'auraient pu contenir tout le fourrage qu'il leur fallait, non-feulement pendant dix mois, mais pendant l'année fuivante, année pendant laquelle la terre trop abreuvée ne pouvait rien produire ; que les animaux voraces, qui fe nourriffent de chair, feraient péris faute de nourriture ; que huit perfonnes qui étaient dans l'arche n'auraient pu fuffire à diftribuer aux animaux leur pâture journalières. Enfin ils ne tariffent point fur les difficultés ; mais on lève toutes ces difficultés en leur fefant voir que ce grand événement eft un miracle : & dès-lors toute difpute eft finie.

Or çà, bâtiffons une ville & une tour de laquelle le fommet foit jufqu'aux cieux, & acquérons-nous de la réputation, de peur que nous ne foyons difperfés par toute la terre. (e)

Les incrédules prétendent qu'on peut avoir de la réputation, & être difperfé. Ils demandent fi les hommes ont pu jamais être affez infenfés pour vouloir bâtir une tour qui s'élevât jufqu'au ciel. Ils difent que cette

(e) Gen. XI, 4.

tour ne s'élève que dans l'air, & que si par l'air on entend
le ciel, elle sera néceffairement dans le ciel, ne fût-
elle haute que de vingt pieds ; que si tous les hommes
alors parlaient la même langue, ce qu'ils pouvaient
faire de plus fage était de fe réunir dans la même ville,
& de prévenir la corruption de leur langage. Ils étaient
apparemment tous dans leur patrie, puifqu'ils étaient
tous d'accord pour y bâtir. Les chaffer de leur patrie
eft tyrannique ; leur faire parler de nouvelles langues
tout d'un coup eft abfurde. Par conféquent, difent-
ils, on ne peut regarder l'hiftoire de la tour de Babel
que comme un conte oriental.

Je réponds à ce blafphème que ce miracle, étant
écrit par un auteur qui a rapporté tant d'autres
miracles, doit être cru comme les autres. Les œuvres
de DIEU ne doivent reffembler en rien aux œuvres des
hommes. Les fiècles des patriarches & des prophètes
ne doivent tenir en rien des fiècles des hommes ordinaires. DIEU, qui ne defcend plus fur la terre, y def-
cendait alors fouvent pour voir lui-même fes ouvrages.
C'eft la tradition de toutes les grandes nations
anciennes. Les Grecs qui n'eurent aucune connaiffance
des livres juifs que long-temps après la traduction faite
dans Alexandrie par les juifs helléniftes ; les Grecs
avaient cru, avant *Homère* & *Héfiode*, que le grand
Zeus & tous les autres dieux defcendaient de l'air pour
vifiter la terre. Quel fruit pouvons-nous tirer de cette
idée généralement établie ? que nous fommes toujours
en préfence de DIEU, & que nous ne devons nous
livrer à aucune action, à aucune penfée, qui ne foit
conforme à fa juftice. En un mot, la tour de Babel
n'eft pas plus extraordinaire que tout le refte. Le livre

eft également authentique dans toutes fes parties : on ne peut nier un fait fans nier tous les autres : il faut foumettre fa raifon orgueilleufe, foit qu'on life cette hiftoire comme véridique, foit qu'on la regarde comme un emblème.

Et en ce jour, le Seigneur traita alliance avec Abraham, en difant : J'ai donné à ta poftérité ce pays, depuis le fleuve d'Egypte jufqu'à l'Euphrate. (f)

Les incrédules triomphent de voir que les Juifs n'ont jamais poffédé qu'une partie de ce que Dieu leur a promis. Ils trouvent même injufte que le Seigneur leur ait donné cette portion. Ils difent que les Juifs n'y avaient pas le moindre droit ; qu'un voyage fait autrefois par un chaldéen, dans un pays barbare, ne pouvait être un prétexte légitime d'envahir ce petit pays ; qu'un homme qui fe dirait aujourd'hui defcendant de St *Patrick*, ferait mal reçu à venir faccager l'Irlande, en difant qu'il en a reçu l'ordre de Dieu. Mais confidérons toujours combien les temps font changés ; refpectons les livres juifs, en nous gardant d'imiter jamais ce peuple. Dieu ne commande plus ce qu'il commandait autrefois.

On demande quel eft cet *Abraham*, & pourquoi on fait remonter le peuple juif à un chaldéen fils d'un potier idolâtre, qui n'avait aucun rapport avec les gens du pays de Canaan, & qui ne pouvait entendre leur idiome ? Ce chaldéen va jufqu'à Memphis avec fa femme courbée fous le poids de fes ans, & cependant bonne encore. Pourquoi de Memphis ce couple fe tranfporte-t-il dans le défert de Guérar ? comment y a-t-il un roi dans cet horrible défert ? comment le roi

(f) Gen. XV, 18.

d'Egypte & le roi de Guérar font-ils tous deux amoureux de la vieille époufe d'*Abraham*? ce ne font-là que
des difficultés hiftoriques; l'effentiel eft d'obéir à Dieu.
La fainte écriture nous repréfente toujours *Abraham*
comme foumis fans réferve aux volontés du Très-haut:
fongeons à l'imiter plutôt qu'à difputer.

· *Or fur le foir deux anges vinrent à Sodome*, *&c.* (g)
C'eft ici une pierre de fcandale pour les examinateurs
qui n'écoutent que leur raifon. Deux anges, c'eft-à-
dire deux créatures fpirituelles, deux miniftres céleftes
de Dieu, qui ont un corps terreftre, qui infpirent des
défirs infâmes à toute une ville, & même aux vieillards;
un père de famille qui veut proftituer fes deux filles,
pour fauver l'honneur de ces deux anges; une ville
changée en un lac par le feu; une femme métamor-
phofée en une ftatue de fel; deux filles qui trompent
& qui enivrent leur père pour commettre un incefte
avec lui, de peur, difent-elles, que fa race ne périffe;
tandis qu'elles ont tous les habitans de la ville de
Thfoar, parmi lefquels elles peuvent choifir! Tous
ces événemens raffemblés forment une image révoltante; mais fi nous fommes raifonnables, nous con-
viendrons avec St *Clément d'Alexandrie*, & avec tous les
pères qui l'ont fuivi, que tout eft ici allégorique.

Souvenons-nous que c'était la manière d'écrire de
tout l'Orient. Les paraboles furent fi long-temps en
ufage, que l'auteur de toute vérité, quand il vint fur
la terre, ne parla aux Juifs qu'en paraboles.

Les paraboles compofent toute la théologie profane
de l'antiquité. *Saturne* qui dévore fes enfans eft vifiblement le temps qui détruit fes propres ouvrages.

(*g*) Gen. XIX tout entier.

Minerve eft la fageffe ; elle eft formée dans la tête du maître des Dieux. Les flèches de l'enfant *Cupidon* & fon bandeau ne font que des figures trop fenfibles. La chute de *Phaéton* eft un emblème admirable des ambitieux. Tout n'eft pas allégorie dans la théologie païenne ; tout ne l'eft pas non plus dans l'hiftoire facrée du peuple juif. Les pères diftinguent ce qui eft purement hiftorique ou purement parabole, & ce qui eft mêlé de l'un & de l'autre. Il eft difficile, j'en conviens, de marcher dans ces chemins efcarpés ; mais pourvu que nous apprenions à nous conduire dans le chemin de la vertu, qu'importe celui de la fcience ?

Le crime que D I E U punit ici eft horrible ; que cela nous fuffife. La femme de *Loth* eft changée en ftatue de fel pour avoir regardé derrière elle. Modérons les emportemens de notre curiofité : en un mot, que toutes les hiftoires de l'Ecriture fervent à nous rendre meilleurs, fi elles ne nous rendent pas plus éclairés.

Il y a, ce me femble, mes frères, deux manières d'interpréter figurément & dans un fens myftique les faintes écritures. La première, qui eft inconteftablement la meilleure, eft celle de tirer de tous les faits des inftructions pour la conduite de la vie. Si *Jacob* fait une cruelle injuftice à fon frère *Efaü*, s'il trompe fon beau-père *Laban*, confervons la paix dans nos familles, & agiffons avec juftice envers nos parens. Si le patriarche *Ruben* déshonore le lit de fon père *Jacob*, ayons cet incefte en horreur. Si le patriarche *Juda* commet un incefte encore plus odieux avec *Thamar* fa belle-fille, n'en ayons que plus d'averfion pour ces iniquités. Quand *David* ravit la femme d'*Uriah* &

qu'il affaffine fon mari; quand *Salomon* affaffine fon frère; quand prefque tous les petits rois juifs font des meurtriers barbares; adouciffons nos mœurs en lifant cette fuite affreufe de crimes. Lifons enfin toute la Bible dans cet efprit: elle inquiète celui qui veut être favant, elle confole celui qui ne veut être qu'homme de bien.

L'autre manière de développer le fens caché des Ecritures eft celle de regarder chaque événement comme un emblème hiftorique & phyfique. C'eft la méthode qu'ont employée *St Clément*, le grand *Origène*, le refpectable *St Auguftin*, & tant d'autres pères. Selon eux le morceau de drap rouge que la proftituée *Rahab* pend à fa fenêtre eft le fang de JESUS-CHRIST. *Moïfe* étendant les bras annonce le figne de la croix. *Juda* liant fon ânon à la vigne figure l'entrée de JESUS-CHRIST dans Jérufalem. *St Auguftin* compare l'arche de *Noé* à JESUS. *St Ambroife*, dans fon livre feptième *de Arcâ*, dit que la petite porte de dégagement pratiquée dans l'arche fignifie l'ouverture par laquelle l'homme jette la partie groffière des alimens. Quand même toutes ces explications feraient vraies, quel fruit en pourrions-nous retirer? les hommes en feront-ils plus juftes, quand ils fauront ce que fignifie la petite porte de l'arche? Cette méthode d'expliquer l'écriture fainte n'eft qu'une fubtilité de l'efprit, & elle peut nuire à la fimplicité du cœur.

Ecartons tous les fujets de difpute qui divifent les nations, & pénétrons-nous des fentimens qui les réuniffent. La foumiffion à DIEU, la réfignation, la juftice, la bonté, la compaffion, la tolérance, voilà les grands principes. Puiffent tous les théologiens de

la

la terre vivre enfemble comme les commerçans qui, fans examiner dans quel pays ils font nés, dans quelles pratiques ils ont été nourris, fuivent entre eux les règles inviolables de l'équité, de la fidélité, de la confiance réciproque : ils font par ces principes les liens de toutes les nations. Mais ceux qui ne connaiffent que leurs opinions, & qui condamnent toutes les autres; ceux qui croient que la lumière ne luit que pour eux, & que les autres hommes marchent dans les ténèbres; ceux qui fe feraient un fcrupule de communiquer avec les religions étrangères, ceux-là ne méritent - ils pas le titre d'ennemis du genre-humain?

Je ne diffimulerai point que les plus favans hommes affurent que le Pentateuque n'eft point de *Moïfe*. *Newton*, le grand *Newton*, qui feul a découvert le premier principe de la nature, qui feul a connu la lumière, cet étonnant génie qui avait tant approfondi l'hiftoire ancienne, attribue le Pentateuque à *Samuel*. D'autres favans refpectables croient qu'il fut fait du temps d'*Ofias* par le fcribe *Saphan;* d'autres enfin prétendent qu'*Efdras* en fut l'auteur, au retour de la captivité. Tous s'accordent avec quelques Juifs modernes à ne point croire que cet ouvrage foit de *Moïfe.* Cette grande objection n'eft pas fi terrible qu'elle le paraît. Nous révérons certainement le Décalogue, par quelque main qu'il ait été écrit. Nous fommes en difpute fur la date de plufieurs lois que les uns attribuent à *Edouard III*, les autres à *Edouard II;* mais nous n'en adoptons pas moins ces lois, parce que nous les trouvons juftes & utiles. Si même, dans le préambule, il y a des faits qu'on révoque en doute, si nos compatriotes rejettent ces faits, ils ne rejettent point la loi qui subsiste.

Distinguons toujours l'histoire du dogme, & le dogme de la morale, de cette morale éternelle que tous les législateurs ont enseignée, & que tous les peuples ont reçue.

O morale sainte! ô mon Dieu qui en êtes le créateur! je ne vous enfermerai point dans les limites d'une province; vous régnez sur tous les êtres pensans & sensibles. Vous êtes le Dieu de *Jacob*, mais vous êtes le Dieu de l'univers.

Je ne puis finir ce discours, mes chers frères, sans vous parler des prophètes. C'est un des grands objets sur lesquels nos ennemis pensent nous accabler : ils disent que dans l'antiquité tout peuple avait ses prophètes, ses devins, ses voyans. Mais si les Egyptiens, par exemple, avaient anciennement de faux prophètes, s'ensuit-il que les Juifs ne pussent en avoir de véritables? On prétend qu'ils n'avaient aucune mission, aucun grade, aucune autorisation légale; cela est vrai, mais ne pourraient-ils pas être autorisés par DIEU même? Ils s'anathématisaient les uns les autres, ils se traitaient réciproquement de fourbes & d'insensés; & le prophète *Sedekia* ose même donner un soufflet au prophète *Michée* en présence du roi *Josaphat* : nous n'en disconvenons pas. Les Paralipomènes rapportent ce fait. Mais un ministère est-il moins saint quand les ministres le déshonorent? & nos prêtres n'ont-ils pas fait cent fois pis que de se donner des soufflets?

DIEU ordonne à *Ezéchiel* de manger un livre de parchemin, de mettre des excrémens humains sur fon pain; de partager enfuite fes cheveux en trois parties, & d'en jeter une dans le feu; de fe faire lier; de coucher trois cents quatre-vingt-dix jours fur le côté gauche, & quarante fur le côté droit. DIEU commande expreffément au prophète *Ofée* de prendre une fille de fornication, & d'en avoir des enfans de fornication. DIEU veut enfuite qu'*Ofée* couche avec une femme adultère pour quinze drachmes & un boiffeau & demi d'orge. Tous ces commandemens de DIEU fcandalifent les efprits qui fe difent fages; mais ne feront-ils pas plus fages, s'ils voient que ce font des allégories, des types, des paraboles, conformes aux mœurs des Ifraélites; qu'il ne faut ni demander compte à un peuple de fes ufages, ni demander compte à DIEU des ordres qu'il a donnés en conféquence de ces ufages reçus?

DIEU n'a pu ordonner fans doute à un prophète d'être débauché & adultère; mais il a voulu faire connaître qu'il réprouvait les crimes & les adultères de fon peuple chéri. Si nous ne lifions pas la Bible dans cet efprit, hélas! nous ferions révoltés & indignés à chaque page.

Édifions-nous de ce qui fait le fcandale des autres; tirons une nourriture falutaire de ce qui leur fert de poifon. Quand le fens propre & littéral d'un paffage paraît conforme à notre raifon, tenons-nous-en à ce fens naturel. Quand il paraît contraire à la vérité, aux bonnes mœurs, cherchons un fens caché dans lequel la vérité & les bonnes mœurs fe concilient avec la fainte Ecriture. C'eft ainfi qu'en ont ufé tous les pères de l'Eglife; c'eft ainfi que nous agiffons tous les jours dans le commerce de la vie; nous interprétons toujours favorablement les discours de nos amis & de nos partisans; traiterons-nous avec plus de dureté les saints livres des Juifs qui sont l'objet de notre foi? Enfin, lisons les livres juifs pour être chrétiens; & s'ils ne nous rendent pas plus savans, qu'ils servent au moins à nous rendre meilleurs.

QUATRIEME HOMELIE.

Sur l'interprétation du nouveau Testament.

MES FRERES,

IL est dans le nouveau Testament, comme dans l'ancien, des profondeurs qu'on ne peut sonder, & des sublimités où la faible raison ne peut atteindre. Je ne prétends ici ni concilier les évangiles qui semblent quelquefois se contredire, ni expliquer des mystères qui, de cela même qu'ils sont mystères, doivent être inexplicables. Que des hommes plus savans que moi examinent si la Ste Famille se transporta en Egypte après le massacre des enfans de Bethléem, selon *saint Matthieu;* ou si elle resta en Judée, selon *St Luc :* qu'ils recherchent si le père de *Joseph* s'appelait *Jacob,* son grand-père *Matham,* son bisaïeul *Eléafar;* ou bien si son bisaïeul était *Lévi,* son grand-père *Matat,* & son père *Héli :* qu'ils disposent selon leurs lumières de cet arbre généalogique; c'est une étude que je respecte. J'ignore si elle éclairera mon esprit; mais je sais bien qu'elle ne peut parler à mon cœur. La science n'est

pas la vertu. *Paul* apôtre dit lui-même, dans sa première épître à *Timothée*, qu'il ne faut pas s'occuper des
généalogies. Nous n'en serons pas plus gens de bien
quand nous saurons précisément quels étaient les
aïeux de *Joseph*, dans quelle année J E S U S vint au
monde, & si *Jacques* était son frère ou son cousin-
germain. Que nous servira d'avoir consulté ce qui
nous reste des annales romaines, pour voir si en effet
Auguste ordonna qu'on fît un dénombrement des peuples de toute la terre, quand *Marie* était enceinte de
J E S U S, quand *Quirinus* était gouverneur de la Syrie,
& qu'*Hérode* régnait encore en Judée ? *Quirinus*, que
St *Luc* appelle *Cirénius*, (disent les savans) ne fut
gouverneur de Syrie que dix ans après : ce n'était
pas du temps d'*Hérode*, c'était du temps d'*Archelaüs*,
& jamais *Auguste* n'ordonna un dénombrement de
l'empire romain.

On nous crie que l'Épître aux Hébreux, attribuée
à *Paul*, n'est point de *Paul*; que ni l'Apocalypse ni
l'Evangile de *Jean* ne sont de *Jean*; que le premier
chapitre de cet Evangile est évidemment d'un grec
platonicien; qu'il est impossible que ce livre soit d'un
juif; que jamais un juif n'aurait fait prononcer ces
paroles à J E S U S : *Je vous fais un commandement nouveau; c'est que vous vous aimiez les uns les autres.* Certes,
disent-ils, ce commandement n'était point nouveau.
Il est énoncé expressément, & en termes plus éner-
giques dans les lois du Lévitique : *Tu aimeras ton
D I E U plus que toute autre chose, & ton prochain comme
toi-même.* Un homme tel que J E S U S - C H R I S T,
disent-ils; un homme savant dans les écritures, &
qui confondait les docteurs à l'âge de douze ans; un

G g 3

homme qui parle toujours de la loi, ne pouvait ignorer la loi; & son difciple bien-aimé ne peut lui avoir imputé une erreur fi palpable.

Mes frères, ne nous troublons point, fongeons que JESUS parlait un idiome peu intelligible aux Grecs, compofé du fyriaque & du phénicien; que nous n'avons l'Evangile de St *Jean* qu'en grec; que cet Evangile fut écrit plus de cinquante ans après la mort de JESUS; que les copiftes peuvent aifément avoir altéré le texte; qu'il eft plus probable que le texte portait: *Je vous fais un commandement qui n'eft pas nouveau*, qu'il n'eft probable qu'il portât en effet ces mots: *Je vous fais un commandement nouveau*. Enfin, revenons à notre grand principe: le précepte eft bon: c'eft à nous à le fuivre fi nous pouvons; foit que *Zoroaftre* l'ait annoncé le premier, foit que *Moïfe* l'ait écrit, foit que JESUS l'ait renouvelé.

Irons-nous pénétrer dans les plus épaiffes ténèbres de l'antiquité, pour voir fi les ténèbres qui couvrirent toute la terre à la mort de JESUS, furent une éclipfe de foleil dans la pleine lune; fi un aftronome nommé *Phlégon*, que nous n'avons plus, a parlé de ce phénomène, ou fi quelqu'autre a jamais obfervé l'étoile des trois mages? Ces difficultés peuvent occuper un antiquaire; mais en confumant un temps précieux à débrouiller ce chaos, il ne l'aura pas employé en bonnes œuvres; il aura plus de doutes que de piété, Mes frères, celui qui partage fon pain avec le pauvre, vaut mieux que celui qui a comparé le texte hébreu avec le grec, & l'un & l'autre avec le famaritain.

Ce qui ne regarde que l'hiftoire fait naître mille difputes: ce qui concerne nos devoirs n'en fouffre

aucune. Vous ne comprendrez jamais comment le
diable emporta DIEU dans le défert ; comment il le
tenta pendant quarante jours ; comment il le tranf-
porta au haut d'une colline d'où l'on découvrait tous
les royaumes de la terre. Le diable qui offre à DIEU
tous ces royaumes, pourvu que DIEU l'adore, pourra
révolter votre efprit ; vous chercherez quel myftère
eft caché fous ces paraboles, & fous tant d'autres ;
votre entendement fe fatiguera en vain ; chaque parole
vous plongera dans l'incertitude & dans les angoiffes
d'une curiofité inquiète, qui ne peut fe fatisfaire. Mais
fi vous vous bornez à la morale, cet orage fe diffipe,
vous repofez dans le fein de la vertu.

J'ofe me flatter, mes frères, que fi les plus grands
ennemis de la religion chrétienne nous entendaient
dans ce temple écarté où l'amour de la vertu nous
raffemble ; fi les lords *Herbert*, *Shaftesbury*, *Bolingbroke* ;
fi les *Tindal*, les *Toland*, les *Collins*, les *Whilfton*, les
Trenchard, les *Gordon*, les *Swift*, étaient témoins de
notre douce & innocente fimplicité, ils auraient pour
nous moins de mépris & d'horreur. Ils ne ceffent de
nous reprocher un fanatifme abfurde. Nous ne fommes
point fanatiques en étant de la religion de JESUS ; il
adorait un DIEU, & nous l'adorons ; Il méprifait de
vaines cérémonies, & nous les méprifons. Aucun
Evangile n'a dit que fa mère fût mère de DIEU ;
aucun n'a dit qu'il fût confubftantiel à DIEU, ni
qu'il eût deux natures & deux volontés dans une
même perfonne, ni que le St Efprit procédât du Père
& du Fils. Vous ne trouverez dans aucun Evangile,
que les difciples de JESUS doivent s'arroger le titre
de St Père, de *milord*, de *monfeigneur* ; que douze mille

pièces d'or doivent être le revenu d'un prêtre qui demeure à Lambeth, tandis que tant de cultivateurs utiles ont à peine de quoi enfemencer les trois ou quatre acres de terre qu'ils labourent, & qu'ils arrofent de pleurs. L'Evangile n'a point dit aux évêques de Rome : Forgez une donation de *Conftantin*, pour vous emparer de la ville des *Scipions* & des *Céfars*, pour ofer être fuzerains du royaume de Naples : évêques allemands, profitez d'un temps d'anarchie pour envahir la moitié de l'Allemagne. JESUS fut un pauvre qui prêcha des pauvres. Que dirions-nous des difciples de *Pen* & de *Fox*, ennemis du fafte, ennemis des honneurs, amoureux de la paix, s'ils marchaient une mitre d'or en tête, entourés de foldats ; s'ils raviffaient la fubftance des peuples ; s'ils voulaient commander aux rois ; fi leurs fatellites, fuivis de bourreaux, criaient à haute voix : Nations imbécilles, croyez à *Fox* & à *Pen*, ou vous allez expirer dans les fupplices ?

Vous favez mieux que moi quel funefte contrafte tous les fiècles ont vu entre l'humilité de JESUS, & l'orgueil de ceux qui fe font parés de fon nom ; entre leur avarice, & fa pauvreté ; entre leurs débauches, & fa chafteté ; entre fa foumiffion, & leur fanguinaire tyrannie.

De toutes fes paroles, mes frères, j'avoue que rien ne m'a fait plus d'impreffion que ce qu'il répondit à ceux qui eurent la brutalité de le frapper avant qu'on le conduisît au fupplice : *Si j'ai mal dit, rendez témoignage du mal ; & fi j'ai bien dit, pourquoi me frappez-vous ?* Voilà ce qu'on a dû dire à tous les perfécuteurs. Si j'ai une opinion différente de la vôtre, fur des chofes

qu'il eſt impoſſible d'entendre ; ſi je vois la miſéricorde de Dieu là où vous ne voulez voir que ſa
puiſſance ; ſi j'ai dit que tous les diſciples de Jesus
étaient égaux ; quand vous avez cru les devoir fouler
à vos pieds ; ſi je n'ai adoré que Dieu ſeul, quand
vous lui avez donné des aſſociés ; enfin, ſi j'ai mal
dit en n'étant pas de votre avis, rendez témoignage du
mal ; & ſi j'ai bien dit, pourquoi m'accablez - vous
d'injures & d'opprobre ? pourquoi me pourſuivez-
vous, me jetez-vous dans les fers, me livrez-vous aux
tortures, aux flammes, m'inſultez-vous encore après
ma mort ? Hélas ! ſi j'avais mal dit, vous ne deviez
que me plaindre & m'inſtruire. Vous êtes ſurs que
vous êtes infaillibles ; que votre opinion eſt divine ;
que les portes de l'enfer ne pourront jamais prévaloir
contre elle ; que toute la terre embraſſera un jour votre
opinion ; que le monde vous ſera ſoumis ; que vous
régnerez du mont Atlas aux îles du Japon. En quoi
mon opinion peut - elle donc vous nuire ? Vous ne
me craignez pas, & vous me perſécutez ! Vous me
mépriſez, & vous me faites périr !

Que répondre, mes frères, à ces modeſtes & puiſſans
reproches ? ce que répond le loup à l'agneau : *Tu as
troublé l'eau que je bois.* C'eſt ainſi que les hommes ſe
ſont traités les uns les autres, l'Evangile & le fer à
la main ; prêchant le déſintéreſſement, & accumulant
des tréſors ; annonçant l'humilité, & marchant ſur
les têtes des princes proſternés ; recommandant la
miſéricorde, & feſant couler le ſang humain.

Si ces barbares trouvent dans l'Evangile quelque
parabole dont le ſens puiſſe être détourné en leur
faveur, par quelque interprétation frauduleuſe, ils

s'en faififfent comme d'une enclume fur laquelle ils forgent leurs armes meurtrières.

Eft-il parlé de deux glaives fufpendus à un plafond? ils s'arment de cent glaives pour frapper. S'il eft dit qu'un roi a tué fes bêtes engraiffées, a forcé des aveugles, des eftropiés, de venir à fon feftin, & a jeté celui qui n'avait pas fa robe nuptiale dans les ténèbres extérieures; eft-ce une raifon, mes frères, qui les mette en droit de vous enfermer dans des cachots comme ce convive, de vous difloquer les membres dans les tortures, de vous arracher les yeux pour vous rendre aveugles comme ceux qui ont été traînés à ce feftin; de vous tuer, comme ce roi a tué fes bêtes engraiffées? C'eft pourtant fur de telles équivoques que l'on s'eft fondé fi fouvent pour défoler une grande partie de la terre.

Ces terribles paroles : *Je ne fuis pas venu apporter la paix, mais le glaive*, ont fait périr plus de chrétiens, que la feule ambition n'en a jamais immolés.

Les Juifs difperfés & malheureux fe confolent de leur abjection, quand ils nous voient toujours oppofés les uns aux autres depuis les premiers jours du chriftianifme, toujours en guerre ou publique ou fecrète, perfécutés & perfécuteurs, oppreffeurs & opprimés; ils font unis entre eux, & ils rient de nos querelles éternelles. Il femble que nous n'ayons été occupés que du foin de les venger.

Miférables que nous fommes ! nous infultons les païens, & ils n'ont jamais connu nos querelles théologiques; ils n'ont jamais verfé une goutte de fang pour expliquer un dogme; & nous en avons inondé la terre. Je vous dirai furtout dans l'amertume de mon cœur : J E S U S a été perfécuté, quiconque penfera

comme lui , fera perfécuté comme lui. Car enfin ,
qu'était JESUS aux yeux des hommes, qui ne pouvaient certainement foupçonner fa divinité ? C'était
un homme de bien qui, né dans la pauvreté, parlait
aux pauvres contre les fuperftitions des riches pharifiens, & des prêtres infolens ; c'était le *Socrate* de la
Galilée. Vous favez qu'il dit à ces pharifiens: *Malheur
à vous, guides aveugles, qui coulez le moucheron , & qui
avalez le chameau! Malheur à vous, parce que vous nettoyez
les dehors de la coupe & du plat, & que vous êtes au-dedans
pleins de rapines & d'impuretés!* (h)

Il les appelle fouvent, *fépulcres blanchis*, *races de
vipères*. Ils étaient pourtant des hommes conftitués
en dignité. Ils fe vengèrent par le dernier fupplice.
Arnaud de Brefcia, Jean Hus, Jérôme de Prague, en
dirent beaucoup moins des pontifes de leurs jours, &
ils furent fuppliciés de même. Ne choquez jamais la
fuperftition dominante , fi vous n'êtes affez puiffans
pour lui réfifter, ou affez habiles pour échapper à fa
pourfuite. La fable de *Notre-Dame de Lorette* eft plus
extravagante que toutes les métamorphofes d'*Ovide;*
il eft vrai : le miracle de *San-Gennaro* à Naples eft
plus ridicule que celui d'*Egnatia* dont parle *Horace;*
j'en conviens : mais dites hautement à Naples , à
Lorette, ce que vous penfez de ces abfurdités, il vous
en coûtera la vie. Il n'en eft pas ainfi chez quelques
nations plus éclairées : le peuple y a fes erreurs, mais
moins groffières; & le peuple le moins fuperftitieux
eft toujours le plus tolérant.

Rejetons donc toute fuperftition , afin de devenir
plus humains; mais, en parlant contre le fanatifme,

(h) *Matthieu*, XXIII.

n'irritons point les fanatiques ; ce font des malades
en délire qui veulent battre leurs médecins. Adouciffons leurs maux, ne les aigriffons jamais ; & fefons
couler goutte à goutte dans leur ame ce baume divin
de la tolérance, qu'ils rejeteraient avec horreur, fi
on le leur préfentait à pleine coupe.

CINQUIEME HOMELIE,

SUR LA COMMUNION,

prononcée le jour de Pâques.

Nous voici affemblés, mes frères, pour la plus
augufte & la plus fainte cérémonie de l'année, pour
la communion.

Qu'eft-ce que la communion ? c'eft mettre en
commun fes devoirs ; c'eft fe communiquer l'efprit
fraternel qui doit animer les hommes. Nous fefons ici
la commémoration d'une cène que fit avec fes difciples
le CHRIST que nous reconnaiffons pour notre légiflateur. Il ordonna *qu'on fît ces chofes en mémoire de lui;*
nous obéiffons. Il eft vrai que nous ne mangeons pas
un agneau cuit avec des laitues, ainfi qu'il le mangea,
felon les rites de la loi juive qu'il obferva depuis fa
naiffance jufqu'au dernier moment de fa vie ; il eft
vrai que notre léger repas n'eft plus une cène comme
il l'était autrefois ; il eft vrai que nous n'envoyons
point chez un inconnu pour lui dire, comme dans
St *Matthieu* : *Le maître vous envoie dire, je viens faire la
pâque chez vous avec mes difciples :* nous nous affemblons

le matin avec recueillement, nous mangeons le même pain consacré, nous buvons le même vin.

Mais à quoi nous servirait cette communauté de nourriture, si nous n'avions une communauté de charité, de bienfésance, de tolérance, de toutes les vertus sociales?

Je ne vous parlerai point ici de la manducation spirituelle, différente de la réelle; je n'entrerai dans aucune des distinctions de l'école, elles sont trop au-dessus de notre heureuse simplicité. Que le pape *Innocent III*, dans son quatrième livre des mystères, épuise son grand génie pour deviner ce que deviendrait le corps mystique ou réel de JESUS, s'il prenait un flux de ventre à un communiant, & de quelle matière seraient ses excrémens; ces matières sont trop relevées pour moi.

Que *Durand*, dans son Rational, (*a*) décide que ces matières ne seraient engendrées que par les accidens; que *Tolet*, (*b*) dans son instruction sacerdotale, affirme qu'un prêtre pourrait consacrer & transsubstantier tout le pain d'un boulanger, & tout le vin d'un cabaretier; que le concile de Trente ajoute que ce changement ne se fait point, à moins que le prêtre n'en ait l'intention expresse; que plusieurs docteurs disent que, dans l'eucharistie, il y a quantité sans *quantum*, & accident sans substance; qu'ils déclarent qu'on peut être camus sans avoir de nez, & boiteux sans avoir de jambes, *simitas sine naso, claudicatio sine crure :* je ne vois pas que la connaissance de ces questions sublimes serve beaucoup à rendre les hommes

(*a*) Liv. IV, chap. 41.
(*b*) *Tolet, de instructione sacerdotali,* liv. II, chap. 25.

meilleurs , & qu'on acquière une vertu de plus, pour
avoir approfondi comment on peut être camus fans
nez.

Ce qu'il y a de déplorable, Meſſieurs, ce qu'il y a
d'horrible, c'eſt que le ſang a coulé pendant deux
ſiècles pour ces queſtions théologiques, & que notre
reine *Marie*, fille de *Henri VIII*, a fait brûler plus de
huit cents citoyens qui ne voulaient pas convenir que
la rondeur exiſtât fans un corps rond, & qu'il y eût
de la blancheur fans un corps blanc. Nous ne pouvons
que tremper de nos larmes le peu de pain que nous
allons manger enſemble, en nous rappelant la mémoire
des calamités & des horreurs qui ont inondé prefque
toute l'Europe pour des choſes dont les Cafres, les
Hottentots rougiraient , & concevraient pour nous
autant d'indignation que de mépris.

On appelle la ſainte cérémonie que nous allons
faire, un *facrement;* à la bonne heure : je ne viens pas
ici pour difputer ſur des mots. Nous ne ſavons, ni
vous ni moi, ce que c'eſt qu'un ſacrement ; c'eſt un
mot latin qui ſignifiait *ferment* chez les Romains : je
ne vois pas que nous faſſions ici aucun ferment. On
nous dit aujourd'hui que ſacrement veut dire *myſtère;*
j'y confens encore, fans ſavoir le moins du monde ce
que c'eſt qu'un myſtère : ce mot ſignifiait chez les
Grecs une choſe cachée. Mais pourquoi faut-il qu'il
y ait des choſes cachées dans la religion ? tout ne
doit-il pas être public, tout ne doit-il pas être commun
à tous les hommes que le même Dieu a fait naître,
& que le même ſoleil éclaire ?

Si on venait nous dire que l'adoration de DIEU,
l'amour du prochain, la juſtice, la modeſtie, la

compaffion, l'aumône, font des myftères, nul de nous
ne pourrait le croire. Les hommes ne cachent jamais
leurs projets, leurs fentimens, leur conduite, que dans
l'idée de mal faire, & dans la crainte d'être reconnus.
Pourquoi donc mettrions-nous dans la religion ce
que nous abhorrons dans la vie civile? Que dirions-
nous d'une loi cachée, d'une loi qui ne pourrait à
peine être entendue que d'un très-petit nombre de
jurifconfultes? comment pourrions-nous fuivre cette
loi, furtout fi fes interprètes ne s'étaient jamais accordés. Toute loi qui n'eft pas claire, précife, intelligible
à tous les efprits, n'eft qu'un piége tendu par la four-
berie à la fimplicité. Une ordonnance myftérieufe d'un
fouverain ferait même quelque chofe de fi abfurde &
de fi intolérable, que je ne crois pas qu'il y en ait un
feul exemple fur la terre. Accuferons-nous DIEU
d'avoir fait ce que les tyrans les plus infenfés n'ont
jamais eu la démence de faire? DIEU n'aurait-il parlé
qu'en énigmes au genre-humain? que dis-je? à la plus
petite partie du genre-humain, pour fe cacher entièrement à tout le refte, & pour ne fe montrer qu'à
demi à ce petit nombre de favoris qui fe font difputé
par tant de crimes les bonnes grâces de leur maître?
Merfit-ne hoc pulvere verum ut caneret paucis?

DIEU a dit à tous les hommes: Aimez-moi, &
foyez juftes. Voilà une loi claire, & fur laquelle il eft
impoffible de difputer. Lorfque nous trouvons dans
nos codes des paffages équivoques, ce qui eft un grand
fléau du genre-humain, nous tâchons de les ramener
au fens le plus raifonnable; nous nous en tenons à la
partie de la loi qui eft la plus clairement énoncée. Or
qu'y a-t-il, je vous prie, de plus raifonnable & de plus

lumineux que ces mots : *Faites ceci en mémoire de moi?*
C'eft donc en vertu de ces paroles que nous fommes
affemblés. Nous nous acquittons d'une cérémonie
que nous croyons néceffaire, parce qu'elle eft ordonnée, parce qu'elle nous infpire la concorde, parce
qu'elle nous rend plus chers les uns aux autres.

Mais en nous uniffant plus étroitement, nous ne
regardons pas comme nos ennemis ces chrétiens
appelés quakers, ou anabaptiftes, ou memmoniftes,
qui ne communient point ; les presbytériens qui
communient en mangeant fpirituellement J E S U S -
C H R I S T ; les luthériens & les anglicans qui mangent
à la fois le corps & le pain, & boivent à la fois le fang
& le vin ; & les papiftes même qui prétendent manger
le corps & boire le fang, en ne touchant ni au pain
ni au vin. Nous ne comprenons rien aux idées ou
plutôt aux paroles des uns & des autres ; mais nous
les regardons comme des frères dont nous n'entendons
pas le langage. Nous prions pour eux fans les comprendre ; nous nous uniffons à eux malgré eux-mêmes,
dans cet efprit de charité qui fait du monde entier une
grande famille difperfée : *caritas humani generis*, dit
Cicéron, s'il m'eft permis de citer ici un profane qui
était un homme de bien.

Malheur à toute fecte qui dit : Je fuis feule fur la
terre ; la lumière ne luit que pour moi ; une profonde
nuit couvre les yeux de tous les autres hommes ; ce
n'eft que pour moi que les vaftes cieux ont été créés ;
c'eft-là ma demeure ; tout le refte eft condamné à un
féjour d'horreur & de défolation éternelle.

Ce cruel langage eft bien moins celui d'un cœur
reconnaiffant qui remercie D I E U de l'avoir diftingué

de

de la foule des êtres, que l'expreffion d'un orgueil infenfé qui fe complaît dans fes illufions téméraires. La dureté accompagne néceffairement un tel orgueil. Comment un homme malheureufement pénétré d'une fi abominable croyance, aurait-il des entrailles de pitié pour ceux qu'il penfe être en horreur à DIEU, de toute éternité, & pour toute l'éternité? Il ne les peut envifager que du même œil dont il croit voir les démons qu'on lui a peints comme fes ennemis fous des formes différentes. Si quelquefois il leur témoigne un peu d'humanité, c'eft que la nature, plus forte en lui que fes préjugés, amollit malgré lui fon cœur que fa fecte endurciffait; & la vertu naturelle que DIEU lui a donnée l'emporte fur la religion qu'il a reçue des hommes.

Sachez, Meffieurs, que le chef de la fecte papifte n'eft pas le feul qui fe dife infaillible; fachez que tous ceux qui font de fa fecte intolérante penfent être infaillibles comme lui; & cela ne peut être autrement; ils ont adopté tous fes dogmes. Ce chef, felon eux, ne peut être dans l'erreur; donc ils ne peuvent errer en croyant tout ce que leur maître enfeigne, en fefant tout ce qu'il ordonne. Cet excès de démence s'eft perpétué furtout dans les cloîtres. C'eft-là que dominent la perfuafion ennemie de l'examen, & le fanatifme enfant furieux de cette perfuafion; c'eft-là que rampe l'aveugle obéiffance, brûlant du défir de commander aux autres; c'eft-là que fe forgent les fers qui ont enchaîné de proche en proche tant de nations. Le petit nombre qui a découvert la fraude, & qui en gémit en fecret, n'en eft fouvent que plus ardent à la répandre; il jouit du plaifir infame de faire croire ce

Philofophie &c. Tome I.   H h

qu'il ne croit pas , & fon hypocrifie eft quelquefois
plus perfécutive que le fanatifme lui-même.

Voilà le joug fous lequel une partie de l'Europe
baiffe encore la tête , le joug que nous détestons, mais
que nous-mêmes nous avons long-temps porté , lorfqu'un légat venait dans notre île ouvrir & fermer le ciel
à prix d'or ; vendre des indulgences , & recueillir des
décimes ; effrayer les peuples , ou les exciter à des
guerres qu'il appelait faintes. Ces temps ne reviendront
plus , je le crois , mes frères ; mais c'eft afin qu'ils ne
reviennent plus , qu'il faut en rappeler fouvent la
mémoire.

Profitons de cette cérémonie facrée qui nous infpire
la charité , pour ne fouffrir jamais que la religion nous
infpire la tyrannie & la difcorde. Ici nous fommes
tous égaux ; ici nous participons tous au même pain
& au même vin ; ici nous rendons à l'être des êtres les
mêmes actions de grâce. Ne fouffrons donc jamais que
des étrangers aient l'infolence de nous prefcrire en
maîtres , ni la manière dont nous devons honorer le
maître univerfel , ni celle dont nous devons nous
conduire , ni celle dont nous devons penfer. Un étranger n'a pas plus de droit fur nos confciences que fur
nos bourfes. Il eft cependant un de nos trois royaumes
dans lequel cet étranger domine encore fecrètement.
Il y envoie des miniftres inconnus qui font les efpions
des confciences. Ce font-là en effet des myftères ,
c'eft-là une religion cachée. Elle infinue tout bas la
difcorde , tandis que nous annonçons hautement la
paix ; fa communion n'eft que la réjection des autres
hommes ; tout eft à fes yeux ou hérétique ou infidelle.
Depuis qu'elle a ufurpé le trône des *Céfars* , elle n'a

point changé de maximes ; & quoique les yeux de presque toutes les nations se soient enfin ouverts sur ses prétentions absurdes & sur ses déprédations, elle conserve dans sa décadence le même orgueil qui la possédait quand elle voyait tant de rois à ses genoux. C'est en vain que notre premier législateur a dit : *Il n'y aura parmi vous ni premier ni dernier*. L'évêque de Rome se dit toujours le premier des hommes, parce qu'il siége dans une ville qui fut autrefois la première de l'Occident.

Que penseriez-vous, mes chers frères, d'un géomètre de Londres qui se croirait le souverain de tous les géomètres de nos provinces, sous prétexte qu'il exercerait l'arpentage dans la capitale ? Ne le ferait-on pas enfermer comme un fou, s'il s'avisait d'ordonner qu'on ne crût à aucune propriété des triangles, sans un édit émané de son porte-feuille ? C'est-là cependant ce qu'a fait l'Eglise romaine ; à cela près que les opinions qu'elle enseigne ne sont pas tout-à-fait des vérités géométriques.

Cependant nous prions ici pour elle, pourvu qu'elle ne soit point persécutante ; & nous regardons les papistes comme nos frères, quoiqu'ils ne veuillent point être nos frères. Jugez qui de nous approche le plus de la grande loi de la nature. Ils nous disent : Vous êtes dans l'erreur, & nous vous réprouvons. Nous leur répondons : Vous nous paraissez être dans l'esclavage, dans l'ignorance, dans la démence ; nous vous plaignons & nous vous chérissons.

Que le fruit de notre communion soit donc toujours, mes frères, de voir les faiblesses & les misères humaines sans aversion & sans colère, & d'aimer, s'il se peut,

Hh 2

ceux que nous jugeons déraifonnables , autant que
ceux qui nous femblent être dans le chemin de la
vérité, quand ils penfent comme nous.

Après nous être affermis dans ce premier devoir de
tous les hommes , de quelque religion qu'ils puiffent
être , d'adorer DIEU & d'aimer fon prochain ; que nous
fervirait d'examiner quel jour JESUS fit le fouper de la
pâque , & s'il était couché fur un lit en mangeant
comme les feigneurs romains, ou s'il mangea debout
un bâton à la main , comme l'ordonnait la loi des
Juifs? la morale qui doit diriger toutes nos actions en
fera-t-elle plus pure , lorfque nous aurons difcuté fi
JESUS fut crucifié la veille ou l'avant-veille de la pâque
juive? Si cela n'eft pas clair dans les Evangiles , il eft
très-clair que nous devons être gens de bien tous les
jours de l'année qui précèdent & qui fuivent cette
cérémonie.

Plufieurs favans s'inquiètent que l'Evangile de *St Jean*
né dife pas un feul mot de l'inftitution de l'eucha-
riftie , de la bénédiction du pain , & de ces paroles
myftérieufes qui ont caufé tant de malheurs : *Ceci eft
mon corps , ceci eft le calice de mon fang.* Ils s'étonnent
que le difciple bien-aimé garde le filence fur le principal point de la miffion de fon maître.

On difpute fur l'heure de fa mort , fur les femmes
qui affiftèrent à fon fupplice ; *St Matthieu* difant
qu'elles étaient loin , & *St Jean* affirmant au contraire
qu'elles étaient auprès de la croix , & que JESUS leur
parla.

On difpute fur fa réfurrection, fur fes apparitions,
fur fon afcenfion dans les airs. Ces paroles même
qu'on trouve dans *St Jean* : *Je vais à mon père qui eft*

votre père , *à mon Dieu qui eft votre Dieu* , ont fourni à l'Eglife de ceux qu'on appelle fociniens un prétexte qu'ils ont cru plaufible , de foutenir que JESUS n'était pas Dieu, mais feulement envoyé de DIEU.

On ne s'accorde pas fur le lieu duquel il monta au ciel. *St Luc* dit que ce fut en Béthanie ; *St Marc* ne dit pas en quel endroit; *St Matthieu*, *St Jean*, n'en parlent pas. *St Luc* même , dans fon évangile , nous fait entendre que JESUS monta au ciel le lendemain de fa réfurrection ; & dans les Actes des apôtres , il dit que ce fut après quarante jours. Toutes ces contradictions exercent l'efprit des favans , mais elles ne les rendent ni plus modeftes , ni plus doux, ni plus compatiffans.

La naiffance , la vie, & la mort de JESUS , font l'éternel fujet de difputes interminables. *St Luc* nous dit qu'*Augufte* ordonna un dénombrement de toute la terre , & que *Jofeph* & *Marie* vinrent fe faire dénombrer à Bethléem , quoique *Jofeph* ne fût pas natif de Bethléem , mais de la Galilée. Cependant ni aucun auteur romain, ni *Flavien Jofephe* lui-même ne parlent de ce dénombrement. *Luc* dit que *Jofeph* & *Marie* furent dénombrés fous *Cirinius* ou *Quirinius* gouverneur de Syrie ; mais il eft avéré par *Tacite* que ce *Cirinius* ou *Quirinius* ne gouverna la Syrie que dix ans après , & que c'était alors *Quintilius Varus* qui était gouverneur. *Luc* donne pour grand-père à JESUS *Héli* père de *Jofeph* ; *Matthieu* donne à *Jofeph* , *Jacob* pour père : & tous deux, en donnant chacun à *Jofeph* une généalogie abfolument différente , difent que JESUS n'était pas fon fils. *Luc* affure que *Jofeph* & *Marie* emmenèrent JESUS en Galilée; *Matthieu* dit qu'ils l'emmenèrent en Egypte.

H h 3

Quand un ange, mes frères, defcendrait de la voie lactée pour venir concilier ces contrariétés, quand il nous apprendrait le véritable nom du père de *Joseph*, que nous en reviendrait-il? quel fruit en retirerions-nous? en ferions-nous plus gens de bien? n'eft-il pas évident que nous devons être bons pères, bons maris, bons fils, bons citoyens, foit que le père de *Joseph* s'appelât *Héli* ou *Jacob*, foit qu'on ait emmené l'enfant Jesus en Galilée ou en Egypte? Que *Luc* s'accorde ou ne s'accorde pas avec *Matthieu*, les gros bénéficiers d'Allemagne n'en feront pas moins riches, & nous ne leur envierons pas leurs richeffes.

Il n'y a pas une page dans l'Ecriture qui n'ait été un fujet de conteftation, & par conféquent de haine. Que faut-il donc faire, mes très-chers frères, dans les ténèbres où nous marchons? Je vous l'ai déjà dit, & vous le penfez comme moi. Nous devons rechercher la juftice plus que la lumière, & tolérer tout le monde, afin que nous foyons tolérés.

SERMON

PRÊCHÉ A BASLE,

LE PREMIER JOUR DE L'AN 1768,

Par *JOSIAS ROSSETTE*.

Commençons l'année, Messieurs, par rendre grâce à Dieu du plus grand événement qui ait signalé le siècle où nous vivons ; ce n'est pas une bataille gagnée par les meurtriers aux gages d'un roi qui demeure vers la Sprée, contre les meurtriers aux gages des souverains qui habitent le bord du Danube, ou contre ceux qui sortent des bords de la Garonne, de la Loire, & du Rhône, pour aller en grand nombre porter la dévastation en Germanie, & pour revenir en très-petit nombre dans leurs foyers.

Je n'ai point à vous entretenir de ces fureurs qui ont usurpé le nom de gloire, & qui sont plus détestées par les sages qu'elles ne sont vantées par les insensés. S'il est une conquête dans l'auguste entreprise que nous célébrons, c'est une conquête sur le fanatisme ; c'est la victoire de l'esprit pacificateur sur l'esprit de persécution ; c'est le genre humain rétabli dans ses droits, des bords de la Vistule aux rivages de la mer Glaciale, & aux montagnes du Caucase, dans une étendue de terre deux fois plus grande que le reste de l'Europe.

Deux têtes couronnées fe font unies pour rendre
aux hommes ce bien précieux que la nature leur a
donné, la liberté de confcience. Il femble que dans
ce fiècle DIEU ait voulu qu'on expiât le crime de
quatorze cents ans de perfécutions chrétiennes, exer-
cées prefque fans interruption, pour noyer dans le
fang humain la liberté naturelle. L'impératrice de
Ruffie non-feulement établit la tolérance univerfelle
dans fes vaftes Etats, mais elle envoie une armée en
Pologne, la première de cette efpèce, depuis que la
terre exifte; une armée de paix, qui ne fert qu'à protéger les droits des citoyens, & à faire trembler les
perfécuteurs. O roi fage & jufte, qui avez préfidé à
cette conciliation fortunée ! ô primat éclairé, prince
fans orgueil, & prêtre fans fuperftition, foyez bénis
& imités dans tous les fiècles !

C'était beaucoup, mes frères, pour la confolation
du genre humain, que les jéfuites, ces grands prédicateurs de l'intolérance, euffent été chaffés de la Chine
& des Indes; du Portugal & de l'Efpagne, de Naples
& du Mexique, & furtout de la France qu'ils avaient
fi long-temps troublée; mais enfin, ce ne font que des
victimes facrifiées à la haine publique. Elles ne l'ont
point été à la raifon univerfelle. Tant de princes
chrétiens n'ont point dit : Chaffons les jéfuites, afin
que nos peuples foient délivrés du joug monacal, afin
qu'on rende à l'Etat les biens immenfes engloutis dans
tant de monaftères, & à la fociété tant d'efclaves
inutiles ou dangereux. Les jéfuites font exterminés ;
mais leurs rivaux fubfiftent. Il femble même que ce
foit à leurs rivaux qu'on les immole. Les difciples de
l'infenfé *Ignace*, de ce chevalier errant de la Vierge,

eux-mêmes chevaliers errans de l'évêque de Rome ,
difparaiffent fur la terre ; mais les difciples d'un fou
beaucoup plus dangereux , d'un *François d'Affife* ,
couvrent une partie de l'Europe ; les enfans du perfécuteur *Dominique* triomphent. On n'a dit encore ni
en France, ni en Efpagne , ni en Portugal , ni à
Naples : Citoyens qui ne reconnaiffez pas l'évêque de
Rome pour le maître du monde , fujets qui n'êtes
foumis qu'à votre roi , chrétiens qui ne croyez qu'à
l'évangile, vivez en paix ; que vos mariages confirmés
par les lois , repeuplent nos provinces dévaftées par
tant de malheureufes guerres ; occupez dans nos villes
les charges municipales ; hommes , jouiffez des droits
des hommes. On a fait le premier pas dans quelques
royaumes , & on tremble au fecond ; la raifon eft plus
timide que la vengeance.

C'était autrefois , mes frères , une opinion établie
chez les Grecs , que la fageffe viendrait d'Orient ,
tandis que fur les bords de l'Euphrate & de l'Indus
on difait qu'elle viendrait d'Occident. On l'a toujours
attendue. Enfin elle arrive du Nord. Elle vient nous
éclairer ; elle tient le fanatifme enchaîné ; elle s'appuie
fur la tolérance qui marche toujours auprès d'elle ,
fuivie de la paix confolatrice du genre-humain.

Il faut que vous fachiez que l'impératrice du Nord
a raffemblé dans la grande falle du kremelin à Mofcou,
fix cents quarante députés de fes vaftes Etats d'Europe
& d'Afie pour établir une nouvelle légiflation qui foit
également avantageufe à toutes fes provinces. C'eft là
que le mufulman opine à côté du grec, le païen
auprès du papifte , & que l'anabaptifte confère avec

l'évangélique & le réformé, tous en paix, tous unis par l'humanité, quoique la religion les fépare.

Enfin donc, grâces au ciel, il s'eft trouvé un génie fupérieur, qui au bout de près de dix-huit fiècles s'eft fouvenu que tous les hommes font frères. Déjà un anglais en France, un *Berwick*, évêque de Soiffons, avait ofé dire dans fon célèbre mandement de 1757, que les Turcs font nos frères, ce que ni *Boffuet*, ni *Maffillon*, n'avaient jamais eu le courage de dire. Déjà cent mille voix s'élevaient de tous côtés dans l'Europe en faveur de la tolérance univerfelle; mais aucun fou-verain ne s'était encore déclaré fi ouvertement; aucun n'avait pofé cette loi bienfefante pour la bafe des lois de l'Etat; aucun n'avait dit à la tolérance en préfence des nations: Affeyez-vous fur mon trône.

Elevons nos voix pour célébrer ce grand exemple, mais élevons nos cœurs pour en profiter. Vous tous qui m'écoutez, fouvenez-vous que vous êtes hommes avant d'être citoyens d'une certaine ville, membres d'une certaine fociété, profeffant une certaine religion. Le temps eft venu d'agrandir la fphère de nos idées, & d'être citoyens du monde. Que de petites nations apprennent donc leur devoir des grandes.

Nous fommes tous de la même religion fans le favoir. Tous les peuples adorent un D I E U des extré-mités du Japon aux rochers du mont Atlas: ce font des enfans qui crient à leur père en différens langages. Cela eft fi vrai & fi avéré, que les Chinois, en fignant la paix avec les Ruffes le 8 feptembre 1689, la fignè-rent au nom du même D I E U. Le marbre qui fert de bornes aux deux empires, montre encore aux voya-geurs ces paroles gravées dans les deux langues: *Nous prions le* DIEU *, feigneur de toutes chofes , qui connaît les cœurs , de punir les traîtres qui rompraient cette paix facrée.*

Malheur à un habitant de Lucerne ou de Fribourg, qui dirait à un réformé de Berne ou de Genève : Je ne vous connais pas ; j'invoque des faints , & vous n'invoquez que DIEU ; je crois au concile de Trente, & vous à l'évangile : aucune correfpondance ne peut fubfifter entre nous ; votre fils ne peut époufer ma fille ; vous ne pouvez poffeder une maifon dans notre cité : *vous n'avez point écouté mon affemblée , vous êtes pour moi comme un païen, & comme un receveur des deniers de l'Etat.*

Voilà pourtant les termes dans lefquels nous fommes, nous qui accufons fans ceffe d'intolérance des nations plus hofpitalières. Nous fommes treize républiques confédérées , & nous ne fommes pas compatriotes. La liberté nous a unis , & la religion nous divife. Qu'aurait-on dit dans l'antiquité fi un grec de Thèbes ou de Corinthe avait été banni de la communion d'Athènes & de Sparte ? en quelque endroit de la Grèce qu'ils allaffent , ils fe trouvaient chez eux ; celui dont la cité était fous la protection d'*Hercule* allait facrifier dans Athènes à *Minerve* ; on les voyait affociés aux mêmes myftères comme aux mêmes jeux. Le droit le plus facré , le plus beau lien qui ait jamais joint les hommes , l'hofpitalité, rendait au moins pour quelque temps le fcythe concitoyen de l'athénien. Jamais il n'y eut entre ces peuples aucune querelle de religion. La république romaine ne connut jamais cette fureur abfurde. On ne vit pas depuis *Romulus* un feul citoyen romain inquiété pour fa manière de penfer ; & tous les jours , le ftoïcien, l'académicien, le platonicien, l'épicurien, l'éclectique, goûtaient ensemble les douceurs de la société ; leurs difputes n'étaient qu'inftructives. Ils penfaient, ils parlaient, ils écrivaient, dans une fécurité parfaite.

On l'a dit cent fois à notre confusion ; nous n'avons qu'à rougir, nous qui étant frères par nos traités, fommes encore fi étrangers les uns aux autres par nos dogmes ; nous qui, après avoir eu la gloire de chaffer nos tyrans, avons eu l'horreur & la honte de nous déchirer par des guerres civiles, pour des chimères fcolaftiques.

Je fais bien que nous ne voyons plus renaître ces jours déplorables où cinq cantons enivrés du fanatifme qui empoifonnait alors l'Europe entière, s'armèrent contre le canton de Zurich, parce qu'ils étaient de la religion romaine, & Zurich de la religion réformée. S'ils verfèrent le fang de leurs compatriotes après avoir récité cinq *Pater* & cinq *Ave Maria* dans un latin qu'ils n'entendaient pas ; s'ils firent après la bataille de Capel écarteler par le bourreau de Lucerne le corps mort du célèbre pafteur *Zuingle* ; s'ils firent, en priant D I E U , jeter fes membres dans les flammes, ces abominations ne fe renouvellent plus. Mais il refte toujours entre le romain & le proteftant, un levain de haine que la raifon & l'humanité n'ont pu encore détruire.

Nous n'imitons pas, il eft vrai, les perfécutions excitées en Hongrie, à Saltzbourg, en France ; mais nous avons vu depuis peu, dans une ville étroitement alliée à la Suiffe, un pafteur doux & charitable, forcé de renoncer à fa patrie pour avoir foutenu que l'être créateur eft bon, & qu'il eft le D I E U de miféricorde, encore plus que le DIEU des vengeances. Qu'un homme favant & modéré avance parmi nous que JESUS-CHRIST n'a jamais pris le nom de DIEU, qu'il n'a jamais dit qu'il eût deux natures & deux volontés, que ces dogmes n'ont été connus que long-temps après lui ; n'entendez-vous pas auffitôt cent ignorans crier au blafphème, & demander fon châtiment ? nous voulons paffer pour tolérans; que nous fommes encore loin, mes chers frères, de mériter ce beau titre!

A notre honte, ce font les anabaptiftes qui font aujourd'hui les vrais tolérans, après avoir été au feizième fiècle auffi barbares que les autres chrétiens. Ce font ces primitifs appelés *quakers* qui font tolérans, eux qui au nombre de plus de quatre-vingts mille dans la Penfilvanie, admettent parmi eux toutes les religions du monde, eux qui feuls de tous les peuples tranf-plantés en Amérique, n'ont jamais ni trompé ni égorgé les naturels du pays fi indignement appelés *fauvages*. C'était le grand philofophe *Locke* qui était tolérant, lui qui, dans le code des lois qu'il donna à la Caroline, pofa pour fondement de la légiflation, que fept pères de famille, fuffent-ils turcs ou juifs, fuffiraient pour établir une religion dont tous les adhérens pourraient parvenir aux charges de l'Etat.

Que dis-je ? l'efprit de tolérance commence enfin à s'introduire chez les Français, qui ont paffé long-temps pour auffi volages que cruels. Ils ont leur St Barthelemi en horreur ; ils rougiffent de l'outrage fait au grand *Henri IV*, par la révocation de l'édit de Nantes ; on venge la cendre de *Calas;* on adoucit l'affreufe deftinée de la famille *Sirven*. On ne l'eût pas fait fous le miniftère du cardinal de *Fleuri*. On chaffe les jéfuites,

les plus intolérans des hommes : on réprime doucement la brutale animosité des janfénistes. On impose
silence à la forbonne fur l'article de la tolérance,
lorfqu'en ofant cenfurer les maximes humaines de
Bélifaire , elle a le malheur de s'attirer l'indignation
de toutes les nations de l'Europe. Enfin, la haute
prudence de *Louis XV* a plongé dans un oubli général
cette fcandaleufe bulle *Unigenitus* , & ces billets de
confeffion plus fcandaleux encore. Le gouvernement
devenu plus éclairé apaife avec le temps toutes les
querelles dangereufes qui étaient le fruit de cet exécrable intolérantifme.

Quand ferons-nous donc véritablement tolérans à
notre tour : nous qui demandons, qui crions fans ceffe
qu'on le foit ailleurs pour les proteftans nos frères ?

Difons aux nations , mais difons furtout à nous-
mêmes : JESUS-CHRIST a daigné converfer également
avec la courtifanne de Jérufalem , & avec la courtifanne
de Samarie ; il s'eft fait parfumer les pieds par l'une ,
parce qu'elle l'avait beaucoup aimé ; il s'eft arrêté
long-temps avec l'autre fur le bord d'un puits.

S'il a dit anathème aux receveurs des deniers
publics , il a foupé chez eux, il a appelé l'un d'eux à
l'apoftolat. S'il a féché un figuier pour n'avoir pas
porté du fruit quand ce n'était pas le temps des figues,
il a changé l'eau en vin à des noces, où les convives,
déjà trop échauffés , femblaient le mettre en droit de
ne pas exercer cette condefcendance. S'il rebute d'abord
fa mère avec des paroles dures , il fait incontinent le
miracle qu'elle demande. S'il fait jeter en prifon le fervi-
teur qui n'a pas fait profiter l'argent de fon maître à
cent pour cent chez les changeurs , il fait payer

l'ouvrier de la vigne , venu à la dernière heure , comme ceux qui ont travaillé dès la première. S'il dit en un endroit qu'il eft venu apporter le glaive & la diffention dans les familles , il dit dans un autre , avec tous les anciens légiflateurs , qu'il faut aimer fon prochain. Ainfi , tempérant toujours la févérité par l'indulgence, il nous apprend à tout fupporter. Si toutes les nations ont péché en *Adam* , ô myftère incompréhenfible ! JESUS quatre mille ans après a fubi le dernier fupplice en Paleftine pour racheter toutes les nations ; ô myftère plus incompréhenfible encore ! S'il a dit en un endroit qu'il n'était venu que pour les Juifs, pour les enfans de la maifon , il dit ailleurs qu'il était venu pour les étrangers. Il appelle à lui toutes les nations , quoique l'Europe feule femble être aujourd'hui fon partage. Il n'y a donc point d'étranger pour un véritable difciple de JESUS-CHRIST ; il doit être concitoyen de tous les hommes.

Pourquoi nous refferrer dans le cercle étroit d'une petite fociété ifolée , quand notre fociété doit être celle de l'univers ? Quoi ! le citoyen de Berne ne pourra être le citoyen de Lucerne ? Quoi ! un Français , parce qu'il eft de la communion romaine & qu'il ne communie qu'avec du pain azyme , ne pourra acheter chez nous un domaine , tandis que tout fuiffe , de quelque fecte qu'il puiffe être , peut acheter en France la terre la plus feigneuriale !

Avouons que malgré la révocation de l'édit de Nantes, malgré le funefte édit de 1724 , que la haine languedocienne arracha au cardinal de *Fleuri* contre les pafteurs évangéliques , c'eft pourtant en France , c'eft dans la fociété françaife , dans les mœurs françaifes , dans la politesse française , qu'est la vraie liberté de la vie sociale ; nous n'en avons que l'ombre.

Mes frères, il faut vous le dire ; vous êtes chrétiens, & vous aimez votre intérêt ; mais entendez-vous votre intérêt & le christianisme ? Ce christianisme vous ordonne l'hospitalité , & rien n'est moins hospitalier que vous. Votre intérêt est que l'étranger s'établisse dans votre patrie : car assurément il n'y viendra pas chercher les honneurs & la fortune , comme vous les allez chercher ailleurs : un étranger ne pourrait acheter dans votre territoire un domaine , que pour partager avec vous ses revenus. Le bonheur inestimable de vivre sans maître, de ne jamais dépendre du caprice d'un seul homme , de n'être soumis qu'aux lois , attirerait dans vos cantons , comme en Hollande , cent riches étrangers dégoûtés des dangers des cours, plus funestes encore à l'innocence qu'à la fortune. Mais vous écartez ceux à qui vous devez tendre les bras ; vous les rebutez par des usages que l'inimitié & la crainte établirent autrefois , & qui ne doivent plus subsister aujourd'hui. Ce qui n'a été inventé que dans des temps de trouble & de terreur , doit être aboli dans les jours de paix & de sécurité.

Le protestant a craint autrefois que le catholique n'apportât la transsubstantiation , les reliques , les taxes romaines , & l'esclavage , dans sa ville. Le catholique a craint que le protestant ne vînt attrister la sienne par sa manière d'expliquer l'Evangile , & par le pédantisme reproché aux consistoires. Pour avoir la paix il fallut renoncer à l'humanité. Mais les temps sont changés ; la controverse , les disputes de l'école qui ont si long-temps allumé par-tout la discorde , sont

aujourd'hui

aujourd'hui l'objet du mépris de tous les honnêtes gens de l'Europe.

S'il eft encore des fanatiques, il n'eft point de bourgeois, de cultivateur, d'artifan, qui les écoute. La lumière fe répand de proche en proche, & la religion ne fait prefque plus de mal.

Qui eft celui d'entre vous qui n'affermera pas fon champ & fa vigne à un anabaptifte, à un quaker, à un focinien, à un memnonifte, à un piétifte, à un morave, à un papifte, s'il eft fûr qu'il fera un meilleur marché avec cet étranger qu'avec un homme de votre ville, fermement attaché au fyftème de *Zuingle?* Les terres de Genève ne font cultivées que par des papiftes favoyards; ce font des papiftes lombards qui labourent les champs des cantons que nous poffédons dans le Milanais; & plus d'un proteftant fabrique des toiles, dont la vente enfle le tréfor de l'abbé de St Gall.

Or, fi la malheureufe divifion que les différentes fectes du chriftianifme ont mife entre les hommes, n'empêche pas qu'ils ne travaillent les uns pour les autres, dans le feul but de gagner quelque argent; pourquoi empêchera-t-elle qu'ils ne fraternifent enfemble, pour jouir des charmes de la vie civile? N'eft-il pas abfurde que vous puiffiez avoir un fermier catholique, & que vous ne puiffiez pas avoir un concitoyen catholique?

Je ne vous propofe pas de recevoir parmi vous des prêtres romains, des moines romains; ils fe font fait un devoir cruel d'être nos ennemis; ils ne vivent que de la guerre fpirituelle qu'ils nous font, & ils nous en feraient bientôt une réelle : ce font les janiffaires du fultan de Rome.

Je vous propofe d'augmenter vos richeffes & votre liberté, en admettant parmi vous tout féculier à fon aife, que l'amour de cette liberté appellerait dans vos contrées. J'ofe affurer qu'il y a même en Italie plus d'un père de famille qui aimerait mieux vivre avec vous dans l'égalité, à l'ombre de vos lois, que d'être l'efclave d'un prêtre fouverain. Non, il n'y a pas un feul féculier italien, il n'y a pas dans Rome un feul romain; j'excepte toujours la populace,) qui ne frémiffe dans le fond de fon cœur de ne pouvoir lire l'Evangile en fa langue maternelle; de ne pouvoir acheter un feul livre fans la permiffion d'un jacobin; de fe voir à la fois compatriote des *Scipions*, & efclave d'un fucceffeur de *Simon-Pierre*. Soyez furs que ce contrafte bizarre & odieux d'un filet de pêcheur & d'une triple couronne révolte tous les efprits. Soyez certains qu'il n'y a pas un feul feigneur romain, qui, en voyant JESUS monté fur un âne, & le pape porté fur les épaules des hommes; en voyant d'un côté JESUS qui n'a pas feulement de quoi payer une demi-drachme pour le korban qu'il devait au temple des Juifs, & de l'autre la chambre de la daterie, occupée fans ceffe à compter l'argent des nations; ne conçoive une indignation d'autant plus forte qu'il en faut diffimuler toutes les apparences. Il la cache à fes maîtres; il la manifefte dans le fecret de l'amitié.

Je vais plus loin, mes frères, je foutiens que dans toute la chrétienté il n'y a pas aujourd'hui un feul homme un peu inftruit qui foit véritablement papifte: non, le pape ne l'eft pas lui-même; non, il n'eft pas poffible qu'un faible mortel fe croie infaillible, & revêtu d'un pouvoir divin.

Je n'entre point ici dans l'examen des dogmes qui féparent la communion romaine & la nôtre : je prêche la charité & non la controverfe ; j'annonce l'amour du genre-humain & non la haine ; je parle de ce qui réunit tous les hommes & non de ce qui les rend ennemis.

Aujourd'hui , malgré les cris de l'Eglife romaine, aucune puiffance n'attente à la liberté de confcience établie chez fes voifins. Vous avez vu dans la dernière guerre fix cents mille hommes en armes, fans qu'un feul foldat ait été envoyé pour faire changer un feul homme de croyance. L'Efpagne même , l'Efpagne appelle dans fes provinces une foule d'artifans pro- teftans pour ranimer fa vie , que la barbarie infenfée de l'inquifition fefait languir dans la mifère ; un fage miniftre brave le monftre de l'inquifition pour l'intérêt de fa patrie.

Ne craignez donc point que le joug papifte , impofé dans des temps d'ignorance , puiffe jamais s'appefantir fur vous. Ne craignez point qu'on vous remette au gland , lorfque vous avez connu l'agriculture. **La** tyrannie peut bien empêcher la raifon , pendant quelques fiècles, de pénétrer chez les hommes ; mais quand elle y eft parvenue, nul pouvoir ne peut l'en bannir.

Etres penfans, ne redoutez plus rien de la fuperf- tition. Vous voyez tous les jours les confeils éclairés des princes catholiques , mutiler eux-mêmes petit-à- petit ce coloffe autrefois adoré. On le réduira enfin à la taille ordinaire. Tous les gouvernemens fentiront que l'Eglife eft dans l'Etat, & non l'Etat dans l'Eglife. Le facerdoce à la longue, mis à fa véritable place, fera gloire enfin comme nous d'obéir à la magiftrature. En attendant, confervons les deux biens qui appartiennent effentiellement à l'homme, la liberté & l'humanité. Que les cantons catholiques s'éclairent, & que les cantons proteftans ne réfiftent point par préjugé à leur raifon éclairée; vivons en frères avec quiconque voudra être notre frère. Cultivons également notre efprit & nos campagnes. Souvenons-nous toujours que nous fommes une république, non pas en vertu de quelques argumens de théologie, non pas comme zuingliens ou comme œcolampadiens, mais en qualité d'hommes. Si la religion n'a fervi qu'à nous divifer, que la nature humaine nous réuniffe. C'eft aux cantons proteftans à donner l'exemple, puifqu'ils font plus floriffans que les autres, plus peuplés, plus inftruits dans les arts & dans les fciences. N'emploierons-nous nos talens que pour les concentrer dans notre petite fphère? L'homme ifolé eft un fauvage, un être informe qui n'a pas encore reçu la perfection de fa nature. Une cité ifolée, inhofpitalière, eft parmi les fociétés ce que le fauvage eft à l'égard des autres hommes. Enfin, en adorant le Dieu qui a créé tous les mortels, qu'aucun mortel ne foit étranger parmi nous.

TRADUCTION

DE L'HOMELIE DU PASTEUR BOURN,

Prêchée à Londres le jour de la pentecôte 1768.

Voici le premier jour, mes frères, où la doctrine & la morale de Jesus fut manifeftée par fes difciples. Vous n'attendez pas de moi que je vous explique comment le St Efprit defcendit fur eux en langues de feu. Tant de miracles ont précédé ce prodige qu'on ne peut en nier un feul fans les nier tous. Que d'autres confument leur temps à rechercher pourquoi *Pierre*, en parlant tout d'un coup toutes les langues de l'univers à la fois, était cependant dans la néceffité d'avoir *Marc* pour fon interprète; qu'ils fe fatiguent à trouver la raifon pour laquelle ce miracle de la pentecôte, celui de la réfurrection, tous enfin furent ignorés de toutes les nations qui étaient alors à Jérufalem ; pourquoi aucun auteur profane, ni grec, ni romain, ni juif, n'a jamais parlé de ces événemens fi prodigieux & fi publics, qui devaient long-temps occuper l'attention de la terre étonnée? En effet, dit-on, c'eft un miracle incompréhenfible que Jesus reffufcité montât lentement au ciel dans une nuée à la vue de tous les Romains qui étaient fur l'horizon de Jérufalem, fans que jamais aucun Romain ait fait la moindre mention de cette afcenfion, qui aurait dû faire plus de bruit que la mort de *Céfar*, les batailles de Pharfale &

d'Actium, la mort d'*Antoine* & de *Cléopâtre*. Par quelle providence Dieu ferma-t-il les yeux à tous les hommes qui ne virent rien de ce qui devait être vu d'un million de spectateurs? Comment Dieu a-t-il permis que les récits des chrétiens fuffent obfcurs, inconnus pendant plus de deux cents années, tandis que ces prodiges, dont eux feuls parlent, avaient été fi publics? Pourquoi le nom même d'*évangile* n'a-t-il été connu d'aucun auteur grec ou romain? Toutes ces queftions, qui ont enfanté tant de volumes, nous détourneraient de notre but unique, celui de connaître la doctrine & la morale de Jesus, qui doit être la nôtre.

Quelle eft la doctrine prêchée le jour de la pentecôte?

Que Dieu a rendu Jesus célébre, & lui a donné fon approbation. (*a*)

Qu'il a été fupplicié. (*b*)

Que Dieu l'a reffufcité & l'a tiré de l'enfer; c'eft-à-dire, fi l'on veut, de la foffe. (*c*)

Qu'il a été élevé par la puiffance de Dieu, & que Dieu a envoyé enfuite fon St Efprit. (*d*)

C'eft ainfi que *Pierre* s'explique à cent mille juifs obftinés, & il en convertit huit mille en deux fermons; tandis que nous autres nous n'en pouvons pas convertir huit en mille années.

Il eft donc inconteftable, mes frères, que la première fois que les apôtres parlent de Jesus, ils en parlent comme de l'envoyé de Dieu, fupplicié par les hommes, élevé en grâce devant Dieu, glorifié par Dieu même. St *Paul* n'en parle jamais autrement. Voilà, fans contredit, le chriftianifme primitif, le

(*a*) Actes, chap. XXIX, verf. 22.   (*c*) Verf. 24.
(*b*) Verf. 23.   (*d*) Verf. 33.

chriftianifme véritable. Vous ne verrez , comme je vous l'ai déjà dit dans mes autres difcours, ni dans aucun Evangile, ni dans les Actes des apôtres , que JESUS eût deux natures & deux volontés ; que *Marie* fût mère de DIEU ; que le St Efprit procède du Père & du Fils ; qu'il établit fept facremens ; qu'il ordonna qu'on adorât des reliques & des images. Tout ce vafte amas de controverfes était entièrement ignoré. Il eft conftant que les premiers chrétiens fe bornaient à adorer DIEU par JESUS, à exorcifer les poffédés par JESUS, à chaffer les diables par JESUS, à guérir les malades par JESUS.

Nous ne chaffons plus les diables , mes frères; nous ne guériffons pas plus les maladies mortelles que ne font les médecins ; nous ne rendons pas plus la vue aux aveugles que le chevalier *Tailor*. Mais nous adorons DIEU; nous le béniffons ; nous fuivons la loi qu'il nous a donnée lui-même par la bouche de JESUS en Galilée. Cette loi eft fimple parce qu'elle eft divine : *Tu aimeras* DIEU *& ton prochain*. JESUS n'a jamais recommandé autre chofe. Ce peu de paroles comprend tout. Elles font fi divines que toutes les nations les entendirent dans tous les temps, & qu'elles furent gravées dans tous les cœurs. Les paffions les plus funeftes ne purent jamais les effacer. *Zoroaftre* chez les Perfans, *Thaut* chez les Egyptiens, *Brama* chez les Indiens, *Orphée* chez les Grecs, criaient aux hommes : *Aimez* DIEU *& le prochain*. Cette loi obfervée eût fait le bonheur de la terre entière.

JESUS ne vous a pas dit : *Le diable chaffé du ciel, & plongé dans l'enfer, en fortit malgré* DIEU, *pour fe déguifer en ferpent, & pour venir perfuader une femme de manger du fruit de l'arbre de la science. Les enfans de cette femme ont été en conséquence coupables, en naissant, du plus horrible crime, & punis à jamais dans les flammes éternelles, tandis que leurs corps sont pourris sur la terre. Je suis venu pour racheter des flammes ceux qui naîtront après moi; & cependant je ne racheterai que ceux à qui j'aurai donné une grâce efficace qui peut n'être point efficace.* Cet épouvantable galima-tias, mes frères, ne se trouve heureusement dans aucun évangile; mais vous y trouvez qu'il faut *aimer* DIEU & *son prochain.*

Quand toutes les langues de feu qui descendirent sur le galetas où étaient les disciples, auraient parlé, quand elles descendraient pour parler encore, elles ne pourraient annoncer une doctrine plus humaine à la fois & plus céleste.

JESUS adorait DIEU & aimait son prochain en Galilée; adorons DIEU & aimons notre prochain à Londres.

Les Juifs nous disent: JESUS était juif; il fut pré-senté au temple comme juif; circoncis comme juif; baptisé comme juif par le juif *Jean*, qui baptisait les Juifs selon l'ancien rit juif; & par une œuvre de suré-rogation juive, il payait le korban juif; il allait au temple juif; il judaïsa toujours; il accomplit toutes les cérémonies juives. S'il accabla les prêtres juifs d'in-jures, parce qu'ils étaient des prévaricateurs scélérats pétris d'orgueil & d'avarice, il n'en fut que meilleur juif. Si la vengeance des prêtres le fit mourir, il mourut juif. O chrétiens! soyez donc juifs.

Je réponds aux Juifs: Mes amis, (car toutes les nations sont mes amis,) JESUS fut plus que juif; il fut homme, il embrassa tous les hommes dans sa

charité. Notre loi mosaïque ne connaissait d'autre
prochain pour un juif qu'un autre juif. Il ne vous
était pas permis seulement de vous servir des ustensiles
d'un étranger. Vous étiez immondes, si vous aviez fait
cuire une longe de veau dans une marmite romaine.
Vous ne pouviez vous servir d'une fourchette & d'une
cuiller qui eût appartenu à un citoyen romain ; &
supposé que vous vous soyez jamais servi d'une fourchette à table, ce dont je ne trouve aucun exemple
dans vos histoires, il fallait que cette fourchette fût
juive. Il est bien vrai, du moins selon vous, que vous
volâtes les assiettes, les fourchettes, & les cuillers, des
Egyptiens, quand vous vous enfuîtes d'Egypte comme
des coquins, mais votre loi ne vous avait pas encore
été donnée. Dès que vous eûtes une loi, elle vous
ordonna d'exterminer toutes les nations, & de ne
réserver que les petites filles pour votre usage. Vous
fesiez tomber les murs au bruit des trompettes, vous
fesiez arrêter le soleil & la lune ; mais c'était pour
tout égorger. Voilà comme vous aimiez alors votre
prochain.

Ce n'était pas ainsi que JESUS recommandait cet
amour. Voyez la belle parabole du samaritain. Un
juif est volé & blessé par d'autres voleurs juifs. Il est
laissé dans le chemin, dépouillé, sanglant, & demi-mort.
Un prêtre orthodoxe passe, le considère, & poursuit sa
route sans lui donner aucun secours. Un autre prêtre
orthodoxe passe, & témoigne la même dureté. Vient
un pauvre laïque samaritain, un hérétique ; il panse
les plaies du blessé ; il le fait transporter ; il le fait
soigner à ses dépens. Les deux prêtres sont des barbares. Le laïque hérétique & charitable est l'homme

de DIEU. Voilà la doctrine, voilà la morale de JESUS, voilà sa religion.

Nos adversaires nous disent que *Luc*, qui était un laïque, & qui a écrit le dernier de tous les évangélistes, est le seul qui ait rapporté cette parabole; qu'aucun des autres n'en parle; qu'au contraire, *St Matthieu* dit que JESUS (*e*) recommanda expressément de ne rien enseigner aux Samaritains & aux Gentils; qu'ainsi son amour pour le prochain ne s'étendait que sur la tribu de *Juda*, sur celle de *Lévi*, & la moitié de *Benjamin;* & qu'il n'aimait point le reste des hommes. S'il eût aimé son prochain, ajoutent-ils, il n'eût point dit qu'il est venu apporter le glaive & non la paix; qu'il est venu pour diviser le père & le fils, le mari & la femme, & pour mettre la discorde dans les familles. Il n'aurait point prononcé le funeste *contrains-les d'entrer,* dont on a tant abusé; il n'aurait point privé un marchand forain du prix de deux mille cochons, qui était une somme considérable, & n'aurait pas envoyé le diable dans le corps de ces cochons pour les noyer dans le lac de Génézareth; il n'aurait pas séché le figuier d'un pauvre homme, pour n'avoir pas porté des figues quand *ce n'était pas le temps des figues ;* il n'aurait pas dans ses paraboles enseigné qu'un maître agit justement, quand il charge de fers son esclave, pour n'avoir pas fait profiter son argent à l'usure de cinq cents pour cent.

Nos ennemis continuent leurs objections effrayantes en disant que les apôtres ont été plus impitoyables que leur maître; que leur première opération fut de se faire apporter tout l'argent des frères, & que *Pierre*

(*e*) *Matth.* chap. X, vers. 5.

fit mourir *Ananiah* & fa femme, pour n'avoir pas tout apporté. Si *Pierre*, difent-ils, les fit mourir de fon autorité privée, parce qu'il n'avait pu avoir tout leur argent, il méritait d'être roué en place publique : fi *Pierre* pria Dieu de les faire mourir, il méritait que Dieu le punît : fi Dieu feul ordonna leur mort, heu-reufement il prononce très-rarement de ces jugemens terribles, qui dégoûteraient de faire l'aumône.

Je paffe fous filence toutes les objeétions des incré-dules, tant fur la morale & la doétrine de Jesus, que fur tous les événemens de fa vie diverfement rapportés. Il faudrait vingt volumes pour réfuter tout ce qu'on nous objeéte; & une religion qui aurait befoin d'une fi longue apologie ne pourrait être la vraie religion. Elle doit entrer dans le cœur de tous les hommes comme la lumière dans les yeux, fans effort, fans peine, fans pouvoir laiffer le moindre doute fur la clarté de cette lumière. Je ne fuis pas venu ici pour difputer, je fuis venu pour m'édifier avec vous.

Que d'autres faififfent tout ce qu'ils ont pu trouver dans les Evangiles, dans les Aétes des apôtres, dans les Epîtres de *Paul*, de contraire aux notions com-munes, aux clartés de la raifon, aux règles ordinaires du fens commun; je les laifferai triompher fur des miracles qui ne paraiffent pas néceffaires à leur faible entendement, comme celui de l'eau changée en vin à des noces en faveur de convives déjà ivres, celui de la transfiguration, celui du diable qui emporte le fils de Dieu fur une montagne dont on découvre tous les royaumes de la terre, celui du figuier, celui de deux mille cochons. Je les laifferai exercer leur cri-tique fur les paraboles qui les fcandalifent, fur la prédiction faite par JESUS même au chapitre XXI de *Luc*, qu'il viendrait dans les nuées avec une grande puissance & une grande majesté, avant que la génération devant laquelle il parlait fût passée. Il n'y a point de page qui n'ait produit des disputes. Je m'en tiens donc à ce qui n'a jamais été disputé, à ce qui a toujours emporté le consentement de tous les hommes, avant JESUS & après JESUS ; à ce qu'il a confirmé de sa bouche, & qui ne peut être nié par personne : *Il faut aimer* DIEU *& son prochain*.

Si l'Ecriture offre quelquefois à l'ame une nourriture que la plupart des hommes ne peuvent digérer, nourrissons-nous des alimens salubres qu'elle présente à tout le monde ; *Aimons* DIEU *& les hommes*, fuyons toutes les disputes. Les premiers chapitres de la Genèse effarouchaient les esprits des Hébreux, il fut défendu de les lire avant vingt-cinq ans ; les prophéties d'*Ezéchiel* scandalisaient, on en défendit de même la lecture ; le Cantique des cantiques pouvait porter les jeunes hommes & les jeunes filles à l'impureté, *Théodore* de Mopsuète, les rabbins, *Grotius*, *Châtillon*, & tant d'autres, nous apprennent qu'il n'était permis de lire ce cantique qu'à ceux qui étaient sur le point de se marier.

Enfin, mes frères, combien d'actions rapportées dans les livres hébreux qu'il ferait abominable d'imiter ! Où serait aujourd'hui la femme qui voudrait agir comme *Jahel*, laquelle trahit *Sizara* pour lui enfoncer un clou dans la tête ; comme *Judith* qui se prostitua à *Holoferne* pour l'assassiner ; comme *Esther* qui, après avoir obtenu de son mari que les Juifs massacrassent cinq cents persans dans Suze, lui en demanda encore trois cents, outre les foixante & quinze mille égorgés dans les provinces ? Quelle fille voudrait imiter les filles de *Loth*, qui couchèrent avec leur père ? Quel père de famille fe conduirait comme le patriarche *Juda* qui coucha avec fa belle fille , & *Ruben* qui coucha avec fa belle-mère? Quel vaivode imitera *David* qui s'affocia quatre cents brigands perdus , dit l'Ecriture , de débauches & de dettes , avec lefquels ils maffacrait tous les fujets de fon allié *Achis* jufqu'aux enfans à la mamelle ; & qui enfin , ayant dix-huit femmes , ravit *Betzabée* & fit tuer fon mari ?

Il y a dans l'Ecriture , je l'avoue , mille traits pareils , contre lefquels la nature fe foulève. Tout ne nous a pas été donné pour une règle de mœurs. Tenons-nous-en donc à cette loi inconteftable , univerfelle , éternelle , de laquelle feule dépend la pureté des mœurs dans toute nation : *Aimons* DIEU *& le prochain.*

S'il m'était permis de parler de l'Alcoran dans une affemblée de chrétiens , je vous dirais que les fonnites repréfentent ce livre comme un chérubin qui a deux vifages , une face d'ange & une face de bête. Les chofes qui fcandalifent les faibles , difent-ils , font le vifage de bête , & celles qui édifient font la face d'ange.

Edifions-nous , & laiffons à part tout ce qui nous fcandalife: car enfin , mes frères , que DIEU demande-t-il de nous ? que nous confrontions *Matthieu* avec *Luc* , que nous concilions deux généalogies qui fe contre-difent , que nous difcutions quelques paffages ? Non , il demande que nous l'aimions & que nous foyons juftes.

Si nos pères l'avaient été , les difputes fur la liturgie anglicane n'auraient pas porté la tête de *Charles I* fur

un échafaud, on n'aurait pas ofé tramer la confpiration des poudres, quarante mille familles n'auraient
pas été maffacrées en Irlande, le fang n'aurait pas
ruiffelé, les bûchers n'auraient pas été allumés fous
le règne de la reine *Marie*. Que n'eft-il pas arrivé aux
autres nations pour avoir argumenté en théologie ?
Dans quels gouffres épouvantables de crimes & de
calamités les difputes chrétiennes n'ont-elles pas
plongé l'Europe pendant des fiècles ? la lifte en ferait
beaucoup plus longue que mon fermon. Les moines
difent que la vérité y a beaucoup gagné, qu'on ne
peut l'acheter trop cher, que c'eft ce qui a valu à leur
faint père tant d'annates & tant de pays ; que fi l'on
s'était contenté d'aimer Dieu & fon prochain, le pape
ne fe ferait pas emparé du duché d'Urbin, de Ferrare,
de Caftro, de Bologne, de Rome même, & qu'il ne
fe dirait pas feigneur fuzerain de Naples ; qu'une
Eglife qui répand tant de biens fur la tête d'un feul
homme eft fans doute la véritable Eglife ; que nous
avons tort puifque nous fommes pauvres, & que Dieu
nous abandonne vifiblement. Mes frères, il eft peut-
être difficile d'aimer des gens qui tiennent ce langage ;
cependant *aimons* Dieu & *notre prochain*. Mais comment
aimerons-nous les hauts bénéficiers qui, du fein de
l'orgueil, de l'avarice, & de la volupté, écrafent ceux
qui portent le poids du jour & de la chaleur ; & ceux
qui, parlant avec abfurdité, perfécutent avec infolence ? Mes frères, c'eft les aimer fans doute que de
prier Dieu qu'il les convertiffe.

DISCOURS

DE

Mᴱ BELLEGUIER,

ANCIEN AVOCAT,

Sur le texte propofé par l'univerfité de la ville de Paris, pour le fujet du prix de l'année 1773.

AVERTISSEMENT

DES EDITEURS.

L'UNIVERSITÉ de Paris eſt dans l'uſage de propoſer chaque année un prix pour un diſcours latin. La langue françaiſe, qu'on y appelle poliment *lingua vernacula*, (la langue des laquais) ne paraît point à nos maîtres d'éloquence valoir la peine d'être encouragée. Il eſt évident que nos colonels, nos magiſtrats, nos évèques, ne parlant jamais que français; on ne peut ſe diſpenſer d'employer les trois quarts du temps de leur éducation à leur apprendre à faire des phraſes en latin; ſans cette précaution, ils ne parleraient cette langue de leur vie.

Le prix ne peut être diſputé que par des maîtres-ès-arts : il fut fondé dans un temps où les jéſuites exiſtaient encore ; & on ſait quel ſcandale ſe ferait élevé dans l'univerſité, ſi, par mégarde, elle avait couronné le latin du collége de Clermont.

Cependant M. *Cogé*, profeſſeur de rhéto-rique au collége Mazarin, s'aviſa, vers 1768, de faire un livre contre le XVe chapitre de Béliſaire, où il prouva doctement que pour

éviter

éviter d'être brûlé pendant toute l'éternité, il faut croire que *Trajan*, *Marc-Aurèle*, & *Titus*, font dans l'enfer pour jamais, & de plus contribuer de toutes fes forces à faire brûler de leur vivant ceux qui penfent comme ces hommes abominables, foit en portant des fagots à leur bûcher comme le roi d'Efpagne *St Ferdinand*, foit en écrivant contre eux des libelles comme monfieur le profeffeur. Des philofophes prirent la peine de fe moquer des libelles & de *Cogé*, qui fe trouvant, quelques années après, recteur de l'univerfité, imagina pour fe venger de faire propofer pour fujet du prix, la queftion fuivante :

Non magis Deo quàm regibus infenfa eft ifta quæ vocatur hodiè philofophia.

Il voulait dire que la philofophie n'eft pas *moins* ennemie des rois que de DIEU : & il difait, au contraire, qu'elle n'eft pas plus ennemie de DIEU que des rois.

C'était précifément la même aventure que celle qui arriva jadis au prophète *Balaam*, lorfqu'il dit la vérité malgré lui.

On rit beaucoup, même dans l'univerfité, du programme de *Cogé*. De tous les difcours compofés alors, celui de Me *Belleguier* eft le feul dont on n'ait jamais parlé, quoiqu'il fût écrit en français, & que l'auteur eût étudié chez les jéfuites.

L'archevêque de Paris *Beaumont*, s'étant fait expliquer le latin de *Cogé* par fon fecrétaire, qui ne manqua pas de traduire *magis* par *moins*, promit au favant recteur la place de grand inquifiteur pour la foi, qu'il avait réfolu de faire créer auffitôt que les prophéties qui annonçaient le rétabliffement des jéfuites feraient accomplies.

DISCOURS

DE

ME BELLEGUIER.

Non magis DEO *quàm regibus infenfa eft ifta quæ vocatur hodiè philofophia.*

Cette qu'on nomme aujourd'hui philofophie, n'eft pas plus ennemie de DIEU que des rois.

JE ne compofe pas pour le prix de l'univerfité : je n'ai pas tant d'ambition ; mais ce fujet me paraît fi beau & fi bien énoncé, que je ne puis réfifter à l'envie d'en faire mon thème.

Non fans doute, la philofophie n'eft & ne peut être l'ennemie de DIEU ni des rois, s'il eft permis de mettre des hommes à côté de l'être éternel & fuprême. La philofophie eft expreffément l'amour de la fageffe ; ce ferait le comble de la folie d'être l'ennemi de DIEU qui nous donne l'exiftence, & des rois qui nous font donnés par lui pour rendre cette exiftence heureufe, ou du moins tolérable. Ofons d'abord dire un petit mot de DIEU, nous parlerons enfuite des rois. Il y a l'infini entre ces deux objets.

De DIEU.

Socrate fut le martyr de la Divinité, & *Platon* en fut l'apôtre. *Zaleucus, Carondas, Pythagore, Solon,* & *Locke,* tous philofophes & légiflateurs, ont recommandé

dans leurs lois l'amour de DIEU & du gouvernement
fous lequel il nous a fait naître. Les beaux vers du
véritable *Orphée*, que nous trouvons épars dans *Clément*
d'Alexandrie, parlent de la grandeur de DIEU avec
fublimité. *Zoroaſtre* l'annonçait à la Perfe, & *Confutzée*
à la Chine. Quoi qu'en ait dit l'ignorance appuyée de
la malignité, la philofophie fut dans tous les temps
la mère de la religion pure & des lois fages.

S'il y eut tant d'athées chez les Grecs trop fubtils,
& chez les Romains leurs imitateurs, n'imputons
qu'à des menteurs publics, avares, cruels, & fourbes,
aux prêtres de l'antiquité, l'excès monſtrueux où ces
athées tombèrent. Les uns nièrent la Divinité, parce
que les facrificateurs la rendaient ôdieufe, & que les
oracles la rendaient ridicule. Les autres, comme les
épicuriens, indignés du rôle qu'on fefait jouer aux
Dieux dans le gouvernement du monde, prétendaient
qu'ils ne daignaient pas fe mêler des miférables occupations des hommes. Le char de la fortune allait fi
mal, qu'il parut impoffible que des êtres bienfefans
en tinffent les rènes. *Epicure* & fes difciples, d'ailleurs
aimables & honnêtes gens, étaient fi mauvais phyficiens qu'ils avouaient fans difficulté qu'il y a un
dieu dans le foleil & dans chaque planète; mais ils
croyaient que ces dieux paffaient tout leur temps à
boire, à fe réjouir, & à ne rien faire. Ils en fefaient
des chanoines d'Allemagne.

Les véritables philofophes ne penfaient pas ainfi.
Les *Antonins* fi grands fur le trône du monde alors
connu, *Epiclète* dans les fers, reconnaiffaient, adoraient un Dieu tout-puiffant & jufte; ils tâchaient
d'être juftes comme lui.

Ils n'auraient pas prétendu, comme l'auteur du *Syſtème de la nature*, que le jéſuite *Needham* avait créé des anguilles, & que D I E U n'avait pas pu créer l'homme. *Needham* ne leur eût pas paru philoſophe, & l'auteur du *Syſtème de la nature* n'eût été regardé que comme un diſcoureur par l'empereur *Marc-Antonin*.

L'aſtronome qui voit le cours des aſtres établi ſelon les lois de la plus profonde mathématique, doit adorer l'éternel géomètre. Le phyſicien qui obſerve un grain de blé ou le corps d'un animal, doit reconnaître l'éternel artiſan. L'homme moral qui cherche un point d'appui à la vertu, doit admettre un être auſſi juſte que ſuprême. Ainſi D I E U eſt néceſſaire au monde en tout ſens, & l'on peut dire avec l'auteur de l'épître au griffonneur du plat livre des *Trois impoſteurs* :

Si D I E U n'exiſtait pas, il faudrait l'inventer.

Je conclus de-là que *iſta quæ vocatur hodie philoſophia*, cette qu'on nomme aujourd'hui philoſophie, eſt le plus digne ſoutien de la Divinité, ſi quelque choſe peut en être digne ſur la terre. Le ciel me préſerve de faire des phraſes pour énerver une vérité ſi importante.

Du gouvernement.

L E S philoſophes qui ont reconnu un D I E U, & les ſophiſtes qui l'ont nié, ont tous, ſans aucune excep-tion, avoué cette autre vérité reconnue de tout le monde, qu'un citoyen doit être ſoumis aux lois de ſa patrie ; qu'il faut être bon républicain à Veniſe & en Hollande, bon ſujet à Paris & à Madrid ; ſans quoi ce monde ferait un coupe-gorge, comme il l'a été trop souvent, grâces à ceux qui n'étaient pas philofophes.

Lorfque l'ancien parlement de Paris & l'univerfité de Paris vinrent reconnaître à genoux l'anglais *Henri V* pour roi de France; qui fut fidelle à fon roi légitime?... *Gerfon*, le philofophe *Gerfon*, l'honneur éternel de l'univerfité; cet homme qui ofait s'oppofer d'une main aux fureurs de quatre antipapes également coupables, & préfenter l'autre pour relever, s'il le pouvait, le trône renverfé de fon maître. Il mourut à Lyon dans un exil qui le rendait encore plus vénérable aux fages, tandis que fes confrères les théologiens, arrachés à leur faint miniftère par la rage des guerres civiles, fefaient leur cour aux Anglais, & n'en recevaient que des mépris, des outrages, & des chaînes.

Hélas! était-il bien occupé des propriétés de la matière, de l'antiquité du monde, & des lois de la gravitation, celui qui juftifia, qui canonifa publiquement le meurtre abominable du duc d'*Orléans*, frère de *Charles VI le bien-aimé*? C'était un docteur en théologie; c'était *Jean Petit*, très-dévot à la Vierge, pour laquelle il avait compofé une prière dans le goût de l'oraifon des trente jours. Etaient-ils platoniciens ou académiciens, ou ftratoniciens, ceux qui, fous le même règne, firent rejaillir fur le dauphin le fang de deux maréchaux de France, & qui maffacrèrent dans les rues de Paris trois mille cinq cents gentilshommes? On les nommait les *Maillotins*, les *Cabochiens*. Ce n'eft pas là une fecte de philofophie.

Si lorfqu'on brûla vive dans Rouen l'héroïne champêtre qui fauva la France, il s'était trouvé dans la faculté de théologie un philofophe, il n'eût pas fouffert

que cette fille, à qui l'antiquité eût dreffé des autels,
fût brûlée vive dans un bûcher élevé fur une plate-
forme de dix pieds de haut, afin que fon corps jeté
nu dans les flammes pût être contemplé du bas en
haut par les dévots fpeꞔateurs. Cette exécrable barbarie fut ordonnée fur une requête de la facrée
faculté, par fentence de *Cauchon* évêque de Beauvais,
de frère *Martin* vicaire-général de l'inquifition, de
neuf doꞔeurs de forbonne, de trente-cinq autres
doꞔeurs en théologie. Ces barbares n'auraient pas
abufé du facrement de la confeffion, pour condamner
la guerrière vengereffe du trône au plus affreux des
fupplices ; ils n'auraient pas caché deux prêtres derrière le confeffional pour entendre fes péchés, & pour
en former contr'elle une accufation ; ils n'auraient
pas, comme on l'a déjà dit, été facriléges pour être
affaffins.

Ce crime fi horrible & fi lâche ne fut point commis
par les Anglais, il le fut uniquement par des théolo-
logiens de France payés par le duc de *Bedfort*. Deux
de ces doꞔeurs, à la vérité, furent condamnés depuis
à périr par le même fupplice, quand *Charles VII* fut
viꞔorieux ; mais la plus belle expiation de la forbonne
fut fon repentir & fa fidélité pour nos rois, quand les
conjonꞔures devinrent plus favorables.

Je paffe à regret aux horreurs de la ligue contre
Henri III & le grand *Henri IV.* Ces temps, depuis
François II, furent abominables ; mais il eft doux de
pouvoir dire que le philofophe *Montagne,* le philofophe
Charon, le philofophe chancelier de l'*Hofpital,* le philofophe de *Thou,* le philofophe *Ramus,* ne trempèrent
jamais dans les faꞔions. Leur vertu demande grâce
pour leur fiècle.   K k 4

La journée de la St Barthelemi , dont la mémoire durera autant que le monde , ne leur fera jamais imputée.

J'avouerai encore, fi l'on veut, aux jéfuites, éternels & déplorables ennemis du parlement & de l'univerfité, que l'ancien parlement de Paris, qui n'était pas philo-fophe, commença un procès criminel contre *Henri III* fon roi, & nomma pour informer, les confeillers *Courtin* & *Michon*, qui n'étaient pas philofophes non plus.

Je ne diffimulerai point que le doûeur *Rofe*, le doûeur *Guinceftre*, le doûeur *Boucher*, le doûeur *Aubri*, le doûeur *Pelletier*, condamnés depuis à la roue, furent les trompettes du meurtre & du carnage. On a fouvent dit que le doûeur *Bourgoin* fit defcendre une flatue de la Ste Vierge, pour encourager frère *Jacques Clément* au parricide ; je l'accorde en gémiffant. On me répète que foixante & dix doûeurs de forbonne déclarèrent, au nom du St Efprit, tous les fujets déliés de leur ferment de fidélité ; j'en conviens avec horreur.

On me crie que dans le temps où *Henri IV* prépa-rait fon abjuration , & lorfque les citoyens préfentèrent requête pour faire quelque accommodement avec ce grand-homme, ce bon roi, ce conquérant & ce père de la France, toute la faculté de théologie affemblée, condamna la requête comme *inepte, féditieufe, impie, abfurde, inutile, attendu qu'on connaît l'obftination de Henri le relaps.* La faculté déclare expreffément tous ceux qui parlent d'engager le roi à profeffer la religion catholique, *parjures, féditieux, perturbateurs du royaume, hérétiques, fauteurs d'hérétiques, fufpeûs d'héréfie, fentant l'héréfie ; & qu'ils doivent être chaffés de la ville, de peur que ces bêtes peftiférées n'infeûent tout le troupeau.*

Ce décret du premier novembre 1592 ; eſt tout au long dans le journal de *Henri IV*, page 260. Le reſpectable de *Thou* rapporte des décrets encore plus horribles, & qui font dreſſer les cheveux.

Béniſſons les philoſophes qui ont appris aux hommes qu'il faut prodiguer ſes biens & ſa vie pour ſon roi, fût-il de la religion de *Mahomet*, de *Confucius*, de *Brama*, ou de *Zoroaſtre*.

Mais je répondrai toujours que la ſorbonne s'eſt repenti de ces écarts, & qu'on ne doit les imputer qu'au malheur des temps. Une compagnie peut s'égarer ; elle eſt compoſée d'hommes : mais auſſi ces hommes réparent leurs fautes. La raiſon, la ſaine doctrine, la modeſtie, la défiance de ſoi - même, reviennent ſe mettre à la place de l'ignorance, de l'orgueil, de la démence, & de la fureur. On n'oſe plus condamner perſonne après avoir été ſi condamnable. On devient meilleur pour avoir été méchant. On eſt l'édification d'une patrie dont on fut l'horreur & le ſcandale.

Les jéſuites ont fatigué la France du récit de tant de crimes : mais l'univerſité de ſon côté a reproché aux frères jéſuites d'avoir mis le couteau à la main de *Jean Châtel*, d'avoir forcé le grand *Henri IV* à dire au duc de *Sulli* qu'il aimait mieux les rappeler & s'en faire des amis, que de craindre continuellement le poignard & le poiſon. Elle les a peints dans tous ſes procès contre eux comme des ſoldats en robe, d'une puiſſance dangereuſe, comme des eſpions de toutes les cours, des ennemis de tous les rois, des traîtres à toutes les patries.

Combien de fois le docteur *Arnaud* , le docteur *Boileau* , le docteur *Petit-Pied* , & tant d'autres docteurs, n'ont-ils pas reproché à ces ci-devant jésuites , la banqueroute de Séville , qui précéda d'un siècle la banqueroute de frère *la Valette ;* leurs calomnies contre le bienheureux dom *Juan de Palafox ;* & après huit volumes entiers de pareils reproches , ne leur ont-ils pas remis sous les yeux la conspiration des poudres , & trois jésuites écartelés pour ce crime inconcevable? Les jésuites en ont-ils été moins fiers ? non; tout écrasés qu'ils font , il leur reste trois doigts dont ils se servent pour imprimer dans Avignon que les docteurs de forbonne font des ignorans infolens , & pour répéter en plagiaires ce que M. *Deflandes* , de l'académie des sciences , a mis en note dans son troisième tome , page 299 : (*) *Que la forbonne est aujourd'hui le corps le plus méprifable du royaume.*

Ces outrages , ces injures réciproques , n'ont rien de philofophique. Je dirai plus ; elles n'ont rien de chrétien.

J'obferverai avec la fatisfaction d'un bon fujet que dans les troubles de la fronde , non moins affreux peut-être que la confpiration des poudres , mais infiniment plus ridicules , ce ne fut ni *Defcartes* , ni *Gaffendi* , ni *Pafcal* , ni *Fermat* , ni *Roberval* , ni *Méziriac* , ni *Rohaut* , ni *Chapelle* , ni *Bernier* , ni *St Evremond* , ni aucun autre philofophe , qui mit à prix la tête du cardinal premier miniftre. Nul d'eux ne vola l'argent du roi pour payer cette tête; nul ne força *Louis XIV* & fa mère de s'enfuir du louvre , & d'aller coucher

(*) *Histoire critique de la philofophie.* Edit. de 1737.

sur la paille à Sᵗ Germain ; nul ne fit la guerre à son roi, & ne leva contre lui le régiment des Portes-cochères, & le regiment de Corinthe, &c. &c.

Je conviendrai avec le jésuite auteur du petit livre *Tout se dira*, ,,que ces petites fautes commises à ,, bonne intention, l'étaient par maître *Quatre hommes*, ,, maître *Quatre sous*, maître *Bitaud*, maître *Pitaut*, ,, maîtres *Boissau*, *Gratau*, *Martinau*, *Boux*, *Crépin*, ,, *Cullet*, &c.... &c.....,, tous tuteurs des rois, & qui avaient acheté la tutelle : ils n'étaient pas philosophes. Ce n'est pas moi qui parle, c'est le jésuite auteur de *Tout se dira*, & de l'*Appel à la raison*. Je ne sais s'il est plus philosophe que MM. *Cullet* & *Crépin*. Ce que je sais certainement avec l'Europe, c'est que tant que *Gondi-Rets* fut archevêque de Paris, il fut vain, inso-lent, débauché, factieux, criminel de lèse-majesté. Quand il devint philosophe, il fut bon sujet, bon citoyen ; il fut juste.

Je répondrai surtout aux détracteurs de l'ancien parlement de Paris, comme à ceux de l'université ; je dirai : il se répentit, il fut fidelle à *Louis XIV*.

On a prétendu que *Malagrida*, & l'assassin du roi de Pologne, & ceux de deux autres grands princes, avaient une teinture de philosophie ; mais à l'examen cette accusation a été reconnue fausse.

Enfin, si nous remontons du temps présent aux temps antérieurs, dans les autres pays de l'Europe, nous trouverons que la philosophie ne fut soupçonnée par personne de l'assassinat de *Farnése*, duc de Parme, bâtard du pape *Paul III ;* de l'assassinat de *Galeas Sforze* dans une église ; de l'assassinat des *Médicis*

dans une autre églife, pendant l'élévation de l'eucha-
riftie, afin que le peuple, profterné, ne vît pas le
crime, & que Dieu feul en fût témoin.

La philofophie ne fut point complice des affaffinats
& des empoifonnemens nombreux, commis par le
pape *Alexandre VI*, & par fon bâtard *Céfar Borgia*. Allez
jufqu'au pape *Sergius III;* je vous défie de trouver
aucun philofophe coupable du moindre trouble pendant tant de fiècles où l'Italie fut troublée fans ceffe.

On a vendu dans les Etats d'Italie, appartenans
au roi d'Efpagne, cette fameufe bulle de la cruzade,
qui moyennant deux réaux de plate, fauve une ame
du feu éternel de l'enfer, & permet à fon corps de
manger de la viande le famedi. On trafiquait de cette
autre bulle de la componende, qui permet aux voleurs
de garder une partie de ce qu'ils ont volé, pourvu
qu'ils en mettent une partie en œuvres pies; mais cette
bulle vaut dix ducats. On achetait des difpenfes de
tout, à tout prix. Les *Phrinés* & les *Gitons* triomphaient
depuis Milan jufqu'à Tarente. Les bénéfices, inftitués
pour nourrir les pauvres, fe vendaient publiquement
pour nourrir le luxe; & les bénéficiers employaient le
ftylet & la cantarella contre les bénéficiers qui leur
dérobaient leurs *Gitons* & leurs *Phrinés*. Rien n'égalait
les débauches, les perfidies, les facriléges, de certains
moines. Cependant *Galilée*, le reftaurateur de la
raifon, démontrait tranquillement le mouvement de
la terre & des autres planètes dans leurs orbites
elliptiques, autour du foleil immobile dans fa place
au centre du monde & tournant fur lui-même.

Oh l'homme dangereux! oh l'ennemi de tous les
rois & du grand-duc de Tofcane & de la fainte Eglife!

s'écrièrent les univerſités ; le monſtre ! il oſe prouver
que c'eſt la terre qni tourne, tandis que le ſavant
Joſué aſſure formellement que le ſoleil s'arrêta ſur
Gabaon, & la lune ſur Aïalon en plein midi !

Galilée ne fut pas brûlé ; le grand-duc le protégeait.
Le ſaint office ſe contenta de le déclarer abſurde &
hérétique, ſentant l'héréſie : il ne fut condamné qu'à
garder la priſon, à jeûner au pain & à l'eau, & à
réciter le roſaire. Il récita ſans doute ſon roſaire, ce
grand *Galilée* ! *Iſte qui vocabatur philoſophus.*

Tournez les yeux vers cette île fameuſe, long-
temps plus ſauvage que nous-mêmes, habitée comme
notre malheureux pays par l'ignorance & le fanatiſme, couverte comme la France du ſang de ſes
citoyens ; demandez-lui quel prodige l'a changée,
pourquoi elle n'a plus de *Fairfax*, de *Cromwell*, &
d'*Ireton* ? comment à ces guerres auſſi abominables
que religieuſes, qui firent tomber la tête d'un roi ſur
un échafaud, a ſuccédé une paix intérieure qui n'eſt
troublée que par des querelles au ſujet de l'élection
de milord maire, ou du bilan de la compagnie des
Indes, ou du numéro 45 ? L'Angleterre vous répondra :
Grâces en ſoient rendues à *Locke*, à *Newton*, à
Shaftesbury, à *Collins*, à *Trenchard*, à *Gordon*, à une
foule de ſages, qui ont changé l'eſprit de la nation,
& qui l'ont détourné des diſputes abſurdes & fatales
de l'école, pour le diriger vers les ſciences ſolides.

Cromwell, à la tête de ſon régiment des frères
rouges, portait la Bible à l'arçon de ſa ſelle, & leur
montrait les paſſages où il eſt dit : *Heureux ceux qui
éventreront les femmes groſſes, & qui écraſeront les enfans
ſur la pierre !* *Locke* & ſes pareils ne voulaient point

qu'on traitât ainfi les femmes & les enfans. Ils ont adouci les mœurs des peuples fans énerver leur courage.

La philofophie eft fimple, elle eft tranquille, fans envie, fans ambition ; elle médite en paix loin du luxe, du tumulte, & des intrigues du monde ; elle eft indulgente ; elle eft compatiffante. Sa main pure porte le flambeau qui doit éclairer les hommes; elle ne s'en eft jamais fervi pour allumer l'incendie en aucun lieu de la terre. Sa voix eft faible, mais elle fe fait entendre; elle dit, elle répète : *Adorez* DIEU; *fervez les rois; aimez les hommes.* Les hommes la calomnient; elle fe confole en difant : Ils me rendront juftice un jour. Elle fe confole même fouvent fans efpérer de juftice.

Ainfi la partie de l'univerfité de Paris, confacrée aux beaux arts, à l'éloquence, & à la vérité, ne pouvait choifir un fujet plus digne d'elle que ces belles paroles : *Non magis* DEO *quàm regibus infenfa eft ifta quœ vocatur hodiè philofophia.*

O toi, qui feras toujours compté parmi les rois les plus illuftres; toi qui vis naître le long fiècle des héros & des beaux arts, & qui les conduifis tous dans les divers fentiers de la gloire; toi que la nature avait fait pour régner, *Louis quatorze,* petit-fils de *Henri quatre,* plût au ciel que ta belle ame eût été affez éclairée par la philofophie, pour ne point détruire l'ouvrage de ton grand-père ! tu n'aurais point vu la huitième partie de ton peuple abandonner ton royaume, porter chez tes ennemis les manufactures, les arts, & l'induftrie, de la France : tu n'aurais point vu des français combattre fous les étendards de *Guillaume III,* contre

des français, & leur difputer long-temps la victoire :
tu n'aurais point vu un prince catholique armer
contre toi deux régimens de français proteftans : tu
aurais fagement prévenu le fanatifme barbare des
Cévènes, & le châtiment non moins barbare que le
crime. Tu le pouvais ; tout t'était foumis ; les deux
religions t'aimaient, te révéraient également : tu
avais devant les yeux l'exemple de tant de nations,
chez qui les cultes différens n'altèrent point la paix
qui doit régner parmi les hommes, unis par la nature.
Rien ne t'était plus aifé que de foutenir & de contenir
tous tes fujets. Jaloux du nom de *Grand*, tu ne connus
pas ta grandeur. Il eût mieux valu avoir fix régimens
de plus de français proteftans, que de ménager
encore *Odefcalchi Innocent XI*, qui prit fi hautement
contre toi le parti du prince d'*Orange*, huguenot. Il
eût mieux valu te priver des jéfuites, qui ne travail-
laient qu'à établir la grâce fuffifante, le congruifme,
& les lettres de cachet, que te priver de plus de
quinze cents mille bras qui enrichiffaient ton beau
royaume, & qui combattaient pour fa défenfe.

Ah! *Louis quatorze*, *Louis quatorze*, que n'étais-tu
philofophe ! Ton fiècle a été grand ; mais tous les
fiècles te reprocheront tant de citoyens expatriés, &
Arnaud fans fépulture.

Et toi que nous voyons avec une tendreffe refpec-
tueufe, affis fur le trône de *Henri IV* & de *Louis XIV*,
dont le fang coule dans tes veines, vainqueur à Fon-
tenoi, à Rocoux, à Fribourg, & pacificateur dans
Verfailles, écoute toujours la voix de la philofophie,
c'eft-à-dire de la fageffe.

C'eſt par elle que tu as aſſoupi pour jamais ces diſputes du janſéniſme & du moliniſme, qui nous rendaient à la fois malheureux & ridicules. C'eſt elle qui t'inſpira quand tu donnas la paix aux vivans & aux mourans, en nous délivrant de l'impertinence des billets pour l'autre monde, & du ſcandale des ſacremens conférés la baïonnette au bout du fuſil. Tu es un vrai philoſophe, lorſque tu fermes l'oreille à la calomnie, aux bruits menſongers qui éclatent avec tant d'impudence, ou qui ſe gliſſent avec tant d'artifice. L'empereur *Marc-Aurèle* dit que les hommes ne ſeront heureux que quand les rois ſeront philoſo-ſophes. Penſe, agis toujours comme *Marc-Aurèle*, & que ta vie ſoit plus longue que celle de ce monarque le modèle des hommes.

Fin du tome premier.

TABLE

TABLE

DES PIECES

CONTENUES DANS CE VOLUME.

Philosophie &c. Tome I. L l

TABLE. 533

TABLE.

Fin de la Table du Tome premier.

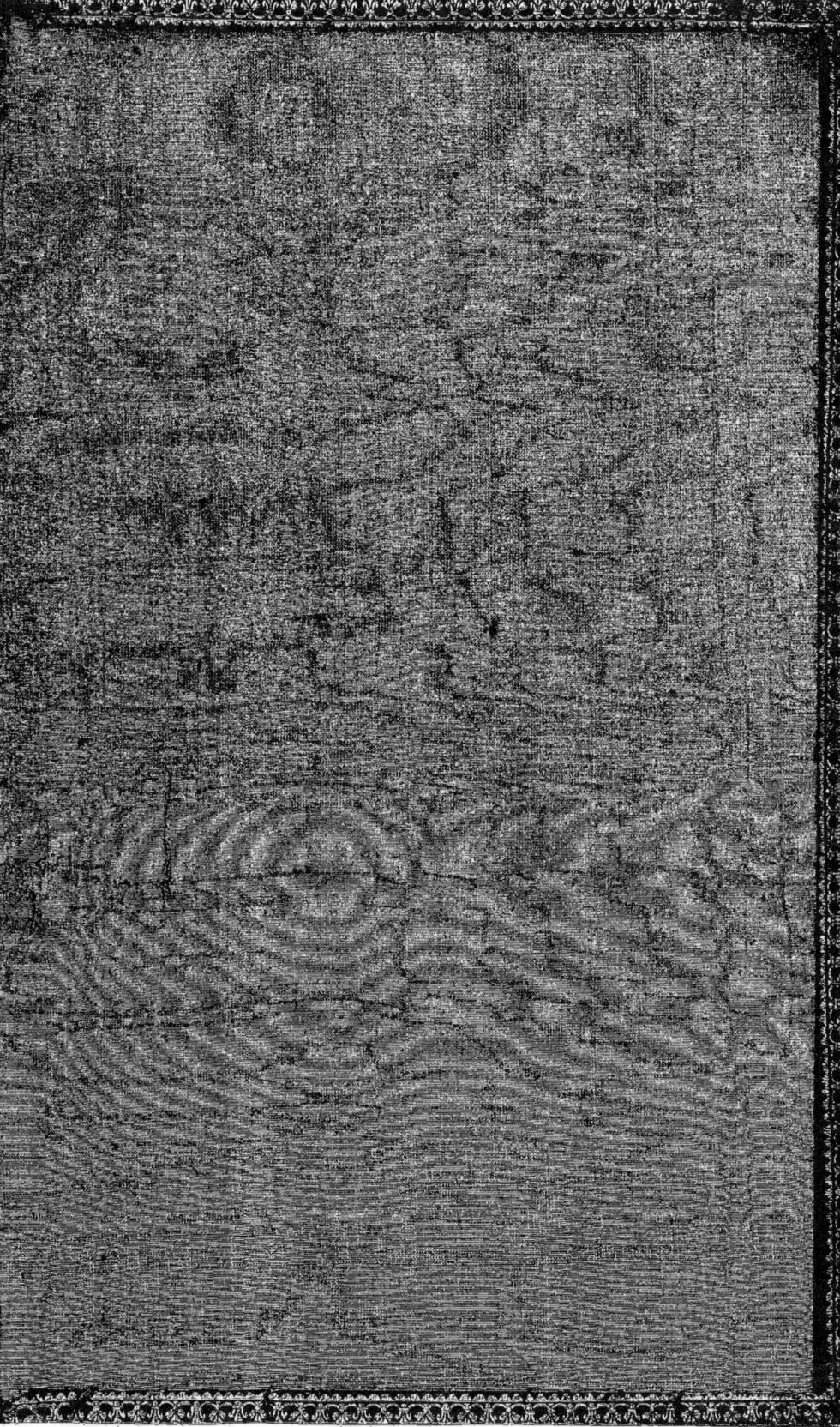

www.ingramcontent.com/pod-product-compliance
Lightning Source LLC
Chambersburg PA
CBHW070353030726
47504CB00001B/161